KARIN

# LICEUL

Appleby

STYLISHED

TIMIȘOARA, 2020

Descrierea CIP a Bibliotecii Naţionale a României
KARINA L. ALEXANDRA
    Liceul Appleby / Karina L. Alexandra. - Timişoara : Stylished, 2020
    ISBN 978-606-9092-74-3

821.135.1

*Editura STYLISHED*
*Timişoara, Judeţul Timiş*
*Calea Martirilor 1989, nr. 51/27*
*Tel.: (+40) 727.07.49.48*
*www.stylishedbooks.ro*

PENTRU ELA.
ȘTII CĂ NU O SPUN DES, DAR ACUM O AI ÎN SCRIS.
TE IUBESC! ȘI MULȚUMESC!

# Capitolul 1

— Asta face trei dolari şi douăzeci de cenţi, i-am spus fetei brunete care şi-a primit comanda cerută.

Ea a achitat nota mulţumind în acelaşi timp cu un zâmbet călduros. I-am întors zâmbetul de complezenţă, după care am luat şi onorat următoarea comandă.

— O cafea mare, un suc de portocale şi un hamburger cu pui, mi-a cerut un băiat de statură medie, care arăta aproximativ de vârsta mea.

Câteodată cercetam prea mult trăsăturile clienţilor, însă asta mă distrăgea de la oboseala pe care o resimţeam în timp ce preparam următoarele băuturi şi pasam comanda de mâncare lui Andy, bucătarul. Băiatul care mi-a cerut cele anterioare avea ochii luminoşi, veseli, ca razele soarelui, şi un păr rebel, probabil aranjat în aşa fel încât să pară că nu îi păsa de el, dar era clar că stătuse să se aranjeze de dimineaţă mai mult decât o făcusem eu. Era bine îmbrăcat, însă puteam spune că făcea parte din clasa mediocră a oraşului San Diego. Aici îţi dădeai seama la prima vedere cine îţi era superior şi cine îţi era inferior, căci etalonarea celor mai bune lucruri ale tale era ceva la ordinea zilei. De acolo deduceai pur şi simplu eticheta fiecărei persoane, căci nimeni nu se putea ascunde, aşa că eu una am decis de mult timp să nu mai încerc să o fac. Ştiam unde îmi era locul, doar că încercam să schimb asta în viitor.

— Charity, când termini să vii puţin la mine.

Am oftat greu şi am lăsat paharul de carton plin cu cafea fierbinte pe tejghea. Puţin din lichidul întunecat se vărsase. Trebuia să curăţ şi asta. Minunat!

El era Charles, şeful meu, şi în majoritatea timpului când mă chema la el, urma să îmi dea mai multă treabă de făcut. Excepţie fiind ziua salariului. Dar, având în vedere că acea zi minunată era numai peste o săptămână, ştiam cu toţii ce mă aştepta.

În momente ca acesta, când ochii mă usturau doar când îi țineam deschiși, chiar îmi doream să renunț la acest job. Încercam totuși să fiu optimistă. Încă o oră și îmi terminam programul.

Mi-am deschis ochii larg, de parcă m-am trezit din vis, apoi am dus comanda la masă și am plecat după Charles.

— Spune-mi, te rog, că nu trebuie să car eu marfa înăuntru din nou, i-am cerut.

Acesta și-a ridicat sprânceana plictisit la mine și mă privea cu ochii negri pe sub gene. Dacă îl mai enervam mult, nu numai că m-ar fi concediat, dar poate m-ar fi snopit și în bătaie. Meritam uneori, pentru că nu respectam ordinele imediat, fără comentarii. Mama obișnuia să spună că aveam o gură prea bogată pentru starea noastră sărăcăcioasă. Mint. Spunea de fapt doar că aveam gură bogată și, sincer vorbind, avea mare dreptate. Uneori nu mă puteam abține, pur și simplu, oricât m-ar fi costat.

— Nu chiar. Mi-au adus marfa greșită, iar eu nu pot merge înapoi cu ei pentru a o schimba, am treabă. Vreau să te duci tu. Și ia și meniul zilei pentru șofer. Va trebui să facă două drumuri din cauza încurcăturii. Amy îți va ține locul până te vei întoarce.

Avea treabă. Îmi imaginam ce treabă avea. Să stea la birou și să se uite la o reluare a unui meci de fotbal. Totuși, eram plătită pentru orice făceam în plus și asta era destul de ușor de îndeplinit. Plus că mă plimbam cu mașina. Sau cu camioneta de transporturi, în fine. Oriunde era mai bine decât aici.

— Sigur.

Am plecat de acolo și am luat pachetul pe care trebuia să i-l duc șoferului. I-am spus lui Amy ce trebuia să facă, mi-am cerut scuze pentru că urma să aibă parte de muncă dublă timp de o oră, apoi am plecat spre camioneta care mă aștepta în spate. Era a patra oară în ultimele cinci luni când trebuia să fac asta, să merg să repar greșelile de comenzi. Și îmi plăcea, mă făcea să mă simt mai importantă. Mă plimbam cu mașina în loc să umplu pahare de cafea, ciocolată caldă, să desfac sticle și doze de suc. Exista o singură parte care îmi displăcea. Trebuia să trecem prin cartierul *La Jolla*. Sau cum îi spuneam eu, *Cartierul Ipocriziei Majore*. Asta era un nume mult mai bun, dacă e să mă întrebați pe mine.

Unei fete care avea un job încă de la cincisprezece ani, mergea la o școală publică, stătea într-o garsonieră strâmtă cu un singur părinte și nu își permitea să aibă un grup mare de prieteni cu care să țină petreceri, îi venea cam greu să se plimbe prin acel cartier de *VIP*-uri și case de cincizeci de ori mai mari decât a ei. Ei bine, poate că eram geloasă. Deși se spune că oamenii *modești* au gândurile cele mai curate, eu nu eram așa. Eu le doream răul acelor oameni buni de nimic, care primeau totul de-a gata, și eram geloasă pe ei până peste cap. Se pare că stricasem tiparul celor săraci cu suflet bogat.

Mama mereu îmi spunea că *trebuie să fii mândră de realizările tale și să îi lași pe ceilalți să te invidieze pentru ele, nu să îi invidiezi tu pe ceilalți pentru că primesc ceea ce nu merită*. Poate că avea dreptate, dar dădea sfaturi imposibil de urmat pentru o tânără cu vise explozive. Ea, în schimb, le urma cu ușurință. Nu a vrut niciodată să iasă din tipar. A lucrat încă de când a fost majoră și până la bătrânețe.

Eu nu eram ca și ea.

Mereu m-am gândit că semănam cu tata în această privință și îmi părea rău – îmi părea rău pentru că era același tată care m-a părăsit pe mine și pe mama pentru bani. Dar nu îl puteam învinovăți. Știam cum era să ai această viață și nu credeam că dacă aș fi avut ocazia să scap, aș fi fost mai bună decât el.

M-am așezat pe scaunul din dreapta șoferului, l-am salutat pe domnul George, care lucra la această companie de mai mulți ani decât trăiam eu, apoi am plecat la drum. Dragul de el s-a bucurat când a văzut mâncarea, mi-a mulțumit și m-a rugat să o țin eu în siguranță până la destinație, unde s-ar fi putut bucura de ea. Am acceptat cu plăcere și am urmărit oamenii prin geam pe parcursul călătoriei când nu aveam altceva ce face.

Din fericire, cartierul vedetelor era departe de mine, așa că mi-am permis să mă relaxez. Dacă acest schimb de marfă dura destul de mult, atunci probabil că mi s-ar fi terminat programul până aș fi ajuns înapoi. Îmi părea rău de Amy că trebuia să suporte asta. Știam mai bine decât oricine cât de urât era să ți se înmulțească treaba deja multă. Când George a oprit la un semafor, mi-am verificat telefonul. Acel telefon pe care l-am luat la mâna a doua și pe care îl veneram, chiar dacă avea foarte multe defecte.

*Nu ne-am văzut de o săptămână, străino. Astăzi ne onorezi cu prezența?* – Kendra

Numai ea sau Allen puteau să mă caute în timpul programului. Cum nu aveam posibilitatea să ne întâlnim, am decis să îi trimit un răspuns mai târziu. Știa deja regula mea. Munca înainte de orice.

Am pornit la culoarea verde a semaforului și clipele de libertate mi s-au scurs imediat cum am ajuns în cartierul *La Jolla.*

Casele de aici erau prea mari și moderne pentru a aparține acestei epoci. Îți ofereau mereu fantezia unui film SF. De aceea uram să le văd. Pentru că odată ce părăseam cartierul, reveneam la realitate. Iar realitatea era cruntă. Aceea că eu nu mi-aș fi putut permite nici măcar o cameră în chirie, pentru o zi, din acest cartier, după ce aș fi lucrat o viață întreagă.

Pentru o clipă ochii mi-au zburat la un conac superb. Deși mi-am făcut o promisiune ca mereu când treceam pe aici să îmi las privirea în jos pentru a nu mai visa, niciodată nu o respectam. Totul era prea ademenitor și era ceea ce îmi doream. O viață fără griji în care nu trebuia să mă gândesc mereu la mâine.

Cum afară era foarte cald, mi-am permis să deschid geamul și să îmi scot mâna afară, pentru a simți vântul răcoritor peste pielea mea în timp ce mă uitam la vilele imense pe lângă care treceam. Asta s-a simțit ca o mare greșeală când George a apăsat frâna brusc și din instinct mi-am tras palma înapoi înăuntru, accidentându-mă la încheietură.

Genunchii mei au atins torpedoul și s-au lovit de el, cutia pe care o țineam în brațe s-a strâns în mâna mea stângă și probabil că mâncarea se strivise, dar cel mai important

a fost că paharul cu cafea a dat pe lângă, chiar ŗ
mele. Cafea fierbinte!

Privirea mi s-a ridicat și am observat un băiat care ..
trecut pe roșu. Cel mai probabil un iresponsabil bogat, ca toți cei din acest cartier.

— La naiba! Uită-te pe unde mergi! am țipat nervoasă.

Poate că nu a fost cea mai bună idee să fac asta. Credeam că fiind în mașină, nu m-ar fi auzit, dar băiatul și-a întors fața pentru o secundă la mine și i-am văzut nepăsarea în ochii verzi și goi.

Era îmbrăcat în haine sport, făcea jogging, așa că a continuat drumul alergând, punându-și căștile pe urechi, fără să îmi mai ofere atenție.

O, nu, asta nu putea rămâne așa. Era mâncarea șoferului. I-o datoram. Așa că mi-am scos capul pe geam și am strigat după el.

— Oprește-te! Trebuie să îmi plătești asta.

Nesimțitul evident că nu m-a auzit și a continuat să se îndepărteze de mine.

Era destul de rapid, nu puteam să îl ajung. Și chiar dacă l-aș fi ajuns, nu aș fi putut să îl conving să îmi dea niște bani pentru ce a distrus. Asta însemna că îmi tăia din salariu pentru ea. La naiba!

— Domnișoară, stați liniștită. Nu este nicio problemă. A fost vina mea că mi-am pierdut atenția.

M-am întors spre George șocată și acesta a repornit la drum. Dar nu trebuia să mă mir prea mult, nu? Făcea jogging aici, însemna că locuia aici. Și nimeni nu se punea cu oamenii de aici. Fie că era bogat sau doar un copil de menajeră. Niciodată nu mergeai la riscuri să te pui cu cineva care te-ar putea strivi într-o secundă.

Am tăcut din gură și am mers să rezolv acea problemă cu marfa. Pe vremea când mă întorceam la restaurant, i-am trimis un mesaj lui Andy și i-am cerut să facă alt meniu pentru George. Măcar mâncarea lui să se poată repara, dacă hainele mele erau distruse. Însă nu mă resemnasem. Mereu când pățeam ceva de acest gen îmi uram și mai tare viața, apoi mă blestemam în gând.

Nu era cinstit! Zău dacă era. Oamenii care aveau totul nu știau să aprecieze nimic, iar oamenii care nu aveau nimic, apreciau totul. De ce se întâmpla ceva atât de nedrept? Meritam mai multe decât aveam și am muncit încă de la cincisprezece ani pentru pâinea mea, dar aparent nu meritam ca oamenii să se comporte civilizat cu mine. Toate pentru că nu aveam bani. Și îmi făceam promisiunea asta de fiecare dată când mi se întâmpla ceva asemănător. *Atunci când voi putea, vă voi strivi, pe voi, pe toți cei care nu apreciază.*

Andy a încercat să mă calmeze când am ajuns și m-a văzut nervoasă, dar nu a reușit. Era un bărbat bun, un tată bun pentru copiii lui, nu semăna deloc cu tatăl meu. Și nu merita nici el să fie tratat ca un gunoi, însă oamenii buni mereu au parte de cele mai rele destine.

Când am terminat discuția cu el, i-am ajutat pe George, Charles și Andy cu marfa, iar Amy a mai suportat puțin timp singură înăuntru. După zece minute de muncă, i-am dat lui George mâncarea, el mi-a mulțumit și a plecat să își continue treaba.

Am crezut că urma să leșin până mi se încheia programul, dar în mod miraculos am supraviețuit. Așa că m-am schimbat de hainele de muncă, am rămas cu blugii pătați de cafea și am plecat spre casă cu privirea în pământ, gândindu-mă la ziua de astăzi. Numai când am ajuns în fața clădirii de apartamente în care locuiam am avut curajul să îmi ridic ochii din pământ. Aceasta era viața mea. În cei patru pereți ai garsonierei din blocul micuț și vechi în care am copilărit. Seara, când mă întorceam acasă, simțeam un gol în stomac, ca și cum aș mai fi pierdut o luptă.

M-am dus târându-mă spre locul pe care îl numeam *acasă* și m-am mirat când am găsit ușa descuiată. Mama rămânea deseori peste noapte în casa în care lucra ca bucătăreasă, pentru că programul ei începea de la prima oră a dimineții și se termina chiar și la miezul nopții. Drumul până aici era lung și obositor, iar transportul costa alți bani, pe care nu ne permiteam să îi pierdem. Stăpânul casei a încercat de mai multe ori să o convingă să locuiască acolo, dar ea nu a acceptat. Oricum era același lucru. Puține nopți și-i le petrecea acasă. Iar asta era una dintre ele.

Am găsit-o pe mama în bucătărie. Mă aștepta la masă, cu mâncarea răcită în farfurie. Părea îngândurată, dar avea un zâmbet pe buze. Măcar ea să fie fericită.

— Ai primit o mărire? am întrebat-o când am intrat brusc și gălăgios în bucătărie.

Nu m-am uitat la ea și m-am așezat la masă, când cel mai probabil mă privea. Am avut o zi grea, o seară și mai grea, iar în acele momente nu voiam să fac contact vizual cu nimeni drag pe care aș fi putut să îl rănesc cu vorbele mele bădărane.

— Cum a fost la muncă astăzi? m-a întrebat și ea, ocolind răspunsul pentru mine.

Nu îmi plăcea când făcea asta, așa că nici eu nu i-am răspuns. M-am făcut ocupată cu piureul din farfurie. Cât îmi doream un cuptor cu microunde în acele momente!

Am auzit-o pe mama cum s-a fâstâcit, așa că m-am uitat la ea într-un final și mi-am ridicat sprâncenele.

— Îmi spui și mie ce ai pățit? În maxim cinci minute voi adormi.

Pe mama nu a deranjat-o atitudinea mea, cum o deranja în mod normal. Nu mi-a spus nimic, ci doar a dat drumul zâmbetului ei larg pe chip. Până și ochii negrii pe care i-am moștenit zâmbeau odată cu ea. Și avea părul desprins, când îl ținea mereu în coc. Ce se întâmpla aici?

— Începi să mă îngrijorezi. Am câștigat la loto?

Inima îmi bătea de încântare odată cu ideea asta, dar undeva înăuntrul meu știam că nu aveam cum să devenim milionare peste noapte.

— Mai bine de atât, fata mea, a venit răspunsul ei.

Nu. Nimic nu era mai bine decât a te îmbogăți degeaba, cum au făcut *ei*.

— Oh. Atunci?

Mi-am pierdut entuziasmul pentru această conversație, așa că mi-am îndreptat atenția spre mâncare. Am muncit până și în pauza de prânz, iar dimineața am întârziat la muncă, așa că nu am avut timp pentru micul dejun. Nu am mai mâncat de douăzeci şi patru de ore. Eram cu adevărat înfometată.

Mama nu mi-a răspuns, dar mâinile ei au ieşit la iveală de sub masă împreună cu un plic. Acel plic era mare. Lucrurile mari erau importante şi valoroase. Inima mea nu mai suporta. Ce naiba se întâmplase atât de important?

Acea scrisoare mi-a fost înmânată cu încetinitorul, dar cum am atins-o, i-am rupt ambalajul deja desfăcut. Nici nu m-am uitat de la cine era, doar am scos conţinutul şi am început să citesc. Puneam pariu că asta urma să văd înăuntrul ei, expeditorul.

Mama şi-a împreunat mâinile emoţionată şi mi-a aşteptat reacţia.

*Cu bucurie vă informăm că în urma cererii dumneavoastră...*, bla, bla... *domnişoara Charity Good a fost acceptată la liceul de elită Appleby....*

— Asta ar trebui să fie una din glume, nu? am întrebat încruntată.

Nu mi se părea amuzant. Mai ales când vedeam toate semnăturile şi ştampilele în josul paginii.

— Nu este nicio glumă, Char. Eu am...

Mi-am ridicat privirea furioasă spre ea. Aşteptam o explicaţie chiar bună pentru asta, căci eu nu aş fi putut intra la acel liceu nici după ce aş fi muncit o viaţă întreagă pentru a plăti taxa. De asta îmi părea o glumă a naibii de proastă.

— Am auzit de la doamna casei că era un loc liber pentru bursieri în ultimul an. Un elev a plecat. Aşa că am depus eu actele pentru tine şi am sperat că datorită notelor tale foarte bune vei putea să îi iei locul. Şi, ei bine, astăzi am primit scrisoarea...

Mi-am deschis gura şocată, dar şi stupefiată. Asta încă nu era real, însă urma să îi intru în joc.

— De ce nu mi-ai spus şi mie? am întrebat.

Nu voiam să mă mut la alt liceu, în niciun caz la unul dintre cele mai scumpe licee din lume. Am citit multe despre el şi când eram mică îmi imaginam că învăţam acolo. Appleby era pe locul nouă în lume în topul celor mai scumpe instituţii şcolare. Asta era definiţia unui film clişeic.

— A fost visul tău din copilărie, chiar dacă nu ai avut niciodată intenția să aplici acolo, din frica de a nu fi acceptată. Am aflat acestea și am acționat imediat. Nu te-am întrebat și nu ți-am spus în cazul în care nu ai fi luat locul. Nu voiam să fii dezamăgită și să ai parte de încă o lovitură la o vârstă atât de fragedă, fetița mea. Dar ai intrat, iar asta...

Și-a întins mâinile spre mine și m-am tras de sub atingerea ei.

— Merg la culcare acum, am anunțat-o. Mâine dimineață poate o să îmi spui adevărul, că este o scrisoare falsă.

M-am ridicat de la masă, cu scaunul scârțâind, și m-am întors pentru a merge în cameră.

— Doar pentru că încă nu ai avut parte de nimic bun în viața ta, nu înseamnă că nu meriți, Charity. Este real. Visează la asta după ce adormi.

M-am oprit în loc pentru a auzi ce a avut de spus, apoi mi-am continuat drumul în cameră. Am strâns scrisoarea în pumn și am aruncat-o pe pat când am intrat. Am trântit ușa după mine și mi-am pus mâinile în cap, stricându-mi părul prins în coadă.

Asta nu se întâmpla. Dacă vestea aceasta ajunsese la mama, însemna că știau mulți de locul acela liber. Putea fi auzită de cineva cu bani sau cu relații, poate chiar cu note mai strălucite decât ale mele. Locurile la liceul Appleby erau mai vânate decât cele mai noi articole de la *Victoria's Secret*. Era imposibil ca eu să fi primit unul.

Am luat hârtia și am despachetat-o, citind totul din nou.

Cursurile începeau odată cu noul an școlar, iar uniforma bizar de scumpă și manualele făceau parte din bursă. Școala acoperea totul. Mi-am primit până și orarul, împreună cu un plan de construcție a școlii, pentru a găsi mai ușor clasele – și Doamne, Dumnezeule, era imensă. Tot ceea ce trebuia era acolo. Era real. Doar că nu părea să fie.

Ușa de la intrare s-a auzit, apoi cheia s-a învârtit în broască. Mama a mers să doarmă în casa în care lucra. Era mai bine așa. Voiam să rămân singură în această noapte. Aveam multe la care să mă gândesc. Iar somnul puternic care mă amețea dispăruse brusc.

# Capitolul 2

Mi-a luat toată noaptea să analizez problema mea, care, de altfel, era şi salvarea mea. Am dormit numai două ore, iar următoarea zi de lucru urma să fie un dezastru, însă gândurile mele noi mă puteau distrage de la oboseală.

Se întâmpla. Am realizat că totul era real. Urma să învăţ la liceul Appleby. Şi nu mai eram furioasă, ci entuziasmată. Dar îmi era o frică soră cu moartea. Cei de acolo erau dintr-o lume atât de diferită faţă de a mea, şi probabil că aveau să îmi facă şederea groaznică.

Ce mai conta? Eram oficial înscrisă în ultimul an la liceul Appleby! Aproape că ţipam de bucurie.

Am sunat-o pe mama de dimineaţă să îmi cer scuze şi să îi mulţumesc de un milion de ori, apoi i-am trimis mesaj Kendrei şi lui Allen cum că trebuia să îi văd în acea seară, imediat cum scăpam de la lucru. Într-o săptămână se termina vacanţa de vară, începea şcoala, şi noi nu mai eram colegi. Trebuia să îi anunţ în legătură cu asta, deşi eu încă nu puteam crede până nu mă vedeam acolo, cu uniforma şi manualele extrem se scumpe care mi-au venit prin poştă în acea zi.

Ţinuta obligatorie era de două feluri: cea pentru orele de sport, care conţinea un tricou, adidaşi, pantaloni şi geacă de trening în culorile liceului – bordo, negru şi alb –, şi cea formală, pentru restul orelor, formată dintr-o fustă neagră, o cămaşă imaculată şi un sacou bordo asortat cu o cravată. Cu siguranţă că erau cele mai frumoase haine pe care le-am avut vreodată. Şi nu m-am abţinut să mă holbez la ele până am plecat la muncă.

Se spune că după furtună marea se linişteşte. Aşa a fost şi în cazul meu, căci după ziua groaznică de ieri, cea de astăzi a fost lină. Nu m-am mai murdărit cu mâncare şi nici nu am avut treabă în plus de făcut. Nu am ţinut cont nici măcar de orele şi minutele până la terminarea programului, nu simţeam oboseala. Liceul Appleby îmi ocupa gândurile în permanență și mă făcea să visez departe. Prea departe pentru mine, o ospătăriță.

Acest liceu mă putea învăța mai multe – îmi putea oferi mai multe. Dacă urma să mă descurc, atunci diploma liceului mi-ar fi deschis porți la care mi-am dorit mereu să ajung, să le pătrund, să le descopăr. Aș fi lucrat până și pe gratis la început, numai să știu că peste ani de zile puteam să îi ofer mamei și mie o viață pe care să o meritam după cât ne-am strofocat. Totul depindea de asta. Era șansa mea – acea șansă despre care se spune că vine o dată în viață. Și aveam de gând să profit de ea.

— Am terminat aici, mi-a spus Andy, trezindu-mă din vise.

Era îmbrăcat de plecare. Ceasul bătea ora zece și trebuia să închidem, dar eu mai aveam de șters pardoseala.

— Întoarce semnul când ieși, te rog. Și noapte bună, i-am urat cu un zâmbet călduros.

Acum o înțelegeam pe mama. Cum abia se putea abține din zâmbit. Nici eu nu puteam, îmi era imposibil încă din momentul în care am decis să mă las dusă de curent.

— Noapte bună. Ne vedem mâine.

Imediat după ce a plecat Andy, am lustruit podeaua și m-am schimbat la foc automat. Eram nerăbdătoare să mă întâlnesc cu prietenii mei pentru a le spune despre mutarea mea la liceul de vis. Doar că trebuia să ne întâlnim într-un pub, un loc în care nu aș fi fost văzută în mod normal, și pentru care nu eram îmbrăcată adecvat. Adidașii mei vechi, blugii uzați și tricoul simplu de pe mine erau ce aveam mai bun.

Totuși, încă rămâneam încântată.

Am închis *Charleston* – nume foarte inspirat dat de către șeful meu – și am pornit pe jos spre pub-ul la care mi-au dat întâlnire Allen și Kendra. Aveam noroc că nu au ales nimic prea scump, cum obișnuiau să facă. Deși mergeau la un liceu public, ei își permiteau din când în când să iasă undeva pentru a cheltui bani, spre deosebire de mine. Totul era scump în fața mea, până și timpul pierdut.

Am intrat în barul ales de Kendra și am devenit anxioasă până când i-am găsit părul șaten și cârlionțat, iar lui Allen ochii căprui și blânzi ațintiți spre mine. Stăteau așezați la masa din mijlocul încăperii. Grozav! Multă atenție.

Mi-am făcut loc până la ei și am mers cu privirea în pământ spre locul în care se aflau. Mă bucuram că măcar aleseseră un loc liniștit, chiar dacă era destul de populat.

— Ia te uită, Chars, trăiești! a exclamat Kendra ironică.

S-a întins spre mine când m-am așezat pe scaun și mi-a oferit un sărut pe obraz. La fel a făcut și Allen.

— Mă mir că ai hotărât în sfârșit să te vezi cu noi. Asta înseamnă că arde ceva, mi-a spus Allen.

*Mereu atât de perspicace*, am comentat în gând.

Au așteptat să mă așez și să comand o apă plată până să le spun ce aveam de spus, dar se vedea pe fețele lor că erau interesați de vestea mea.

— Acum zici? Nu cred că ai mers atât drum pe jos doar ca să bei apă cu noi, a comentat Kendra.

Ochii ei de felină străluceau a încântare. Îmi plăcea prea mult să depistez starea oamenilor după privirea lor. Ochii oamenilor pot exprima multe. Kendra exprima curiozitate și entuziasm în acest moment. Allen, ei bine, era mai evaziv, dar tot îmi dădeam seama că îl interesa vestea mea. Așa că am lansat bomba.

— M-am transferat la Appleby, i-am anunțat.

Cei doi prieteni ai mei și-au oferit o scurtă privire unul altuia, apoi au început să râdă la unison. Puternic, zgomotos, sincer. Au atras până și priviri de la alte mese. Atenție. Ceea ce mie nu îmi plăcea.

Nu am fost jignită de către reacția lor. Era una normală. Îmi știam situația, și nici măcar ei nu ar fi putut să se transfere acolo, mai ales în ultimul an școlar.

— Nu pot să cred că ai venit până aici să ne spui o glumă atât de...

Am întrerupt-o pe Kendra când am scos scrisoarea împachetată din geantă și i-am oferit-o. Ochii ei verzi s-au mărit de surprindere, iar Allen și-a înghițit limba.

— Ce este asta? a întrebat.

— Citiți, i-am îndemnat.

Aceștia au făcut întocmai, urmărind fiecare cuvânt cu atenție. Mi-am dat seama de asta pentru că le-a luat puțin cam prea mult să citească o scrisoare. La urmă Kendra a lăsat-o jos și privirea i s-a pierdut în gol.

— Nu ai glumit...

— Nup.

Allen a pufnit gânditor.

— Măi să fie!

Mi-au părut rezervați pentru câteva clipe – clipe de care mi-a fost jenă. Eram o persoană geloasă de fel, de aceea îi invidiam pe bogătași, inclusiv pe elevii de la Appleby. Îmi era frică ca nu cumva prietenii mei să fie geloși pe mine pentru că urma să studiez acolo. Apoi amândoi au sărit să mă îmbrățișeze și îndoielile mi-au trecut. Ei erau oameni buni, de aceea îi consideram prieteni.

— Felicitări, tocilaro! Lunile în care ai stat închisă în casă pentru a învăța au dat roade, m-a felicitat Allen.

Și-a dus mâna în capul meu și mi-a ciufulit părul strâns în coadă, cum obișnuia să facă atunci când era mândru de mine. Kendra privea totul cu zâmbetul pe buze de lângă noi. Imediat cum a terminat, mi-am desprins părul și l-am prins iar.

— Și? Ai de gând să petreci cu noi pentru asta? a întrebat prietenul meu.

L-am privit ironică.

— Știi că mâine lucrez, i-am amintit.

— Dar este duminică. Nu îți poți lua liber? a intervenit Kendra.

Am oftat visătoare. Nu, nu puteam. Asta însemna o zi tăiată la salariu, iar eu nu îmi permiteam așa ceva. Nici măcar un ban. În plus, curând începea școala, iar programul și banii ar fi scăzut la un nivel dureros. Nu aveam nevoie să pierd alte zile de muncă.

— Nu. Am venit doar ca să vă spun asta. Plec imediat acasă. Am dormit doar două ore noaptea trecută. Trebuie să mă odihnesc.

Cei doi m-au înțeles, deși păreau nemulțumiți.

— Atunci bănuiesc că vom discuta zilele următoare despre planul de război, a comentat Allen serios.

Pentru o clipă am crezut că glumește, dar niciunul dintre ei nu a râs. Asta însemna că am pierdut eu ceva.

— Poftim? Război?

Am crezut că nu auzeam bine. Oboseala îmi făcea asta uneori. Mă împiedica să aud, să văd, să gândesc sau să asimilez lucruri.

— Nu îmi spune că nu știi! a intervenit Kendra.

Mă făceau să mă simt complet pe dinafară, și eu eram cea care urma să meargă să studieze la liceul acela.

— Nu, nu știu. Îmi puteți spune și mie despre ce vorbiți?

Allen și Kendra parcă s-au înțeles din priviri care să înceapă povestea. Până la urmă a spus el totul, deoarece părea că știa mai bine situația.

— Am un prieten acolo, care mi-a spus cum stă treaba, și Dumnezeule Mare, să fii elev este mai stresant decât să fii angajat. Dar pentru asta sunt antrenați, să învețe să conducă, să intimideze și să obțină totul.

Pielea mi se făcuse deja de găină. Mă întrebam dacă eu puteam face toate astea. Să conduc, să intimidez, să obțin...

— Ideea este că acolo clasele sociale sunt mai dure decât în lumea reală și există niște reguli nescrise pe care toți elevii le urmează de frică. Nu știu exact cum stă treaba, eram prea beat în ziua în care Alec mi-a spus totul despre asta, dar știu că el stă bine la capitolul *bani* și tot merge cu groază la acel liceu. Tu ai fi printre ultimii în acel top al bogăției – fără supărare –, iar asta poate să îți facă rău fără să fi comis ceva.

Îl priveam încruntată în timp ce îmi explica totul și fiecare cuvânt pe care îl rostea era mai penibil decât anteriorul. Pe mine chiar nu mă interesau bârfele copiilor bogați sau părerea lor despre statutul meu social sau financiar. A încetat să îmi mai pese cu mult timp în urmă.

— Ar trebui să mă știi mai bine, Allen. Nu sunt ca prietenul tău, nu îmi pasă ce spun despre mine.

— Nu este vorba de ceea ce spun, s-a grăbit el să îmi mărturisească, ci despre ceea ce fac.

M-am lăsat moale pe scaun, arătându-i că mi-a captat atenția. *Ce fac ei?*

— Cu toții credeau că este vorba doar despre a-ți bate joc de cei săraci, sau oricine le era inferior grupului de bogătași ai școlii, până acum doi ani, când un bursier a fost găsit cu droguri în dulapul de la liceu. Era major, așa că fost reținut și o lună întreagă s-a discutat despre situația lui. Până la urmă a fost găsit nevinovat, iar cel care a plănuit asta a plătit o sumă de bani măricică să nu se afle că a fost în spatele tuturor. Apoi au urmat mai multe. Oricine călca greșit, o pățea. Se muta din școală, poate chiar din oraș, părinții îi erau concediați, își făceau probleme cu poliția sau...

A făcut o pauză în vorbire. Nu îmi plăcea pauza aia. Detestam acea pauză încărcată de suspans.

— Cineva a ajuns în spital. Nu a fost rănit grav, a picat pe scări și și-a rupt piciorul, dar tot este ceva. Nu vrem să te rănești în vreun fel. Așa că o să îl sun pe Alec și îi voi spune să țină un ochi pe...

— Nu, l-am întrerupt. Astea sunt porcării. Acel copil ar fi putut doar să pice pe scări. Părinții pot fi concediați, concedieri există zilnic. Oamenii se mai mută din orașe, iar din școli... Ei bine, poate nu au mai suportat prostia bogaților. Și cel cu drogurile... De unde știi tu că nu le folosea cu adevărat? Unii se pot ascunde foarte bine după măști.

Dacă era ceva ce detestam mai mult decât nedreptatea, aceea era drama. Iar drama venea odată cu falsitatea. Le uram pe amândouă, la fel de tare. Și povestea asta îmi suna a dramă falsă.

— Atunci cum se face că toți cei care au pățit asemenea lucruri au avut probleme cu *ei*?

Mi-am dat ochii peste cap.

— De coincidență ai auzit? l-am întrebat ironică. Probabil că toți aveau probleme cu acești *ei*, în orice caz.

Allen a dat dezaprobator din cap la mine.

— Oricum, eu îl voi pune pe Alec să fie atent la tine, pentru eventualități. Încheiem discuția.

Mi-am deschis gura să spun ceva, apoi m-am blocat. Doar pentru că am făcut loc unei replici mai inteligente să vină.

— Nu am nevoie de prieteni plătiți sau de gardă de corp. Mă pot apăra și singură, mersi.

A venit rândul lui Allen să își dea ochii peste cap la mine. Kendra era atât de liniștită doar pentru că ne asculta numai pe jumătate. Cealaltă jumătate era atentă la telefonul ei, trimițând mesaje.

— Char, încă nu i-ai întâlnit...

— Ghici ce! Nici ei nu m-au întâlnit pe mine. Şi contrar numelui meu, pot fi mai rea decât coşmarurile lor în care iahturile li se scufundă.

Am luat scrisoarea de pe masă, am pus-o în buzunar şi am plătit apa de care nici măcar nu m-am atins.

— Ne mai vedem.

Nu am spus când, pentru că nici măcar eu nu ştiam asta. Niciodată nu ştiam când mai prindeam timp liber sau când îl foloseam să mă întâlnesc cu ei. Şi având în vedere că peste câteva zile începeam şcoala în locuri diferite, urma să ne mai vedem o dată pe lună. Poate chiar mai rar. Sau poate mai des.

Allen a oftat înfrânt şi m-a lăsat să plec. Mi-am salutat ambii prieteni şi am plecat spre casă.

Mama nu putea să doarmă în această noapte cu mine. *Doamna*, cum îi spunea ea mereu, îi ceruse să rămână pentru că aveau o cină importantă la care trebuia să ajute până târziu. Era entuziasmată să vadă hainele noi pentru liceu, dar s-a împăcat cu gândul că *şi mâine este o zi*.

Da, era o zi. Era duminică. Iar eu tot lucram. Însă nu mă plângeam, pentru că ziua salariului mă recompensa pentru aproape toată oboseala şi nervii pe care îi consumam pe serviciu. Apoi încă şapte zile obişnuite care treceau în zbor. Şi urma să merg la liceul Appleby.

Aveam un zâmbet pe faţă de fiecare dată când mă gândeam la asta, indiferent de ce mi-a spus Allen. Nu credeam în asemenea porcării. Cine ar fi în stare să îţi facă rău în acest hal doar pentru că eşti dintr-o clasă socială inferioară şi pentru că nu le-ai respectat ordinele? Drame adolescentine.

Plănuiam să fiu eu însămi şi să mă mândresc de faptul că lucrez pentru a-mi câştiga traiul, nu să îmi petrec viaţa irosind banii şi munca altcuiva. Nu mă interesau glumele făcute la adresa *ospătăriţei* sau bârfele, nici atât comportamentul copiilor răsfăţaţi faţă de mine. În plus, mergeam acolo doar să termin ultimul an de liceu, nu să mă fac plăcută sau să merg la război, cum spunea All.

*Şi va fi un an grozav, indiferent de toate.*

# Capitolul 3

Aveam emoții. Cu fiecare secundă, minut, oră, zi de lucru care trecea, aveam emoții și mai mari. Iar în dimineața primei zile de școală, când am îmbrăcat uniforma perfectă, care mirosea a nou, emoțiile aproape că mă făceau să mă transfer din nou la vechiul meu liceu.

M-am trezit devreme, de la cinci – de fapt nici nu am adormit, eram prea emoționată pentru somn și nu am închis un ochi toată noaptea –, am plecat mult prea repede de acasă și am mers pe jos până la școală, chiar dacă era departe. Mai degrabă mă trezeam cu o oră mai devreme decât să cheltuiesc bani inutili pe un taxi. Liniile de autobuz sau metrourile nu ajungeau până acolo.

Fiecare pas îmi aducea emoții. Faptul că purtam acele haine scumpe îmi aducea emoții. Gândul că mergeam spre liceul Appleby îmi aducea emoții. Dar picătura care a umplut paharul a fost vederea clădirii maiestuoase din fața mea în momentul în care am ajuns la destinație.

Era de cel puțin zece ori mai mare decât fostul meu liceu și avea două corpuri, unite printr-un fel de pod-tunel transparent, asemănător unei sere goale. Arătau ca și cum erau făcute complet din sticlă, pentru că geamurile se întindeau de-a lungul clădirilor, învăluindu-le ca niște mănuși. Clădiri cu adevărat moderne, care nu aveau secrete.

Am trecut cu greu de zidul care o înconjura. La poartă se opreau tot felul de mașini arătoase, cărora li se deschideau ușile pentru a ieși adolescenți de vârsta mea, îmbrăcați cu aceeași uniformă ca și mine. Pe lângă ele stăteau doi gardieni, care se asigurau că nu intra nimeni fără uniformă, și pentru o secundă am crezut că mă vor opri, dar m-au lăsat să trec. Oficial am deschis o uşă către lumea lor. Am intrat în lumea lor.

Liceul părea şi mai intimidant odată ce eram aproape de el. În faţa lui se afla o fântână artificială superbă, probabil cât casa mea de mare, în dreapta un teren de fotbal de cinci-sprezece ori cât restaurantul la care lucram, iar în stânga lui era o grădină în aer liber, plină de bănci şi mese, unde puteai lua prânzul. Până şi acea grădină era mai mare decât blocul în care locuiam. Şi ornamentele florale semănau cu cele din *La Jolla*. Mari, multicolore, aranjate cu un simţ artistic desăvârşit. În locurile în care treceam eu abia găseam o lalea sau o păpădie.

Simţeam nevoia să compar toate aceste lucruri, să compar stilurile noastre de viaţă atât de diferite, doar ca să rămân trează şi să îmi dau seama că nu aparţineam locurilor de acest gen. Cel puţin nu aparţineam încă. Plănuiam să ies din acest tipar şi avansez cu cel puţin o clasă socială cândva. Voiam să simt că am făcut ceva în viaţă şi că nu am pierit în van.

Mi-am dat seama că m-am oprit să admir prea mult peisajul când am fost depăşită de alţi elevi care mergeau spre şcoală. Îi priveam de la spate şi îmi dădeam seama că indiferent dacă purtam aceleaşi haine, încă arătam diferită faţă de ei. Nu aveam acea siguranţă în ochi, în mers şi în mişcări pe care ei o aveau.

M-am întors la o sută optzeci de grade. Nu cred că aveam de gând să plec, nu îmi amintesc ce voiam să fac, poate că îmi doream doar să îmi trag sufletul pentru câteva secunde, dar tocmai atunci mi-am auzit numele.

— Charity!

Nu cunoşteam nicio persoană de aici, eram sigură de asta, şi nici vocea bărbătească care m-a strigat nu îmi părea cunoscută, iar asta însemna un singur lucru. Era prietenul lui Allen.

M-am întors din nou cu faţa spre liceu, dar de data aceasta nu m-am mai uitat prin împrejurimi, ci printre elevi. Mi-a fost uşor să îl recunosc, pentru că era singurul care venea din direcţia şcolii spre mine. Şi arăta exact ca şi ceilalţi. Uniforma perfect aranjată în culorile şcolii, părul blond şi ochii albaştri asemănători cerului întunecat, tipicul licean fermecător.

— Tu eşti Charity, nu-i aşa? a întrebat băiatul blond, arătând spre mine.

— Da. Şi tu ar trebui să fii... Alex?

Acesta a zâmbit amuzat.

— Alec, dar ai fost pe aproape.

Eu nu îi returnam zâmbetele. Nu voiam să fiu prietena lui, nici nu mi-am dorit să îl cunosc. Şi, pe lângă asta, era unul dintre ei. Un bogat răsfăţat.

— Deci... Vrei să îţi prezint şcoala?

Aş fi vrut să spun un tare şi răspicat *nu*, dar mi-am amintit unde mă aflam şi cu cine. Nu voiam să apar în biroul directorului din prima zi pentru că mă luasem la ceartă cu cineva prea *diferit* faţă de mine, să îi spun aşa. Aveam nevoie de o persoană care să mă mascheze şi de o distragere. Poate că aşa aş fi trecut invizibilă pe lângă ei.

Am afirmat din cap şi am început să merg la pas cu Alec.

— De unde ştiai că eu eram? Doar nu ne-am mai văzut niciodată.

Voiam să aflu dacă şi el vedea diferenţa asta dintre mine şi ceilalţi, chiar dacă purtam aceleaşi haine. Se observa că eram ca şi picată din cer?

— Allen mi-a dat o poză cu tine. Am venit primul şi am aşteptat la fântână, ca să te găsesc înainte să o facă alţii.

Mi-am mărit ochii.

— Alţii? Cum adică alţii?

Alec a început să râdă, cât timp eu fierbeam la foc mic.

— Stai liniștită. Dacă vei face întocmai cum îți spun eu, nu numai că vei supraviețui, dar vei și absolvi fără nicio zgârietură.

Asta înseamnă că și el se referea la ce mi-a povestit Allen. Dramele acelea adolescentine. Tare mult voiam să aflu cine erau acei *ei* care făceau atâtea pagube pe aici.

— All mi-a spus că există clase sociale în interiorul acestor pereți, am mormăit eu.

Și că tot a venit vorba, am intrat între acei pereți printr-o ușă care se deschidea cu senzor, exact ca la marile mall-uri.

Holurile erau albe, dulapurile bordo, precum uniformele, iar în mijlocul clădirii se vedeau niște scări imense, spiralate, care duceau către următoarele etaje. *Dumnezeule Mare*, eram într-un palat.

— Haide să spunem doar că există trei tipuri de oameni aici, cum există de altfel și în lume. Regii, subalternii și sclavii.

M-am oprit în loc.

— Hei! m-am răstit jignită.

Alec s-a întors spre mine și s-a strâmbat stângaci.

— Îmi pare rău, nu voiam să sune așa, s-a scuzat el.

Mi-am dat ochii peste cap și am continuat să merg la pas cu nesimțitul subaltern – cel mai probabil.

— Poți să te cerți cu subalternii, poți să te bați cu ei în afara școlii, poți face orice cu ei. Doar nu te pune cu regii!

A făcut stânga pe un hol și eu mi-am scos hârtiile din ghiozdan, încă ascultându-l cu atenție.

— De ce? am întrebat eu în mod stupid.

Alec a oftat, dar nu mi-a răspuns încă.

— Care este dulapul tău?

Am tresărit mirată, apoi am căutat printre hârtiile pe care le aveam în mâini. De ce naiba erau atât de multe? Era să scap ghiozdanul și manualele din el de trei ori până când am găsit hârtia bună.

— O sută șaizeci și trei, am citit.

Nu i-a plăcut ceea ce a auzit.

— Ești aproape de Crystal, din păcate, dar departe de Ace, ceea ce este bine. Urmează-mă!

Am mers prin labirintul școlii după el și încercam să mă opresc din a mă holba la grupurile de studenți care vorbeau despre bani și afaceri. Alec a salutat câțiva prieteni în drumul spre dulapul meu și dintr-odată am început să mă simt singură. La vechiul meu liceu aveam și eu prieteni...

— O sută șaizeci și trei, domniță, mi-a spus Alec când s-a oprit din mers.

Am căutat pe hârtii codul și după ce l-am introdus, am scos manualele din ghiozdan pentru a le așeza în dulap. Alec încă nu a plecat de lângă mine, așa că în timp ce lucram, mi-am permis să continui discuția neterminată de acum câteva minute.

— De ce nu ar trebui să mă pun cu regii, Alec?

Acesta și-a coborât ochii albaștri și limpezi în pământ. Pentru o secundă am văzut ce ascundea sub atâta veselie și am putut jura că urla în interior.

— Allen mi-a spus ce ți-a povestit, dar, cum a mai menționat și el, era beat când a aflat de la mine, așa că a ratat cam multe detalii.

Alec și-a întors capul subtil și a cercetat holul cu privirea. Adolescenți de vârsta noastră erau împrăștiați pe coridor, dar nimeni nu se afla destul de aproape pentru a trage cu urechea, așa că s-a întors la mine.

— Știi băiatul care a picat pe scări? Nu are niciun picior rupt, nici vorbă. Dar a rămas invalid de la brâu în jos.

Ochii mi s-au împăienjenit și ultimul manual pe care îl mai aveam în mână a picat la podea, împreună cu ghiozdanul și hârtiile. Nu mi-am dat seama de asta până când Alec s-a aplecat să le strângă și mi-i le-a înapoiat în ordine. Am rămas nemișcată până atunci.

Paralizat? Doamne, Dumnezeule! Acel băiat nu ar fi putut să mai lucreze niciodată, să se bucure de viață, să se căsătorească, să aibă copii... Puneam pariu că până şi prietenii îl părăsiseră în acele momente. Bietul de el...

— Pământul către Charity! Va fi bine pentru tine. Doar încearcă să eviți să dai detalii despre viața ta. Şi dacă cineva te întreabă direct cu ce se ocupă părinții tăi, spune-le că sunt plecați cu afaceri în străinătate. Nu ar avea cum să ştie dacă minți sau nu, şi nici nu vor afla că eşti bursieră, pentru că documentele elevilor sunt bine păstrare în biroul directorului.

— Dar...

— Şi nu cauza probleme. Treci invizibilă. Nu sta în calea regilor.

Mi-am păstrat ideile pentru mine. Nu voiam să mint. Detestam minciuna. Mereu eşti prinsă cu ea până la urmă. Dar poate că în acest caz aş fi supraviețuit până la absolvire.

— Bine, i-am spus.

Nu aveam de gând să îmi fac prieteni. Probabil că urmam să evit pe toată lumea de aici, aşa că nu puteam minți dacă nu vorbeam cu ei. Totul avea să iasă bine.

— OK. Atunci, dacă am terminat cu instruirea ta, unde ai primul curs?

Foile. Din nou. Văzusem asta pe undeva. Era pe a treia sau pe a patra, în susul sau la mijlocul paginii... Eram pierdută.

— Geografie, am răspuns într-un final.

Alec şi-a băgat mâinile în dulapul meu, a scos un manual pe care mi-i l-a înmânat, apoi a închis uşița şi mi-a făcut semn cu capul să îl urmez.

Ne-am întors pe holul principal, apoi am mers la scările spiralate din mijloc şi am început să urcăm pe ele.

— Se va suna în câteva minute, ai timp să găseşti sala de clasă. Eu am ore la unu. Tu vei merge la etajul doi şi vei număra până la a şasea uşă pe partea dreaptă.

A şasea? Câte clase existau pe etaj? Şi câte etaje avea clădirea? Mai important, câți elevi avea? Deja mă simțeam îmbrâncită de orice persoană care trecea pe lângă mine.

— Bine, am mormăit.

Când am ajuns la primul etaj, Alec s-a îndepărtat de mine, apoi s-a întors cu fața de *am uitat ceva*.

— Oh, și încearcă să nu fii mâncată de vie încă din prima zi. Îmi place de All, vreau să rămânem prieteni. Și nu voi putea face asta dacă află că am eșuat încă din prima zi protejându-te.

A râs frumos când mi-a văzut fața speriată, dezvelindu-și dinții albi. Unul dintre canini îi era strâmb, puțin ieșit în afară, dar asta îl făcea simpatic.

Mi-am scuturat capul și m-am întors, mergând pe scări în sus.

Toate holurile erau la fel. Albe și mari, cu uși împrăștiate simetric pe stânga și pe dreapta, iar în capetele lor pereții aceia de sticlă care mă înfiorau. Cred că tocmai aflasem cu această ocazie că aveam frică de înălțimi.

Din fericire, nu a fost nevoie să număr șase uși, căci plăcuțe aurii cu numerele sălilor erau lipite de ele, iar cel al clasei de geografie era scrisă pe foaia mea. Cu puțin noroc, nu am întârziat și nici nu a fost nevoie să întreb pe cineva unde se afla clasa.

Am intrat tocmai când s-a sunat și colegii mei nu au apucat decât să se holbeze la mine, nu să îmi și spună ceva. Îi mulțumesc lui Dumnezeu, profesorul a venit exact după mine și am început ora.

Mă simțeam ciudat. La vechiul meu liceu, în prima săptămână nici măcar nu aveam manualele, nu ni se preda, nu făceam mai nimic. Aici, în schimb, am început din prima zi. Profesorul de geografie a făcut o mică recapitulare orală cu noi și ne-a îndemnat să ne reîmprospătăm creierul după vacanță. Am știut multe răspunsuri la întrebările lui, dar nu am răspuns la niciuna, nu voiam atenție. Era de ajuns să dau lucrări pentru note.

M-am bucurat enorm și de faptul că niciun profesor nu mi-a cerut să mă prezint oficial clasei, așa că am făcut cum a spus Alec, am rămas invizibilă. Asta până la prânz, când nu aveam nicio idee ce să fac. Nu mi-am luat bani la mine, nu știam dacă trebuia sau nu să plătesc mâncarea din cantină aici și nici nu prea îmi era foame, așa că am explorat școala singură.

În timp ce restul coborau scările pentru a merge la cantină, eu eram singura care le urca. Voiam să văd câte etaje avea această clădire. Erau patru. Două clădiri de câte patru etaje, și am observat că fiecare etaj avea câte douăsprezece săli, iar la parter erau doar dulapurile și cantina. Nouăzeci și șase de săli? Pentru ce era nevoie de atâtea? Nu mi-am bătut capul cu asta. Școala Appleby era sponsorizată de compania hotelieră Appleby, ceea ce însemna că era sponsorizată de oameni bogați, iar oamenilor bogați le trebuie de obicei mult spațiu fără motiv.

Deși clădirea avea patru etaje, m-am grăbit să merg mai departe, până la capătul scărilor, căci acestea încă se întindeau în sus. Credeam că voi da de un acoperiș, că poate reușeam să obțin aer curat fără să fiu văzută de sute de oameni bogați și curioși, dar ăsta era de departe un acoperiș anormal.

Geamuri, din nou. Totul era acoperit de o boltă de geamuri. Mă simțeam ca într-o minge sau ca într-un glob de sticlă. Dar am găsit ceva mai important decât fobia mea de geamuri. O seră. Flori și plante minunate, de toate culorile și mărimile, erau așezate în ghivece și împrăștiate peste tot. Nu vedeai nimic de ele, aproape că nu aveai nici pe unde să calci. Exista doar o potecă pe care puteai merge până în capăt și... înapoi.

M-am blocat în timp ce mângâiam petalele unei flori. Eram în transă, pentru că făcusem opusul lucrului pe care încercam să îl fac. Mă întâlnisem cu o persoană.

Un tip era în capătul potecii, sprijinit de o balustradă, care se întindea în jurul serei, și era conștient de prezența mea, exact așa cum și eu eram de a lui.

M-am întors pe călcâie imediat și am grăbit pasul fără să mă uit în urmă.

— Hei!

*O, Doamne!*

Strigase după mine. După mine strigase, nu?

*Evident!* Doar eram numai noi doi acolo.

Ce urma să fac? Nu puteam să mă opresc. Am mers înainte și speram doar să nu îmi fi văzut chipul încât să mă recunoască, cum nu făcusem nici eu cu al său.

— Oprește-te! mi-a ordonat.

Să creadă el că mă opream. Am continuat să merg, chiar dacă am auzit cum a început să vină pe urmele mele.

— Am spus să te oprești!

A doua oară l-am ascultat.

Vocea lui a fost atât de hotărâtă și a sunat atât de fioroasă încât mușchii mi-au înghețat și m-am oprit.

Am ascultat neputincioasă cum pașii fermi s-au apropiat de mine și inima îmi bătea atât de rapid, cum nu a mai bătut de mult. Frică. De ce îmi era frică? Parcă nu credeam în poveștile despre școala asta. Ce se întâmplase între timp?

Trebuia să trec neobservată, cum mi-a spus Alec. Dacă fugeam acum, numai neobservată nu treceam. Mai bine îi spuneam tipului cu voce fioroasă că m-am pierdut și mergeam în treaba mea.

Pașii erau exact lângă mine. Umărul lui l-a atins pe al meu când m-a ocolit și s-a poziționat în fața mea. Îmi era teamă să îmi ridic privirea, așa că pentru o bună bucată de timp nu am putut observa decât picioarele lui și faptul că nu avea partea de jos a uniformei – purta blugi.

— Ce cauți aici? a întrebat el.

De data asta folosise un ton normal, însă pielea tot mi s-a făcut de găină. Vocea sa vibra pe tonuri pe care nu le-am mai auzit.

Nu puteam să mențin o discuție cu capul în pământ. Eu nu eram așa. Și trebuia să îmi amintesc că cei din acest liceu

erau genul de oameni pe care i-aş fi călcat în picioare dacă
aş fi avut ocazia, aşa că am ridicat capul şi am rămas cu gura
căscată. A doua oară în trei minute în prezenţa lui.

El era! Tipul care a trecut strada pe roşu, cel pe care era
să îl accidentăm cu camioneta şi care îmi datora şase dolari
pe mâncare. Să nu mai zic de hainele distruse. Aproape că
îmi venea să îi spun asta, dar m-am oprit din nou să îl anali-
zez. Poate exista şansa să mă înşel.

Aproape toţi cei din şcoala asta aveau un corp fără cusur,
aşa că nu am tras concluzii după acest aspect. Dar părul îi
era la fel, aproximativ. Acum era aranjat, vâlvoi, cu bretonul
care îi pica doar pe partea stângă a frunţii. Şi ochii... verzi.
Goi.

— Tu eşti, am mormăit pentru sine.

Spre nenorocirea mea, m-a auzit.

— Poftim?

Acela a fost momentul în care m-am trezit la realitate şi
m-am dat un pas înapoi. De ce era atât de aproape de mine?
De ce mi-am dat seama abia atunci? Mă încălzisem la faţă.
Puneam pariu că eram roşie.

— Nu, nimic. Te-am confundat. Trebuie să plec, îmi
pare rău.

L-am ocolit şi am mers spre stânga, la uşă. Voiam să
ies cât mai repede de acolo, dar înainte să plec m-am mai
uitat o dată la el. Stătea lejer cu mâinile în buzunare. Părea
atât de nepăsător. Dar nepăsarea din ochii lui era umbrită
de zâmbetul şmecher pe care îl avea în timp ce privea în
jos. Limba lui a trecut peste buzele sale, umezindu-le, apoi
şi-a ridicat ochii înfiorători spre mine. Şi am ieşit, pierzând
presiunea care îmi stătea pe umeri.

# Capitolul 4

— Ai de gând să spui ceva sau mă vei fierbe la foc mic? m-a întrebat mama la trei secunde după ce a intrat în cameră.

Am oftat și mi-am lăsat cărțile și caietele deoparte. Deși a fost prima zi de școală, încercam să îmi amintesc câte ceva de după vacanță, căci nu voiam să fiu sub nivelul celorlalți de la liceu.

— Despre ce vorbești? am întrebat-o oftând.

Mi-am ridicat privirea spre ea și aceasta m-a îmbrâncit în umăr.

— Au! Ăsta este abuz asupra copilului!

— Aștept să mă denunți. Și dacă ai terminat cu glumele, îmi poți spune și mie cum a fost prima zi la noul liceu.

Mi-am plecat privirea și mi-am întors scaunul de la birou spre ea. Se așezase pe pat.

Dacă era să mă gândesc la ziua de astăzi, probabil cel mai interesant lucru era întâlnirea cu ciudatul înfiorător din seră. Pe locul doi se aflau regulile și misterul băiatului invalid. Iar pe trei...

— Ei bine, mi-am făcut un prieten, i-am spus în cele din urmă.

Cred că aceasta era cea mai normală veste pe care puteam să i-o ofer.

— Îl cheamă Alec. Îl cunoaște pe All de ceva timp. Mi-a arătat școala, dulapul, m-a ajutat cu manualele și tot ce trebuie.

Mama a zâmbit.

— Cât de drăguț din partea lui, scumpa mea. Poate îl voi cunoaște cândva, dacă vă veți apropia.

Am dezaprobat-o din cap.

— Nu ai leac! i-am reproșat amuzată.

— Ce este? O mamă are dreptul să viseze. Plus că ai optsprezece ani și încă nu te-am văzut niciodată cu vreun iubit.

M-am ridicat în picioare și mi-am închis cărțile și caietele.

— Refuz să iau parte la această discuție, i-am spus cu zâmbetul pe buze.

Am mers la dulap și am căutat în el ceva decent de îmbrăcat. Trebuia să mă întâlnesc cu Kendra și Allen astăzi, înainte să merg la muncă.

Sincer, după ce am terminat programul de vară, m-am simțit mult mai eliberată. Turele mele de lucru ajunseseră la jumătate și aveam destul timp pentru ieșiri și studii. Asta până când intram în miez cu materia.

— Dar este o discuție normală mamă și fiică pe care ar trebui să o purtăm cândva, a ripostat ea.

Am găsit niște blugi și un maiou negru. Mi-am luat șosete, lenjerie intimă și un prosop, apoi m-am dus către baie.

— Dar nu astăzi! Și apropo, dacă te interesează și starea mea școlară, nu numai cea socială, să știi că m-am descurcat de minune. Mulțumesc pentru interes.

Am intrat în baie fără să mai aud un răspuns de la ea, dar eram sigură că mi-i l-a oferit. Nu conta dacă eu o băgam în seamă sau nu, mamei pur și simplu îi plăcea să vorbească.

M-am pregătit și am plecat cât de rapid am putut de acasă, pentru că eu nu pierdeam niciodată timpul, apoi am pornit spre pizzeria la care le-am spus prietenilor mei că voiam să ne întâlnim. Erau curioși cum mi-a mers mie, iar eu eram curioasă cum le-a fost fără mine la fostul meu liceu. Mai aveam o oră până să încep munca, așa că am profitat să ne vedem și să povestim. Pe vremea când am ajuns acolo, cei doi abia plecaseră de acasă. Am comandat o apă plată și i-am așteptat în liniște.

Mintea mea era goală. Nu aveam o problemă la care să mă gândesc, ceva care să mă îngrijoreze sau care să mă bucure, așa că priveam tot ce era în jurul meu și discutam cu mine însămi până și ce nuanță de roșu avea fața de masă.

Eram o ființă cu adevărat plictisitoare. Singurul lucru interesant la mine era că am început să merg la liceul Appleby. Și singurul lucru interesant care îmi venea în minte legat de liceu era băiatul acela.

Când mă gândeam că era cât pe ce să îi spun că îl cunoșteam... Sau, mă rog, că îl mai văzusem o dată înainte. Era să fie călcat de mașina în care eram, dar doar din vina lui. A fost neatent. Sau poate doar ignorant, cum toți oamenii bogați erau.

Dacă îi spuneam că îl cunoșteam, atunci poate că își amintea de mine. Ar fi știut unde lucram, că nu eram bogată, ar fi împrăștiat zvonul prin școală și mi-aș fi semnat sentința la exmatriculare încă din prima zi. Bine că m-am oprit înainte să o comit.

— Bau! La ce te gândești?

Am tresărit când Allen s-a așezat la masă cu mine, apărând de nicăieri. Se pare că până la urmă mintea mi-a fost distrasă.

— La cât puteți voi doi să întârziați. Mai am jumătate de oră până îmi încep tura.

All și-a dezvelit dinții albi, arătându-mi un zâmbet călduros.

— De fapt, la cât pot eu întârzia. Kendra nu va mai putea veni. Urgență în modă. Habar nu am, tu ar trebui să înțelegi mai bine problema asta.

Mi-am rotit ochii. Nici pe departe. Nu aveam timp de modă, cheltuit bani pe haine sau plâns din cauză că nu am pantofi care să mi se asorteze cu poșeta. Ce spun eu aici? Nu aveam nicio pereche de pantofi.

— Hei. Eu nu am nimic de făcut astăzi. Este OK dacă te însoțesc la muncă? Voi plăti consumația și nu te voi distrage, promit.

Nu știam ce să spun în legătură cu asta. Nu voiam să îmi fac probleme la serviciu. Dar la cum îl știam pe Allen, când era cu adevărat plictisit și voia să facă ceva, o făcea. În cazul în care îl refuzam, o oră mai târziu ar fi apărut la *Charleston* și mi-ar fi cerut o cafea mare.

— Chiar nu ai nimic mai bun de făcut cu viața ta? l-am întrebat cu speranță.

— Absolut nimic în acest moment. Va trebui să mă suporți.

Mi-am pus mâna pe inimă, într-un mod dramatic.

— Sper că voi fi destul de puternică încât să îți suport prezența atâtea ore. Dar, dacă stau să mă gândesc... îl suport deja pe Charles. Cu tine va fi floare la ureche. Haide!

M-am ridicat plictisită de la masă, mi-am luat sticla de apă aproape neatinsă și am plătit consumația la bar, în drum spre ieșire.

— Și... cum a fost prima ta zi de glorie? Ai luat bătaie deja?

Mergeam unul pe lângă altul pe trotuar și mă bucuram că străzile nu erau atât de aglomerate. Aveam destul timp să ajungem la muncă, iar o plimbare pe vremea aceasta caldă era numai bună.

— Era cât pe ce, am mormăit, cu gândul la scena din seră.

Am simțit cum Allen mă privea insistent, așa că mi-am îndreptat și eu ochii spre el. Arăta confuz și puțin îngrijorat.

— Glumeam, All. Doamne, glumeam.

Am început să râd pentru a da credibilitate *glumei* mele. Dar, într-un fel, chiar era o glumă. Acel băiat nu m-ar fi bătut, să fim serioși. Nici măcar nu m-a atins când nu i-am răspuns la întrebare și am plecat de acolo ca ultima ciudată. Doar m-a privit... în felul ăla.

— Lasă glumele și spune sincer ce ai făcut astăzi la școală.

Mi-am lăsat capul pe spate și am mers fără chef pentru câteva secunde, apoi am revenit. Nu puteam risca să dau peste cineva sau să ajung în stradă după ce mi-aș fi pierdut direcția.

— A fost bine. Alec mi-a arătat și mi-a explicat tot ce era necesar. La ore nu s-a întâmplat nimic interesant, doar că am început direct cu un fel de recapitulare. Și...

M-am oprit pentru o secundă. Nu știam dacă asta trebuia să îi spun lui All sau nu. Ultimul lucru pe care mi-l doream era să își facă griji. L-ar fi pus pe Alec să stea lipit de mine până aș fi absolvit.

— Spune ce-mi ascunzi până nu scot informațiile cu cleștele.

Dar prietenul meu nu era ușor de dus de nas. I-am spus totul.

— M-am întâlnit accidental cu cineva când mă plimbam prin școală. Am dat de o seră – era un băiat acolo. M-a întrebat ce caut, iar eu m-am scuzat și am plecat. Nimic interesant.

— S-a luat de tine? A vorbit urât sau te-a privit ciudat?

Privit... Nici nu știa cum m-a privit. De parcă mi-a dat foc tuturor celulelor din corp.

— Ăăă, nu, am mormăit când mi-am revenit în simțiri. All, ți-am povestit deja tot ce mi-a spus. Nu a fost nimic.

Mi-am întors capul spre el pentru că știam că mă privea suspect. I-am scos limba.

— Bine. Dar ai grijă și ține-te departe de oricine din școala aia în afară de Alec și cei în care se încrede el. Iar dacă cineva te întreabă de starea ta financiară și socială, minte-i.

Am oftat bosumflată. Mă simțeam atât de rușinată că trebuia să mint. De parcă țineam ascuns cine știe ce secret macabru. Nu făceam nimic greșit, pur și simplu lucram ca să trăiesc, nu stăteam și postam poze în bikini pe Facebook, de pe un șezlong, lângă piscină, în timp ce eram întreținută.

— Nu am auzit un *da*, Char, mi-a atras Allen atenția.

Am mârâit obosită de acest subiect.

— Da, All, așa voi face.

L-am putut vedea cu colțul ochiului cum a zâmbit mulțumit.

— Bun! Acum că am rezolvat asta, am chef de un moc cacino. Mi-l servești tu?

All și-a dus mâna după gâtul meu și m-a apropiat de el drăgăstos.

— Doar dacă lași un bacșiș acceptabil.

# Capitolul 5

Numai mie mi se putea întâmpla ca în a doua zi de școală să nu aud alarma. Din cauza asta am fost nevoită să iau taxiul până aproape de școală și, ca printr-o minune, am ajuns cu zece minute înainte de a se suna pentru prima oră.

Asta m-a făcut să mă întreb dacă acești copii bogați și răsfățați întârziau vreodată sau lipseau de la ore. Probabil că părinții lor plăteau bine ca să nu fie exmatriculați sau ca fișele lor să rămână curate. Și poate că eu eram rea pentru că gândeam așa, dar cel mai probabil aceasta era realitatea. Nu m-am simțit vinovată nicio clipă.

Nu știu de ce, dar cum am intrat în liceu, am avut instinctul să privesc peste tot după Alec. Mă simțeam mai protejată dacă se afla lângă mine. Era ca și masca mea, sau poate chiar bodyguardul meu, indiferent dacă știa asta sau nu. Din nefericire, nu l-am văzut nicăieri și am sperat să nimeresc dulapul meu de cărți. Codul a fost bun, așa că am bănuit că el era. Și un indiciu vital a fost faptul că era singurul nedecorat pe interior. Am văzut multe uși colorate și împodobite cu poze în drumul meu pe coridor.

Căutam hârtia cu orarul și trebuia să îmi amintesc să îl memorez, căci se părea că urma să avem parte de un joc continuu de-a v-ați ascunselea. Când l-am găsit, un zâmbet mi s-a așternut pe față. Aveam literatură prima oră. Asta trebuia să fie o zi bună.

Și tocmai când mă gândeam la asta, ziua bună s-a transformat în una proastă.

Am putut simți prezența unei persoane în stânga mea, apoi i-am văzut uniforma cu colțul ochiului. Era destul de ciudat să rămân nemișcată când deja știam că cineva stătea lângă mine, așa că m-am întors spre acea persoană să văd ce dorea. Se părea că nu era o singură persoană, ci trei. Trei fete cu trăsături distincte, dar totuși asemănătoare, machiate fi-nuț și împodobite cu accesorii din cap până în picioare, care le diferențiau de restul. Toate mă priveau ciudat, de parcă mă analizau din priviri, îmi măsurau fiecare mișcare, fiecare gură de aer pe care o trăgeam în plămânii mei încordați.

— Vă pot ajuta cu ceva? le-am întrebat politicoasă.

Nu era tocmai genul meu să mă comport atât de drăguț cu cineva străin, și mai ales cu cineva care se holba la mine cu nesimțire, dar trebuia să urmăresc ghidul de supraviețuire a lui Alec. Doar el mă ținea în viață în acest cuib de vipere bogate.

— Noi suntem Rebecca, Savannah și Delia. Am observat că ești nouă în școală și voiam să ne cunoaștem. Care este numele tău?

Rebecca – cea care a vorbit – a zâmbit larg, încercând să pară simpatică. Totuși, am putut vedea ceva în privirea ei, ceva de plastic, care m-ar fi oprit în orice moment să am încredere în ea. Nu avea legătură cu frumusețea sau geanta de firmă pe care o deținea, ci falsitatea din ochi.

— Charity, i-am răspuns scurt.

Mi-am luat ce aveam nevoie din dulap, apoi l-am închis. Trebuia să par ocupată, să scap cât mai repede de acolo, așa că mi-am aranjat rucsacul pe umăr și mi-am strâns cartea la piept. Speram să prindă gesturile subtile.

— Charity. Frumos nume. Și, de unde te-ai mutat, Charity?

Se pare că nu înțelegeau gesturile subtile.

— Mereu am locuit în San Diego, i-am răspuns, încercând să par evazivă.

Adevărul era că mă simțeam emoționată și înghițeam în sec. Întrebările despre viața mea personală mereu m-au călcat pe nervi, iar stresul adunat faptului că trebuia să mint le făcea și mai iritante.

Rebecca și marionetele au râs elegant și scurt.

— Adică de la ce liceu ai venit, bleguțo.

În cinci secunde urma să rămână fără mână dacă continua să mă mai facă așa. Mi-am strâns un pumn pe lângă corp, încercând să mă abțin de la comentarii și să mă calmez, dar tocmai atunci am simțit o mână caldă peste umărul meu.

— A învățat de acasă până în acest an, a răspuns o voce.

Alec.

Mi-am golit uşor plămânii de aer, fiind uşurată. A venit ca o salvare. Acum înţelegeam de ce All a insistat să îmi facă cunoştinţă cu el, de ce a insistat să ţină un ochi pe mine. Cei de aici chiar erau băgăcioşi.

— Şi tu de unde ştii? a întrebat Rebecca, încrucişându-şi mâinile la piept.

Dacă în urmă cu un minut mi se părea frumoasă, acum vocea ei încrezută şi subţire îmi rănea urechile, iar părul ei roşcat arăta mai degrabă a perucă.

— Ne cunoaştem de mici. Şi dacă nu vă supăraţi, noi avem o oră la care să ajungem, deci... Char!

Alec şi-a luat mâna de pe umărul meu, apoi mi-a cerut printr-un semn să o iau înainte. Am făcut cum m-a îndemnat, fără să îmi iau la revedere de la fete. Nu voiam să creadă că le plăceam sau că eram deja amice. Ultimul lucru pe care mi-l doream era să mă mai deranjeze.

Voiam să vorbesc cu Alec, dar holurile erau pline. Nu era nici locul şi nici momentul potrivit să discutăm despre cum minciuna a început, iar el i-a dat drumul. Am mers umăr lângă umăr spre scara spiralată care ne ducea la clase, fără să mă uit în stânga sau în dreapta. De fapt, mi-am dorit să nu privesc în jurul meu, dar un al şaselea simţ, o putere inexplicabilă, magică, care era deasupra voinţei mele, m-a făcut să îmi ridic ochii din pământ. M-am uitat la ce nu trebuia. Sau la cine nu trebuia.

Băiatul de ieri, din seră, stătea sprijinit de un dulap şi vorbea cu două fete entuziasmate. Mesteca gumă, ceea ce puneam pariu că în acel liceu de figuri era interzis. Părul lui arăta mai bine decât data trecută când l-am văzut, era ridicat, fiecare fir fiind fixat perfect la locul lui. Zâmbea, din nou, la fel ca atunci, şarmant, fermecător. Pielea i se încreţea în jurul zâmbetului, buzele uscate i se subţiau, iar dinţii albi îi ieşeau în evidenţă. Irisurile, în schimb, erau la fel de goale – sentimentele nu ajungeau la ele.

Probabil că fusese atacat de aceeaşi forţă supremă idioată, căci privirea lui s-a ridicat spre mine în acelaşi timp în care privirea mea s-a ridicat spre el. Aproape că am scos un suspin, dar am continuat să merg pas la pas cu Alec, până când l-aș fi depășit și nu l-aș fi văzut. Fetele de lângă el au început să râdă, de parcă tocmai ar fi spus ceva amuzant, când de fapt nu a spus nimic. Știam, eram acolo, am văzut că buzele nu i s-au mișcat. Și tocmai atunci, când ne priveam deja de câteva secunde, mi-a făcut cu ochiul.

Prima mea reacție a fost să mă opresc din mers și să înghit în sec, dar ambiția a preluat controlul asupra mea fără să îmi ceară voie. În loc să fac asta, m-am încruntat dezgustată și am mers mai departe, prefăcându-mă neafectată.

Nici când am trecut de el nu mi-a fost mai ușor. Tot spatele mă furnica, de parcă aș fi simțit privirea lui spre mine, dar sigur nu mă privea. Aveam vedenii. Probabil îmi era frică de el după ziua de ieri, îl simțeam intimidant, iar asta îmi trezea reacții.

Pe scări, în schimb, cum nu m-am putut abține, am aruncat un ochi spre el. Încă se uita, așa că am grăbit pasul cu Alec, ajungând la etajul întâi. Simțeam că puteam respira din nou.

Înainte să intrăm în sală, Alec m-a tras de mână și m-a băgat în ceea ce îmi semăna a baie. Mi-a dat drumul după ce m-a făcut să mă trezesc la realitate, iar când a văzut că nu era nimeni în nicio cabină, a început ceea ce voia să spună.

— Trebuia să îți pregătești un plan în minte, doar știai ce urmau să te întrebe, mi-a reproșat el.

Nu, de fapt, nu știam. La vechea mea școală, atunci când cineva era nou, nu făcea decât să se prezinte în fața clasei, iar prietenii și-i făcea ușor, începând prin conversații despre proiecte sau teme. Aici oamenii îți săreau la gât direct cu informații despre viața ta personală înainte să te întâlnești cu ei.

— Este bine acum. Te-am scos eu de data aceasta și ține minte că suntem prieteni de mult. Am început minciuna pentru tine, dar tu trebuie să o continui, dacă vrei să supraviețuiești acest an aici.

Am oftat înfrântă. Chiar nu voiam să mint, dar era nevoie. Eram deja cu un picior în groapă, nu? Trebuia doar să îmi bag și restul corpului acolo.

— De acord. Mulţumesc pentru ce ai făcut şi scuze că te-am implicat fără să vreau în asta.

Alec şi-a strâns breteaua ghiozdanului pe care îl ţinea pe un singur umăr, apoi şi-a plimbat privirea pe tavan, înainte să se uite din nou la mine.

— Este OK. Doar suntem prieteni acum, nu?

Am tresărit în sinea mea. Nu ştiam dacă am făcut-o şi în realitate, dar în mine s-a simţit ca un cutremur. Îl cunoşteam de o zi şi îmi era prieten? Probabil. Adică l-am căutat cu privirea cum am intrat în şcoală, iar lângă el mă simţeam în siguranţă. Plus că m-a ajutat mult fără să ceară absolut nimic la schimb. O fi fost un bogătaş, unul de-al lor, dar avea un suflet bun, unul mai bun decât al meu.

— Cred că da, i-am răspuns ruşinată.

Pe faţa copilăroasă a lui Alec s-a aşternut un zâmbet.

— Haide. Se sună imediat. Întârziem.

* * *

Probabil că mă înşelasem pe de-o parte legat de aceşti copii răsfăţaţi, dar nu îmi retrăgeam gândurile până nu vedeam media notelor. Primisem deja teme, din a doua zi de şcoală, şi nu erau la fel de puţine ca la fostul meu liceu. Trebuia să trag mai tare şi să am grijă să nu chiulesc de la muncă în acelaşi timp. Începând din acea zi probabil era nevoie să îmi iau adio timpului liber pe care îl mai aveam. Allen şi Kendra urmau să se supere din nou pe mine.

M-am tot gândit la asta în timp ce primele trei ore s-au scurs, apoi a venit pauza de prânz, şi odată cu ea o nouă problemă. Cu cine stăteam? Cu Alec, bineînţeles, doar el era singurul meu prieten de aici. Sau cunoştinţă.

Acest gând m-a calmat. Până când am intrat pe uşile duble deschise ale cantinei. O nouă poartă spre Rai.

Totul era decorat în roşu şi alb. Mese mari, rotunde, înconjurate de câte douăsprezece scaune, erau împrăştiate prin sală, în timp ce în stânga se afla bufetul regal. Ceea ce m-a impresionat cel mai tare a fost etajul cu terasă interioară din capătul încăperii, unde se mai aflau doar alte trei mese. Ajungeai acolo urcând pe scările care existau în lateral. Şi bineînțeles că știam deja cine se afla sus. Regii și reginele de care îmi spusese Alec să nu mă ating nici cu privirea.

Instantaneu ochii mi-au picat în podea. M-am îndreptat spre mâncare cu grijă, sperând să mă pierd în marea de elevi, dar nu mai erau multe persoane la coadă la bufet. Întârziasem destul de mult la prânz, până m-am decis să vin.

Căutam o cale de scăpare. Nu l-am văzut pe Alec prin jur, nu știam ce să fac. Nu puteam mânca singură, aș fi părut o țintă vie. Nu voiam să stau cu niște necunoscuți și să mă împrietenesc cu ei. Și nici atât nu voiam să mă găsească Rebecca împreună cu restul grupului ei sau băiatul din seră. Apoi mi-am ridicat capul și m-am uitat prin peretele de sticlă. În partea stângă a clădirii, cum știam prea bine, era grădina, iar acolo se aflau mese, pentru a mânca afară.

Nu am mai stat pe gânduri. Nici nu îmi era prea foame, dar nu știam unde să merg în afară de cantină, iar sera nu mai era o opțiune. Mi-am luat un singur măr – pe care nu a trebuit să îl plătesc, aparent totul era gratis aici –, apoi am ieșit pe holuri, și în final în aerul răcoritor, dar călduros de septembrie.

De un singur lucru mi-a fost teamă când am ajuns în grădină, chiar dacă acolo erau puțini oameni. De ochii clădirii, care erau mulți.

Nu știam cum să mă îndepărtez, sau să mă fac ascunsă, dar dădeam ce era mai bun din mine să trec neobservată. Prin grădină erau multe drumuri, dar numai cel principal avea bănci și mese, în linie dreaptă, iar în mijloc era un foișor de lemn, gol. Cel mai bine era să merg la banca de după el, căci mă putea ascunde, așa că am făcut în acest fel.

Treceam pe lângă flori multicolore, ca cele din seră, și fiecare îți lua privirea înaintea celeilalte. Aranjamentul lor era unul de vis. Aproape că mă oprisem să miros sau să ating câteva, dar îmi aminteam că după peretele transparent din spatele meu erau multe perechi de ochi, și oricare mă putea urmări. M-am grăbit spre acea bancă și m-am așezat liniștită acolo, sperând că foișorul mă ascundea destul de bine. Aveam până și o salcie mică deasupra capului, care îmi ținea umbră împotriva soarelui puternic. Totul era perfect.

Am început să muşc din mărul meu în timp ce priveam în jur. Zidul imens de piatră din dreapta mea mă împiedica să văd strada, însă zgomotul maşinilor şi al claxoanelor îmi dezvăluia traficul care era dincolo de el.

Dincolo de el... Acolo era lumea mea.

Mi-am scuturat capul şi m-am concentrat pe altceva. Flori, trotuar, foişor, cer, salcie, uniforma pe care o purtam...

În cinci minute am terminat mărul şi am aruncat cotorul la coşul de gunoi de lângă bancă, apoi m-am aşezat înapoi. Pauza de masă nu era gata, iar eu nu voiam să plec de aici până nu începeau următoarele ore. Era prea liniştit, prea armonios...

— Ia te uită cine este aici!

Am tresărit, îndreptându-mi spatele, când o voce feminină a apărut de nicăieri şi m-a speriat. Un fior mi-a trecut peste şira spinării. Nu puteam fi singură niciunde în acest liceu?

— Ce faci, Charity? m-a întrebat Rebecca, aşezându-se lângă mine neinvitată.

Era singură, de data aceasta, dar mie tot îmi era groază de întrebările ei. Puneam pariu că de asta a venit aici. Pentru că mai devreme, în această dimineaţă, nu apucase să mă tragă de limbă destul. Probabil ea era bârfitoarea liceului. Fiecare avea câte una.

— Îmi luam un moment de singurătate, i-am spus, bătând un apropo.

Aceşti oameni nu s-au născut discreţi. Cunoşteau ori metoda directă, ori nimic altceva. De aceea nu a mers subtilitatea la ea.

— Ce drăguţ. Eu eram prin zonă, mă plimbam. Nu prea îmi era foame şi te-am văzut aici singură. Eşti bine? Ai vreo problemă cumva?

Îmi venea să râd. Genială metodă de a face rost de informaţii.

— Absolut niciuna, i-am răspuns categoric.

Roşcata s-a încruntat, rotindu-şi pe deget o şuviţă de păr.

— Eşti sigură? Nu arăţi prea bine.

Niciodată nu arătam bine. Părul meu de culoarea blond-căpșună ori avea o grămadă de fire rebele, ieșite din coadă, ori îmi era lipit de cap, fără pic de volum. Cât despre ochii negri și plictisitori pe care îi dețineam, erau umbriți mereu de cearcăne din cauza solicitării mele. Buzele subțiri îmi erau crăpate de vânt, iar corpul abia mi se mai ținea pe picioare câteodată, din cauza oboselii. Cum se putea să arăt vreodată bine?

— Da, Rebecca, sunt sigură. Acum te-ai supăra, te rog, dacă m-ai lăsa singură?

Nu știam ce era ea exact. Regină, subalternă... nu îmi păsa. Simțeam că mă durea capul când vorbea. Voiam să plece, căci era ca un mic monstruleț numit *stres* pe creierul meu.

— Dar voiam să discutăm, să ne cunoaștem mai bine. Nu ai pe nimeni aici în afară de Alec, nu? Poți sta cu mine și cu fetele când...

— Rebecca, pleacă!

— Ai, dar ce temperament. Cu atitudinea asta nu îți vei face prieteni prea curând, să...

— Pleacă, a rostit o a treia voce printre noi.

A sunat mai mult ca o șoaptă, dar a fost atât de fermă încât nu era nevoie de mai mult ca să ne capteze amândurora atenția.

Am simțit cum înghet, mă topesc și înghet din nou.

Mi-am ridicat privirea brusc și l-am văzut în stânga mea, stând la un pas sau doi departe de mine. Mâinile îi erau în buzunarele blugilor – din nou nu respecta uniforma –, iar ochii îi erau fixați pe Rebecca. Și-a ridicat sprânceana în semn de nerăbdare. Arăta amenințător. Mi-am amintit de existența Rebeccăi doar când am auzit-o vorbind din nou.

— Ne vedem mai târziu.

S-a ridicat și a plecat în sfârșit.

Aproape că mi-a picat maxilarul. Pe el îl ascultase din prima. Probabil că nu numai mie mi se părea înfiorător acest tip.

— Pot să mă așez?

Vocea aia. Vorbea cu mine? Mi se adresa mie? De ce părea atât de ireal? Mă luau fiorii şi durerile de stomac din cauza fricii.

— Sigur. Eu am terminat, i-am spus, ridicându-mă.

Nu l-am privit, nu aveam curaj. Asta până când a făcut un pas lateral, punându-se în calea mea, şi m-am lovit de corpul său în drumul meu spre plecare. A fost ca şi cum am atins o flacără. M-am ars.

Când în sfârşit mi-am ridicat ochii la el, era prea aproape. Am făcut un pas în spate. Irisurile sale goale şi verzi căpătau sens acum, o scânteie. Însă zâmbetul şmecher pe care mi-i l-a mai adresat şi înainte era acolo. De ce trebuia să arate atât de bine?

— Mă refeream dacă pot să mă aşez lângă tine, nu dacă pot să îţi fur banca.

Am înghiţit în sec şi am lăsat o tăcere stânjenitoare să se aştearnă peste noi. Pe el nu îl deranja, zâmbea în faţa mea... atât de...

Ce se întâmpla cu mine? Niciodată nu tăceam.

— Da, am înţeles. Doar că eu trebuie să plec, m-am scuzat.

Am făcut un pas să îl ocolesc, el m-a urmărit şi am sfârşit tot cu drumul blocat. Eram din nou prea aproape. Cât mă enerva asta!

— Pauza se termină peste abia cincisprezece minute. Nu ai nimic de făcut acum. Nu vrei doar să stai puţin cu mine?

Asta ar fi trebuit să fie una dintre glume? Sau o întrebare capcană? Cine era el şi ce voia de la mine?

— Ba am lucruri de făcut, l-am contrazis eu.

Pieptul i s-a mişcat datorită unui râset pe care şi-i l-a abţinut. Pleoapele i-au acoperit ochii verzi, apoi i-au lăsat din nou la vedere. Iar eu priveam fix în ei. De aproape.

— Atunci vin cu tine.

Voiam să îi spun că trebuia să merg la baie, dar asta putea fi jenant în multe feluri pentru mine. Oricum vedeam convingere în ochii lui. Nu avea să se dea bătut. Iar cinci minute pe o bancă cu el nu m-ar fi omorât.

Mi-am rotit ochii enervată, apoi m-am așezat. Nu am putut să nu îi observ zâmbetul molipsitor atunci când s-a pus lângă mine – prea aproape de mine. Mâinile ni se atingeau. M-am îndepărtat puțin și am putut jura că a râs din nou în el, dar nu a mai făcut vreo mișcare.

Așteptam să înceapă, să îmi spună ce voia să spună, deși probabil presimțeam de ce voia să vorbească cu mine. Era legat de ziua din seră. Cel puțin așa speram. Dacă își amintea de mine, eram *knockout*. Măcar s-ar fi aflat înainte să fi început să mint complet.

Mi-am întors capul spre el nerăbdătoare. Mă privea deja. Probabil încă de când ne așezaserăm, iar eu așteptam să înceapă.

— Bună! m-a salutat de parcă m-a văzut pentru prima oară.

Ce joc mai era și ăsta? Voia să vorbim ca și cum nu ne-am mai întâlnit până acum?

Mi-a întins mâna, iar eu am privit-o ciudat.

— Vreau doar să facem cunoștință într-un mod normal. Nu cer prea mult.

Am expirat greu. Avea dreptate. Devenisem prea absurdă și încuiată.

Mi-am întins mâna ușor și am cuprins-o pe a lui, strângând-o încet. Era fierbinte și fină, probabil pentru că nu mai lucrase înainte în viața lui. Pielea mea, în schimb, era destul de aspră pentru o fată. Asta m-a făcut să vreau să îmi retrag mâna, dar el mi-a strâns-o mai tare și nu m-a lăsat.

Mi-am mărit ochii încurcată.

— Numele tău, mi-a cerut blând.

Nu mai zâmbea, dar încă avea expresia aceea fermecătoare. Cum putea să fie atât de înfricoșător și de frumos în același timp?

— Charity, i-am răspuns.

Acum fața i s-a înmuiat. Părea că visa sau se gândea la ceva. Era pierdut într-o altă lume, dar, în același timp, era lângă mine, pentru că îmi analiza chipul.

— De ce îmi pari atât de cunoscută, Charity? a șoptit fascinat.

Mă analiza. Ultimul lucru pe care trebuia să îl fac era să îi dau apă la moară, să îi ofer reacții. Dar exact asta am făcut. M-am arătat uimită – uimită că și-a amintit –, și speriată, pentru că era posibil să își dea seama de adevăr.

— Am o față comună, mi-am găsit repede scuza.

Mi-am strecurat mâna din mâna sa când rămăsese blocat și am scăpat de contactul fizic. Dar mai rămânea cel vizual. Trebuia să plec de acolo. Doamne, poate că își dăduse seama. Ce trebuia să fac? Aveam nevoie să discut cu Alec.

Băiatul al cărui nume încă îmi era necunoscut mi-a zâmbit din nou. Pielea i se încrețea în jurul gurii, dantura perfectă îi ieșea în evidență, iar limba îi juca un joc periculos când ieșea afară să își umezească buzele.

— Ultimul adjectiv care te caracterizează ar fi *comun*.

Deja mă simțeam înconjurată din toate părțile.

— Acum chiar trebuie să plec, am spus, ridicându-mă în picioare.

El s-a ridicat deodată cu mine, fiindu-mi din nou în drum.

— Nu ai stat nici măcar un minut, mi-a reproșat.

Mi-am scuturat capul deranjată, apoi am mers înainte. S-a pus în fața mea. M-a blocat, iar eu am ajuns din nou să îi ating pieptul. Mă enervasem, nu mai aveam de gând să stau acolo, așa că nu am mai dat înapoi. I-am lovit umărul cu umărul meu, dându-l la o parte, și l-am depășit, mergând spre ieșirea din grădină și intrarea în liceu.

Spatele îmi ardea pentru că știam că mă privea în felul acela. Obrajii îmi ardeau când mă gândeam că tocmai am vorbit cu el. Tot corpul îmi ardea, știind că era acolo și că m-a atins.

Băiatul ăsta era periculos dacă își amintea de mine. Ce era de făcut?

— Mi-a făcut plăcere, Charity, l-am auzit strigând în urma mea.

Iar eu încă nu îi știam numele.

# Capitolul 6

Imediat cum am intrat în liceu, am mers țintă spre baia fetelor și l-am sunat pe Allen. Îmi era frică de posibilitatea de a nu îmi răspunde, însă era pauza de masă, putea vorbi în orice minut cu mine. Până s-a decis el să apese pe un amărât de buton verde, am făcut ca Alec și am verificat toaletele, ca nu cumva să am oaspeți nepoftiți la o conversație critică.

— De ce mă suni în timpul școlii, Char? S-a întâmplat ceva?

Încă era perspicace.

— Am nevoie de numărul lui Alec. Nu îl găsesc pe nicăieri, m-am grăbit să îi spun.

Am încercat să par cât de calmă am putut, dar adevărul era că totul se ducea de râpă. Mai bine nu eram de acord cu nimic încă de la început, iar acum nu mi-ar mai fi păsat dacă tipul de mai devreme și-ar fi reamintit de mine sau nu.

— Ți-l dau. Dar tu ești bine? Poți să îmi spui...

— Nu, nu pot. Am nevoie de Alec acum. Cu tine o să vorbesc mai târziu. Te rog.

L-am auzit oftând înainte să cedeze.

— Îți trimit mesaj cu numărul lui. Să mă anunți după aceea cum ești. Astăzi trebuie să ne vedem.

Înainte să afirm, mi-a închis în nas. Poate pentru că se grăbea, crezând că eram în pericol, sau poate pentru că nu voia să apuc să îl refuz. În orice caz, în mai puțin de un minut, am primit mesaj cu numărul, așa că l-am sunat pe Alec. A răspuns mai repede decât Allen.

— Alo?

— Alcc! am exclamat când i-am auzit vocea. Alec, unde ești?

L-am auzit fâstâcindu-se pe fundal.

— Charity? Allen ți-a dat numărul meu?

Ce mai conta asta? Aveam nevoie de el. Era o urgență.

— Da. Unde ești, Alec?

— La spital. A trebuit să merg pentru niște analize. Am primit consimțământul directorului pentru asta. S-a întâmplat ceva?

*Nimic cu care m-ai putea ajuta de acolo*, m-am gândit eu.

Am oftat, lipindu-mi spatele de peretele rece al băii. Asta însemna că astăzi nu mai apărea. Și trebuia să mă descurc încă trei ore singură în această junglă urbană.

— Sunt bine. Ai grijă la spital și, dacă vrei, vino să te vezi cu mine, All și o prietenă după școală. Vă voi spune totul.

Acum trebuia să am mare grijă. Puteam face asta. Îmi vedeam de treaba mea și totul ieșea bine. Era abia a doua zi de când mă aflam la acest liceu și deja mă ascundeam în băi speriată. Nu credeam că voi decădea în acest hal. Mai ales când spuneam că eu nu credeam în poveștile lui Alec înainte să ajung aici.

Mi-am revenit în fire.

— Bine. Dar ești sigură că poate aștepta până...?

— Da, sunt sigură. Pe curând, Alec.

I-am închis înainte să îmi mai spună ceva, exact așa cum Allen a făcut cu mine, apoi m-am uitat pentru o secundă în oglindă. Dumnezeule, arătam oribil. De ce măcar s-ar fi apropiat Rebecca și acel tip să discute cu mine? Dacă aș fi fost în locul lor, probabil aș fi fugit de aș fi mâncat pământul.

Oare puteam repara ceva la mine?

Nicio șansă. Oricum nu îmi ardea de schimbări în materie de aspect. Părul meu rămânea prins, fața nemachiată, uniforma curată.

Am ieșit din baie și am mers spre dulap. Pauza de masă era pe terminate, așa că holurile începeau să se umple încet. Mi-am luat tălpășița de acolo înainte să se aglomereze prea tare. Speram să ajung în siguranță până în clasă, dar a trebuit să mă mai întâlnesc încă o dată cu el, pentru a-mi arăta destinul cât de speriată ar trebui să fiu. Aproape că mă oprisem în loc atunci când i-am văzut ochii verzi printre ai tuturor, dar el nu a făcut-o, așa că m-am ținut și eu tare.

Mergea drept, spre mine, iar eu trebuia să merg drept, spre el, pentru a ajunge la scări. Probabil *Fermecătorul* voia să ajungă la dulapul lui, de fapt, nu la corpul meu aproape încremenit, însă aveam vagul sentiment că pe mine mă căuta. Trebuia să își ia cărțile, posibil, doar că deliram eu. Însă cum puteam să nu o fac atunci când îi apărea din nou acel zâmbet pe față? Îmi aducea îndoieli grave.

Mi-am ținut spatele drept și am mers înainte, încercând să par calculată, neafectată. El făcea la fel, însă zâmbetul îl dădea de gol. Sau făcea mereu asta? Zâmbea întruna ca idiotul? *Idiot superb...*

Nu îmi venea să cred ce gândeam. Voiam tare mult să îmi dau o palmă, dar aș fi părut ciudată și aș fi atras atenția. Mi-am continuat drumul cu siguranță, până când unul dintre noi era nevoit să se dea din calea celuilalt. Cu toate că, în cazul în care noi am fi fost pe o stradă normală, eu nu m-aș fi ferit nici de a naibii, aici, în interiorul acestor pereți, era altfel. L-am ocolit, ceea ce i-a oferit o mare satisfacție, iar în depășirea mea, el mi-a atins dosul palmei cu dosul palmei lui. Speram din tot sufletul să fi fost doar un accident.

Nu m-am simțit mai în siguranță până când am intrat în clasă și mi-am recăpătat pulsul normal, împreună cu respirația calmă. Ale naibii gesturi mărunte! Totul era intens aici.

* * *

Alec știa să își facă simțită lipsa. A întârziat exact ca o adevărată divă, în jur de treizeci de minute. Până și Kendra a sosit înaintea lui, cu machiajul, părul și toate cele puse la punct. Prietenii mei stăteau încordați pe scaune și nu înțelegeau de ce nu puteam să le spun nimic până când nu ajungea vedeta, dar și-au păstrat calmul ca niște adevărați eroi.

Adevărul era că puteam să le spun ce mi s-a întâmplat și fără Alec, apoi lui i-aș fi povestit din nou, doar că exista o problemă. Detestam să mă repet. Puteau aștepta cu toții, nu era ca și cum problema lor era cea mai gravă de aici.

— Poate că prietenul vostru nici nu mai vine, a comentat Kendra. Ce ar fi să ne spui nouă odată ce se întâmplă? Deja nu mai găsesc subiecte care să îmi ia mintea de la asta. Plus că am o întâlnire peste o oră și nu vreau să o amân.

Dădeam nervoasă din picior, un tic pe care îl aveam de când mă știam atunci când așteptam ceva, și nici nu am privit-o când i-am răspuns. Ochii mei vedeau numai ușa pizzeriei în care eram, și oamenii care intrau și ieșeau.

— A spus că va veni, așa că va veni, am argumentat.

— Nu ai de unde să știi dacă este de cuvânt sau nu, abia vă cunoașteți. Ai prea multă încredere în oameni, Char.

Nu, nu aveam. Mi-am pierdut de mult acel defect. Doar că Alec era altfel. El m-a salvat, el îmi voia binele, el îmi era prieten.

— Va veni. Alec își ține mereu promisiunile, a intervenit All, ajutându-mă.

Cuvintele lui îmi dădeau speranță. Voiam să fie așa. Aveam nevoie de cineva din interiorul liceului, aveam nevoie de cineva de partea mea, aveam nevoie de Alec, aveam nevoie să îmi spună cine era acel tip care m-ar putea demasca oricând, aveam nevoie de imunitate. Dumnezeule, câte s-au putut întâmpla în două zile. Aveam o viață tare plictisitoare înainte de Appleby, acum îmi făceam probleme în a rămâne ascunsă într-un liceu plin de comploturi și copii răsfățați, dar periculoși. Cel puțin așa am auzit. Tare speram ca ceea ce mi s-a spus să nu fie adevărat, chiar dacă m-am dat după ideile lui All și Alec fără să realizez când se întâmplase asta.

— Uite-l! a exclamat Allen.

Mi-am lăsat spatele pe scaun și m-am relaxat, oftând ușurată, atunci când l-am văzut. Alec își aranja părul blond când a intrat în pizzerie, purtând o pereche de ochelari de soare, sub care își ascundea ochii superbi. Trebuia să recunosc că arăta demențial, iar tricoul albastru i se mula bine pe brațe și piept.

Se părea că nu eram singura afectată de aspectul său. Kendra nu mai comenta acum nimic de rău la adresa lui, nu făcea decât să îl privească.

— Ai ajuns în cele din urmă, l-a întâmpinat All.

Acesta s-a ridicat și a dat mâna cu Alec, care zâmbea strălucitor.

— Da, am avut o mică problemă, scuze. Dar i-am trimis mesaj lui Char.

Telefonul!

L-am căutat în geantă și am observat că, într-adevăr, aveam un mesaj de la el. Și eu care credeam că doar se comporta ca un nemernic. Trebuia să nu mai trag mereu concluzii.

— Abia acum l-am văzut, îmi pare rău, am spus eu.

— Stai liniștită, mi-a cerut, așezându-se la aceeași masă cu noi. All i-a urmat exemplul. Și tu trebuie să fii Kendra, nu? Alec, încântat de cunoștință.

Prietena mea dragă nu a rămas fără cuvinte, chiar dacă era plăcut surprinsă de înfățișarea lui Alec.

— Da, eu sunt. Și aș fi fost mai încântată dacă ai fi ajuns la timp. Char, acum poți să ne spui?

Și a venit momentul pentru care mă durea stomacul încă de azi dimineață, de când am vorbit cu el.

Alec și-a dat ochelarii jos, aranjându-și din nou părul, și ospătărița a venit până la noi. A cerut o limonadă, iar când am rămas singuri mă gândeam când și cum să încep.

— Chiar așa, a intervenit Alec. De ce arde? Azi dimineață, când m-ai sunat, nu păreai nici pe departe atât de bine pe cât mi-ai spus că ești.

Am inspirat adânc și m-am uitat în jos, la mâinile mele, care se jucau cu degetele în poală. Nici nu știam de unde trebuia să încep povestea. De acum o săptămână, de ieri sau de astăzi?

— Cunosc pe cineva din liceu. M-am văzut cu el înainte să ne întâlnim aici, am mărturisit.

Toți cei trei prieteni ai mei arătau încurcați din cauza a ceea ce le-am spus.

— Și asta este o problemă? Că mai ai o cunoștință acolo? a întrebat All.

— Când spui *văzut*, te referi la...?

— Îh, nu, Kendra!

Cum să îmi fi dat întâlniri cu el? Sau cu oricine altcineva, de fapt. Eram prea ocupată, iar Kendra și Allen știau totul legat de viața mea personală.

— Verificam doar, s-a scuzat ea.

— Continuă, m-a îndemnat Alec atent.

Se părea că el a fost singurul care m-a înțeles. Probabil din cauză că știa cu ce se confrunta. Cunoștea problemele în care m-am băgat deja cu aceste minciuni.

— Ne-am întâlnit accidental când lucram, când eram în camioneta cu marfă. M-a cam văzut, iar eu am strigat după el, însă nu cred că m-a auzit, asculta muzică la căști.

— De ce ai fi strigat după el din camioneta de marfă? a întrebat Kendra încruntată.

Bună întrebare. De proastă ce eram, probabil.

— Pentru că a trecut pe roșu, când eram în *La Jolla*. Aveam prânzul șoferului în brațe, din cauza lui a fost distrus. Voiam să îi spun să îmi dea banii pe el, pentru că a fost vina lui. Și am mai simțit nevoia să și înjur, pentru că m-am lovit la mână, iar cafeaua fierbinte mi s-a împrăștiat în brațe.

Aveam o față de fătucă vinovată când am explicat motivele mele. Cu toții m-au înțeles și nu au mai întrebat nimic, doar au așteptat să continui. Știau că asta nu era totul.

— Dacă nu m-ar fi văzut, ar fi fost bine, doar că el a fost cel cu care m-am întâlnit în seră. Și astăzi, de dimineață, m-a găsit în grădină. A gonit o băgăcioasă de lângă mine, apoi mi-a cerut voie să mi se alăture. La început nu am vrut să stau lângă el, dar m-a avertizat că mă va urmări dacă voi pleca. A vrut să facem cunoștință. Mi-am spus numele prima, iar el nu mi-i l-a destăinuit pe al său, dar mi-a zis că îi păream cunoscută. Dacă va afla, toată minciuna se va duce de râpă. Nu știu ce să fac sau cine este el...

Alec mă urmărea încă atent. Părea tensionat, ca și cum ar fi avut o problemă. Dacă el se simțea așa după ce i-am povestit, eu cum ar fi trebuit să fiu? Eram speriată.

— Cum arăta? m-a întrebat el, spărgând tăcerea.

Kendra și Allen erau atenți la noi, interesați de cine putea fi acel tip misterios. Eu eram și mai interesată.

Cum putea arăta? Prea bine, exact ca toți cei din acel liceu. Mi-am dat o palmă mintală și m-am concentrat să îi găsesc niște trăsături normale.

— Are ochii verzi, puternici, ca și culoarea safirelor, părul șaten închis, iar corpul lucrat, este mai înalt decât mine, și zâmbește aproape mereu. Ba nu! E mai mult un rânjet.

Alec a oftat. Niciodată nu am urât și nu m-a speriat în același timp un oftat atât de tare. Deja presimțeam ce voia să spună.

— Sera este locul lui. Nimeni nu merge acolo. De când ai pomenit de ea, știam că despre el era vorba.

El? De ce nu îi spunea odată numele? Mă lăsa într-un suspans dureros. Dar subconștientul meu știa răspunsul întrebării care îmi juca pe limbă, doar că nu voiam să îl accept până nu mi se spunea și de către altcineva.

— Tocmai te-ai întâlnit și ai vorbit cu Ace Appleby, fiul celui care a înființat școala, regele liceului și cel care a comis toate acele fapte despre care ți-am vorbit.

Privirea mi s-a pierdut, iar gândurile tulbure s-au trezit la viață, agitându-mă.

— Stai, ce a făcut atât de grav? a întrebat Kendra.

Nu îi mai auzeam. I-am lăsat pentru câteva clipe în pace, până când Alec i-a explicat adevărata versiune a poveștii Kendrei. Mâinile îmi tremurau, iar în mintea mea exista doar o întrebare, care se repeta obsesiv. *Ce este de făcut?*

Ace... Numele ăsta ar fi fost atât de frumos dacă nu l-ar fi deținut un delicvent. Și eu care credeam că era chiar drăguț atunci când a îndepărtat-o pe Rebecca, credeam că era politicos când mi-a cerut să stea lângă mine, credeam că era frumos atunci când zâmbea în felul acela, chiar dacă mă și speria puțin. Nu îmi venea să cred că până și când mi-a făcut cu ochiul m-a emoționat. Poate că știam prea bine încă de dinainte, iar acei fiori erau fiori de frică. Mereu a urmărit ceva. Dacă deja știa cine eram și se pregătea să...?

— Char, nu îți mai face gânduri negre! mi-a atras atenția Alec.

Am tresărit și l-am privit în ochii lui albaștri. Păreau sinceri. Dar cum puteam să nu îmi fac gânduri după ce tocmai îmi dezvăluise?

— Acum un minut mi-ai spus că cel care ar putea să mă recunoască este tocmai cel de care mă ascund, și tu..

— Trebuie să te calmezi. Va fi bine.

Mi-am mușcat limba și am așteptat să îmi spună ce naiba vedea bun în toată situația asta.

— Ace nu se leagă de fete, de obicei. Și mie mi-a uitat numele după ce am fost coleg cu el din școala primară. Sigur nu își va aminti de tine, pe care te-a văzut doar o dată, în trecere. Vei sta cu mine mereu, să îl eviți, iar dacă nu vorbiți, va fi bine.

Am expirat ușurată, dar încă îmi simțeam mușchii încordați. M-am gândit pentru o clipă dacă aș fi fost în locul acelui băiat invalid. Dacă nu aș mai fi putut lucra vreodată... nici nu îmi puteam imagina. Aș fi fost cea mai mare povară pentru mama, care nu s-ar fi descurcat fără să o ajut.

— Da, Char? mi-a cerut Alec confirmarea.

Mi-am ridicat speriată ochii spre el și am afirmat din cap.

— Da, i-am răspuns.

*Totul va fi bine*, mi-am repetat în gând. *Alec mă va ajuta.* Trebuia să mă ajute, altfel eram terminată.

# Capitolul 7

Puteam spune că după două zile de agitație am avut parte de o săptămână întreagă de liniște. Nu mă așteptam să se întâmple așa ceva cât încă învățam la Appleby, însă cu puțin ajutor și imunitate din partea lui Alec, am reușit. Mi-am văzut de viața mea plictisitoare, fără incidente prea tulburătoare.

La muncă totul mergea bine, era mereu la fel, însă cu școala treaba stătea diferit. Mi-a furat aproape tot timpul pe care îl mai aveam de petrecut cu prietenii mei și cu mama. Mereu învățam sau citeam, scriam, căram caietele cu mine peste tot și făceam ceva productiv. Urma să am primul rând de lucrări în curând, iar eu voiam să fiu pregătită.

Niciun coleg nu m-a mai deranjat și nu a mai intrat în vorbă cu mine – slavă Domnului! Dar nici nu aveau cum, dacă Alec și cu mine eram practic lipiți unul de celălalt, el salvându-mă de fiecare dată. Am făcut cunoștință cu câțiva prieteni de-ai lui, despre care mi-a spus că erau în regulă, am început să iau prânzul cu ei, iar ceilalți au rămas la distanță. Totuși, și pe ei i-am mințit în legătură cu starea mea financiară. Pe toți i-am mințit, până la urmă.

Nici măcar cu Ace nu am mai vorbit, nu a avut tupeul să mă întrebe ceva de față cu Alec. Dar asta nu înseamnă că nu mă privea la fel de ciudat când trecea pe lângă mine, nu îmi zâmbea, sau nu îmi mai făcea cu ochiul din când în când. Măcar scăpasem cu atât. Puteam trăi cu așa ceva.

Nici eu nu știam cum Alec reușea mereu să îmi fie aproape. Credeam la un moment dat că se putea plictisi și că mă va abandona, deoarece nu era obligat să mă păzească, dar nu a făcut-o. A continuat să alerge la fiecare sfârșit de oră la sala în care eram eu, mă lua de acolo și mă conducea până la dulap, apoi până la următorul curs. Câteodată întârzia din cauza mea și mă simțeam incredibil de prost, dar asta era datorită faptului că aveam ore cu Ace, și stăteam împreună pe hol, până se suna, pentru a nu da ochii cu el. Din păcate, aveam mai multe ore comune cu Ace decât cu Alec, iar asta mă întrista. Zilnic mă întrebam când avea de gând să cedeze și să nu își mai bată capul cu mine, dar zilnic mă impresiona și continua planul, nepărând să îl deranjeze asta.

Începeam să țin încet și sigur la Alec datorită lucrurilor pe care le făcea pentru mine. Îmi demonstra că avea o inimă mare și că îmi era prieten cu adevărat. Iar eu, dorind să fac ceva în schimb, îl ajutam la învățat, petrecând timp împreună și după școală. Ne întâlneam la bibliotecă, când nu mai erau mulți elevi pe aici, și ne făceam temele, sau mă ruga să îi explic câte ceva la matematică. Era amuzant, oarecum, pentru mine, să fac temele cu altcineva. Îl observam pe Alec cum se încrunta, făcând o cută adorabilă între sprâncene, ținând creionul între buze, în timp ce se gândea serios. De multe ori am început să râd când îl vedeam așa, iar el, după ce s-a obișnuit și știa perfect cauza reacției mele, mi se alătura. Ne simțeam foarte bine unul în compania celuilalt. Cel puțin eu așa mă simțeam în compania lui, speram ca sentimentul să fie reciproc.

— Trebuie să ajung acasă, și mi-am terminat temele. Tu vrei să mai stai? m-a întrebat Alec, strângându-și lucrurile.

M-am uitat în jur. Numai doi elevi mai erau în bibliotecă la ora asta, iar prietenul meu mi-a spus că ambii erau bursieri. În rest, școala era goală. Niciun pericol.

— Da, i-am răspuns.

Mai aveam unele lucruri de făcut. Voiam să învăț aici. Mă concentram mult mai bine decât acasă.

— Vrei să rămân cu tine? m-a întrebat serios.

Dacă continua așa, băiatul ăsta m-ar fi făcut să cred că era făcut din aur. Cum putea exista cineva perfect? El mi se părea până acum, din toate punctele de vedere, fără cusur.

— Nu, m-am grăbit să îi spun. Nu mai e absolut nimeni pe aici, sunt bine. Și tu trebuie să ajungi acasă...

— Dar mai pot rămâne până termini, m-a întrerupt el.

— Alec, nu. Mulțumesc, dar mă descurc cu asta.

Prietenul meu mi-a zâmbit, arătând acel canin strâmb și adorabil. Începeam să cred că puținele defecte pe care le avea erau, de fapt, calități.

— Foarte bine. Atunci ne vedem mâine. Te aştept la fântână, ca de obicei.

S-a ridicat, luându-şi ghiozdanul cu lucrurile lui, apoi s-a aplecat spre mine, sărutându-mă pe cap.

— Noapte bună, Char.

— Noapte bună, i-am răspuns zâmbind.

Zâmbeam şi mă uitam după el, părăsind încăperea, deoarece mi se părea cu adevărat dulce gestul tău. Ne apropiasem mult în ultima săptămână, şi îmi plăcea. Mă simţeam ca şi cum aş fi avut doi de Allen acum. Unul mai protectiv decât celălalt.

M-am concentrat pe caietele de pe masă şi am observat un creion acolo – creionul lui Alec. Voiam să îl strig să vină înapoi, pentru că l-a uitat, sau să merg după el, dar probabil că ieşise din şcoală. Şi până la urma urmei, era doar un creion. Putea să îl ia de la mine a doua zi.

Am revenit din nou la caietele mele. Era imposibil cât de mult trebuia să învăţ şi să recuperez. Adevărul era, deşi mă durea, că acest liceu avea alte standarde, iar eu trebuia să trag mai mult de învăţătură. Puteam să o fac, ştiam că puteam. Chiar dacă încă lucram şi mă mai întâlneam din când în când şi cu prietenii mei, eram în stare să învăţ într-atât încât să îmi merit bursa.

Scaunul de lângă mine s-a tras din nou, iar eu am luat creionul, uitându-mă la Alec cu zâmbetul pe buze.

— Într-o zi îţi vei uita...

— Eşti greu de găsit.

Nu era Alec.

Muşchii mi se încordaseră, iar capacitatea de a vorbi mi-a dispărut brusc. Ce căuta el aici după ore, în bibliotecă? Trecuseră atâtea zile fără niciun eveniment şi acum apăruse din nou.

Am încercat să nu mă arăt speriată de el, m-am întors la notiţe şi am lăsat creionul pe masă.

— Ce vrei, Ace? l-am întrebat plictisită.

Oricât îmi doream să înţeleg ceva din ce citeam, nu reuşeam. Era la câţiva centimetri depărtare, pe scaunul de lângă, întors cu faţa spre mine, iar genunchii săi îmi atingeau coapsa. Se părea că nici nu observa, dar eu mă simțeam tare inconfortabil din cauza asta.

— Ai descoperit cum mă cheamă deci, a comentat el. Micul tău prieten ți-a spus?

Puneam pariu că el continua să zâmbească în acel fel, dar nu voiam să îl privesc și să îmi confirm. Îmi era frică să mă uit din nou direct în ochii lui, mai ales când era atât de aproape. Ba chiar îi simțeam și parfumul de aici.

— Ești renumit prin liceu, i-am răspuns. Toată lumea află cine ești la un moment dat, chiar și eu.

Mă tot gândeam ce făcea aici. Ce voia? Oare știa că aveam de gând să vin la bibliotecă și a așteptat până să plece Alec? Nu credeam că ar fi fost genul. Poate era o simplă coincidență. Și chiar și așa, ce voia de la mine?

— Da, ai dreptate. Deci... Ce faci?

Era clar ce făceam într-o bibliotecă cu caiete și cărți în fața mea.

— Încerc să învăț și aș vrea liniște.

Nu știam de unde aveam atât curaj și tupeu, probabil din naștere. Dar după ce am dat drumul cuvintelor care mie de obicei îmi veneau lejer pe limbă, mi-am amintit. Mi-am reamintit cu cine stăteam de vorbă.

— Dar nu o pot găsi aici, așa că plec, am continuat.

Am început să îmi strâng caietele și cărțile. Mâinile îmi tremurau, dintr-un motiv necunoscut mie, iar unul dintre manuale a alunecat spre stânga, fiind gata să pice pe jos. M-am întins după el, însă Ace l-a prins înaintea mea, și tot ceea ce am reușit să fac a fost să mă apropii de el și să mă uit în ochii lui.

Am rămas blocată și am înghițit în sec. Niciodată nu îi văzusem ochii atât de aproape – niciodată nu văzusem ochii oricui atât de aproape. Verdele acela făcea concurență cu cea mai frumoasă auroră boreală de pe cerul Alaskăi. Dar, precum ea, era înconjurată de frig.

— De ce îmi pari atât de cunoscută, Charity Good? a întrebat el.

M-a privit la fel de atent precum l-am privit și eu. Prea aproape. Și-ar fi putut da seama în orice secundă.

Creierul meu a înghețat, apoi i-am luat cartea din mână, dându-mă înapoi.

— De unde îmi știi numele de familie? am întrebat încruntată.

Ace mi-a zâmbit, iar eu l-am văzut din nou. Cum putea exista un zâmbet atât de fals și în același timp atât de atrăgător?

— Să spunem că sunt atent la ore, când tu nu mă vezi în clasă.

Îmi părea din ce în ce mai rău că aveam ore comune cu el.

Am continuat să îmi strâng manualele și caietele, punându-le în geantă. M-am ridicat și am mers printre rafturile bibliotecii, pentru a pune la loc restul cărților pe care le-am avut, cele împrumutate de aici. Ace m-a urmărit.

— Vrei să te duc acasă? m-a întrebat.

Bună gluma, chiar dacă el vorbea serios. Un tip ca el probabil nu a călcat în viața lui într-un cartier ca al meu. Dacă ar fi văzut unde locuiam, probabil m-ar fi lăsat să cobor din mașină și ar fi trecut cu ea peste mine, fără să mai stea la taclale. Doar el făcea asta, nu? Făcea rău oamenilor.

— Nu. Îmi place să merg, i-am răspuns.

Tare mult îmi doream să plece. În schimb, mă tot urmărea. Iar pulsul meu creștea și creștea, pe secundă ce el stătea mai mult lângă mine. Îmi era frică de direcția pe care ar fi putut să o ia discuția noastră și refuzam să îl privesc, pentru a nu mă recunoaște cumva – printre altele...

— Atunci te pot scoate la o plimbare? Mergem la o cafea?

Încă un lucru amuzant. Noi doi, să ieșim. Gluma secolului. Probabil nu ar fi trebuit nici să stăm de vorbă sau să ne privim. Mă blestemam pentru că a trebuit să intru în acea seră și să mă întâlnesc cu el. Dacă lucrurile stăteau diferit atunci, probabil nu mi-ar mai fi dat târcoale acum.

— Nu, mulțumesc. Am treabă.

Am încercat să îi răspund civilizat, pentru că mintea mi-a amintit într-un final că trebuia să mă comport frumos cu el. Măcar decent. Dacă nu, aș fi avut de suferit.

— Și nu poți să o amâni? Sau să îți faci loc în program pentru mine mai târziu?

De ce tot insista?

Am încercat să mă abțin, dar nu am putut. După ce am pus ultima carte la locul ei, m-am întors către Ace și am încercat să nu mă arăt intimidată de înfățișarea lui.

— Ce vrei de la mine, Ace? l-am întrebat cu privirea mijită.

Acesta și-a îndreptat umerii, apoi și-a băgat mâinile în buzunarele blugilor săi negri. Și-a înclinat capul, privindu-mă atent, iar eu i-am susținut privirea. Cu greu, ce este drept.

— Să îți faci timp să ieșim la o cafea.

Vorbea atât de lejer, de parcă se putea întâmpla în viața asta. Nu înțelegea că noi doi nu existam în aceeași ecuație pentru că încă nu îmi cunoștea starea financiară. De aceea era nevoie să fiu blândă. Pe lângă faptul că mă putea strivi ca pe un gândac, dacă dorea.

— Nu pot, trebuie să învăț pentru școală. Așa că, scuză-mă, dar...

Am încercat să îl ocolesc, însă acesta mi-a blocat calea, cum a făcut-o și săptămâna trecută în grădina școlii, iar eu am ajuns să mă izbesc de pieptul său și să mă dau un pas în spate. De ce era atât de solid? Impactul cu el mă duruse.

— Și eu am de învățat, dar poate aștepta. Am început școala de puțin timp, mai avem destul până la lucrări... așa că de ce nu accepți pur și simplu să ieși o dată cu mine?

Spatele îmi era cuprins de fiori, care ajungeau până pe brațe și îmi făceau pielea de găină. Asta se numea frică. Însă Alec a spus că nu a făcut nimic niciodată fetelor.

— De ce vrei să ieșim? l-am întrebat direct.

Îl priveam atentă, cu ochii mijiți, pentru a prinde orice gest care l-ar da de gol, însă acest băiat semăna cu un cyborg. Era făcut numai din metal și circuite. Totuși, acest cyborg arăta perfect, chiar dacă insista prea mult asupra feței sale cuceritoare de băiat rău.

— Ar trebui să am un motiv ascuns dacă i-am cerut unei fete frumoase o întâlnire?

Trebuia să îmi opresc și eu reacțiile, pentru că la *unei fete frumoase* și *întâlnire* m-am blocat. Era evident că nu prea primisem complimente la viața mea și nu reacționam bine la ele, iar de întâlniri nici nu mai vorbeam.

— Având în vedere că vorbim despre tine, da. Însă nu îți face griji, voi trece cu vederea și voi uita ce ai spus. Să ai o zi bună!

Am încercat din nou să îl ocolesc, dar de data aceasta și-a ridicat mâna, sprijinindu-se pe un raft cu cărți și blocându-mi mie drumul, din nou.

— Pot fi insistent când vreau, Char.

Numai prietenii îmi prescurtau numele, iar el, evident, nu îmi era nici măcar amic. Lucrul acesta m-a iritat, oarecum, dar mi-am abținut ieșirile. Și totuși...

— Dacă o să ies o singură dată cu tine, unde voi sta doar cât vreau și cât mă simt confortabil, mă vei lăsa în pace pentru restul anului? l-am întrebat, privind doar dincolo de brațul său ridicat.

Nu voiam să mă uit în ochii lui, aș fi devenit nesigură.

Acesta și-a coborât bariera formată din mână lui, apoi a venit mai aproape, lângă mine. S-a aplecat, pentru a fi la înălțimea mea, iar respirația lui mi-a gâdilat urechea când a șoptit:

— Avem un târg. Asta dacă nu te vei răzgândi între timp.

O căldură infernală mi-a acaparat toată partea corpului care era aproape de el, iar mii de șocuri electrice mi-au curentat nervii. Mă irita această senzație pe cât de mult o simțeam plăcută.

— Te iau mâine, după școală.

Nu am mai vrut să mai aud un singur lucru. Am plecat de acolo, și de data aceasta m-a lăsat. Normal, doar primise ceea ce voia. Dar nu înțelegeam de ce voia asta, de ce dorea să iasă cu mine sau măcar să îmi fie prin preajmă. Sigur cosea ceva cu ață albă, iar eu, ca o toantă, îi căzusem în capcană. Îmi era groază de ziua de mâine, însă, în același timp, creierul meu netot se gândea la ce ținută să port. Uniforma, bineînțeles, doar vom pleca direct de la școală.

Urma să dau de bucluc. Stomacul meu o simțea.

# Capitolul 8

— Ai făcut ce?! a întrebat Alec răstit.

Tocmai din cauza acestei reacții am evitat să îi spun o zi întreagă faptul că Ace mă invitase undeva după școală și eu acceptasem. Probabil mai trebuia să aștept încă un minut sau două, până am fi ieșit din școală, însă îmi era teamă să mă întâlnesc cu nemernicul bogat și răsfățat pe drum, iar el să îi fi spus prietenului meu adevărul înaintea mea. Atunci reacția ar fi fost mai exagerată, și puteam să pariez că s-ar fi supărat pe mine.

— De ce ai face asta? a continuat, șoptind nervos. Ți-ai scrântit mintea sau ce?

Da, probabil așa aș fi văzut și eu lucrurile dacă nu știam de aranjamentul nostru. De fapt, chiar și cunoscându-l mă credeam sărită de pe fix, acceptându-i propunerea.

M-am uitat în jurul meu, așteptând ca unii bârfitori să ne depășească în drumul nostru spre ieșire, apoi m-am apropiat de Alec, ridicându-mi capul spre el.

— Nu, doar că mi-a promis că mă va lăsa în pace pentru restul anului dacă ies cu el o singură dată. Și pot pleca atunci când doresc, fără nicio reținere.

— Ah, și tu l-ai crezut?! a ridicat el tonul din nou.

M-am uitat agitată în jurul nostru. Da, erau colegi pe lângă noi – mulți, aș putea adăuga –, însă nimeni nu știa ce vorbeam, iar Ace nu era de găsit.

— Char, a continuat el în șoaptă, luându-mă cu o mână de după umeri, tu nu ai înțeles nimic din ce ți-am povestit despre el? Dacă...

— Ba da, am auzit. Și ai spus de asemenea că de fete nu se ia.

— Însă iubita lui, Crystal, da, mi-a întors-o el.

M-am blocat pentru o secundă și m-am oprit în loc. Din cauza apropierii noastre și a faptului că mă strângea de umeri, Alec s-a oprit și el. Și-a întors capul și se afla la o distanță minusculă de mine. Cu cât se apropia mai mult, cu atât îmi dădeam seama mai tare că nu avea niciun defect.

— Nu mi-ai spus că e iubita lui, i-am șoptit nervoasă.

— Am crezut că se înțelege de la sine, știi? Rege, regină, adică...

I-am dat mâna la o parte și am mers înainte, cu pași nervoși, apăsați. Asta schimba totul. Nemernicul! Cum a putut să nu menționeze? Sau cum de m-a întrebat de la bun început să ies cu el când avea iubită? Dacă credea că mă duce de nas și că se va putea juca la dublu – sau cine știe pe cine mai avea pe lângă – se înșela. Eu nu eram așa. Plus că ultimul lucru pe care mi-l doream era să îmi fac probleme.

— Char, stai! m-a strigat Alec.

Eram nervoasă. Voiam să îl găsesc pe Ace, să îi ofer o palmă de toată frumusețea, apoi să îi țip în față tot ce gândeam. Însă prietenul meu m-a ajuns din urmă, când am ieșit din liceu, tocmai lângă fântâna arteziană. M-a tras de mână, întorcându-mă.

— Nu face vreo prostie la nervi, mi-a spus el.

Probabil că îi era frică din cauză că aș fugi iar. Eram în stare. Uram băieții din ziua de astăzi cu șmecheriile lor, și de fiecare dată când vreun truc era aplicat pe mine, nu stăteam locului.

— Nu fac, l-am contrazis. Dar am de gând să îi spun vreo două.

— Nu, nu ai de gând. Charity, îți spun asta ca un prieten. Dacă chiar îți dorești să supraviețuiești terminând acest liceu, te rog, te implor, nu face nimic necugetat. Nu te pune cu ei și nu isca certuri. Asta îi îndeamnă să te caute și a doua oară, apoi să li se pună pata și să îți strice viața. Am văzut oameni căzând în fața lor și nu cstc plăcut.

Doamne, era atât de iritant! Detestam faptul că banii însemnau puterea, și mai ales că cei mai de prisos oameni îi dețineau. Pur și simplu nu era cinstit. Multe persoane nu greșeau cu nimic, de obicei, însă erau puși să plătească. Iar altele, care cauzau cele mai mari probleme erau iertate, din cauza contului bancar și al relațiilor.

— Bine, am cedat, privind în jos.

Mi-am lăsat umerii încordați să se relaxeze, și mi-am dat seama că am înghițit toată situația și de data asta. Eram săracă, așa că trebuia să fiu umilă. Un blestem pentru firea mea vulcanică și simțul bizar de dreptate pe care îl dețineam.

Am simțit brusc greutatea unui braț pe umărul meu și am înlemnit. Singurul care se apropia atât de mult de mine în liceu era Alec, dar el se afla în fața mea, îl țineam de mână. Mi-am întors capul pentru a vedea rânjetul fermecător al lui Ace și ochii acoperiți de ochelari de soare. Nu mă privea pe mine.

— Scuze că întrerup, dar eu și Char avem ceva de făcut acum, i-a spus el prietenului meu.

Alec mi-a dat drumul la mână, iar eu, automat, am împins brațul lui Ace de pe umerii mei. Simțeam și știam că toată lumea privise această fază, iar eu eram nervoasă, dar în același timp rușinată. Se afișa atât de aproape de fete când iubita lui sau prietenii ei puteau fi prin preajmă?

— Nu știu sigur dacă mai avem, l-am contrazis eu.

Bine, poate că spusesem că voiam să fac cumva, iar acum făceam altfel, dar pur și simplu nu suportam să mă simt folosită. El chiar avea de gând să iasă cu mine și să lase pe toată lumea să afle despre asta?

Ace nu a arătat vreun sentiment pe chipul său, dar nici nu i-am putut citi ochii acoperiți de lentilele fumurii. Rânjetul său s-a micșorat pur și simplu, apoi și-a reîndreptat atenția către Alec.

— Ne lași puțin singuri? a întrebat el.

Ultimul lucru pe care mi-l doream era să îi creez probleme noului meu prieten, așa că am intervenit.

— Mergi, Alec, mă descurc.

Cu mai multe priviri îngreunate, a cedat în cele din urmă.

— Sună-mă mai târziu, mi-a cerut el.

Și-a așezat o mână pe talia mea și m-a tras mai aproape, apoi și-a lipit buzele de fruntea mea, sărutându-mă. I-am zâmbit când s-a îndepărtat, apoi a plecat, pierzându-se în marea de elevi. Ace și-a dat ochelarii mai jos, pe nas, apoi a privit în urma lui pentru ceva timp, răsucindu-se, să nu îl scape din ochi.

Am tușit fals, iar el s-a întors spre mine, punându-și ochelarii la loc.

— E chiar nebun după tine, nu? a întrebat amuzat.

— Suntem prieteni. *Doar* prieteni, am accentuat.

Ace a rânjit, de parcă ar fi știut că îl mințeam. Ei bine, eu îi spuneam adevărul, pe mai departe era treaba lui ce credea.

— Foarte bine. Atunci, să mergem, mi-a făcut semn cu capul spre ieșire.

Mi-am încrucișat mâinile la piept și am rămas hotărâtă, pe poziții.

— Tocmai am spus că nu mai avem planuri. S-au anulat.

Ace și-a lăsat ochelarii pe nas, privindu-mă după rama lor. Nu părea deranjat, tensionat sau nervos. Ba chiar arăta puțin amuzat.

— Și îmi poți spune de ce? m-a întrebat politicos.

De parcă nu ar ști! Însă i-am făcut jocul, apropiindu-mă de el și șoptindu-i totul, pentru a nu vedea și auzi ceilalți, ochii și urechile care treceau pe lângă noi.

— Pentru că ai o nenorocită de prietenă și nu te-ai gândit nici măcar că pe ea o va deranja asta. Iar eu nu sunt genul, am adăugat la sfârșit.

Am vrut să îl depășesc, pentru a pleca acasă pe jos, singură, însă m-a prins de cot, oprindu-mă. Eram în laterala lui în momentul în care l-am fulgerat din priviri, însă când i-am văzut calmul de pe chip, m-am lăsat coruptă de el.

— Ți-ai făcut punctul de vedere clar, mi-a spus serios. Doar că habar nu am despre ce *nenorocită de prietenă* vorbești.

Am pufnit disprețuitor, iar pieptul mi-a tresărit. De parcă îl credeam.

— Dintre tine şi amicul meu, nu am habar de ce îl cred pe el, scuză-mă, i-am spus ironică.

Acesta a scos un oftat ciudat, ca un suspin. Probabil îl obosea atitudinea mea. Apoi, am simţit cum mâna lui îmi slăbea strânsoarea şi cobora, cu o mângâiere lungă, până la încheietura mea, apoi la palmă. Nu am putut să nu mă mir atunci când şi-a încârligat degetele cu ale mele, în faţa tuturor.

— Atunci crezi ce vrei, dar avem un târg. Dacă nu vii cu mine acum, nu te voi lăsa în pace pentru restul anului, sau chiar restul existenţei tale. Pot fi foarte insistent dacă vreau, să ştii.

Făcuse asta destul de clar deja.

Simţeam cum iau foc din nou. Cum puteam să îmi înfrânez caracterul sălbatic în faţa prinţului malefic dacă el continua să mă provoace aşa?

— Mă ameninţi? l-am întrebat cu ochii mijiţi.

Nu aveam habar de ce l-am lăsat să mă ţină atât de mult de mână, aşa că mi-am tras-o imediat din a lui. Simţeam cât de fierbinte îmi era, dar mi se păruse normal. Tocmai atinsesem un diavol.

— Nu, doar te anunţ că lupt pentru ceea ce îmi doresc. Şi îţi spun din nou că nu am niciun angajament legat de nicio fată.

*Abţine-te! Abţine-te! Abţine-te!*

— Ah, am înţeles, am spus, părând luminată, atunci când m-am întors cu faţa spre el, încrucişându-mi mâinile la piept. Rezultă că eşti gay şi vrei să îţi muşamalizezi relaţia cu ajutorul meu, am continuat ironică, prefăcându-mă că înţelegeam.

Ace s-a întors şi el cu totul spre mine, rânjind cu colţurile gurii până la urechi. Asta nu era reacţia la care mă aşteptam, dar nu m-am arătat surprinsă.

— Ai ghicit, a rostit vesel. Credeam că eşti o tipă de treabă şi că mă vei ajuta în relaţia mea amoroasă, pentru că iubitul meu nu este pregătit să spunem adevărul, dar m-am înșelat. Va fi foarte trist să audă că nu am găsit o femeie cu care să ies.

A intrat în joc, iar asta mi se părea oarecum amuzant. Nu am putut să îmi abțin râsetul, așa că i-am dat drumul. Foarte bine, putea fi comic. Asta nu însemna că îmi lăsam garda jos.

— Liceul e plin de ele, am spus, privind în jur.

Mi-am luat ochii de la el o secundă, și așa Ace a ajuns cu un pas mai aproape de mine. A trebuit să îmi las capul pe spate pentru a-i putea vorbi din nou. Sau aș fi putut pur și simplu să bat în retragere, doar că nu am făcut-o.

— Nț, astea sunt fete. Este o diferență, Char, mi-a șoptit.

Am înghițit în sec, fiind luată prin surprindere. Probabil că roșisem, ceea ce era ciudat, însă complimentul lui mi-a plăcut, într-un fel bizar. Mă mândream, pentru că eu știam cu adevărat că eram o femeie pe lângă fetițele răsfățate de aici – eram matură. Și o persoană mi-o spusese cu voce tare, crezând acest lucru. Se simțea... flatant.

Mi-a trebuit toată puterea pentru a rosti următoarea replică.

— Sper ca fanele tale să nu mă deranjeze, iubitul tău să nu mă caute cu coasa, iar asta să fie ultima zi în care vorbim, i-am spus, luând-o înainte, în drum spre ieșire.

Nu am mai așteptat vreo replică din partea lui și am sperat să mă urmeze, apoi să ia conducerea, căci, voiam să recunosc sau nu, habar nu aveam unde mergeam. Când Ace a apărut în față, mi-am dat seama. Nu se putea să nu aibă o mașină asemănătoare unui OZN. Mi-a fost teribil de greu să urc în ea, pentru că îmi era frică să nu stric ceva, dar am făcut-o, sub privirile curioșilor. Ace m-a ajutat să îmi pun centura, căci nici asta nu eram în stare să fac, iar vârfurile degetelor sale au trecut peste dosul palmei mele. Din nou m-am simțit fierbinte. Într-un final am plecat, iar el a apăsat accelerația la podea, făcându-mă să îmi strâng degetele în jurul scaunului de piele.

## * * *

Credeam că făcea mişto de mine. Nu! Sigur făcea mişto! Serios? Nu puteam merge într-un loc normal în care să mă simt normal? Probabil o rezervare la acest restaurant costa mai mult decât chiria pe un an a garsonierei mele. Mă simţeam atât de nemerituoasă până şi să calc acolo. Totul era alb, precum Raiul, adică totul, şi îmi era frică ca nu cumva să murdăresc ceva.

Ace m-a condus după o femeie, care ne arăta masa noastră, fiind undeva pe terasă. A profitat, cu mine fiind ruşinată şi şocată, aşezându-şi mâna pe spatele meu când mă ducea printre mese şi oameni. Eram copleşită de aspectul fiecărui lucru şi nu mă simţeam deloc în elementul meu. Când am fost lăsaţi lângă o masă de sticlă, înconjurată de nişte fotolii albe şi confortabile, îmi era frică până şi să mă aşez, dar am făcut-o. Femeia a plecat, lăsându-ne să ne hotărâm asupra comenzii.

Dacă trebuia să plătesc eu? Acest lucru m-ar fi speriat. Şi tocmai îmi luasem zi liberă astăzi de la lucru, pierzând nişte bani, să mă maimuţăresc cu un băieţel bogat într-un local de fiţe.

— Te simţi bine? m-a întrebat Ace încruntat.

Priveam în alte părţi şi mă abţineam să nu îmi pocnesc degetele nervoasă. Asta mă dădea de gol?

— Da, am mormăit.

Nu îmi venea să cred că nu i-am spus o replică de genul: *nu puteai să mă scoţi doar la o îngheţată sau la o cafenea normală?* Asta m-ar fi dat de gol din plin. El era obişnuit să nu privească nicio etichetă, niciun preţ, nimic. Voia, avea. Era simplu. Probabil de aceea s-a strofocat atât şi cu această *întâlnire*. Regula lui nu a mers totuşi pe mine din prima, nu până nu am făcut un târg.

— Ce doreşti? a întrebat, deschizând meniul.

Nici nu mă interesa ce era acolo.

— O apă plată, i-am spus, luând în vizor priveliştea.

Eram la ultimul etaj al unei clădiri înalte, iar restul orașului se vedea uimitor. Asta poate reușea să mă calmeze.

— Și de mâncare? a continuat el.

Să o fi crezut el că aș fi mâncat ceva din acel loc bufant!

— Nu mi-e foame, am spus absentă.

Nu voiam să îl privesc, m-ar fi intimidat. Oricum avea acest talent, cel de a face oamenii din jurul său să se simtă prost. Acest loc doar amplifica efectul talentului său.

— Nu ai mâncat nimic la cantină, sigur îți este, a afirmat el.

Da, îmi era. Dar preferam să îmi pierd un braț mai degrabă.

— De unde știi tu ce am mâncat eu sau nu? l-am luat la întrebări.

A trebuit să îl privesc acum și am regretat. Arăta atât de relaxat în fotoliul său, de parcă era în elementul lui. Dar chiar era în elementul lui. Arăta perfect acolo, înconjurat de alb, cu ochelarii fumurii pe ochi. Deși părea o pată neagră în acest local – purtând haine obișnuite negre, în locul uniformei –, se potrivea perfect. Eu, în schimb... Eu eram pata. Mereu am fost o pată în această lume.

Ace a zâmbit și m-a tras din gânduri.

— Pentru că te-am urmărit, a rostit nonșalant.

O spusese de parcă era o nimica toată. De fapt, chiar era. Nu știam de ce mă impacientasem atât pentru că am auzit că m-a privit în sala de mese. Corpul meu reacționa ciudat.

— Tot nu mi-e foame, am ținut-o pe a mea.

Degeaba am protestat. Orice a luat Ace, a luat dublu, și mi-a spus că nu a angajat pe nimeni să îmi otrăvească mâncarea. La un moment dat, când eu am devenit jenant de încăpățânată, el mi a spus că era doar un amărât de prânz la care m-a invitat, iar eu am acceptat. Și avea dreptate. La ce m-am așteptat? Să mă invite undeva și să nu servesc nimic? Probabil nu, dar nu credeam că acel ceva urma să coste cât salariul meu. Mi-a fost frică până și să mă uit pe notă, dar evident că el a plătit. Chiar dacă era Ace, se purta ca un gentleman. Sau se prefăcea că era. Câteodată mi se părea diferit de cum mi-a spus Alec că era, dar asta nu însemna că nu îmi credeam prietenul. Știam că ceva malefic se ascundea sub acea mască.

Fiecare gură pe care am luat-o din mâncare, fiecare înghițitură de apă și fiecare strop de aer care mi-a umplut plămânii din acel loc m-a făcut să mă simt vinovată. Cu toate acestea, Ace încerca să mă facă să vorbesc cu el. Totul a decurs normal, cu întrebări ciudate și puțin penibile, ca atunci când încerci să cunoști o persoană. Nu mi s-a părut suspect, nu s-a apropiat de mine și nici nu a întrebat ceva forțat sau nu a făcut propuneri indecente. Aproape că îl simpatizasem pentru asta. Apoi mi-am amintit cine era el cu adevărat.

Am ieșit din restaurant și m-am oprit, iar Ace s-a întors spre mine confuz.

— Mulțumesc pentru tot și...

— Vrei să pleci? m-a întrebat el, întrerupându-mă.

Evident. Nu voiam să se ofere să mă conducă acasă și să vadă unde stăteam cu adevărat. Asta ar fi fost îngrozitor și dureros.

— Întâlnirea a luat sfârșit, mi-am găsit eu scuza.

Ace a părut că analiza ceva cu multă atenție, apoi și-a ridicat ochii din nou spre mine.

— Tot nu mai vrei să mă vezi după asta?

Mi-am ținut respirația pentru o secundă, apoi am expirat ușor, fără să las să se observe tensiunea pe care mi-a pus-o pe umeri. Nu părea rău, din contră... Dar nu mă puteam lăsa păcălită de aparențe. Și totuși, nu i-am dat niciun răspuns, ci doar o privire cu subînțeles pe care el a prins-o.

— Atunci întâlnirea mai durează încă puțin, a adăugat el. Haide!

Mi-a deschis ușa de la mașină și am decis cu greu că voiam să intru, dar am făcut-o. În mai puțin de un minut goneam pe străzi. Lui chiar nu îi era frică de o amendă.

— Unde mergem? l-am întrebat curioasă.

— Vei vedea. Ajungem imediat.

L-am privit încruntată și nu am mai fost atentă la exteriorul mașinii, ci la ceea ce se petrecea în interior. Ace părea cumva... Habar nu am. Arăta exact ca mereu, de vis, și înainte să îmi dau o palmă pentru ceea ce am gândit, am continuat... Doar că în ochii lui se vedea ceva, ceva ce încerca să ascundă cu starea plictisită și relaxată. Nesiguranța, poate.

M-am gândit la asta minute bune, iar timpul s-a metamorfozat, căci eu am pierdut noțiunea lui. Trecuseră secunde, minute sau ore? Habar nu aveam. Dar mașina s-a oprit, iar eu am tresărit, uitându-mă unde am ajuns. Apoi mi-a picat fața.

Am trăit un minut de șoc în care nu am putut să reacționez în niciun fel. Nu știam ce să spun sau dacă să spun ceva. Nici nu puteam să mă întorc să îl privesc din nou pe Ace. Inima îmi bătea puternic, obrajii probabil îmi erau roșii, iar aerul din jurul meu devenise irespirabil.

— De unde știi? am întrebat direct.

Mi-am controlat vocea cu cea mai mare putere. Eram pe cale să cedez. Nu trebuia să fi mințit niciodată.

— M-am interesat și am căutat, a venit răspunsul lui.

Nu părea afectat, iar eu eram nervoasă din cale afară.

— Ei bine, acum mă poți călca când ies din mașină. Măcar vei termina repede.

Mi-am scos centura și am vrut să plec, dar Ace m-a prins de mână. M-am tras de sub atingerea lui, fiind total nervoasă, și l-am privit într-un final. Nu, nu vedeam vreun regret pe fața lui.

— Nu aș...

— Ai dreptate, ai strica vopseaua mașinii tale scumpe. Să mă scuzi!

Poate că ne aflam în fața clădirii în care locuiam și poate că el știa cine eram, dar nu mă mai puteam abține. Odată cu minciuna scoasă la iveală, măcar puteam fi eu însămi. Dacă voia să mi-o plătească, aia era. Suportam.

— Nu e vorba de vopsea, a comentat el.

Ei bine, nici de sănătatea sau de binele meu nu i-ar fi părut rău. Cum am putut crede că era de treabă sau drăguț pentru o secundă? Probabil m-a dus în acel loc pentru a mă face să mă simt exact ca nimicul de persoană care eram.

— De cât timp știi? l-am mai întrebat.

Chiar îmi doream să aflu asta.

— De vineri, a spus fără niciun regret.

Am deschis ușa și eram pe care să ies, când am auzit:

— Vreau să facem alt târg!

Trebuia să glumească! M-am întors, trântind ușa și privindu-l cu ură. Nu mă mai interesau banii lui atunci.

— Ești idiot? Știam că da, doar că dai dovadă și de cretinitate pură dacă crezi că eu o să...

— Nu spun nimănui că ești bursieră dacă îmi faci niște favoruri, a spus cu voce tare, peste mine.

Atât! Furia clocotea prin fiecare nerv al meu. Favoruri? Nici nu îmi doream să mă gândesc ce însemna acel cuvânt. Poate că acest băiat putea să mă dirijeze și să mă distrugă dacă dorea, dar nu am mai ținut cont în acel moment. Nu puteam ține cont atunci când vulcanul din mine exploda. Așa că l-am pălmuit. Iar el a fost puțin șocat din cauza asta.

— Aștept să mă lași invalidă și pe mine, i-am spus cu aciditate, apoi am ieșit.

Mergeam cu pași puternici spre blocul în care locuiam. Cu pași apăsați, nervoși, hotărâți. Eram a naibii de iritată și tot ceea ce îmi doream era să dau un pumn în perete cu toată forța, până în punctul în care mi-aș fi rupt mâna. Însă după ore întregi acasă, când nervii m-au părăsit, îngrijorarea mi-a dat târcoale.

Tocmai l-am pălmuit pe Ace Appleby și eram sigură că voi plăti. Ce era de făcut în următoarea zi de școală? Îmi puteam lua adio de la viața pe care o aveam de pe acum.

# Capitolul 9

Oricât de mult îmi doream ca a doua zi să nu merg la școală, știam că eu nu eram una dintre acei elevi care își permiteau să tragă chiulul. Trebuia să merg și probabil să suport jignirile celorlalți, în timp ce îl priveam pe Ace în colțul său, pregătind un plan malefic pentru mine. Floare la ureche.

Pe cine păcăleam? Aș fi dat orice numai să mă scap de rușinea aceea. Măcar dacă nu aș fi minţit de la început, deși nu eu am început minciuna, ci Alec. Totuși, nu puteam da vina pe el, mereu a încercat doar să mă ajute, îi eram datoare. Nu i-am spus încă nimic lui și prietenilor mei despre ceea ce se întâmplase, însă aveam de gând... mai târziu. Acum tot ceea ce îmi doream era să merg spre școală foarte încet, pentru a mă gândi la problemele mele și la o soluție pentru ele. Sau poate doar pentru a mă încuraja singură în gând că nu urma să fie atât de rău pe cât credeam că putea fi.

Planul nu a mers exact cum m-am așteptat. OZN-ul mă aștepta în fața blocului, iar dimineața mi s-a stricat mai devreme decât plănuiam.

Am fost uimită, dar și enervată. Probabil vecinii credeau că am intrat în belele, că șantajam acel om cu mașină superbă sau că am furat-o împreună, dar nu îmi păsa. Îmi doream incredibil de tare să îi arunc cu un bolovan în parbriz, însă m-am abținut și am mers pe drumul meu obișnuit, trecând indiferentă pe lângă el. Doar nu credea că m-aș fi urcat din nou în acea mașină după seara trecută, nu?

OZN-ul mergea încet, odată cu mine, iar geamul i s a lăsat în jos.

*Nu te uita la el! Nu te uita la el! Naiba te ia dacă te uiți la el!*

— Intră, mi-a poruncit vocea sa răgușită. Te duc eu.

Probabil că îi era greu să se trezească de dimineață și nu de mult o făcuse. Dar ce mă interesa pe mine cauza vocii sale răgușite? Din partea mea putea să rămână fără limbă. Așa nu îi mai auzeam deloc glasul iritant.

Nu i-am răspuns. Mi-am strâns mâinile de curelele ghiozdanului și am mers mai departe.

— Trebuie să vorbim, a continuat el.

Încă nu i-am dat un răspuns. Mergeam cu mașina după mine, de parcă ar fi fost cățelul meu credincios.

— Încetează să fii încăpățânată, Charity!

Mi-am mușcat limba. Mă mânca prea rău să îi spun ceva, dar trebuia să mă abțin. Situația era deja groaznică, fără să o agravez.

— Te iau pe sus și tot aici vei ajunge, a mârâit el.

Nu mai avea răbdare, dar stația de taxiuri era la încă câțiva pași. Trebuia să iau unul până la școală, altfel nu aș fi scăpat de Ace. Așa că am luat-o la fugă. Am alergat până la cea mai apropiată mașină galbenă și când puteam jura că am auzit o portieră trântită în urma mea am intrat pe locurile din spate.

— Liceul Appleby, vă rog. Repede!

Nu era nevoie să spun adresa, toată lumea o știa.

Am tras o privire fugară în dreapta și l-am văzut pe Ace cum se apropia. Taximetristul acesta se mișca foarte încet, așa că m-am aplecat în față și am apăsat pe butonul care bloca ușile. Ace încerca să intre, însă nu reușea.

— Ce crezi că...?

— Îți plătesc dublu dacă mă scoți de aici și mă duci repede unde ți-am spus, l-am întrerupt eu.

Și-a dat seama că încercam să scap de modelul perfect masculin care trăgea de ușă și amenința, iar când a auzit de bani, ochii i-au strălucit. A pornit imediat, îndepărtându-se de cartierul meu. Am oftat ușurată, însă nu pentru mult timp. Mașina lui era mai rapidă, putea să ajungă oricând la liceu, ba chiar înaintea mea. Sau putea să ne urmărească fără probleme. Ce puteam face?

L-am sunat pe Alec. Eram sigură că dormea, pentru că eu mă trezeam mult mai devreme, din cauză că stăteam destul de departe de școală și de obicei mergeam pe jos până acolo. Astăzi am făcut o excepție și am consumat bani din cauza lui Ace.

Total împotriva așteptărilor mele, prietenul meu mi-a răspuns.

— Ar trebui să ne întâlnim peste o oră. S-a întâmplat ceva?

Vocea lui îmi arăta că nu l-am trezit. Bun. Putea fi conștient de problema prin care treceam.

— Ace a aflat unde stau, i-am spus direct.

Nu mă așteptam la o reacție imediată. Probabil era șocat și agitat, ca mine de altfel. Așa că am continuat.

— Nu am putut să te mai sun ieri din cauza asta. Totul a decurs bine, însă la sfârșit m-a adus cu mașina acasă. Știa unde stăteam. A spus că știe de vineri, săptămâna trecută, și mi-a cerut să facem un alt târg, prin care el îmi promite că nu va spune nimănui cine sunt.

— Ce i-ai spus? m-a întrebat interesat, revenindu-și în simțiri.

Mi-am strâns ochii vinovată și am expirat greu.

— Că aștept să mă lase și pe mine invalidă? am formulat răspunsul ca pe o întrebare.

— Ce?!

— Și i-am dat o palmă, am adăugat cu un glas vinovat.

— Charity, ai înnebunit?

Nu. Problema era că m-am născut nebună, nu m-am transformat peste noapte. Ceea ce însemna că nu am fost niciodată normală, nu știam ce înseamnă să fii normal și nu puteam ajunge la normalitate. Probabil de aceea nu eram niciodată în stare să îmi controlez impulsurile.

— Mai este ceva. În dimineața asta, nu știu dc unde știa el la ce oră plec de acasă, dar a venit după mine. Mi-a cerut să urc în mașină, să vorbim, însă am luat un taxi și sunt în drum spre școală. Nu știu cât mai durează până să ajung, iar el e pe urmele mele. Am nevoie de tine. Te rog, ajută-mă!

Da, eram disperată. Și puteam să pariez că taximetristul acela mă privea ciudat în oglinda retrovizoare. Știa că eram nebună. Dar ce îl deranja pe el atât timp cât își primea banii? Știam din propria mea experiență cu clienții că nimic nu te-ar mai fi deranjat când îți aveai salariul în mână.

— Spune-i taximetristului să meargă cât de încet poate. Ajung repede și îți voi plăti eu drumul.

Nu mi-a mai spus nimic, mi-a închis, dar l-am ascultat.

— Vă rog să conduceți mai încet, i-am cerut taximetristului.

Arăta ca și cum voia să comenteze, pentru că eram nehotărâtă. Tocmai îi spusesem că voiam să mă ducă repede unde îmi doream, iar acum mă contraziceam singură. Din fericire, m-a ascultat fără să îmi mai adreseze vreo vorbă. Și totuși, am ajuns în treizeci de minute în fața clădirii imense.

Alec nu era nicăieri și nu puteam să îl pun pe taximetrist să aștepte. Să nu mai spun că nu îmi doream să plătească altcineva pentru mine. I-am dat banii – prea mulți pentru o singură cursă –, apoi am ieșit din mașină.

Incredibil, dar câțiva elevi deja se găseau pe aici, foarte matinali. I-am trimis un mesaj prietenului meu, i-am spus că am ajuns și că merg la dulap, apoi am pornit, cu frică din cauza lui Ace. Nu știam unde era, dacă a ajuns deja sau dacă mă mai urmărea.

În liceu nimeni nu mă privea amuzat, ciudat sau cu silă. De fapt, nu eram privită deloc. Nu mi-a luat mult să îmi dau seama că Ace nu spusese încă cuiva cine eram de fapt, sau mai bine zis ce eram. Probabil că încă se aștepta să accept acel târg.

Secundele și minutele treceau greu. Eram numai cu capul în dulap, uitându-mă la cărți și hârtii, prefăcându-mă ocupată. Îmi era teamă ca nu cumva să mă abordeze Ace în public, de față cu atâția elevi – doar nu l-a interesat de restul lumii nici ieri, când m-a luat de mână și m-am urcat cu el în mașină. Palmele îmi transpirau, inima îmi era agitată, iar stomacul mă durea din cauza energiilor negative din jur, însă adrenalina a trecut când Alec a apărut. L-am luat în brațe, i-am povestit totul din nou și m-am simțit în siguranță, deoarece a stat cu mine în fiecare secundă din restul programului de școală. Asta înseamnă că orele au trecut fără să dau de Ace. Și cu toate că mi se părea o adevărată binecuvântare, mă întrebam pe unde o fi fost, căci nici măcar o dată nu îl văzusem.

Știam că eram în siguranță deocamdată, așa că am putut gândi. Dacă el știa totul despre mine, nu mai trebuia să mă intereseze restul lumii, corect? Doar Ace era capul răutăților, cel de care mă ferisem de la început și față de care trebuia să păstrez acest secret. El era singurul care mi-ar fi făcut rău. Cred... Probabil... Habar nu aveam. Dar obosisem să mint, deși nu trecuse decât puțin peste o săptămână de când o făceam. Putea să spună adevărul tuturor, însă ceea ce îi zisesem eu, legat de invaliditate... pur și simplu era prea mult. Nervozitatea mă luase pe dinainte. Nici nu voiam să îmi imaginez așa ceva, dacă s-ar fi întâmplat, deci trebuia să vorbesc din nou cu Ace, măcar pentru a stabili niște lucruri. Iar Alec nu trebuia să afle, pentru că deja era foarte stresat din cauza mea. A insistat să mă conducă acasă și la muncă, iar spre surprinderea mea, nu părea îngrozit de locul în care stăteam.

L-am servit cu o cafea mai spre seară. A patra cafea.

— Mâine avem școală, i-am amintit. Și tu nu ai ajuns nici măcar acum acasă. Poate ai teme sau doar vrei să dormi. Ar trebui să pleci, Alec.

Acesta a privit în jur, căutându-mi șeful. Nu îi plăcea să vorbesc cu oameni în timpul serviciului sau să îmi aduc prieteni aici, dar, din fericire, nu era prin zonă.

— Dacă știe unde stai, sigur știe și unde lucrezi. La cât de îngrozită ai sunat când ai fost în taxi, nu te las din nou singură, Char.

Mă așteptam la asta. Tocmai de aceea am dat un telefon salvator. Iar eroii mei au intrat pe ușă două secunde mai târziu, fiind agitați. I-am salutat.

— Bun, a spus Allen. Suntem aici speriați, gata de explicații și cu mușchii pregătiți de bătaie.

— La fel și eu, fără partea cu mușchii, a comentat Kendra.

Am zâmbit, apoi m-am întors spre ușa biroului lui Charles. Era un meci de fotbal acum, sigur era ocupat și nu avea să vină. Clienții erau mulțumiți cu toții, iar colegii mei nu aveau treabă cu mine, așa că am mai rămas puțin acolo.

— Mulțumesc că ați venit, le-am spus prietenilor mei. Și tu, Alec, având în vedere că nu mai sunt singură, poți pleca liniștit. Mergi să te odihnești, sunt bine.

Față de el, care probabil nu ducea lipsă de nimic și nu era nevoie să muncească, eu eram obișnuită cu șase ore de somn pe noapte și restul, până la douăzeci și patru, de muncă. Nu o spuneam din răutate, Alec probabil că era singurul băiat bogat care îmi plăcea, dar acesta era adevărul. El nu rezista ca mine, nu avea antrenament.

— Bine, a spus el, după un lung moment de meditație. Dacă ei nu te pot conduce acasă, mă poți suna și vin, m-a anunțat.

Nu voiam să par nerecunoscătoare sau ceva de genul acesta, însă Alec mi se părea foarte implicat în povestea mea. Prea implicat.

I-am zâmbit.

Acesta s-a ridicat în picioare și m-a luat în brațele sale bronzate și musculoase. Mirosea a un mentol dulce, plăcut și înțepător.

— Mulțumesc pentru tot, i-am spus cu recunoștință.

Mi-a sărutat fruntea, cum făcea mereu, apoi a pupat-o pe Kendra pe obraz și l-a salutat pe Allen. Alec a plecat obosit din cafenea și s-a îndreptat spre stația de taxiuri, iar cei doi rămași s-au așezat.

— Ce vă aduc? i-am întrebat, scoțând carnețelul.

Allen a pufnit ironic.

— Ce zici de o cană de explicații tari, fără zahăr și lapte?

Mi-am dat ochii peste cap. Asta suna ca începutul unui joc de cuvinte.

— O cafea neagră să fie. Iar tu, Kendra?

Aceasta a părut că se gândea pentru câteva secunde. Unghiile ei lungi, perfecte și vopsite băteau în lemnul dur al mesei.

— Un *cappu-cine-naiba-a-îndrăznit-să-se-ia-de-tine*, te rog.

— Cu frișcă sau fără? i-am zâmbit.

— Charity! au strigat amândoi, fiind la capătul răbdării.

Am oftat, lăsându-mi umerii în jos, apoi m-am prefăcut că scriam ceva, în cazul în care Charles și-ar fi făcut apariția. Trebuia să încep această poveste din nou, ceea ce mă irita. Faptul că mă gândeam la el sau îl menționam mă irita. Dintr-odată se afla peste tot în viața mea. Exact ca monstrul de sub patul copilăriei. Când se întâmplase asta?

— Cel despre care povestea Alec zilele trecute că făcuse toate chestiile alea groaznice, Ace Appleby, a descoperit că sunt bursieră, și când am ieșit cu el m-a adus înapoi acasă – adică chiar acasă. Știa unde stau...

— De ce ai ieșit tu cu el? m-a întrerupt Kendra.

— Bună întrebare, a intervenit fratele urs.

Am oftat greu, apoi mi-am scuturat capul. Nu aveam timp acum de multe explicații, chiar dacă îmi doream să las odată totul și să ies pe ușă cu ei. Nu îmi permiteam. Eu nu eram ca restul. Aveam nevoie de acest job.

— Pentru că îmi tot dădea târcoale la școală și a promis că mă va lăsa în pace dacă voi ieși o singură dată cu el. Când m-a dus acasă mi-a propus alt târg, dar nu a apucat să spună prea multe, pentru că l-am pălmuit. În dimineața asta...

— Ce ai făcut? s-a răstit Allen la mine. L-ai lovit pe tipul care te poate distruge clipind? Nici nu mă miram de ce Alec era atât de disperat, avea motive. Ai...

— Exagerezi! i-am spus.

Toată lumea îl ridica prea mult în slăvi pe acest băiat. Până acum nu îl văzusem făcând nimic interesant, și chiar dacă nu mă riscasem – și nici nu voiam să o fac –, nu însemna că socoteam adevărat absolut tot ceea ce mi s-a spus despre el. În mine se dădea o mare luptă în legătură cu această situație. Îmi doream să îl provoc, să îi închid gura și să văd de ce era în stare, pentru că toate poveștile astea sunau a bazaconii, iar pe cealaltă parte voiam să ajung la un compromis cu el, deoarece nu știam ce ar fi făcut mama fără mine, în cazul în care mi s-ar fi întâmplat ceva. Care era cea mai bună alegere?

— Ba nu exagerez deloc! a comentat Allen.

Mi-am rotit ochii plictisită.

— În fine, am spus. Dimineață a venit după mine, să mă ducă la școală și să vorbim. Eu nu l-am băgat în seamă, l-am ocolit, apoi am fugit cu taxiul la liceu. Nu l-am mai văzut restul zilei. Sunt în viață, în siguranță, voi vă faceți prea multe griji degeaba. Sfârșitul poveștii. Cafea neagră și cappuccino să fie.

Am plecat de acolo înainte să mai adauge ceva și m-am dus să pregătesc băuturile. Probabil că povestisem totul cu calm și dezinteres, însă adevărul era că mă simțeam emoționată și nervoasă din cauza lui Ace. Pe Alec nu îl puteam păcăli, pentru că el mi-a auzit vocea speriată când eram în taxi, dar restul prietenilor mei trebuiau să rămână liniștiți. Nu voiam să cauzez probleme nimănui. Totul era din vina mea și rămânea responsabilitatea mea, fără să îi implic pe ei. Iar dacă voiam să rămână așa, atunci trebuia ca data viitoare când Ace urma să dea peste mine, dorind să vorbim, să îl ascult. Poate chiar să mă gândesc la propunerea lui.

Deja îmi era greață.

# Capitolul 10

A trecut încă o săptămână de şcoală, apoi weekendul, după care încă o săptămână întreagă şi era din nou luni, iar eu nu înţelegeam. Mi-am propus ca data viitoare când Ace îmi va cere să vorbim, voi accepta. Doar că nu mi-a cerut-o deloc, în două săptămâni. Îl vedeam prin împrejurimi, însă nu mă băga în seamă, şi când voiam ca eu să iau atitudine, el îşi găsea să vorbească cu altcineva.

Nu a spus nimic nimănui legat de mine, iar asta îmi aducea multe semne de întrebare. Nu mai voia niciun târg, nu mă mai căuta, părea chiar că mă ignora, dar nici măcar nu a spus restora secretul meu. Asta însemna un singur lucru. Plănuia ceva rău pentru mine.

Am avut atât timp în care să mă gândesc la planurile lui şi la el, încât mă durea creierul. Până şi prin mulţimea elevilor de la şcoală ieşea în evidenţă în ochii mei. Aproape că îl vedeam şi căutam peste tot. Mă trezeam şi adormeam cu el în gând. Măcar de aş fi fost îndrăgostită – dar nu de el –, însă nu. Eram terifiată. Asta era problema. Îmi era frică de ce putea să îmi facă în orice secundă a zilei. Iar eu detestam această tensiune care venea înaintea acţiunii. Trebuia să îi pun capăt.

Lunea, după două săptămâni, aveam de gând să îi pun capăt. Doar că nu ştiam încă cum.

— Nu vei face asta, a spus Alec, clar şi răspicat.

Mă mâncase gura să îi explic şi lui planul meu. Cu toate că numai plan nu era. Mergeam la extrem, mă lăsam dusă de val.

— Ba da, trebuie, l-am contrazis.

— Ba nu, nu trebuie. De două săptămâni nu te-a deranjat nici măcar o dată. De ce ai strica totul?

Am scos cartea de spaniolă din dulap şi am oftat, fiind obosită. Dacă înainte apucam vreo şase ore de somn pe noapte, acum, cu noile gânduri înfiorătoare, nu știam cât mai dormeam.

— Pentru că sigur plănuiește ceva. Dacă vorbesc cu el, atunci poate scap de o catastrofă. Știi și tu că nu a renunțat atât de ușor.

Alec și-a încrucișat mâinile la piept. Eu am închis ușa dulăpiorului, apoi am pornit pe hol, spre scările spiralate. El m-a urmat.

— Dar asta nu înseamnă că trebuie să vorbești cu el. Nici atât singură.

Știam ce încerca să facă, dar nu puteam să îl las pe Alec să comită o asemenea greșeală. Și lui îi era frică de Ace din cauza puterii sale, știam asta, iar eu, ca o prietenă decentă, nu aveam de gând să îi creez probleme.

— Ba da, trebuie. Este încurcătura mea, o voi rezolva cumva.

— Dar eu te-am băgat în ea, a ripostat el.

Am negat din cap.

— Puteam oricând să spun adevărul după ce tu ai mințit. Ai fost doar un prieten bun. Acum e rândul meu să fiu o prietenă bună și să nu te bag în această problemă.

Nu avea cum să mă facă să mă răzgândesc. Alec nu ar fi avut parte de tratament special din partea lui Ace și nu voiam nici măcar să îmi imaginez ce i-ar fi făcut acesta în cazul unei interferențe.

— Dar simt nevoia să mă revanșez. De la mine a pornit asta, sunt vinovat.

— Nu, nu ești, l-am contrazis.

— Ei bine, așa mă simt.

— Atunci încetează! Nu ești. Punct.

Am mers în liniște la ore, iar în cea de-a treia am fost cu el în clasă. Stătea acolo, în prima bancă, râzând, vorbind, deranjând mersul normal al lucrurilor. Nici nu m-a privit, dar poate era normal, stăteam în ultima bancă. Mă fierbea la foc mic din cauza asta. Se prefăcea că nu existam după ce mi-a dat viața de zi cu zi peste cap când a aflat secretul. Oare ce servicii voia de la mine? Îmi era frică să îl întreb. Totuși trebuia, căci a venit pauza de masă, iar mutarea mea urma. Știam unde să îl găsesc.

Holurile erau goale când eu am început să urc scările spiralate. Mi-am lăsat manualele în dulap, pentru a trage de timp, dar nu mai aveam de ales. Trebuia să înfrunt realitatea și problemele odată și odată.

Am ajuns rapid în fața ușii serei, însă când am vrut să intru, am ezitat. Acum era acum. Mi-am adunat curajul și am apăsat pe clanță.

Locul era plin de flori minunate, așa cum mi le aminteam, doar că nu puteam să le admir acum. Emoțiile îmi atacau stomacul – frică.

— Ți-a luat mai mult decât mă așteptam.

Nu știam unde a stat Ace până atunci – probabil a fost mascat de frunzișul bogat al plantelor –, însă a apărut în fața mea. M-am speriat, făcând un pas înapoi, mai aproape de ușă. Unde îmi era curajul? A dispărut doar pentru că am fost luată prin surprindere?

M-am adunat.

— Așteptai să vin de una singură la tine? l-am întrebat suspicioasă.

L-am privit în ochii săi verzi, asortați cu nuanța predominantă a plantelor din jur, și am văzut un licăr de strălucire. Amuzament? Satisfacție? Probabil. Doar îi făceam pe plac, mă întorceam la el cu coada între picioare.

— După ce ai fi văzut că nu te-am mai căutat și nu am spus nimănui secretul tău, da. Ți-am dat doar timp să te gândești.

La ce? Nici măcar nu ascultasem târgul complet. Știam doar că voia niște favoruri, iar asta nu suna bine.

Ace a făcut pași spre mine, însă eu nu m-am mișcat.

— M-am gândit, am mormăit. M-am gândit că am mințit doar pentru a nu păți la fel ca ceilalți bursieri, pentru a nu afla tu. Acum că știi, restul nu mă mai interesează.

Și-a masat buzele una de alta, umezindu-le. Mâinile îi erau relaxate în buzunarele blugilor negrii, iar ochii făceau din nou acea chestie – mă priveau din cap până în picioare, analizându-mă și intimidându-mă.

— Habar nu ai de ce este în stare fiecare persoană de aici, a spus în cele din urmă. Doar pentru că eu culeg toți laurii, nu înseamnă că fac toată treaba singur.

Arăta serios, iar inima începea să îmi bată mai tare. Lucrurile nu erau în favoarea mea și mă simțeam total inutilă, mă simțeam ca o păpușă. Dacă ceilalți chiar îmi puteau face ceva? Ce puteau face?

— Dă-mi un exemplu, i-am cerut.

— Poftim?

— Dă-mi un exemplu de pedeapsă pe care i-au aplicat-o unui bursier și tu ai cules laurii.

Nu mai știam în cine puteam avea încredere în acest liceu, în afară de Alec, bineînțeles. Doar că bârfele și vorbele erau atât de încurcate, amestecate, contradictorii, habar nu aveai pe care să o iei în serios. Și, cu cea mai mare sinceritate de care am dat dovadă, recunoșteam că oricât de curajoasă încercam să fiu și oricâtă neîncredere aveam că voi păți ceva rău, nu voiam să risc nici măcar puțin. Încercam să par vitează în fața tuturor, dar eram mai fricoasă decât ar fi crezut oricine. Am avut timp mult la dispoziție să mă gândesc, iar decizia era că... trebuia să fac orice să supraviețuiesc acestui an. Adică orice. Pentru că însemna viitorul meu și al mamei mele.

— Să fiu pârâcios nu a fost niciodată unul din defectele mele, Char.

Am oftat, apoi mi-am ridicat mâinile pe lângă corp, în aer, exasperată.

— Atunci spune-mi ce vrei, dacă, spre exemplu, aș accepta propunerea ta, i-am cerut.

Mi-am lăsat mâinile să se trântească zgomotos de coapse.

— Să înțeleg că până la urmă te interesează târgul meu, a rânjit el.

A venit mai aproape. Era la un pas de mine, iar eu am rămas fără replici și arme. L-am privit drept răspuns. Speram să înțeleagă, dar nu a înțeles.

— Ceea ce mă interesează este ca familia și prietenii mei să nu pățească nimic din cauza unui băiat frustrat și răsfățat. Așa că dacă ei sunt în pericol, eu accept târgul. Ce mi se întâmplă mie nu prea mă interesează, atât timp cât îmi pot continua viața de zi cu zi.

Mi-am încrucișat mâinile la piept și Ace s-a apropiat de mine. Niciodată nu am fost bună la estimare, însă ceea ce știam sigur era că puteam să văd cioburi de culoare maro împrăștiindu-se în irisurile lui verzi. Cam atât de aproape se afla.

— Asta înseamnă că nu mai aștepți să te las invalidă? a întrebat amuzat.

Probabil că lucrurile spuse la nervi chiar nu erau bune, căci acum el le folosea împotriva mea. Dar asta nu însemna că mă puteam abține din vorbit data viitoare, adică acum.

— În schimb mi-aș dori să te las pe tine impotent.

De ce mereu mă simțeam sugrumată cu vorbele în gură, eliberată și satisfăcută când le spuneam, dar dezamăgită când îmi terminam replica?

Ace a chicotit, iar eu păstram contactul vizual, fiind stresată. De ce trebuia să aibă ochi frumoși? Nu putea să dețină măcar un aspect fizic urât? Poate că toată urâțenia îi era transferată în interior.

— Și eu îmi doresc să te las fără vorbe măcar o dată, indiferent de metoda folosită.

Nu știam la ce metode de referea – mă gândeam că la ceva rău, sadic –, dar deja reușise să mă lase fără respirație. Îmi era foarte greu să mă controlez, pe mine și organismul meu, în fața lui, probabil din cauza fricii.

— Am deviat de la subiect, am comentat eu. Ce vrei? l-am întrebat răutăcioasă.

Încă un pas spre mine. Am simțit prin papuci cum vârfurile picioarelor lui s-au atins de ale mele. Ace a încercat să se aplece, probabil pentru a mă intimida din nou cu apropierea amețitoare și a mă domina, dar l-am oprit, așezându-mi mâna pe pieptul său. Trebuia să mă concentrez și să nu remarc cât de bine se simțea totul sub palma mea.

Tipul ăsta avea mare grijă de corpul lui.

— Poți spune și de la distanța asta.

Zâmbetul pe care mi l-a oferit era unul incitat şi îndrăzneţ. Îl impresionasem pentru că nu îl voiam aproape? I-am rănit egoul fragil?

— Pot, deşi este mai nesatisfăcător.

S-a strâmbat amuzat, iar eu mi-am ridicat o sprânceană. Oricât de fermecător putea fi, asemenea replici mă făceau să vărs. Dacă continua tot aşa îmi era mai uşor să îl urăsc.

— Haide să începem cu prânzul, vrei? m-a întrebat el.

— Ce?

— Mergem să luăm prânzul împreună, Char, a repetat el.

Mi-a luat mâna în a sa, dar eu mi-am tras-o rapid, fiind scârbită.

— De ce am lua prânzul împreună? am întrebat dezgustată.

— Pentru că este unul dintre favorurile pe care vreau să mi le faci în schimbul tăcerii mele.

M-am încruntat, pentru că asta nu avea logică, era prea uşor. Îmi mirosea a ceva dubios.

Ace a râs când mi-a văzut expresia.

— Nu totul trebuie să fie atât de complicat pe cât crezi tu, Char. Vreau doar să luăm prânzul împreună deocamdată.

— Şi mai departe? am întrebat grăbită.

El a ridicat din umeri.

— Încă nu ştiu, dar pun pariu că nu va fi nimic atât de groaznic pe cât îţi imaginezi tu.

Mi-am lăsat capul într-o parte şi am plescăit din buze.

— Să iau prânzul cu tine este groaznic, am afirmat eu.

Nu ştiam ce era atât de amuzant la mine, dar el a râs din nou.

— Atunci prânzul va fi un adevărat coşmar pentru tine în următorul an.

An? Tot anul? Să fi stat cu el la prânz un an întreg?

— Haide! mi-a spus când m-am blocat.

M-a luat din nou de mână, dar m-am tras iar de sub atingerea sa.

— Pot să merg şi singură.

— Dar ce temperament, a glumit el.

Am ieşit din seră şi coboram pe scări unul pe lângă altul. Toţi ceilalţi erau în cantină, aşa că nu mi-am făcut griji până să ajungem acolo.

— De ce îmi ceri lucruri banale? l-am întrebat dintr-odată.

Îmi doream să ştiu ce plănuia mai exact, deşi mă bucuram că scăpam ieftin, într-un fel sau altul. Presimţeam totuşi ceva groaznic.

— Nu ştiu ce vezi tu banal aici, a spus el senin.

— Faptul că îmi ceri să iau prânzul cu tine ca să nu spui nimănui minciuna mea.

— Oh, dar asta nu e tot.

Ajunsesem la parter, aproape de cantina care avea uşile larg deschise, când Ace m-a făcut să înlemnesc de groază. Totuşi, picioarele mele încă funcţionau, mergând la pas cu el.

— Ce...?

Mâna sa grea s-a strecurat după umărul meu şi m-a apropiat de pieptul său. Nu ştiam dacă voiam să îl lovesc întâi sau să mă ţin de ceva pentru a nu pica, dar instinctul a câştigat în ciuda alegerii mele. A fost nevoie să mă agăţ de tricoul lui pentru a-mi recăpăta echilibrul, şi am simţit cum căldura şi parfumul său mă invadau. Speram să nu fi roşit înainte să îl lovesc, pentru că nu păream convingătoare în legătură cu nervii mei aprinşi.

Intrasem în cantină aşa. Cu toţii ne-au văzut, iar Ace se comporta normal.

— Asta probabil că este tot pentru astăzi, mi-a şoptit el la ureche.

Părul mi se ridicase pe corp, cum s-ar spune, iar pielea de pe mâini mi se făcuse de găină in timp ce un fior electric mi-a cutremurat tot trupul. Am privit în jur, căci nu puteam să mă uit doar la podea, ca o rănită. Şi l-am văzut. Alec era acolo, aşteptându-mă, cu ochii confuzi şi încurcaţi.

Nu puteam să îi explic. Nici măcar eu nu ştiam ce se întâmpla. Iar şocul mă împiedica să reacţionez.

# Capitolul 11

Fiecare dintre sutele de perechi de ochi din încăpere m-au urmărit, sau mai bine spus *ne-au* urmărit, încă de când am intrat, până când ne-am luat de mâncare de la bufet și ne-am așezat pe la o masă de pe rampa vedetelor. De ce nu mă miram că masa lui era la acea terasă, tocmai în mijlocul tuturor? Era miezul Universului și nu știam eu? Planetele se învârteau în jurul lui, din câte se părea, exact așa cum toți acești pământăi orbitau pe lângă el.

Imediat cum Ace a făcut un semn din cap, toți cei care mai erau la masa lui au plecat, fără nici măcar un comentariu. Acela a fost momentul în care în sfârșit s-a despărțit de mine, dar nu m-a lăsat să mă pun față în față cu el, ci mi-a tras scaunul din dreapta sa, apoi m-a rugat să mă așez acolo. Tot aproape eram. Perfect!

Nu știu cum el putea mânca, eu mai aveam puțin până să vărs și nu știam din pricina cărui motiv. Tracul de scenă sau prezența sa lângă mine?

M-am uitat jos, la toți ceilalți elevi din încăpere. Pe lângă că priveliștea era minunată, cu toate că puțin cam la înălțime, majoritatea privirilor încă erau pe noi, inclusiv cea a lui Alec. Da, tocmai am descoperit de ce îmi era rău, iar Ace, de data aceasta, nu avea nicio legătură cu starea mea.

— Ai de gând să mănânci? m-a întrebat el preocupat.

Și-a aruncat un cartof pai în gură. Ori se pricepea foarte bine să se prefacă, ori el chiar nu era conștient de câtă atenție ni se dădea. M-am uitat mai bine la el și mi-am dat seama că niciuna dintre variantele de mai sus nu erau corecte. Ceea ce se întâmpla de fapt aici era că lui chiar nu îi păsa, nu se lăsa deloc afectat de atenție. Exact ca la restaurant, el se afla în elementul său, iar eu eram din nou o pată.

— Nu mi-e foame, am șoptit.

Dumnezeule, mă simțeam a naibii de stânjenită, iar eu nu aveam multe momente în care să îmi plec capul.

— Trebuie să mănânci măcar ceva. O să te îmbolnăvești dacă continui așa.

A ridicat un alt cartof pai și l-a îndreptat spre gura mea, așteptând ca eu să îl primesc cu zâmbetul pe buze. În schimb mi-am ridicat o sprânceană, în semn de batjocură.

El chiar vorbea serios?

— Dar știi să te prefaci că îți pasă, nu glumă, i-am șoptit, pentru a auzi doar noi.

Îmi dădeam seama acum ce făcea, doar că nu înțelegeam de ce. Voia să ne vadă cu toții împreună, apropiați, dar nu știam la ce îl ajuta asta.

— La fel cum tu nu ai habar deloc să joci teatru, a comentat el, la fel de încet.

Deși știam că aceasta era o provocare pe care nu ar fi trebuit să o accept niciodată, talentul meu de a mă băga singură în probleme a acționat. De ce nu îmi puteam controla tupeul?

M-am aplecat spre el pentru a lua cartoful pai între buze, în timp ce îi priveam ochii mari.

— Hm, dar chiar este bun, am comentat, mestecând și trecându-mi limba peste buze.

Ace avea un rânjet în colțul gurii, doar că nu m-am oprit aici. I-am luat un cartof pai din porție, apoi l-am hrănit eu pe el. Nu a fost atât de greu, a acceptat repede. Și chiar dacă nu era murdar, am insistat să îmi duc degetul spre el și să îl curăț de urma transparentă din colțul buzei sale puțin umflate. I-am zâmbit când l-am prins cu garda jos, apoi m-am aplecat tare spre el, pentru a ajunge cu gura la câțiva centimetri de urechea sa.

— Cine nu știe să se prefacă acum? i-am șoptit.

M-am retras la locul meu și am continuat să fac ce făceam înainte, adică să consum aerul degeaba până când pauza de masă s-ar fi terminat.

Nu știam ce făcea Ace, iar eu nu mai aveam chef să mă înțep cu el acum. Deja ajunsesem mult prea departe, iar Alec văzuse totul, alături de restul elevilor din școala asta. Urma să ajung o vedetă pe aici, și nu una iubită, ci aceea în care se aruncau roșii stricate. Doar că nu m-am putut abține de data aceasta. Răspundeam aproape întotdeauna la provocări, și dacă eu nu mă pricepeam să joc teatru... nu știam cine o făcea.

După multe dezamăgiri în viață în care a trebuit să trec cu capul sus, deși îmi doream cu disperare să plâng, după ore întregi pe zi în care le zâmbeam clienților pe care voiam să îi decapitez și după ani de zile în care tot ceea ce îi spuneam mamei erau numai minciuni ca și *mă descurc*, când eu habar nu aveam ce făceam cu viața mea, am descoperit un nou talent. Și chiar plănuiam să mă înscriu aici la un curs de teatru. Aș fi avut câteva ore plăcute pe săptămână.

— Mă surprinzi, a șoptit el, luând alți cartofi de pe farfurie.

Am pufnit cu zâmbetul pe buze.

— Și încă nu ai văzut nimic!

De fapt, ba da. Probabil a văzut totul la mine. Nu eram tocmai o ființă interesantă. Dar dacă mă mai provoca mult, probabil urma să îl surprind în continuare.

— Ei bine, aș vrea să știu totul, sau măcar mai multe.

Mâna sa se așezase pe piciorul meu, în zona coapsei, și am simțit cum nu mă mai puteam abține. O fierbințeală ciudată mi s-a extins din acea zonă până în pântec, apoi a urcat în obrajii mei. Probabil eram roșie, și nu de furie. Ce se întâmpla cu mine și de ce trecuseră cinci secunde întregi înainte să îi dau mâna subtil jos de pe mine?

— Ei bine, l-am imitat eu, îmi doresc la fel ca și tine, dar legat de planul pe care îl ai. Ce pui la cale?

Vorbeam încet și chiar speram ca cineva să nu ne audă. Dacă ar fi făcut-o... Nu știam, de fapt, ce s-ar fi întâmplat atunci.

— Tot ce trebuie să știi deocamdată, știi. Nu complica mai mult lucrurile și mănâncă.

A ridicat alt cartof, iar eu am continuat să mă las hrănită, chiar dacă mi se părea incredibil de scârbos. Voiam să scap cât mai repede de acolo, așa că atunci când am auzit soneria pentru a intra la ore, m-am bucurat nespus de mult. Nici măcar nu știam dacă visam sau chiar era real.

Ace m-a luat de mână și m-a tras spre scări. Nu îmi venea să cred că făcea asta! Mă ținea aproape de el, nu m-a lăsat să mă opresc la Alec, să vorbim, și m-a târât pe tot holul, până la dulapul meu, printre elevii care se holbau.

*Pot să intru în pământ acum?*

Ne-am oprit acolo, așteptând ca eu să fac vreo mișcare. Ei bine, nu am făcut nimic. Și când în sfârșit m-a privit, a întrebat:

— Ce e?

Pe bune acum? Chiar mă întreba ce era? În cantină tocmai se comportase de parcă era iubitul meu, iar eu i-am intrat în joc, habar nu aveam de ce, doar pentru că m-a provocat. Aveam nevoie de o explicație.

— Ce e? l-am imitat eu, cu un fals dezgust. Este că mă tragi ca pe un cățel pe holuri, mă hrănești la prânz, mă atingi de parcă îți aparțin și ne faci să părem ca un cuplu de față cu ceilalți, am șoptit nervoasă.

Mă apropiasem din nou de el, fără ca măcar să observ, pentru a auzi doar noi ce aveam să îi spun. Probabil că trebuia să rămân la distanță. Ace și-a trecut o mână peste bărbia mea, mângâindu-mă.

— Vrei să mă săruți acum, Char, de față cu toată lumea? Cam obraznic pentru primul nostru sărut, dar pot să îți fac poftele în văzul lumii, chiar aici, pe hol, dacă dorești.

L-am lăsat fără un răspuns, chiar acolo, în fața mea, la câțiva centimetri, în timp ce meditam. Corpul meu ardea din nou, și știam de ce. Mă aflam mult prea aproape de diavol, îl lăsasem să mă atingă și să expire aerul său fierbinte pe fața mea. Sigur acesta era motivul pentru care reacționam așa.

Ace a rânjit mai larg ca până acum.

— Te gândești să accepți? Podeaua este destul de confortabilă, să știi, m-a informat el.

Am afirmat din cap, fermecată.

Acum era acum. Urma să fac lucrul la care mă pricepeam cel mai bine. Mă răzgândeam.

— M-am gândit, am început eu în șoaptă. M-am gândit că probabil nimic nu merită asta și că tu nu ești decât un copilaș frustrat, am continuat înțepată.

Mi-am ridicat genunchiul și l-am lovit între picioare, profitând de apropierea noastră. Ace s-a strâmbat, durerea fiindu-i evidentă pe față, apoi s-a chircit, până când era aplecat în fața mea. Mă simțeam bine, deși știam că asta nu va fi durat mult. L-am împins, iar acesta s-a sprijinit de un alt dulap, până când eu mi-am luat cartea pentru următoarea oră.

— Ne mai vedem, *iubitule*, i-am spus ironică.

* * *

— Ori deții nouă vieți, ori ai o dorință macabră și ascunsă în care vrei să pieri devreme, mi-a reproșat Allen.

Mi-am ridicat umerii și am continuat să umplu cești de cafea.

Cei trei prieteni ai mei stăteau la bar, aproape de mine, discutând problema pe care o aveam și, probabil, punând la cale un plan de supraviețuire pentru mine.

— Nu înțeleg ce aveți cu fata. Eu aș fi reacționat exact la fel. Asta dacă tipul nu ar arăta extraordinar de bine, a comentat Kendra.

Ceea ce nu știa prietena mea era că Ace chiar arăta extraordinar de bine. Incredibil de bine. Senzațional de bine. Și asta mă irita cel mai mult atunci când se afla în jurul meu, când îl refuzam, când mă certam cu el și când voiam să îl ucid. Era un adevărat blestem. Dar poate dacă i-aș fi pus o pungă de hârtie pe cap...

— Sau dacă nu ar avea atâția bani și putere încât să te facă să dispari de pe fața pământului fără ca măcar cineva să observe, a completat Alec sec.

Mi-am dat ochii peste cap. Am dus o tavă la o masă unde un cuplu cu vârste în jur de treizeci de ani se țineau drăgăstos de mână. Le-am zâmbit politicos când i-am servit, apoi m-am reîntors la tejghea.

— Dar de ce a făcut-o? a întrebat Kendra.

— Întreab-o, i-a propus Alec.

Mi-am dat seama că încă se vorbea despre mine, așa că până nu primeam altă comandă, am intervenit.

— Ce-am pierdut?

— Mai bine spus ce am pierdut eu. De ce nu ai spus că ați luat prânzul împreună, că v-ați hrănit unul pe celălalt și că v-ați plimbat de mână prin toată școala?

Mi-am rotit ochii, apoi i-am oprit asupra lui Alec. Nu știam exact care dintre ei exagerase cu povestea, dar știam sigur că el m-a turnat. Nu că ar fi fost un secret de ținut... Poate doar o informație de evitat.

— Mi s-a părut un detaliu neimportant, am rostit, întorcându-mă pentru a găsi ceva de făcut.

Am luat laveta și am mai șters încă o dată tejgheaua lustruită.

Alec și Allen au pufnit disprețuitor la unison.

— Și problema voastră care este? i-am întrebat, punându-mi mâna în șold.

— Nu contează care este problema lor, ci a ta. Ce ți-a făcut bietul băiat să îi dai una unde nu răsare soarele după un prânz perfect ca ăla? a întrebat Kendra.

Am oftat și m-am așezat după ce am verificat că șeful meu nu era prin jur. Ce le puteam spune? Nici eu nu știam răspunsul. Mă apucase, așa cum mă apuca pe mine des. Sufeream de bipolaritate.

— Totul a fost fals, Kendra. Mă urmărești? Nu știu ce vrea, dar mă șantajează că le va spune tuturor despre mine dacă nu fac ce zice el. Și unul dintre acele lucruri a fost prânzul.

— Iar tu ai stricat totul pe final, lovindu-l? Uf, nici eu nu ți-aș mai ține secretul acum, și sunt prietena ta.

— Mersi. Încurajator.

Mi-am așezat mâinile pe tejghea și mi-am luat capul în palme, închizându-mi ochii.

— Eu doar... nu știu ce să fac și ce să cred.

Ace era enervant și de multe ori o pacoste, asta am descoperit în puținul timp de când îl cunoșteam, dar nu părea în stare să facă atâtea rele, nu toate acele lucruri pe care Alec mi le spusese. Și totuși, aveam mai mare încredere în prietenul meu decât în diavol. Doar că... Nu voiam să fac ce îmi spunea el şi nu îmi era frică din cauză că m-ar fi pârât sau mi-ar fi distrus viața, chiar dacă toată lumea îmi spunea că ar fi trebuit să îmi fie.

Voiam doar să termin anul la Appleby. Ceream prea mult?

— În legătură cu ce? a întrebat All, vorbind calm pentru prima dată în această seară.

Am oftat din nou, apoi m-am îndreptat de spate şi mi-am deschis ochii.

— În legătură cu el. Ştiu că toate arată contrariul, dar... eu una cred că este doar un copil răsfăţat, fără o putere reală.

Poate chiar o persoană drăguţă. Dar nu puteam spune asta cu voce tare. Să dau semne de milă însemna să dau semne de slăbiciune. În faţa oricui, chiar şi a prietenilor mei.

— Toate cazurile pe care ţi le-am dat nu au fost de ajuns? a întrebat Alec, puţin iritat.

Presimţeam o primă ceartă în prietenia noastră.

— Ba da, am oftat eu. Doar că nu pare genul care să facă asta. Te cred, dar ce ai auzit tu puteau fi la fel de bine numai bârfe. Eu una nu îl cred în stare să îmi facă ceva, sincer.

Un fel de semn mi-a fost dat de sus atunci când telefonul mi-a sunat şi ne-a întrerupt discuţia. Se pare că trebuia să învăţ să nu mai judec înainte lucrurile şi să nu mai dau şanse oamenilor.

M-am scuzat faţă de prietenii mei, apoi am răspuns. Mama îmi spusese disperată:

— Charity, draga mea, a venit o factură uriaşă de la şcoală. În ce probleme ai intrat?

Inima mi s-a strâns.

Banii. Singurul mod în care cineva mă putea răni. El ştia asta. El mai era şi fiul proprietarului şcolii. El putea aranja asemenea lucruri.

M-am înşelat în privinţa lui până la urmă. Nu era doar un copil răsfăţat, chiar era diavolul.

# Capitolul 12

Conform hârtiei pe care o țineam în mână, eu tocmai mă infiltrasem în școală, distrusesem un monument al său și întorsesem biblioteca cu susul în jos. Iar plata era... Nici nu îmi imaginam. Mai degrabă aș fi fost exmatriculată. Salariul meu pe atâtea luni...

Turbam. Exact ca un câine. Aveam spume la gură din cauza nervilor, iar mâinile-mi strângeau foaia până când au început să tremure. Urma să o rup dacă nu îi dădeam drumul. Iar cel mai rău dintre toate, mama nu mă credea că nu am făcut nimic. Dar cine o învinuia? Ea habar nu avea ce cuib de vipere era acel liceu, și dacă ar fi știut, m-ar fi retras de acolo imediat. Nu îmi puteam permite asta, așa că am păstrat totul secret pentru un moment. Această școală, chiar dacă era coșmarul vieții mele, avea să dea roade pe viitor. Nu obții nimic fără luptă.

Am rămas la o scuză ușoară, cum că trebuia să fie o greșeală. Apoi a spus ceva ce m-a uimit într-un mod neplăcut.

— Voi veni la școală pentru a vorbi cu directorul.

Mi-am mărit ochii și numai atunci mi-am dat seama. Dacă mama ajungea la școală... Toată lumea și-ar fi dat seama de cine eram. Planul diavolului a fost bine conceput. Ori mergeam la el să îi spun să rezolve asta până mama nu ar fi ajuns la Appleby, ori aș fi fost demascată.

— Nu! am sărit eu brusc.

Mama m-a privit cu ochi mari, apoi și-a mijit privirea, fiind suspicioasă. Știa că îi ascundeam ceva, iar eu habar nu aveam cum să îmi continui ideea.

— Cum adică nu? Char, tu chiar ai făcut asta și mă minți?

Nu, nu făcusem asta. Și nici nu aș fi avut de gând să o fac vreodată, doar că... Ce puteam să îi spun?

— Mamă, de parcă nu mă cunoști! Sunt sigură că cineva mi-a înscenat-o sau ei au prins pur și simplu hoțul greșit. Știi că mereu mi-am văzut de treabă și nu am cauzat vreodată probleme.

Într-un fel mă durea că mama nu mă credea, dar în celălalt... Eram o adevărată ipocrită. Între timp eu o mințeam – sau îi ascundeam adevărul, care tot un fel de a minți era.

— Scumpa mea... Eu doar... A oftat. De când ai început școala ești mai absentă, pentru că ori înveți, ori muncești, ori ești plecată cu prietenii, iar eu am propriul serviciu, propriile responsabilități, nu dorm des acasă, și nu ne mai vedem uneori nici măcar o dată la o săptămână, doar vorbim la telefon. Îmi este frică de posibilitatea că te-ai schimbat, iar eu nu am fost de față când s-a întâmplat asta. Și știu că sunt o mamă groaznică, dar nu pot să fac ce face o mamă din cauză...

Începeau dramele, iar eu nu eram în toane pentru lacrimi. Trebuia să îmi păstrez nervii pentru a omorî un diavol. Totuși, ea era mama mea, cea mai importantă persoană, așa că a trebuit să o alin înainte de a merge la vânătoare.

— Mamă, mamă, mamă... Nu ești groaznică, ești cea mai bună, i-am reamintit. Iar eu sunt bine, mă descurc, încerc să te ajut în toată această... mizerie în care acel ipocrit ne-a băgat.

Nu îmi plăcea, detestam să vorbesc despre asta, deoarece uram să mă plâng cuiva, dar tata m-a părăsit pe mine și mama nu doar pentru un trai mai bun, ci și din cauză că aici nu îl mai putea avea. Toată treaba stătea așa... Nemernicul a pariat mulți bani pe niște jocuri, adică enorm de mulți, destui încât noi două, din două salarii, plus cheltuielile de zi cu zi, să nu puteam să plătim taxa în zece ani, căci dobânzile creșteau pe zi ce trecea. Mereu mințeam în legătură cu el, că pur și simplu m-a părăsit, că nu i-a păsat, că a vrut o slujbă strălucită altundeva. Doar că el a mințit. A fugit spunând că își va găsi de lucru să plătească totul, apoi nu a mai fost de găsit. A fost ras de pe fața pământului. Iar eu și mama am rămas tot aici, descurcându-ne și plătind lunar un salariu și jumătate din ce câștigam amândouă. Mai aveam încă ceva ani să terminăm cu plata, apoi am fi trăit mai bine.

— Orice altă femeie m-ar fi abandonat la un orfelinat sau în fața unei case, am continuat eu. Dar tu nu ai făcut-o. Ești cea mai bună mamă.

Am apucat-o de umeri și am îmbărbătat-o în timp ce ochii ei erau plini de lacrimi.

— Și tu ești cea mai bună fiică. Nu știu cum le poți face pe toate la perfecție, dar să fii conștientă că mă ajuți enorm de mult cu toată problema.

I-am zâmbit.

— Știam. Fără mine ai fi o epavă, i-am spus, alinând tensiunea din jur cu amuzament.

Aceasta a chicotit, apoi m-a luat în brațe. Chiar nu voiam să mă înmoi înainte de o ceartă bună, dar probabil că era prea târziu oricum să îl găsesc pe vierme și ne-am fi văzut a doua zi la școală.

— Chiar aș fi, a șoptit ea, cu capul în părul meu.

Am oftat, închizând ochii și profitând de puțină dragoste maternă, de câteva minute în care să nu mai fiu eu adultul, de câteva momente de copilărie. Când acestea au trecut, m-am desprins de ea și m-am îndepărtat.

— Nu te duce la școală mâine. Voi vedea dacă este o încurcătură, apoi te voi suna, i-am spus în timp ce mă retrăgeam în cameră.

Mama a afirmat din cap, ștergându-și lacrimile.

— Dormi aici în seara asta? am întrebat-o simplu.

Nu voiam să o fac să de simtă prost, căci știam care urma să fie răspunsul ei, așa că nu aveam speranță în ochi sau în glas.

— Trebuie să le servesc micul dejun la șapte, iar ei au cerut ceva greu de preparat, care durează vreo două ore. Dacă aș sta, ar trebui să mă trezesc la patru și să plec de aici...

— Mamă, am întrerupt-o eu, este în regulă. Am râs pentru a da credibilitate la ceea ce am spus. Serviciu ușor să ai. Te iubesc.

Ea mi-a zâmbit și și-a dus mâinile la coate, îmbrățișându-se singură.

— Eu mai mult, scumpa mea.

Am intrat în cameră şi am început să le trimit mesaje tuturor. Lui Alec, Allen şi Kendrei. Copiam şi retrimiteam mesajele, pentru că îmi era lene să rescriu acelaşi lucru. M-am gândit prea târziu că ar fi trebuit să ne facem un grup.

I-am anunţat pe toţi că Ace era în spatele acestui lucru – eram sigură –, le-am spus de ce se presupunea că eram vinovată prin acea hârtie şi că a doua zi urma să îl desfiinţez pe băiatul acela bogătaş. Nimeni nu a fost de acord cu mine, cu toţii au încercat să mă calmeze, dar totul pentru mine era clar.

A doua zi urma să am parte de un război. Voi clarifica totul odată pentru totdeauna.

* * *

Am plecat înaintea lui Alec de acasă, nu ne-am întâlnit şi nici nu am avut cu el primele ore, până la pauza de prânz. L-am evitat pentru că ştiam că voia să mă facă să mă răzgândesc, dar nu avea şanse. Aşa am reuşit să evit o ceartă în plus.

Imediat cum s-a sunat pentru pauza de masă şi toată lumea a mers la cantină, eu le-am luat-o înainte spre seră. Nu a fost aici, spre surprinderea mea, dar ştiam că urma să apară, aşa că l-am aşteptat.

Eram atât de pregătită de scandal, ceartă şi poate chiar o bătaie – deşi nu aş fi avut şanse să ies învingătoare de acolo –, însă împrejurimile mi-au distras atenţia.

Mă plictiseam până când *Domnul Popularitate* ar fi avut de gând să îşi facă apariţia, aşa că am privit şi am mirosit majoritatea florilor. Când am terminat de inspectat, mi-am îndreptat privirea spre pereţii de sticlă.

Mă bucuram că cei din exterior nu mă puteau vedea, deşi oricum nu ar fi contat, căci de la această înălţime aş fi părut doar o simplă siluetă. Nu erau mulţi elevi afară, care voiau să ia masa în aer liber, deoarece ne apropiam de miezul toamnei, iar vântul mai bătea uneori necruţător. Totuşi, se aflau câţiva adolescenţi la unul dintre foişoarele din grădină. Nu aveam habar ce făceau, dar păreau că se distrează. Două cupluri şi un băiat. Vorbeau, râdeau, se sărutau, în timp ce persoana singură stătea pe margine, plictisită.

Ciudat, dar mi-a amintit de mine. Allen şi Kendra mereu aveau pe câte cineva, iar eu eram obsedata de muncă, cea care nu avea timp de o viaţă proprie şi care era mereu în plus la întâlnirile duble.

Probabil că furia îmi scăzuse, corpul nu îmi mai era în alertă şi picasem în gânduri melancolice. Probabil. Altfel aş fi auzit uşa şi paşii care au venit spre mine, aş fi simţit respiraţia lui pe ceafa mea mai repede şi mi-aş fi dat seama că pielea de găină pe care o aveam nu era datorită frigului.

— Pe mine mă aştepţi? mi-a şoptit la ureche.

M-am întors rapid, cuprinsă de un fior enervant şi neplăcut, apoi am ieşit din închisoarea geamului şi a corpului său, din înghesuiala colţului. M-am uitat la el încruntată, cu mâinile încrucişate la piept. Părea atât de relaxat şi de zâmbăreţ încât îmi venea să îl scap de povara a cel puţin doi dinţi din gură.

— De ce naiba mi-ai înscena un delict şi mi-ai trimite o scrisoare falsă în care se presupune că eu ar trebui să plătesc mii de dolari pentru ceva ce nu am făcut? am ţipat, întrebându-l direct ceea ce mă apăsa pe inimă.

Şi-a şters zâmbetul de pe buze când m-a văzut atât de nervoasă, dar atitudinea arogantă a rămas acolo.

— Tu de ce mi-ai lovi bijuteriile cu o asemenea brutalitate? Ai fost născută în junglă, fetiţo?

Am pufnit, nevenindu-mi să cred. Eram stupefiată. De parcă o mică lovitură se compara cu ceea ce mi-a făcut el mie. Oricum o merita pentru câte făcuse.

— Retrage chestia aceea imediat, i-am cerut, fără să bag în seamă întrebările lui.

— Te-aş ruga şi eu să retragi lovitura, dar nu se poate, nu-i aşa?

Îmi scrâşneam dinţii de nervi, însă nu m-am calmat. Voiam răspunsuri, pe lângă acea factură anulată. Şi trebuia să iau totul de la început, pe rând şi cu grijă, fără nervi.

Am inspirat, am aşteptat puţin pentru a mă calma, am expirat.

— Spune-mi ceva ce a fost făcut de alți elevi de aici și s-a aruncat vina pe tine, i-am cerut politicos.

Ace și-a mijit ochii, ca și cum nu mi-ar fi înghițit povestea, schimbarea bruscă de atitudine.

— De ce...?

— Deocamdată eu pun întrebările aici, l-am întrerupt. Este clar că nu ne suportăm unul pe celălalt, ne cauzăm numai probleme, știi secretul meu, dar ai nevoie de mine, într-un mod ciudat. Așa că dacă vrem să ne înțelegem acceptabil, să ne fim de folos în această poveste și să terminăm cât mai repede, ar trebui să îmi răspunzi la câteva întrebări. Și nu te preface că nu ți-aș fi de folos și că m-ai putea înlocui oricând, ai fi putut la fel de bine să îmi semnezi exmatricularea ieri, dar nu ai făcut-o, ci doar m-ai amenințat. Ai nevoie de mine, nu știu de ce, dar ai.

Ace și-a îndreptat spatele, și-a băgat mâinile în buzunarele blugilor săi – am observat că nu purta niciodată uniforma școlară –, apoi m-a privit serios pentru o secundă, ca și cum urma să încheiem o afacere importantă. A stricat totul când a rânjit cu jumătate de gură.

— Ești deșteaptă, a apreciat el.

— Iar tu irosești timpul degeaba. Spune-mi ce ți-am cerut. Ajungem pe rând la toate.

El a afirmat din cap, apoi s-a sprijinit de bara aceea lungă, din fața peretelui de sticlă. Încă își ținea mâinile în buzunare, iar picioarele îi erau încrucișate. Ochii săi verzi, cristalini, cu lumina care îi cădea exact în irisuri, semănau cu strălucirea roii așezată pe firele de iarbă, prin care razele soarelui treceau cu duioșie.

Am clipit și mi-am îndreptat privirea spre altceva.

— Joey Parker, anul trecut, a fost bătut măr pentru că s-a luat de un *subaltern*, cum se spune. A făcut ghilimele în aer. Samantha Wilson, acum un semestru, și-a pierdut virginitatea la un pariu făcut anunț în toată școala, dar de care nu știa. La a doua nu este nimic foarte grav, dar vreau să înțelegi că oricine i-ar fi putut deschide ochii, ar fi putut să o ajute, dar nimeni nu a făcut-o. Toți din școala asta sunt complici, chiar dacă o fac doar de frică. J. P. Jones a fost dat afară din echipa de fotbal, exmatriculat, iar dosarul său a fost făcut praf, a ratat toate facultățile pe care și-i le dorea. Kyle Lopez a fost transferat într-un liceu din Mexic, el a venit în continuare aici fără să știe acest lucru, când a aflat a dispărut și probabil s-a mutat din cauza asta. Lui Andrew Lang i-a fost distrusă mașina de colecție a tatălui său, luată în prea multe datorii. Justin Saunders a fost găsit cu droguri și reținut temporar când nici măcar nu fuma. Părinții Jessicăi Watson au fost concediați fără motiv pentru că ea avea gura mare. Poze nud cu Grace Jackson au apărut peste tot pe internet, chiar și un videoclip foarte...

— Gata, l-am întrerupt, ridicându-mi mâna.

Nu mai voiam să aud nimic. Capul îmi bubuia. Evident că nu erau lucruri din cauza cărora nu mai puteai trăi, dar erau mici catastrofe în viața cuiva. Eu, una, aș fi rămas marcată de oricare dintre lucrurile pe care le enumerase Ace mai devreme.

— Și vrei să spui că astea *nu* au fost făcute de tine?

Ace a afirmat din cap.

— Și dacă mă vei întreba ce am făcut eu, te anunț de pe acum că asta nu voi spune.

Nu aveam de gând să întreb, deși eram curioasă. Asta nu făcea parte din întrebările obligatorii, cele fără de care nu puteam continua... acest pact, sau orice naiba încercam noi să facem aici.

— Foarte bine, am spus într-un final. De ce ai nevoie de mine și pentru ce, mai exact?

Mi-am dat seama din asta că trebuia să mă feresc și de subalterni, chiar dacă Alec mi-a spus că ei nu aveau nicio legătură cu acele incidente. Ace știia mai bine, iar eu credeam puternic că nu mă mințea când îmi spunea evenimentele. Părea că le știa foarte bine, că nu a inventat niciun nume, nu s-a bâlbâit și nici nu a stat pe gânduri. Spunea adevărul.

— Următoarea întrebare.

Mi-am încrucișat iar mâinile la piept și am pufnit ironică.

— Dacă tu crezi că voi continua fără să îmi spui asta, te înşeli. Nu îţi doreşti să îmi schimb părerea ca şi ieri, când te-am lovit, doar pentru că nu ai putut să îmi dai un răspuns.

Ace a oftat, şi-a scos mâinile din buzunare şi le-a încrucişat la piept, exact ca mine. M-a privit amuzat, puţin iritat, dar şi cumva interesat.

— Ce făptură mică şi încăpăţânată, a şoptit ca pentru sine.

Mi-am ridicat sprâncenele, nu m-a interesat comentariul său şi am aşteptat un răspuns.

— Vreau să te dai drept iubita mea, a spus într-un final.

O criză de râs m-a învăluit, una adevărată, sinceră, puternică şi incredibil de veselă, deloc falsă. Credeam că mi-au dat şi lacrimile, dar m-am oprit la un moment dat, văzând că Ace nu râdea împreună cu mine. Râsul meu s-a transformat uşor într-un chicot, apoi într-un zâmbet larg, care s-a stins cu fiecare secundă, până buzele mi-au fost lipite într-o linie fină.

— Asta nu era una dintre glume? am întrebat, gesticulând când spre el, când spre mine.

Ace şi-a dat ochii peste cap, apoi a continuat să îmi povestească cum stăteau lucrurile. Era serios. Mă simţeam oarecum prost.

— Nu îţi voi spune motivul. Vreau doar să faci asta şi să nu spui *nimănui* adevărul.

Presimţeam că se referea la Alec. El sigur afla adevărul.

— Dar... de ce eu?

Ştiam că nu putea alege pe altcineva, ar fi făcut-o de mult dacă putea, însă cu ce eram mai specială decât celelalte eleve de aici? Puneam pariu că erau cel puţin câteva zeci care îşi doreau acel statut. Iar iubita lui? Sau fosta lui iubită? Sau ce îi era Crystal?

Of, viaţă complicată mai avea!

— Pentru că eşti nouă, Crystal nu a pus gheara pe tine, nu te cunoaşte nimeni personal, eşti tare, puternică, înţepată, indiferentă, deşteaptă, frumoasă, cu capul pe umeri, reală, şi chiar dacă eşti brutală, te-ai potrivi perfect. Ştiu că ai rezista.

Orice altă fată din acest liceu nu s-ar fi băgat între mine și Crystal.

A trebuit să îmi îndrept privirea altundeva pentru câteva secunde. Prea multe complimente deodată, pentru mine, când eu nu primeam așa ceva des, aproape niciodată. Și știam sigur că nimeni în afară de Allen nu mi-a mai spus că eram frumoasă – vorbind despre sexul masculin –, iar el îmi era ca un frate, deci nu se lua în calcul.

— Dar de ce vrei ca Crystal să te vadă cu altcineva? Căci despre ea este vorba, nu? Și nu vrei să afle nimeni, pentru că oricine ar afla, i-ar spune ei.

A zâmbit. Știam ce gândea. M-am prins de o parte din planul său, dar cea mai importantă rămânea încă acolo.

— Asta nu contează. Având în vedere că tu ești mai dez-avantajată decât mine, pot spune că îmi permit să nu răspund măcar la asta.

Probabil avea dreptate, nu era bine să întind coarda.

Bun, aflasem că aș fi fost într-un adevărat pericol dacă ar fi știut restul de mine, deci trebuia să fac pactul cu Ace; nu mai era nevoie să spun că dacă aș fi refuzat, atunci o altă factură de mii de dolari mi-ar fi putut veni prin poștă. Iar pactul, din câte mi-a spus, însemna ca eu să mă prefac iubita sa. Eu, iubita lui... Mă simțeam ca un vierme care trebuia să petreacă timp cu un înger – un înger dat naibii de enervant și arogant, dar tot de sânge pur.

Ne. Oricât îl priveam, tot a demon aducea.

— Foarte bine, am spus. Dar asta nu presupune că tre-buie să mă prefac și în timpul liber, nu?

Ace a părut că se gândea.

— Doar uneori.

*Uneori? Serios?*

— De exemplu, avem o petrecere curând și voiam să merg cu tine.

Asta pe cât se simțea de flatant, pe atât m-am arătat de scârbită în fața lui.

— Pe bune? Ai plănuit deja asta? Ce gentleman și ce mod de a mă invita.

— Hei, nu ai nevoie de invitație, doar suntem iubiți acum, nu?

Mi-a făcut cu ochiul.

— Încă nu, băiețaș. Vreau să aflu și cât va dura. Cât timp va trebui să mă prefac?

El s-a încruntat ușor, apoi a dat nepăsător din umeri.

— Habar nu am. Nu cred că va dura mai mult de o săptămână, dar cine știe? S-ar putea și o lună, depinde de circumstanțe.

O lună... Nu aș fi suportat o lună cu el, dar nu puteam să abandonez știind asta. Poate că trebuia să accept și, în caz de orice incident, renunțam în secunda următoare.

— OK, voi accepta, cu câteva condiții.

Nu am așteptat să comenteze sau să spună dacă aveam voie sau nu să le pun.

— Primul, Alec va ști acest lucru. Al doilea, nu îmi vei distruge programul, mai ales pe cel de lucru, din cauza ieșirilor tale și a teatrului. În cazul în care vrei să ne prefacem când sunt la muncă, nu mă învoiesc pentru tine. Trei, nu mă săruți.

La ultima condiție Ace s-a pus pe picioarele lui și și-a ridicat o mână pe lângă corp, întrebător.

— Cum altfel vrei să părem un cuplu?

— Ăm, îmbrățișări, ținut de mână și chestia cu hrănirea la cantină?

— Oh, da, asta ar fi putut merge... dacă am fi fost în școala primară.

Mi-am rotit ochii, apoi mi-am menținut poziția dreaptă, neînduplecată.

— Atunci pactul pică.

Ace a râs.

— Nu cred că ești în măsură să faci prea multe obiecții aici. Ți-am acceptat deja prea multe lucruri. Și sunt sigur că nu vrei să îți distrugi șansa la acest liceu, la o facultate bună, un job și un trai decent pentru tine și mama ta doar pentru un amărât de sărut.

Mama. Știa de mama. A menționat-o doar pe ea. De ce nu mă miram că avea atâtea informații despre mine? Și când i-am spus de job nici nu a tresărit. Știa unde locuiam, unde lucram probabil, câți membri avea familia mea... Acest copil era imposibil.

Ace s-a apropiat de mine când eram inconștientă, prinsă între gânduri și realitate. Nu am putut să mă mișc câteva secunde, dar când m-am trezit, tot ce am văzut în fața mea a fost tricoul gri pe care îl purta, cel care îi acoperea pieptul lucrat. Mirosul său plăcut m-a invadat în cascade de parfum bărbătesc scump.

Mi-am ridicat privirea. Centimetri. Vreo doi, trei? Cam atât ne despărțea chipurile. Dar Ace era înalt, probabil că se aplecase până la mine. Nu știam, nu vedeam nimic în afară de ochii săi. Și buzele lui.

— Sau îți este frică să mă săruți, Char? Crezi că te vei îndrăgosti de mine în această perioadă nedeterminată în care vom fi iubiți?

Am pufnit, apoi m-am dat doi pași înapoi. Ace a gemut nesatisfăcut, iar eu m-am bucurat că nu l-am lăsat prea mult lângă mine. Probabil era obișnuit cu fete care doar se prefăceau indiferente, dar care îl doreau cu ardoare. Tot ce îmi doream eu cu ardoare de la el era să se mute la o mie de kilometri distanță de mine sau să se arunce în *Marele Canion*.

— Aberație mai mare nu am auzit în viața mea. Dar te-ai ales cu un pact.

I-am întins mâna, așteptând să batem palma. Ace s-a uitat la ea bănuitor.

— Și totuși, nu este mai bine să ne sărutăm acum? Am mai exersa...

Am expirat o cantitate mare de aer pe nas în timp ce mi-am dat ochii peste cap. Mi-am retras mâna și m-am rotit pe călcâie, mergând cu pași apăsați spre ieșire.

— Ne vedem mai târziu, din păcate, l-am salutat.

— Dar, *iubito*, așteaptă-mă. Te conduc la oră.

Toată această treabă nu urma să fie ușoară. Iar Ace nu ajuta lucrurile deloc. Nu îmi venea să cred că acceptasem. Și mă gândeam dacă un viitor strălucit merita toate astea. Era discutabil. Mai ales în momentul în care Ace și-a dus mâna după umerii mei pe hol.

*Să se ridice cortina!*

# Capitolul 13

Haide să spunem că am evitat pentru câteva zile conversațiile despre Ace cu prietenii mei, deși Alec m-a văzut de atâtea ori cu el la braț. Însă după acele câteva zile, când au năvălit peste mine la muncă, nu am mai putut ascunde nimic. Le-am dat informațiile pe care le doreau. Am fost prinsă la colț.

Eram obosită fizic, după șase ore de școală, doar cinci de somn și încă opt de lucru, plus două de învățat, iar ziua încă nu se terminase. Pe lângă asta, a mai trebuit să îl suport și pe *Aroganța Domniei Sale* în pauze și la prânz, la școală. Totuși, am trecut peste interogatoriile prietenilor mei cu bine.

Totul mergea exact așa cum își dorea el. Deocamdată nu întrecuse vreo limită și îi mulțumeam Bunului Dumnezeu pentru asta, dar încă nu îmi plăcea faptul că trebuia să îi zâmbesc mereu și să îl îmbrățișez, să îl țin de mână, mângâi și hrănesc, atunci când eram tentată să îi înfig furculița în gât sau să îl dau cu capul de dulăpioarele de pe holuri. Lumea a început să vorbească la început, când lipseam o secundă de lângă Ace eram asaltată de oameni și întrebări, însă, din fericire, nu mă lăsa niciodată prea mult singură încât să apuc să răspund vreuneia dintre acele întrebări. Singurul moment în care chiar mă bucuram și eram ușurată să îl văd.

M-am înscris la cursul de teatru. Măcar o veste bună. Dar singura veste bună avea și o parte rea. Așa zisul meu iubit era în trupa de teatru, la același curs, ceea ce ne-a dat mai multe ore de petrecut împreună. Așteptam doar o piesă de genul *Romeo și Julieta*, apoi plecam de acolo, chiar înainte să se împartă rolurile. Sau aș fi dat de la început audiție pentru un copac.

Hm, probabil aş fi fost un copac frumos. Dar, mai ales, talentat.

Problema era, la cursul de teatru, că replicile, în cazul unei piese, trebuiau învăţate undeva între pauzele de la şcoală sau într-o oră tăiată din somn. De ce nu avea ziua patruzeci şi opt de ore?

— Deci... Ce mai face viitoarea doamnă Appleby?

Replica pe care mi-a aruncat-o Kendra de cum a intrat în restaurant m-a făcut să mă strâmb îngreţoşată.

— Îh, mai bine l-aş săruta pe Charles.

Şi cu toţii ştiam că Charles ar fi fost ultima persoană pe care aş fi vrut să o pup, fiind şi şeful meu de altfel. Se părea că Ace îi luase primul loc de la coadă.

— Totuşi, am auzit că te fâţâi în tot liceul după el, lipită ca un scaiete de corpul său picant.

Mi-am rotit ochii iritată. Normal că asta făceam. Trebuia să o fac pentru a trece cu bine încă un nenorocit de an. Câteva săptămâni de jucat pe păpuşa vie, apoi o viaţă întreagă mai bună. Puteam suporta.

— Dar asta nu înseamnă că îmi place, i-am atras atenţia Kendrei.

— Ar cam fi vremea să îţi placă. Uneori mă întreb dacă nu eşti lesbiană şi ai o pasiune pentru mine de nu te vezi cu nimeni niciodată. E plăcut să aud că ai un iubit, fie el şi fals.

Am râs transparent, am umplut tava de lucrurile coman- date pentru masa cu numărul şase, apoi am mers spre ea şi am aşezat toată mâncarea şi băutura acolo. Am zâmbit politicos şi m-am întors la casierie. Cei trei încă stăteau acolo, Alec era tăcut, privind împrejur puţin obosit sau supărat, Allen făcea la fel – doar că pe el se vedea că era iritat –, numai Kendra, nu ştiu din ce motiv, radia pentru mine când vorbea despre *Cap Pătrat Appleby*.

— Deci... v-aţi sărutat până acum?

Of, Doamne, până nu le-aş fi explicat, nu ar fi plecat de acolo. M-am uitat spre biroul lui Charles şi, slavă Domnului, ușa era închisă. Speram să aibă din nou un meci de fotbal la care să se uite și să nu treacă pe aici.

— Vă servesc cu ceva în timp ce vă povestesc totul și să nu mai insinuați ceva atât de grețos ca și schimbul de salivă cu acel ipocrit bogat.

Kendra și-a tras fermoarul imaginar la gură cu un zâmbet mare, iar eu tocmai le-am atras privirile celorlalți doi în timp ce mă apucam să le pregătesc băuturile. Două sucuri și o ciocolată caldă.

— Am vorbit cu el și mi-a propus un târg.

— Alt târg, a râs Alec în mod ironic.

I-am aruncat o privire mijită.

— Da, alt târg, am repetat. Dacă mă prefac iubita lui pentru puțin timp, atunci el îmi va păstra secretul. Nu știu de ce are nevoie de asta, dar știu că are legătură cu Crystal, fosta lui. Și, dacă sunt în joc chestii siropoase, nici că mă interesează, deși...

Aveam o vagă bănuială că nu era vorba despre așa ceva, dar nu am dat detalii. De când mă interesau pe mine impresiile? Putea face tot ceea ce voia.

— Nimic. În fine. Trebuie să suport asta cât spune el, apoi sunt liberă din nou.

— Puteai găsi altă soluție. Ace nu este de încredere. De unde știi tu că el chiar te va lăsa în pace? a întrebat Alec.

All i-a susținut teoria, iar eu am oftat nervoasă. De ce Ace avea o importanță atât de mare dintr-odată în grupul nostru de prieteni? Nu puteam doar să îmi fac treaba murdară separat și noi să fim noi în restul timpului liber?

— Nu știu dacă mă va lăsa în pace sau nu, dar știu că dacă nu o voi face, voi păți lucruri mai rele. Mi-a trimis o factură de la școală cât cinci salarii de-ale mele pentru ceva ce nu am făcut, pentru numele lui Dumnezeu! Asta a fost doar o avertizare. Când îl voi refuza, ce va fi? Exmatricularea, evacuarea din casa mea, jobul meu și cel al mamei? Poate să îmi distrugă tot viitorul doar clipind din ochi. Așa că dacă este un mod de a mă înțelege cu el timp de un an, apoi de a ne despărți în pace, o voi face. Și tocmai tu ziceai, Alec, că el chiar este în stare de așa ceva.

Acesta nu mi-a mai spus nimic, ci a dat din mână, preferând să încheiem subiectul. Plăcerea mea! Aveam lucruri mai importante la care să mă gândesc momentan decât existența diavolului pe pământ, cum ar fi... ziua plății.

Asta era cea mai oribilă zi a lunii, la care m-am gândit încă de data trecută când am scăpat, în septembrie. Cea în care dădeam tot ceea ce strângeam pentru a oferi încă o rată adăugată sumei imense pe care trebuia să o plătesc pentru tata. Și el, evident, nu putea să se fi împrumutat de la bancă, sau ceva de genul, oh, nu, în niciun caz.

Trebuia să mă întorc din nou în acel loc și îmi era groază, dar nu puteam să las asta să se vadă pe fața mea nici măcar o clipă. Nu voiam să le dau alt motiv de îngrijorare prietenilor mei, care nu știau nimic despre asta, despre plata mea, și de ce munceam atât de mult, fiind atât de dedicată. Doar eu și mama eram implicate în această problemă, și bineînțeles că nu o lăsam pe ea să mai meargă în acel loc scârbos. A făcut-o de prea multe ori când eu eram mică, și nu era atât de rezistentă și puternică ca și mine. Era făcută praf în primele secunde după ce intra în iad.

Trecuseră atâtea luni de zile, ani, iar eu tot nu mă obișnuisem cu problema mea. Îl blestemam pe tata de fiecare dată când mergeam acolo, să plătesc banii pe care el trebuia să îi plătească.

După ce prietenii mei au plecat, iar eu a trebuit să închid, o oră mai târziu, mi-am luat lucrurile, plicul în care se aflau banii numărați, apoi am plecat.

Inima îmi bătea nebunește în momentul în care taxiul a parcat în locul în care i-am cerut. Șoferul m-a întrebat de vreo trei ori dacă eram sigură că aceea era adresa corectă. Din păcate, aceea era, așa că i-am plătit și m-am dat jos, cu spaimă în suflet.

Acesta era cel mai rău famat cartier din zonă, poate chiar din tot orașul San Diego. Nu îți venea să crezi că un asemenea oraș superb avea niște părți atât de sumbre. Și bineînțeles că aici erau toate acele lucruri oribile, toate afacerile și toți oamenii periculoși. Curse ilegale, vânzări de droguri și arme, criminali, violatori, da, le-am văzut aproape pe toate, dar, din fericire, nu le-am experimentat. Eram foarte atentă pe aici. Veneam, plăteam, încercam să plec cât mai repede și atât. Dădeam mai rar de probleme serioase, care mă încurcau. Și singurul mod în care puteam evita problemele era felul în care mă îmbrăcam. Cu cât îmi luam haine mai largi, vechi, urâte și mirositoare, cu atât mai nebăgată în seamă eram. Foloseam ținutele acestea ca un fel de armură.

Numărul 4719 pe această stradă nu părea locul unor rele majore. Vedeai doar o casă mare, decentă, numai că poarta era foarte solidă, măreață, de parcă era construită pentru a apăra o întreagă fortăreață. Și nu numai atât, dar avea o ușiță de metal la nivelul ochilor, pentru ca cel de dincolo să te verifice înainte să intri. Totul era... bizar.

Când am bătut, acea ușiță s-a deschis trei secunde mai târziu. Îl știam pe acel tip, și el mă știa pe mine, dar mereu trebuia să întrebe:

— Numele?

— Charity Good. John mă așteaptă.

A închis fereastra de metal, apoi s-au auzit niște zgomote înainte să deschidă ușa. Am intrat cu pași înceți, tremurați, dar hotărâți. Voiam să scap cât mai repede de acolo.

— Este afară, în spate, dă o petrecere.

Evident că asta făcea. Zilnic era câte o petrecere care ascundea de fapt niște afaceri imense cu droguri.

Am afirmat din cap și mi-am îndreptat pașii spre spatele casei, în grădina superb amenajată și plină de oameni care știau să se distreze. Evitam contactul direct cu cineva, încercam să ocolesc toate acele haine sumare, dansurile, prafurile, jocurile de poker, banii, pe cei care mai aveau puțin *să o facă* în mijlocul mulțimii, și îl căutam pe John. Un bărbat de vreo patruzeci și ceva de ani, șaten, cu ochii negri, masiv, foarte distrat și în același timp serios, cu o mască care putea să te sperie foarte ușor.

L-am găsit rapid pentru că, evident, era la poker. Cu o fată în brațe și un trabuc în gură, fiind foarte concentrat la cărțile lui, dorind să nu se vadă pe expresia sa că urma să piardă. Nu știam de ce, dar eu vedeam că sigur nu era mâna lui de data aceasta.

Am așteptat ascunsă până a terminat o tură, nu voiam să deranjez atât de rău. Apoi, când am văzut că iar se făceau cărțile și că privirea lui umbla prin jur, m-am apropiat, până când m-a zărit.

— Mă întrebam când vei ajunge, a spus acesta cu trabucul între buze.

Nu i-am răspuns, doar mi-am mușcat obrazul pentru a nu comenta. Aici era locul în care îmi reprimam toate gesturile și vorbele prea îndrăznețe.

— Am adus banii, i-am spus, întinzându-i plicul.

Toți cei de la masă mă priveau și analizau, probabil scârbiți de înfățișarea mea. Eram mulțumită de asta.

John a făcut un semn din mână și un bărbat cât un munte mi-a luat plicul. Când a primit cărțile pentru joc, iar banii au fost numărați, când afacerea a fost încheiată cu bine, el a spus:

— Mai stai, simte-te bine, distrează-te.

— Mulțumesc.

Evident că nu aveam de gând să stau, dar nu puteam să îl refuz atât de direct niciodată. De obicei când îmi spunea asta, nu făceam decât să mă plimb un minut prin jur sau să stau într-un colț, apoi plecam imediat. Așa am făcut și de data aceasta, bucuroasă că nimeni nu avea treabă cu mine, cu toții erau ocupați cu altele. Și în momentul în care am ieșit de acolo, am respirat cea mai adâncă gură de aer din ultima lună. Trecusem peste toate greutățile și de data aceasta.

Am mers pe jos mult până la o stație de taxiuri, și am avut tot drumul această frică în mine, cum că se va întâmpla ceva, dar nu s-a întâmplat. Am sunat-o pe mama să îi spun că totul era bine, iar după ce s-a bucurat, plângând câteva minute la telefon, i-am închis. Doar în momentul în care am ajuns acasă eram cu adevărat fericită din cauza siguranței mele, însă soarta nu a vrut ca ziua mea să se termine tocmai acolo.

Înainte să deschid ușa, am observat un pachet ciudat la ușa mea, împachetat ca un fel de cadou. Mă întrebam cum a ajuns ăsta aici, cine l-a trimis, dar mai ales cum de a rămas neatins în acest cartier. Trebuia să fi fost furat de ceva timp de un vecin.

L-am luat în brațe cu reticență, apoi am intrat în casă privindu-l ciudat. Am închis ușa și am mers în camera mea. M-am dezbrăcat de geacă și abia apoi m-am uitat la ce era în acel pachet, desfăcând hârtia lui foarte repede.

Un telefon. Ce naiba? Un telefon de ultimă generație, unul din acela care abia apăruse pe piață în acea lună, și care costa cât două salarii de-ale mele.

Nu avea niciun bilețel pe el, dar nu a trebuit să îl aprind, căci era deja pornit, și avea un mesaj primit.

*Relicva ta nu era deloc convingătoare. Am nevoie de tine să ai acest telefon și mi-am salvat numărul pe el, după cum bine vezi, pentru orice eventualitate. Ne vedem mâine la școală, iubito. XOXO*

În mod bizar, eram prea sleită de puteri să îl sun și să îl jignesc în toate modurile posibile. Aveam să fac asta mâine. Așa că după ce am pus gadgetul deoparte, m-am pregătit de somn, pentru că eram mult prea obosită până și ca să mă cert cu un copilaș bogat și răsfățat. Urmau toate la rândul lor.

Am adormit cu zâmbetul pe buze din cauza imaginii din capul meu. Eu spărgându-i dinții lui Ace cu acest telefon de ultimă generație.

# Capitolul 14

Altă zi cu școală, altă zi în care urma să fiu o păpușă drăguță și prefăcută.

Azi trebuia să fie diferit totuși, pentru că în pauza de masă aveam de gând să îl arunc pe Ace de pe acoperișul școlii. Îmi imaginam un titlu de ziar incredibil. *Domnul Appleby aruncat de pe clădirea Appleby. Un nou mod de a spune că înălțimea numelui tău te-a făcut praf.*

A doua oră am avut-o comună și s-a așezat în spatele meu. M-a împuns de câteva ori cu pixul lui, dar nu m-am întors. I-am spus doar că vom vorbi în privat. A rânjit. Nu știa ce îl aștepta.

Când s-a sunat de pauză după cea de-a treia oră, am zburat la propriu spre seră și eram pregătită să sar la gâtul lui Ace. Tocmai intrasem pe ușă și îmi deschisesem gura pentru a țipa la el, dar cuvintele mi-au rămas blocate în gât când am văzut pe altcineva acolo decât cine mă așteptam să fie.

Nu știam cine era, dar aveam o vagă impresie după geanta de firmă.

Roșcată, înaltă, cu fusta de la uniformă croită mai scurtă, poziția ei dreaptă, de divă, și trăsăturile feței fine. Ochii ei verzi mă priveau bănuitor, poate chiar puțin suspicios. Mă analiza din cap până în picioare, exact așa cum făceam și eu cu ea.

Nu m-am întâlnit niciodată până acum cu Crystal Wood, nici măcar nu știam cum arăta după o lună în această școală și după planul lui Ace în care m-am băgat, dar știam că ea era aceasta.

— Ăm, scuze, eu doar îl căutam pe Ace. Nu știam că va fi și altcineva aici.

Nu știam de ce tocmai eu mi-am cerut scuze și de ce am dat explicații. Practic, în ochii tuturor, eu eram acum iubita lui, ea era doar fosta. Dar am simțit un gram de milă față de ea. Dacă îl iubea pe acel nenorocit?

— Nu, eu îmi cer scuze. Nu mă gândeam că te lasă să vii aici. Este locul lui și... Mda.

*Auci* și *uau* în același timp. Dacă chiar aș fi fost iubita lui sau dacă aș fi fost cât de cât interesată de el, probabil că cea de-a doua propoziție m-ar fi deranjat, iar ea mi s-ar fi părut o scorpie. Eu, în schimb, mă simțeam la fel în fața ei, iar ca persoană îmi părea drăguță până acum. Nu tocmai genul de fată pe care mă așteptam să o întâlnesc totuși.

— Nu știu de ce nu m-ar lăsa. Am cam intrat aici încă din prima zi de școală. Din greșeală, evident, dar nu mi-a reproșat nimic.

Poate că întinsesem coarda. Ea era fosta, suferea, iar eu aici o făceam și mai tare să plângă. Doar că ea nu părea să fie îndurerată. Ori nu mai ținea la el, ori se prefăcea foarte bine.

— Eu sunt Charity, apropo, am continuat, politicoasă și prietenoasă.

— Crystal, a spus ea.

Poate că nu era treaba mea, dar ca presupusă iubită a acelui idiot, mi-am permis să o întreb ceva.

— Și, Crystal, de ce îl cauți pe Ace?

Ei i-au sclipit pentru o secundă ochii. Mi-am dat seama de ceva. Se reținea. Aceasta de până acum nu era ea, *adevărata* ea, însemna că sigur se prefăcea. Toată lumea din acest liceu se prefăcea, juca într-o piesă de teatru, iar eu făceam parte din ei. Cu toții purtam măști.

Am încercat să revin cu gândurile la ceea ce se întâmpla în prezent.

Probabil Crystal chiar ținea la diavol și acum mă înghițea cu greu.

— Am vrut doar să vorbim despre ce...

Tocmai înainte să termine cuvântul *ceva*, ușa serei s-a deschis, iar Ace a intrat zâmbitor, privindu-mă cu acei ochi ai săi, electrizanți, verzi, care topeau inimi. Când a văzut-o pe Crystal s-a încruntat și a devenit serios.

— Ce faci aici? a întrebat-o nedumerit.

Totul era greșit. Pe mine trebuia să mă întrebe asta, eu eram intrusa. Ei doi au fost împreună, au format un cuplu, probabil încă mai țineau unul la celălalt. Eu eram doar o falsă.

Ace a venit lângă mine și m-a cuprins de talie, lipindu-mă de trupul său. Nu știam de ce, dar pielea iar îmi ardea în locurile în care el mă atingea. Fizicul său îl afecta prea mult pe al meu și îmi doream din nou ca el să fie urât. Poate în acest mod lucrurile ar fi fost mai simple.

— Nimic acum. Voiam să vorbim, dar bănuiesc că poate să aștepte.

— Nu avem ce să mai vorbim, i-a spus acesta dur.

Aproape că am scâncit eu la cât de nemernic a fost. Ea ținea la el – nu știu de ce, dar eram sigură că ținea la Ace. Totuși, el vorbea cu ea de parcă era o oarecare, nu fosta lui iubită.

— Este în regulă, am intervenit eu. Dacă vreți să vorbiți, revin eu mai târziu.

— Nu, nu pleci. Ea trebuie să plece.

Fata roșcată își mărise ochii de uimire, iar în ei sclipea clar umilința. Cu toate acestea, nu a comentat înapoi, nu s-a apărat, ci doar a acceptat ce i s-a spus și a executat. Nu mi se părea tocmai o regină în acel moment, așa cum era numită, ci o învinsă.

Ace așteptat ca Crystal să facă pași spre ușă, dar înainte să iasă, a trebuit să o mai facă puțin de râs.

— Și te-aș ruga să nu mai revii aici.

Aceasta nu s-a mai întors și aveam o bănuială că nu a făcut asta din cauză că i-au dat lacrimile. Eu aș fi plâns sigur dacă băiatul pe care l-aș fi iubit, respectiv fostul meu iubit, mi-ar fi vorbit așa în timp ce ținea o altă fată în brațe.

Imediat cum a plecat și a închis ușa în urma ei, m-am desprins de el.

— Cum ai putut vorbi așa cu ea?

— Cu gura, a răspuns el simplu.

S-a dus către bara de lângă peretele de sticlă și s-a sprijinit de ea.

— Jur că nu te înțeleg. Poate că nu mai ai sentimente față de ea, dar... Nu ești uman? Cum poți să o tratezi așa?

Ace a oftat, lăsându-și capul pe spate.

— Haide să continuăm jocul acesta. Tu crezi că eu sunt personajul cel rău, iar eu îmi păstrez motivele. Acum spune despre ce voiai tu să vorbim, și nu despre Crystal.

Ochii săi verzi m-au acaparat din nou. Inima îmi bătea mai tare și nu știam de ce, mi-am pierdut furia legată de telefon. Nu mai simțeam nevoia să țip la el.

*Haide să continuăm jocul acesta. Tu crezi că eu sunt personajul cel rău, iar eu îmi păstrez motivele.*

Ce voia să spună prin asta? Că nu era de fapt un personaj rău? Ba, evident că era! A recunoscut cu gura lui că făcuse lucruri rele. Voia doar să mă inducă în eroare acum.

Am scos telefonul din ghiozdan și i l-am întins.

— Nu am nevoie de ăsta, i-am spus.

Ochii lui m-au urmărit leneși, ușor iritați.

— Ba da, ai. Se presupune că ești bogată, deci trebuie să te comporți așa. Eu doar încerc să ne ajut pe amândoi aici. Nu îți fac ție personal o favoare. Și, crezi sau nu, atâta lucru nu mă afectează pe plan financiar. Îl păstrezi.

Tocmai îmi amintisem unde îmi lăsasem nervii.

— Uite că nu vreau să îl păstrez. Tu cu telefonul tău și toată puterea pe care o ai puteți să vă duceți naibii.

Nu știam ce i s-a părut amuzant, dar Ace tocmai chicotise. Îi revenise veselia tocmai în acest moment critic.

— Ne vom duce, dar mai târziu. Acum vreau să păstrezi telefonul pentru acest plan. Gândește-te că este o recompensă, un bonus pentru că mă ajuți. Sau un împrumut, cum vrei. Dar avem nevoie ca tu să arăți de nivelul...

S-a oprit, iar eu m-am simțit mai stupid ca niciodată.

— De nivelul tău? am întrebat cu scârbă.

Evident că nu eram la nivelul lui, la ce mă gândeam? Doar pentru că aveam o uniformă pe care cei bogați o purtau nu însemna că eram una de-a lor. Încă purtam balerini, nu sandale sau pantofi scumpi. Și încă aveam ghiozdanul meu vechi, nu vreo geantă de firmă de la vreun designer vestit. Să nu mai spun de telefonul pe care voia el să mi-l schimbe.

— Nu asta voiam să zic, dar bănuiesc că este și acesta un mod de a-i spune.

Din impuls, am aruncat ghiozdanul pe care îl țineam pe un umăr în el. Acesta s-a strâns pentru a diminua impactul loviturii, iar când bunul meu a ajuns pe jos, la picioarele lui, Ace a început să râdă.

— Îmi place să mă joc cu tine, ești ca o pisicuță sălbatică. Numele Charity Good nu ți se potrivește deloc.

Mi-am dat ochii peste cap și am mers spre el pentru a-mi recupera ghiozdanul.

— A, da? Și ce nume mi s-ar potrivi? am întrebat neinteresată.

M-am aplecat și mi-am luat lucrurile de pe jos, căci și penarul ieșise și se împrăștiase la picioarele lui Ace. Le-am aranjat pe toate la loc, iar când m-am ridicat eram exact în fața lui. S-a apropiat, mâna sa mare alunecând pe șoldul meu și ținându-mă pe loc.

— Ceva mai... obraznic, încăpățânat și, cum am mai spus, sălbatic.

Mi-a mângâiat obrazul cu dosul palmei sale, ceea ce mi-a creat un nod în stomac. Un curent electric ciudat îmi străbătea corpul, iar eu încercam cu disperare să îl fac să se oprească.

— Bine că nu a fost treaba ta să mă botezi.

I-am dat palma la o parte de pe fața mea și am vrut să mă îndepărtez, dar m-a prins cu ambele mâini bine de șolduri, înfigându-și degetele în pielea mea. Nu mă durea, dar se simțea cumva... ciudat. Înfiorător.

Da, înfiorător. Acesta este cuvântul.

— Vei păstra telefonul, Charity Good, da?

Un gest nu tocmai demn de o domnișoară îmi venise în cap. Ce ar fi fost dacă l-aș fi scuipat? Mi-ar fi dat drumul atunci? Dacă ar fi mers, aș fi fost dispusă și la asta, dar știam că el altceva voia, de fapt.

— Doar dacă ți-l înapoiez când terminăm toată șarada asta, am condiționat eu.

Ace a oftat zâmbitor.

— Așa încăpățânată, a șoptit, având rânjetul său specific pe față. Poți să îl arunci direct la gunoi după ce terminăm, dacă nu vrei să îl păstrezi. În cazul în care mi-l vei returna, eu asta voi face cu el.

M-am strâmbat când am simțit un junghi în inimă care mă lovea dur și în mod repetat. Gelozia. El își permitea chiar orice. Probabil că le cumpăra stele iubitelor sale la primele întâlniri, asta le-ar fi dus direct în patul lui. Doamne, ce idiot bogătaș, plin de sine!

— Nu știu cum reușești, dar mereu mă faci să îmi reamintesc de ce te urăsc tocmai când sunt pe cale să uit asta.

Am încercat din nou să mă eliberez, dar Ace m-a strâns iar de mijloc și nu m-a lăsat să plec. Mi-a lipit corpul de el, ceea ce se simțea cumva înțepător în unele zone și al naibii de inconfortabil.

— Tu mă urăști, iubito? a întrebat cu o voce dulce.

Avea din nou acel rânjet. Vorbea în glumă. Probabil chiar se amuza pe seama mea.

— Hai să spunem că dacă aș fi singura ta șansă la viață, nu ai mai avea un viitor. Nici măcar unul apropiat.

Tot încercam să mă eliberez sau măcar să mă îndepărtez de el. Am ajuns să mă trag cu toată puterea, în mod brutal, din brațele sale, dar tot nu am reușit să obțin ceea ce îmi doream. Ace, enervându-se din cauza agitației mele, m-a întors și m-a pus lângă peretele de sticlă, cu spatele lipită de acea bară de metal. Mâinile sale erau în stânga și în dreapta șoldurilor mele. Măcar nu mă mai atingea. Însă el tot venea din ce în ce mai aproape, iar aerul din jurul meu era fierbinte, deoarece era aerul său. Împărțeam același oxigen cu Maiestatea sa. Ce *onoare*...

— De ce? a întrebat el.

A trebuit să îmi ridic privirea spre abisele sale verzi ca să o cred și pe asta. Nu mai glumea, era complet și total serios. Ba chiar suna și interesat. Acum înțelegeam ce căuta la cursul de teatru, chiar se pricepea.

— De ce, ce?

M-am prefăcut că nu știam despre ce vorbea.

— De ce mă urăști, Charity?

Nu tu *iubito*, nu tu *Char*. Asta trebuia să fie puțin, măcar puțin serios, nu-i așa?

Totuși, eu am râs.

— Doar nu vorbești pe bune, nu? De parcă ar fi prea greu să vezi.

O cută a apărut între sprâncenele sale. A așteptat câteva secunde în care m-a privit fix, sperând să termin cu gluma și să îi dau în final un răspuns. Am spus să i-l ofer și să mă scutesc de alte minute în brațele sale. Era înfiorător aici.

— Ești băiatul bogat și răsfățat, Ace. Știi tu, cel care nu are nicio grijă, face tot ceea ce vrea cu viețile altora și nu îi pasă? Cel care își permite orice și trăiește o viață a naibii de ușoară. Eu sunt bursiera, fata săracă, cea care muncește câte opt ore pe zi, șapte zile pe săptămână, care trebuie să aibă media perfectă pentru a merge la un liceu ca acesta și care trebuie să se gândească mereu la ziua de mâine cu griji. Sunt cea care este călcată în picioare de oameni ca tine. Și te mai întrebi de ce te urăsc? Pe bune acum!

Între noi era o tensiune ciudată, poate chiar jenantă. Ace tăcea din gură și mă privea adânc în ochi, de parcă voia să treacă dincolo de bariera construită de mine. Oh, te rog! Nu îmi făceam griji că l-am jignit, nu îmi păsa. Acesta era ade-vărul, iar eu țineam la sinceritate. El mi-a cerut-o, eu i-am oferit-o. Simplu.

— Nu totul este exact așa cum pare, Charity, a șoptit el.

Dintr-odată i-am simțit mâna în părul meu, iar ochii lui erau pe șuvița cu care se juca. Simțeam cum o mângâie.

— Asta nu face parte din *totul*, ăsta este un lucru sigur, i-am spus cu certitudine.

El a râs scurt și fals.

— Ai fi uimită să vezi cât de complicată poate fi viața unuia ca mine. Să știi, uneori chiar mi-aș dori viața cuiva ca tine.

A fost rândul meu să râd. De data aceasta puternic și răutăcios.

— Da, pentru că tu chiar ai putea face tot ceea ce fac eu, am spus ironică.

Ace a ridicat sprânceana amuzat.

— De ce trebuie să judeci cartea după copertă, Charity?

— Pentru că interiorul unora este previzibil, i-am dat eu replica.

— Nu și al meu.

— Mă îndoiesc puternic de asta.

— Dacă, a început el, a luat o pauză, apoi a reluat. Dacă m-ar fi interesat câtuși de puțin, poate că ți-aș fi demonstrat cât de tare te înșeli.

Mi-am înclinat capul.

— Dar cum nu te interesează, eu rămân la adevărul meu universal.

— Orice te face să dormi mai bine la noapte, iubito.

A rânjit, apoi s-a dat la o parte, lăsându-mă să respir și altceva în afară de aerul fierbinte din jurul său, plin de parfumul lui bărbătesc.

— Mergem la masă acum?

Mi-a întins mâna, dar eu am ignorat-o și am trecut pe lângă el. Degeaba, căci a revenit lângă mine și degetele sale au trecut forțat printre ale mele, împleticindu-se.

— Nu uita de pact, sălbatico.

— Din păcate nu pot, fițosule.

*Nu încă.*

# Capitolul 15

Probabil că eram o ciudată. Sau eram cu siguranță o ciudată, pentru că orele de stat în bibliotecă după școală, cele în care îmi făceam temele, mi se păreau cele mai relaxante din toată ziua. Nu tocmai un mediu de relaxare pentru cineva la vârsta mea, dar eu pur și simplu nu eram ca și ceilalți. Preferam să fac teme decât să merg din nou la lucru sau decât să stau acasă.

Nu îmi plăcea să fiu singură acasă. Îmi lipsea o companie, orice fel de companie, dar mai presus de toate, îmi lipsea mama de acolo.

Mă bucuram că am rezolvat problema cu ea legată de banii de la școală și nu a mai trebuit să vină aici. De asemenea, mă bucuram că am rezolvat problema de luna aceasta cu John. Se părea că toate problemele noastre erau legate de starea financiară și de datoriile pe care le aveam.

Am oftat când ceva nu mi-a mers bine. Un rezultat greșit la un fel de ecuație. Asta se întâmpla când mintea îmi umbla haihui în timp ce îmi făceam temele la matematică. Bine că scriam cu creionul. Am șters și am rescris.

Mă simțeam singură la masă, oarecum. Alec nu a putut să mă însoțească și aveam o vagă impresie că era supărat pe mine din cauza lui Ace. Sau se ferea să stea în preajma mea din cauza a ceea ce i-ar fi putut face presupusul meu iubit. Oricum, aveam muzica în căști care îmi ținea companie, și atât timp cât nu eram singură în toată încăperea sau clădirea aceasta, era bine.

Încă un exercițiu greșit. Ce se întâmpla cu mine? Aveam atâtea gânduri în cap încât nu îmi mai puteam controla spațiul de stocare. Nu mă concentram la ceea ce trebuia, ci la toate problemele mele aproape rezolvate. De ce mă afectau acum?

Am trântit creionul pe caiet și nu știam dacă am atras sau nu atenția în jurul meu, căci basul muzicii răsuna în urechile mele.

O voce s-a auzit peste linia melodică, murmurând ceva. Am crezut că mi s-a părut, dar în secunda următoare fiul lui Satan s-a așezat în stânga mea și mi-am scos căștile.

— Hm? am murmurat eu.

— Am spus că pari nervoasă. Ce nu merge?

Și-a așezat o mână pe masă, iar capul îi era sprijinit în pumn când părea foarte atent la mine. Arăta de parcă îl interesam, apoi mi-am dat seama de ce. Eram într-un loc public și câțiva ochi chiar ne priveau.

— O ecuație aiurită, evident. Capul îmi este în nori, m-am plâns eu.

Mi-am luat privirea de pe ochii săi verzi de smarald. Îmi era frică din cauză că poate m-am holbat prea mult la ei și am părut evidentă. De ce avea ochi atât de frumoși?

— Sincer, te-aș ajuta, dar matematica nu este punctul meu forte.

De ce nu mă miram? Avea vreun punct forte la școală sau își cumpăra notele?

Am încercat să nu dau glas gândurilor mele, am dat aiurea din cap și am revenit la exerciții.

— Ce e? a întrebat rânjind.

Am fost întreruptă din nou.

— Nimic, am încercat să închei rapid subiectul.

— Ce gândeai?

— Absolut nimic.

Priveam doar caietul și exercițiile complicate din el. Nu voiam să îi văd iar ochii.

— Ceva tot este. Ceva răutăcios. Spune-mi, mi-a cerut zâmbăreț.

Mă provoca. Încercam să nu cedez, dar nimeni nu era destul de aproape încât să ne audă. Cei de aici nu reușeau decât să ne vadă și atât. Avantajul meu. OK, am dat drumul prostiei.

— Mă gândeam, am șoptit eu, dacă cumva plătești pentru notele tale.

Nu am spus-o cu niciun fel de atitudine, eram doar curioasă. Așa ceva se putea întâmpla, chiar mă așteptam să se întâmple.

Ace s-a aplecat spre mine, rânjind cu gura până la urechi. Ambii săi genunchi mi-au atins coapsa dreaptă și m-am înfierbântat din nou. Credeam că dacă un înger m-ar fi atins vreodată, s-ar fi simțit cumva ceresc, pur, minunat, însă cum eu eram acum atinsă de diavol, mă simțeam murdară, josnică, păcătoasă și cumva... atrasă. Atrasă de ce? De focul pe care îl emana prin toți porii?

— Într-un fel, a mărturisit el.

Șoptea totul prea aproape de urechea mea. Iar expresia feței lui demonstra celor care nu ne auzeau că îmi spunea lucruri murdare, deși noi vorbeam doar despre școală și teme.

— De obicei plătesc un bursier pentru a-mi face temele. Și când mă plictisesc, iau meditații.

Am afirmat din cap indiferentă.

— Și la lucrări cum te descurci?

Mi-am ridicat o sprânceană, iar el s-a apropiat mai mult. Buzele lui mi-au atins urechea în trecere și am simțit cum m-am cutremurat.

— Acolo am unele șiretlicuri.

— Și anume? mi-am găsit curajul să întreb.

A chicotit gutural, apoi s-a îndepărtat de mine, dizolvând tensiunea din aerul fierbinte. Focul s-a stins.

— Învăț, a spus el simplu.

Mi-am dat ochii peste cap când m-am trezit din transă și am încercat să nu mă prefac afectată. Am continuat cu temele. Nu a trecut un minut de liniște, căci el a vorbit din nou.

— Știi, am cam rămas fără bursier care să îmi facă temele, mi-a adus el la cunoștință.

— Nu îți fac temele, i-am tăiat eu avântul.

Ace a ridicat o sprânceană, provocându-mă.

— Nu merge cu mituirea, l-am avertizat. Deja facem un schimb, nu se mai adaugă nimic la târg. Suntem chit.

— Nu voiam să te amenint. Dar... Cincizeci de dolari pe temă?

Am pufnit. Nu din cauză că erau puțini bani, căci nu mi se păreau puțini. Era mai ușor să fac teme o lună decât să muncesc și câștigam mai mult așa. Dar mi s-a părut că Ace nu era serios.

— O sută?

— Tu ești pe bune? l-am întrebat nervoasă.

— Două sute?

Am verificat perimetrul. Când am văzut că nimeni nu ne ațintea cu privirea, mi-am permis să mă uit urât la el.

— De ce m-ai plăti pe mine să îți fac temele? Și cum două sute de dolari pe fiecare? Nu ai ce face cu banii?

A rânjit.

— De fapt, am ce face. Îmi cumpăr temele corecte pentru a trece de ultimul an de liceu. Mă concentrez mai mult pe examenele finale decât pe temele de la fiecare materie plictisitoare.

Mi-am rotit ochii plictisită și m-am întors la matematică.

— Deci? a continuat el.

Am oftat. Două sute de dolari pe o temă, care oricum nu îmi lua prea mult... Știam că nu mă va trage pe sfoară, eu aveam nevoie de cât mai mulți bani, de peste tot, deci...

— De ce nu? S-a făcut.

I-am întins mâna, pentru a încheia o afacere, dar acesta mi-a prins palma în a sa și le-a lăsat pe amândouă în poala lui în timp ce s-a apropiat de mine. Buzele sale fierbinți mi-au atins obrazul încet, topind o mare parte din mine, apoi au rămas înghețate acolo, lăsându-mă să mă scurg pe scaun. Numărам secundele până când asta s-ar fi terminat, dar, spre rușinea mea, nu îmi doream să se termine prea repede. Când buzele sale mi-au lăsat pielea rece, despărțindu-se de ea cu un zgomot ușor și fin, nu știam ce să mai spun, dar știam că voiam să comentez. Înainte să o fac, el mi-a zis:

— Nu puteam să dăm mâna de față cu toată lumea. Nu asta fac iubiții.

Mi-a dat replica în timp ce încă îmi ținea mâna strânsă în a lui, iar degetul său îmi mângâia dosul palmei. Ce era cu acest efect amețitor? Mă simțeam ca într-o stare de ebrietate, doar că fără acel rău de stomac sau durerile de cap. Era doar senzația de plutire. Eram pe nori. Mă aflam pe nori împreună cu diavolul. Iar el mă ținea strâns de mână.

Nu i-am comentat, nu m-am eliberat, și am continuat să scriu cu mâna dreaptă în timp ce el se juca cu degetele de la cealaltă mână a mea. Era... ciudat. Doar că trebuia să îmi iau rolul în serios și nu îi comentam prea des când se apropia de mine în public. Asta trebuia să fac, ăsta îmi era jocul, plata pentru păstrarea secretului meu.

— Știi ce m-am gândit? a întrebat el, privind un punct fix.

Ochii lui verzi erau profunzi. Se uitau exact la mâna mea, în timp ce se juca cu fiecare deget al meu, în timp ce le masa, în timp ce îmi făcea pielea de găină cu atingerile lui.

— Ce? am întrebat absentă, prefăcându-mă că rezolvam un calcul.

Nu știam nici cât făcea unu plus unu în acea clipă.

— Nu prea știu lucruri despre tine. Și ne vom mai petrece timp împreună, așa că ar trebui să știu câte ceva. De exemplu... Ce îți place să faci?

Am râs ironic.

— Nu e nevoie să faci asta.

— Dar o fac. Așa că răspunde. Ce faci în timpul tău liber?

Am lăsat creionul deoparte. Asta chiar nu mergea. Pe cine păcăleam? Nu am mai scris nimic corect de când s-a așezat lângă mine.

— Ceea ce îmi place să fac și ceea ce fac în timpul liber sunt două lucruri total diferite. Hotărăște-te!

Părea că a înțeles ce voia să spun, așa că a afirmat din cap serios.

— Ambele. Pe rând.

Mi-am sprijinit capul în palma pe care o aveam liberă și mă uitam la mâinile noastre încâlcite. Într-un mod ciudat, văzându-le așa, m-a îndemnat să răspund.

— Nu prea știu ce îmi place și nu prea am timp liber.

Probabil tocmai la așa ceva nu se aștepta.

— Toată lumea are preferințe în legătură cu petrecerea timpului liber și este clar că oricine are măcar puțin timp liber.

— Nu și eu, l-am contrazis.

— Ba da, inclusiv tu.

Se vedea că nu mă cunoștea. Am preferat să sar peste subiect și să ajungem la el.

— Ție ce îți place să faci cu timpul liber?

— Jogging, șofat și chinuirea oamenilor cu păpuși voodoo...

Am râs la gluma lui înainte să îmi dau seama. Apoi, când am regretat că m-am lăsat dezvăluită atât de ușor, mi-am lipit buzele într-o linie fină.

A mai spus și jogging. Pe acesta îl știam, oarecum. Este ceea ce făcea când ne-am întâlnit prima dată.

— Mai știi de unde îți păream cunoscută? am întrebat fără să gândesc.

Curiozitatea mă rodea pur și simplu. Deși puteam paria că el nu îmi dăduse atât de multă atenție încât să țină minte un chip, mai ales unul ca al meu, într-o zi oarecare, o nebună care țipa la el dintr-o camionetă de marfă, chiar am vrut să aflu această informație de la el din gură.

Ace s-a încruntat ușor și a negat din cap, cerându-și scuze.

Știam eu.

Mi-am luat mâna din palmele lui mari, care încă se jucau cu degetele mele, apoi m-am concentrat complet și total la teme. Nu avea de ce să mă afecteze, la o adică, și puteam să fac asta, să termin exercițiile. M-am pus serios pe treabă.

— Tot nu mi-ai dat un răspuns clar la prima întrebare, a murmurat Ace după ceva timp.

— Ce întrebare? am spus, calculând cu atenție.

— Ce îți place să faci?

— Nimic, în mod special. Nu prea am timp de nimic oricum.

Ace a pufnit.

— Nu se poate să nu îți placă să faci nimic. Trebuie să fie ceva. Vreun sport, vreun hobby, o activitate, orice.

Am oftat. Dacă era să mă gândesc mai bine, poate erau lucruri pe care am vrut mereu să le fac, dar nu le-am făcut niciodată.

— Să călătoresc, probabil.

— Așa mai merge, a spus Ace zâmbind. Pe unde ai fost până acum?

— Niciunde.

— Poftim?

— Nu am părăsit niciodată San Diego.

Părea greu de crezut, dar la mine era un caz mai special. Ce penibilă eram. Probabil că el vizitase toate țările, toate continentele, stătuse la cele mai luxoase hoteluri și avea case în locațiile sale de vis, iar eu nu ieșisem niciodată din orașul meu natal.

— Atunci de ce îți place să călătorești?

— Mi-ar plăcea să o fac.

Știu că el mă întrebase ceea ce făceam deja în timpul liber și ce îmi plăcea să fac, dar nu puteam da un răspuns special. Eu chiar nu făceam nimic.

— În fine. Înainte jucam mult volei. Acum lucrez și mă mai întâlnesc cu prietenii o dată la câteva zile. Mai fac și temele copiilor bogați și răsfățați în schimbul unei plăți, ocazional.

Ace a chicotit.

— Când ai jucat volei ultima dată?

— Ăăă... Acum vreo doi ani, parcă. Aproximativ.

— Tu chiar duci o viață plictisitoare, a afirmat el.

Mi-am dat ochii peste cap.

— Nu vreau să te întreb pe tine cum îți petreci timpul liber. Pun pariu că sunt lucruri tare interesante, interzise minorilor.

Acesta a râs, apoi și-a așezat o mână pe coapsa mea stângă. Era mare și fierbinte, iar mie mi s-a făcut brusc foarte cald.

— Dacă nu vrei să știi, atunci nu întreba. Dar dacă vreodată vrei să afli, întreabă pur și simplu.

— Iar tu îmi vei răspunde pur și simplu?

Ace a afirmat din cap cu un zâmbet mic pe buze.

— Atunci sunt alte întrebări la care vreau să îmi răspunzi așa, pur și simplu.

— Nț, a negat el. Oferta asta este legată doar de întrebările care te ajută să mă cunoști mai bine pe mine.

De parcă aveam nevoie să îl cunosc mai bine. În câteva zile sau săptămâni urma să scap de el, iar după această experiență probabil nu ne-am mai fi vorbit niciodată. De ce trebuia să aflu cine era de fapt? Deși Ace era o persoană interesantă, nu voiam să îl descopăr atât timp cât totul era atât de încurcat între noi, iar toată această relație pe care o aveam ar fi dispărut înainte să îmi dau seama.

— Atunci spun pas. Mulțumesc oricum.

— Nu ai habar ce pierzi.

— Ba cred că știu. Și nu regret.

În sfârșit terminasem tema. Mi-am împachetat lucrurile, apoi am desfăcut alte caiete și cărți pentru a învăța. Mă concentram greu, cu Ace lângă mine, care mă atingea tandru și care îmi mângâia coapsa, dar am înțeles lecția și am reținut-o. Nu era atât de grea.

— Cum poți înțelege ceva predat de Harrison?

Nu l-am băgat în seamă și am continuat cu lecția, în gând.

— Pe bune acum! Acei termeni și limbajul lui academic aiurit arde circuite. Câteodată nu înțeleg nici măcar sensul unei fraze.

— Totul este legat de reformulare. Schimbi cuvinte sau refaci propoziții atunci când nu sunt pe placul memoriei tale. Practic încă sunt corecte în fața unui profesor, chiar dacă nu a fost predată exact la fel.

— Nup. Tot nu merge.

M-am aplecat peste masă și m-am întins în dreapta, mai aproape de el, când Ace a făcut același lucru. Mi-am pus caietele în fața lui. Cel cu lecția predată de profesor și cel cu lecția reformulată. I-am explicat câțiva termeni și limbajul, totul într-o manieră logică, apoi, spre surprinderea mea, a înțeles repede. Aveam dovada că Ace nu era prost, ci doar leneș.

— Nu îmi vine să cred că m-ai învățat atât de repede. Dai și meditații?

Am râs. Meditațiile erau ultimele lucruri pe care le mai puteam face cu tot acest timp lipsă.

— Nu cred. Nu aș mai avea când.

— Îți dau o mie pe oră.

Iar începea cu aruncatul banilor aiurea. Mă enerva chestia asta atât de tare, pentru că își permitea să dea la gunoi sume de bani incredibile când eu îmi rupeam spatele pentru ele. Îmi oferea pe o singură oră de meditație mai mult decât primeam într-o lună de muncă la *Charleston*.

— Nu, mersi.

Am început să strâng lucrurile, căci terminasem și întârziam la muncă. Oricum am anunțat că vin cu două ore mai târziu și asta nu i-a plăcut lui Charles, dar m-a înțeles.

— Două mii?

Nu îmi venea să cred că făcea asta din nou.

— Nici măcar pentru zece mii, Ace. Nu am timp. Am un job de care trebuie să mă ocup, ai uitat?

Mi-am luat ghiozdanul cu toate lucrurile în spate, iar Ace a venit după mine. Mi-a cuprins talia și m-a lipit de el în timp ce ne îndreptam spre ieșire.

Părea atât de obișnuit cu apropierea asta a noastră, când continua să vorbească normal, încât mă surprindea. Pe mine mă ardea tot corpul.

— Ai putea demisiona și mi-ai putea da meditații. Pun pariu că te-aș plăti mai bine decât o face șeful tău. Și ai avea mai mult timp liber, pentru volei și prietenii tăi. Ai avea bani să călătorești, cum ți-ar plăcea.

Toate astea sunau tentant, iar Ace știa. De asemenea știa și cum să mă atragă în capcană, dar eu nu mă lăsam ușor.

— Nu pot arunca la gunoi un job stabil pentru ceva nesigur, care nu știu cât va dura.

— Dacă te referi la relația noastră, poți sta liniștită. Meditațiile vor continua și după aceea.

Nu mă putea tenta așa... Cum spuneam, el chiar era diavolul. Mă ispitea.

— Mă mai gândesc.

— Ce este de gândit? Este o ofertă excepțională!

— Mă mai gândesc, am insistat eu.

— Bine, *Măreția Încăpățânării Tale*.

Iar m-am chinuit să nu râd și am continuat drumul spre ieșire. Când am ajuns in sfârșit afară, voiam să mă desprind de Ace și să plec, dar acesta m-a tras spre mașina lui, cea care semăna cu o navă spațială.

— Merg pe jos, i-am atras atenția.

— Știu deja unde locuiești, Charity. Nu mai este nevoie să te ferești. Acum haide, intră.

Mi-a deschis ușa, iar eu m-am resemnat.

Știam că secretul mi-a fost dezvăluit în fața lui, dar încă mă simțeam prost să se afle în cartierul meu. Mă simțeam inferioară, ceea ce știam că eram, dar nu mă puteam împăca cu gândul.

Am ajuns repede, cu viteza lui ilegală, cea cu care nu mă puteam obișnui, și dintr-odată eram în fața clădirii în care locuiam. Știa că trebuia doar să mă schimb și, spre mirarea mea, a spus că mă așteaptă și că mă duce și la muncă. Știa unde lucram? De ce nu mă mira asta?

În zece minute am fost schimbată și echipată, apoi am revenit în naveta spațială și am pornit spre *Charleston*. Nu am prea vorbit pe drum, muzica răsuna în mașină, dar era mai bine așa. Nu știam ce aș fi putut să îi spun. Mă simțeam stânjenită.

În alte zece minute am ajuns în fața localului în care lucram și trebuia să îmi iau la revedere. Nu mă pricepeam prea bine la mulțumiri și drăgălășenii, așa că am preferat să îl amenint. La asta eram bună.

— Să nu cumva să intri! Mergi acasă, da?

Ace a chicotit, apoi m-a salutat militărește, cu două degete la frunte.

— Să trăiți, am înțeles!

Mi-am dat ochii peste cap și mi-am desfăcut centura de siguranță.

— Nu îți săruți iubitul înainte să pleci la treabă? m-a întrebat el.

— Nu.

— Nici măcar nu îți pupi prietenul pentru că te-a condus la muncă?

Mi-am îndreptat privirea cu subînțeles la el. Vorbea serios? De parcă noi doi eram prieteni.

Am vrut să ies, dar ușile mașinii s-au blocat brusc.

— La naiba! Ace, termină cu glumele și deschide!

Am încercat să forțez ușa, dar nu mergea. M-am întors spre el furioasă. Îi vedeam doar profilul. Era mai aproape de mine, iar indexul său își bătea obrazul ușor, indicându-mi acel loc.

— Un sărut aici și te las să pleci.

Nu era de joacă. Pentru el serviciul meu nu conta, contau doar jocurile lui. Știam că nu m-ar fi lăsat să plec dacă nu aș fi făcut ce mi-a cerut, nu aveam timp de smiorcăieli și nici nu era mare lucru de realizat. Întârziam la muncă. Mi-ar fi scăzut din salariu.

Așa că l-am sărutat. Mi-am lipit buzele de obrazul său și mi le-am dezlipit la fel de repede de acolo, de parcă atingerea lui m-ar fi ars. Înainte să mă îndepărtez prea mult, acesta m-a prins de mână și m-a oprit. Și-a întors capul spre mine, apoi a fost rândul buzelor sale să mă sărute pe obraz, undeva la margine, prea aproape de colțul gurii. El, spre deosebire de mine, a profitat de fiecare secundă ca să poposească pe pielea mea, topind materia din care eram creată.

Mi-a dat drumul la mână, buzele sale fierbinți m-au eliberat, răcoarea m-a cuprins, iar eu m-am dezmeticit. Totuși, chipul său era prea aproape de mine. Atât de aproape încât am simțit următoarea lui șoaptă picând peste buzele mele.

— Am știut încă din prima clipă că erai nebuna din camioneta de marfă, iubito.

Înainte să deschid gura de uimire sau chiar înainte ca inima să îmi tresalte, s-a auzit cum ușile mașinii s-au deblocat. El a făcut asta, invitându-mă să plec, chiar dacă chipul său era încă atât de aproape.

Pentru o secundă am crezut că mi-a dat șansa să aleg ceva. Dacă să rămân cu el sau să îl părăsesc. Ei bine, nu era nimic de ales aici, iar eu eram doar paranoică.

M-am întors cu spatele la el și am ieșit din mașină, într-o atmosferă de gheață. Mi-am îndreptat pașii nesiguri și amețiți spre localul în care lucram și tot programul de muncă m-am gândit numai la el și la ce mi-a spus.

Mă știa încă de la început. S-a prefăcut doar că nu avea habar de unde îi păream cunoscută. M-a observat. De ce asta aprindea o scânteie undeva în stomacul meu?

Trebuia să încetez cu prostiile. Abia așteptam ca această relație falsă să ia sfârșit. Aveam impresia că mă afecta serios.

# Capitolul 16

— Draga mea, ți-am făcut micul dejun.

Mormăiam chestii indescifrabile în starea mea de somnolență, încă visând lucruri frumoase. De ce mă trezise? Sâmbăta era una dintre puținele zile în care dormeam cât doream. Cu toate că încă aveam de lucru, dimineața și o mică parte din după-amiază era a mea.

— Char, iubito, haide. Este cea mai importantă zi din an.

Pff. Nici pe departe nu era. Dar tocmai mi-am amintit de ce insista să mă trezesc și de ce era acasă, cu mine, pregătindu-mi micul dejun.

28 octombrie. Ziua mea de naștere.

— Încă cinci minute, am cerut.

M-am întors pe cealaltă parte a patului, pentru a o face pe mama să mă lase în pace. O ignoram, ceea ce nu era frumos, dar toată săptămâna dormisem între trei și șase ore pe noapte. Simțeam că puteam dormi tot weekendul acum. Nici chiar așa, dar chiar visam la zece ore de somn.

— Charity, trebuie să plec în zece minute. Am venit doar să îți fac de mâncare și să îți spun la mulți ani. Deci... La mulți ani, fetița mea!

Sentimentalisme. Asta m-a făcut să mă ridic, să las somnul deoparte și să o iau pe mama strâns în brațe.

— Mulțumesc, mamă! Te iubesc.

— Și eu pe tine, scumpo.

Mi-am închis ochii și aveam impresia că urma să adorm din nou, pe umărul ei. Asta până când mama s-a tras din îmbrățișarea mea și m-a ajutat să mă ridic din pat, apoi m-a dus până în bucătărie.

Nu vedeam încă prea bine, probabil fața mea era roșie și umflată, ochii mici și aveam urme pe piele cauzate de acel somn bun, dar am putut realiza ce mă aștepta pe masa de acolo. Un tort de ciocolată cu numele meu pe el şi cu numerele 1 şi 8 puse ca luminări. Asta pe lângă micul dejun special pe care îl primeam în fiecare an în această zi.

— La mulţi ani, scumpo! Suflă în lumânări şi doreşte-ţi ceva.

Niciodată nu mi-am pus dorinţe când am suflat în lumânările de pe tortul meu. Consideram că erau doar prostii. Şi chiar dacă nu erau, niciodată nu ştiam ce să îmi doresc, căci o dorinţă trebuia împletită cu grijă. Aceasta putea cauza mult rău sau bine, căci... Uneori ai impresia că vrei ceva cu toată fiinţa ta, apoi îţi dai seama cât de tare ai greşit.

Am stins focul de pe lumânări şi m-am aşezat la masă, pentru a mânca.

Am început discuţii cu mama, am vorbit despre şcoală, despre muncă, despre prietenii mei şi ce planuri aveam pentru astăzi. Ei bine, nu ştiam nici eu. Cert era că mergeam la muncă, nu voiam să irosesc timp degeaba, iar despre acea seară... Nu aş fi vrut să ies sau să sărbătoresc, dar puneam pariu că urma să fiu obligată. Eu, Kendra, Allen şi Alec într-un club sau ceva. Ei aveau să se distreze, eu nu.

— Trebuie să plec, fata mea. Mi-am cerut două ore de la muncă ca să fiu cu tine, după ce mi-am terminat treaba, dar timpul se scurge şi mai am treizeci de minute să ajung.

— Bine, mamă. Te iubesc. Mulţumesc, să ai grijă şi serviciu uşor.

Mama m-a sărutat pe frunte şi m-a privit cu acea tandreţe specific părintească.

— Şi eu te ador. Nu ştiu ce m-aş face fără tine, fata mea. Să petreci frumos cu prietenii tăi şi să ai grijă.

În câteva secunde a fost la uşă, s-a încălţat şi a plecat. Am rămas singură de ziua mea, cum rămâneam în fiecare an, dar nu era timp de plâns. Trebuia să fac casa să arate lună, pentru că nu ştiam când aş mai fi avut timp liber pentru aşa ceva.

Am pus muzică la telefonul nou, primit de la Ace, gândindu-mă că nu făceam niciun rău, apoi mi-am început treaba. Dormitorul, holul, bucătăria, după care baia, la sfârşit, căci prima dată a trebuit să fac dezordine acolo, cu pregătirea mea.

Două ore mai târziu casa era curată, iar eu eram îmbrăcată pentru muncă, deşi mai aveam încă trei ore până să îmi înceapă programul.

Am oprit muzica şi mi-am tăiat o felie de tort. În timp ce degustam din capodopera culinară a mamei, care îmi lăsa gura apă, mă gândeam la evenimente petrecute aiurea din ultimul timp.

Alec era cu siguranţă supărat pe mine, dar cum Ace a lipsit câteva zile de la şcoală – după ce m-a condus la muncă şi mi-a spus ceea ce mi-a spus –, a fost bucuros să stea cu mine. Credeam că prietenia noastră se consolida iar, lucru care îmi permitea să îi cer să vină în seara aceea, să petrecem. Chiar speram să ne înţelegem, căci am descoperit în el o persoană minunată, de încredere, ceea ce nu credeam că puteam găsi într-un tip de bani gata.

Kendra s-a ales cu un nou iubit, şi habar nu aveam dacă voia să îl aducă şi pe el la ieşirea noastră. Ar fi fost ciudat şi, de ce să mint, costisitor pentru mine, dar dacă asta îşi dorea ea, eu nu puteam să îi spun nu.

Allen venise ieri la mine la muncă, singur, şi fusese cu ochii pe mine tot programul. Iubeam să am un frate mai mare de suflet, mă simţeam protejată cu el, şi îl iubeam într-un fel foarte ciudat, dar în acelaşi timp foarte intens. Mi-a fost mereu alături şi m-a apărat de oricine avea vreo problemă cu mine. Allen era cu adevărat fratele pe care nu l-am avut niciodată şi deţinea caracterul tatălui pe care l-am avut cândva.

Nu era momentul să mă întristez. Am pus din nou muzică la acel telefon modern şi trebuia să îmi găsesc ceva de lucru pentru încă vreo trei ore. Puteam face teme, de exemplu.

Înainte să fac ceea ce mi-am propus, mi s-a părut că am auzit o bătaie în uşă. Putea fi o parte a melodiei, aşa că am oprit muzica şi am aşteptat cuminte în linişte. S-a auzit din nou. Sigur ciocănea cineva la uşa mea.

Și-o fi uitat mama cheile și s-a întors după ele? Sau prietenii mei au venit atât de devreme la mine? Ori era doar poștașul?

— Vin! am strigat, îndreptându-mi pașii spre ușă.

Am verificat pe vizor înainte, dar tot ce vedeam era negru. Cineva se ținea de poante și îmi bloca vederea cu mâna?

Am deschis ușa puțin iritată. Eram încruntată și curioasă când am dat de persoana din spate. Iar la vederea ei, gura mi s-a deschis ușor.

Nu știam pe cine să privesc mai întâi. Buchetul de trandafiri de un albastru regal superb sau cel care îl ținea și îmi zâmbea cu colțurile gurii până la urechi? Cred că florile mi-au captat întâi atenția. Nu mai țineam minte. Eram aeriană.

— Ce faci tu aici?

Ace mi-a zâmbit chiar mai larg – dacă se putea. Și mi-a transmis prin rânjetul său faptul că îi plăcea că mă surprindea.

— După calculele mele, a spus el, privindu-și ceasul de pe mână, suntem în data de douăzeci și opt, nu?

Habar nu aveam ce legătură avea ora ceasului cu data de pe calendar, dar nu am comentat. Aveam probleme mai importante. Știa când era ziua mea de naștere? Ce mai știa? Codul meu numeric personal? Avea datele mele și dosarul din școală? Deținea tot trecutul meu?

— Nu te mai întreb de unde ai aflat, căci este clar că știi totul despre mine, dar... De ce ai venit aici astăzi și de ce mi-ai luat flori?

— Ce fel de iubit aș fi dacă nu aș face-o? Pot intra acum sau ai de gând să mă ții aici toată ziua?

Subiectul era discutabil. Pe lângă faptul că ar fi fost extrem de ciudat să îl am la mine în casă, mai era și faptul că îl puneam să intre într-o văgăună mică și murdară pe lângă casa lui, despre care presupuneam că era un palat.

— Ei bine, Charity? a insistat el.

— Intră, am oftat eu.

M-am dat la o parte şi am deschis uşa larg, făcându-i
loc. Ace a intrat şi nu a privit deloc în jur, se uita doar la
mine.

— Îţi pot spune la mulţi ani, în sfârşit? a întrebat zâm-
bitor.

Mi-am dat ochii peste cap. Asta doar pentru că nu ştiam
ce altceva puteam face. Cum îi mulţumeam pentru flori şi
urare? Trebuia să îl iau în braţe? Asta ar fi fost ciudat.

— Doar dacă vrei, am mormăit jenată.

Ace a chicotit.

— La mulţi ani, iubito!

Mi-a oferit florile şi a păstrat distanţa, spre norocul meu.

— Mulţumesc. Vrei să te servesc cu ceva de băut? Tort
doreşti?

Toată situaţia era într-adevăr jenantă. Nu ştiam ce pu-
team spune sau cum mă puteam comporta. Puneam pariu că
se vedea pe faţa mea că eram stânjenită.

Am mers în bucătărie cu Ace pe urmele mele.

— Da, te rog. Şi cine ar putea refuza tortul?

— Ce bei?

— Orice ai, fără alcool. Am venit cu maşina.

Am afirmat din cap şi m-am uitat în frigider în timp ce
Ace s-a aşezat. Se putea să fiu mai stânjenită de atât?

— Limonadă sau suc de portocale?

— Limonadă, a răspuns el. Îmi place casa ta. E cumva...
primitoare.

Am pufnit în timp ce am luat băutura şi i-am turnat în
pahar.

— Dacă prin primitoare vrei să spui mică sau sărăcă-
cioasă, da, atunci este foarte primitoare.

Am pus carafa cu limonadă înapoi în frigider şi am luat
tortul împreună cu un cuţit şi o farfurie.

— Nu la asta mă refeream. Are ceva care te face să te
simţi ca acasă, deşi nu este casa ta. Un fel de căldură.

Am dat din cap incredulă şi am încheiat subiectul jenant
pentru mine. I-am dat lui Ace felia de tort, iar el mi-a mul-
ţumit. Până când degusta, eu am căutat o vază în care să pun

florile superbe. Niciodată nu primisem asemenea flori. Nu că am avut eu parte de grădini pline până atunci.

— Asta este delicios, a spus Ace.

Credeam și eu. Mama era o bucătăreasă desăvârșită, care putea face o capodoperă culinară din aproape nimic.

— Mă bucur că îți place.

M-am întors în bucătărie și am observat că nu mai aveam ce face, din păcate, așa că m-am așezat cu el la masă.

— Și, ce planuri ai pentru azi?

— Nu știu. Două ore și jumătate de plictiseală, apoi opt ore de muncă și la sfârșit voi fi târâtă cel mai probabil de către prietenii mei undeva.

Ace s-a încruntat și a lăsat tortul pentru un moment.

— Știu că am spus deja că ai o viață plictisitoare, dar tu chiar ai de gând să mergi la muncă de ziua ta și să nu faci nimic special pe toată perioada ei?

Am ridicat din umeri.

— Este doar ziua în care m-am născut, nu este vreo sărbătoare națională iubită, pentru a-mi permite un liber, sau ceva special care merită celebrat.

— Toată lumea își sărbătorește ziua de naștere, m-a contrazis el.

— Nu și eu.

— Da, cred că am stabilit deja că ești mai specială, dar asta este o regulă. Trebuie să sărbătorești.

Nu, nu trebuia. Și nici nu aveam chef. Dar o făceam oricum. Știam că urma să fiu obligată de către Kendra, All și poate chiar și Alec. Însă acum până și Ace îmi spunea acest lucru? Se lovise la cap în drum spre casa mea? Probabil. Așa se explica de ce îmi luase flori.

— Voi sărbători, dar nu îmi va face plăcere. Sunt sigură că Kendra va veni la mine imediat cum ies de la muncă pentru a mă pregăti în stilul ei. Nu am cum să scap de asta.

Ace a zâmbit ciudat, cu o tentă de melancolie amestecată cu amuzament.

— Ai prieteni buni?

Nu știam de unde venise întrebarea aceasta.

— Da, am răspuns, sigură pe mine. Sunt puțini, dar sunt perfecți.

— Alec se numără printre ei? a continuat el interogatoriul.

— Da, am spus puțin încurcată.

Ace a dat afirmativ din cap, părând căzut pe gânduri. Se părea că nu mai avea poftă de tort. A lăsat felia neterminată pe farfurie și a împins-o la o parte.

— Am auzit că ai stat cu el zilele astea, când nu am venit la școală.

Îmi cerea socoteală sau mi se părea mie?

— Planul nostru nu a menționat nimic în legătură cu faptul că nu pot să îmi petrec timpul cu altcineva în cazul în care tu vei lipsi.

— Știu. Doar că s-ar putea auzi vorbe.

Am pufnit. Eu care credeam că încerca să fie drăguț pentru prima dată cu mine. Evident că urmărea ceva.

— Ai venit aici să mă cerți și să discutăm despre cum am dat-o în bară cu ceva, de fapt? Sau să mă ameninți?

Ochii săi verzi i-au captat pe ai mei în cel mai înfiorător mod. Părea indignat de constatarea mea și acest lucru m-a făcut să mă simt vinovată.

— Nu chiar. Doar voiam să îți spun la mulți ani și se pare că am sărit subiectul discuției până aici.

L-am ofensat. Eram o nemernică, cu adevărat. Și știam că el era mai rău decât mine și probabil merita mai multe, dar mă simțeam rău știind că l-am jignit.

— Îmi pare rău, am spus, gura luându-mi-o pe dinainte. Încă nu știu când te prefaci sau când spui adevărul. Joci teatru foarte bine, știi?

— Exercițiul este de vină, a venit și replica lui. Dar îți dau un indiciu. Mă prefac numai și numai în public.

Am înghiți în sec, pentru că acum eram singuri, fără niciun public. Așa că am reluat fiecare replică de-a lui în minte și am simțit ceva ciudat în interiorul pieptului meu, conștientizând că era real.

— E bine de știut, am mormăit.

— Dar tu?

Pentru o secundă nu am știut la ce se referea.

— Pe scenă sau în fața altor prefăcuți.

— Hm.

Se gândea și el la ceva, iar noi am rămas în liniște pentru câteva minute. O atmosferă jenantă ne-a înconjurat, dar Ace părea că nu o observa, nu o simțea deloc.

— Haide să te scutim de muncă, mi-a spus el.

— Poftim? Nu. Mi se va scădea la salariu.

El nu ar fi înțeles asta niciodată, dar am simțit nevoia proastă de a mă explica.

— Este ziua ta de naștere. O dată în an. Îți permiți. Vin cu tine să te scuzi.

— Nu, Ace, pe bune. Nu mă învoiesc astăzi. Este prea din scurt, nu va avea cu cine să mă înlocuiască și...

— Asta va fi problema șefului tău, nu a ta.

— Dar este slujba mea. Mă poate concedia când vrea.

— Nu te va concedia, m-a contrazis el.

— Ești prea sigur pe tine. Nu îl cunoști pe Charles.

— Și el nu mă cunoaște pe mine. Pot fi foarte insistent dacă vreau.

Da, asta am observat deja. Și cred că era a treia oară când mi-o spunea.

— Tu nu vei vorbi cu el. Nici eu. Merg la muncă și punct.

— Nu, m-a contrazis și de data aceasta. Astăzi nu vei munci deloc. Meriți o pauză, este ziua ta, vei sărbători.

— Ace, nu...

— Charity, da! Și acum poți să te îmbraci, plecăm când ești gata.

M-am încruntat.

— Unde plecăm?

— Va fi o surpriză.

— Nu cred că îmi plac surprizele care vin din partea ta. Asta ar putea fi ultima mea zi în viață.

— Bună glumă, dar încă nu te văd schimbată de haine. Ai de gând să vii în pijamale?

Am și uitat faptul că eram îmbrăcată în haine de casă, nici chiar pijamale, cum a spus Ace. Aveam o pereche de pantaloni scurți și un tricou larg, care îmi lăsa un umăr gol și care era foarte confortabil.

— Nu vin niciunde, în afară de *Charleston*, când îmi va începe programul de muncă.

— Asta să o crezi tu, iubito.

Mi-am dat ochii peste cap și m-am ridicat în picioare, pentru că simțeam nevoia să fac din nou curățenie.

— Vorbesc serios, Ace. Nu vin nicăieri și nu mă învoiesc de la lucru.

Ace a oftat, apoi mi-a spus resemnat:

— Măcar să mă lași să te conduc la muncă, da?

— Peste vreo două ore? Și ce faci până atunci?

— Ei bine, dacă nu mă dai afară din casă, stau cu tine. Nu am nimic de făcut momentan.

— Nu ai nimic de făcut într-o zi de sâmbătă? Cât de normal. Chiar nu sunt deloc șocată, fiind vorba despre tine, i-am spus ironică.

Ace a râs.

— Alături de mine, viața ta va fi un lanț de șocuri continuu.

Mi-am dat ochii peste cap când am strâns câteva lucruri de pe masă.

— Bine că nu suntem legați pe viață, ci doar pentru câteva săptămâni.

Nu am auzit nimic pentru câteva secunde, când eram cu spatele la el și ștergeam cuțitul cu care am tăiat tort. Apoi a șoptit:

— Da. Bine că e așa.

Vocea sa și-a revenit în forță, caracterul la fel, în doar câteva clipe în care a meditat.

— Deci... Ai Monopoly sau ceva cu care să ne omorâm timpul? Vedem un film sau ieșim la o plimbare?

Am râs cu gândul la Ace jucând Monopoly.

— Mergem la plimbare, apoi mă duci la muncă. Stai să mă schimb.

Se pare că până la urmă mă convinsese să ies din casă. Dar asta doar din cauză că mă simțeam inconfortabil cu el aici, când eram singuri.

Presimțeam cea mai ciudată zi de naștere a mea. Ziua în care am împlinit optsprezece ani.

# Capitolul 17

Cât de naivă am fost să cred măcar pentru o secundă că nu cocea ceva? Chiar l-am lăsat singur în bucătărie pentru zece minute crezând că va fi cuminte? Ce aveam în cap? Nimic, evident. Dacă aș fi avut ceva, nu aș fi fost acum în mall, cu el și Kendra, făcând cumpărături.

Ace a pus ghearele pe telefonul meu și a găsit numărul Kendrei și al lui Charles. Mi-a făcut rost de un liber pe ziua de astăzi fără ca măcar să știu cum, iar pe prietena mea a luat-o cu noi ca și reprezentant în modă. Spunea ceva legat de pregătirea mea pentru deseară? De când ieșirea mea cu prietenii la care nu voiam să particip s-a transformat dintr-un eveniment minor în nucleul în jurul căruia se învârtea totul?

Cadoul lui Ace a fost să îmi plătească rochia pentru ieșirea noastră, și nu a ales tocmai un magazin pe placul meu, ci acel gen pe care îl admiram doar de afară. Îmi venea să țip de frustrare, am încercat de atâtea ori să refuz sau să fug, dar nu am reușit. Kendra nici măcar nu m-a ajutat și nici nu a încercat să mă ajute. Era complet vrăjită și fermecată de prințul de lângă noi.

— Vă urăsc, le-am mărturisit când ne-am așezat la o cafenea din mall.

Aveam în plasele de cumpărături nu numai o rochie roșie incredibil de scumpă și frumoasă, cu care nu m-aș fi îmbrăcat în veci, dar și o geantă în stil plic, niște pantofi cu care urma să îmi rup gleznele și un șal negru, o amărâtă bucată de material care a costat mai mult decât tot ceea ce aveam pe mine în acel moment.

— Ne-ai mai spus asta de cel puțin șaptesprezece ori în ultima jumătate de oră, mi-a adus Ace la cunoștință.

Purta o pereche de ochelari fumurii care împiedicau vederea spre ochii săi verzi, superbi. Îl făcea mai rău și mai arogant decât era deja.

— Și o voi mai spune de încă o mie de ori dacă voi simți asta.

Un ospătar drăguț a venit și ne-a cerut comanda. Am luat doar o apă plată în timp ce Kendra a cerut un fel de milkshake dietetic și Ace o băutură cu un nume complicat.

— Vi le aduc imediat, a spus ospătarul zâmbind.

Kendra butona telefonul, iar Ace se uita în jur plictisit, așa că am dat din cap și i-am zâmbit eu din politețe ospătarului, pentru a nu se simți prost.

— Regulă nouă, a spus Ace când am rămas din nou singuri. Nu mai flirta cu alți băieți până nu se presupune că ne despărțim.

Prietena mea, distrasă ca de obicei de mesaje, nu a auzit ceea ce Ace tocmai a spus, dar eu m-am înroșit până în vârful urechilor.

— Nu flirtam. Eram politicoasă, l-am contrazis.

— Ba da, flirtai.

— Ba nu.

Ace și-a rotit ochii plictisit.

— Atunci haide să îți demonstrez ceva.

Scaunul său a venit mai aproape de al meu, până când piciorul meu drept era lipit de piciorul lui stâng. Și-a dus o mână după umerii mei și a lăsat-o să se odihnească acolo.

— Ce faci? l-am întrebat iritată.

— În primul rând, pe lângă evident, faptul că suntem în public, că oricine de la școală ne-ar putea vedea și ar trebui să fim apropiați, încerc să îți demonstrez că el flirta cu tine și credea că faci la fel. Dar când va vedea că eu sunt iubitul tău, nici nu te va mai privi.

Am pufnit, dându-mi ochii peste cap.

— Am fost amândoi politicoși, atât. Mereu faci din orice un joc. Viața nu este un joc.

Nu mi-a mai spus nimic până când ospătarul nu a venit și ne-a așezat băuturile pe masă. A plecat fără să spună un cuvânt și fără să își ridice privirea din pământ.

— Se pare că totul este un joc, mi-a întors el replica.

L-am lovit ușor cu pumnul în piept.

— Asta nu demonstrează nimic. Tacă-ți fleanca!

Ace a început să râdă și pentru o secundă am avut impresia că mâna lui mi-a strâns umărul, ca și cum ar fi vrut să mă ia într-o îmbrățișare afectuoasă. Kendra ne-a văzut în sfârșit apropiați, când și-a ridicat ochii din telefon, și un rânjet șmecher i s-a așternut pe buze.

Am mai vorbit și am mai stat prin mall încă vreo două ore, apoi, într-un final, Ace ne-a adus la mine acasă. Kendra a coborât din mașină și a luat-o înainte, iar când am vrut să o urmez, Ace mi-a prins mâna în mâna sa.

— Nu îți iei la revedere? a întrebat el.

— Nu urci și tu?

M-am simțit jenată după ce am rostit întrebarea. Suna atât de familiară, de parcă noi doi eram apropiați și era logic, evident, să urce la mine.

— Nu, a zâmbit el. Sunt lucruri de-ale fetelor. Vă aranjați, vă faceți părul și restul. Oricum, cred că vreți să vorbiți și eu am ceva de făcut.

— Aa.

Numai vocale puteam scoate pe gură. Ce mai era de spus? Probabil mai era ceva de zis. Dar cum puteam să dau glas acestor gânduri?

— Poți veni deseară... dacă vrei.

Nu, asta nu suna bine. Suna ca și cum noi doi eram OK, ceea ce nu eram. Totul încă rămânea prea ciudat pentru mine, iar noi nu eram prieteni. Trebuia să mă explic.

— Doar dacă vrei. Adică nu cred că vom merge undeva unde ți-ar plăcea, dar mă gândeam că dacă trebuie să fim un cuplu, atunci nu ar trebui să fiu văzută într-un club cu doi băieți, chiar dacă sunt prietenii mei, și...

— Am înțeles, Charity.

Am simțit nevoia să continui, oricum.

— Și astăzi ai fost... drăguț. Mulțumesc. Pentru cadourile prea scumpe pentru care mă simt jenată și pentru ziua asta, pentru că nu știu cum ai făcut să fiu liberă de la muncă, pentru că mi-ai ținut companie și pentru că te-ai comportat frumos cu Kendra. Cred că i-ai câștigat inima.

Am terminat micul meu discurs penibil cu o glumă, pentru că simțeam nevoia să mă destind. Ace a considerat, din păcate, că nu m-am făcut destul de râs.

— Dar inima ta?

Inima mea? Ea bătea incontrolabil când a auzit că a fost numită.

— Se presupune că e deja a ta, ai uitat? am glumit, făcând referire la pactul nostru.

Aveam impresia, după aceste zile, că Ace poate nu era chiar atât de rău și am fi putut fi prieteni. Asta dacă nu ar fi stricat totul cu această atmosferă, felul în care mă făcea să mă simt și aceste replici înțepătoare și încărcate de emoții.

— Ce am vorbit noi, Charity? Nu suntem în public acum.

Oh, teatrul...

— Regula ta era publicul. A mea este vis-a-vis de persoanele prefăcute.

Ace s-a întors spre mine de pe scaunul șoferului, și-a ridicat ochelarii pe cap și m-a privit profund. Era prea aproape.

— Ți se pare că acum mă prefac?

Nu știam cum să răspund la asta. Întrebare de baraj. Ochii săi erau atât de concentrați asupra mea, încât aveam impresia că mă dezgoleau de toate secretele, minciunile, fricile și dorințele. Aveau acest efect asupra mea.

Unde era Kendra, ca să mă scape din această situație? Unde era oricine?

Ce tot vorbeam? De când eram genul care aștepta pe altcineva pentru a-i rezolva problemele personale? Trebuia să îmi iau destinul în mâini, să îmi găsesc caracterul pe care l-am avut până acum și să fac ceva. Dar ce era de făcut? Ace nu a comis nimic de această dată, doar a fost drăguț și a pus o întrebare inadecvată. A mea era vina că înțelegeam tot ceea ce doream.

Am expirat o gură de aer ușor printre buze și mi-am luat inima în dinți. M-am apropiat de el, până când am observat că ochii săi nu îi mai priveau pe ai mei, ci au coborât spre buzele mele – buzele mele, care ardeau până când i-au atins obrazul, în timp ce îl atingeau și chiar la mult timp după ce s-au despărțit de el. Cum putea un simplu sărut pe obraz să fie atât de electrizant și plin de emoții, de căldură? Mă simțeam ca un vulcan care era gata să erupă. Din inima mea țâșnea lavă.

— Mulțumesc, i-am șoptit. Și te aștept deseară, dacă vrei. Anunță-mă printr-un mesaj înainte și ne întâlnim unde dorești.

Mă bucuram că am ocolit subtil subiectul, iar el nu a mai pus accent pe ceea ce a trecut.

— Vin. Deși nu cred că voi fi tocmai bine primit de către toți prietenii tăi, s-a strâmbat.

— Nu că te-ar interesa pe tine acest amănunt, am spus cu zâmbetul pe buze.

— Corect.

Am vrut să ies, dar plasele hainelor pe care le-am primit astăzi mi-au atras atenția când m-am mișcat. Nu am putut să nu îi reamintesc:

— Mă simt prost din cauză că a trebuit să plătești toate astea. Au fost... scumpe.

Îmi era rușine. Cunoscându-mă, dacă cineva mi-ar fi făcut așa ceva, probabil i-aș fi dat lucrurile de cap și aș fi plecat furioasă de lângă el. Aș fi încercat să procedez așa acum, dar era ziua mea, iar Kendra mi-a cerut să nu o stric. După jumătate de oră de încercări... tot nu m-au convins. Adevărul este că hainele erau deja probate, el le-a cumpărat pe ascuns și eu m-am trezit cu ele sub nas. Mi-a oferit amenințarea *dacă nu le iei, le arunc, nu le înapoiez, deci banii sunt tot pierduți* și am cedat, oarecum.

Ace și-a dat ochii peste cap.

— Am mâncat prânzuri mai scumpe decât acea rochie.

Trebuia să recunosc, a fost amuzant și nu mi-am putut abține un chicot. Nu știam cât de adevărat era însă. Dacă acesta era adevărul, atunci mă simțeam mai ușurată.

— Totuși, nu era necesar...

— Charity, mi-a atras el atenția. Când cineva îți oferă ceva tu trebuie doar să mulțumești și să zâmbești.

Am luat o gură mare de aer.

Problema mea era sentimentul de îndatorare. Nu voiam să fiu datoare cu ceva cuiva, mai ales lui.

— Mulțumesc, i-am spus zâmbind.

— Poate să îl și săruți, a continuat Ace cu rânjetul pe buze.

Am început din nou să râd.

— Nu, asta nu se va întâmpla.

— Nu mă poți judeca pentru că am încercat.

Am râs din nou împreună, apoi ne-am luat la revedere. Chiar trebuia să plec, iar el a spus că avea treabă.

Am hotărât să ne vedem deseară, am ieșit din mașină, i-am făcut cu mâna când pleca și am urcat spre casă. Am avut parte de cinci secunde în care să respir și să zâmbesc, apoi Kendra a sărit de nicăieri în fața mea.

— Ai de dat explicații serioase, domnișoară, mi-a spus cu rânjetul pe buze.

Da, chiar aveam. Dar înainte să dau explicații cu voce tare, trebuia să mă explic mie. Ce a fost asta?

* * *

Se pare că o rochie creată de un designer cunoscut chiar te schimba radical. Știam ce minuni putea face Kendra cu machiajul și cu fața mea plictisitoare, dar acea rochie... Uau.

Totuși, eram tot eu. Sub acel machiaj sofisticat, acea bucată de material și în pantofii aceia cu toc, eram tot eu. Fata cea săracă și simplă.

Aproape că m-am luptat cu Kendra pentru a-mi lăsa părul prins. A fost complet împotriva acestui lucru. Cum eu mereu aveam părul ridicat într-un coc sau o coadă, din cauză că lungimea lui mă împiedica la muncă, m-am dezobișnuit să stau cu el liber, plus că nu mă simțeam foarte sigură pe mine cu el așa. Părul lăsat pe spate atrăgea mai multă atenție, ceea ce mie nu îmi plăcea.

Ei bine, părul meu chiar atrăgea atenția acum. Era lucios, voluminos, buclat și strălucitor. Îmi acoperea jumătate din spate, aproape tot locul în care rochia era decupată, lucru care îmi plăcea, mă liniștea. Deși această rochie era mai cuminte, bufantă în partea de jos, iar în față, sus, fără niciun decolteu, spatele meu era gol aproape complet. Șalul putea ajuta la acoperirea lui, dar nu mai mult decât părul. Arătam elegant și în același timp cuminte.

Băieții au venit după noi și ne-am împărțit pe perechi. All a fost cel care ne-a dus cu mașina la clubul pe care ei l-au ales, iar Ace nu a dat niciun semn. Am hotărât că trebuia să îmi trimită el mesaj. Nu a făcut-o, așa că eu nu am sunat. Avea ceva de făcut, poate s-a prelungit, au apărut probleme... Cine știa? Cui îi păsa? Era problema lui dacă ajungea până la urmă...

— Optsprezece shoturi de tequila, a cerut All barmanului. Avem o sărbătorită aici!

Câțiva oameni din jur, cei care l-au auzit țipând peste muzica răsunând în boxe, au aclamat și au aplaudat. Totul devenea jenant, și nu am ajuns nici de cinci minute.

Am luat primul shot înainte să fie toate gata.

Noroc cu All, care avea un buletin fals, care arăta matur și care putea să ne facă rost de alcool. Și noroc cu acest club, căruia nu prea îi păsa ce minor trecea pe aici.

— Unul dus, șaptesprezece în curs.

— Haide!

Kendra m-a tras de mână spre ringul de dans și m-a făcut să mă mișc fără să vreau. Aveam un simț tare prost al sincronizării cu muzica și probabil arătam caraghios, poate chiar penibil, dar era ziua mea și mă distram. Oricum nu îmi păsa de părerea nimănui.

Ne-am împrietenit cu străini zâmbăreți și prietenoși care dansau lângă noi și ne-am mișcat împreună pe ritmul muzicii. Un alt lucru bizar, cum oamenii erau atât de politicoși, lipicioși, dar drăguți. Deveneam prieteni din două vorbe.

Melodii pe care le adoram au urmat, versuri pe care le știam pe de rost și ritmuri iubite pe care m-am mișcat cu neîndemânare, dar cu pasiune. Nu știam cât timp a trecut, dar am mai mers pe la bar și am numărat că mai aveam doar unsprezece shoturi rămase.

Kendra și cu mine i-am convins cu greu pe băieți să dansez... cu noi. Își găsiseră capturi prin colțuri ale clubului și stăteau pe lângă alte fete. Nu ne deranja, ba chiar glumeam pe această temă, doar că aceea era ziua mea de naștere, ieșirea noastră, puteau flirta altă dată.

Am dansat cu toții, am băut cot la cot, au rămas șase shoturi și picioarele mă dureau de la atâta energie. Detestam tocurile mele frumoase în acel moment. Apăruse în sfârșit o melodie mai lentă, iar Allen și Kendra s-au dus la bar pentru a se răcori cu ceva. Eu l-am capturat pe Alec înainte să mă părăsească din nou pentru vreo pradă și m-am agățat de gâtul lui, obligându-l să danseze cu mine. Datorită ritmului calm și al diminuării zgomotului am putut vorbi cu el.

— Nu mai ești supărat pe mine, nu-i așa? l-am întrebat veselă.

Poate că zâmbeam fără motiv și eram puțin amețită.

— Nu am fost niciodată.

Mințea, dar nu am insistat pe acest subiect.

— Mă bucur că nu a venit, mi-a spus el.

Știam despre cine vorbea.

Da, chiar nu a venit. Mă bucuram? Habar nu aveam. Eram prea amețită să îmi pese. În acel moment chiar și o înmormântare mi-ar fi părut amuzantă sau frumoasă.

— L-am invitat, i-am mărturisit eu. A spus că va veni, pentru aparențe, dar nu a mai apărut.

Maxilarul lui Alec s-a încordat. Am putut vedea cum și-a scrâșnit dinții în spatele buzelor strânse într-o linie subțire.

— Ce e? am întrebat.

Acesta a privit în jos și nu mi-a răspuns.

— Uite, dacă este vorba despre asta, ți-am spus că Ace va face parte din peisaj pentru o perioadă de timp nedeterminată. Decât să ne călcăm pe coadă, mai bine ne înțelegem și totul va trece mai...

— Nu este vorba despre asta, a spus el, întrerupându-mă.

M-am încruntat când Alec și-a ridicat privirea la mine din nou, iar acei ochi albaștri arătau iritați.

— Este deja aici.

Nu aveam habar de ce, dar corpul meu a reacționat ciudat imediat cum am auzit asta. Îmi venea să îmi întorc capul la o sută optzeci de grade pentru a vedea unde era, dar aș fi părut dusă cu pluta. În schimb mi-am îndreptat spatele, am înghițit în sec și am încercat să par cât mai trează posibil.

M-am împăcat cu gândul că nu voiam să par slabă în fața lui. Asta explica reacția mea.

— Ne-a văzut și vine încoace.

Nu am avut timp să mă pregătesc sufletește pentru asta, darămite fizic, căci am simțit o palmă mare pe spatele meu, care s-a strecurat pe sub buclele care-mi cădeau în valuri. Știa că pielea mea era descoperită acolo, doar a fost lângă mine când am probat rochia la magazin.

— Bună, iubito. Te superi dacă ți-o fur puțin?

Alec aproape că m-a aruncat în brațele lui Ace și a plecat ca un fulger direct spre bar. Știam că avea probleme cu el, dar ce aveau ei cu adevărat de împărțit? Mie mi se părea mai mult decât o reputație. Era ceva personal.

— La mulți ani, mi-a șoptit la ureche. Și îmi pare rău de întârziere.

— Și că ai apărut aici neanunțat, am continuat eu, ignorând fiorul care mi se plimba pe spate.

Ace a zâmbit.

Și chiar așa. De unde aflase locația clubului?

Era clar. Kendra.

— Nu, de asta nu îmi pare rău.

A venit în fața mea și mi-a oferit mâna pentru un dans. Am acceptat în tăcere, apoi ne-am apropiat unul de altul, iar eu i-am înconjurat gâtul cu brațele mele. Talia mea a fost cuprinsă în palmele sale mari și fierbinți, care spre binele meu, nu au ajuns din nou în zona goală și periculoasă a spatelui meu.

— Te distrezi până acum? m-a întrebat pe un ton interesat.

— Da. Mai am şase shoturi şi câştig, l-am informat veselă.

Doar că el nu ştia încă despre ce vorbeam, iar expresia feţei sale... Oh, nepreţuită.

— Este un joc de-al nostru. Optsprezece shoturi pentru optsprezece ani.

Încă părea surprins.

— Şi tu ai dat gata douăsprezece până acum?

Am afirmat din cap.

— Impresionant. Asta explică de ce m-ai calcat de două ori pe picioare în ultimul minut.

Din instinct şi ruşine, am vrut să mă îndepărtez de el, însă acesta mi-a prevăzut mişcarea şi m-a tras mai aproape, până m-a lipit de corpul său. Oficial eram beată. Beată de senzaţii.

— Glumeam doar. Calmează-te, mi-a spus râzând.

Nu mi se părea amuzant. Probabil că eram roşie ca un rac la faţă, deoarece părţi ale corpului său se simţeau pe mine prin această rochie subţire. Oh, Doamne...

— Şi ce câştigi din acest joc? a întrebat, schimbând subiectul.

Mi-am reglat vocea, încercând să o fac să sune normal.

— Nimic, este doar de distracţie.

— Doar de distracţie?

Părea încurcat. De parcă văzuse o problemă complicată de mate pe care trebuia să o rezolve.

— Da. Tu nu te-ai jucat niciodată cu cineva doar din distracţie? Fără niciun câştig.

— Probabil, a răspuns sec.

Nu ştiam când, dar atmosfera a devenit cumva tensionată. Dacă nu mai voia să vorbească, mi-am concentrat atenţia spre picioarele mele, asupra dansului, pentru a nu-l mai călca. Nu voiam să mă fac de râs. Totuşi, nu aveam unde sa mă uit. Piepturile noastre erau lipite, iar tot ce vedeam în faţa mea era el. Ochii săi verzi de smarald, buzele ca petalele bobocului de trandafir şi pielea puţin bronzată, perfectă.

Pentru a nu face o prostie, am decis că singura modalitate pentru a nu mă mai holba a fost să îmi las capul pe umărul lui, așa că am făcut-o. Probabil l-am luat prin surprindere, dar nu m-a dat la o parte, deci nu am întins coarda. Doar eram în public, oricum trebuia să mă prefac în public. Întrebarea era: eu chiar mă prefăceam?

Îmi plăcea să stau așa. Îi auzeam respirația printre notele melodiei din boxe și parfumul său era amețitor. Când clipeam, genele mele îi atingeau pielea gâtului, așa că încercam să rămân cu ochii deschiși. Iar dacă mă mișcam doar un milimetru, buzele mele i-ar fi atins mărul lui Adam. Respirația mea se izbea de gâtul său și revenea înapoi la mine. Din cauza ei mi se făcea cald.

— Îți este somn? m-a întrebat grijuliu. Vrei să te duc acasă?

Am îngânat un *nu* în timp ce am dat din cap în semn negativ pe umărul său.

Melodia s-a schimbat în una mai veselă, dar am rămas la fel, ne legănam pe un ritm lent știut doar de noi.

— Cred că trebuie să mă țin de program și să mai beau două shoturi, am mormăit eu.

Pieptul lui Ace s-a cutremurat. Râdea.

— Ai timp. Mai stai puțin.

Am negat iar și mi-am ridicat capul de pe umărul său. Mâinile mele erau agățate de cămașa lui neagră – purta cămașă! –, iar noi ne aflam la fel de aproape. Puteam jura că i-am atins obrazul cu nasul când m-am mișcat. Și tot ce vedeam în față erau abisuri mistice de un verde misterios.

— Trebuie să... m-mă țin de program, m-am bâlbâit eu.

— Dar mai poți rămâne cu mine, m-a contrazis el. Oricum, ai spus că nu ai nimic de câștigat din acel joc.

Gura m-a luat pe dinaintc.

— Și am altceva de câștigat stând aici, cu tine?

Mă așteptam la un răspuns ironic, care să mă facă să plec din brațele lui în două secunde. Chiar îmi doream un asemenea răspuns, căci Ace parcă era și mai aproape de mine decât înainte. Amândoi ardeam la fel de puternic ca soarele. Fluturii din stomacul meu au ars.

— Depinde doar de ochii cu care privești totul.

Șansa mea a pierit. Fruntea lui s-a lipit de a mea, iar respirația pe care credeam că o am s-a risipit. Trebuia doar ca unul dintre noi să își lungească gâtul și...

— Trebuie să plec, am murmurat eu.

Corpul nu mi-a ascultat mintea, am rămas nemișcată în ciuda cuvintelor pe care le-am rostit. Și atunci s-a întâmplat. Ace mi-a privit buzele.

Am simțit o durere în piept legată de ceea ce a făcut. M-am emoționat, lucru ciudat, și nu am tresărit, nu am dat înapoi, nu l-am lovit, nu am plecat, nu m-am eliberat. Unde era Charity Good pe care o știam de o viață întreagă? De ce se simțea flatant faptul că acest tip răsfățat și totodată diavolul în persoană îmi dădea atenție și mă atingea?

— Și eu trebuie neapărat să te sărut.

Cel mai probabil muzica din jur m-a făcut să cred că a spus ceva, când de fapt el a spus altceva. Aveam halucinații. Tocmai de aceea nu m-am mișcat și nu am băgat în seamă ceea ce a spus.

— Îmi dai voie? a întrebat cu blândețe.

Ce trebuia să îl las să facă? Vorbea serios? Avea de gând să mă sărute?

Apropierea aceasta cu încetinitorul mă ucidea încet și sigur. Îl vedeam cum acționa fără să primească un răspuns. De ce nu dădeam un răspuns? Voiam asta? Îmi doream să îl sărut sau să fug de acolo? Habar nu aveam. Nu mi se mai întâmplase ceva așa ciudat până acum.

Tic-tac. Ceasul trecea, eu eram încă înmărmurită de sentimente. Dar ochii mei observau totul. Au observat cum Ace și-a lăsat pleoapele în jos, cum buzele sale pline s-au întredeschis și cum fiecare trăsătură a sa Dumnezeiască venea mai aproape de mine.

Chiar ardeam. Simțeam mirosul de artificii venind dinspre noi. Și când mi-am dat seama că era prea târziu să mai dau un răspuns, buzele sale s-au lipit de ale mele.

Erau mai moi decât orice am încercat vreodată. Umede, dar nu exagerat. Calde. Experimentate, cel mai probabil, căci știau ce să îmi facă. Și mă pierdeam pe secundă ce trecea tot mai mult în el, cu fiecare mișcare pe care o făcea.

Mâinile sale au urcat pe spatele meu gol și au intrat cu vârfurile degetelor pe sub materialul rochiei. Șocuri electrice îmi înțepau pielea și mă făceau să tremur sub atingerea sa, dar nu puteam. Eram ancorată cu trupul său. Mă ținea undeva la fundul mării, mă înecam, dar se simțea atât de plăcut.

Nu am realizat, însă am început să îi răspund. Mi-am luat avânt în această senzație plăcută și, fără să îmi pese, i-am cuprins chipul în palmele mele, iar buzele mi-au prins viață. Îl sărutam înapoi, de parcă nu îmi păsa, de parcă nu știam cine era sau ce a făcut, de parcă nu m-ar fi șantajat, de parcă nu era totul o prefăcătorie. Îl sărutam și îmi plăcea. Mă simțeam satisfăcută când îi simțeam buzele peste buzele mele și mâinile pe corpul meu. Era ca și cum gustam dintr-un tort de ciocolată. Nu voiam să las nicio firmitură din el, niciun gram de glazură în urmă. Îl devoram fără regrete. Îl doream. Tânjeam după el – după mai mult din el. Și la un moment dat chiar îl dominam.

Mi-am dat seama că greșeam? M-am retras? M-am dat la o parte? Nu. Am stat acolo și am lucrat cu el la sărutul nostru până când am rămas fără aer? Da. Am regretat tot ceea ce s-a întâmplat după? Nu știam dacă regretam ceea ce am făcut sau regretam că totul s-a terminat. Dar după ce m-am despărțit de el cu respirația întretăiată, a trebuit să mă scuz și am mers împiedicată spre bar.

În două minute, cele șase shoturi nu mai existau.

*Ce Dumnezeu am făcut?*

*Am sărutat diavolul.*

# Capitolul 18

*Am băut cam mult şi m-a luat valul. Nu am fost eu. Îmi pare rău că am întins coarda, dar nici nu ştiam exact ce fac. Alcoolul a fost de vină, a preluat controlul asupra mea. Putem uita tot ceea ce a fost între noi?*

Tot weekendul repetasem acest mini discurs, dar de fiecare dată când îl rosteam mi se părea şi mai penibil. Aproape că îmi doream să aleg varianta a doua şi să scap basma curată fără să aduc aminte de acel mic incident nefericit. Dar eram sigură că dacă m-aş fi prefăcut că nimic nu s-a întâmplat, el nu ar fi făcut la fel. Aşa că mă pregăteam pentru orice fel de explicaţii. Nu conta cum ar fi stat lucrurile, ceea ce s-a întâmplat a fost o greşeală şi trebuia să o uităm amândoi.

— Charity, dragă, vei întârzia.

Şi aşa reuşea mama să mă trezească la realitate de fiecare dată.

Oh, Doamne, am fost mahmură două zile la rând, iar duminică la muncă a fost oribil. Abia puteam să îmi târăsc picioarele şi am vărsat vreo două sucuri şi o cafea pe jos. Speram ca lunea să fie o zi mai bună, dar la cum se simţeau lucrurile până acum, mă îndoiam amarnic. Doar trebuia să am o discuţie de proporţii catastrofale cu Ace.

Mi-a luat mai mult decât de obicei să mă pregătesc, iar starea în care eram m-a obligat să merg cu taxiul până la şcoală.

Mă aşteptam să fie o zi bună şi primul lucru rău s-a întâmplat. Alec nu mi-a răspuns la telefon.

Nu îmi amintisem ca sâmbătă, de ziua mea, să îmi fi spus că va lipsi luni, aşa că am mai insistat. Probabil că avusese o problemă de ultim moment şi i se întâmplase ceva. Allen era prietenul lui, ar fi ştiut ce avea, aşa că am încercat cu el.

Surprinzător, niciun răspuns. Am continuat cu Kendra.

Ea a fost singura care, îi mulțumesc lui Dumnezeu, a știut unde îi era butonul verde pe telefon.

— Hei, destrăbălato, m-a salutat ea.

M-am încruntat când am auzit cum m-a numit, dar era Kendra la urma urmei. Mereu găsea porecle bizare și apelative jignitoare fără intenție.

— Hei, i-am spus înapoi. Ce faci?

— Nu atât de bine ca și tine, a venit răspunsul ei subînțeles.

Ceva nu era în regulă cu ea. Nu îmi răspunsese cu o notă de răutate, ci doar cu o doză subtilă de perversitate. Știa ceva ce nu știam eu? Nu conta deocamdată, căci mai aveam puțin să ajung la școală și trebuia să văd care era treaba cu colegul meu absent.

— Cum zici tu. Voiam să te întreb dacă știi ceva de Alec sau de Allen. Nu răspunde niciunul dintre ei la telefon.

De Alec nu era atât de apropiată pe cât eram eu, dar despre Allen trebuia să știe ceva. Mi s-ar fi explicat absența celor doi.

— Probabil nu vor să îți răspundă. Nu au primit foarte bine vestea relației tale false care nu e atât de falsă, spre deosebire de mine.

M-am încruntat, deși eram iritată de faptul că Kendra nu înțelesese că ceea ce era între mine și Ace era cu adevărat fals.

— Credeam că au înțeles cum stă treaba. Chiar vorbisem cu Alec despre asta înainte să...

— A, nu, m-a întrerupt Kendra. Partea cu falsitatea au înțeles-o. Realul i-a cam dat peste cap atunci când te-au văzut sărutându-te cu bunătatea aia de băiat în club.

Atunci am fost lovită de adevăr. *Destrăbălato*, *Nu atât de bine ca și tine. Relația ta falsă care nu e atât de falsă* . Prietenii mei au văzut sărutul dintre mine și Ace.

— Nu cred!

— Nu ai de ce să te scuzi, dacă este după mine. Știi cum sunt băieții cu teritoriul lor, supărarea, orgoliul. Fratele urs și cel căruia cred că i-ai picat cu tronc își vor reveni. Până la urmă relația ta cu Ace poate fi ceva bun. Eu sunt de acord atât timp cât ești fericită.

Vorbea numai prostii. Eu și Ace? O relație adevărată? El să mă facă fericită? Putea fi ceva bun? În ce univers paralel se întâmpla asta?

— Kendra, eu nu sunt cu Ace. Adică chiar nu...

— Nu trebuie să te ascunzi de mine, Char, pe bune. Te înțeleg.

— Nu, nu mă înțelegi pentru că nu mă asculți. Eu și el nu suntem împreună.

Asta era total și complet aiurea. Până acum câteva zile îl uram pe Ace, nu suportam să îl văd în fața ochilor și îmi doream ca toată această șaradă să se termine cât mai repede. A avut câteva momente dulci după aceea, niște momente în care era complet altă persoană, dar asta nu schimba lucrurile, nu schimba cine era el cu adevărat.

— Cum zici tu.

— În fine, nu mai stau să mă contrazic degeaba cu tine. Vei vedea cum stau lucrurile până la urmă. Acum mă grăbesc la școală, vorbim mai târziu.

— Tu vei vedea cum stau lucrurile până la urmă. Vorbim. Te pup.

Mi-a închis telefonul în nas înainte să îi mai spun ceva și mi-am dat ochii peste cap.

Nu ea era problema mea reală acum, ci Alec și Allen. Trebuia să vorbesc cu ei doi. Iar ceea ce a spus Kendra, cum că Alec avea o pasiune pentru mine, asta era total neadevărat.

L-am mai sunat o dată, nu a răspuns. Încă o dată și încă o dată. Până la urmă am primit respins, deci el chiar mă ignora. Nu puteam să cred! Pentru o simplă prostie, ca un sărut banal.

M-am decis să nu las emoțiile negative să mă domine și am așteptat să ajung la școală. Trebuia să am două discuții cu doi băieți despre exact același lucru. Două momente de rușine. Grozav!

Am plătit taxiul și am mers spre școală, iar încă din curtea ei am simțit ceva ciudat. Oamenii se uitau și șușoteau, mai mult decât de obicei. Eram privită ciudat, cu mult dispreț, dar uneori și cu admirație. Ce se întâmpla aici?

Mi-am făcut loc prin mulțime spre intrare, iar la un moment dat am prins o frântură de discuție între două fete care se holbau la mine. *Chiar este adevărat, nu îmi vine să cred!* a spus ea.

Ce era adevărat?

Spusesem cumva că urma să am parte de două momente jenante pe ziua de astăzi? Hai să facem trei. Am intrat în școală și am observat că toți pereții, toate dulapurile și până și podeaua erau acoperite cu afișe. L-am smuls pe primul care mi-a venit la mână și m-am holbat la el cu respirația agitată. Aceea eram eu. Era o poză cu mine. Și cu Ace. De ziua mea, în club, sărutându-ne.

Doamne, arătam ca și cum eram pregătiți să ne mâncăm unul pe celălalt. Și pe un font stilat scria dedesubt, *Regatul are o nouă regină*. Ce naiba? Ne întorsesem în clasa a șasea?

Cu toții se holbau la mine în timp ce eu țineam afișul în mână și îl analizam. Voiam să plâng de nervi sau să țip, dar m-am abținut și am început să merg către scări. Trebuia să vorbesc cu el înaintea lui Alec. Avea să îmi dea niște explicații serioase, iar eu știam unde să îl caut.

Am ajuns atât de repede în seră încât nici nu îmi aminteam drumul până acolo, care a trecut precum o fracțiune de secundă nesemnificativă. Ceea ce era important urma.

Mă aștepta. Era pregătit, știa că voi veni acolo după ceea ce am aflat și că voi face un scandal monstru. Stătea sprijinit de acea bară, cu picioarele încrucișate și cu mâinile în sân, așteptându-mi reacția. Am încercat să nu mă las impresionată sau uimită de acest lucru, apoi am început să zbier.

— Ce naiba este asta? l-am întrebat, punându-i afișul pe piept.

Nu a arătat îndurerat, dar sunt sigură că lovitura mea a durut. Am fost brutală. Am simțit cum mușchii i-au zvâcnit sub palma mea, s-au contractat, și nu putea fi decât din cauza loviturii.

A luat bucata de hârtie de pe piept și s-a uitat la ea. Un mic zâmbet i-a înflorit pe față, dar nu genul de zâmbet care îmi plăcea la el, ci acela cu o tentă de mister și viclenie.

— O amintire frumoasă a nopții tale de vis. Arăt mai bine din celălalt profil, dar eu spun că a ieșit bine ori...

— De ce există, Ace? Cine a făcut-o?

A fost nevoie să ridice privirea la mine pentru doar o secundă, apoi mi-am dat seama. Beculețul imaginar care locuiește deasupra capului meu s-a aprins.

— Tu, am șoptit șocată. De ce ai fi făcut așa ceva? La ce îți este bun și de ce m-ai folosit pentru el?

Parcă cu cât puneam mai multe întrebări cu voce tare, cu atât mai ușor veneau răspunsurile în mintea mea. Nu a fost nevoie să îmi spună ceva, din nou, căci mi-am oferit singură ceea ce voiam.

— Ai vrut să o înjosești pe Crystal cu asta, cu faptul că există o nouă *regină*, am spus, făcând în aer niște ghilimele. Totul este ca să o rănești pe ea, inclusiv relația noastră. Dar de ce? Asta este ceea ce nu îmi spui niciodată. De ce vrei să îi faci rău? Ce s-a întâmplat între voi? Ești pur și simplu frustrat că ți-a dat papucii cumva? Sau că nu a vrut să se culce cu tine? Ești așa un copil răsfă...

— Tu nu înțelegi nimic! a sărit el deodată.

Aproape că am făcut un pas înapoi din cauza țipătului său. Se enervase, se înroșise și își pierduse controlul. Uite că am descoperit în sfârșit ceva care să îl sensibilizeze. Nu știam până acum dacă m-am întâlnit vreodată cu adevăratul Ace, din cauza abilităților sale formidabile în ale teatrului, dar de data aceasta știam că el era. Și nu aveam de gând să las această oportunitate să îmi scape.

— Nu, zău! Și de ce? Pentru că nu am saci de bani pe care să îi târâi după mine? Mașini scumpe, haine de firmă sau tratamente la spa de mii de dolari?

Ace a pufnit.

— Nu, nu înțelegi pentru că ești încăpățânată. Dar, da, dacă ai fi trăit în această lume, poate ai fi fost mai capabilă să înțelegi, pentru că aici înveți să fii supus și să...

A fost rândul meu să pufnesc ironică.

— Serios? Tu, supus? Te cunoști măcar puțin?

— Supus cu cine trebuie, distrugător cu cine e nevoie.

Mi-am dat seama fără să vreau că eu făceam parte din cea de-a doua categorie. Voia să mă distrugă, și îi reușea.

— Ce este între tine și Crystal? am întrebat într-un final.

Părea că voia să se gândească la ceea ce l-am întrebat, dacă să îmi răspundă sau nu. Se afla într-un moment de slăbiciune, așa că am continuat să îl presez și să aflu adevărul.

— Vrei să înțeleg, să cred că nu ai făcut ce ai făcut din motive stupide și să te ajut fără să mai comentez vreodată? Povestește-mi! E singura cale să obții ce vrei.

Privirea lui s-a lăsat în pământ, iar eu trebuia să dau o lovitură de grație, căci părea că voia să mă evite și să plece, sau să sară peste acest subiect.

— Dacă nu vei face asta, eu renunț, am dat verdictul. Sunt în stare de asta, pentru că sunt nervoasă și știi că o voi face. Vreau o explicație, dacă nu, scurta mea domnie se termină în cinci minute, după ce voi spune adevărul tuturor.

O perioadă de timp stresul s-a lăsat văzut pe chipul lui. Siguranța mea l-a convins, dar doar pentru o clipă, căci a revenit la ideile și la piesa lui de teatru.

— Știi, iubito? La cât m-ai amenințat și mă vei amenința cu acest lucru de acum încolo, am impresia că voi începe să mă plictisesc.

Am făcut un pas spre el, cu tot calmul pe care l-am avut și cu toată reținerea pentru a nu-i trage o palmă.

— Ai tupeul să riști, Appleby? l-am provocat.

El a completat alt pas, iar pieptul meu s-a atins de trupul său. Am putut simți acele senzații care m-au bântuit de două zile încoace, încă de la sărutul nostru. Nu mai puteam respira, din nou.

— Dar tu ai, Good? mi-a șoptit peste buze. Să riști să afli pe propria piele cât de răi pot fi elevii acestui liceu și să îți dai iubitul în vileag?

I-am râs ironic în față.

— Nu ești iubitul meu, i-am reamintit cu silă.

Un zâmbet șmecher s-a așternut pe chipul său în timp ce îmi aranja o șuviță de păr după ureche. Atingerile sale mi-au dat fiori.

— Dar sunt băiatul de care te-ai îndrăgostit, la urma urmei. Nu te-ar lăsa inima.

Nu știam dacă să râd sau să vomit, în schimb, m-am arătat doar șocată. De unde a mai scos una ca asta?

— Surprinsă că mi-am dat seama? a întrebat zâmbitor.

— Nu. Încerc doar să aflu din ce univers paralel ai venit, căci sigur nu tu ești Ace Appleby pe care, din păcate, îl cunosc. Ai ști că ne urâm reciproc dacă ai fi el.

Zâmbetul său s-a transformat în unul sensibil, într-un fel sau altul. A dezvăluit sentimente în el, sau s-a prefăcut că a făcut asta.

— Poate că nu știi toată povestea. Poate că doar Ace *cel care se preface în fața lumii* și Charity *cea care se preface în fața prefăcuților* se urăsc. Iar noi, când suntem cu adevărat noi, și suntem singuri, simțim altceva, complet diferit față de acea ură.

Fiecare cuvânt al lui îmi era tastat în minte și imprimat acolo, ca un tatuaj, făcut cu multe ace, pentru a rămâne întipărit pentru mult timp în capul meu. Spusese niște cuvinte ciudate, dar care m-au făcut să simt ceva, și nu știam exact ce. Sentimentul de sâmbăta trecută a revenit aproape complet și toate funcțiile corpului meu au cedat. Nu știam cum să reacționez.

Ace și-a așezat o mână pe șoldul meu mai subtil decât ar fi reușit vreodată. Totuși, am fost conștientă de fiecare celulă de-a sa care se contopea cu a mea. Am inspirat încet, pentru a nu se vedea cum îmi umplu pieptul cu aer. Aveam nevoie să respir.

— Ce vrei să spui? mi-am găsit curajul să întreb.

Vocea mea era... penibilă. Mică, tremurată, fricoasă.

Mâna care îmi mângâia părul acum s-a așezat blând pe fața mea, de la obraz până la gât, iar degetele lui îmi dezmierdau pielea cu mângâieri. Era mai aproape. Atât de aproape încât ceea ce respiram nu mai era aerul, ci el. Îl respiram pe el.

A zâmbit. M-am topit. De ce m-am topit?

— Ceea ce încerc să îți spun, Charity, este că te plac. Te plac în adevăratul sens al cuvântului, mă intrigi şi sunt al naibii de interesat de tine.

Mi-am mărit ochii şi am clătinat ironic din cap. Cuvintele lui fuseseră... o piesă de teatru într-adevăr bună. L-am crezut pentru o clipă.

M-am îndepărtat de el şi m-am eliberat de greutăţi. Acum puteam respira în voie.

— Nu pot să cred că ai decăzut atât, i-am spus. Dacă vrei să continui să fiu cârpa ta, nu trebuie să îmi faci declaraţii false şi penibile, trebuie doar să îmi spui adevărul.

Mâinile lui, care au căzut pe lângă corp, acum s-au dus în buzunare, prefăcându-se neinteresat şi neafectat.

— Crezi ce vrei, dar amândoi ştim adevărul. Este ceva între noi. Vei recunoaşte şi tu mai devreme sau mai târziu.

A început să îşi mişte picioarele spre uşă, ocolindu-mă. Eram pregătită să îi mai cer o dată explicaţia, dar el mi-a luat-o înainte.

— Este ceva mai presus de noi doi, este vorba şi despre părinţii noştri. Ceea ce trebuie să ştii este că am motive să fac tot ceea ce fac. Atât primeşti deocamdată.

Am căzut pe gânduri, iar el a părăsit sera în următorul moment. Ştiam că mă aştepta afară, pentru a ne etala împreună, dar mi-a lăsat câteva secunde pentru mine, pentru a analiza lucrurile, pentru a lua o decizie.

*Deocamdată.* Asta mi-a dat speranţă.

Puteam să renunţ, chiar puteam, doar că eram prea curioasă în legătură cu povestea lui. Voiam să o descopăr şi să aflu că Ace nu era cu adevărat un personaj al răului. Trebuia doar să continui şarada, iar el mi-ar fi spus totul, în cele din urmă. Deocamdată aveam doar o pistă.

Deocamdată.

Da, puteam face asta. Acceptam să continui tot acest circ doar pentru a cunoaşte adevărata poveste a lui Ace Appleby şi pentru a-i afla adevărata identitate.

Poate chiar eram interesată de el mai mult decât trebuia.

# Capitolul 19

Când am ieşit din seră, iar Ace mi-a dat braţul, era tot un rânjet. Faptul că l-am cuprins a însemnat că am cedat, că îi continuam jocul, dar mai presus de toate, însemna că el a câştigat. Probabil tot ceea ce îl interesa în viaţă era să câştige. Şi o întrebare mi-a înflorit în minte. Oare pierduse vreodată?

Mă îndoiam amarnic...

Însă eu puteam să îl fac să piardă. Pentru prima oară în viaţă voiam să îl pun în genunchi, să vadă cum este să fii umil. Şi chiar dacă ar mai fi avut schimbări de atitudine, eu tot îmi doream să îl înfrâng. Ace Appleby urma să mi se supună în viitorul apropiat. Dar întâi voiam să ştiu un singur lucru.

— Ai plănuit toate astea? l-am întrebat direct.

Nu voiam să fiu ruşinată, ar fi însemnat că sunt slabă. Iar eu nu eram slabă.

— Toate astea? a întrebat, prefăcându-se că nu ştia despre ce vorbeam.

Voia să mă audă spunând-o, aşa că am spus-o. Cum ziceam, nu eram slabă.

— Sărutul nostru. L-ai plănuit? Cu aparat de fotografiat, afişele şi tot tacâmul?

Într-o fracţiune de secundă mi-am făcut un plan. Dacă el ar fi aranjat totul, s-ar fi comportat frumos cu mine doar ca să fie invitat la ziua mea de naştere şi să mă facă să îmi doresc să îl sărut, ar fi pregătit pe cineva să ne facă poze acolo, atunci aş fi renunţat să văd ceva bun în el, nu m-aş mai fi lăsat niciodată păcălită. Dacă totul a fost o coincidenţă, cineva ne-ar fi văzut acolo şi a făcut asta, iar el abia după ar fi aflat şi s-a folosit de oportunitate, atunci nu a fost prefăcut când era drăguţ şi i-aş mai fi dat o şansă.

— Da, a răspuns fără ezitări.

Atât a fost şi cu şansa lui.

Am pufnit cu silă, apoi mi-am tras braţul din braţul său. Simţeam că nici nu îl puteam atinge, nu îl mai suportam. Nici pe mine nu mă mai suportam. Cum am putut să îl cred la prima schimbare mică, atât de uşor? De când devenisem eu naivă?

— Cam sigur pe tine, am mormăit.

Ace m-a auzit, totuşi, chiar dacă am dat acea replică mai mult pentru mine. A coborât o scară înaintea mea şi s-a întors cu faţa spre mine. Aşa, cu el fiind mai jos, aproape că ajungeam la acelaşi nivel, dar Ace încă mă domina cu înălţimea lui.

Ochii lui, asemănători la culoare cu frunzele bobocilor de trandafir proaspăt înfloriţi, îmi sfredeleau chipul în profunzime. Genul acela de profunzime care mă făcea să mă îndoiesc că am faţa curată. Se holba la ceva? Eram murdară?

— Nu este vorba de siguranţă. Nu mă aşteptam ca tu să mă săruţi, cel puţin nu în seara aceea, dar oricând s-ar fi întâmplat, aveam nevoie de o poză cu noi. Relaţia ne-a fost pusă la îndoială şi trebuie ca toată lumea să creadă pe cuvânt că suntem un cuplu.

M-am îndepărtat cât am putut pe acea scară, până eram cât pe ce să mă împiedic şi să fiu luată în braţe de podea, apoi să mă dau pe derdeluş până la parter. Parfumul lui pur şi simplu era peste tot, oricât de departe m-aş fi dus. Era ca şi cum şi-a însămânţat esenţa în nările mele pentru a-mi aduce aminte de el pretutindeni. La naiba şi cu calitatea parfumului său de firmă care nu mai dispărea!

— În primul rând, nu eu te-am sărutat, amândoi ne-am sărutat, ai contribuit la treabă mai mult decât mine, *amigo*, i-am reamintit.

Din păcate, mi-am reamintit şi eu cât de mult a contribuit la acea treabă, pentru că în momentul următor ochii mi-au zburat peste gura sa. Zâmbea, iar limba i-a trecut într-o mişcare rapidă peste buze, umezindu-le.

Am clipit. M-am concentrat. Am alungat căldura focului care mă mistuia. Am continuat.

— În al doilea rând, trebuia doar să îmi spui. Dacă nu începi cu onestitatea, cum vrei să te mai cred mai târziu?

— Nu ai fi acceptat niciodată așa...

— Și în al treilea rând, l-am întrerupt eu, ridicându-mi un deget în aer și atingându-i în zbor vârful nasului, va trebui neapărat să îmi spui curând pentru ce ai atâta nevoie de această relație falsă.

Ace și-a așezat mâinile în șolduri și m-a privit cu capul înclinat. Îi testam nervii și timpul, din câte se părea. Avea acea față de *nu mai insista!* Sau cea de *tocmai ți-am explicat ceva. De ce nu respectăm acel lucru?*

Foarte bine, aveam de gând să îl respect. Sau măcar încercam.

— Uite, am început eu. Atât timp cât secretul tău nu ne va încurca planurile, va fi bine pentru încă, maxim, două săptămâni. Asta dacă nu se presupune că te vei despărți de mine până atunci.

Privirea lui Ace mi-a dat de bănuit că nu se va întâmpla asta. Se pare că perioada mea ca doamna Appleby s-a prelungit fără să aflu.

— Foarte bine. Atunci două săptămâni să fie. După aceea trebuie să îmi spui adevărul, dacă vrei să continui.

— Și dacă nu accept? a contraatacat el.

— Vei rămâne fără iubită pentru acea treabă a ta murdară și întunecată, i-am șoptit.

Aș fi vrut să îmi fac o ieșire dramatică și pretențioasă, incredibil de sexy, misterioasă, dar faptul că noi doi trebuia să coborâm împreună îmi strica mereu sfârșiturile conversațiilor, așa că doar am așteptat ca Ace să își revină, să mă ia din nou de mână și să plecăm. Nu a făcut asta.

— Ce-ar fi să punem și un pariu? a întrebat el curios.

Rânjetul enigmatic și seducător a revenit. Rânjet la care eu eram imună, și la care mi-am dat ochii peste cap plictisită.

— Uimește-mă!

Aveam de gând să îi ascult oferta, măcar atât, apoi aveam de gând să accept, dacă mă credeam în stare să câștig. Cum spuneam, măcar o dată trebuia să îl fac pe Ace Appleby să piardă – să fie în genunchi în fața mea.

— Dacă reziști două săptămâni fără să îmi ceri informații despre secretul meu și despre restul lucrurilor care au legătură cu această relație și cu planul meu, îți voi da ce vrei tu.

Știam exact ce voiam eu, dar am așteptat continuarea.

— Și dacă nu?

— Mă săruți, a răspuns lejer.

Am pufnit, fiind pregătită să plec în jos pe scări. Ace m-a prins de mână.

— Mă săruți exact așa cum ai făcut-o în club, cu dorință și pasiune, dar de data aceasta va fi... în seră.

— Și de ce nu ai profita de asta să ne vadă altcineva pentru planul tău mic și diabolic? am întrebat plictisită.

I-am dat ușor și cu silă mâna la o parte de pe mine, apoi m-am îndepărtat de el, până la balustradă. Ace a venit după mine, încolțindu-mă și înconjurându-mă cu brațele sale, pe care le-a pus în dreptul fiecăruia dintre șoldurile mele.

Nu am putut să nu privesc în sus, la el, la cum mă domina și la cum mi-a luat fiecare rază de soare cu umbra lui. Eram acaparată de trupul său și nu puteam să îi respir decât parfumul. Ființele noastre erau contopite.

— Pentru că asta nu va face parte din planul meu, ci din viața mea amoroasă.

Am simțit cum obrajii îmi ardeau. Eu nu roșeam! Mă rugam la Dumnezeu să nu arăt precum mă simțeam.

— Viață amoroasă? am întrebat, prefăcându-mă neștiutoare.

Sprânceana lui groasă, cea dreaptă, pe care abia acum observasem că era tăiată, s-a ridicat sugestiv. Tocmai eliminasem sprânceana tăiată din cap de pe lista lucrurilor care mi se păreau atrăgătoare la băieți. De ce trebuia el să o aibă?

— Se pare că ai avut amnezie în ultima oră, așa că îți voi spune din nou și ai face bine să o înregistrezi, dacă nu, va fi nevoie să stau lipit de tine, ca să ți-o reamintesc de cel puțin douăzeci de ori pe zi. Te plac, Charity Good, chiar dacă îți este greu să accepți asta. Și vreau să te sărut din nou, într-un fel sau altul. Acum accepți pariul?

*Nu îl lăsa să te afecteze! Nu îl lăsa să te afecteze! Nu îl lăsa să te afecteze!*

De ce băgam în seamă tot ceea ce spunea? De ce îl ascultam măcar? Nici nu trebuia să mă las încolțită acum. Știindu-mă cum eram înainte, Ace ar fi fost de mult lovit în locul în care nu răsare soarele, dar nu, el se afla acolo, deasupra mea, mirosind mortal și împrăștiind testosteron peste tot.

Trebuia să îmi revin.

— Da, am răspuns hotărâtă. Dar dacă pierzi, vei recunoaște că sunt mai bună decât tine... în genunchi, în fața mea.

Ace a râs, apoi s-a îndepărtat de mine, destul pentru ca aerul dintre noi să se răcească. Mâinile sale erau tot în jurul meu, încă creând furnicături.

Când spuneam că îl voiam în genunchi mă refeream la modul propriu, și nu într-un mod pervers, ci doar supus.

— Te rog... Unde suntem? Înapoi în clasa a cincea?

— Vrei să spui în perioada în care avem relații false doar pentru a părea macho? Probabil, am răspuns, atacându-l înapoi.

Chipul său a prins un rânjet provocator, tupeist, stârnit, ca și cum se gândea serios la oferta mea, în cele din urmă. Voia să accepte.

— Bine.

— Tot ce am avut nevoie.

Am vrut să ies din închisoarea brațelor sale, dar am fost izbită din plin de umărul lui Ace și jumătate din pieptul său când încercam să fac asta. Nu se dădea la o parte, încă mai avea nevoie de mine acolo. Mi-am ridicat privirea sugestivă spre el, care striga *ce mai vrei?*, iar el mi-a răspuns imediat.

— Trebuie să sigilăm pariul, mi-a adus el la cunoştinţă cu un imens zâmbet pe chip.

— Adică să dăm mâna sau ceva de genul acesta?

Un chicot i-a alunecat printre corzile vocale şi mi s-a părut că l-am văzut în cel mai inocent moment al său. Până când a făcut următoarea mişcare.

— Datul mâinii este de modă veche. Nu voi face asta cu iubita mea.

M-am încruntat, neştiind la ce se referea, iar o fracţiune de secundă a fost de ajuns să mă ameţească de cap.

A fost un sărut... de clasa a cincea. Exact aşa cum toată această situaţie era. Buzele sale s-au apropiat atât de rapid de ale mele încât nu am avut timp să le văd – şi îmi plăcea sau nu să recunosc, mă uitam cam mult la buzele lui perfecte, nu prea aveam cum să le scap din ochi. Iar când şi-a lăsat pupicul peste gura mea, un sunet dulce şi inofensiv a făcut ecou. Apoi s-a îndepărtat cu un zâmbet larg, din nou, prea rapid pentru a vedea eu.

Nu asimilam nimic. Şi cred că eram prea şocată să îl pălmuiesc... sau să zâmbesc ca şi el.

— Aşa se încheie un pariu, a afirmat el.

M-a luat de mână şi am început să coborâm scările pustii împreună, exact ca un cuplu perfect. Şi încă nu era nimeni în preajmă, dar nu puteam să mă trag de lângă el. În plus, nu se ştia niciodată cine urmărea din umbră, nu?

— Mă gândeam dacă ai putea veni astăzi la mine, după şcoală, pentru a-mi da acele meditaţii la matematică despre care vorbeam, a deschis el altă discuţie.

Săream dintr-un şoc în altul. Abia aveam timp să îmi trag răsuflarea. Cu Ace era ca şi cum mă aflam într-un carusel defect, care nu avea frâne şi mergea încontinuu. Odată ce mă urcam, nu mai puteam coborî din el.

Eu şi el, într-o casă, singuri, care se presupunea a fi a lui? În niciun caz. Pe lângă faptul că urma să fiu înconjurată de un lux pe care mi-ar fi fost prea greu să nu îl critic, m-ar fi făcut să îl urăsc mai mult decât o făceam deja și... era pur și simplu greșit.

— Te meditez aici, în bibliotecă, după școală, am căzut de acord.

Mi-a fost aruncată acea privire perversă de Appleby.

— Doar nu ți-e frică, iubito, nu-i așa? a glumit el.

M-a tras de mână mai aproape și ne-am lipit șoldurile, iar mâna sa a trecut peste umărul meu. Nu obiectam aici, era prea periculos, poate ne vedea cineva.

— Ba da, mi-e frică din cauză că m-aș putea pierde în casa ta, i-am spus ironică.

— Privește partea bună. Te-ai putea pierde într-unul dintre dormitoare. Cu puțin noroc ai nimeri exact în al meu.

— Imaginează-ți tragedia, mi-am dat ochii peste cap.

— Putem crea o altă variantă de *agonie și extaz*.

Într-un fel, acest mic joc al nostru mă amuza, îmi dădea o pauză de la viața mea reală, cea grea, plină de sacrificii, muncă și responsabilități, așa că îmi plăcea. Am râs la glumele lui, nu m-am reținut și am mers împreună la ore, apoi la cantină, numai în zâmbete.

Partea cea mai rea? Nu m-am prefăcut deloc.

* * *

— Mergem direct cu mașina la mine sau vrei să treci pe acasă? m-a întrebat Ace când ieșeam pe ușile școlii.

Oricine ne auzea putea jura că noi chiar eram un cuplu. Chiar și eu aș fi spus asta dacă nu știam adevărul. Partea cea rea era că Alec, care se întâmpla să treacă pe lângă noi în acea clipă, credea exact același lucru ca și restul.

— De fapt, putem reprograma? l-am întrebat.

Era o întrebare retorică, bineînțeles. Urma să reprogramăm cu siguranța, doar că nu puteam să îi dau comenzi de iubită ursuză în public. Ace a prins asta și cu o mică încruntare a înțeles. Dar evident că, știindu-l, nu m-ar fi lăsat să scap atât de ușor.

— Bine, vorbim mai târziu. Ai grijă.

Încă un sărut dulce și scurt. De ochii lumii de data aceasta, bineînțeles. Dar ceva îmi spunea că trebuia să mă obișnuiesc cu așa ceva, Ace nu ar fi lăsat-o mai moale cu planul său cu una cu două.

Și *ai grijă*? Pe bune? Niște sentimente încurcate mă răscoleau când repetam ecoul acestor cuvinte în capul meu.

Am aruncat totul într-un colț ascuns al minții mele și am început să alerg după Alec. L-am strigat o dată, de două ori, de trei ori. Se părea că nu voia să vorbească cu mine, într-adevăr. De aceea m-a ignorat întreaga zi. Ei bine, acest lucru urma să se schimbe.

— Hei! am spus, blocându-i calea.

Aveam respirația întretăiată. Alergasem după el. Și acesta abia părea afectat când m-a văzut.

— Ce se întâmplă? Mă ignori încă de sâmbătă.

— Mă întreb de ce, a spus ironic.

Trei secunde pline de uimire.

Alec cel drăguț tocmai mi-a spus asta mie?

A durat ceva vreme până să îmi revin în simțiri.

— Da, chiar mă întreb de ce, pentru că nu am făcut nimic care să...

— Mda, absolut nimic, m-a întrerupt el.

— Alec...

— Te-ai sărutat cu el, Charity, a izbucnit el. Și a fost real, pe bune. Știi ceva? Habar nu am de ce vorbim acum. Trebuie să ajung undeva.

A încercat să plece, dar l-am urmat, cu pași repezi, aproape alergători. Iar îmi pierdeam respirația. Se părea că nu eram în cea mai bună formă.

*Uite că începem.* Am intrat într-o ceartă cu Alec în mod direct, fără nici măcar o introducere. Aveam impresia că urma să fie scurt.

— Știi că a fost fals. Avea nevoie de asta, pentru afișele acelea, i-am șoptit nervoasă.

Alec a râs ironic, sec, plin de amărăciune. Acesta nu era blondul drăguț și vesel pe care îl cunoșteam eu. Știa că îl mințeam.

— Chiar a fost fals, Char? Adică știai de toate astea de dinainte și nu te-a tras pe sfoară?

S-a oprit și s-a întors spre mine, iar eu aproape că m-am izbit de el. Mașinile care treceau pe lângă noi, pe stradă, mă asurzeau, dar am auzit foarte clar ceea ce el a spus. Un alt val de uimire m-a cuprins.

— De unde știi...

— Pentru că era evident. Începi să te îndrăgostești de Ace, iar el, așa cum îl cunosc, te va distruge, pentru că nu îi pasă de nimeni și nimic. Ești doar un pion în tot jocul lui.

Nu știam de ce am simțit o înțepătură în piept. Eram conștientă de toate aceste lucruri, de unde îmi era locul.

— Nu sunt îndrăgostită, l-am contrazis. Și ce tot spui, cu faptul că îl cunoști?

În ochii lui Alec regretul s-a făcut remarcat. Avea un secret pe care nu voia să mi-l spună.

— Voi doi sunteți atât de apropiați și nu există secrete în relația voastră, nu? a zis ironic. Întreabă-ți *iubitul*, poate măcar acum va spune adevărul.

S-a îndepărtat de mine cu un pas, apoi cu altul, până s-au înmulțit și m-a lăsat singură în drum, cu gura deschisă larg. Începeam să cred că așa cum Ace nu era cine credeam la început și putea avea o altă latură, și Alec cel dulce putea fi altul, putea fi cineva rău. Probabil că toți aveam mai multe fețe. Dar ceea ce spunea el... Era posibil? Ce se întâmpla aici? Alec și Ace chiar se cunoșteau de dinainte? Ciudat, pentru că niciunul nu a menționat asta, dimpotrivă.

Dramele de liceu mi-au luat-o înaintea realității cu mult. Și până să descopăr orice naiba se întâmpla aici, trebuia să îmi fac temele și să ajung la muncă.

Ceasul de la miezul nopții a sunat pentru această Cenușăreasă.

# Capitolul 20

O zi liberă. Asta era tot ceea ce aveam nevoie. Și chiar dacă nu îmi stătea în caracter, în ziua de marți, cea în care m-am simțit mai bolnavă ca niciodată, mama a insistat să sune la școală și să mă scuze de la ore, iar eu am acceptat.

Am stabilit după o ceartă aprigă că voi sta în pat toată ziua, absolut toată ziua. Dar ce nu știa nu o putea răni. Dacă la școală îmi permiteam să sar peste o zi, la muncă era altă poveste. Nu aveam nevoie de un minus la salariu, aș fi fost în urmă cu plata, așa că m-am dus la *Charleston*. Cu lumea care se învârtea în jurul meu, dar m-am dus. Și mi-aș fi dorit din tot sufletul să nu o fi făcut-o.

Aveam impresia că mă dădeam într-un carusel și că urma să vărs curând. Uitam comenzile, încurcam mesele, făceam greșit băuturile, murdăream totul în jurul meu și mă loveam de fiecare scaun, nu eram în stare nici să merg drept. În plus, ardeam, dar eu înghețam de frig. Mă îmbrăcasem cu două bluze și aveam o vestă pe mine, dar tot tremuram. Abia așteptam să se termine programul, dar abia trecusem de pauza de zece minute de masă pe care o aveam. Simțeam că nu puteam rezista până la final, însă am trecut prin mai rele, trebuia să închei și cu asta.

Și, deodată, telefonul mi-a sunat. La naiba!

Am evitat să răspund tuturor, în afară de Kendra, căreia i-am spus de starea mea, dar de data aceasta era mama cea care mă căuta. Probleme. Voiam să nu îi răspund și să o mint că dormeam, dar ea și-ar fi dat seama și ar fi venit imediat acasă, după ce s ar fi învoit dc la muncă.

— Alo? am răspuns cu vocea răgușită.

Cu toate că sunam deja rău, trebuia să mă prefac și puțin adormită.

— Bună, draga mea. Cum te mai simți?

*Oribil.*

M-am uitat la mese, am mulțumit Domnului în gând că nu era niciuna neservită și am fugit până la baie, pentru a nu auzi mama muzica de pe fundal sau accidental vocea lui Charles țipând la meciuri.

— Bine, mamă. Dormeam, dar încep să mă simt mai bine.

A mormăit bănuitoare. Instinctul acela de mamă nu mi-a plăcut niciodată. Era ca și dușmanul meu numărul unu când încercam să scap basma curată.

— Vocea ta nu sună bine. Poate ar trebui să stai și mâine acasă. Vedem deseară când vin cum mai ești și stabilim după aceea. Ți-ai luat pastilele?

Pastilele! Nenorocitele acelea de pastile. Mereu uitam să le iau și aveam până și alarme puse pentru asta.

— Pastilele... Da, da, le-am luat. Înainte să mă pun la somn.

— Oh, draga mea, înseamnă că nu te-am lăsat să dormi nici măcar jumătate de oră. Bine, te las să te odihnești și eu mă duc la muncă. Vorbim mai târziu, iar deseară am să fiu acasă. Somn ușor. Te iubesc.

— Și eu.

Se pare că am fost ajutată de o ființă cerească, deoarece a fost cel mai scurt apel pe care mi-l putea da mama atunci când nu mă simțeam bine. Avea obiceiul să stea și o oră cu mine la telefon doar pentru a se asigura că nu leșin, mă înec cu propria salivă în somn și mor.

Da, mama avea unele teorii... ciudate.

Bănuiam că pur și simplu îi era frică să mă piardă și pe mine, după ce s-a întâmplat cu tata. Eram singura persoană care i-a rămas, iar ea singura care mi-a rămas mie. Dar eu, spre deosebire de ea, mai aveam și câțiva prieteni, puțini, dar buni. Mama își dedica zilele muncii și fiicei sale, nu avea timp de nimic altceva. Tot ceea ce îmi doream era să terminăm cu acea plată, iar viețile noastre puteau reveni la normal, cât de cât. Ea și-ar fi putut face prieteni și poate, speram, un iubit. Cât despre mine... poate același lucru. Voiam mai mult timp pentru mine, mai mult timp pentru studiat, mai mult timp pentru a face tot ceea ce nu am făcut și voiam să fac, pentru a mă distra. Dar până atunci probabil mai erau ani de zile.

Am revenit în restaurant cu privirea în pământ și cu un mers târâit, în care îmi puneam toată forța. Mă uitam la vârfurile tenișilor mei și mă gândeam că trebuia să îi spăl, sau așa ceva. Apoi am simțit o durere de cap imensă și o strângere aplicată pe umerii mei.

— Uau! Ești bine?

Am oftat liniștită, știind cine era, apoi m-am lăsat cu totul în brațele lui Allen.

— Acum da. Tu?

All a râs fals și m-a ținut aproape de el până m-a dus la o masă apropiată, apoi m-a așezat ușor pe un scaun.

— Kendra mi-a spus cum ești, dar nu ai răspuns la telefon. Am venit să te iau acasă până nu te omori singură.

Ca de obicei, fratele urs a venit să salveze ziua, așa grijuliu cum îl știam, chiar dacă era supărat pe mine. Încă era supărat pe mine, corect? Stai, în ce dată eram astăzi? Boala îmi ajunsese la creier.

— Mai am jumătate din program. Supraviețuiesc eu. Orgoliul tău cum este? l-am întrebat stoarsă de puteri.

Chiar și în această stare, eram tot eu. Ironica și acida Charity pe care toată lumea o știa și puțini o agreau, chiar și mai puțini o plăceau și aproape nimeni nu o iubea. Trebuia să adori să fii în pielea mea.

— Pentru că l-am călcat în picioare venind la tine când sunt supărat pe ce idioțenie ai făcut? Va supraviețui și el.

Am pufnit obosită și m-am lăsat pe spate, închizând ochii. Bineînțeles că înainte de asta m-am uitat în jur, să văd în ce stare se aflau clienții și dacă șeful era prin zonă. Puteam să mă odihnesc între cinci secunde și cinci minute.

Oh, Doamne, chiar eram vraiște. Și nici nu știam de ce mă îmbolnăvisem. Poate din cauza uniformei liceului, prea sumară, care mă lăsa cu picioarele descoperite toamna, când eu nu aveam mașină cu care să călătoresc și parcurgeam tot drumul pe jos.

— Char, a început el.

*O-o!* Simțeam cum un discurs-morală de frate mai mare era pe drum. Ceva ce abia puteam asculta, darămite memora sau urma.

— Îți respect deciziile în general, mai mult decât pe ale Kendrei, știi doar, pentru că tu ești cea matură, cu capul pe umeri. Dar chiar simți că o relație cu acel tip, care distruge orice în calea lui, te va ajuta la ceva? Te va distruge și pe tine, iar eu nu voi accepta asta.

După ce am expirat toate gândurile mele sub forma unei guri mari de aer, mi-am folosit puterea pentru a-mi deschide ochii și a-mi îndrepta spatele.

— Allen, îți respect sfaturile în general, pentru că știu că și tu ai capul pe umeri, dar, sincer, chiar nu ai habar ce se întâmplă între mine și Ace. Tu și Alec ați tras concluzii pripite și acum suntem certați doar pentru că nu știți să mă ascultați și nu aveți încredere în...

— Pe naiba, Char! V-ați sărutat în club. Nu erați la școală!

— Erau mulți cunoscuți acolo și aveam nevoie de o poză într-un loc public pentru a părea un cuplu adevărat, mi-am luat apărarea.

— A, și vrei să spui că știai de dinainte de afișe?

M-am ridicat de pe scaun și am pufnit scârbită. Mă simțeam într-un fel... trădată.

— Ești exact ca și Alec. Ai vorbit cu el, ți-a spus ce crede și acum crezi și tu exact la fel în loc să asculți și varianta mea. Bineînțeles, doar cu el ești prieten de ani de zile, nu? l-am ironizat.

Allen s-a ridicat și el, cu mâinile întinse atent spre mine, în cazul în care m-aș fi dezechilibrat și aș fi picat. Stăteam bine pe picioarele mele și eram prea aprinsă pentru a băga în seamă durerile.

— Ştii că nu e aşa, dar...

— Dar ai crezut ce ai văzut şi nu ai bănuit nicio clipă că totul are o explicaţie. Da, mi-am dat seama.

Lumea începea să se uite şi am observat cum nişte tineri au intrat pe uşile restaurantului.

— Şi acum te rog să pleci, am clienţi de care trebuie să mă ocup.

Nu i-am dat o ocazie pentru a mai spune ceva, căci am mers din nou târâit până la masa la care s-au aşezat noii clienţi şi le-am luat comanda. Speram să nu mai fie acolo când mă întorc, dar se părea că se pusese bine la o masă şi mă aştepta.

— Un cappuccino, a comandat el.

Mi-am dat ochii peste cap şi l-am lăsat în pace. Dacă nu avea alt lucru mai bun de făcut, din nou, decât să mă urmărească pe mine şi să îşi piardă timpul, foarte bine. I-am dat voie să facă ce vrea şi mi-am continuat treaba.

Orele treceau tot mai greu. Sau acelea erau minutele? Era vai şi amar de mintea mea tulbure şi bolnavă. Când Charles m-a văzut, trecând până la baie într-o pauză de meci, chiar şi el a spus că ar fi fost bine să fi rămas acasă. Nu ştiam de când devenise atât de drăguţ, dar a comentat ceva în legătură cu faptul că îi gonesc clienţii imediat după aceea. Mi-am dat seama că era acelaşi maniac după bani.

Mama m-a mai sunat de vreo două ori, iar eu m-am pre-făcut tot bolnavă şi adormită, deşi încercam să îmi fac vocea să sune bine, pentru a nu fi nevoie ca a doua zi să *rămân din nou acasă* şi să trebuiască să o mint iar. A doua conversaţie a durat ceva, aproximativ cincisprezece minute, în care am rugat-o pe Amy să se ocupe şi de mesele mele.

— Eşti sigură că eşti mai bine? a întrebat ea pentru a o suta oară.

— Da, mamă, trebuie doar să mai dorm şi mâine voi fi ca şi...

— Doamne, dar ai auzit ce a spus despre ea? a râs una dintre cele două fete care au intrat în baia restaurantului.

Îmi mirosea a probleme. Am început să tușesc pentru a le acoperi vocile și râsetele. Nu prea a funcționat.

— Charity, dragă, cine e cu tine?

— Da, am auzit. Eu nu știu cum mai pot fi împreună după ce a umilit-o așa.

La naiba!

— Nu, mamă, nimeni, este doar televizorul.

M-am uitat urât la cele două fete, dar ele erau prea ocupate cu oglinda și cu pudrarea nasului. Câți ani aveau? Nu mai mult de șaisprezece, dar ele se machiau acum cu un strat mai gros de fond de ten decât o făcusem eu într-o viață.

Fetele au mai râs o tură, apoi au pornit robinetului și s-au spălat pe mâini.

— Charity, nu mă minți! Unde ești?

Panică.

Ce puteam face? Să îi închid, să mint în continuare, să îi spun adevărul?

— Charity Good, îți jur că dacă cumva ai mers la muncă în acea stare și m-ai mințit, o să dai de mari belele!

După un alt rând de chicoteli, fetele au ieșit din baie și m-au lăsat singură, cu o mamă supărată la telefon.

Am oftat și mi-am lipit spatele de faianța rece a băii.

— Avem nevoie de bani, mamă, știi și tu. Nu puteam doar să stau acasă.

— Ba da. Iar eu luam o tură în plus duminica la mine la muncă. Totul s-ar fi rezolvat.

— Nu, nu s-ar fi rezolvat. Deja muncești aproape douăzeci de ore pe zi. Ce plănuiești? Să nu dormi două zile la rând ca să umpli golul? Pot face asta. Sunt bine.

Nu, nu eram bine, am mințit, dar puteam să o fac. Trebuia să o fac. Mai aveam doar vreo două ore și gata, m-aș fi întors în pat. Mama chiar muncea prea mult, ei nu îi ajungeau douăzeci și patru de ore pe zi pentru a munci, și îmi era pur și simplu ciudă că nu o puteam ajuta mai mult.

— Ai zece minute să mergi acasă. Mă îndrept și eu acolo acum. Nu mă interesează ce faci, dar sănătatea ta este înainte de toate. Nu mă face să vin la muncă la tine și să te iau pe sus.

Super mama era băgată în priză, iar după ce mi-a spus acestea, a închis. Mi-a închis în nas. Chiar trebuia să fie nervoasă. Și își termina mai repede programul să vină acasă? Dacă asta o costa și pe ea salariul?

Zece minute? Nici cu taxiul nu cred că aș fi ajuns în atât timp. Doamne, Dumnezeule, aveam o mamă chiar nebună.

Tocmai ieșeam din baie, încercând să îmi dau seama cum mă puteam învoi de la Charles și cum puteam ajunge acasă, când am dat de altă problemă. O altă problemă *de proporții epice* – să mă corectez.

Ace era aici, și vorbea cu Allen. În contradictoriu, din câte se observa. Numai pentru asta nu aveam energia necesară. Nu aveam energia necesară nici să mă panichez destul, căci oboseala îmi spunea că nimic nu conta la fel de mult ca somnul după care sufeream.

Ochii aceia verzi superbi m-au capturat imediat, iar discuția lor a luat sfârșit când Ace a venit spre mine cu pași mari și apăsați.

Nu aveam puterea necesară nici să port o discuție mai nou.

— Ce faci aici? l-am întrebat obosită.

Ace doar a pufnit, apoi m-a luat prin surprindere când s-a aplecat și m-a ridicat în brațe într-un mod delicat, ca pe o mireasă. L-am cuprins de gât pentru a-mi păstra echilibrul și a nu pica la pământ, iar în secunda următoare tot ceea ce știam era că îmi odihneam capul pe pieptul său tare. Febra mea era nimic în comparație cu căldura pe care corpul său mi-o oferea, sunetul muzicii format din basul bătăilor inimii sale mă surzea, iar picioarele mă curentau ca niciodată în zona coapselor, acolo unde mâinile sale mă atingeau. Pentru câteva secunde mi-am pierdut cunoștința și nu am zis nimic, foarte târziu am observat că falsul meu iubit se certa cu prietenul meu cel mai bun. Vocea sa făcea ca pieptul să-i vibreze sub obrazul meu.

— Nu o iei nicăieri, și mai ales în starea asta! comenta All.

— Nu poate munci în asemenea hal. Ești idiot? Ai și stat aici fără să faci nimic. Ea merge la spital și punct, a vibrat din nou vocea de sub mine.

— Nu fără mine! Nu o duci nicăieri fără mine. Sau mai bine este să o lași pe mâna mea și să pleci de tot!

— De parcă asta s-ar întâmpla! Uite cât de grijuliu ai fost cu ea dacă a fost nevoie să leșine până să o duci la un spital amărât. Şi nu te las să o duci la doctorii tăi de stat cu cine ştie ce gândaci în cameră. Ia-ţi gândul!

— Nu o să...

— Băieţi! am încercat să le atrag atenţia.

Ceea ce am scos pe gură voia să fie un ţipăt, dar a sunat mai degrabă a sunetul unui animal chinuit. Măcar reuşisem să îi fac să se oprească. Nu leşinasem, aşa cum a spus Ace, din păcate, aşa că puteam să îi aud cât de enervanţi erau în timp ce se certau.

— Trebuie să mă scuz de la Charles şi să ajung acasă în zece minute, i-am informat. Nu este nevoie de niciun spital, vreau doar să stau în pat şi să îmi iau pastilele.

— Te-am învoit eu, mi-a spus Ace. Haide.

— Stai! l-a întrerupt All. Unde crezi că mergi?

Şi uite că iar începeau. Mi-aş fi dat ochii peste cap acum, dacă aş fi avut puterea să o fac.

— O duc acasă, evident. Nu asta a spus?

— O pot duce eu, l-a contrazis All.

— Eu sunt mai rapid, a argumentat Ace.

Dumnezeule Mare...

Am stat câteva secunde pentru a-mi trage răsuflarea şi a aduna energia să vorbesc înainte să le spun ceva.

— All, ai maşina la tine?

Un moment de linişte. Asta însemna un singur lucru. Se frământa pentru că venise pe jos şi nu mă putea duce la timp cu taxiul unde aveam nevoie.

— E OK, i-am spus. Mă poate duce Ace acasă.

— Dar...

— E mai bine aşa, All. Ajung mai repede. Chiar mă simt foarte rău.

Alte câteva secunde de linişte. Nu vedeam ce făcea, pentru că stăteam mai mult cu ochii închişi decât deschişi. Îmi era somn, mă simţeam obosită, ochii îmi ardeau în cap – de fapt, toată – şi mintea îmi plesnea de durere.

— Bine. Îi spui mamei tale să mă sune imediat cum ajungi, a spus ameninţător, folosind vocea de frate mai mare. Şi tu ai face bine să ai grijă de ea, te-am avertizat deja.

*Te-am avertizat deja.*

De ce nu îmi suna bine asta? Vorbiseră despre mine cât eram la baie? Cu siguranţă! Dar ce? Speram ca All să nu fi făcut din ţânţar armăsar şi să fi insinuat lucruri în faţa lui

Ace. Ar fi agitat apele degeaba, pentru că între mine și Ace chiar nu era nimic. Totuși, pieptul său era confortabil în acest moment.

Am fost cărată în brațe până la mașina lui Ace și așezată pe scaun încet, de parcă eram un bibelou gata să se sfărâme. Falsul și grijuliul meu iubit mi-a pus centura, apoi a venit la locul și a pornit din loc.

Simțeam cum conducea atent, și mă enerva. De obicei șofa de parcă concura pentru protagonistul din *Fast and furious*, nu îi păsa nici dacă trecea pe roșu, depășea limita de viteză și nu oferea pietonilor prioritate. Acum era un melc. Iar eu aveam nevoie de rapidul Ace, nu de încetul Ace.

— Poți merge mai repede? l-am întrebat cu ochii închiși.

Pleoapele îmi erau făcute din plumb, prea grele pentru ca mușchii mei fragili și bolnavi să le țină ridicate pentru mult timp. Dacă aș fi continuat așa, aș fi adormit pe scaun, în mașina lui.

— Merg destul de repede. Nu vreau să te agit.

Am pufnit într-un mod ironic. Ceea ce făcea el mereu doar cu simpla lui prezență era întocmai să *mă agite*.

— Cum ai reușit să îl convingi pe Charles să mă lase acasă? l-am mai întrebat după câteva minute.

— Cum am făcut-o și data trecută. Mereu obțin ceea ce vreau, Charity.

Îmi răspunsese în secunda următoare, și era enervant pentru că lui îi era atât de ușor să vorbească, iar eu mă chinuiam minute bune pentru a-mi găsi destulă energie încât să scot o propoziție pe gură.

— Oh, mama mă va omorî.

Acesta a fost mai mult un mormăit pentru sine, dar Ace m-a auzit.

— Pentru că ai mers la muncă în starea asta? Bine ți-ar face.

— Ha, ha.

Probabil că sarcasmul nu m-ar fi părăsit nici măcar pe patul de moarte.

Am lăsat discuția dintre noi să se dezintegreze în aer. Orice trebuia să mai vorbim putea aștepta. Momentan îmi doream să ajung acasă și să dorm, apoi să scap de boala aceasta nenorocită. Ajunsesem să promit că urma să mă îmbrac mai bine de acum încolo, doar să îmi treacă mai repede.

Şi mă mai rugam pentru ceva. Mă rugam să nu cumva să vărs tocmai în maşina cea scumpă a lui Ace, care probabil că m-ar fi costat o avere.

Credeam că aproape adormisem – sau eram între graniţa dintre somn şi realitate – când am auzit că motorul maşinii s-a oprit. Eram conştientă că am ajuns, dar nu îmi găseam puterea să mă mişc nici măcar atunci când portiera lui Ace s-a deschis, sau portiera mea, sau când am fost luată în braţe din nou şi lipită de trupul diavolului. Mă simţeam ca într-un vis, un vis confortabil, căci nu mai aveam mult până să adorm la pieptul lui Ace.

— Este bine... foarte bine, am murmurat.

Iniţial crezusem că gândisem asta, dar când sunetul vocii mele a ajuns până la urechi, mi-am dat seama că am spus-o cu voce tare. Momentan nu mă interesa prea mult, aveam timp să mă panichez din cauza prostiilor mele când aş fi fost trează şi sănătoasă complet.

— Ştiu, iubito.

Ultimul lucru la care mă aşteptam era un răspuns.

Nu. Ultimul lucru la care mă aşteptam era un răspuns care să nu fie sarcastic sau răutăcios. Iar vocea lui tocmai demonstrase contrariul. Nu mă lua în derâdere, părea cât se putea de sincer şi de implicat în ceea ce spusese.

Şi îmi zisese *iubito*. Când eram singuri. Singuri.

— Char, draga mea!

Se părea că nu eram tocmai singuri.

Vocea mamei s-a auzit disperată, dar nu am putut reacţiona prea mult. Visul meu în care dormeam la pieptul unui Ace drăguţ, cu o inimă topită şi caldă, nu de gheaţă, bătând sub urechea mea, era chiar plăcut. Nu prea voiam să mă trezesc, nu ştiam de ce.

Ah, asta era realitatea. Iar eu mă simţeam ca naiba. Deliram. Trebuia să scap din braţele sale.

Am încercat să îmi ridic capul, dar s-a simţit ca şi cum trei ciocane mă loviseră concomitent în craniu. L-am lăsat din nou să pice pe pieptul lui Ace cu un scâncet.

Probabil că boala mea se agravase din cauză că am muncit astăzi şi nu m-am odihnit sau luat pastilele cum trebuia. Ajunsesem în stadiul în care eram perfect conştientă de ce se petrecea în jurul meu, dar nu puteam reacţiona. Mama şi Ace s-au întâlnit – în aceste circumstanţe –, iar eu eram aproape leşinată în braţele lui. Probabil că femeia care m-a născut credea că aceasta era ziua în care urma să mor.

— Oh, fata mea! Ce are? De ce nu deschide ochii?

— Cred că a adormit. Am vorbit puţin pe drumul încoace, dar era obosită şi încă este foarte bolnavă. Să o duc sus.

Sus? Nu ajunsesem încă sus? Mama coborâse pentru că m-a văzut venind? Însemna că m-a văzut şi din ce maşină am coborât. Oare ce gândea în acel moment?

— Aşaz-o aici, i-a cerut mama.

De ce mă simţeam ca şi cum îmi doream să protestez? Patul, deşi era mai moale, era de asemenea rece. Nimic nu se compara cu căldura pe care mi-o oferea trupul diavolului. Era plăcută.

Am simţit un sărut pe frunte, apoi următoarele cinci minute au fost în ceaţă. Probabil că mama mi-a dat pastilele şi m-a lăsat să dorm aşa, în hainele de serviciu. Doar mi-a scos papucii. După aceea, cei doi s-au retras în bucătărie, iar eu am încercat să mă menţin trează cât mai mult, pentru a asculta ce vorbeau. Doream să mă asigur că Ace ar fi plecat de aici fără să spună prea multe prostii.

— Ce s-a întâmplat? Cum de ai dat de Charity? Ai vizitat-o la muncă sau ai fost în trecere sau te-a sunat ea să o iei?

Mama punea multe întrebări. Era agitată.

— Am fost la ea la muncă pentru că nu venise la şcoală şi nu răspunsese la mesaje sau apeluri azi. M-am îngrijorat şi am căutat-o. Abia se mai ţinea pe picioare, aşa că i-am convins şeful să o lase acasă şi am adus-o imediat aici.

*M-am îngrijorat...*

Ha! Cât teatru. Până şi în faţa mamei mele. Probabil că îi era milă de starea ei din acel moment. Nimic nu se compară cu îngrijorarea mamei pentru copilul ei. Te face să spui lucruri idioate. Dar niciodată mai idioate ca şi următorul:

— Iar eu sunt Ace, iubitul ei.

Doamne, Dumnezeule Sfinte. Dacă eram sănătoasă, probabil aş fi ţâşnit din pat şi aş fi ţipat în gura mare că minţea, dar, din păcate, abia eram în stare să aud ceea ce vorbeau.

Cum a putut? Înţelegeam într-o oarecare măsură de ce trebuia să îi minţim pe restul... dar propria mea mamă? Putea să spună că eram colegi sau prieteni sau orice altceva. Nu, el a ales să spună cea mai mare şi gogonată minciună.

*Stai doar să îmi revin...* Urma să plătească el pentru asta.

— Oh...

Cam atât şi cu reacţia mamei pentru vreo două minute întregi. Parcă o vedeam cum se juca cu cruciuliţa de la gât, emoţionată şi încurcată. A fost luată prin surprindere şi probabil se întreba de ce nu i-am spus că aveam un iubit. Aştepta asta de mult timp. Iar acum, datorită lui Ace, aveam de dat nişte explicaţii.

— Încântată de cunoştinţă, Ace. Eu nu... Nu ştiam că Charity are un iubit. Îmi pare rău – te servesc cu ceva? Cafea, ciocolată caldă, suc?

Oh, nu... Asta nu se întâmpla!

— Sigur. Dacă nu v-aţi supăra, aş vrea să rămân pe aproape puţin, până când Char se va simţi mai bine.

Nemernicul! Voia să îmi creeze şi mai multe probleme?

— Cum doreşti. Aşa probabil am ocazia de a te cunoaşte mai bine, dacă nu ştiam până acum cine erai. Probabil că eşti o comoară, dacă fiica mea te-a ţinut ascuns.

Nu, zău? Sau probabil un blestem. Un lucru cu care nu mă mândream în viaţă şi pe care îmi doream să îl ascund de ochii lumii, mai ales de ochii lumii la care ţineam.

— N-aş spune chiar aşa, doamnă Good.

— Spune-mi Linda, te rog.

Probabil că rugăciunile mele chinuite de a dispărea mi-au fost ascultate, căci nu am mai putut asista mult la convorbirea lor. Conversaţia din bucătărie se estompa uşor, iar eu mă pierdeam într-un abis negru, al viselor şi al imaginaţiei.

Măcar somnul mă putea scăpa de tot de Ace. Asta dacă nu l-aş fi visat... din nou.

# Capitolul 21

Aveam unul dintre acele tipuri de somn în care aproape nimic nu mă mişca de pe o parte pe alta – exceptând mirosul de clătite făcute de mama. Acel miros m-ar fi putut trezi şi din somnul de apoi, aşa că imediat cum am fost cât de cât conştientă de lumea reală, nasul meu s-a mişcat, absorbind parfumul celui mai gustos desert al copilăriei mele.

Voiam să mă ridic şi să fiu îndrumată de către miros, zburând până în bucătărie, exact ca în tipicele desene animate. Însă imediat cum m-am ridicat în capul oaselor am simţit cum camera încă se învârtea cu mine din cauza răcelii zdravene pe care am tras-o şi m-am trântit înapoi în pat. Am mai avut nevoie de alte cinci minute în care să îmi adun curajul pentru a mai încerca o dată să mă ridic. A fost un oarecare succes.

Îmi târâiam picioarele până la bucătărie, simţind că starea mea era mai bună decât cea din ziua precedentă, însă tot semănam cu un dezastru. Ar fi trebuit să rămân şi astăzi acasă, dar nu, puteam face faţă, trebuia să merg la muncă, deşi nu îmi doream.

Înainte să trec de colţul camerei mele şi să intru în bucătărie, mi-am aranjat cât de cât părul şi m-am şters pe faţă, apoi mi-am îndreptat postura. Trebuia să arăt mai bine şi să pretind că eram mai bine pentru ca mama să mă lase la lucru, altfel trebuia să o mint din nou şi să dau fuga la *Charleston* ca o adevărată Cenuşăreasă, venind înapoi înainte de ora zece.

Respectiva tocmai întorsese o clătită în aer şi am aplaudat-o uşor.

— Ar trebui să te duci la un concurs de talente. Aşa am câştiga un premiu consistent şi nu ne-am mai face griji de facturi pentru un an întreg, am glumit eu.

Mama s-a întors zâmbind și clătinând din cap, ca și cum mi-ar fi transmis că nu înghițea gogoșile mele. Am zâmbit nevinovat și m-am așezat pe unul dintre scaunele de la masă.

— Cum te mai simți? a întrebat venind spre mine.

Ca majoritatea mamelor, a pus mâna pe obrazul, fruntea și gâtul meu, mângâindu-mă, când ea de fapt voia să vadă doar dacă aveam febră. Din fericire, aceasta îmi trecuse, așa că dețineam mai multe șanse să o conving că eram bine.

— Ca nouă, am răspuns zâmbind.

Mama mi-a aruncat o privire mijită, suspicioasă.

— Iar ție ți se arde clătita, am continuat tot într-un zâmbet.

S-a întors la aragaz, iar eu m-am făcut mai comodă, lăsându-mă pe spătar.

— Și de ce nu ești la muncă? am întrebat-o încruntată.

Chiar nu voiam să mai pierdem mulți bani din cauza răcelii mele neprevăzute.

— Am fost să le pregătesc micul dejun, apoi șoferul a fost atât de drăguț încât să mă aducă la tine, auzind că ești bolnavă, iar doamna a acceptat să mă lase aici până la prânz, când voi face un tip de mâncare mai rapid de preparat. Totul este rezolvat, draga mea. Vezi? Există oameni înstăriți care au și suflet bun.

Mi-am dat foarte *subtil* ochii peste cap, până când am crezut că nu mai puteam să mi-i aduc înapoi, în poziția normală.

Mama știa despre ce credeam în legătură cu bogătașii, nu era deloc de acord. Spunea să nu judec după aparențe și *bla, bla*. Plus că nu era bine să fiu invidioasă, fiecare viață avea bucuriile și problemele ei, iar Dumnezeu ne dădea doar cât puteam duce. Prostii de om credincios trecut puțin de vârsta mijlocie. Eu una eram tânără, eram geloasă și mi se părea normal.

— Cum ar fi iubitul tău, a continuat mama, făcându-și încă de lucru cu clătitele la aragaz și întorcându-mi spatele cu un mic rânjet pe buze.

Oh, nu. Toate imaginile de ieri mă invadaseră.

Ace m-a adus acasă, s-a întâlnit cu mama, au vorbit, au făcut cunoștință, el s-a prezentat ca fiind iubitul meu, mamei i-a plăcut de el, apoi... eu am adormit. Ace! Unde era? Ce i-o mai fi spus mamei? Pierdusem atâtea! Cât era ceasul? Oare până când o fi rămas aici?

— Nu îl implica pe el în discuția asta, i-am cerut stânjenită.

Mama s-a întors, mi-a pus o farfurie de clătite în față și mi-a zâmbit frumos.

— Atunci haide să deschidem altă discuție, exclusiv despre el.

Am scâncit.

Ultimul lucru pe care mi-l doream era să o implic pe mama în acest joc de teatru. Știam că i-ar fi plăcut Ace – din nu știu ce motiv bizar aproape toate reprezentantele sexului feminin îl plăceau –, și nu îmi doream ca atunci când el nu ar mai fi avut nevoie de mine și *mi-ar fi dat papucii* să fi trebuit să îi explic mamei ce am făcut greșit de m-a părăsit. I-ar fi lipsit persoana lui după câteva săptămâni în care s-ar fi cunoscut. I-ar fi lipsit pentru mine, ar fi fost supărată pentru mine, și crezându-l perfect, niciun iubit real pe care urma să îl am vreodată nu s-ar fi ridicat la așteptările ei. Era groaznic... Dar nu îi puteam spune nici adevărul. Mi-ar fi interzis categoric să fac parte din așa ceva, și-ar fi făcut griji degeaba pentru mine și cel mai probabil m-ar fi retras de la Appleby.

— Putem să nu facem asta chiar acum? m-am plâns eu. Simt cum mi se face iar rău dacă continuăm discuția.

— O să supraviețuiești tu, mi-a spus mama sigură pe ea.

Bun, în cazul în care ea insista, și evident că asta se întâmpla acum, ce puteam să îi spun? Tot adevărul despre el, fără partea în care legătura noastră este mai mult *profesională*, cea în care el m-a șantajat și în niciun caz nu trebuia să afle despre trecutul sau reputația sa în școală.

— Haide, a insistat ea. Spune-mi tot.

— Ca de exemplu?

Era mai bine să pună ea întrebări, mi-ar fi cerut chestii normale şi atât. Având în vedere că legate de Ace erau mai multe lucruri anormale, ieşeam în câştig.

— L-ai cunoscut la liceul Appleby, nu-i aşa?

Am afirmat din cap. Mai era nevoie să îi spun şi că era întocmai fiul finanţatorului liceului? Şi-ar fi ieşit din minţi. Şi chiar dacă ar fi detestat mai mult să o mint, acum nu o minţeam, doar ratam un detaliu... un detaliu important.

Pe cine tot păcăleam? Oricum tot ceea ce spuneam erau minciuni. Ce mai conta una în plus?

— Şi cum s-a întâmplat? Cum v-aţi cunoscut şi cum aţi ajuns atât de repede un cuplu? Ai început şcoala de nici două luni întregi.

Acum era momentul în care trebuia să inventez o poveste frumoasă de dragoste pentru mine şi diavol, încercând să adaug şi evenimente reale. Bine că eram bună în arta minciunii şi cea a teatrului.

— L-am cunoscut înainte să înceapă şcoala, când mergeam cu camioneta care aducea marfă la *Charleston* până la depozit. Au încurcat produsele, iar şeful meu m-a trimis pe mine cu şoferul, să o schimb. Treceam prin *La Jolla*, iar el alerga pe acolo, nu s-a uitat că trece pe roşu, şoferul a oprit brusc. Aveam o cafea şi un prânz în braţe, aşa că m-am murdărit toată. Am cam... ţipat la el.

Mama a început să râdă, însă mie nu mi se părea nimic amuzant. Încă îmi aminteam ochii aceia verzi şi superbi, dar goi, lipsiţi de viaţă. Mă întrebam dacă cumva păţise ceva rău în acea zi, se certase cu cineva sau ceva asemănător, căci la şcoală, după câteva zile, nu a mai arătat atât de mohorât.

— Ne-am reîntâlnit la liceu, când Alec îmi prezenta clădirea. În pauza de prânz am preferat să mă mai plimb prin împrejurimi, până când am ajuns la ultimul nivel, iar acolo am descoperit o seră. Ace era în ea. Se pare că acesta este locul lui.

Nu m-am gândit la asta până nu am spus-o cu voce tare, dar poate că sera chiar reprezenta ceva important pentru Ace. Mereu îl găseam acolo, mergea cel puţin o dată pe zi în ea şi mă întrebam dacă şi în weekend se ducea la şcoală doar pentru asta. El ar fi avut acces...

— Un tip sensibil, a mormăit mama.

Aproape că îmi venea să mă pun pe burtă de râs.

— Nu prea cred că este, am spus amuzată, apoi mi-am amintit că îmi era iubit şi că trebuia să par îndrăgostită. Adică... încă ne cunoaştem, dar nu pare a fi.

Mama a zâmbit visător, apoi s-a întors la aragaz pentru câteva secunde. A oprit totul şi a revenit lângă mine, aşezându-se pe celălalt scaun.

— Aparenţele mereu înşală, Charity. Ia-te pe tine ca exemplu, dacă nu mă crezi.

Am expirat greu.

Ace nu era ca şi mine, refuzam să cred asta. El era rău şi malefic şi egoist şi nesimţit şi câteodată un drăguţ, dar nu făcea decât să se prefacă. Eu nu eram niciuna dintre acestea. Şi chiar dacă se referea la altceva, mama nu avea dreptate, Ace nu avea altă parte mai bună. Sub masca lui se afla doar o altă mască.

— În fine, am mormăit. Ne-am tot văzut, facem trei materii împreună, a fost drăguţ cu mine, am vorbit şi s-a întâmplat. M-a sărutat. Sfârşitul poveştii. Acum spune-mi ce aţi vorbit aseară.

Voiam doar să sar peste povestea mea, minciuna gogonată a unui început de relaţie perfect, şi să ajung la ce s-a întâmplat ieri, când eu eram inconştientă.

— De ce ai impresia că am vorbit ceva interesant? a întrebat ea cu o privire şmecheră şi misterioasă.

Am râs ciudat, spart, cu un fel de amuzament amestecat cu panică. Nici nu avea habar...

— Pentru că este primul meu iubit pe care l-ai cunoscut şi tu eşti tu. Sper că nu l-ai hărţuit sau ceva.

*Sau invers...*

Mama a râs ca o adolescentă. Nu îmi venea să cred că Ace avusese acest efect asupra ei. Era un caz pierdut.

— Nu, dar este... Este un gentleman, cu adevărat. Mă bucur că ai găsit pe cineva ca el.

*Eu nu.*

— A stat chiar până târziu aici, aproape de tine, l-am lăsat în camera ta când am mers eu să fac niște cumpărături și s-a comportat foarte frumos. Până la urmă a trebuit să plece și a spus că mai vine după școală. Mi-a promis că te va supraveghea, să nu mai mergi la muncă în starea asta.

Mi-am mărit ochii de surprindere, iar teatrul meu s-a dus naibii pentru o secundă.

*A stat până târziu la mine?*

*A fost în camera mea, lângă mine, când dormeam?*

*Vine astăzi înapoi?*

Pentru că nu puteam să îi pun mamei niciuna dintre aceste întrebări fără să dau de bănuit, m-am decis să i-o adresez pe cea mai normală dintre ele.

— Să mă supravegheze? Mamă, nu am cinci ani. În plus, mă simt mai bine și chiar voiam să...

— Nici nu încape în discuție, m-a întrerupt ea. Acum haide, mănâncă, pentru că ceasul este deja douăsprezece și trebuie să mă întorc pentru prânzul târziu al familiei.

Cât era ceasul? Doamne, Dumnezeule, cât dormisem.

— Mamă, dar banii...

— Charity, nu mai spune nimic, te rog. Gata. Rămâi acasă și punct.

Cam atât a fost și cu discuția aceasta. Când propoziția care se termina cu *și punct* era rostită, nu mai aveam nicio șansă. Însă puteam face din nou ca și ieri, dacă aș fi scăpat de Ace. În cazul în care ar fi venit.

Am mâncat gustoasele clătite ale mamei și m-am pus în pat, exact ca un copil cuminte. Am așteptat să plece, apoi m-am pregătit de muncă – cu foarte greu din cauza amețelii care încă îmi dădea târcoale –, căci în jumătate de oră mi-ar fi început programul. Speram ca fiul Satanei să nu își facă apariția până atunci, însă exact când voiam să ies pe ușă, un ciocănit a răsunat.

Am așteptat să se plictisească, dar cinci minute mai târziu încă era acolo. Urma să întârzii din cauza lui.

Telefonul mi-a sunat o dată, de două ori, apoi un mesaj.

*Charity, știu că ești acolo. Răspunde.*

Okay, asta era puțin înfricoșător.

Telefonul a vibrat din nou.

*Mama ta a zis că ești acasă. Dacă nu răspunzi, va trebui să o sun și să îi spun că ai plecat la muncă.*

De unde avea el numărul mamei mele?

O, la naiba! Doar nu mi-a făcut asta, nu?

Am deschis ușa învinsă, cu fața mea de ucigaș în serie, apoi am mârâit la vederea lui. Ca de obicei, arăta perfect – numai bun de strâns de gât. Iar rânjetul său însoțit de acei ochi verzi mă făceau să îi închid ușa în nas.

De ce ochii lui nu mai aveau pustietatea aceea din prima zi în care ne-am întâlnit? Se prefăcea atât de bine sau ceva l-a schimbat? Era mai fericit?

— Ți-e foame? m-a întrebat, intrând neinvitat în casă.

Da, îmi era foame – de răzbunare.

Se comporta atât de normal încât convingea pe oricine că nimic în neregulă nu se întâmplase. Ei bine, pe mine nu mă putea minți, nu mereu.

— De ce i-ai spus mamei că ești iubitul meu?

— Pentru că avea dreptul să știe, a răspuns degajat.

Mă făcusem roșie ca o tomată în timp record.

— Dar noi nu suntem împreună pe bune, Ace.

— Nu încă.

Răspunsurile lui mă enervau și mai tare. Vorbind cu el nu făceam decât să îmi stric ziua, așa că mi-am închis ochii, am expirat adânc și am reluat.

— Trebuie să plec acum, așa că ieși, i-am cerut.

— Ba nu trebuie să pleci nicăieri. Charles oricum se așteaptă ca tu să nu vii, l-am anunțat deja că lipsești.

Am închis ușa de la intrare cu gura căscată și m-am întors spre el.

— Poți repeta? l-am întrebat șocată.

— Charles nu...

— Te-am auzit, idiotule! am țipat nervoasă. Cum ai putut să iei o decizie în locul meu? Și cum de ai vorbit cu el? Cum reușești să îl convingi de fiecare dată? Și când ai făcut-o?

Erau o grămadă de întrebări, pentru că pur și simplu nu le găseam răspunsul. Cum a îndrăznit? Acum nu mai puteam apărea deloc în fața lui Charles. Îmi pierdusem din nou din salariu, numai din vina lui, și trebuia să rămân acasă pentru restul zilei.

— Tu oricum trebuia să stai în pat astăzi, dar știindu-te, am spus că era mai bine să vorbesc și cu șeful tău, pentru că aparent nu mă asculți nici pe mine și nici pe mama ta.

Îmi venea să țip și să dau din picioare ca un copil mic și răsfățat.

— Dar cum ai reușit? Charles nu mi-a dat niciodată atâtea libere fără motive serioase și este cel mai avar om pe care îl cunosc.

— Tocmai, mi-a spus Ace zâmbind. Este avar, iar banii cumpără orice.

Doar nu...

Aveam nevoie să stau jos, așa că m-am dus până în bucătărie. Acolo m-am așezat pe scaun și l-am privit șocată când m-a urmat. Îmi venea greu să dau glas întrebării care îmi atârna pe limbă.

— Tu... Tu tocmai l-ai plătit pe șeful meu ca să mă lase acasă?

Ace a zâmbit frumos, apoi a pus sacoșa pe care o adusese cu el pe masă. Ciudat, dar nu îl vedeam pe el făcând cumpărături. Și totuși, nu aceasta era problema mea acum, cine i-a făcut cumpărăturile, ci faptul că mi-a mituit șeful. Probabil de mai multe ori...

— Acum putem să vorbim și să ne cunoaștem mai mult ca iubit și iubită, să jucăm acel Monopoly de care ziceai și...

— Cum ai putut face așa ceva? l-am întrebat, ridicându-mă de pe scaun. Este slujba mea, am nevoie de ea. Viața mea depinde de ea, nu ca a ta, care este atât de ușoară. Lipsesc o zi, îmi taie din salariu, asta dacă sunt norocoasă și nu mă concediază. Iar din cauza ta voi ajunge să am salariul la jumătate pentru că tot crezi că ăsta este un joc de-al tău. Ei bine, Ace, nu este! Tot ceea ce învârți pe degete cu rânjetul acela șmecher reprezintă traiul meu. Așa că încetează pur și simplu și pleacă, nu ai nimic de câștigat din asta.

Eram nervoasă din cale afară. Normal că mama zicea că puteam să lipsesc o zi sau două de la muncă, ea nu știa că am mai lipsit din cauza lui Ace și că deja aveam salariul scăzut pe această lună. Ei bine, nu era deloc OK să lipsesc. La sfârșitul lunii nu aș fi avut suma pentru John, pentru a plăti taxa.

Mi-am pus mâinile pe față și am început să îmi masez mușchii stresați. Nu știam ce să mai fac, ce să mai zic, voiam doar să îmi continui viața în mod normal, dar nu aș fi putut niciodată face asta cu fiul lui Satan care îmi sufla în ceafă.

— Charity, a șoptit Ace cu băgare de seamă.

Mâinile lui mi-au cuprins umerii și abia acum mi-am dat seama cât de aproape era de mine. Imediat cum corpul meu a realizat asta, nu s-a mai simțit încordat, ci s-a prefăcut în jeleu sub atingerea sa.

— Nu este un joc pentru mine, a început el să spună.

Mi-am lăsat mâinile să îmi cadă pe lângă corp și am vrut să îi comentez, să spun ceva, orice, dar ochii lui verzi de smarald m-au oprit. Erau prea aprinși, fixați exact pe mine, la o distanță mică, care mă lăsa să îi analizez amănunțit. Cioburile acelea maronii împrăștiate prin verdele aprins semănau cu peticelele de pământ pe care le zăream printre firele de iarbă proaspătă.

— Sănătatea ta este mai importantă decât niște bani, mi-a spus el.

Am pufnit ironică.

— Da, pentru că tu ai cât să trăiești cinci vieți. Eu dacă vreau să trăiesc una trebuie să...

— Fă meditații cu mine, mi-a cerut, întrerupându-mă.

Mi-am înghițit limba și mi-am dat seama că mâinile lui au ajuns de pe umerii pe obrajii mei când a spus asta. Degetele sale lungi și osoase îmi mângâiau pielea în timp ce vorbea cu mine, lucru care nu mă ajuta deloc la concentrare.

— Ce...

— Ai acceptat acum câteva zile, și începem astăzi. Vei fi și plătită, dar vei sta și acasă. Perfect pentru tine, căci muncești prea mult și nu îți vei putea menține bursa așa.

Nu mă gândisem niciodată în perspectiva asta, dar aveam încredere în mine. Puteam să îmi mențin bursa și să muncesc în același timp.

— Voi face meditații cu tine, am spus, iar pe chipul încordat al lui Ace a apărut un zâmbet ușurat. Însă asta nu înseamnă că renunț la slujba mea.

— De ce? Te pot plăti mai bine, muncești mai puțin, și...

— Nu vreau favoruri din partea ta, Ace, sau din partea oricui. Mă descurc.

I-am dat mâinile la o parte de pe fața mea și m-am îndepărtat un pas, până când spatele meu a atins scaunul.

— Nu îți fac favoruri, Charity. Te plătesc ca tu să mă ajuți.

Da, sigur. Și asta nu însemna că o făcea pentru că mă cunoștea? Dacă nu era așa, lua pe altcineva la meditații. Și de ce mi-ar fi făcut el mie favoruri?

— Ei bine, mulțumesc, accept, dar cum am mai spus, nu demisionez de la *Charleston*.

— De ce? a insistat el.

*Poate pentru că m-aș fi obișnuit cu tine să mă plătești ușor, aș fi muncit puțin, iar când totul s-ar fi terminat nu m-aș mai fi putut întoarce la viața mea grea de dinainte. Pentru că totul, tot ce însemni tu este efemer.*

— Pentru că așa vreau eu, am răspuns în schimb.

Ace nu a mai insistat să mă întrebe ceva, iar noi doi am rămas într-o liniște stânjenitoare, în care el mă privea insistent și eu îi evitam ochii luminoși.

— Deci... ce-ai adus de mâncare? am schimbat într-un final subiectul.

M-am dus la sacoșa lui și am început să despachetez lucrurile gândindu-mă la ceea ce Alec mi-a spus despre Ace. Poate că după discuția asta nu era tocmai potrivit să ne certăm din nou. Aș mai fi așteptat puțin, ca lucrurile să se calmeze. Dar era neapărat să aflu ce s-a întâmplat între aceștia doi. Curând. Cât de curând...

# Capitolul 22

— Putea această sacoşă să nu coste mai mult decât patul meu? am întrebat obosită, dându-mi ochii peste cap.

Nici măcar cumpărăturile nu apucasem să le desfac fără să am o profundă dezamăgire care să îmi amintească de situaţia financiară a băiatului de lângă mine. Totuşi, m-am apucat să fac un prânz de o mie de dolari din ce mi-a adus.

— Nu e vina mea. I-am spus Dorotheei să ia tot ce crede că ar fi bun pentru o masă completă.

Am pufnit. De ce şi asta era o dezamăgire? Faptul că nu el a cumpărat totul, ci că a plătit pe altcineva să o facă.

— Dacă ştiai că nu îşi va face treaba bine, trebuia să o faci tu.

Nu aveam nimic cu biata femeie. Eram sigură că dânsa era o persoană extraordinară şi muncitoare, dar voiam să îl întărât pe Ace să facă ceva de unul singur. Dacă ar fi întâmpinat vreo criză şi ar fi trebuit să se obişnuiască cu traiul de jos... Dar ce mă interesa pe mine? Putea să ajungă pe străzi. Probabil ar fi meritat.

— Ei bine, se poate să îi fi menţionat să nu se uite la bani când i-am dat cardul de credit.

Mi-am rotit ochii plictisită. Băiatul acesta nu ar fi avut niciun leac, chiar dacă ar fi existat unul pentru el. Nu l-ar fi găsit niciodată din cauza aroganţei şi al sentimentului că putea face orice dorea la orice oră. Chiar încercam să fac lucrurile cu el să meargă bine – profesional vorbind –, dar de fiecare dată îmi venea să îl cert sau să ţip la el de frustrare. Exceptând zilele trecute, incluzând ziua mea de naştere...

De ce aveam sentimente contrarii legate de el? Atât de multe, atât de puternice...

Nu, trebuia să mă concentrez pe altceva. Cum ar fi Alec. Relaţia lui cu Ace. Alte secrete. Ceva era ascuns acolo, ceva ce nu știam și mă intriga. Cum mi-am băgat în cap din nou această idee nu am mai putut scăpa de ea.

Ce ar fi putut să se întâmple între ei? Oare Ace l-ar fi torturat pe Alec în trecut? Mi-ar fi spus, cred... Nu? Dacă nu era asta, se putea ca Alec să aibă o soră, iar Ace a sedus-o, și-ar fi bătut joc de ea. Sau poate s-ar fi certat amândoi pentru o fată.

Atâtea variante. Care era cea corectă? Trebuia să o aflu. Doar că aveam mari rețineri să îl întreb pe Ace. Iar în starea în care eram, încă răcită, mi-ar fi fost greu să țin piept încă unei discuții în contradictoriu cu țipete și tot tacâmul, sfârșindu-se cu mine dându-l afară din casă.

— O să arzi mâncarea în ritmul ăsta. La ce te tot gândești? mi-a șoptit o voce profundă în ureche.

Era aproape. Atât de aproape încât îl simțeam lipit pe spatele meu, chiar dacă încă nu mă atingea. Acest lucru mă înnebunea. Și nu știam din ce cauză. Pentru că îl simțeam aproape sau pentru că îl voiam mai aproape?

— Susții că mă placi? am întrebat eu brusc.

M-am întors pe vârfurile degetelor, cu fața spre el, apoi am încercat să nu mă las intimidată de minunații săi ochi verzi și profunzi. Mă privea cu tărie. Mă ameția.

Ce mă apucase de am întrebat asta?

Ace și-a așezat mâinile pe șoldurile mele și m-a privit zâmbind duios.

— Dacă nu ar fi fost așa, atunci nu aș fi aici, încercând să gătesc. Ceea ce, apropo, nu am făcut niciodată în viața mea.

A râs dulce, cum îmi plăcea mie. Iar eu m-am abținut să nu zâmbesc din cauză că m-am gândit că nu a făcut asta pentru Crystal sau alte foste iubite. Nu îmi păsa. Trebuia să rămân serioasă.

— Atunci de ce îmi ascunzi atâtea? am continuat eu cu interogatoriul.

Veselia a dispărut de pe fața lui Ace, fiind înlocuită de nedumerire, dar mai ales de o greutate sufletească ciudată. Poate că da, mă plăcea, dar nu mai mult decât ca pe o aventură de câteva nopți. Şi asta nu includea istorisirea trecutului său.

Ace şi-a dus o mână la aragaz, a stins focul, apoi m-a condus de talie uşor până în camera mea. Ne-am aşezat pe pat.

— Începem cu paşi mici. Ce vrei să ştii?

M-a şocat. Am fost luată prin surprindere. Nu credeam că ar fi avut de gând să îmi povestească ceva. Dar seriozitatea de pe chipul său îmi spunea că vorbea pe bune.

Mi-a luat ceva timp până să îi pun prima întrebare, cea care îmi bântuia capul de câteva zile.

— Ce a fost între tine şi Alec?

— Am fost prieteni până acum doi ani, aproximativ.

Răspunsul său a venit atât de rapid şi hotărât încât era imposibil să fi minţit.

Alec şi Ace au fost prieteni?

— Ce s-a întâmplat? am îndrăznit să continui.

Ace mi-a cuprins palma în a sa şi degetele noastre s-au îmbrăţişat. Nu ştiam dacă se asigura să nu fug sau era doar dulce.

— El a avut o relaţie cu o fată, o iubea mult, apoi acea fată s-a îndrăgostit de mine. S-a întâmplat doar să avem o noapte împreună şi atât, dar ea voia mai mult. S-a despărţit de el pentru mine, iar eu nu mai voiam nimic cu ea. Tot ce îmi doream era să îmi recapăt prietenul înapoi. Ştiam că făcusem o mare idioţenie, însă aşa eram atunci, mai idiot.

Urechilor mele nu le veneau să creadă.

— Acea fată era Crystal.

Iar şocul continua. Nu înţelegeam.

— Cred că Alec m-ar fi iertat până la urmă. Oricum merita pe cineva mai bun decât ea. Dar Crystal are o mare influenţă în lumea mea. Tatăl ei s-a înţeles cu tatăl meu, iar eu a trebuit să formez un cuplu cu ea din cauză că aveau o afacere bună, iar ea mă voia. M-a cumpărat exact ca pe o jucărie.

Aproape că îmi venea să îi dau drumul mâinii cu care mă strângea. Chiar am vrut să fac asta, dar nu m-a lăsat. Și-a ridicat ochii spre mine și m-a făcut să simt milă.

— Este greu pentru mine să îți spun. Ai cerut-o, iar eu vreau să îți demonstrez ceva. Așa că te rog să rămâi cu mine până la capăt.

Am afirmat scurt din cap. Cred că era pentru prima dată când îl vedeam pe Ace fiind vulnerabil. Nu îmi plăcea, nu știam de ce, dar nu îmi plăcea deloc. Credeam că asta ar fi fost tot ceea ce îmi doream.

A oftat înainte să continue.

— Mereu mi-am ascultat tatăl. M-a învățat să fiu ascultător cu cine trebuie și distrugător cu cine este nevoie.

Mi-am adus aminte că Ace mi-a mai spus o dată această vorbă, crezând că se referea la mine.

— Nu puteam să îi ies din cuvânt. Așa că am acceptat să fiu cu Crystal. Mi-am pierdut cel mai bun prieten. M-am transformat într-un idiot care făcea tot ceea ce îl tăia capul din plictiseală. Totul până acum câteva luni.

Și-a lăsat capul în jos.

— Ceva despre care nu sunt încă pregătit să vorbesc m-a schimbat. Nu l-am mai ascultat pe tatăl meu. M-am despărțit de Crystal. Mi-am dat seama că viața înseamnă mai mult și nu am mai făcut nicio prostie sau răutate. Doar că trecutul și reputația au rămas. Cu toate astea, nu am mai îndrăznit să vorbesc cu Alec. Mai ales după tine.

Mă privea din nou în ochi, iar eu nu înțelegeam anumite legături.

— De ce mai ales după mine?

— Pentru că probabil crede că te voi fura și pe tine. Dacă nu i te-am furat deja.

Dar Alec nu mă plăcea în acel fel. Eram doar prieteni.

— De aceea voiai să mă prefac iubita ta? Pentru a o face pe Crystal să renunțe?

— Da. Din cauza ei am fost dat afară din casă și lăsat fără niciun ban. Dacă ar fi văzut că aveam pe altcineva, poate ar fi renunțat la idei prostești și tata m-ar fi primit înapoi.

— Şi a renunţat?

— Până acum nu.

Ideile îmi erau încurcate în cap. Atunci...

— Tu unde stai? Şi din ce trăieşti?

Ace a zâmbit. Probabil îi plăcea faptul că arătam interes faţă de el.

— Mi-am luat un apartament din moştenirea de la mama şi mi-am luat un job.

Nu ştiam legat de ce să fiu mai şocată. Moştenirea lui sau faptul că lucra. Am decis să nu fiu insensibilă pentru o secundă.

— Mama ta a...

— Murit? Da. Dar moştenirea nu a fost a mea până nu am împlinit optsprezece ani şi nu am cheltuit niciun ban până acum din ea.

Aflam atâtea chestii noi despre el încât nu îmi venea să cred. A fost prieten cu Alec, Crystal l-a obligat să fie cu ea, mama lui a pierit... Ace avusese dreptate încă de la început. Nu ar fi trebuit să îl judec după copertă.

— Şi ziceai că lucrezi? am schimbat subiectul.

Nu voiam să ne întristăm mai rău. Nu eram bună la oferit condoleanţe şi restul.

— Da. Am un program flexibil şi bani buni, deci este bine.

Şi eu care credeam că el nu putea munci. Chiar i-am reproşat în faţă că nu putea face ceea ce făceam eu. Probabil că exagerasem. Ace chiar era un pachet de surprize bune.

— Tu... chiar nu eşti o persoană rea, nu?

Ace mi-a zâmbit amuzat. Nu putea fi serios o clipă când trebuia să îmi răspundă la întrebarea care chiar mă interesa? Pentru că, da, credeam că persoana lui mă interesa mai mult decât trecutul său.

— Depinde, a zis el gânditor.

S-a apropiat mai mult de mine pe pat, până când coapsa mea a atins-o pe a lui. Foc. Ochii săi m-au privit profund şi Ace şi-a muşcat buza în zbor.

— Este rău faptul că vreau să te sărut acum?

— Probabil că nu, am șoptit hipnotizată.

Privirea mea era doar pe buzele sale pe măsură ce se apropia de mine.

— Sau este rău că vreau să te întind pe patul ăsta?

Am clipit mărunt.

— Probabil că da.

— Atunci sunt o persoană foarte rea pentru câte vreau să îți fac.

Nasul său mi-a mângâiat obrazul în timp ce el își făcea loc până la gura mea, să mă sărute.

Nu eram proastă. Știam că mi-o doream. Știam că mi-l doream pe el. Doar că nu voiam să mă joc și să ajung undeva unde voi fi rănită.

— O să iei răceala, i-am șoptit peste buze.

— Și o să merite fiecare secundă.

Dar nu a meritat. Căci exact înainte să facă ceea ce mă temeam că va face, mi-am întors capul, iar buzele lui au aterizat pe colțul gurii mele. Fruntea sa era lipită de tâmpla mea și îl simțeam cumva dezamăgit. Sau nervos. Mă așteptam să fie, cel puțin, dar nu era. Nu știam ce să mai cred despre el.

— Mă faci să fiu așa confuză, am șoptit fără să îmi dau seama.

Ace m-a sărutat pe obraz înainte să se îndepărteze. Și tocmai când credeam că va pleca, el m-a luat în brațe, ne-a întins pe pat și mi-a așezat capul pe pieptul său. Mă ținea în brațe.

De ce se simțea în siguranță?

— Mă placi, a șoptit el, jucându-se în părul meu.

Tot ce făceam era să privesc în gol, relaxată, în timp ce eram conștientă de toată căldura corpului său care mă topea.

Nu îl contraziceam. Știam că era real.

— Poate, am șoptit și eu.

I s-a umflat pieptul sub capul meu și am simțit nevoia să îmi ridic privirea spre el. Zâmbea. Zâmbea larg și luminos, cu colțurile gurii ridicate și ochii strălucitori.

— Știam deja. Dar se simte bine să recunoști.

Mi-am dat ochii peste cap și m-am pus la loc, cu capul pe pieptul său. Tocmai atunci am simțit un sărut in creștet.

— Fii iubita mea, mi-a cerut deodată.

M-am ridicat din nou. Simțeam nevoia să îi privesc irisurile verzi când vorbeam lucruri atât de serioase. Și acest lucru era serios pentru inima mea, căci tocmai se oprise din bătut pentru o secundă.

— Nu, am spus simplu.

— De ce?

Am inspirat adânc.

— Pentru că nu știu încă cine ești. Îmi place de Ace pe care îl cunosc eu, nu de cel pe care îl cunoaște toată lumea.

— Cel pe care îl cunoști tu ți-a cerut să îi fii iubită.

— Dar tu ești amândoi.

— Sunt ce vrei tu să fiu.

Aproape că mă înțepa inima. A fost prima dată când cineva mi-a cerut să îi fiu iubită. A fost și cineva pe care îl plăceam. Și totuși, nu am acceptat. Era mai complicat de atât.

— Doar vrei să crezi asta. Și mă faci și pe mine să fiu confuză.

— Dacă nu m-ai plăcea nu ai mai fi confuză. Așa că e un plus pentru mine.

Am rămas așa pentru un minut. Singuri, îmbrățișați, întinși, blocați cu gândurile noastre. Apoi eu am insistat să stric totul.

— Ce tot facem? am întrebat, ridicându-mă în șezut.

Ace a făcut și el același lucru, păstrând o micuță distanță între noi.

— Eu am grijă momentan de fata pe care o plac, căci este bolnavă. Și tu te lași îngrijită.

— Nu la asta mă refeream, Ace. Știi și tu.

Ace s-a încruntat și s-a întins spre mine. M-am ferit, apoi l-am privit încurcată și tristă.

— Noi doi nu am putea fi niciodată împreună. Și nici nu ar merita să fim doar pentru că ne plăcem. E trecător.

— Și dacă nu este?

— Crede-mă că va fi. Calculează și tu diferențele.

— Asta ne va face să ne menținem relația interesantă.

Îl priveam în ochi şi nu îmi venea să cred. Noi chiar vorbeam despre o posibilă relaţie? Şi vorbeam serios?

— Nu am încredere în tine că nu mă vei răni peste câteva luni, i-am spus sinceră.

Mâna lui Ace a cuprins-o pe a mea drăgăstos. Nu m-am mai retras de data asta.

— Ştiu, şi îţi dau dreptate. Îţi cer doar ceva timp să mă cunoşti.

Am oftat, fiind încurcată de situaţia asta.

— Cum am ajuns aici?

— Nu ştiu, dar nu regret. Singurul lucru pe care îl regret este cum am început totul.

Ace era sensibil. Ace era drăguţ. Ace era dulce. Ace era un gentleman.

M-am transportat într-un univers paralel.

— Dar am o idee despre cum o să o îndreptăm. Uşor, în timp, prin fapte şi nu vorbe. Îmi oferi atât?

Am expirat profund, apoi am afirmat din cap fără voia raţiunii mele logice.

Ace a zâmbit.

Am zâmbit şi eu.

— Bun, a spus, apoi a afişat un zâmbet imens, amuzat. O să te îndrăgosteşti atât de tare de mine! a afirmat.

Mi-am mărit ochii şi am început să râd fără să mă pot abţine.

—Ai vrea tu! i-am răspuns arogantă.

— Nu. O să te îndrăgosteşti până peste cap de mine. Dacă nu ai făcut-o deja.

S-a ridicat din pat, apoi m-a tras de mâini şi am mers în bucătărie să gătim, încă glumind.

Am aflat multe despre el astăzi. Probabil mi-am schimbat părerea despre Ace la o sută optzeci de grade. Şi eram conştientă că dacă urma să se mai comporte pentru mult timp aşa, ar fi avut dreptate.

M-aş fi îndrăgostit de el până peste cap. Până peste puterile mele omeneşti. Şi m-aş fi lăsat pradă sentimentelor mele zâmbind.

# Capitolul 23

Am avut prea mult timp liber când am răcit. Și am fost prea răsfățată de bona meu personală în acest timp. Așa că imediat cum mi-am revenit și a trebuit să merg la muncă și la școală, m-am reobișnuit greu cu atmosfera încărcată. Dar bine că nu totul era atât de rău.

De exemplu, Ace, care m-a așteptat în fața clădirii de apartamente în care locuiam cu o cană de ciocolată caldă, căci afară era destul de frig. Sau drumul spre școală cu mașina lui. Sau orele pe care le aveam comune și în care s-a mutat lângă mine. Pauza de prânz pe care am petrecut-o pe jumătate în seră, cealaltă jumătate la cantină, doar noi doi la masă, după ce Ace și-a părăsit prietenii pentru mine. Momentul în care m-a condus acasă. Și cel în care m-a dus la muncă. Apoi cum a stat tot programul cu mine. După care m-a dus acasă iar, spunându-mi că ne vedem a doua zi.

Mă răsfăța cu prea multe momente frumoase. Prea multă atenție. Simțeam că trăiam în puf pentru că mă ducea unde voiam și pentru că era cu mine. La muncă era să încurc comenzi din cauza lui, întârziam. Iar la școală nu am prea fost atentă la ce s-a predat. Dintr-odată Ace de afla peste tot în viața mea. Și nu îmi displăcea. Dimpotrivă.

Bine, au fost și părți rele. Ca aceea în care l-am văzut pe Alec cum ne privea la prânz. Sau pe Crystal când trecea pe lângă noi pe hol. Mă simțeam prea vinovată și mă gândeam foarte mult la povestea lor. Urma să vorbesc cu Alec zilele acestea despre ce aflasem.

Vincri Ace mi-a distras atenția la dulăpior.

— Mai ții minte pariul nostru?

Mi-am mușcat buzele și am mormăit ceva indescifrabil. Cred că voia să fie un *nu*. Dar țineam minte despre ce vorbea.

Pariul de clasa a cincea.

— E OK, îți reamintesc eu, a spus cu încântare. Se pre-
supunea că dacă mă mai întrebi ceva pentru două săptămâni
legat de pactul nostru, Crystal, trecut și toate alea o să mă
săruți.

— Așa am zis? am întrebat ironică, în timp ce priveam
în dulap.

Mi-am lăsat un caiet și luasem altul. Mă mișcam cât de
încet puteam, pentru a-i evita privirea lui Ace. Dar tot am
terminat rapid și am închis ușa dulăpiorului înainte să îmi
răspundă. A trebuit să îl privesc în ochii verzi și intimidanți.

— Da, așa ai zis. Dar știi ce? Te absolv de plată.

Mi-am lăsat capul într-o parte. Nu știam dacă să fiu
dezamăgită sau fericită. Probabil prima variantă se aplica.

— Suflet pur ce ești tu, am ironizat. Ce urmărești?

Ace și-a trecut limba peste buzele apetisante, apoi s-a
apropiat de mine, până când șoapta din urechea mea s-a
simțit ca o rafală de foc.

— Vreau doar ca următorul nostru sărut să fie doar
dorința ta. Și mai vreau să îl inițiezi tu.

Mi-am mărit ochii când s-a îndepărtat.

— Cred că vei avea destul de mult de așteptat, i-am spus
zâmbind.

— Eu nu prea cred. Deja mă consideri irezistibil.

Mi-am dat ochii peste cap și m-am întors, mergând sin-
gură pe hol. Ace m-a prins din urmă, ținându-mă de mână și
trăgându-mă spre corpul său. M-a strâns la piept, trecându-și
un braț după umerii mei și sărutându-mi tâmpla.

— Oh, deja mă iubești.

— Și tu deja visezi.

Ne-am tachinat până în clasă, unde am fost nevoiți să
terminăm joaca din cauza începerii orei.

Nu înțelegeam ce era cu această schimbare bruscă a
noastră și nici nu știam cum am ajuns aici, dar cert era că
îmi plăcea. Și am realizat că Ace nu era așa cum spunea
lumea, chiar deloc. Se poate să fi fost în acel fel înainte,
cum spunea și el, dar s-a schimbat. Am observat și eu că s-a
schimbat. Nu îmi venea să cred că a rămas acel copil răsfățat

și rău care făcuse toate acele fapte groaznice pentru care era lăudat. Nu mai era așa de mult.

Și dacă eram atrasă înainte de el, nevrând să accept asta din cauza felului său de a fi, nu îți trebuia multă imaginație să realizezi cum eram acum. Total și absolut topită după el.

Serios. Aveam impresia că mă topeam ca gelatina, sau ca înghețata pe asfalt într-o zi toridă, și asta doar când îl țineam de braț, sau când el îmi strângea umerii ori mâna, sau când mă săruta pe frunte în văzul tuturor, sau când se uită la mine cu acei ochi verzi profunzi. Eram clar o înghețată topită pe asfalt – topită după el.

Nu era el băiatul pe care îl uram? Bine, ura probabil era prea mare pentru ceea ce simțisem eu, dar eram sigură că nu îl suportam. Și ce făceam acum?

Oare s-a datorat totul doar schimbării sale financiare, de atitudine și sinceritate? Sau îmi plăcea deja de el și am putut să recunosc cu mândrie doar după ce el a arătat și puțină bunătate?

Nu știam răspunsul. Nu mă interesa răspunsul. Îmi plăcea de diavol. Sau de fostul diavol. Poate că de fapt fusese doar un înger căzut. Sau poate că pur și simplu mă gândeam prea mult și trebuia doar să mă las dusă de val.

Știam că Ace, într-un fel ciudat, era unul dintre puținele lucruri bune din viața mea la ora actuală – abia ce se transformase dintr-un lucru rău într-unul bun. Și nu voiam să îl pierd sau să ratez micile bucurii și zâmbete pe care mi le aducea din cauză că stăteam să mă gândesc încontinuu la momentul în care îl voi pierde sau în care mă va răni. Nicidecum. Voiam să mă bucur de compania lui și de cât de ușoară părea viața când era lângă mine. Ace făcea ca totul să fie ușor.

Așa că eu încercam să îi fac literatura ușoară după ore, predându-i primele meditații de care avea nevoie. Luam materiile pe rând, dar nu știam de ce el voia să începem cu aceasta. Aveam romanul *Marele Gatsby* în discuție când m-a pus să îi explic totul despre intrigă, personaje, idei, autor și chiar și filme.

Stătea cu capul pe masă, privindu-mă atât de atent încât aveam impresia că eram murdară pe față. Mă făcea să mă bâlbâi, dar asta însemna poate că era atent, așa că am încetat să fac pe intimidata. Totuși, nu mă puteam abține din bâlbâieli sau roșit.

— Bineînțeles că, din aceste aspecte de bază se desprind o serie de alte idei si teze care sunt dezbătute în cadrul romanului, fie direct, prin discuțiile libere dintre personaje, fie indirect, prin situațiile și circumstanțele în care acestea ajung să se cunoască, să interacționeze și...

Ace și-a lins buzele într-un gest de concentrare, ceea ce m-a deconcentrat pe mine. Alte bâlbâieli.

— ...și, evident, prin relațiile de prietenie, amor sau rivalitate care se nasc pe parcurs.

Apoi mi-am pierdut ideea. Ace s-a mișcat pe scaun, foșnind în jur, dar încă era cu ochii pe mine. Ce mai puteam să spun când eram privită așa? Unde eram? Temele? La care parte din ele?

— Una dintre ideile principale care derivă din nucleul central al romanului este problema ...

— Îmi place cum ți se mișcă buzele când vorbești.

Explozie. Poftim?

— Ce? am rostit automat.

Ace a zâmbit șiret, apoi s-a ridicat, îndreptându-și spatele. Coapsa lui dreaptă a atins-o pe cea stângă a mea.

— Am spus că îmi place cum ți se mișcă buzele atunci când vorbești.

De parcă nu auzisem! Și el știa asta. Voia doar să mă facă să mă simt mai rușinată și stingherită decât eram deja.

— Și cum îți umezești buzele când gura ți-e uscată. Limba aia e păcătoasă.

Limbă? Nici nu am observat că mi-am trecut-o peste buze. Dar când tocmai a spus asta, am făcut-o din nou.

— Îmi place și când rămâi fără cuvinte. Mă face să mă simt bine că ți-am închis gura aia frumoasă.

— Nu m-ai lăsat fără cuvinte, i-a întors-o orgoliul meu.

Aproape că am comentat automat. Îmi stătea în fire.

— Ba da. Te simți jenată sau supraestimată, căci nu te consideri tot ce te consider eu. Dar...

— Ce mă consideri tu?

Toate vorbele noastre erau în șoaptă. Și nu din cauză că eram în bibliotecă sau din cauză că nu voiam să ne audă altcineva, deși acestea erau motive bune. Ci din cauza apropierii noastre, a tensiunii din aer și a faptului că buzele ne erau atât de aproape că nu mai aveam nevoie să ridicăm tonul să ne auzim.

Ace a surâs din colțul gurii.

— Te consider frumoasă, a spus, apoi s-a corectat. Ba nu, te consider superbă. Și sunt sigur că mă inciți doar când îți văd ochii inocenți și nesiguri pe mine.

Am tresărit. Asta nu era tocmai ceva ce voiam să aud. Și cu toate că, auzind-o, a aprins o parte ciudată din mine, trezindu-mi stomacul la viață, mi-aș fi dorit să nu o fi spus-o. Eram roșie ca un rac. Obrajii mi se încălziseră.

— Te-am intimidat, iubito? a întrebat Ace cu un rânjet satisfăcut. Nu îmi spune că nu știai asta.

Am tăcut. De fapt, am vrut să spun ceva. Chiar mi-am deschis gura să o fac, doar că nu a ieșit niciun sunet de acolo. Toate cuvintele mi-au murit pe limbă, iar eu nu făceam decât să mă holbez în ochii lui Ace cu gura căscată. Și uneori mă uitam și la buzele lui. A observat asta.

— Păcat că am decis ca următorul sărut să fie din partea ta. Te-aș fi lăsat fără respirație acum dacă nu mi-aș fi dat cuvântul.

Apoi s-a îndepărtat, lăsându-se din nou cu capul de masă, sprijinit de brațele sale. Temperatura din jurul meu se răcise, pulsul mi-a revenit la normal, gura mi s-a închis, iar eu puteam respira în sfârșit. Ce tocmai a fost asta?

Ace mă privea cu un aer fals de îngeraș.

— Continuăm cu *Marele Gatsby*? a întrebat cu un zâmbet ștrengar.

Am clipit de câteva ori, puternic şi des, precum o păpuşă defectă, apoi m-am reaşezat pe scaun şi m-am uitat peste caiete. Uitasem pe unde am rămas.

Voiam să îi spun ceva despre ceea ce făcuse, dar ce mai era de zis? Mai bine doar uitam incidentul. Mă făcea prea nervoasă şi îmi crea mii de scenarii.

* * *

La sfârşitul meditaţiilor Ace a vrut să mă plătească cu o sumă ridicolă de bani. Ştiam că pierdusem patru ore şi că întârziasem la muncă, dar ceea ce îmi oferise era prea mult. Cam salariul meu pe trei luni. Şi mă gândeam că şi el avea nevoie de ei, dat fiind că a fost dat afară din casă şi lăsat pe cont propriu.

Nu, am refuzat evident. Doar că la muncă, câteva ore mai târziu, când îmi verificam soldul de cont, am observat că Ace a găsit modul său să mă plătească. A transferat banii în contul meu. De unde măcar ştia...?

Am decis să o las aşa. Ace oricum ştia prea multe. Dar nu m-am abţinut să nu îi reproşez câteva. După care el a continuat să îmi spună despre fleacuri. Cum ar fi să ieşim la un film. M-a invitat la un film, adică ca un fel de întâlnire. Dar nu credeam că era o întâlnire. Probabil.

— E o întâlnire, a afirmat el, sprijinindu-se de tejgheaua mea.

Era aproape ora închiderii la *Charleston*, iar eu rămăsesem singură aici cu el. Niciun client, niciun angajat, doar noi doi. Făceam ultimele treburi înainte să merg acasă.

— E o ieşire, l-am corectat eu.

— Ceea ce înseamnă întâlnire.

— Nu. Doar o ieşire. Între prieteni, am ţinut să precizez.

Ace a rânjit la mine şi a păstrat o privire fixă asupra feţei mele. Nu mă asculta. Nici măcar nu mă auzea.

— Tacă-ţi gura! i-am poruncit, ridicându-mi un deget ameninţător.

Rânjetul său s-a transformat într-un zâmbet larg, apoi mâinile sale s-au retras, aşezându-se în semn de predare.

— Nu am spus nimic, şi-a luat el apărarea.

— Ai gândit-o! E acelaşi lucru.

— Ce am gândit? m-a provocat el.

Ei bine, nu ştiam exact ce a gândit, dar ştiam că nu era de acord cu mine şi că el o considera o întâlnire. Îmi era de ajuns.

— Multe.

— Dă-mi un exemplu, a continuat el.

Mi-am dat ochii peste cap şi am mers să iau mopul cu găleata. Ace m-a urmat.

— Iubito, a strigat după mine, văzând că nu îl băgam în seamă. Spune-mi şi mie ce am gândit. Sunt curios.

Am clătinat din cap în semn de enervare, apoi m-am întors cu găleata şi mopul în restaurant, la mese. Ace a pus mâna peste a mea când am stors mopul.

— Lasă-mă să îmi termin...

— O fac eu, a spus, întrerupându-mă.

Mi-am mărit ochii şi l-am privit ciudat. Ei, asta era ceva. Ace Appleby să îmi şteargă podeaua. Asta suna cumva erotic. Ar fi putut fi, dacă o făcea fără haine.

La ce naiba mă gândeam?

— Nu, i-am răspuns, încercând să îmi trag mâna de sub a sa.

Nu m-a lăsat.

— Haide. O să vezi că sunt capabil de măcar atât. Nu o să inund nimic. Promit.

— Nu m-aş baza pe asta, am comentat înapoi.

Zâmbetul pe care l-a afişat a fost unul dulce, răbdător, dar în acelaşi timp provocator. Mă aştepta să îi ofer permisiunea şi îmi transmitea prin priviri că nu avea să îmi dea drumul până nu i-aş fi dat-o.

Ce putea face până la urmă?

— Bine, am oftat. Eu merg să termin cu casa de marcat.

M-am îndepărtat de el şi acesta mi-a zâmbit mai larg, luând mopul stors şi începând să şteargă pe jos. Nu am putut să nu îl privesc când s-a întors cu spatele la mine. Şi nu ştiam la ce să fiu mai atentă. La faptul că Ace chiar ştergea podeaua în locul meu, că mă ajuta? Sau la cum bluza i se mişca pe muşchi atunci când aceştia se încordau?

Bluza i s-a ridicat când s-a întins, iar eu mi-am primit imediat răspunsul. O fâşie de piele aurită şi bine sculptată cu muşchi mi-a fost arătată. Ce calcule mai puteam face eu acum? Ochii îmi erau numai la el. Mintea îmi era numai la el. Nu puteam să gândesc.

Felul în care muşchii i se contractau mă făcea să mă gândesc la cum ar fi fost dacă i-aş...

Ace s-a întors la găleată să ude din nou mopul şi m-a prins cu privirea asupra lui. Rânjea. Îi plăcea că mă holbam şi că salivam după ceea ce vedeam.

Am clipit des şi într-un mod aiurit mi-am lăsat ochii în jos, făcându-mi de lucru şi prefăcându-mă că nu l-am sorbit din priviri în urmă cu câteva secunde.

L-am auzit chicotind. Nu am mai avut curajul să îl privesc până nu s-a întors din nou cu spatele.

Ce se întâmpla cu mine? Niciodată nu am fost genul care să se holbeze la oameni. Mai ales cel care dorea ca aceştia să scape de cât mai multe haine posibil, pentru a putea să le examineze trupurile.

Vederea mi-a fost din nou luată, dar de data aceasta nu de aroganţa lui Ace, ci de telefonul său. Îl lăsase pe tejghea, lângă mine, şi tocmai vibrase puternic, speriindu-mă. Ecranul s-a luminat.

Inima mi-a picat în stomac, iar un junghi puternic m-a lovit între coaste văzând cine îi trimisese mesaj.

Era Crystal.

Iar pe notificare scria *conţinutul este ascuns.*

# Capitolul 24

Am fost încordată și tăcută până când am ajuns din nou acasă, recunosc. Dar cum aș fi putut reacționa? Ace primise un mesaj de la Crystal, iar eu nu știam cum să interpretez. Mai ales din cauză că acel conținutul era ascuns. *De ce și-ar ține notificările secrete dacă nu ar avea un secret de păstrat?*

În fine, dădusem mult de bănuit. Și am fost întrebată de cel puțin cinci ori dacă eram bine până când m-a lăsat acasă, în fața clădirii în care locuiam.

— Sigur nu ai nimic, iubito?

*Iubito.* De ce simțisem un mic deranj în zona pieptului atunci când îmi spusese așa de data aceasta? Pentru că aveam impresia că era cinic, că mă mințea sau își bătea joc de mine?

I-am răspuns spunându-i că eram obosită, apoi am urcat la mine, după ce i-am aruncat un *noapte bună*. A mai spus ceva legat de filmul la care trebuia să mergem sâmbătă, a doua zi, dar nu l-am băgat în seamă. Aveam de gând să anulez acea ieșire/întâlnire. Nu mă simțeam în stare să stau lângă el, știind că era posibil să fiu mințită.

Și totuși... Dacă îmi spusese adevărul? Dacă ea îl căuta pe el doar așa? – pentru că, pur și simplu, îl iubea și îi trimitea mesaje. Iar el nu îi răspundea. Dar dacă ar fi fost așa, de ce mama naibii ar fi avut notificările ascunse?

Creierul urma să îmi explodeze în acea noapte din cauza filmelor, dar nu m-am oprit din a răsturna problema aceasta pe fiecare parte posibilă. Așa cum și eu m-am răsturnat pe fiecare parte posibilă în pat, încercând să adorm.

Ace era un mister. Ace era un secretos. Până și telefonul lui era așa. Prin urmare, eu ce variante aveam?

Puteam să îl cred pe cuvânt, că el avea o slujbă, că fusese silit să fie împreună cu Crystal, că nu o iubea, că fusese dat afară din casă și că avea o moștenire din care trăia. Sau puteam să nu îl cred, și atunci ce? De ce m-ar fi pus să mai fiu iubita lui falsă în timp ce vorbea cu fosta lui? De ce s-ar fi chinuit să inventeze o poveste pentru mine? De ce măcar ar fi vrut să îmi dea una, când nu i-am mai cerut la propriu toate detaliile? El a fost cel care a luat atitudinea și decizia să îmi spună totul, sau măcar o parte din povestea sa.

Putea să fie Ace același nemernic dintotdeauna și tot ce făcuse până acum era să joace teatru? – se pricepea foarte bine la asta. Sau chiar pățise ceva de curând, cum mi-a spus și el – ceva ce l-a schimbat?

Dacă nu s-ar fi schimbat puteam foarte bine să fi fost și eu până acum pe lista lui de victime, dar nu eram. Sau eram, și urma să o pățesc? Dar cum? În afară de sentimental nu m-ar fi putut răni în niciun fel cu minciunile pe care mi le turnase.

Sentimental... Tocmai recunoscusem că Ace Appleby era în stare să mă rănească sentimental. Ceea ce însemna că țineam la el destul încât să îmi pese dacă mă mințea sau nu era ceea ce părea.

Înnebunisem. Aveam nevoie de somn. Trebuia să dorm și să nu mă mai gândesc la prostii. Dar mai presus de asta, trebuia să rezolv o problemă. Trebuia să aflu adevărul. Și cum puteam face asta? Cu ajutorul lui Alec, cu care oricum trebuia să vorbesc.

A doua zi îi trimisesem prietenului meu un mesaj cum că voiam să ne întâlnim undeva, la o cafenea. A răspuns cam greu, dar măcar a răspuns și am stabilit o oră.

La ora două la amiază eram așezată pe scaun, la o masă, singură, la cafeneaua aleasă de el. Îl așteptam pe Alec plicti-sită și mă întrebam dacă cumva mai avea de gând să apară, dacă nu cumva m-a lăsat baltă sau a intervenit ceva.

Mi-am comandat o apă plată cu lămâie, apoi am hotărât să nu mai fiu atât de negativistă. Alec oricum obișnuia să întârzie mereu, chiar și în probleme de criză. Ceea ce mă făcea să mă gândesc cât stătea în baie, în fața oglinzii, să se pregătească. Mereu avea *look*-ul acela deranjat, într-un fel aranjat, de *arăt bine, știu, dar e de la natură*, însă mă cam îndoiam că era natural, având în vedere durata întârzierii lui.

Când eram pregătită să îl sun şi îmi scosesem telefonul din geantă, am observat că aveam două apeluri nepreluate. Nu apucasem să văd de la cine erau că un al treilea apel s-a desfăşurat, arătând numărul lui Ace pe ecran.

Am avut o mică reţinere. Da, începuse să fie cu mine în fiecare secundă de câteva zile încoace, dar azi era sâmbătă. Nu aveam şcoală şi mai dura ceva până să merg la muncă sau până să avem presupusa întâlnire. Ce voia? Ar fi fost bine să îi răspund sau nu? Totuşi, eu îl aşteptam pe Alec aici şi nu credeam că ar fi fost bine dacă Ace ar fi aflat asta. Adică eu vorbeam cu prietenul meu acum mai mult din dorinţa să aflu daca eram minţită, deci îl spionam pe Ace. Nu, chiar nu ar fi fost bine să afle.

Tocmai lăsasem telefonul pe masă cu ecranul în jos când scaunul din faţa mea a fost ocupat.

Alec arăta ca de obicei, adică bine. Părul său blond în stilul acela aranjat, dar deranjat, ochii mari, albaştri precum cerul, o cămaşă suflecată la mâneci şi o geacă în mână... Nu apucasem să văd ce purta în partea de jos.

Totuşi, avea o tristeţe ciudată pe faţă. Nu îmi plăcea. Să îl văd pe Alec trist era ca şi cum vedeam soarele stins.

— Hei, l-am salutat.

— Hei, mi-a răspuns sec înapoi.

Voiam să îi reproşez ceva, să se comporte altfel, să fie mai vesel. Apoi mi-am dat seama că Alec avusese toate motivele să se comporte aşa cu mine. Doar eram o a doua persoană pe care Ace ar fi luat-o de lângă el – cel puţin aşa credea. Eram mai neimportantă decât prima, dar totuşi...

— Ce mai faci? l-am întrebat, dorind să aflu cum a mai dus-o.

— Bine.

Însă el nu avea chef de vorbă. Şi ştiam că nu mai merita să ocolesc. Trebuia să trec direct la subiect.

— Am vorbit cu el, am spart tăcerea după câteva clipe.

Ochii albaştri ai lui Alec au devenit interesaţi şi m-au capturat.

— Mi-a spus despre tine şi Crystal.

Acesta a pufnit, luându-și privirea de pe mine și mutând-o pe geamurile mari ale cafenelei, afară.

— Mă îndoiesc grav de versiunea lui.

Mi-am mușcat buzele cu putere, gândindu-mă la ce puteam spune. Și ce altceva puteam zice în afară de *versiunea lui*? Trebuia să îi dau glas, pentru a vedea reacția lui Alec. După asta m-aș fi convins care era adevărul.

— Mi-a zis că voi doi erați cei mai buni prieteni, iar Crystal era iubita ta, că o iubeai mult. Mi-a zis că a stricat lucrurile culcându-se cu ea, dar nu a dat detalii. Apoi că ea s-a despărțit de tine pentru el, dar el a refuzat-o.

Alec a pufnit din nou ironic, ca și cum nu credea nicio iotă din ce povesteam.

— A spus că a acceptat să formeze un cuplu doar după ce a fost obligat de tatăl său.

Dintr-odată chipul lui Alec părea să îmi dea interes. S-a întors spre mine cu fruntea încrețită de riduri confuze.

— Ce legătură are tatăl lui?

Aha, deci Alec nu știa despre asta. Probabil că Ace chiar nu a mai vorbit cu el deloc după ceea ce s-a întâmplat. Nu i-a dat o explicație? Nu s-a mai deranjat să încerce să își salveze prietenia?

— El și tatăl lui Crystal aveau o afacere împreună. Îi punea capăt numai dacă Ace ar fi acceptat să fie cu ea, așa că a fost obligat să accepte.

Alec analiza ceea ce îi spuneam, apoi a clătinat din cap. Nu credea.

— Atunci nu i-ar mai fi dat papucii în perioada asta, ar fi rămas cu ea. Când Ace își asculta tatăl, o făcea până la capăt.

Deci partea cu tatăl era adevărată. Ace chiar avea un tată poruncitor, căruia îi făcea poftele în poziție de drepți la orice oră.

— A mai zis că a pățit ceva despre care nu vrea să vorbească și că a hotărât să nu îl mai asculte. S-au certat, iar el a plecat de acasă.

Alec nu părea impresionat sau mirat. Probabil că se aștepta la așa ceva. Ceea ce îmi arăta că el chiar îl cunoștea foarte bine pe Ace. Cum de nu observasem legătura dintre ei înainte? Ar fi fost rău dacă îmi doream să mă folosesc de el și de informațiile pe care le avea pentru a-l cunoaște?

— Ar fi fost și timpul! a exclamat Alec.

Am expirat ușor. Poate că aceasta era ocazia mea. Poate că puteam scoate puțin mai multe fără să o fac direct.

— De ce spui asta? l-am întrebat încruntată.

Alec și-a așezat coatele pe masă, apoi și-a răsfirat părul, trecându-și mâna prin el. Mi-a demonstrat că el chiar arăta bine de la natură și nu îl interesa cum îi stătea.

— Pentru că tatăl său este un nemernic. Îl ținea sub papuc. Ace mereu făcea ce zicea el, parcă era hipnotizat. Mereu era pus să se comporte frumos cu unele persoane de care avea tatăl lui nevoie sau să facă viața un calvar altora. Iar el făcea totul ca la carte. Mă gândeam că era așa din cauză că îi era frică să își piardă părintele care i-a mai rămas.

Confirmarea cu numărul doi. Mama lui chiar nu mai era printre noi. Ace nu mă mințise. Poate nu îmi dăduse întreaga poveste, dar știam că nu mă mințise. Iar eu nu avusesem încredere, eram o persoană groaznică.

Dar notificările acelea... Chiar îmi doream să aflu ce îi spusese Crystal.

— Tu știi, a spus Alec dintr-odată, văzându-mi reacția. Nu îmi vine să cred că ți-a spus.

Ce știam? De tatăl sau de mama sa? Probabil de amândouă. Oricum nu conta care. Ace mi-a spus câteva lucruri, adevărat.

— Da, știam, am răspuns cu ochii în podea.

— Ce ți-a mai povestit? a continuat.

Mai erau lucruri de povestit? Câte probleme o fi având acest om?

— În afară de părinții lui și de tine și Crystal, nu mare lucru.

Alec a afirmat din cap gânditor. Nu știam ce să mai spun exact. S-a lăsat o liniște asurzitoare. Voiam să mai aflu lucruri, însă chiar înainte să rostesc eu ceva, el a vorbit.

— Nu îl mai cunosc, a răspuns supărat.

Mi-am ridicat privirea spre el. Acum a fost rândul lui să aibă ochii în pământ.

— Înainte îl adoram pe tipul ăsta. Probabil de aceea am fost atât de nervos pe el când a clacat. Îl credeam perfect. Avea tot ceea ce putea avea, în afară de niște părinți. Toți voiau să stea pe lângă el, dar Ace m-a ales pe mine să îi fiu cel mai bun prieten. Mă simțeam nevrednic, știi?

M-au luat fiorii când mi-am dat seama că Alec tocmai mi se confesa. Aflam oficial și cealaltă versiune a poveștii.

— Era haios și de treabă și nu îi păsa de părerea nimănui. Îmi lua apărarea mereu, trimitea la naiba pe oricine pentru mine. Era generos, nu îi păsa câți bani avea, pur și simplu credea că nu asta îl făcea pe om.

Uite în sfârșit o părere despre Ace care nu îl făcea să fie rău. Și venea tocmai din gura lui Alec. Poate că el chiar nu era cine credea toată lumea că era. Poate că era varianta lui Ace, cel de care îmi plăcea mie.

— Nici măcar comportamentul lui taică-său sau moartea mamei nu i-a afectat sufletul. Până când, într-o zi, la o petrecere, s-a îmbătat rău. L-am găsit cu Crystal în pat. Și de atunci a devenit din rău în mai rău.

Am simțit o apăsare ușoară în piept. Mă interesa ceea ce pățise atunci. De ce făcuse asta? Se simțise rău? L-a afectat ceva?

— Noi doi nu ne-am mai vorbit. Eu și Crystal ne-am despărțit. El și-a găsit alți prieteni. A încercat să vorbească cu mine de vreo două ori, și îl văzusem distrus, dar eram prea nervos să îl iert sau să îl ascult. Apoi a încetat să mă mai caute. Peste maxim o săptămână el și Crystal formau un cuplu, au început primele hărțuiri în școală și a creat acele clase sociale. Ace s-a schimbat, nu mai era la fel. Și nici acum nu știu dacă mai e la fel. Nu mai știu cine e.

Simțeam tristețea în vocea lui. Alec se simțea vinovat pentru că în acea zi nu a fost alături de Ace și nu a aflat ce i s-a întâmplat. Nu i-a dat nici măcar o șansă să se explice, apoi nu l-a mai căutat. Puteam vedea doar din privirea lui că încă mai ținea la Ace și probabil chiar își dorea să fie prieteni din nou, chiar dacă nu spunea asta cu voce tare.

— Tocmai pentru că nu mai știu cine e, îți cer să nu te apropii de el. Știu că ești bună și muncitoare, duci o viață grea. Nu vreau ca Ace să ți-o îngreuneze mai tare sau să ți-o distrugă.

Să mi-o îngreuneze... Dar Ace era tocmai cel care îmi ușura viața în ultimul timp.

Telefonul a început să vibreze pe masă și nu a fost nevoie să îl întorc ca să știu cine suna. Am încercat să nu îl bag în seamă și să mă concentrez pe Alec.

— Cred că o parte din Ace care îți era prieten a rămas, i-am spus sinceră. Și vreau să văd dacă chiar așa este.

— Te va răni, m-a avertizat Alec.

Am oftat. Evident că urma să sfârșesc rănită.

— Poate, am răspuns evaziv. Dar măcar știu că a meritat. Oricine merită o șansă, sau o a doua șansă. Iar Ace chiar pare că se îndreaptă spre drumul cel bun.

Probabil crezuse că am făcut o aluzie la el, cam așa sunase. Ei bine, Alec putea să facă ce voia, iar eu făceam ce voiam. El continua cu această ignorare, eu mă asiguram că Ace putea fi mai mult decât un băiat răsfățat și rău.

Telefonul a vibrat din nou. Alt apel. De data aceasta Alec a observat.

— Este el, nu-i așa? a întrebat.

Am înghițit în sec, apoi am ridicat telefonul cu ecranul în sus, astfel încât să văd numai eu apelantul. Într-adevăr, el era.

— Îi mai porți pică pentru ceea ce ți-a făcut? l-am întrebat, schimbând subiectul.

Alec păruse că nu se gândise prea mult la asta.

— Mi-a fost alături în mai multe momente grele decât mi-a creat.

Îl iertase.

— Atunci de ce nu ai încercat să vorbești cu el? am continuat interogatoriul.

De data aceasta Alec a gândit un răspuns pentru câteva secunde în care a ezitat să mă privească. La sfârșit ochii săi m-au capturat, când mi-a dat un răspuns.

— Pentru că, cum ți-am mai spus, nu mai știu cine este.

*　*　*

Imediat cum m-am despărțit de Alec, l-am sunat pe Ace.

— Unde ai fost? De ce nu ai răspuns la telefon? m-a luat la întrebări.

Cam direct.

Mergeam pe stradă, prin atâta lume, dorind să ajung la timp la serviciu. Se părea că mă întinsesem prea mult la povești cu Alec. Nu aflasem foarte multe despre ce mă interesa, dar știam destule. Restul timpului am preferat să discutăm exclusiv despre prietenia noastră și ne-am hotărât că încă ne puteam vedea și vorbi, chiar dacă eu eram într-o relație cu Ace. Și el nu a spus asta folosind ghilimelele.

— Scuze, eram în oraș și l-am lăsat în geantă, pe mod silențios.

A sosit ziua în care eu îi dădeam explicații și scuze lui Ace Appleby fără să îmi țină careva pistolul la tâmplă. Se pare că oamenii chiar se schimbă.

— Două ore, a completat el.

Nu era o întrebare.

— Da. Am pierdut noțiunea timpului.

— Cu cine ai fost? a continuat interogatoriul.

Chiar nu voiam să afle. Chiar nu voiam să știe. Dar ceva îmi spunea că dacă l-aș fi mințit ar fi ieșit mai rău.

— Cu Alec, am răspuns după câteva clipe de ezitare.

— Cu Alec, a repetat după mine.

Câteva secunde pline de nimic. M-am uitat la ecran și am crezut că mi-a închis, dar nu, încă era pe fir. Iar eu tocmai ajungeam în fața lui *Charleston*, deci oricum trebuia să închei conversația.

— Dacă vrei vorbim mai târziu despre asta, tocmai am...

— Nu deschide ușa, mi-a comandat el. Întoarce-te!

Sângele mi-a înghețat în vene și am rămas blocată cu mâna pe mânerul ușii restaurantului. Îmi era frică să mă clintesc, dar aș fi părut penibilă stând acolo, prefăcându-mă că Ace era un T-Rex și nu vedea decât mișcarea. M-am întors și într-adevăr l-am văzut în parcarea de lângă restaurant, stând sprijinit de mașina lui modernă.

Am început să merg cu pași mărunți și timizi spre el. Nu știam de ce mă simțeam atât de vinovată, parcă trebuia să dau explicații în fața părinților mei. I-am închis telefonul abia când am ajuns la un metru de el. M-am oprit acolo.

— Hei, i-am spus cu o voce stinsă.

Nu m-a salutat înapoi. El chiar era supărat? Așa se observa după cuta dintre sprâncenele lui. Sau putea fi de la razele soarelui care îi băteau în ochi. Mai bine nu îi spuneam despre Alec. Dar de ce l-aș fi mințit? Până la urmă eram prietenă cu amândoi. Ei bine, poate pentru că s-ar fi prins că m-am întâlnit cu Alec să aflu informații special despre el.

Eram jalnică.

— Ăm, m-am bâlbâit eu. Trebuie să ajung la muncă, am întârziat și...

— Ai liber astăzi, m-a anunțat el.

Îmi venea să țip un mare *ce?*, dar m-am abținut. Dacă ajungeam a fi amândoi supărați atunci nu ar fi fost bine. Urma să ne certăm în parcare.

— M-ai învoit și azi? l-am luat la rost.

— Cum altfel am fi mers la film?

Bine punctat. Doar că eu credeam că ne-am fi dus înainte să îmi încep programul. Numai că am stat cu Alec atunci.

— Nu știu, am decis să răspund.

Ace a oftat, apoi a făcut un pas mare spre mine, până când vârfurile papucilor noștri s-au atins. Mi-am ridicat privirea spre el și am fost nevoită să îmi las capul pe spate ca să îl văd. Razele soarelui care îi băteau direct în față îi făceau ochii mult mai verzi, atât de intenși încât îmi tăiau respirația. Mirosul său puternic, dominant, bărbătesc, m-a înconjurat.

— Știu de ce ai fost supărată aseară, mi-a spus el.

M-am încruntat.

— Știi? l-am întrebat chițăit.

Mâna lui dreaptă a mers spre obrazul meu, coborând pe el până spre gât și masându-mi pielea cu degetele sale lungi și osoase. Era rece, dar atingerea lui îmi ardea celulele. Cum se putea așa ceva?

— Ai văzut că am primit un mesaj de la Crystal.

Umerii mi-i s-au pleoștit și eram pe cale să îl contrazic, dar m-a întrerupt înainte ca măcar să încep.

— Și nu era nimic din ce n-ar trebui să știi.

Cealaltă mână a sa s-a strecurat în mâna mea, plasându-mi ceva cald și metalic, puțin greu în palmă. Telefonul său. Nu am avut intenția să mă uit la el, dar l-am ridicat din instinct la ochi, pentru a vedea dacă chiar asta mi-a dat. Și am avut dreptate. Însă, pe lângă să văd faptul că mi-a dat mobilul său, am observat și că era deblocat, cu conversația pe care o avea cu Crystal pe ecran.

Erau multe mesaje, dar doar în partea stângă, de la ea. El nu i-a răspuns niciodată. Iar mesajele... Rugăciuni și implorări să o caute, căci voia neapărat să vorbească cu el. Asta îi spusese și aseară. Pe lângă faptul că îl iubea. Iar el tot nu i-a răspuns.

— Nu era treaba mea să...

— Hei, mi-a spus, acum cuprinzându-mă cu ambele palme de obraji și de după gât.

Ochii lui erau atât de aproape, frunțile noastre mai aveau puțin și se lipeau. Tot ceea ce vedeam pe fața lui era duioșie și sinceritate. Iar atingerile sale îmi făceau pielea de găină. Mă încordau în aceeași măsură în care mă relaxau. Mi-am lăsat mâinile pe lângă corp neputincioasă.

— Am spus că te plac, iar tu simți la fel. Așa că asta a devenit exclusiv treaba ta. Eu nu mai am nicio legătură cu Crystal. Am încheiat-o din momentul în care am încheiat-o cu tata. OK?

Am expirat ușor, închizându-mi ochii, apoi am afirmat din cap. Ca și cum ar fi avut nevoie și de o afirmație sonoră, am spus:

— OK.

— Bun, a rostit și am putut simți că zâmbea.

M-am deschis ochii să îl văd. Chiar zâmbea.

— Atunci, dacă am lămurit asta, înseamnă că și băieții din jurul tău sunt grija mea. Ar trebui să îmi fac griji în privința lui Alec?

Veselia i s-a șters de pe chip, fiind înlocuită de seriozitate pură. Pentru o secundă mă gândisem că Alec i-ar fi plătit cu aceeaşi monedă dacă m-ar fi luat de lângă Ace, cel puţin aproximativ. Şi ştiam că de asta îşi făcea el griji. Sau, mă rog, nu chiar *griji*.

— Suntem doar prieteni, l-am informat.

— Sigur? a ţinut să sublinieze.

— Absolut. Nu simte nimic mai mult pentru mine. Nici eu.

Gura lui a fost din nou arcuită într-un zâmbet, iar degetul mare al mâinii stângi i-a trecut peste buza mea inferioară, tachinând-o. A tras-o puţin în jos, apoi i-a dat drumul, aceasta revenind la locul ei. Simţeam furnicături.

— O să regret în fiecare zi că am promis să iniţiezi tu următorul sărut, mi-a şoptit. Până când o vei face, şi atunci nu vei mai scăpa de gura mea.

Şi inima mi-a explodat precum o bombă atomică, lăsând doar rămăşiţe în urma ei.

Nu am putut rosti nimic. Rămăsesem mască. Faţa mi-a picat undeva pe trotuar, iar gândul mi-i s-a dus la acea zi. Tocmai aveam o fantezie? Buzele lui Ace cum nu se mai desprindeau de ale mele, cum mă muşca, lingea, tachina şi revenea, fără să lase un firicel de aer să intre între noi.

— Observ că îţi place ideea mea, a rânjit el.

Am clipit de câteva ori, iar Ace s-a îndepărtat, dându-mi drumul. Era cât pe ce să pic din picioare, neavând nicio susţinere, dar m-a cuprins de mână şi m-a condus către maşină, în partea dreaptă.

— Atunci grăbeşte sărutul ăla odată, iubito. Şi eu abia aştept să îţi iau aerul.

Obrajii mi-i s-au înroşit când mi-a deschis uşa şi m-a lăsat să intru pe locul meu. Tare mult voiam să îi închid gura, dar fantezii încă mi se desenau singure în minte şi nu eram în stare să le şterg.

Am intrat în maşină ca o fată ascultătoare, iar Ace mi-a făcut cu ochiul înainte să închidă uşa şi să ocolească bolidul.

Pentru o clipă m-am gândit cât de bine ar fi putut fi aranjate lucrurile în timp. Aveam nevoie doar de garanţia lui Ace că era încă cine zicea Alec că era înainte. Apoi, da, aş fi sărit pe el şi nu i-aş mai fi dat drumul decât atunci când am fi avut nevoie de aer. Dar aş fi revenit la el iar şi iar.

# Capitolul 25

Filmul a fost grozav. Ceva de groază ce Ace a ştiut că îmi va plăcea. Dar cel mai mult mi-a plăcut faptul că el s-a speriat mai rău decât mine şi că a tresărit la un moment dat în scaun. Am râs atât de tare încât am crezut că vom fi daţi afară din cinematograf. Iar dragul şi scumpul meu coleg de scaun a negat totul.

Îi spuneam *coleg de scaun* deoarece cinematograful era plin, fiind o premieră. Nu mai erau locuri, iar un cuplu a venit spre singurul scaun gol, cel de lângă noi. Ace a decis să fie un bun samaritean şi să le dea locul lui, iar noi doi să îl împărţim pe al meu. Stând în poala lui am putut simţi prea bine când a tresărit, printre alte lucruri.

I-am simţit şi muşchii abdominali încordaţi când stăteam pe spate. Sau l-am simţit cum respira, cum inspira parfumul părului meu. Sau am mai simţit încă ceva inconfortabil care nu m-a lăsat să fiu atentă la film.

Ace îmi repeta să stau pe loc şi îmi prindea şoldurile în palme să mă oblige să nu mă mai mişc.

Da, filmul a trecut greu. Iar cina de după şi mai greu, căci am fost condusă acasă şi mama era acolo, insistând şi ea, ca o bună samariteană, ca Ace să rămână să mănânce cu noi.

Seara de sâmbătă a fost seara sufletelor pure, din câte se vedea.

De asemenea, a fost seara *haide să râdem de poze cu Charity din copilărie*. Credeam că aşa ceva se întâmplă numai în filme, mame nebune care îşi fac de râs copiii cu trecutul lor. Se părea că nu. Mama nu avea nevoie să fie într-un film pentru a fi nebună.

I-a dat până şi o poză cu mine goală de când eram un bebeluş. Incredibil!

Ace mi-a şoptit ceva la ureche ca şi *nu îţi face griji, oricum nu ai fi rămas ascunsă pentru mult timp* când mama căuta alte poze. *Oh, Doamne.* Dar îmi masa coapsa atât de liniştitor cu mâna lui, de parcă nu tocmai zisese că urma să mă vadă dezbrăcată. Câtă siguranţă de sine!

Dacă ziua de sâmbătă a fost rea, cea de duminică... urma să fie şi mai rea.

Prietenii mei m-au chemat să ieşim, dar am fost sunată tocmai când eram cu Ace, luând micul dejun la mall. Era Kendra la telefon. Evident că a fost mai mult decât încântată să îmi ia în primire *iubitul* la ieşirea noastră. Şi nu, nu i-am dat eu telefonul lui Ace să vorbească cu ea, el mi l-a luat de la ureche să se autoinvite. Nu ştiam ce părere ar fi avut Allen despre asta, dar în cazul în care apărea şi Alec pe acolo... ar fi fost rău.

— Am impresia că ai făcut-o intenţionat, ca să vă întâlniţi, i-am spus lui Ace pe drumul liniştit spre locul în care ne întâlneam cu toţii.

Era seară, urma să luăm cina undeva la un restaurant şi Kendra mi-a trimis un mesaj cum că vor veni *mai mulţi*. Asta însemna o grămadă de colegi de la fostul meu liceu şi probabil alţi prieteni de-ai lor. Nu înţelegeam de ce ar fi trebuit să fiu şi eu acolo. Nici atât de ce Ace trebuia să fie acolo. Dar eram sigură că printre acei *mai mulţi* se număra şi Alec. Pe secundă ce trecea muşchii mi se încordau mai tare, instinctul dându-mi un răspuns clar. Avea să se întâmple ceva.

— Cu prietenii tăi? a întrebat el absent.

Mi-am rotit ochii plictisită, apoi l-am privit cu o sprânceană ridicată, chiar dacă ochii lui erau doar pe drum.

— Cu Alec, i-am oferit răspunsul pe care îl ştia deja. Adică... nu mai bine vă întâlniţi singuri să discutaţi despre asta şi să vă împăcaţi decât să vă vedeţi în public, în acelaşi grup şi să iscaţi ceva?

Câteva secunde de linişte s-au scurs printre noi, apoi Ace şi-a întors capul şi m-a privit profund. Stâlpii iluminatori pe lângă care treceam îi făceau ca ochii verzi şi minunaţi să îi scânteieze. Oh, da, chiar îmi plăcea de el, mai ales când îl vedeam aşa. Eram total atrasă de acei ochi, şi de el, în totalitate.

— Cine a spus că vreau să mă împac cu el? a întrebat plictisit, apoi şi-a întors privirea la drum.

Mi-a dat o palmă peste faţă, la figurat. M-a trezit din reveria mea şi am clipit de câteva ori, uimită.

— Nu vrei? am întrebat chiţăit.

— Nu.

— De ce? am ridicat tonul fără să îmi dau seama.

— De ce aş vrea?

Bun, acest dialog nu mergea nicăieri.

— Dar de ce nu ai vrea? Adică eraţi cei mai buni prieteni şi el te adora, şi sunt sigură că şi tu ai ţinut mult la el. Probabil încă ţineţi unul la altul, dar sunteţi prea orgolioşi să vă împăcaţi. Totul din cauza unei fete!

Uite, mă enervasem. M-am aprins gândindu-mă că prietenia lor a fost stricată de către o fată, mai ales de către Crystal. Şi ştiam că Ace fusese vinovat într-o oarecare măsură, dar nu îl puteam învinui pe el, nu ştiam de ce. Cu toate că atunci când mă gândeam la mâinile lui Crystal pe el şi la buzele lor unite mă... Mă aducea în pragul disperării. Îmi venea să îl lovesc cu ce apucam, ştiind că a făcut asta cu ea. Aveam nevoie de un calmant.

— Văd că ai vorbit destul cu Alec despre mine, a remarcat el. Şi, da, pentru o fată. Aş face-o din nou pentru tine.

Am rămas împietrită şi nu ştiam ce să spun. Asta m-ar fi flatat, dacă nu aş fi fost pusă în aceeaşi oală cu Crystal. Adică a făcut-o pentru ea, pentru mine de ce nu ar face-o? Eram aruncată în grămada fetelor cu care el ar fi avut ceva de împărţit. Foarte frumos, nu aveam ce spune.

— Ce cauţi aici, atunci? l-am întrebat acid. De ce vrei să te întâlneşti cu el dacă nu vreţi să vă împăcaţi?

Recunosc, m-am supărat pe el pentru ce tocmai mi-a spus. Nu puteam să fiu altfel. M-a interesat faptul că eram exact cum a fost Crystal pentru el. Nu eram specială. Dar ce

fată proastă puteam fi să mă fi gândit măcar o clipă că ceea
ce era între noi chiar era special?

Ace s-a încruntat şi s-a întors spre mine o clipă, părând
îngrijorat.

— Pentru că vreau să stau cu tine. Şi recunosc că aş
trece din nou printr-o ceartă pentru tine, dar nu în felul în
care a trecut Alec. Ceea ce vreau să spun este că nu îmi
doresc să mi te ia.

Mi-am rotit ochii. Parcă eram o minge de tenis pasată de
la unul la celălalt. Probabil aşa vedeau şi ei situaţia aceasta,
exact ca pe un joc.

— Sunt luată de cine vreau şi când vreau. Dacă mi-l do-
resc pe Alec, atunci o să îl am şi cu tine lângă mine, şi fără.

Ace nu mi-a mai spus nimic pentru o secundă şi m-am
mirat. Asta până când am observat că a tras pe dreapta şi
a staţionat pe marginea drumului. A tras frâna de mână,
apoi şi-a desfăcut centura când s-a întors spre mine cu ochii
aprinşi.

— Bun. Ce e cu tine? Am spus ceva care te-a deranjat
sau tachinarea mea e un nou hobby pentru tine?

Privirea sa mă ardea. Era nervos. Şi mi-am dat seama
că am lovit unde trebuia. Dacă el mi-a făcut ce mi-a făcut
cu Crystal, eu de ce nu mă puteam distra puţin pe seama lui
cu Alec?

Doar că îi vedeam chipul şi mi-l imaginam supărându-se
pe mine. Apoi mi-am şters orice replică acidă din minte. Nu
voiam să îl pierd pe noul Ace, pe Ace pentru care aveam
sentimente.

— Spun doar că nu mi-l doresc şi nu o să fiu luată de
el. Dar dacă l-aş fi dorit, atunci aş fi fost de mult cu el, chiar
dacă ai fi încercat să mă împiedici, şi nu aş fi aici cu tine.

— Asta înseamnă că mă doreşti?

Cu toate că a aprins ceva în interiorul meu cu acea în-
trebare, încă eram supărată gândindu-mă la ce credea despre
mine. M-am uitat în faţă, cu privirea rece, blocată într-un
punct mort.

— Asta înseamnă că întârziem. Haide să mergem.

Doar că Ace nu m-a ascultat, aşa cum făcea întotdeauna. S-a apropiat mai tare de mine şi s-a sprijinit cu mâna dreaptă de scaunul meu.

— Nu plecăm de aici până nu îmi spui de ce eşti supărată.

Mi-am întors faţa uşor spre el şi am simţit cum am intrat în spaţiul său personal odată cu schimbarea temperaturii. Aerul cald pe care îl expira era inspirat de către mine. Practic împărţeam acelaşi metru pătrat. Mi-a luat o clipă să îmi revin din ameţeală.

— Atunci voi merge pe jos, i-am răspuns, întorcându-mă cu spatele la el.

Maşina a scos un zgomot înfundat şi mi-am dat seama că Ace s-a mişcat prea repede, blocând uşile. M-am uitat la butoanele de pe bord, dar mâna sa stângă acoperea ce aveam eu nevoie. Faţa lui arăta satisfăcută când am îndrăznit să revin asupra lui.

— Vrei doar să mergem la restaurant, să ne prefacem că ne simţim bine şi apoi să mă duci înapoi acasă? l-am întrebat iritată.

— Sigur. După ce îmi răspunzi la întrebare. Cu ce te-am supărat?

Am oftat obosită şi mi-am lăsat capul într-o parte.

— Nu am de gând să îţi spun, aşa că ai face bine să ne scuteşti de irosirea timpului.

— Eu nu am de gând să renunţ, aşa tu că ai face bine să spui mai repede şi să ne scuteşti de timp irosit degeaba.

Mi-am încrucişat mâinile la piept.

— Atunci se pare că vom dormi aici.

— Am uitat că stau în maşină cu regina încăpăţânaţilor, a oftat Ace.

Următoarea lui mişcare m-a făcut să chiţăi. Nu mă aşteptam, dar mâinile lui m-au cuprins de mijloc şi m-au tras la el în poală atât de uşor, de parcă nu cântăream nimic. Spatele meu atingea volanul, iar picioarele mi-au rămas întinse pe locul meu, când Ace mi-a luat încheieturile în palma sa şi m-a ţinut nemişcată. Cealaltă palmă îi era pe coapsa mea, făcându-mi pielea să se furnice până și pe sub materialul blugilor.

— Ce tot faci? Dă-mi drumul!

M-am forțat să îmi desfac mâinile din palma sa, dar era foarte puternic. Nu făceam decât să îmi rănesc încheieturile singură.

— Am încercat cu vorba bună, nu poți spune că nu. Așa că... Dacă nu îmi spui de ce ești supărată, te sărut.

Am scos un hohot sec și deloc entuziasmat pe gură.

— Tu nu vorbești serios. Dă-mi drumul, termină cu prostiile și...

— Oh, ba da! Nu ai habar de când aștept o ocazie să îmi încalc promisiunea cum că tu mă vei săruta data viitoare. Asta este o vreme disperată.

L-am privit urât și mi-am forțat iar încheieturile în palma lui. Nu știam cum m-am fâțâit, dar spatele meu a lovit claxonul de câteva ori și am pornit ștergătoarele.

— Nu mi se pare amuzant.

— Chiar dacă ți s-a părut, nu ți se va mai părea într-o clipă.

Și atunci mâna care îi era pe picior mi s-a așezat pe spate și m-a apropiat de el. Nu credeam că avea de gând să o facă. Tot corpul îmi furnica din cauza emoțiilor, dar orgoliul și ambiția mă făceau să mă zbat în continuare. Îmi repetam în gând că nu voiam să fac asta, chiar dacă îmi doream cu disperare. Cel puțin știam că nu voiam să o fac așa.

Când mai aveam, la propriu, un centimetru între buzele noastre, mi-am rotit capul și m-am lăsat pe pieptul lui, cu capul așezat pe umărul său. Eram lipiți așa, da, însă, în acest fel nu putea să mai încerce să mă sărute. Și nu știam de ce, dar apropierea aceasta, felul în care îl simțeam cald sub mine, brațul său care mă ținea strâns de talie și faptul că mi-a dat drumul la încheieturi doar ca să mă îmbrățișeze, m-a făcut să mărturisesc.

— M-ai comparat cu Crystal, i-am spus, cuibărindu-mă la gâtul său.

Nu voiam să îl văd după ceea ce i-am spus, iar Ace a acceptat asta.

— Când? vocea i-a vibrat sub mine.

— Ai spus că te-ai certa din nou cu Alec pentru mine, așa cum ai făcut-o pentru Crystal. Adică suntem exact ca în acel caz. Doar că eu te prefer pe tine, nu pe Alec. Însă ai crede că te-aș lăsa pentru el, iar eu nu sunt genul care... Nu aș face ce a făcut ea. Nu sunt deloc ca și ea.

*Nu m-aș culca niciodată cu Alec, pentru că eu am sentimente pentru tine.*

Am oftat și am simțit nevoia să îl strâng mai tare în brațe, așa că asta am făcut. Da, eram supărată pe el, însă în loc să mă cert, preferam doar să îl strâng tare și să nu îl las să plece. Mă simțeam în siguranță așa, aveam impresia că toate relele ar fi trecut, chiar și cele dintre noi doi.

— Vreau să mă privești în ochi când îți spun asta, mi-a șoptit Ace, mângâindu-mă pe spate.

Am oftat, fiindu-mi greu sa mă ridic de acolo. Îmi era frică să dau fața cu el. Totuși, după încă un minut în care am poposit așa, mi-am ridicat capul de pe umărul său și l-am privit timidă. Mâinile sale mi-au strâns ambele mele mâini înainte să începem să vorbim – sau mai bine zis să vorbească el.

— Am spus asta gândindu-mă că de data aceasta eu aș fi fost în locul lui Alec, da. Însă nu m-am gândit nici măcar pentru o clipă că tu mi-ai face așa ceva. Pur și simplu aș fi crezut că m-ai fi lăsat pentru el într-un mod demn, spunându-mi-o în față, căci, da, îmi este frică din cauză că el ar putea să mi te ia. Și spuneam că m-aș mai certa o dată – și nu am zis bine o dată, ci de un milion de ori – pentru tine, căci tu ești mult mai mult. Ești pentru mine cum era Crystal pentru Alec.

Mi-am despărțit ușor buzele, căscându-mi gura încet, de uimire. Îmi amintisem cum îmi povestise despre relația lor, și a spus că Alec o iubea mai mult decât pe oricine pe Crystal. Iar acum mi-a spus că eu eram la fel pentru el. Oare observase? Sau poate făcuse o greșeală? Nu mă iubea, nu avea cum, deci era posibil să se fi încurcat, să nu îşi mai amintească ce mi-a spus despre cei doi.

Şi totuşi... Încă rămânea o variantă. Ţinea la mine. Şi ţinea destul de mult. Iar asta, probabil, a fost tot ceea ce mi-a trebuit în momentul de faţă.

Mi-am strecurat o mână din strânsoarea lui, apoi am ridicat-o la nivelul feţei sale. L-am atins şi i-am mângâiat chipul, până când i-am memorat fiecare curbură şi aş fi fost în stare să îl sculptez din lut. Apoi am poposit pe forma buzelor sale, totul sub privirea sa crispată, puţin uimită, dar totuşi răbdătoare.

Voia ca eu să fac următorul pas? Ei bine, eu ardeam la nebunie după asta.

— Am să te sărut acum, i-am şoptit aproape insesizabil peste buze.

Nici măcar nu ştiam dacă o gândisem sau dacă chiar dădusem glas acestei idei, dar Ace mi-a răspuns.

— Iar eu este posibil să nu îţi mai dau drumul.

Am zâmbit slab.

— Mai spune-mi astfel de lucruri şi probabil nu voi mai vrea să îmi mai dai drumul.

Apoi mi-am lipit buzele de ale sale, fiind conştientă de fiecare mişcare a mea şi dorindu-mi tot ceea ce făceam şi tot ceea ce el îmi făcea.

Ace nu a rămas nicio secundă în urmă. M-a sărutat imediat înapoi, exact ca şi cum ar fi aşteptat asta de mult timp, şi poate chiar aşa era. Buzele lui se plimbau pe ale mele tandru, deschizându-mă încet şi adâncind sărutul nostru pe secundă ce trecea. Era blând, era umed, deloc prea mult din nimic, pur şi simplu cantitatea perfectă din toate. Şi totuşi, în acelaşi timp era şi puţin brutal, în acel mod în care se vedea că îşi înfrâna unele stăpâniri. Nu voiam să se abţină.

Când în sfârşit am gustat cu adevărat din el, am ştiut imediat că voiam totul, că nu doream să îmi rămână nimic ascuns şi că tot ceea ce voiam era să îl descopăr complet. Dar poate era prea mult pentru cel de-al doilea sărut, aşa că imediat ce am rămas fără respiraţie, m-am desprins de el şi am rămas aşa, cu frunţile lipite, ochii închişi, tremurând din toate încheieturile de fericire.

— Fii iubita mea! mi-a cerut pentru a doua oară.

Inima mi s-a oprit din nou. Valul de aer cald pe care l-a eliberat peste buzele mele mi-a făcut pielea de găină. Şi totuşi...

— Nu, i-am răspuns, sărutându-l din nou, de data aceasta scurt.

Ace s-a încruntat.

— De ce? m-a întrebat îndoielnic.

L-am privit fascinată şi i-am mângâiat din nou trăsăturile. Când mă gândeam că putea fi al meu, cu totul...

— Trebuie să ne facem ordine în vieţi înainte, şi să căpătăm încredere.

— Putem face asta în timp ce suntem împreună, iubito.

Îmi plăcea atât de mult cum suna asta. Şi avea dreptate, doar că... Probabil singurul lucru care mă reţinea era de fapt frica. Îmi era frică de o despărţire, de o inimă frântă. Şi încă nu eram sigură că voiam să fac asta, dacă merita. Aveam nevoie de timp de gândire.

— Doar respectă-mi decizia, te rog.

Ace a zâmbit, sărutându-mă şi el scurt pe buze.

— De acord. Până la urmă eram deja ca un cuplu, doar că nu te puteam săruta. Iar acum pot. Deci asta este doar un titlu.

Şi m-a sărutat din nou, lăsându-mă fără cuvinte.

— Dar tot am să îţi cer să îmi fii iubită zilnic de acum încolo. E ceva din orgoliul meu masculin care nu mă va lăsa în pace până nu vei spune da.

Am izbucnit în râs la comandă, însă nu am putut să mă amuz prea mult de asta, căci imediat buzele lui Ace au fost iar peste buzele mele şi m-a sărutat prelung, făcându-mă să uit de ce râdeam.

Sigur nu urma să mă întrebe asta prea multe zile. Nu aveam să rezist mult până să accept.

# Capitolul 26

Ajunsesem într-un final la restaurantul stabilit de Kendra, şi deja regretam faptul că eram acolo, din diverse motive.

Primul era faptul că eu şi Ace nu mai puteam fi atât de apropiaţi. Deşi eram în public şi trebuia să părem un cuplu, nu puteam exagera, căci şi-ar fi dat seama prietenii mei. Iar eu, cu toate că încă nu exista nimic între mine şi Ace, preferam să ştiu acest lucru doar între noi doi.

Al doilea lucru de pe lista cu motive pentru care nu îmi doream să mă aflu aici era numărul persoanelor de la masa noastră. A trebuit să le fac multora cunoştinţă cu iubitul meu platonic şi evident că majoritatea dintre ei deja îl ştiau după nume. Nu m-am mirat când Ace s-a amestecat prin mulţime, de parcă aparţinea locului şi toţi îi erau prieteni de mult timp. Ştia să se facă plăcut, exact aşa cum îi ieşea la perfecţie să se facă urât.

Singurul cu care nu i-a mers această figură cu politeţea şi şarmul a fost Allen, care mă urmărea la fiecare clipă, de la două scaune depărtare. Acesta vorbea cu mine codat şi îmi trimitea mesaje din priviri, ca şi: *nu ezita să îmi spui dacă nu îţi convine ceva.* Bine măcar că Alec nu era acolo. Dar ştiam că el avea obiceiul să întârzie, nu? Ceea ce mă ducea la ultimul motiv de pe listă. Motivul cu numărul trei pentru care îmi doream să dispar de acolo.

Privirea lui Alec a fost de nepreţuit atunci când m-a zărit într-un capăt al mesei, cu Ace lângă mine, care mă ţinea aproape de el, cu mâna petrecută pe spătarul scaunului meu. Micul diavol îmi strângea palma pe sub masă, împletindu-şi degetele cu ale mele, în timp ce povestea ceva, fiind în centrul atenţiei. Probabil nici nu şi-a observat vechiul prieten, care a intrat şi s-a încordat la remarcarea prezenţei sale. Ei bine, eu am fost conştientă de tot şi de toţi.

La fel cum am conştientizat plecarea imediată a lui Alec din restaurant.

Mi-am despletit degetele de ale lui Ace şi acesta s-a oprit din povestit. Toată lumea era atentă la noi acum, nu doar la el. Cu toate astea, băiatul pentru care aveam sentimente nu mai era interesat de nimeni altcineva decât de mine. Mă privea cu ochii săi verzi, strălucitori, de parcă m-ar fi întrebat pe muţeşte dacă mă simţeam bine.

— Ce e? a spus în schimb, cu vocea puţin îngrijorată.

I-am zâmbit încordată.

— Nimic. Merg până afară. Tu continuă aici, eu iau o gură de aer.

Nu părea convins. Cu toate acestea, m-a lăsat să plec, deoarece *fanii* îl chemau. Eu una m-am grăbit spre uşă, profitând de oportunitate, şi mi-am întors capul la trei sute şaizeci de grade, pentru a-l căuta pe Alec. Din fericire, nu ajunsese departe. Din contră. Stătea în colţul restaurantului, cu spatele lipit de perete, şi privea trotuarul într-un punct fix.

Nu părea că voia să plece, ci doar să îşi tragă sufletul, să se pregătească pentru ce îl aştepta înăuntru. De aceea i-am şi oferit câteva clipe de singurătate, până când m-am apropiat şi el mi-a auzit tocurile lovindu-se de beton.

Alec s-a întors brusc, privindu-mă puţin încurcat, apoi a revenit la trotuar.

— Ce vrei? a întrebat pe un ton neutru.

Mi-am aşezat palmele pe coapse şi le-am şters de materialul blugilor, simţindu-le brusc transpirate. Probabil aveam emoţii, nu ştiam ce să spun şi chiar nu îmi mai doream să fiu aşa cu Alec. Parcă noi doi eram prieteni.

— Voiam să văd cum te simţi, i-am spus sinceră.

Alec a pufnit, de parcă aş fi spus ceva amuzant, sau de parcă nu era evident răspunsul. Într-adevăr, se simţea rău, dar nu ştiam ce altceva puteam să îi spun.

— Nu cred că pe Ace l-ar deranja să redeveniţi prieteni, am rostit dintr-odată.

Proastă idee.

Alec şi-a ridicat privirea la mine, iar eu am continuat.

— Mi-a povestit despre voi şi se vede că te-a iubit mult. Încă ţine la tine, doar că... s-au întâmplat prea multe şi a trecut destul timp.

Nu a scos nici măcar o vorbă. Nu făcea decât să mă privească uşor încruntat, fără să îmi dea vreun indiciu legat de gândurile şi intenţiile sale. Oare i-aş fi putut împăca?

— Alec, uite... Eu chiar vreau să fiu prietenă cu tine, în timp ce sunt şi...

Pentru o clipă m-am pierdut. În timp ce eram *şi ce* cu Ace? Împreună, ca un cuplu? Alec nu trebuia să afle asta. Cel puţin nu încă. Aş fi pus doar paie pe foc, iar eu ceea ce încercam să fac acum era să sting acel foc.

— În timp ce sunt şi cu Ace, am încheiat, încurcată de propriile cuvinte. Eu nu voi fi Crystal. Nu voi alege între voi doi niciodată. Şi nici nu vreau să vă mint, să vă înşel.

— Atunci spune-mi adevărul, mi-a cerut.

Pentru a doua oară în seara aia mi-a vorbit. Era econom cu vorbele şi destul de enervant, dar m-am bucurat că începea să comunice cu mine.

— Care adevăr? l-am întrebat, înghiţind în sec.

Alec s-a dezlipit de zid şi s-a întors spre mine. Ne despărţeau doi metri, dar distanţa dintre noi se simţea mult mai mare. Asta probabil din cauză că ştiam că nu mai aveam mult până să îl pierd din rândul prietenilor mei.

— Sunteţi împreună pe bune? a întrebat direct.

Mă gândisem încă o dată dacă exista posibilitatea ca Alec să simtă altceva pentru mine în afară de dragostea pentru o prietenă, însă mi-am alungat rapid acel gând. Era imposibil, deoarece nu mi-a arătat vreodată alte intenţii. Ace, în schimb... A făcut foarte clar ceea ce dorea de la mine – încă îmi furnicau buzele datorită urmelor gesturilor clare pe care mi le-a oferit. Şi exact acelaşi lucru îl voiam şi eu de la el.

— Nu, i-am mărturisit. Dar îl plac, el mă place, şi m-a întrebat dacă vreau să îi fiu iubită.

O cută a apărut pe fruntea prietenului meu.

— L-ai refuzat?

Am afirmat tăcut, din cap.

— De ce? a continuat el să întrebe.

Am inspirat puternic şi mi-am prins degetele unele de altele, jucându-mă cu ele din cauza emoţiilor.

— Pentru că voiam să se mai calmeze apele, să rezolvăm înainte problemele pe care le avem.

— Şi una dintre ele sunt eu? a întrebat el batjocoritor.

— Nu, nu tu, ci prietenia dintre tine şi el. Şi prietenia dintre mine şi tine.

O clipă de linişte s-a revărsat asupra noastră, în care doar maşinile trecătoare o mai umpleau. Probabil că Alec nu mai ştia sau nu mai voia să îmi răspundă cu nimic, aşa că mi-am găsit curajul să îi spun ceea ce simţeam.

— Nu vreau să te pierd, Alec...

Acesta a oftat, apoi m-a privit direct în ochi cu irisurile sale albastre de vis. Am încremenit.

— Nici eu pe tine.

O urmă de zâmbet mi-a umbrit faţa.

— Atunci totul este bine între noi? Chiar dacă... Chiar dacă într-una din zile voi fi cu Ace?

Până şi chipul său s-a luminat.

— Sigur. Atât timp cât nu mă uiţi în favoarea lui.

Am râs, apoi m-am aruncat în braţele sale, parcurgând distanţa dintre noi într-o fracţiune de secundă.

Eram fericită. Eram cu adevărat fericită pentru că rezolvasem ceea ce era mai important şi pentru că nu am pierdut un prieten. Poate chiar pentru că acesta se va împăca cu băiatul de care îmi plăcea. Dacă rezolvasem asta, restul erau minorităţi. Cel puţin aşa speram. Iar acum tot ceea ce îmi doream era să îmi înec dorul de Alec.

— Vei vorbi şi cu Ace? l-am întrebat, fără să mă despart de el.

— Ţi-am spus că nu cred că îl mai cunosc, dar... poate că voi încerca.

Asta era şi mai bine. L-am strâns mai tare în braţe, până când am avut impresia că rămân fără puteri. Nici nu îmi mai aminteam de ce credeam că această noapte va decurge rău, căci decursese chiar bine. Foarte, foarte bine.

— Sau aș putea să încerc acum, a șoptit Alec, lărgind îmbrățișarea noastră.

I-am dat și eu drumul, observând că se uita în spatele nostru, într-un punct fix, fiind foarte încordat. Nu mi-a trebuit prea mult creier ca să îmi dau seama la ce se uita. Sau mai bine spus la cine.

Ace era la vreo trei metri distanță, abia ieșit din restaurant, admirând ipostaza în care noi tocmai eram. Sau mai bine spus analizând cu o foarte mare preocupare. Îl cunoșteam îndeajuns de bine încât să îmi dau seama că acea privire glaciară și calculată era de fapt privirea pe care o arunca atunci când era al naibii de nervos. Iar eu trebuia să fac ceva în privința asta.

— Eu și Alec ne-am împăcat, l-am informat, mergând spre el.

L-am luat pe Ace de braț, iar acesta nu a făcut absolut nicio mișcare. Toată ura sa era îndreptată către Alec.

— Ar trebui să urmezi exemplul meu, am continuat, căutându-mi-o cu lumânarea.

Speram doar să am noroc. Speram să nu fie atât de supărat și să reacționeze rațional, crezându-mă pe cuvânt. Doar îl îmbrățișasem pe Alec, asta nu însemna că aveam de gând să îl înșel când nici nu ne-am început relația. Însă după ce tocmai pățiseră cei doi, aș fi înțeles dacă erau paranoici.

— Nu prea îmi arde acum de împăcări, a rostit Ace în sfârșit.

Vocea lui suna mai groasă decât de obicei, iar eu nici nu eram interesată de ce îi ardea lui în acest moment. Presimțeam că nu era ceva bun.

— Ăm... Vrei să mergem acasă? l-am întrebat, schițând un zâmbet tensionat.

Cei doi se priveau ca niște tauri, fără să dea înapoi nici măcar o secundă.

— Nu chiar, a răspuns evaziv.

Nu chiar? Dacă mai rămâneam aici zece minute se ajungea la o bătaie din cauze banale și cu scop inutil.

— Eu vreau. Mă duci? l-am întrebat.

Abia atunci mi-a oferit atenție destulă încât să își întoarcă privirea spre mine. Ochii săi erau umbriți de un verde de brad, închis și tulburător.

— Sigur, iubito, mi-a spus, destinzându-se și cuprinzându-mă de după umeri.

Nu știam dacă făcea asta de drag sau pentru a-și marca teritoriul. Era pur și simplu ciudat. Dar am vorbit serios când am spus că nu îl voi lăsa pe Alec pentru el, deci nu aș fi fugit de acolo fără să îmi iau rămas bun, indiferent de orice.

Am plecat de lângă Ace doar pentru a-i oferi o îmbrățișare scurtă și pline de sentimente lui Alec. Se pare că acest lucru mi-a înseninat prietenul, căci mi-a zâmbit din toată inima. Speram ca acesta să fie un început bun pentru a demonstra că nu îl voi lăsa baltă.

Imediat cum m-am dezlipit de Alec, gladiatorul Ace era lângă mine, încătușându-mă din nou în brațe și conducându-mă până la restaurant să îmi iau lucrurile. A trebuit să inventez o scuză pentru plecarea noastră, dar nu cred că a înghițit-o nimeni atunci când mi-au văzut partenerul bosumflat. Și nici atât în momentul în care Alec a intrat în urma noastră.

Kendra și Allen mi-au oferit niște priviri care îmi spuneau că urma să vorbim mai târziu și așa am obținut acordul de a pleca.

Recunosc că eram mai lipicioasă decât de obicei. Îl ținusem de mână pe Ace pâna la mașină, mă lăsasem pe el și m-am agățat de corpul lui. Chiar și pe drum îi mai mângâiam brațul uneori, iar când mi-am așezat mâna pe coapsa lui, el mi-a cuprins-o și a ținut-o acolo tot drumul. Simțeam că așa m-aș fi revanșat față de el, arătându-i pe cine plăceam cu adevărat.

Când am ajuns în cartierul meu, deja credeam că îl împăcasem cât de cât. Asta până când mi-a dat drumul la mână, a oprit motorul și am rămas într-o tăcere surdă, așteptând inevitabilul. Voia să vorbească sau chiar să ne certăm pe această temă.

Grozav! Prima noastră ceartă de cuplu. Și încă nici nu formam un cuplu.

Tensiunea mă omora, așa că am început eu discuția.

— A fost o îmbrățișare prietenească. Ne-am împăcat și îmi este amic. Mi se pare normal să...

— Două, m-a întrerupt el. Două îmbrățișări.

Mi-am rotit ochii, profitând de faptul că nu se uita la mine.

— În fine. Două, trei, o mie. Toate vor avea același sentiment cu Alec. Toate vor fi prietenești și atât.

Ace nu a spus nimic pentru câteva secunde, apoi un minut, apoi alte două, ba chiar am ajuns la cinci. Mi se părea prostesc.

— Nu cred că am făcut ceva atât de greșit, Ace. Voi mai avea prieteni băieți și...

— Nici nu am spus că ai făcut ceva greșit, m-a întrerupt din nou.

Apoi a urmat iar tăcerea. Și eu am explodat.

— Știi ceva? Chiar nu te înțeleg! Adică mă îmbrățișez cu Alec, ceea ce este complet normal, iar tu te superi. Apoi îmi spui că nu este vina mea, dar încă ai fața asta, încă ești nervos. Și eu nu am făcut nimic. Atunci ce naiba este în neregulă cu tine?

Ace a oftat, dar încă nu și-a ridicat privirea spre mine. Brusc mi-a părut mai mult trist decât nervos. Era supărat, mâhnit... Chiar îl deranjase atât de rău acel mic gest de afecțiune dintre noi doi?

— Nu ai făcut nimic rău. Este doar vina mea, a spus. Trebuie să mă obișnuiesc și îmi este greu. Mă înțelegi?

Mi-am mijit ochii încurcată. Trebuia să se obișnuiască cu mine și Alec fiind aproape unul de celălalt? Sau...?

— Nu, nu prea te înțeleg, am mărturisit.

În sfârșit ochii săi verzi au căzut asupra mea, părând cu câteva nuanțe mai deschise decât în fața restaurantului. Aveam dreptate, chiar îl deranja ceva. Și îl deranja tare.

— Iar eu probabil sunt prea laș să îți explic acum, așa că... Poți doar să ai încredere în mine? Voi avea nevoie să mă obișnuiesc cu gândul că Alec îți este prieten.

Nu știam din ce motive banale am afirmat din cap imediat, parcă la comandă.

— Doar nu mai fi supărat, i-am cerut.

Mi-am trecut mâna peste a lui și le-am urmărit zâmbind, până când ne-am împletit degetele strâns unele de altele. Se potriveau perfect, palma lui acoperindu-mă și protejându-mă de tot ceea ce însemna exteriorul. Eram într-o carapace fericită atunci când mă aflam cu Ace. Iar eu începeam în sfârșit să accept asta.

— Știi că tu ești cel pe care îl plac, cel de care sunt atrasă, i-am reamintit.

Suna patetic, dar nu puteam spune cu voce tare că aveam sentimente pentru el. Nici măcar eu nu știam unde să clasez acele sentimente, ce însemnau și cât de puternice erau. Aveam nevoie de timp.

Ace doar mi-a dus mâna până la gura sa și mi-a sărutat-o. Buzele lui mi-au electrocutat pielea.

Am zâmbit, fascinată și îndrăgostită de acest gest. Apoi, fără să mă pot abține, l-am luat în brațe, dorind să îi simt tot corpul lipit de al meu, voind să îi iau supărarea și sperând să vadă și el că fiecare sentiment din această îmbrățișare întrecea orice era între mine și Alec.

Probabil a observat asta, căci m-a luat de pe scaunul meu și m-a pus în poala lui, pentru a mă strânge mai tare la pieptul său. Și-a scufundat capul în scobitura gâtului meu, mirosindu-mi părul și mângâindu-l în același timp cu o mână.

Totul legat de el era perfect în aceste momente și mă făcea și pe mine să mă simt perfectă.

Probabil... exista o mică-mare șansă... să încep să mă îndrăgostesc de Ace Appleby.

# Capitolul 27

Dimineţile nu au fost niciodată părţile mele preferate din zile, dar când mă trezeam cu Ace în faţa uşii la aceeaşi oră fixă, cu un sărut dulce pe buze şi un pahar mare de ciocolată caldă, acestea deveneau mult mai bune. Mă răsfăţa, din mai multe puncte de vedere, iar acesta era cel mai puţin semnificant dintre ele.

Nu mai ştiam să merg pe jos la şcoală. Eram de fiecare dată dusă cu maşina de către el, aşa că mă obişnuisem să dorm cu jumătate de oră în plus din cauza asta. Nu părea, dar mă ajuta enorm acest lucru. Aveam companie mereu la muncă, Ace stătea cel puţin jumătate din program cu mine, făcându-mă să zâmbesc şi creându-mi impresia că timpul trecea mai repede. Meditaţiile noastre continuau, iar el mă plătea la fel, chiar dacă eu refuzam să cheltuiesc banii pe care mi-i băga în cont şi susţineam că erau prea mulţi. În curând m-aş fi obişnuit cu acest trai, câştigând mult din puţin, şi aş fi abandonat serviciul meu. Tocmai ce nu voiam, tocmai lucrul de care mă fereau.

Nu voiam să mă obişnuiesc cu asta, cu traiul uşor şi frumos alături de el. Pentru că ar fi venit un moment în care ar fi dispărut, iar eu trebuia să cobor din nou în această ceaţă neagră care îmi acoperea zilele. Dar chiar dacă nu voiam, o făceam. Mă obişnuiam uşor. Fiecare celulă din mine îl accepta, fiecare fibră a mea îl simţea mai bine, fiecare părticică a corpului meu ajunsese să îmbrăţişeze senzaţia pe care mi-o oferea prezenţa lui.

Ajunsesem în stadiul în care îmi era dor de el. Devenise parte din programul meu, din rutina mea, din mine, oarecum, şi îmi lipsea de fiecare dată când era plecat mai multe ore. Nebunie curată...

Nu îl iubeam pe Ace. Știam asta cu certitudine. Dar era important, țineam la el mult, mă făcea să mă simt senzațional și îi duceam dorul când lipsea. Nu știam dacă eram îndrăgostită, pentru că nu simțisem așa ceva niciodată și nu aveam habar cum era, dar un lucru îmi era clar. Dacă totul ar fi continuat așa pe o perioadă mai lungă, atunci acest băiat ar fi ajuns mai mult decât important pentru mine. Deja era important. Nu îmi puteam imagina cum ar fi fost în câteva luni.

M-am ferit atât de sentimente și tocmai în asta am picat.

— La ce te gândești, iubito?

Aveam o senzație ciudată când îl știam așa, aproape *al meu*. Uneori aveam impresia că nu îl meritam, chiar dacă îl crezusem cel mai mare nesuferit de pe planetă în urmă cu nu foarte mult timp. Dar asta îmi spunea sentimentul din stomac atunci când mă numea *iubită*. Era ceva greu acolo, niște emoții, dar adunate cu un fel de vinovăție și senzația de a fi nemerituoasă.

— Tema pe care ne-a dat-o, am mințit cu ușurință.

Eram la ora de engleză, așteptând ca profesoara să apară, atunci când Ace mi-a mângâiat obrazul stâng cu două degete. Atingerea sa a fost atât de ușoară încât mi-a gâdilat pielea.

— Și la cum am să te fac pe tine să o înțelegi, am continuat, trezindu-mă din visare, pentru a-mi da crezare poveștii.

Ace nu păruse total convins, dar nu a mai spus nimic și a scos un hohot de râs pe gura lui frumoasă. Ochii i s-au îmblânzit, iar zâmbetul i-a apărut pe buze.

— Cu mult efort și dedicare, mi-a întors-o el.

I-am zâmbit la rândul meu, chiar dacă a fost mai șters. Multă lume ne urmărea pe ascuns, cu toate că aceștia erau băgați în alte conversații, drept acoperire. Și, da, mă puteam preface perfect că nu mă interesa acest amănunt, însă mă simțeam puțin intimidată de atât de multă atenție cu privire la viața mea personală. M-am gândit că alături de Ace probabil așa ar fi fost mereu. Iar el a suportat asta încă de la început, de ani de zile. Tocmai îmi dădusem seama că a dus o viață complicată.

— Știi? a început el. Voiam să te invit la o petrecere, dacă vrei să vii.

Petrecere. Locurile în care voia să se afișeze cu mine pentru a face real circul relației noastre false. Dar acum nu mai era ca înainte. Acum era pe bune. Chiar mă invita la o petrecere, căci voia să fiu alături de el, îmi dorea prezența.

— Când? am întrebat lucrul cel mai normal pe care îl puteam întreba.

— Marți.

Am afirmat din cap, gânditoare.

— Îmi trebuie ceva ținută de gală sau rochie?

Ace a ridicat din umeri în timp ce îmi ținea palma stângă în ambele sale mâini, mângâind-o și jucându-se cu degetele mele. Poate că știa asta sau poate că nu, dar acest gest mă calma la fel de mult pe cât mă agita. Îmi plăcea.

— Fiecare se îmbracă cum vrea.

Perfect, mi-am spus în gând ironică. Trebuia să iau eu o decizie. Asta nu era prea bine. Mai ales că era una vestimentară.

— Dar dacă toată lumea poartă... un anumit tip de îmbrăcăminte, nu ar trebui să o facem și noi?

Ace a ridicat din nou din umeri. Mi-a pus o mână pe coapsă, foarte sus, încălzindu-mi instantaneu pielea sub ea, în timp ce palmele noastre rămase împletite au coborât în poala lui.

— Nu ești obligată să faci nimic, iubito, mi-a spus, sărutându-mă pe frunte.

Încă mai simțeam căldura, umezeala și forma buzelor sale acolo când s-a retras și a adăugat pe un ton pervers:

— Însă o fustiță scurtă în privat nu ar strica.

L-am lovit automat cu palma în piept, scoțând un sunet înfundat de la el. Ace a râs, iar eu mi-am rotit ochii iritată, știind că cel puțin vreo trei colegi din jur ne-au auzit.

*Nici să ai ceva creier nu ar fi stricat*, voiam să îi spun, jignindu-l, însă profesoara tocmai intrase pe uşă când am deschis gura, iar discuţia noastră s-a amânat. Cel puţin asta am vrut să dau de înţeles prin privirea mea fioroasă. Ştiam de la început că a fost anulată, atunci când mi-a aruncat zâmbetul său fermecător şi mi-a sărutat mâna.

Mi-a sărutat mâna... Şi continua să fie la fel de glumeţ şi drăgăstos ca şi până acum. De parcă nici nu observase ce gest măreţ a făcut sau cât a însemnat pentru mine. Nu observase nici măcar şocul celorlalţi din clasă, care se holbau fără ruşine. El mă vedea doar pe mine, pentru că se uita doar la mine.

M-am îndepărtat de el din orice punct de vedere, până când am pierdut de tot contactul fizic, apoi am început să fiu atentă la oră, la profesoară şi la ce trebuia. Cincizeci de minute chinuitoare. Însă, cu toate acestea, au trecut.

Pauza de prânz era departe, cea pe care o petreceam mai nou doar în seră, împreună, şi discutam despre diverse lucruri. Până atunci mai aveam două cursuri, unul singură şi unul cu Alec, iar în momentul în care am intrat pe uşa care mă despărţea de Ace deja mi se făcuse dor de el. Poate era din cauza privirilor aruncate asupra mea, din dorinţa de protecţie.

— Ne vedem în cincizeci de minute la dulapul tău, m-a anunţat, sărutându-mi obrazul.

Buzele sale se simţeau precum metalul fierbinte, încins la o sută de grade. Îmi marcau pielea şi mi-o topeau sub cea mai fragilă atingere. Probabil de aceea mă înroşisem toată imediat ce a plecat. Dar de ce avusesem nevoie de o clipă înainte să intru în clasă şi să îmi revin? Câteva inspiraţii adânci, expiraţii lente, momente cu ochii închişi, meditaţie şi revigorare a gândurilor. Poate pentru că eram puţin răvăşită, iar eu îmi dădeam seama de asta abia când Ace pleca, când visul se sfârşea.

Sala era plină când am intrat. Aproape fiecare loc era ocupat şi aproape fiecare privire s-a ridicat spre mine în momentul în care îmi făceam drum spre banca mea. Am încercat să nu privesc pe nimeni, chiar am încercat. Ceva din subconștientul meu mi-a spus că nu ar fi bine să înfrunt privirile lor astăzi, dar nu l-am ascultat. Ochii mi s-au ridicat ca din reflex, fără să îi pot opri, iar ei s-au fixat pe țintă, exact asupra persoanei pe care îmi doream cel mai puțin să o văd.

Au fost doar câteva clipe, cât am trecut de ea, însă am putut să îi văd expresia de scorpie fericită. Arăta de parcă se bucura de ceva, de ceva ce mie mi-ar fi făcut rău, sau de ceva ce ea știa, iar eu nu. Mă întrebam oare ce, sau dacă instinctul meu avea dreptate, însă nu am avut timp să mă gândesc pe moment, căci ora începuse, iar eu mă aflam deja la locul meu.

Ce plănuia Crystal?

* * *

Mi s-a părut doar o fată drăguță și rănită la început. Însă și Ace mi s-a părut a fi diavolul în persoană pe atunci, deci învățasem să nu judec o carte după copertă. Poate că ea era așa, după cum i-am văzut privirea în urmă cu două ore. Poate că era rea și nu a făcut decât să își joace rolul, poate că Ace a făcut bine când s-a comportat urât cu ea și a spus că avea motivele lui. Poate că ea era de fapt adevărata fiică a diavolului, iar Ace a fost doar înțeles greșit.

Iar dacă am ajuns la această concluzie, atunci... Ce voia de la mine? Asta este o întrebare prostească. Știam ce voia. Îl voia pe Ace. Dar ce a fost cu acea privire? Plănuia ceva? Știa ceva? Oare avea legătură cu el? Se întâmplase ceva ce nu știam eu între ei doi? Voia doar să mă inducă în eroare? Care îi era planul?

Prea multe întrebări. Aveam mintea făcută praf, iar moralul îmi era la pământ. Cred că mă deprima gândul că Ace ar fi putut să mai aibă vreo legătură cu ea.

În pauză el a suspectat ceva din comportamentul meu, m-a întrebat dacă eram bine și a insistat să vorbim, dar am spus că o vom face în pauza de masă, în seră, adică acum.

Cât despre Alec, în cea de-a treia oră şi el a încercat să mă
facă să vorbesc, dar nu a reuşit. Ar fi fost ciudată o asemenea
conversaţie despre ex-iubita lui şi ex-prietenul său cel mai
bun. Chiar şi aşa, nu simţeam nevoia să mă deschid. Şi nu
voiam să o fac nici în faţa lui Ace, deşi i-am spus că vom
vorbi. Voiam doar să îi pun o întrebare. Ceea ce am şi făcut
atunci când a ajuns.

— Mai este ceva între tine şi Crystal?

Privirea lui nedumerită, poate chiar puţin scârbită, mi-a
răspuns înainte ca el să o facă. Totuşi, voiam o confirmare.

— De ce ai crede asta?

Mi-am închis ochii şi am clătinat din cap.

— Tu doar răspunde.

Mâinile sale mi-au atins umerii cu grijă, încercând să se
apropie cât mai uşor de mine, de parcă aş fi fost rănită şi aş fi
vrut să fug departe de el. Nu era aşa. Voiam doar un răspuns,
fără nicio dramă.

— Nu am mai avut nicio treabă cu ea încă de dinainte să
te cunosc. Iar tu ştii asta.

Da, ştiam. Nu aveam habar de ce mai aveam nevoie încă
o dată de această confirmare. Crystal mi s-a băgat în minte
şi mi-a plantat îndoieli acolo cu doar o singură privire. Poate
chiar acesta a fost scopul ei de la început, să mă facă să mă
îndoiesc de mine, de el, de noi.

— Îmi pare rău, am simţit nevoia să spun.

— Nu e nicio problemă. Doar spune-mi ce te-a făcut să
mă întrebi asta. A spus ea ceva?

Nu era mare lucru. Puteam trăi cu asta singură. Nu era
nevoie să îi spun şi să îi fac şi lui probleme dintr-un fleac.

— Nu. A fost doar ceva la care m-am gândit. O prostie.
Uită, te rog.

Mâinile lui au urcat spre gâtul meu şi m-a masat uşor.

— Eşti sigură?

— Da.

Buzele sale m-au sărutat, sau mai bine spus au poposit
pe gura mea pur şi simplu, pentru mai mult timp. Când a

simţit nevoia să se despartă de mine deja zâmbeam din nou. Unde dispăruse starea mea deplorabilă? A plecat ca prin magie.

— Este foarte bine, pentru că vreau să te întreb ceva.

Mi-am înălţat sprâncenele, aşteptând, în timp ce el îşi cobora mâinile prin părul meu, jucându-se cu el. Ochii săi erau concentraţi la ceea ce făcea, dar arăta mai mult că voia să îmi evite privirea.

— Spune, a trebuit să îl impulsionez.

Ace şi-a umezi buzele, mişcare destul de promiţătoare, care m-a făcut să mă gândesc la cum ar fi să îi muşc limba.

Părea puţin emoţionat. Sau nehotărât.

— Vrei să vii cu mine la o întâlnire? Prima noastră întâlnire.

Nu ştiu dacă am deschis gura din cauza şocului sau pentru că voiam să spun ceva, dar Ace mi-a luat-o înainte.

— Am totul aranjat. Dar în cazul în care nu poţi în ziua aceea, pot amâna, pot muta totul.

Totul aranjat? Îmi era frică de cum suna asta. Suna complicat, poate chiar scump, fiind vorba despre Ace, iar eu nu îmi doream asta. Totuşi, o întâlnire cu el voiam, chiar dacă ar fi fost prea extravagantă pentru una ca mine.

— Când? am întrebat, dorind să amân cu puţin răspunsul meu.

— Duminică.

Asta venea în data de doisprezece, în paisprezece aveam petrecerea, iar între ele o zi de pauză ca să mă recuperez, gândindu-mă că am două întâlniri cu Ace.

— De la ce oră?

— Opt.

— Iar petrecerea de marţi?

— După unsprezece.

Tot ceea ce voiam să ştiu. Era bine. Puteam să o fac. Să ies la o întâlnire cu Ace – două întâlniri.

— Da, am răspuns scurt.

— Da?

— Da.

Ace mi-a zâmbit, apoi m-a sărutat scurt pe buze. Nu am mai avut parte de un sărut adevărat cu el, unul lung și adânc, în care să ne implicăm cu totul, iar asta mă deranja oarecum.

Fruntea îi era lipită de a mea, iar ochii săi închiși îmi arăta că visa la ceva. Mâinile sale m-au strâns mai tare în brațe când a șoptit:

— Fii iubita mea!

Din nou. M-am topit. Am simțit cum zbor, dar în același timp cum pic de la înălțime. Nu ar fi fost corect să accept încă. Totul s-ar fi sfârșit mult prea repede și mult prea rău.

— Nu, i-am spus la fel de încet.

Apoi l-am sărutat. Am început prin mișcări tandre și ușoare, în care abia l-am simțit atingându-l. După care am avansat și i-am gustat buzele, iar el a acceptat, căci imediat sărutul nostru s-a adâncit. Începeam să mă bucur deja, doar că m-am bucurat prea devreme. Ace s-a despărțit de mine și m-a lăsat cu buza umflată.

Ochii lui exprimau dorință, dar distanța pe care a impus-o striga *nu*.

— Mai am multe zile în față în care să te fac să accepți, m-a avertizat. Iar într-una dintre ele vei spune da.

Voiam să oftez din cauza chinului la care mă supuneam singură. Sau voiam să zâmbesc din cauza lucrurilor frumoase pe care acesta le spunea. Poate chiar să îl sărut până când nu aș mai fi avut aer în plămâni. În loc de toate acestea m-am uitat la ceas, apoi am schimbat subiectul, trecând pe lângă el și mergând spre ieșirea din seră.

— Se termină pauza de masă, iar mie îmi este foame.

Știam că rânjea când a spus din spatele meu:

— Ești deja nebună după mine.

# Capitolul 28

Zilele treceau greu şi în acelaşi timp repede. Meditaţiile mergeau bine, şcoala la fel, relaţia mea cu Alec revenea la normal, absenţa mamei de acasă părea să nu mă mai deranjeze atât – având în vedere că eram mai mereu cu Ace –, iar Kendra şi Allen arătau că se obişnuiseră încet şi sigur cu prezenţa iubitului meu platonic, despre care au înţeles că îmi era prieten.

Totul decurgea binişor.

Ei bine, asta dacă nu puneam la socoteală faptul că Ace şi Alec încă nu se împăcaseră. Reuşeau să stea în aceeaşi încăpere, la aceeaşi masă, împreună, fără să explodeze nimic, ba chiar să comunice pe rând într-un subiect, doar că de asemenea reuşeau cu iscusinţă să se evite unul pe celălalt. Priviri, vorbe, atingeri, totul. Parcă erau împreună şi totuşi nu erau. Dar am decis să îi iau încet şi să nu îi oblig la nimic. Deocamdată.

Viaţa mea complicată părea cumva normală. Mai ales din cauza faptului că în luna octombrie nu l-am vizitat pe John, mama făcând-o pentru mine, datorită zilei mele de naştere din acea perioadă şi a dorinţei sale de a o sărbători liniştită şi fericită. Eram o simplă adolescentă cu un job, care mai oferea şi meditaţii, avea un iubit fals, dar oarecum real, şi câţiva prieteni printre care plutea tensiunea.

Ei bine, fiecare dintre noi are greutăţi şi imperfecţiuni. Corect?

Mai era o zi până la marea mea întâlnire, prima noastră întâlnire împreună, prima mea întâlnire din toate timpurile, iar asta se vedea în fiecare lucru pe care îl făceam. I-am cerut lui Ace intenţionat să nu vină cu mine sâmbăta la muncă din cauză că aşa mă gândeam şi mai mult la emoţiile zilei de mâine, iar mâinile mele neîndemânatice stricau totul. Deja o făceau, chiar şi fără el aici, deoarece am numărat cinci comenzi greșite, două tăvi picate și un pahar spart. Totul în decursul a șapte ore. Mai aveam încă una. O oră în care toate vasele de la *Charleston* puteau fi în pericol. Mă încurajam pe mine însămi că puteam să o fac, căci chiar puteam.

Încă o comandă greșită. Șase în total.

Nu, chiar nu puteam. Nu puteam să mai fac nimic acum, și știam și de ce. Gândul meu era numai la el. Voiam să știu ce face, unde este, cu cine este. Voiam să îi aud vocea, să îl știu lângă mine, să îi văd zâmbetul, ochii, să simt cum produce schimbări în corpul meu, cum îmi face sângele să ardă cu o singură privire, voiam să îi simt mâna pe coapsa mea și buzele pe ale mele, voiam să mă mângâie și să îmi spună lucruri frumoase, cum făcea de obicei.

Eram un dezastru.

Cât am stat fără el? Șapte ore și cincisprezece minute? Asta pentru că am insistat eu, căci petrecusem prea mult timp împreună în ultima vreme, iar acum nu știam dacă voiam să îmi dau singură o palmă pentru că mă torturam intenționat sau să mă felicit, căci asta a fost decizia cea bună, chiar dacă durea.

Dumnezeule, mă durea să nu îl văd.

Mai era vreo jumătate de oră și ne întâlneam. A spus că mă va aștepta în față, să mă ducă acasă. Dar parcă fiecare minut care se scurgea trecea mai greu în mintea mea.

Cum ajunsesem de la a-l evita cu cea mai mare silă la a-mi dori să îmi petrec fiecare secundă din zi cu el? De la a-l urî și a-l invidia la a ține la el și a-l înțelege?

Nu știam, nu mă interesa, nu îmi păsa. Tot ceea ce voiam era să treacă mai repede cele patruzeci și cinci de minute rămase. Și parcă gândindu-mă la el erau mai suportabile.

Îmi era ușor să mă gândesc la Ace. Tot ceea ce vedeam îmi amintea de el. Ochii îmi treceau peste ușa băii și imaginea în care mă căra bolnavă în brațe mă invada, cum se certa cu Allen, cum îmi voia binele și se îngrijora pentru mine doar din atât. Apoi, când trebuia să închid și m-am apucat să șterg podeaua mi-am amintit de seara în care a făcut-o el pentru mine, ceea ce nu m-aș fi așteptat niciodată – Ace Appleby să facă munca de jos. Îmi venea să râd gândindu-mă, dar s-a întâmplat şi mi-a demonstrat că nu era chiar aşa cum mă aşteptam. Apoi mesajul de la Crystal. Nu am putut să nu mă gândesc şi la asta, pentru că s-a întâmplat în aceeaşi noapte.

Nu, ea nu îmi invada gândurile din nou. Nu avea de ce. Aveam încredere în Ace, iar ea tot ceea ce îşi dorea era să mă facă să mă îndoiesc.

Am alungat-o de acolo.

Zece minute rămase, dar terminasem treaba şi nu mai era niciun client prin zonă. Cu toţii plecaseră, eu trebuia să închid, iar câteva minute în minus nu erau atât de grave, nu?

Mi-am luat lucrurile cât am putut de repede, am stins luminile, am încuiat uşile, iar cele zece minute se înjumătăţiseră când am ieşit şi am mers spre parcare.

Trecuseră doar opt ore de când nu l-am mai văzut? Mie îmi păruseră zile atunci când l-am zărit stând sprijinit de maşina lui extravagantă, care nu de mult mi se părea o navă spaţială. Arăta pur şi simplu perfect – aş fi spus *prea perfect* sau *cel mai perfect* dacă acest cuvânt ar fi avut grade de comparaţie. Avea picioarele lungi încrucişate, mâinile în buzunarele pantalonilor şi privirea de smarald coborâtă în pământ în timp ce buza inferioară se juca cu gulerul ridicat al gecii lui. Era răcoare, doar ne aflam în luna noiembrie.

Acum că am realizat împrejurimile, pielea mi se făcuse de găină – dar ce era puţin frig dacă în următoarele secunde am fost luată în braţe de cele mai călduroase mâini şi am simţit că nu mai aveam nevoie de nimic?

— Bună, iubita mea harnică, mi-a şoptit la ureche.

Mi-a încălzit instantaneu toată zona în care respiraţia lui caldă m-a lovit.

Voiam să îi spun că eu nu eram iubita lui, dar ceea ce a spus sunase prea bine, să nu mai spun de faptul că mai aveam puţin să adorm în braţele sale comode şi drăgăstoase. Mi-am închis ochii şi am rămas acolo pentru un moment, căci nu mai voiam să se termine.

*Doamne, cât de dor mi-a fost de el!* Şi nu trecuse nici măcar o zi de când nu ne-am mai văzut. Ce se întâmpla cu mine? Eu nu aveam nevoie de nimeni, îmi era foarte bine şi singură, mă descurcam pe cont propriu. Dar ceva mă făcea să simt că împreună cu Ace eram mai mult decât foarte bine, eram excelent.

— Tu chiar eşti obosită. Haide să te duc acasă până nu adormi.

Am mormăit ceva afirmativ, probabil, nu mai ţin minte. Cert era că Ace m-a sprijinit de el până când a deschis uşa maşinii şi m-a aşezat pe locul pasagerului. El a fost cel care mi-a pus centura, după care mi-a dat un pupic scurt pe buze.

Când a ocupat locul de lângă mine şi am plecat, eu, cu riscul de a fi prea lipicioasă, m-am lăsat pe umărul său, în-cercând să nu îi limitez acţiunile asupra maşinii atunci când mi-am încolăcit mâinile în jurul braţului său.

Mi-a oferit un sărut pe creştetul capului, apoi m-am bucurat de drum, fiind pe jumătate adormită.

Sunetele înfundate de geamuri păreau departe. Toţi oamenii, toate maşinile pe lângă care treceam, toată lumea părea îndepărtată. Era ca şi cum doar noi mai existam, iar eu mă bucuram de asta, cuibărindu-mă şi mai mult în Ace. Pur şi simplu îi adoram parfumul. Îl adoram pe el.

Nu eram proastă. Poate doar îmi plăcea să par sau aveam un hobby în a mă minţi singură, dar în interiorul meu ştiam exact ceea ce se întâmpla aici. Şi cu toate că am negat totul, cu toate că am luptat şi mi-am găsit un milion de motive care să mă facă să mă întorc din drum, ceea ce se întâmpla era real.

*Sunt îndrăgostită.*

Dacă nu aş fi fost, atunci de ce mă simţisem atât de împăcată în momentul acela?

Mă simţeam de parcă nu mai voiam să plec niciodată de lângă Ace. Şi eram sigură că dacă lumea s-ar fi sfârşit în acel moment, eu aş fi murit împăcată. Sau aproape împăcată, căci trebuia să îi spun şi lui asta. Dar nu astăzi.

Ajunsesem deja în faţa clădirii în care locuiam şi mi se părea nedrept cum timpul trecea atât de repede cu el, dar atât de încet atunci când lipsea. Văzusem geamul de la bucătărie

luminat de aici, de jos, și știam că mama era acasă, iar aces-
tea erau ultimele mele secunde cu Ace pe astăzi, căci nu ar
fi urcat la mine.

— Ne vedem mâine? a întrebat el subtil.

Era o invitație să plec, dar nu una răutăcioasă. Cu toate
acestea, eu nu puteam să mă mișc de lângă el, mai ales după
ce și-a pus brațele în jurul meu.

— Nu mai fi bosumflată! Nu eu am fost cel care a pus
distanță pentru că *stăm prea mult timp împreună*, m-a citat
puțin iritat.

Mi-am scos buza inferioară în evidență, făcând un bot
de cățeluș.

— Asta a fost o prostie, am mărturisit.

— Da, a fost, a râs el.

Degetele sale se jucau cu părul meu când mă ținea strâns
la pieptul său. Nu puteam doar să dorm acolo și să nu mai
trebuiască să plec niciodată? Ceream prea mult? Da, știu că
da.

— Măcar te-ai convins singură că a fost o prostie să pui
distanță între noi.

Aproape că îmi dădusem ochii peste cap. Aproape. Îmi
era prea somn să o fac.

— Mhm, am mormăit.

— Spune-o, mi-a cerut.

Mi-am deschis un ochi nedumerită și puțin din somnul
pe care îl aveam mi-a trecut.

— Să spun ce?

— Că ți-a fost dor de mine.

I-am așezat o mână pe piept și m-am îndepărtat de el
pentru a-l privi în ochi. Irisurile sale verzi erau atât de hotă-
râte și serioase dintr-odată, îmi spuneau că știau adevărul și
îmi cereau să o recunosc și eu. Ce rost mai avea? Oricum nu
mai era niciun secret, nu?

— Bine, mi-a fost puțin dor de aroganța ta, am recunos-
cut.

Zâmbetul lui perfect a apărut, iar eu m-am topit în bra-
țele sale.

— Doar atât? Credeam că şi de săruturi. Dar dacă nu, atunci bine, ne vedem mâine. Stai să îţi deschid...

L-am întrerupt lipindu-mi buzele de ale sale, căci ironia sa era expirată şi oricum îmi doream asta de câteva ore bune, încă de când am intrat în tura mea la *Charleston*. Evident că nesuferitul nu a fost prea şocat, dimpotrivă, mi-a răspuns imediat la sărut şi el a fost cel care l-a adâncit, cel care l-a făcut să fie cumva animalic, de parcă amândoi am fi fost lihniţi unul după celălalt. Niciodată nu ar fi trebuit să îi subestimez reflexele, căci oricât de subit am început totul, Ace mi-a luat-o înainte, ridicându-mă în braţele sale şi punând stăpânire pe mine.

Mâinile îi erau peste tot – urcau şi coborau de pe gâtul până pe coapsele mele, masându-mi pielea cu degetele sale lungi şi osoase. Încerca să mă apropie cât mai mult de el, cu fiecare părticică a corpului meu, iar eu nu mă împotriveam deloc, din contră, îl ajutam cum puteam mai bine. La un moment dat mi se păruse frustrant că nu puteam să ne lipim mai mult unul de celălalt, nu ne puteam contopi, hainele ne stăteau în cale.

Probabil obrajii mi-au roşit, iar sărutul şi acţiunile mi-au devenit reticente, căci Ace a observat şi s-a îndepărtat de mine, lăsându-şi o mână să poposească pe spatele meu şi cealaltă pe coapsa mea. Mi-a mai sărutat buzele încă o dată scurt, apoi s-a îndepărtat iar.

Acum, stând aşa, puteam simţi în sfârşit efectul său întârziat. Buzele mă mâncau şi mă usturau în acelaşi timp, respiraţia mi-o luase razna, muşchii îmi zvâcneau, inima mi se zbătea în piept de parcă voia să fugă, tot corpul îmi ardea, sângele îmi fierbea şi gândirea mea era tulbure.

Acesta fusese cel mai aprins sărut al nostru, posibil. Credeam asta deoarece nu mai simţisem totul atât de puternic. Şi nu am mai fost niciodată atât de dezamăgită de sfârşit. Aveam un sentiment nesatisfăcător şi o dorinţă ciudată, dar foarte puternică, în pântec.

Mă dezintegram.

Ace mi-a zâmbit în stilul său dulce când mi-a mângâiat obrazul. Oare el simțea ce simțisem și eu? Eram sigură că da, însă nu arăta niciun semn cum că ar fi fost atât de deranjat, nu așa cum eram eu.

Încă nu aveam habar cum să inițiez un dialog după ceea ce s-a întâmplat. Eram cam răvășită, să fiu sinceră, așa că mi-a luat câteva minute să mă adun și să spun orice. Ace se părea că a înțeles – cel puțin asta arăta după cum mă mângâia, atât de tandru și răbdător. Cu toate acestea, eu tot tăcută am rămas. Doar că cineva acolo de sus nu a vrut ca lucrurile să rămână așa între noi și telefonul mi-a sunat.

Un mesaj.

Eram surprinsă că mă căuta cineva pe mine la ora aceea, la fel a părut și Ace, așa că m-a urmărit atent în timp ce îmi scoteam mobilul cu grijă din buzunar.

Voiam să dispar de rușine.

*Am vedenii sau tu ești cea care stă în poala unui băiat într-o mașină sub geamul meu? (Nu minți, îi cunosc mașina. Spune-i noapte bună.)*

Ace a pufnit într-un râs necontrolat, iar eu aș fi vrut să mă iau de el că îmi citea mesajele, dar nu am putut, eram prea aproape unul de altul ca să nu o facă. Putea să privească altundeva din bun simț, dar vorbim despre Ace aici. Cele două elemente nu creau o relație prea bună.

— Ar trebui să pleci până nu îmi stric imaginea în fața ei, mi-a spus după ce s-a mai liniștit.

De parcă tare mult l-ar fi interesat asta. Credeam că se înțelesese la început bine cu mama doar ca să mă facă pe mine să mă simt rău, când totul era doar un joc. Acum nu știam sigur dacă lucrurile s-au schimbat mult, dar cert era că lui Ace oricum nu îi prea păsa de nimeni.

Mi-am rotit ochii și am vrut să mă dau jos de pe el, dar acesta m-a blocat, punându-și mâinile pe talia mea. Am putut să îi văd rânjetul amuzat înainte să își lipească din nou buzele de ale mele, sărutându-mă prelung, dar nu atât de pasional ca înainte.

— Noapte bună, iubito, mi-a urat când s-a despărțit de mine.

Acum chiar m-am dat jos de pe el, am coborât din mașină, l-am lăsat să plece, am urcat scările, m-am oprit în fața ușii, m-am lipit de perete, am inspirat adânc, dar tot nu îmi revenisem. Eram într-o stare continuă de euforie. Picioarele nu îmi mai coborau pe pământ, iar capul nici atât. Eram blocată printre nori, dar nu regretam nimic. Doar faptul că trebuia să aștept ziua de mâine ca să îl văd din nou.

Îmi venea să îmi dau o palmă. Nu trebuia să fiu nici chiar atât de afectată. Aveam nevoie să îmi revin. Dar înainte să o fac, mama a deschis ușa și s-a afișat cu fața ei dură înaintea mea.

Am clipit de două ori.

— Trebuie să vorbim despre protejare acum? a întrebat ea lejeră.

Am făcut ochii mari cât cepele și îmi doream să îi fi spus că o puteau auzi vecinii, dar privirea ei îmi transmitea că avea nevoie de un răspuns urgent și nu o interesau împrejurimile.

— Am... Am făcut un curs despre asta la școală, m-am bâlbâit.

Fața încruntată i-a fost înlocuită de una fericită și zâmbăreață, așa, din senin.

— Atunci noi două avem de vorbit, îndrăgostito.

Mi-a prins mâna, m-a tras înăuntru și m-a condus spre bucătărie. Nu eram îngrozită că urma o discuție jenantă mamă-fiică, chiar deloc. Expresia mea terifiată se datora replicii ei de mai devreme.

Chiar toată lumea putea vedea asta, inclusiv el? Atunci era adevărat? Nu mai aveam nicio scăpare.

Eram o îndrăgostită pierdută.

# Capitolul 29

A trebuit să îi spun mamei de întâlnire. M-a mâncat limba și am sfârșit prin a sta amândouă până la douăsprezece și jumătate dezbătând acest subiect. Ea susținea cu bucurie că eram îndrăgostită până peste cap, iar eu negam cu groază în voce, chiar dacă știam că acest lucru putea fi adevărat, oarecum. Până la urmă ce era dragostea? Dacă nu aveam habar, atunci nu aveam de unde să știu dacă o simțeam sau nu. Preferam să îmi ocolesc sentimentele cu această ipoteză.

Cu toate că mama a fost cam încântată, nu a uitat să mă facă să mă simt stânjenită și mi-a amintit de protecție, atât fizică cât și sentimentală. Mi-a propus să nu mă las dusă de val, vorbind despre ambele sensuri. Eu doar am acceptat de o sută de ori și am rugat-o să schimbe acest subiect jenant. Când am încheiat totul, eu m-am dus la culcare, iar ea a plecat din nou în casa în care lucra, spunându-mi:

— Fetița mea crește!

Alt moment jenant. Dar l-am acceptat, zâmbind și rostogolindu-mi ochii în urma tipicei reacții paterne pe care mi-a arătat-o.

Am adormit cu greu. Iar când m-am trezit am simțit am ațipit doar o secundă. Și apoi a început ziua. Ziua primei întâlniri cu Ace. Ziua primei mele întâlniri care a existat vreodată.

Orele treceau greu. Nu conta că eu încercam să îmi păstrez calmul, eram mai nervoasă ca niciodată. Iar faptul că astăzi nu mai lucram, tocmai pentru a mă pregăti, nu mă ajuta deloc. Și nici Kendra nu o făcea, care a venit să mă aranjeze. Știam că Ace avea de gând să mă ducă într-un loc sofisticat, așa că am avut nevoie de un make-up artist și de o coafeză pe măsură.

Prietena mea continua să vorbească întruna. *Oare unde te va duce? Oare ce va purta? Oare va angaja un șofer?*

*Oare este ceva din oraş? Dacă nu ajunge până la urmă? Sper să îi placă cum te-am aranjat. Ce vei purta?*

Punea tot felul de întrebări pe care eu trebuia să mi le pun, în mod normal, dar la care nu mă gândisem până în momentul de faţă. Iar după ce am aflat de ele, îndoielile şi emoţiile au venit mult mai puternice.

Era ora şapte seara când Kendra mi-a terminat retuşurile, iar eu am zâmbit în oglindă, fiind calmă şi mulţumită măcar de un lucru pe ziua de astăzi. Părul meu lung, blond-căpşună, era ondulat şi prins într-un coc complicat în vârful capului, din care coborau valuri, iar în faţă, pe de-o parte şi de alta a chipului meu, două şuviţe erau pierdute, conturându-mi faţa şi arătând perfect acolo. Machiajul cu multe umbre şi cu sclipici argintiu îmi făcea ochii mult prea evidenţi, iar buzele date cu un roşu aprins îmi păreau mai mari, proeminente. Kendra a încercat să mă forţeze să port şi gene false, dar am refuzat-o, iar lungimea genelor mele naturale nu mă dezamăgea. Arătam... bine. Iar eu nu am ştiut niciodată să apreciez asta mai mult decât o făceam acum.

— Cred că ai pus altă fată în oglindă, căci aia nu sunt eu, am comentat.

Kendra a râs, apoi m-a privit exact aşa cum un artist îşi priveşte opera de artă.

— Da, sunt cu adevărat bună.

Nu am contrazis-o, chiar dacă nu mai aveam loc de egoul ei în această cameră. Am spus să nu fiu eu cea care îl va dezumfla, căci avea dreptate, chiar făcuse o treabă excelentă.

— Mulţumesc mult, i-am spus, zâmbind.

— Cu plăcere, scumpo. Orice pentru prima ta întâlnire. Ştii, am impresia că ar fi trebuit şi eu să aştept, dacă aş fi ştiut că o să ajungă să merite.

Apoi a stricat momentul cu pălăvrăgeala ei, continuând să pună prea mult preţ pe obiecte.

După ce ne-am revenit din şocul aspectului meu, am mers către dulap, Kendra fiind curioasă în legătură cu ce am pregătit pentru seara asta. Ei bine, nu aveam eu prea multe rochii, dar am ales-o pe cea mai frumoasă dintre ele. Una roșie, mulată, scurtă și decoltată. Eram conștientă că arăta prea de tot, și eu una, sincer, nu aș fi purtat-o niciodată cu altă ocazie, dar altceva nu mai aveam și nu dețineam altă opțiune.

Kendra s-a strâmbat.

— Doar nu vorbești serios, nu? a întrebat scârbită.

— Aș vrea eu să glumesc, i-am răspuns. Uiți că stai de vorbă cu cea mai băiețoasă fată din câte ai văzut? Singura fustă pe care o port e cea din uniforma școlară, pe care oricum aș vrea să o lungesc.

— Oh, da, a suspinat ea. Noroc că avem un plan B, a continuat, fiind mult mai încântată, schimbându-și complet atitudinea.

Acum zâmbea, radia chiar, și s-a îndepărtat de mine până când a ieșit din cameră.

— Kendra? Ce vrei sa spui? Ce plan B?

Am ieșit după ea, doar că am făcut-o cu întârziere. Până când să ajung unde era, aceasta avea ușa de la intrare deschisă. Mă gândeam că poate mi-ar fi adus ceva din garderoba ei, de împrumut, dar am văzut că s-a întors cu o cutie mare în mână, împachetată frumos.

— De unde...?

— Ace a livrat asta pentru tine, mi-a răspuns ea.

Inima mi s-a strâns, iar maxilarul mi s-a încleștat.

— Poftim? am întrebat, dorind să repete ceea ce a spus.

— Iubitul tău a vrut să îți facă cadou rochia din noaptea primei întâlniri. Eu i-am spus că oricum nu ai fi avut ce să porți, apoi am început să planificăm. Știam că o să mă chemi să te machiez, deci a livrat rochia asta ca să o iau eu și să ți-o dau ție. Acum uită-te la ea. Cred că este genială.

Am primit cutia imensă în mâini, iar eu am luat-o mecanic, mergând în camera mea și lăsând-o pe pat. Am desfăcut funda, am dat la o parte capacul, apoi am văzut culoarea care m-a orbit. Era de un verde strălucitor. *Ochii lui*, m-am gândit instantaneu. Era minunată, menită să fie strânsă pe corp, largă jos, precum o sirenă, iar decolteul nu era mare, fiind pătrat. Era clar prea frumoasă pentru mine. Abia după ce am examinat-o am observat că exista și un bilețel. L-am luat între degete și am citit: *pentru că meriți să fii la fel de strălucitoare precum ești în ochii mei mereu.*

Scrisul era superb, elegant, cu multe curbe și bucle. Gândul că acesta putea fi scris de Ace – insensibilul Ace – m-a cam terminat psihic.

— Ar fi vremea să te grăbești, fato, mai este foarte puțin și ajunge, m-a grăbit Kendra, evitând să se uite în bilețelul meu.

Nu, eu nu puteam îmbrăca așa ceva. Era mult prea mult. Și, știindu-l pe Ace, aceasta nu era doar o rochie normală, împachetată frumos, dintr-un magazin oarecare.

— Nu, am șoptit.

— Poftim? Cum adică nu? a întrebat ea.

— Adică nu, nu am de gând să o iau, am clarificat.

— Cum? De ce? Este senzațională!

Tocmai. Asta era și problema.

— Te rog să mă lași singură puțin, Kendra.

Aceasta nu mi-a mai spus nimic și a acceptat rugămintea mea, dar cu greu, mișcându-se sacadat până la ieșirea din camera mea. A închis ușa în urma ei, iar eu, încercând să mă calmez și să uit, mi-am deschis dulapul. Trebuia să am ceva aici elegant și modern, rafinat, fără să mă facă să arăt ca o femeie ușoară, dar care să mă arate totuși provocatoare și frumoasă. Dar pe cine păcăleam? Tot ceea ce aveam mai elegant era acea rochie roșie, și, cum spuneam, mă arăta prea ușoară. Ce era de făcut?

M-am gândit la îmbrăcăminte încă de când mi-a spus Ace despre întâlnire, da, însă am crezut că aceasta pe care o aveam deja era de ajuns. Nu voiam să îmi cheltuiesc banii, care erau oricum prea puțini, pentru o ținută scumpă pe care și așa aveam de gând să o port doar o singură dată. Totuși, văzând acum reacția Kendrei, mi-am dat seama că m-am mințit singură în tot acest timp și că avea dreptate, nu o puteam purta, era prea de tot. Atunci ce îmi rămânea de făcut? Căci, cu siguranță, nu aveam de gând să accept un cadou scump de la Ace. Şi aşa îmi era incomod faptul că încă aveam telefonul de la el.

Eram băgată până în fundul dulapului, încercând să nu îmi stric coafura, atunci când am auzit că cineva ciocănea la uşă.

— Kendra, ţi-am spus să mă laşi singură, am strigat.

Am ieşit din dulap, oftând, apoi m-am întors la alarma care se auzea sub forma unei uşi deschise. Ea nu era Kendra.

— Ai venit mai devreme, i-am spus lui Ace, ridicându-mă în picioare şi venind spre întâmpinarea lui.

— Kendra mi-a spus că ai unele probleme, m-a anunţat.

Ochii săi verzi şi minunaţi m-au privit — sau mai bine spus m-au admirat —, mergând pe toată lungimea şi lăţimea chipului meu, analizând fiecare detaliu, apoi a zâmbit fermecat.

— Eşti superbă, m-a complimentat.

Dacă nu eram roşie până acum, cât timp s-a holbat la mine în linişte, puteam să jur că oficial arătam ca un nas de clovn.

— Mulţumesc, am răspuns, coborându-mi privirea în pământ.

Două degete i s-au strecurat pe sub bărbia mea şi mi-au ridicat capul cu grijă, pentru a-l privi pe el.

— Care este problema aici, iubito? m-a întrebat calm.

Era un drăguţ, cu adevărat. El plănuise totul la un nivel înalt, iar eu eram aici, stricându-ne programul cu prostiile mele. Cu toate astea, el nu s-a enervat nici măcar o clipă.

— Nu era nevoie să îmi cumperi...

— Te opresc aici, m-a anunţat. În nicio altă zi nu am voie să îţi iau nimic, şi chiar aşa fac, pentru că vrei tu. Astăzi, însă, lasă-mă să fie totul cum am plănuit. Şi, crede-mă pe cuvânt când îţi spun că această rochie pe tine este mai degrabă un cadou pentru mine decât invers.

Am oftat, nefiind în stare să îl contrazic. Totuşi, încă îmi displăcea această situaţie.

— Hei, mi-a atras el atenţia, văzând reticenţa mea. Tu să te gândeşti doar la momentul în care o vei da jos, mi-a spus, umezindu-și buzele, ca mai apoi un rânjet șiret să îi înflorească pe chip.

Oh, da, a reușit complet să îmi distragă atenția. Și nu am vrut să știu ce expresie mi-a apărut pe față dacă asta l-a făcut să râdă. Ace m-a sărutat ușor pe obraz, apoi mi-a spus:

— Te aștept afară.

Am afirmat din cap, aproape insesizabil, apoi mi-am atins locul în care buzele sale au poposit mai devreme. Ardea.

Kendra a apărut din nou în cameră, fără să îmi dea măcar un răgaz.

— Haide! Ce mai aștepți? Ne grăbim!

M-am abținut să o cert din cauză că ea deja îl ținea la curent pe Ace cu absolut totul despre mine și am ascultat-o. Prietena mea guralivă m-a ajutat să îmbrac rochia superbă, prea elegantă pentru mine, apoi m-am încălțat cu niște tocuri care o făceau să nu atârne pe jos atât de mult. Dacă aveam să supraviețuiesc până la sfârșitul serii fără să mă calc pe rochie sau să mă împiedic ar fi fost un miracol.

La opt fix am ieșit din casă, cu cinci minute după ce a plecat Kendra și mi-a urat succes, iar eu am coborât scările cu ajutorul balustradei, nefiind deloc grațioasă și sperând să nu mă vadă vreun vecin.

Sincer, când am ajuns jos și am văzut mașina, iar pe Ace lângă ea, așteptându-mă, m-am emoționat și m-am împiedicat. Bine că el nu a văzut asta. Și mi-am dat seama că nici eu nu văzusem adineauri cât de bine arăta, îmbrăcat într-un costum cu cămașă neagră. Arăta dumnezeiesc, ca scos dintr-o revistă de modă.

— Ești gata, iubita mea problematică?

Am chicotit atunci când i-am prins mâna întinsă.

— Nu uita că încă nu sunt iubita ta, i-am amintit.

Un zâmbet mult prea fermecător și fericit i-a apărut pe chip, apoi m-a prins de talie, apropiindu-mă de corpul său. Simțeam cum ardeam cu totul.

— Îmi place acel *încă* de care ești și tu conștientă, iubito.

Am amuțit şi am înțepenit în brațele sale. Asta până când i-am auzit chicotul. Era un sunet pentru care merita să mori în lumea asta. Adunat cu atingerile sale pe spatele şi şoldul meu, fierbințeala respirației sale care îmi inunda urechea, atingerea uşoară a buzelor sale de acea zonă... Da, puteam spune că mă aflam în Rai.

— Apropo, arăți uimitor. Aproape că îmi vine să te car sus în brațe şi să nu mai plecăm. Păcat că avem rezervare.

S-a îndepărtat de mine, lăsându-mă confuză în răcoarea singurătății, apoi mi-a deschis uşa, făcându-mă să realizez. *Rezervare.*

— Îmi este şi frică să întreb, i-am spus sincer.

— Atunci nu întreba şi intră, până nu te sărut şi îți stric machiajul.

Asta putea fi cu siguranță una dintre cele mai jalnice amenințări, căci îmi doream acelaşi lucru ca şi el. Cu toate acestea, am acceptat şi am intrat în maşină. Ace a făcut ocol, lăsându-mă să îl mai admir încă o dată pe de-a-ntregul îmbrăcat în costum, apoi a urcat la volan şi a pornit. Nu m-am putut abține ca peste câteva minute să râd puțin de el.

— Papion, huh?

— Oh, mai taci din gură!

Am râs cu toată puterea, relaxându-mă, iar Ace mi s-a alăturat puțin mai târziu, fiind la fel de destins ca şi mine. La un moment dat mi-am aşezat mâna peste a sa, cea de pe schimbătorul de viteze, şi m-am gândit că nu puteam fi mai împăcată sufleteşte de atât. Voiam să rămână aşa pentru tot restul serii şi aceasta să rămână cea mai bună primă întâlnire dintotdeauna, prima din catalogul celor mai bune prime întâlniri dintotdeauna.

# Capitolul 30

Dacă există un cuvânt pentru a descrie această seară, acel cuvânt ar fi *perfect*. Dar, ca orice lucru perfect, totul a început scârțâit și a trebuit să fie lucrat până să ajungă la ceea ce a fost la urmă, la final.

Știam că Ace mă va duce într-un loc sofisticat, de aici și rochia minunată pe care mi-a făcut-o cadou sau papionul lui amuzant și foarte atrăgător, dar nu m-am așteptat niciodată să mă ducă la cel mai scump restaurant din San Diego, în cartierul *La Jolla*, exact ceea ce am urât cel mai mult în orașul meu până în urmă cu câteva luni. Ce spun eu? Chiar și două săptămâni.

Totul arăta minunat, iar culoarea șampaniei domina salonul în are am intrat. Ferestre imense din tavan și până în podea ne afișau priveliștea uimitoare a orașului de la ultimul etaj, candelabrele de cristal care curgeau în valuri te făceau să te simți ca într-o cameră regală, iar aranjamentele scaunelor, meselor, până și modelul șervețelelor, te transportau la o nuntă sofisticată. Să nu mai spun de faptul că în mijlocul încăperii era un ring de dans, iar înăuntru răsunau numai melodii de bun gust, lente și rafinate.

Eram orice, dar în niciun caz nu eram compatibilă cu acest loc.

După ce nici măcar nu a trebuit să ne spunem numele la intrare, pentru că Ace a fost recunoscut imediat, o domnișoară foarte elegantă, îmbrăcată în uniforma restaurantului, ne-a condus la masa noastră care – m-am mirat eu – era pe un mic podium, un fel de scenă, deasupra tuturor celorlalți din încăpere. Aș fi putut jura că această întâlnire arăta ca și nunta noastră.

Eram rușinată, așa că nu am spus nimic nici când ni s-au oferit meniurile și am stat să ne gândim ce vrem să comandăm.

Ce era cu aceste denumiri? Nici măcar nu știam să pronunț unele nume, darămite să știu ce sunt și dacă îmi vor plăcea. Și ce era cu aceste prețuri uimitor de exagerate? Din două mese aici îmi puteam cumpăra o mașină la mâna a doua – dacă aș fi avut carnet de șoferi.

Am inspirat adânc, am căutat cel mai simplu nume de mâncare și l-am ales. Trebuia să nu stric seara asta. Ace a dat tot ceea ce a avut mai bun, din câte se vedea, iar eu nu aveam dreptul să stric totul cu simțul meu de inadaptare. Arătam ca oamenii de aici, puteam să mă comport ca ei.

*Dar... Ce este cu atâtea linguri și cuțite? Pe care Dumnezeu va trebui să o aleg? Și trebuie ținute într-un fel anume?*

Eram un caz pierdut.

După ce am lăsat meniul pe masă și am comandat, rămânând singuri, Ace și-a așezat mâinile peste mâinile mele, ținute sub formă de rugăciune pe marginea mesei.

— Te simți bine, iubito?

Nu, mă simțeam îngrozitor. Eram agitată și rușinată și îmi era frică să nu fac ceva greșit și să îi stric imaginea sau reputația – puneam pariu că era cunoscut de mulți oameni, inclusiv câțiva prezenți în restaurant.

— Da, i-am răspuns în schimb, afirmând din cap.

M-am uitat în altă parte, deoarece nu puteam minți la fel de bine atunci când aveam atâtea emoții care mă copleșeau. Ace și-a dat seama de asta.

— Ești sigură? Și nu dorești altceva de mâncare, mai sățios? Salata aceea nu îți va ajunge toată seara.

Aha, deci salată comandasem. Bine de știut. După asta aș fi avut nevoie de un mare hamburger nesănătos. Probabil aș fi fugit imediat la fast food, în această rochie, după ce Ace m-ar fi lăsat acasă.

— Nu, sunt bine așa, l-am liniștit.

Și zâmbetul său a meritat totul, să suport, să mă prefac, să încerc.

— Ești superbă, m-a complimentat, dar, înainte să îi răspund, el a continuat. Mereu ești superbă, dar pur și simplu îmi place cum în seara asta o arăți, cum nu te ascunzi sub hainele zilnice sau sub uniformă. Te pot vedea perfect cu rochia asta.

Am roşit, ceea ce nu credeam că este posibil ca eu să fac. Am roşit pentru că ştiam ce înseamnă ceea ce a spus el şi unde bătea această discuţie.

— Vrei să dansăm până ne aduce mâncarea, iubito?

Categoric nu. Mă gândeam că m-aş fi putut împiedica de rochie sau aş fi picat din cauza tocurilor. Poate aş fi agăţat faţa de masă şi aş fi tras-o după mine, spărgând toate tacâmurile şi farfuriile fine, sfeşnicul ar fi scăpat lumânarea, ar fi ars materialul apoi s-ar fi întins, incendiind tot restaurantul.

— Sigur, am răspuns contrar gândurilor mele, cu o voce timidă şi calmă.

Cu toate că mi-am imaginat dezastrul, totul a fost bine până am ajuns pe ringul de dans, unde doar două cupluri dansau pe muzica lentă, având vârste înaintate. Nici măcar nu puteam să mă ascund în mulţime, aşa cum o făceam în cluburi de fiecare dată când Kendra şi All mă târau acolo. Eram o dansatoare oribilă.

— Ştii să dansezi lent? m-a întrebat Ace, şoptindu-mi în ureche.

M-am înfiorat şi din cauza rochiei probabil mi s-a văzut pielea de găină.

Mi-am aşezat o mână pe umărul său şi una în palma sa.

— Tot ceea ce ştiu este poziţia de bază, când începem să ne mişcăm s-ar putea să te cam calc pe picioare.

Ace a râs într-un mod atrăgător, după care mi-a mutat şi cealaltă mână pe al doilea său umăr, iar el m-a cuprins de talie.

—Acea poziţie este pentru oamenii care încearcă să păstreze o distanţă cum se cuvine. Noi nu avem nevoie de ea.

Mâinile sale m-au strâns uşor, apropiindu-mă de corpul lui până când ne-am lipit. Am înghiţit în sec. De mai multe ori.

— Și așa, de asemenea, îți va fi mai ușor să îmi urmezi corpul.

Am afirmat ușor din cap și am expirat silențios tot aerul pe care îl aveam în plămâni pentru a mă liniști, apoi am început să mă mișc după el. Câte un pas, ușor.

Gura sa și-a făcut din nou loc la urechea mea și a poposit acolo, lipindu-și tâmpla de a mea și mângâindu-mă cu obrazul său ras. Căldura lui făcea mai rău, mă deconcentra, iar mie îmi era mai greu să mă mișc îndrumată de el.

— Ești încordată, mi-a șoptit. Relaxează-te, iubito, te descurci minunat.

Nu aș fi pariat pe asta, dar după ce mâna lui mi-a mângâiat spatele într-un mod delicat, l-am ascultat și mi-am mai revenit. Nu era vina mea, corpul meu a reacționat singur la atingerile lui.

Ne legănam amândoi pe acordurile melodiei *killing me softly* și cu fiecare pas îmi părea totul mai ușor. După un timp mi-am lăsat capul pe umărul său și ascultam versurile visătoare, dorindu-mi ca acest moment să dureze pentru totdeauna. Nu mai eram nervoasă, nu mai eram agitată, nu îmi mai era frică. În brațele lui totul era perfect.

După care melodia s-a încheiat. Credeam că vom merge la locurile noastre, mai ales că cineva ne-a adus mâncarea, dar Ace m-a ținut locului pentru încă nu dans. Aveam impresia că știa playlist-ul restaurantului pe de rost sau că el însuși l-a ales, căci a zâmbit atunci când melodia *I love you baby* a început.

Probabil seara asta îi era dedicată lui Frank Sinatra.

Mi-am mărit ochii, avertizându-l pe Ace. Până aici m-am descurcat, dar îl rugam să nu îmi prelungească infernul. Melodia pusă acum era mai alertă într-un moment al ei, o știam pe de rost, iar eu nu puteam dansa atunci. Aș fi spart ceva.

Și totuși... Ace m-a ținut și m-a îndemnat să îl cuprind de după gât cu o mână și să îi folosesc umărul drept suport, garantându-mi că așa mă voi mișca mai ușor după el. De data aceasta chiar mi-a cuprins palma și am ajuns să adoptăm o poziție asemănătoare celei de bază pe care eu o știam, cea despre care zicea el că este menită pentru a impune distanță. Nu mi s-a părut așa, noi doi încă eram apropiați.

Prima parte a melodiei a fost ușoară, păstrând încă un ritm lent, dar mie îmi era frică de venirea refrenului. Totuși, Ace nu m-a lăsat să mă gândesc la asta, nu când m-a impresionat cu faptul că cunoștea versurile pe de rost.

— *You're just too good to be true. I can't take my eyes off you. You'd be like heaven to touch. I wanna hold you so much.*

Inima îmi bătea cu putere, mai ales din cauză că mă privea exact în ochi când rostea versurile, cu o intensitate atât de mare încât nu suportam. Totuși, am putut observa că versurile în care exista cuvântul *dragoste* și tot ceea ce era legat de acest sentiment a evitat. Era clar de ce, dar nu mă interesa nici măcar pentru o clipă în acea experiență.

— *Pardon the way that I stare. There's nothing else to compare. The sight of you leaves me weak. There are no words left to speak. But if you feel like I feel. Please let me know that is real. You're just too good to be true. I can't take my eyes off you.*

Nu am apucat să îl analizez bine, să văd dacă chiar vorbea cu mine prin acele versuri, dacă voia să îmi dezvăluiască ceva, pentru că a urmat partea melodiei de care mi-a fost atât de frică. Ace a mărit ritmul, iar eu l-am urmat împiedicată. Când Frank a început din nou să cânte, de data aceasta mai răsunător, Ace mi-a șoptit:

— Piruetă?

Probabil a văzut șocul din ochii mei și *nu*-ul hotărât pe care îl transmiteau, dar acesta mi-a oferit un zâmbet și s-a despărțit de mine, învârtindu-mă pe tocuri, manevrându-mă ca pe o păpușă. A făcut asta de mai multe ori, nu doar o dată, încercând să creeze un moment artistic cu o împiedicată ca și mine, dar după aceea a venit din nou partea mai lentă.

— Să nu cumva să mai faci asta, i-am șoptit nervoasă. Aveam impresia că o să pic acolo și că o să mă fac de râs.

Ace a râs, mișcându-se odată cu mine pe ritmul melodiei vesele.

— Dar nu ai picat. Și nu o vei face nici a doua oară.

Și, așa cum mi-a promis prin acele cuvinte, a repetat cu mine mișcările, iar spre surprinderea mea, a doua oară părea că au ieșit mai puțin neîndemânatice. Când în urma unei piruete Ace m-a tras înapoi, m-a lipit cu spatele de el, și mi-a șoptit versul care era cântat de Sinatra în acel moment:

— *Oh pretty baby, now that I've found you stay...*

Am înghițit în sec și m-am înfiorat de emoții. Probabil că aș fi putut plânge în acel moment, dacă melodia nu s-ar fi terminat în două versuri, lumea ar fi aplaudat și Ace m-ar fi întors pe călcâie să mă sărute ușor pe buze.

Dacă aș fi fost întrebată ce am simțit în acel moment, aș fi spus că nu știam. A fost ceva imposibil de exprimat în orice fel. Versurile pe care Ace mi le-a șoptit în ureche au însemnat mult, doar că nu eram sigură dacă a vrut să îmi dea de înțeles ceea ce a spus sau doar a cântat versurile, fără să aibă vreo semnificație. Eram confuză, dar inima mea nu era, căci ea simțea totul la putere maximă și credea că Ace a vorbit serios, credea că el vrea să nu îl părăsesc. Și, sincer, nici eu nu voiam să îl părăsesc. Pentru că îl iubeam.

Prea șocată de ceea ce mi-am mărturisit singură, nu mi-am dat seama că oamenii din restaurant nu aplaudau trupa, nicidecum, ci pe noi. De parcă am fi meritat. Ace probabil că o merita, da, se pricepea, dansa ca un adevărat profesionist, dar eu? Eu eram un dezastru pe tocuri. Probabil că o făceau din politețe.

Ace m-a îndreptat spre masa noastră, cu mâna sa pe spatele meu care să mă ghideze, apoi am început să mâncăm cina. Luasem primele tacâmuri pe care le-am prins, dar el nu mi-a spus nimic, nu mi-a atras atenția că am greșit, așa că am decis că le-am luat bine sau că nici lui nu îi păsa de asemenea formalități. Am băut doar apă pentru că Ace conducea, iar eu voiam să fiu solidară. După ce am terminat felul principal m-a întrebat dacă voiam și desert, dar am refuzat. Nu credeam că mai puteam rezista încă unui set de tacâmuri.

La un moment dat, când am rămas singuri, Ace și-a apropiat scaunul de al meu și mi-a strâns ambele mâini în palma sa stângă, în timp ce dreapta mi s-a așezat pe coapsă.

— Vrei să cer nota și să plecăm? m-a întrebat, mângâindu-mi mâinile.

Nu voiam să îi stric seara. Era adevărat totuși că încă nu îmi revenisem șocului la vederea luxului care era în jurul meu. Nu voiam să fac ceva greșit și am rămas încordată pentru tot restul serii.

— Cum dorești tu, i-am răspuns.

Ace mi-a zâmbit liniștitor și mi-a mângâiat obrazul cu mâna care era așezată adineauri pe coapsa mea. Se simțea cald, alinător și comod, se simțea ca și cum eram în siguranță. Mi-am lăsat capul pe mâna lui, închizându-mi ochii. Probabil l-am surprins, deoarece nu îmi aminteam ca vreodată să fi făcut ceva atât de intim cu cineva, să mă apropii și să mă dezarmez în fața cuiva, mai ales a lui.

— Toată noaptea ai suportat dorința mea. Am văzut de cum ai intrat că nu te-ai simțit comod. Te-ai încordat și așa ai rămas încă de atunci. Spune-mi sincer, Charity, nu îți place aici, nu?

Am oftat și mi-am ridicat capul din palma sa, iar Ace a început să îmi aranjeze șuvițele de păr după ureche, mângâindu-mi pielea cu degetele sale.

— Îmi place, l-am contrazis. Doar că nu mă simt tocmai comod. Sunt un dezastru, dacă nu ai observat, iar acest ambient nu este de mine. Nu am fost niciodată într-un loc sofisticat ca și ăsta.

— Nu ești un dezastru, ești minunată, m-a contrazis la rândul său. Te-ai integrat perfect, doar că se vedea pe chipul tău că ești puțin chinuită, de parcă te-aș fi ținut cu forța aici.

Ace a râs ușor, iar eu m-am încruntat.

— Nu, nu, nu. Este o plăcere să fiu aici cu tine, dar...

— Înțeleg, iubito, nici de mine nu prea este locul ăsta. Doar că voiam să avem ceva special la prima întâlnire.

El nu era de acest loc? Cred că glumea. Se potrivea perfect. Arăta exact ca patronul elegant al unui asemenea loc. Plus că toată lumea îi acorda respect, deși era foarte tânăr.

— Vorbești prostii. Și de unde ai învățat să dansezi așa? Nu am putut ține pasul cu tine nicicum.

Mi-a oferit din nou unul din râsetele sale blânde pe care le îndrăgeam.

— Ba ai ținut pasul perfect. Și eu am luat lecții de dans de la doisprezece la cincisprezece ani, pentru că mama a insistat.

Am întristat discuția fără să îmi fi dat seama și mi-a părut foarte rău. Nu voiam ca în noaptea primei noastre întâlniri să vorbim despre lucruri triste, cum era mama lui, voiam doar să ne simțim bine, să fim fericiți, și puteam lăsa problemele pentru a doua zi.

— Dacă tot nu ne simțim niciunul dintre noi în largul nostru aici... Ce ai spune să mergem altundeva?

Avea o sclipire jucăușă în ochi.

— Unde? am întrebat neștiutoare, dar intrigată.

— Nu știu. Unde merg oamenii normali la întâlniri de obicei?

Am râs, pentru că m-a amuzat faptul că a făcut un apropo vis-a-vis de noi, cum că eram anormali.

M-am gândit pentru o clipă la întrebarea lui, căci nici eu nu fusesem la o întâlnire normală, dar auzisem multe despre ele.

— La film sau la o pizzerie, din câte știu eu, am ridicat din umeri.

— Și ți-ar plăcea acolo? m-a întrebat, rânjind.

Mi-am mărit ochii.

— Adică acum?

Ace a ridicat mâna și un chelner a venit la masa noastră. I-a oferit un card pentru nota de plată și a așteptat să i-l readucă cât timp mai conversa cu mine.

— Da, acum. Este prima noastră întâlnire și trebuie să o reparăm cât mai avem timp.

— Nu a fost stricată, Ace, a fost minunată, am ținut să precizez.

— Asta înseamnă că nu vrei să fii văzută cu mine în public îmbrăcat cu papion?

Știam că glumea, așa că am râs, mai ales când acesta a făcut un gest să își aranjeze papionul despre care vorbea.

— Doar dacă nu vrei nici tu să fii văzut cu mine în public îmbrăcată în rochie. Te avertizez, lumea nu m-a văzut niciodată îmbrăcată așa. S-ar putea să se holbeze.

Ace a zâmbit fermecător.

— Cred că se vor holba la amândoi, iubito.

Am zâmbit ca și el, dar pe măsură ce se apropia încercam să îmi redresez expresia deoarece știam că urma să îl sărut din nou, să îl gust din nou. Eram încă într-un loc stilat și public, așa că nu am putut avansa prea mult și nu am făcut decât să ne jucăm unul cu buzele celuilalt, ușor, tandru.

Iubeam să îl simt așa, iubeam să îmi ia respirația și să mă facă să mă agit. Iubeam să mângâie cu pielea sa ușor aspră, iubeam să mă ardă cu atingerile sale. Iubeam cum mă făcea să mă simt iubită, chiar dacă nu asta era intenția lui.

Am oftat peste buzele sale și imediat chelnerul ne-a atras atenția cu o tuse falsă. M-am înroșit, dar lui Ace părea să nu îi pese când și-a luat cardul înapoi. Imediat după aceea s-a ridicat, mi-a tras scaunul și m-a ajutat și pe mine să mă ridic, mi-a oferit brațul său și am pornit spre ieșire.

Nu puteam să explic cât de ușurată am fost când am ieșit din restaurant și am intrat în mașină. După o serie de săruturi fierbinți în lift și tensiunea de sus, aerul rece care mi-a înfiorat pielea a fost bine venit, chiar dacă a durat puțin. Ace s-a așezat pe locul său, apoi m-a întrebat:

— Ce să fie prima dată? Filmul sau pizzeria?

Nu îmi venea să cred că facem asta.

— Pizzeria. Mi-e cam foame după salata aia.

Ace mi-a oferit o privire mustrătoare și nu i-a mai trebuit alt motiv să plecăm din loc.

Chiar am făcut-o. Am mers în locuri normale, submediocre, îmbrăcați în haine de gală. Oamenii s-au holbat la noi peste tot, mai ales în pizzerie, în timp ce mâncam cartofi pai cu ketchup. În cinematograf, din cauza filmului și a întunericului, nu am prea fost băgați în seamă. Și nici noi nu am prea băgat în seamă oamenii sau filmul, căci eram prea ocupați să ne băgăm în seamă unul pe celălalt. Și de data aceasta la film am stat în poala lui și ne-am sărutat pe tot parcursul șederii noastre acolo, stând în spate, fără să deranjăm pe nimeni. Probabil la un moment dat am fost prea aprinși, căci Ace m-a îndepărtat puțin de el și mi-a spus:

— Ar fi bine să ne oprim acum.

I-am respectat dorința, deși simțeam cum corpul meu s-a dezumflat de extaz. Eram transpirată, părul probabil mi s-a ciufulit și încurcat, eram roșie în obraji, pielea îmi ardea, iar eu, cu totul, mă simțeam într-o cameră sub presiune.

Ace a vrut să plecăm înainte să se termine filmul, așa că am acceptat și m-a condus acasă, unde am urcat amândoi.

— Vrei o cafea sau altceva? l-am întrebat, fiind totuși conștientă că era o oră târzie.

Am încercat să nu mă gândesc prea mult, dar, sincer, știam ce urma să se întâmple în seara asta.

— Nu, mulțumesc, a rostit el politicos.

Bun. Și acum ce era să fac? Să îmi dau rochia jos în fața lui și să mă arunc ca o hămesită în brațele sale? Penibil. Eu eram penibilă.

— Nu vrei să ne schimbăm? Costumul ăsta e al naibii de incomod și pun pariu că la fel este și rochia ta.

Am afirmat din cap, înghițind în sec, apoi m-am îndreptat spre camera mea, unde el m-a urmat. Repet: Bun. Și acum ce era să fac? Puteam să mă dezbrac sau să îmi iau pijamalele din dulap? Nu știam dacă Ace mă voia sau asta intenționa, să ajungă aici, dar... Ce mi-a spus înainte de întâlnire mi-a răsunat în cap. Trebuia să mă gândesc doar la momentul în care îmi voi da jos rochia. Asta voia.

Până să nu îmi pierd curajul, l-am întrebat:

— Îmi deschizi fermoarul de la spate?

— Pentru asta am și venit, mi-a răspuns el.

Pentru o clipă m-am gândit că putea fi o remarcă cu tentă perversă, iar asta mi-a adus niște fiori neplăcuți pe șira spinării. Degetele lui Ace mi-au mângâiat spatele de jos până sus, apoi au cuprins fermoarul, ducându-l până la bază. Credeam că asta este tot și voiam să mă întorc, dar Ace și-a strecurat o mână în jurul taliei mele și i-am simțit buzele moi, tandre și umede pe omoplații mei, sărutându-i pe rând.

— Te aștept în hol. Îmi spui când ești gata, mi-a șoptit.

Eram confuză. Și, pentru a nu mă face de râs mai târziu, l-am întrebat:

— Gata?

Vocea mea a sunat destul de confuză pentru a-l face pe Ace să se întoarcă din drumul său spre ieșirea din dormitorul meu și să se încrunte la mine.

— Când ești gata, îmbrăcată. Nu cred că pot sta aici să te văd în timp ce te îmbraci, așa că mai bine te aștept afară.

Mintea mi s-a luminat, iar inima mea trecea prin două stări: ușurare și dezamăgire. El nu voia să facă nimic în noaptea asta cu mine, iar eu habar nu aveam pe ce parte puteam să iau această informație în suflet. Era de bine sau de rău?

— Iubito, mi-a spus, apropiindu-se din nou de mine.

Mi-a cuprins fața în mâinile sale calde și mari, iar capul său s-a aplecat pentru a-mi săruta nasul.

— Mi-am dat seama, stai liniștită. Și te voi lua ușor, promit.

A realizat imediat la ce s-a referit și am roșit, dar în același timp ochii mi-au lăcrimat. Era foarte gentil și drăguț cu mine, iar eu nu avusesem parte niciodată în viața mea de tandrețe în afara celei primite de la mama și puținii mei prieteni. Nu știu cât dădea el pe acele gesturi, dar pentru mine însemnau lumea, iar acest lucru m-a emoționat.

— Nu trebuie să te rușinezi din cauza asta, iubito. Este un lucru frumos, mi-a șoptit, sărutându-mi din nou nasul.

Eu, a naibii să fiu de nu voiam să îi spun chiar în acel moment ceea ce am descoperit mai devreme. Voiam să îi spun că îl iubesc, dar nu credeam că era momentul potrivit pentru asta. Aș fi stricat totul și era ceva ce nu îmi doream.

Mă simțeam complet fericită după mult timp – de când a plecat tata.

— Acum te las să te schimbi, mi-a spus, îndepărtându-se de mine.

L-am strâns de brațe, oprindu-l. Nu puteam să îl las să plece așa după ceea ce a spus, nu când toată ființa mea dorea să îl opresc și să îl țină aproape.

— Vreau să te sărut, i-am mărturisit.

Am putut vedea cum mărul lui Adam i s-a mișcat, ceea ce însemna că a înghițit în sec. Pentru o clipă ochii săi verzi s-au aprins, ca și cum o flacără îi mistuia, și cred că așa și era, o flacără a dorinței.

— Atunci sărută-mă, m-a provocat, rânjind.

Dacă credea că mă va intimida, s-a înșelat. Am făcut ceea ce mi-am dorit și ceea ce mi-a spus să fac. I-am înconjurat gâtul cu brațele și m-am ridicat pe vârfuri – chiar dacă aveam tocuri –, sărutându-l – la început ușor, apoi din ce în ce mai adânc. Îl descopeream cu fiecare sărut câte puțin, pentru că îmi era prea frică să dezvălui totul deodată, iar pe Ace nu îl deranja asta. Acum, de exemplu, m-a lăsat pe mine să preiau complet controlul. Se mișca după mine, ca și cum gravita în jurul mișcărilor mele precum pământul gravitează în jurul soarelui. Degetele sale s-au băgat în carnea șoldurilor mele, strângându-mă tare, iar respirația lui a devenit dintr-odată agitată, așa cum era a mea de la început. Am putut observa cum sărutul nostru a luat amploare și s-a aprins, iar Ace a făcut câțiva pași cu mine până când am simțit dulapul în spatele meu. Nu mă mai puteam opri acum. Îl atingeam tandru sau mai brutal, îl mușcam și mă jucam cu el, îi mângâiam limba ca și cum era ultimul lucru pe care l-aș fi făcut pe plancta asta, iar când s-a lipit cu totul de mine și mi-a ars fiecare părticică a corpului am simțit cât de departe am ajuns de fapt. Și, cu toate astea, tot el a fost cel care a închis sărutul nostru, dezlipindu-și gura de a mea și unindu-ne frunțile.

Aerul care ieșea din plămânii noștri era fierbinte, iar asta aprindea și mai tare atmosfera care încă nu și-a terminat momentul. Vedeam pe chipul chinuit al lui Ace cum încerca să se oprească și să stingă focul dintre noi, dar îi era greu, iar eu îl apreciam și mai mult pentru asta. Îmi câștiga încrederea puțin câte puțin.

Tocmai când credeam că urmează alt sărut sălbatic Ace și-a lipit buzele scurt de ale mele și mi-a cuprins din nou fața în mâini, privindu-mă în ochi cu pasiune când m-a rugat:

— Fii iubita mea!

I-am zâmbit, mângâindu-i încheieturile ambelor mâini care îmi atingeau obrajii.

— Am fost încă de când m-ai sărutat prima oară, i-am spus melancolică.

Zâmbetul pe care îl iubeam a apărut pe chipul lui Ace și i-a luminat toată fața, încrețindu-i colțurile gurii. De data aceasta nu m-am mai putut abține și l-am sărutat acolo, în zona aceea teribil de atrăgătoare, pe o parte și pe cealaltă a chipului său.

— Ce-a fost asta? a întrebat, lățindu-și zâmbetul.

Am oftat fericită.

— Să spunem doar că îmi doresc de mult timp să o fac, iubitule.

L-am putut auzi suspinând.

— Cred că îmi place prea mult cum sună asta, mi-a mărturisit, sărutându-mi gâtul cu buzele sale fierbinți.

— Atunci nu te obișnui, am râs de el.

Ace mi-a sărutat umărul, apoi maxilarul și după buzele.

— Mă pot mulțumi și doar să știu că sunt iubitul tău, dar te voi convinge să o spui mai des.

M-a sărutat din nou scurt pe buze.

— A, da? Cum? l-am provocat.

— Am metode speciale. Și ție îți vor plăcea, a rânjit.

După care mi-a oferit alt sărut. Și alt sărut. Și alt sărut. Până când dialogul nostru s-a pierdut, iar noi ne-am schimbat de haine, ne-am tot sărutat. Ne-am sărutat până când am uitat de noi, până când am pierdut numărul și ne-am pus în pat. Ne-am sărutat până când am adormit unul în brațele celuilalt și ne-am pierdut în vise. Iar acolo, în visul meu, eu încă îl sărutam.

# Capitolul 31

Să mă trezesc în același pat cu Ace nu se putea descrie în alt cuvânt decât *minunat*. A fost prima dată când am dormit cu altcineva în pat în afara mamei mele și a Kendrei. A fost prima dată când am dormit cu un iubit de-al meu în același pat, în *patul meu*. Dar ce spun? Ace a fost primul meu iubit dintre toți. Cu el am avut până și prima întâlnire, care a fost perfectă.

Era destul de târziu când mi-am deschis ochii, fiind invadată de săruturi pe coloană, pe ceafă și pe creștetul capului. Eram în brațele lui Ace, cu spatele la el, și se părea că se trezise înaintea mea. Probabil că se plictisea de a simțit nevoia să mă trezească și pe mine.

Am mormăit ceva și am luat perna de sub capul meu, împingându-i-o în față, până când i-am îndepărtat buzele de mine.

Ace a râs înfundat.

— Lasă-mă să dorm, am mormăit irascibilă.

— Cred că ești prima fată care preferă somnul în locul meu, a glumit el.

Se părea că creierul meu se trezise, altfel cum de era capabil să gândească ceea ce tocmai a gândit?

*Mă întreb cu câte fete a dormit până acum?*

— Ei bine, sunt specială, am mormăit din nou, schimbându-mi poziția de somn, mutându-mă pe burtă.

— Nici nu am sugerat că nu ești, a comentat el, dându-mi perna înapoi și punându-mi-o sub cap.

Degeaba am încercat, acel gând mi-a intrat în cap și acum nu mai puteam dormi. Dacă o făceam, urma să am coșmaruri cu Ace și alte fete. Asta mi-a adus un fior de dezgust și m-a făcut să mă întorc cu fața spre iubitul meu. El mi-a aranjat părul ciufulit astfel încât să nu îmi mai intre în față. *Doamne, Dumnezeule!*

— Stai chiar aici, i-am comandat. Vreau să mă spăl pe dinți și apoi să te sărut.

Ace a râs din nou, vrăjindu-mă cu zâmbetul să fermecător, apoi, când am dorit să mă ridic, el m-a prins de mijloc și m-a trântit din nou în pat, încătușându-mi mâinile.

— Am o idee mai bună. Ce ar fi să mă săruți acum și lași igiena orală pe mai târziu?

Deja se apropia să își transforme planul în fapte, dar mi-am întors capul pentru ca buzele noastre să nu se atingă.

— În niciun caz, *amigo*. Dă-te jos de pe mine sau va trebui să anulăm până și ședința de mai târziu de săruturi.

— Ah, a făcut el cu un aer rănit prefăcut. Ești dură.

Mi-am ridicat sprâncenele în semn de provocare, iar Ace mi-a dus ambele mâini deasupra capului, începând să mi le țină doar cu o palmă, cealaltă i-a coborât ușor asupra feței mele, strângându-mă delicat de obraz.

— Nu...

Ceea ce inițial voia să fie un refuz a fost mai degrabă un accept, căci Ace s-a repezit la mine în secunda în care mi-am deschis gura, atacându-mă în mod direct cu săruturi. Cu această ocazie nici nu a mai avut nevoie să îi dau vreo permisiune, s-a autoinvitat printre buzele mele întredeschise și mi-a astupat mirarea cu un geamăt. Am încercat să fiu puternică, ba chiar m-am răzvrătit și am vrut să îl dau jos de pe mine, dar nu am reușit. Și cum se spunea? *Dacă nu poți să-i învingi, alătură-te lor.* Exact asta am făcut. M-am alăturat unui sărut înăbușit, care nu a fost atât de groaznic pe cât m-am temut să fie după un somn lung.

Somn lung.

Era luni.

M-am trezit ca arsă și m-am tras înapoi.

— Cât este ceasul? am întrebat agitată.

Ace s-a bosumflat, oftând plictisit.

— Ai așa un talent să le strici cheful oamenilor, iubito...

L-am dat jos de pe mine, de data aceasta el lăsându-se ușor, apoi mi-am luat telefonul antic de pe noptieră, imediat de lângă telefonul nou-nouț de la Ace. Ceasul era aproape unsprezece și jumătate, iar semnul alarmei mele a dispărut.

— Vei fi dat dispărut, Ace Appleby, i-am promis nervoasă. Cum de te-ai gândit să îmi anulezi alarma?

M-am întors spre el, ridicându-mă în picioare și părând nervoasă. Nu, nu păream nervoasă, eram nervoasă.

— Am stat până târziu ieri, ar fi fost un chin să ne trezim de dimineață, oricum am fi întârziat la ore și, dacă nu știai, am legături sus puse la liceu.

Mi-a făcut cu ochiul spre final, ceea ce m-a enervat și mai rău. Eram furioasă.

— Poate pentru tine o fi ușor, Ace, dar eu sunt bursieră, trebuie să mă comport exemplar și să iau note mari, altfel...

— Hei, mi-a spus, întrerupându-mă.

A venit pe marginea patului, stând în genunchi în fața mea și fiind la același nivel cu mine. Mi-a cuprins mâinile între ale sale, apoi le-a sărutat pe fiecare în parte.

— Va fi bine. Absențele de astăzi nu vor apărea nicăieri.

Mi-am tras mâinile.

— Nu vreau ajutorul tău. Vreau doar să nu te amesteci în treburile mele, în școala sau în munca mea, așa cum ai făcut până acum. OK?

Ace a afirmat din cap, iar în ochii săi verzi de smarald am putut observa vinovăția și regretul. Eram o idioată. Poate că nu înțelegea nevoia mea de a mă descurca de una singură, de a fi cu picioarele pe pământ și de a face totul ca la carte, dar nu trebuia să ridic tonul la el sau să îl cert.

— Știu că ai făcut-o pentru mine, am spus, apropiindu-mă din nou de el. Dar te rog să nu mai faci nimic care să mă afecteze în vreun fel fără să mă consulți înainte.

I-am înconjurat gâtul cu brațele mele, apoi i-am depus un sărut scurt pe buze.

— Scuze că am fost scorpie.

Ace mi-a zâmbit cu amărăciune, dar părea că încerca să fie vesel. Ce s-a întâmplat cu talentele sale actoricești acum?

— Scuze că te-am făcut să chiulești de la școală.

Ace Appleby spunând că îi părea rău de ceva era un eveniment rar, așa că am savurat rânjind momentul.

— Ce e cu tine atât de fericită? a întrebat el dintr-odată, înveselindu-se.

— Nimic.

— Nimic?

— Nimic.

Am ținut-o pe a mea până când Ace m-a luat din nou pe sus și m-a pus în pat, încătușându-mă.

— Spune-mi ce e de râs, mi-a cerut cu un rânjet pe buze.

— Nimic, am ținut-o în continuare pe a mea.

Ace a ridicat o sprânceană în semn că accepta provocarea.

— Spune-mi sau...

— Sau ce? l-am întrebat.

Nu avea cu ce să mă amenințe.

— Sau asta, a spus simplu, apoi mi-a eliberat mâinile.

Degetele sale au început să se miște pe corpul meu, mai ales în zona stomacului, gâdilându-mă într-un mod aproape dureros. Am început să râd numaidecât și m-am zvârcolit în pat, cerșind îndurare. Ace mi-a oferit-o, dar doar pentru puțin, apoi a început din nou văzând că încă nu voiam să îi spun de ce râdeam. Habar nu aveam cât am ținut-o așa, cinstit era că nu ne-am oprit de bunăvoie, ci forțați – forțați de o tuse venită din pragul ușii.

La naiba!

— Tocmai voiam să te întreb cum a decurs întâlnirea voastră, dar îmi dau seama de aici că a fost bine.

M-am înroșit și l-am dat pe Ace jos de pe mine. Eu eram îmbrăcată decent, într-un tricou lung și larg, vechi, alături de pantalonii mei antici de pijama cu inimioare. Ace, pe de altă parte, avea doar boxerii pe el, iar faptul că l-am dat la o parte de pe mine nu l-a ajutat, căci pătura l-a descoperit.

— Bună ziua, doamnă Good. Ce zi frumoasă, nu?

— Pune ceva pe tine, Ace, i-a tăiat-o aceasta scurt.

A fost dură.

*Asta nu mi se poate întâmpla mie.* Pe când Ace era iubitul meu fals și eu îl uram, mama îl idolatriza, aproape că mai avea puțin și mă cununa cu el. Acum că noi doi chiar aveam o relație, ea ne prindea așa și se destramă totul.

Ace a luat plapuma, înconjurându-și talia cu ea în timp ce se ridica din pat.

— Nici nu vreau să știu ce ați făcut noaptea trecută, dar...

— Am dormit, i-am răspuns, totuși.

— ...nu voi tolera un asemenea comportament chiar aici, în casa noastră. Și Char, draga mea, noi două va trebui să reluăm subiectul numit protecție.

L-am auzit pe Ace pufnind, încercând să se abțină din râs. Puneam pariu că nu mai trecuse prin așa ceva cu fostele fete cu care și-a petrecut timpul sau cu care a fost împreună. Era jenant.

— Mamă, pe bune, chiar am dormit și atât.

— Te cred, a spus ea, surprinzându-mă. Dar discuția tot o vom avea, căci mereu există o dată viitoare. Vă aștept pe amândoi la micul dejun în treizeci de minute. Și abia aștept să îmi spuneți de ce nu sunteți la școală acum.

Cu asta, mama a ieșit din cameră, închizându-ne în mod surprinzător ușa de la dormitor. Ace nu a mai avut nevoie de altceva și a început să râdă. M-am întors, luând perna de pe pat și aruncând-o spre el. L-am nimerit în față, dar nu a fost afectat, acesta a continuat să râdă.

— Te poate auzi, istețule. Nu suntem într-una din vilele tale, i-am amintit.

Acesta mi-a făcut semn cu mâna că termină într-un minut, dar nu a fost așa.

— Oh, Doamne, asta nu mi s-a întâmplat niciodată, a comentat el amuzat.

Da, mă gândeam eu.

Mi-am făcut de lucru, căutând în dulap hainele pe care le voi purta. Am adunat o pereche de blugi şi lenjerie intimă pe lângă un sutien, sperând ca Ace să nu le vadă, apoi am pornit spre uşă. Nu am putut să fac prea mulţi paşi, căci băgăciosul s-a pus între mine şi uşă, blocându-mi calea. Şi era fără pătură. Ochii mei au zburat... Oh, Doamne, nu.

— Eşti supărată? m-a întrebat încruntat.

Şi-a şters zâmbetul într-o secundă.

Am oftat, apoi am încercat să îl dau la o parte din calea mea.

— Nu sunt, vreau să merg să mă schimb. Tu îmbracă-te aici, i-am comandat.

Încă nu s-a mişcat din faţa mea.

— Ţii minte când nu ai vrut să îmi spui de ce erai supărată şi am oprit maşina pe marginea drumului până mi-ai mărturisit? De câte ori trebuie să te conving că sunt insistent?

Mi-am coborât umerii şi am oftat.

— Îmi este doar ruşine pentru ce s-a întâmplat, am recunoscut. Acum mă laşi să trec?

— Încă nu.

Mi-am dat ochii peste cap şi m-am mişcat nerăbdătoare pe picioare. În momentul în care m-am întors din nou spre Ace, acesta mi-a cuprins faţa cu ambele mâini şi şi-a lipit buzele de ale mele. Nu a fost un sărut adânc, doar nişte mişcări ale gurilor noastre, una peste cealaltă, mângâindu-se reciproc. Mi-am aşezat palmele peste mâinile lui, lăsând hainele să îmi pice pe podea şi dorind ca acest moment să dureze mai mult. Îmi transmitea tandreţe şi iubire în fiecare mişcare. A fost un sărut sentimental, dulce, care mi-a făcut picioarele să tremure şi degetele să mi se încovoaie.

— Din partea mea nu ai de ce să îți fie rușine, iubito. A fost amuzant, mi-a spus când s-a desprins de mine, sărutându-mi apoi fruntea.

Mi-am lăsat chipul în pământ, fiind rușinată, după care am văzut cum hainele mele erau împrăștiate pe picioarele noastre. Sutienul meu roz se observa perfect de aici, părând foarte mândru de el însuși. Am sărit pe jos, luând totul în brațe și încercând să îmi ascund lenjeria intimă printre blugi și tricou. Ace a izbucnit din nou în râs.

— Nu mai râde, i-am ordonat, îmbrâncindu-l.

Acesta a devenit și mai zgomotos, apoi m-a strâns în brațe, înlănțuindu-mă cât timp se scutura de râs. Îmi plăcea să îl văd atât de destins, mă simțeam în elementul meu cu el atât de relaxat, dar îmi era și jenă din cauza lucrurilor care s-au petrecut în urmă cu câteva minute.

— Oh, a oftat el. Cine ar fi crezut că dura și temuta Charity va roși din cauza...

— Taci! am ridicat tonul, întrerupându-l.

Mi-am dus o mână la gura lui, acoperind-o, iar hainele le-am ținut cu mâna rămasă liberă, între corpurile noastre.

— Tu nu înțelegi că mama cel mai probabil ascultă pe la ușă? l-am certat în șoaptă. Mai bine ți-ai face discursul pentru ce urmează, căci ai de reconstruit o imagine în fața ei.

M-am desprins de Ace și l-am ocolit în sfârșit, dând să ies din cameră. Tocmai atunci el a strigat după mine:

— Mama ta mă adoră!

Cea numită i-a răspuns din bucătărie pe același ton:

— Nu aș fi atât de sigură de asta!

Mă aflam în casă cu doi copii puși pe șotii.

# Capitolul 32

Discuția de la micul dejun din dimineața de luni a decurs... interesant. Când eu și Ace am fost îmbrăcați și așezați în sfârșit la masă, după o liniște de câteva minute, mama a început un subiect interesant, deloc subtil, despre copii. Am crezut că mă voi îneca cu sucul de portocale. Totuși, după ce ne-am chinuit vreo jumătate de oră să o liniștim – sau mai mult eu m-am chinuit, Ace doar a dat din cap și a râs –, s-a lăsat convinsă că suntem responsabili și am spălat vasele împreună. I-am explicat și de ce nu am ajuns la liceu – am mințit –, după care Ace a hotărât să meargă acasă, iar eu l-am condus până la mașină. A urmat o serie lungă de săruturi, după ce am rezistat curajos în fața lui, certându-l pentru toate prostiile pe care le-a făcut în câteva ore. Restul zilei am petrecut-o la muncă, trimițând mesaje și încercând să nu fac comenzile praf.

Astăzi era marți, iar eu eram agitată. Ceea ce însemna prima mea petrecere era de asemenea și a doua mea întâlnire cu Ace, iar eu nu știam care titlu îmi dădea emoții mai mari. Totul decursese bine duminica, da, însă cu el mereu mă aflam într-o continuă emoție.

De data aceasta, la aprobarea Kendrei, chiar mi-am luat rochia aceea roșie, scurtă, mulată și decoltată, chiar dacă nu mă simțeam bine în ea, căci, cum a spus și experta, petrecerile de genul acesta sunt mai despuiate, iar această ținută se potrivește ca o mănușă. Cu pantofii a fost mai greu, a trebuit să mă împrumut de la ea, iar părul și machiajul au stat tot în sarcinile sale. Părul meu blond-căpșună era ondulat, lăsat pe spate, ceea ce nu obișnuiam să fac, iar ochii îmi erau trasați de niște linii negre, subțiri și elegante, în timp ce buzele îmi erau pictate în culoarea sângelui, și obrajii mi-au căpătat o nuanță rozalie.

Imediat după ce m-am văzut în oglindă, am regretat. Eram atât de asemănătoare cu cea care am fost duminica, dar totuşi atât de diferită. La prima mea întâlnire cu Ace am fost elegantă, o doamnă – acum abia puteam fi numită femeie. Eram prea despuiată pentru gusturile mele. Kendra a spus că este bine, aşa că am ascultat-o. Puteam rezista o seară.

Ei bine, la ora zece, când Ace a venit după mine, nu am mai fost atât de sigură că aş fi putut rezista. Nu mi-a adresat niciun salut sau zâmbet, doar a rămas înlemnit în prag şi m-a privit încruntat, de sus până jos şi înapoi, în timpul în care eu încercam să nu leşin.

Când în sfârşit a spus ceva, am putut simţi că respir din nou.

— Eşti sigură că vrei să vii îmbrăcată aşa? m-a întrebat chinuit de cuvinte.

M-am privit şi eu de sus până jos, fiind stingherită.

— Nu aşa se îmbracă cei de acolo? am întrebat la rândul meu, simţindu-mă ca un clovn.

— Ba da, mi-a răspuns imediat. Doar că...

A oftat, refuzând să îşi termine ideea. Până la urmă s-a răzgândit şi a spus altceva.

— Mă ţii de mână toată seara, a comandat serios. Şi nu mă interesează dacă îţi transpiră.

Când m-am întors să închid uşa, mi-am muşcat buza cu putere, abţinându-mă să zâmbesc sau să scot sunete prea ciudate de faţă cu el. Când reveneam trebuia să mă vadă la fel de normală şi ruşinată ca până acum. Doar că nu a apucat să mă vadă. Imediat cum m-am întors, mâna lui s-a aşezat pe gâtul meu, iar buzele sale s-au lipit de ale mele înainte să simt orice altceva – înainte să simt cum cu celălalt braţ m-a tras spre el şi m-a lipit de corpul său, înainte să îi fi simţit ră-suflarea caldă, aproape uşurată, care i-a scăpat printre buze, înainte să îi fi simţit chiar şi furnicăturile pe care mi le crea în mod instant. M-a sărutat profund şi pasional, pătrunzător, înfocat, dorind să îşi marcheze teritoriul. Mie nu trebuia să îmi demonstreze nimic, știam a cui iubită eram, îmi aminteam asta în fiecare secundă a vieții, pentru a mă înveseli.

Nu știam cât timp ne-a luat să ne potolim, dar am făcut-o când un vecin a deschis ușa, iar Ace s-a despărțit de mine cu mai mult ruj pe față decât avea înainte – deloc. Ea roșu pe buze și în jurul lor – probabil că așa eram și eu –, iar el știa asta, dar tot arăta încrezător și nerușinat.

— Bună ziua! l-am salutat eu pe domnul Fuentes, vecinul meu spaniol de alături, un domn de vreo cincizeci și cinci de ani.

— Salut, s-a băgat și Ace în seamă.

Acesta, cu tot cu părul lui cărunt, arăta că știa mai multe decât noi, așa că a pufnit ironic, cu un zâmbet pe față, a tot clătinat din cap și ne-a ocolit, coborând scările, mergând în treaba lui. Abia după ce a dispărut din clădire ne-am permis să râdem.

În mașină ne-am șters unul pe celălalt cu niște șervețele din geanta mea, iar când eram pregătită să îmi refac machiajul, Ace mi-a cuprins ușor mâna, oprindu-mă.

— Voi mai vrea să te sărut în seara asta, să știi, m-a avertizat el.

— Și o vei face după petrecere, i-am impus, dându-mă cu ruj.

S-a abținut să nu își dea ochii peste cap, dar fața lui îmi arăta că nu îi convenea ce făceam. După ce a pornit motorul mașinii și am plecat, a spus:

— Nu vrei să mergem altundeva?

M-am încruntat, vizibil derutată.

— De ce?

Ace nu mi-a răspuns imediat. Părea puțin agitat, și-a lins buzele înainte să îmi ofere un răspuns.

— Nu știu, doar așa.

Nu aveam habar ce să îi spun, nu știam ce să aleg, în schimb m-am gândit la atitudinea lui.

— De ce nu mai vrei la petrecere, Ace? am insistat peste alte două minute de tăcere.

El a oftat, apoi și-a plimbat ochii pe toată lungimea drumului înainte să îmi dea un răspuns sincer.

— Pentru că arăți dureros de bine și nu vreau ca altcineva să observe asta.

Am clipit des și m-am rușinat. Îmi venea să spun că nu era așa, nu arătam bine, dar în acel moment chiar eram frumoasă, poate chiar vulgară, căci m-am aranjat să fiu așa. Comentariul său m-a făcut să mă simt și mai inconfortabil în pielea mea.

— Stăm puțin, am propus. Apoi mergem unde vrei tu.

Răspunsul său a venit rapid și din senin:

— Mergem la mine.

Aproape că m-am înecat cu propria salivă.

— Adică la mine, la apartamentul meu. Nu la mine, unde stă și tata.

Neîncrederea mi s-a înfiripat în minte, dar nu aveam de ce. Am mai dormit cu Ace o dată și putea face atunci ceea ce voia, dar nu o făcuse. Nu avea alte motive să mă ducă la el acasă. A fost doar un gând negru de moment.

— Bine, am șoptit, încercând să nu par nervoasă.

Emoțiile îmi făceau capul să explodeze. Urma să fie pentru prima dată când aș fi fost la apartamentul său. Nu aveam cum să stau liniștită.

Tot drumul am tăcut, lăsând tensiunea să se scurgă atunci când Ace îmi mai săruta palma, mi-o mai strângea în a sa sau își așeza mâna pe coapsa mea. Am ajuns rapid la vila celui care găzduia petrecerea – Jacob McAllister, dacă nu mă înșelam –, iar Ace a făcut pe domnul, deschizându-mi ușa de la mașină. Mi-a cuprins talia și m-a apropiat de el când m-a întrebat șoptit la ureche:

— Sigur nu vrei să plecăm de pe acum? Nu e nevoie să intrăm.

Chiar aș fi vrut, dar era timpul să și ieșim în lume ca un cuplu – nu ca un cuplu fals. Niciodată nu am fost la vreuna dintre petrecerile lor și chiar voiam să văd cum decurgeau, iar dacă eram de mână cu Ace, totul era și mai bine.

— O oră, i-am cerut.

Nu părea prea mulțumit, dar a acceptat, iar noi ne-am îndreptat către imensa vilă. Probabil că această casă era de cel puțin cincizeci de ori mai mare decât garsoniera în care locuiam. Simțeam invidia mea specifică cum îmi invada sufletul. Jacob era doar un sportiv care mai fuma iarbă ocazional, nu făcea absolut nimic, aducea multe fete acasă, ținea și mai multe petreceri, avea oameni de genul meu care să îi facă treaba, iar a doua zi o lua de la capăt. Cu toate acestea, avea un trai de lux. Eu, chiar dacă mă strofocam, nu aș fi ajuns unde era el nici într-o mie de vieți. Nici nu îmi permiteam să visez măcar la vilă cu două piscine, saună, cinci băi, cinematograf, sală de sport și un living cât parterul unui mall, darămite să o și am.

Ace probabil mi-a văzut sila din privire cum am intrat, căci mâna i s-a strâns în jurul taliei mele. I-am făcut semn că nu aveam nimic.

Ne-am plimbat, el a salutat foarte multă lume, am căpătat două pahare de băutură, dar el nici măcar nu s-a atins de al său, am cunoscut alte persoane de la școală pe care nu le știam încă, unii erau chiar la facultate, și de fiecare dată când am strâns mâna cuiva zâmbindu-i fals, prietenos, Ace mi-a strâns talia, făcându-mi semn subtil să mă retrag.

Stăteam pe canapea, lipiți unul de celălalt, Ace plimbându-și mâna pe genunchiul meu în timp ce eu mă sprijineam de umărul său, și ascultam cum el vorbea cu cei din jur, fiind atât de lejer, în elementul său. Eu una mă simțeam în plus, nu vorbeam cu nimeni, dar asta mi-a dat ocazia să mai inspectez zona și oamenii. Într-un colț vreo șase persoane jucau poker pe dezbrăcate, în alt colț gălăgios al casei era un concurs de băutură, jocurile bere-pong sau adevăr și provocare nu lipseau, nici atât persoanele în stare de ebrietate din piscină sau muzica răsunătoare din boxe. Chiar voiam să fac și eu ceva din toate astea – orice nu mă punea să mă dezbrac –, dar nu voiam să îl las pe Ace sau să îi dau senzația că ar trebui să mă supravegheze imediat cum plecam de lângă el. Am preferat doar să rămân aşezată întreaga oră acolo. Şi tocmai când ne hotăram să plecăm, Rebecca şi-a făcut apariţia.

— Haide la un bere-pong!

Era tare încântată, de parcă noi două chiar eram bune prietene care s-ar fi distrat împreună. Am observat că aşa era ea de obicei, la fel cum era şi foarte insistentă. Dar poate că nu era nevoie să insiste, poate că doar voiam să mă joc într-adevăr bere-pong, sau poate că nu mai voiam să stau lipită de Ace, nu voiam să arăt că aveam nevoie de cineva să mă protejeze, eu am fost toată viaţa o independentă.

— Merg să joc o tură, i-am şoptit lui Ace, astfel ca prietenii săi să nu mă audă.

El mi-a strâns genunchiul în semn de refuz, dar l-am sărutat scurt pe buze după ce mi-am dat ochii peste cap, apoi am plecat. Nu aveam nevoie de aprobarea lui, doar l-am informat ceea ce aveam de gând să fac.

Masa de bere-pong era aşezată undeva de unde Ace nu prea avea vedere la mine, dar avea grijă să se răsucească o dată la câteva minute pentru a mă verifica. Eu m-am întors cu spatele la el şi m-am concentrat.

— Bun. Tu vei juca în echipă cu mine, iar Savannah va fi cu Jacob.

Savannah – una dintre prietenele marionete ale Rebeccăi – şi Jacob – cel care găzduia petrecerea – păreau să aibă ceva de împărţit, dar nu credeam că era ceva mai mult de o noapte de distracţie. Când am început jocul credeam că voi fi praf, dar s-a dovedit că mă pricepeam cât de cât, iar asta o încânta pe Becca. Aproape că am şi uitat cât de nesuferită era când băteam palma sau ne stresam împreună dacă ratam, iar cei doi din echipa adversă ne luau faţa. Am ratat de vreo patru ori şi a fost nevoie să beau patru pahare de bere stătută, dar erau destul de mici, aşa că nu am fost prea afectată – cu excepţia faptului că uram gustul de bere. Mai erau două pahare pe masă, iar Savannah a ratat şi a băut. Jacob a făcut la fel. Becca a făcut la fel. Eu am făcut la fel.

Când mi-a venit rândul a doua oară, am nimerit, dar pe al doilea și ultimul pahar, Becca l-a dobândit, iar noi două am câștigat, bucurându-ne împreună de victorie.

Eu tocmai mă îmbrățișam cu Rebecca nesuferita. Asta până când o mână mare s-a așezat pe umărul meu. Știam că este Ace și că a venit timpul să plecăm, dar când m-am întors am rămas surprinsă să îl văd pe Alec în locul lui.

— Hei, Alec! m-am arătat mult prea fericită de prezența lui aici.

— Bună și ție.

Ne-am luat în brațe, apoi, după ce am anunțat că m-am retras din joc, am făcut pași până la canapeaua la care se afla Ace.

— Nu credeam că ești tipul petrecerilor, i-am spus zâmbind.

— Nu prea sunt, dar merge una la ceva timp. Iar petrecerile lui Jacob sunt chiar faine.

Am afirmat, bucurându-mă de experiența mea la be-re-pong de aici.

— Oh, Ace nu este, mi-a spus el dintr-odată.

M-am oprit din mers, apoi m aruncat un ochi la canapeaua de care ne apropiam. Într-adevăr, el nu era.

— Ai văzut unde a mers?

Era ciudat să fi plecat fără să fi spus.

— Da, a spus că merge până la baie, apoi că vine să te ia. Și mi-a spus de asemenea să stau cu ambii ochi pe tine până se întoarce.

Am râs. Acum nu mă mai îngrijoram. Asta chiar suna a ceva ce ar fi făcut Ace. Cu toate că a fost surprinzător că i-a cerut acest serviciu tocmai lui Alec. Ce însemna? Se lega in nou prietenia lor?

— Cred că merg să îl aștept mai aproape. Îmi arăți unde e baia?

— Una din multele, da.

Am uitat că mă aflam într-un hotel.

Am decis să mergem pur și simplu până la primul etaj, unde era mai liniște și mai aproape de oricare baie, iar acolo puteam discuta până când Ace și-ar fi refăcut apariția.

— Acum chiar sunteți un cuplu, nu? Oficial.

A știut de ce m-a întrebat asta. În primul rând, pentru că nu era nimeni destul de aproape ca să audă. În al doilea rând, pentru că mă văzuse atât de aproape de el, atât de atașată, și la o petrecere, ceea ce se vedea că nu era doar de mascaradă. Îmi era greu să îi răspund, dar am aruncat toate fricile la gunoi.

— Da, am spus hotărâtă. Și nu mă interesează, Alec. Nu mă interesează ce știți despre el, ce se crede despre el, știu cum este el cu mine, zilnic, în fiecare secundă. Acela este Ace cel adevărat. Iar dacă se va schimba fie măcar și puțin sau mă va minți, fii sigur că îi voi da papucii! Dar până atunci... este iubitul meu, iar asta mă bucură. Mă face fericită.

Alec a afirmat doar din cap, privind în liniște scările pe care le urcam.

— Ține la tine, afirmă el. Nu știu dacă îl mai cunosc cum îl cunoșteam odată, dar acea privire o știu. Se uită așa doar la persoanele pe care le prețuiește.

Asta m-a făcut să oftez mulțumită. Alec încă era prietenul meu, Ace era iubitul meu, acum mai lipsea doar ca ei doi să redevină prieteni.

— Apropo de relații și chestii de genul, a deschis el subiectul după ce am ajuns la etaj. Am ieșit cu Kendra.

M-am oprit automat și m-am întors spre el, lipindu-i o palmă peste piept când mi-am mărit ochii.

— Taci din gură! am exclamat. Adică... nu, nu asta am vrut să spun. Să nu taci! Spune tot. Cum? Când? Cum? Unde? Cum?

Eram extaziată. Până și amorțeala de la bere mi-a trecut. Alec părea rușinat.

— Nu știu, pur și simplu. Ieri. Am întrebat-o, ea a zis da, am ieșit. Chestii normale.

Normale? Ei erau amândoi prietenii mei. Mi se părea o chestie fenomenală, nu normală.

— V-ați culcat? am întrebat, cunoscând-o pe Kendra.

— Nu.

Dar Alec nu era la fel ca restul.

— V-ați sărutat?

— Nu.

Bun, Alec nu era nici măcar asemănător cu restul pretendenților ei.

— Îți place de ea?

— Da. Adică...

A oftat, lăsându-se pe un perete.

— Este greu. Ea este frumoasă și amuzantă și mai deșteaptă decât se arată, dar... Eu nu am mai fost cu nimeni după Crystal, iar asta este ciudat. Mă simt vinovat, oarecum. Ca și cum nu aș face ceva corect. Poate chiar de asta am refuzat să o sărut și am pupat-o pe obraz. Ce idiot de vârsta mea mai face asta unei fete după o întâlnire?

— Un gentleman, i-am răspuns automat.

Alec a pufnit, ca și cum nu ar fi crezut o iotă.

— Cât despre treaba cu Crystal... nu ai de ce să te simți ciudat, cu atât mai puțin vinovat. Ai fost înșelat, ești despărțit de ea de mult timp, ea a avut o relație, a trecut peste, ar trebui să faci și tu la fel. Dar nu o face dacă nu vrei asta cu adevărat. Nu poți profita de Kendra doar pentru că vrei să scapi de fantomele trecutului.

— Nu fac asta! Și am trecut peste, Char, chiar am trecut. Doar că mă simt din nou ca un virgin afurisit, mi-e teamă să nu fac ceva greșit. Și nici atât nu vreau să sufăr din nou. A doua oară nu cred că voi mai ieși din depresie.

Am afirmat din cap. Îl înțelegeam, oarecum. Sau măcar încercam să îl înțeleg, încercam să mă pun în pielea lui. Era ciudat și ce eram noi în acel moment. El lua sfaturi de la iubita celui cu care l-a înșelat fosta lui iubită. Ironic. Și, din nou, nu puteam să îmi abțin scârba când mă gândeam că Ace a făcut asta. Dar el era un alt om acum. Trebuia să uit.

— Va fi bine, Alec. Ia-o încet, Kendra va înțelege. Și este o foarte bună optimistă în viața omului. Te face să vezi lumea cu alți ochi.

Alec a zâmbit visător, ceea ce mi s-a părut dulce. Era clar că aceștia doi ar fi avut potențial de cuplu. Trebuia doar să meargă câteva lucruri bine.

— Chiar are unele glume atât de proaste încât mă face să râd de cât de aiurea sunt.

Am râs împreună, cunoscând această calitate a ei ciudată.

— E fenomenală. Inventatoarea glumelor seci.

— Ți-a spus-o pe cea...?

— Crede-mă, l-am întrerupt eu, nu există vreo glumă pe care să nu mi-o fi spus-o. Eu sunt cea pe care le testează. Eu și All.

O liniște ciudată și jenantă s-a așternut peste noi pentru vreo câteva momente. Alec și-a făcut curaj să mă întrebe apoi:

— Este ceva între ei?

— Între Allen și Kendra? A fost, cândva. Dar acum este exact ce este între mine și el. O relație de frați proveniți din mame diferite. Mai degrabă am muri singuri decât să formăm un cuplu oricare dintre noi. Dar dacă o vei răni, te va tranșa și mânca pe părți.

Alec a zâmbit ușurat, nefiindu-i frică de amenințare.

— Putem rămâne liniștiți în legătură cu asta.

Au trecut alte minute de liniște, după ce am epuizat subiectele și gândurile pluteau printre noi. Ace a lipsit cam mult timp, așa că am decis să mergem în căutarea lui în loc să mai rămânem pe loc. Alec a fost atât de drăguț încât să verifice el băile în locul meu, ca nu cumva să dau peste persoane nedorite.

— Îmi cer scuze, i-am spus la a doua baie cu un cuplu care se simțea bine.

Alec a râs.

— Nicio problemă. Mai bine eu decât tu.

Tocmai urcam etajul trei, râzând, vorbind, bucurându-ne că aici nu se auzea muzica deloc, abia se auzea basul, când o uşă a fost trântită de toc. Da, ăsta era Ace, în sfârşit. Măcar nu mai trebuia să investigăm o altă baie.

M-am îndreptat spre el, lăsându-l pe Alec în urmă, dar corpul mi s-a blocat când am văzut că avea tricoul în mâini, îl îmbrăca. Mergea în colţul opus mie, aşa că m-am tras înapoi, ştiind că nu puteam gândi tocmai acum, pe loc. Am făcut bine ceea ce am făcut, căci uşa s-a deschis din nou, iar pe ea a ieşit nimeni alta decât Crystal, încheindu-şi sutienul. Mai avea pe ea doar o fustă scurtă.

Alec era lângă mine, privind scena la fel de şocat. Nu îmi dădeam seama dacă era la fel de rănit precum eram eu, dar nu am mai putut sta să îl verific, pur şi simplu simţeam că nu puteam respira. Nu voiam să cred.

Am pornit pe scări în jos, având grijă să nu fac gălăgie. Nu voiam să deranjez pe nimeni. Alec a venit după mine.

Când am dat de arul rece, muşchii mi s-au mai relaxat. Nu aveam de gând să plâng. Nu voiam să fac scandal. Nu îmi doream să afle toată lumea de suferinţa mea. Nu mă interesa cine mă vedea plecând cu Alec în loc de Ace. Eu voiam doar să dispar. Şi aşa am şi făcut.

Relaţia noastră a fost una scurtă. Despărţirea noastră a fost rapidă, rece, silenţioasă şi neprevăzută, ca un coşmar.

# Capitolul 33

Ace nu a înțeles ideea când nu i-am răspuns la cinci mesaje și șase apeluri, așa că a venit la mine a doua dimineață. Aș fi apreciat dacă aș fi arătat superb în timp ce îi dădeam papucii în mod oficial, dar eu eram cu ochii umflați și aveam pungi negre din cauza plânsetelor și lipsei de somn. Nu avusesem o noapte tocmai bună. *Ce să spun? Te cam dărâmă faptul că primul iubit, primul băiat pe care l-ai lăsat în viața ta după ce ți-ai spus de o mie de ori că nu trebuie să o faci, cea mai nepotrivită persoană de care ai ajuns să te îndrăgostești, te înșală după abia două zile de relație tocmai cu fosta lui iubită.*

Ușa mea era aproape ruptă de ciocăneli cu pumnul la ora șapte dimineața, miercuri. Ace îmi spunea pe nume, îmi zicea iubito și mă ruga să îi deschid. Părea că nu știa ce pățisem de mă ruga întruna să răspund. Nu știam cum aveam să ajung în ziua aceea la școală și să stau lângă el, dar ceea ce știam era că trebuia să o termin acum sau niciodată.

Jumătate de oră mai târziu în gălăgia pe care a făcut-o, i-am deschis ușa. Se părea că nu eram destul de dărâmată, căci atunci când i-am văzut privirea ușurată la vederea mea, altceva s-a rupt în pieptul meu. Ace era un actor de primă clasă, trebuia să îmi fi dat seama de asta din cursul la care eram amândoi înscriși sau din toate fazele prin care m-a făcut să trec. Nu credeam că putea exista cineva care să se prefacă mai bine decât mine, dar exista. El era. El se prefăcea îndrăgostit de mine, și așa am ajuns să mă îndrăgostesc eu de el. Bine că mi-am deschis ochii.

— Dumnezeule, a oftat ușurat. Ai habar cât...?

A încercat să intre în casă în timp ce vorbea, iar eu am apropiat ușa, pentru a nu avea loc. Asta l-a întrerupt.

O cută a apărut între sprâncenele sale. Părea nedumerit. Voiam să îi explic, voiam să îl jignesc, voiam să tip la el, voiam să plâng din nou, dar amuțisem. Îl priveam așa și mă gândeam că tipul ăsta avea nevoie cu adevărat de un Oscar.

Și el voia să spună ceva, dar l-am întrerupt din nou, înainte să înceapă, când am ieșit afară și am început să îmi închid ușa în liniște. O fi crezut că de asta nu l-am lăsat să intre, din cauză că voiam eu să ies, dar nu, nu aceasta era problema. Imediat după ce am încuiat ușa, am început să cobor scările. Alec a spus că va veni să mă ia, era deja lângă bloc.

— Char! m-a strigat Ace, venind în urma mea. Ce se întâmplă?

Degeaba încercam, degeaba evitam, degeaba fugeam, el m-ar fi prins oricum și m-ar fi pus să îi explic, așa că m-am oprit înainte să o facă. M-am întors spre el exact când mă ajunsese. Din nou acea față îngrijorată. Și acei ochi verzi, mai deschiși decât îi avea de obicei. De ce nu puteam vedea dincolo de ei?

— Mă îngrijorezi. Ești bine?

Și-a ridicat mâinile pentru a mă atinge. M-am dat un pas înapoi. Chiar aveam nevoie de curaj pentru asta, cu tot talentul la teatru care zăcea în mine.

— Ai plecat devreme aseară, fără mine. Alec mi-a spus că te-a condus el și că te-ai pus deja să dormi, așa că nu ar trebui să te deranjez, dar... De ce ai plecat fără mine? Și ce ai pățit?

Nu era nevoie să știe că am aflat de mica lui escapadă. Mi-ar fi spus că nu era ce credeam și că nu s-a întâmplat nimic, dar nu l-aș fi crezut. Ace era un prea bun prefăcut pentru a fi sinceră cu el.

— Eu...

Am înghițit în sec. Cu ce ar fi trebuit să încep? Orice aș fi spus, nimic nu l-ar fi alungat pe Ace și țelurile sale. Exceptând un singur lucru.

— M-am gândit mai bine, am spus în cele din urmă.

L-am făcut să fie și mai confuz decât era. Nu știa ce voiam să spun cu asta, iar eu nu am mai continuat cu explicațiile. Oare chiar eram în stare să îi spun asta?

— La ce te referi? Deja mă sperii.

Nu era niciun motiv de spaimă pentru el. Oricum nu îi păsa. Dacă ar fi fost, atunci nu s-ar fi aflat noaptea trecută într-un dormitor la o petrecere oarecare, culcându-se cu...

Lacrimile mă invadau din nou. Am clipit des. Nu puteam să mă mai gândesc la asta. Oricum toată noaptea numai imaginea asta am avut-o în cap, aproape că nu am putut dormi din cauza ei, și când am dormit în sfârșit, tot asta am visat.

— Nu a fost intenția mea să repet trecutul într-o altă formă. Doar că am fost confuză. Însă acum...

*Haide odată, Charity. Nu era chiar atât de rău. Poți să o faci. El ți-a frânt inima, tu nu i-o vei frânge lui, nu e ca și cum ar avea una.*

Ace părea din ce în ce mai îngrijorat. Asta mă făcea să îmi imaginez cum ar fi fost dacă tot teatrul lui ar fi fost pe bune. Dacă era un om cu adevărat bun... Doamne, probabil că ar fi devenit dragostea vieții mele. Dar ce este prea bun ca să fie adevărat chiar așa este, nu este adevărat.

— Îmi place de Alec, am aruncat eu bomba.

Una, două, trei, patru, cinci secunde fără nicio reacție, apoi sprâncenele i s-au ridicat într-o formă de uimire dezgustată.

— Poftim?

— Îmi place de Alec, am repetat pentru a doua oară, frângându-mi inima din nou. Abia aseară mi-am dat seama, când a stat cu mine, s-a purtat frumos și m-a dus acasă. Mereu a fost...

— Ceea ce încerci tu să îmi spui este că mă părăsești pentru el? Lași tot ce avem noi pentru că ți se pare că îți place de el?

Devenea mai nervos pe secundă ce trecea și pe cuvânt ce îl rostea.

— Și ceea ce mi-ai spus mie cum rămâne? Căci îmi părea că îți sunt mai mult decât plăcut ultima dată când ne-am văzut.

De ce mă durea faptul că părea rănit? Nu era rănit la propriu, poate doar iritat de faptul că îl lăsam pentru Alec. Nici nu mai știam exact cine sau ce era Ace Appleby. Am ajuns la concluzia că niciodată nu l-am cunoscut cu adevărat.

— Îmi pare rău. Nu vreau să te mai văd.

Eram rece și distantă. Asta l-ar fi îndepărtat.

— Pe naiba nu vrei!

Sau poate că nu.

Evitam contactul vizual încă de când ne-am întâlnit. Poate asta l-a făcut să îmi comande:

— Uită-te la mine!

Nu am făcut-o. Două degete s-au strecurat sub bărbia mea și în ciuda puterii cu care mi-a ridicat capul, nu m-a bruscat. Acum îi vedeam ochii verzi întunecați, plini de ceva asemănător disperării.

— Mă minți. Spune-mi ce s-a întâmplat cu adevărat.

Îmi puteam minți până și mama. Era imposibil să eșuez în fața lui.

M-am dat alt pas înapoi, căci se apropiase de mine. Așa am scăpat de contactul cu mâna lui, aceasta picându-i inertă pe lângă corp.

— Adevărul este că tu și Crystal sunteți făcuți unul pentru celălalt. Și cred că așa suntem și eu cu Alec.

A respirat greu și nervos.

— Tu ai fost acolo când ți-am povestit despre scorpia aia? Pentru că îmi amintesc foarte bine că ți-am spus că stăteam cu ea doar din cauza tatălui meu. Iar tu cu Alec... e imposibil. Mi-ai spus că sunteți doar prieteni și că simți lucruri diferite pentru noi.

— Am mințit.

— Nu. Acum minți.

Sângele mi-a înghețat în vene.

— Și chiar dacă nu vrei să îmi spui adevărul, te voi presa până o vei face. Nu renunț atât de ușor.

Am scos un hohot ironic pe buze. Băiatului ăsta chiar îi plăceau provocările.

— De ce? am întrebat amar. Fii sincer măcar o dată cu mine și spune-mi de ce nu vrei să renunți pur și simplu.

Maxilarul i s-a încordat. Am putut jura că am auzit cum i-au scrâșnit dinții sub presiune.

— Am fost mai sincer cu tine decât am fost cu oricine în ultimii ani, mi-a reproșat el, apăsând accentul pe fiecare cuvânt și scuipând venin odată cu ele. Și știi și tu de ce nu renunț.

— Nu, nu știu, l-am contrazis.

— Ba da, știi perfect.

Ne-am menținut privirile fixe una pe cealaltă și a fost oribil de greu. A lui era plină de ură, a mea era doar rece, distantă, prefăcută. Doamne, abia așteptam să scap de aici și să încep din nou să plâng.

— Întârzii la școală, am spus eu în cele din urmă.

— Dă-o naibii de școală! a țipat el dintr-odată.

Puteam jura că mi-a trezit câțiva vecini. Pe mine știu sigur că m-a trezit din o grămadă de stări și m-a speriat, dar în același timp m-a enervat.

— Ție îți este ușor să spui asta, nu? l-am întrebat ironică. Dai naiba școala, dai naiba munca, dai naiba până și oamenii. Eu nu pot face la fel. Eu am responsabilități, eu am o grămadă de muncă pentru un viitor și o carieră, am până și respect pentru alții, pentru că știu cât de greu este să supraviețuiești. Tu nu. Tu nu ai nimic din toate astea. Suntem complet diferiți. Dar eu și Alec ne asemănăm.

— Polii opuși se atrag, m-a contrazis el.

— Poate doar în fizică, nu și în relații.

Ace a făcut din nou un pas spre mine, eu am făcut din nou un pas înapoi. M-a tot urmărit până am ajuns să fiu lipită de ușa ieșirii din clădire. Umblam la clanță, dar el mi-a acoperit mâna cu a lui. Părea mai calm acum, nu mai era nervos, doar tristețea a rămas vizibilă.

— Spune-mi, te rog, ce se întâmplă. Și o vom rezolva.

Nu puteam. Nu mă puteam gândi decât la mâna care mă atingea, aceeași mână care o atinsese pe Crystal noaptea trecută.

— Vreau să stai departe de mine.

— Ba nu, mi-a șoptit el, apropiindu-se și mai mult. Nu vrei asta.

Am înghițit în sec și m-am adunat pentru a nu-mi tremura vocea înainte să răspund.

— Exact asta vreau. Acum, dacă nu te superi, întârzii la...

...*școală*, trebuia să fie, dar înainte de a-mi termina propoziția, Ace și-a lipit buzele de ale mele. Un oftat scurt mi-a ieșit printre ele, unul de ușurare, pentru că aveam ocazia să îl sărut din nou, pentru ultima dată, dar mândria nu m-a lăsat să îi răspund, știind că buzele astea le-au gustat pe cele ale lui Crystal noaptea trecută. L-am împins pe Ace, până când acesta a făcut un pas înapoi.

— Nu vreau să mai faci asta. Și nu vreau să mă mai cauți sau să mai vorbești cu mine. Dacă nu aș avea nevoie de liceul ăsta, m-aș muta, pentru că nu vreau nici măcar să te mai văd.

Lacrimi au început să îmi umple ochii. Din ceea ce am spus se vedea clar că nu era vorba doar de faptul că îmi plăcea Alec. Dacă nu a știut până acum, Ace și-a dat seama că aveam ceva personal cu el, știa că mi-a făcut ceva.

— Nu îmi face asta, m-a rugat.

Trebuia să se gândească de două ori înainte să mă tragă pe sfoară.

— Respectă-mi decizia. Pur și simplu nu mai vreau să am de-a face cu tine.

— Ții la mine.

*De fapt, cred că te iubesc. Dar tu nu trebuie să știi asta.*

— Iubito, spune-mi adevărul. După aceea promit că mă schimb sau repar orice ar fi. Îți cer doar adevărul.

Doamne, cât de bun era la teatru. Atât de bun încât m-a făcut să plâng. Atât de bun încât aproape am cedat.

— Pur și simplu... Nu aș putea iubi niciodată pe cineva ca tine.

Pe cineva care mă înșela într-un asemenea hal. Un mincinos.

Ace a afirmat scurt din cap și umerii săi s-au lăsat în jos. Părea că a pierdut o bătălie. Părea că a renunțat. Speram să fie așa. Dar tristețea pe care o arăta mă făcea să mă simt vinovată. Mă făcea să cred că eu eram personajul negativ în această poveste, și nu eram eu.

M-am întors pe călcâie, crezând că nu mai aveam nimic să ne spunem și dorind să ies cât mai repede de aici. Aveam nevoie de o gură mare de aer și o tură de zece minute sănătoasă de plâns.

Ace mi-a luat și asta, chinuindu-mă încă puțin.

— Bine de știut că ai pe cineva ca Alec pe care să îl iubești. Bănuiesc că acum suntem chit, eu și el.

Nu erau nici măcar pe aproape, căci Alec a iubit-o pe Crystal din tot sufletul, în timp ce Ace nu a făcut decât să își bată joc de mine.

Nu am mai putut să îi răspund. Lacrimile și tristețea mi-au invadat fața și sufletul. Umerii îmi tremurau, iar frânturile din inima mea se frângeau din nou. Plângeam isteric deja când am ieșit și am intrat în mașina lui Alec. Ace ieșise înainte ca noi doi să plecăm și văzându-ne împreună i-a confirmat ceea ce i-am spus, sau cel puțin așa speram.

Făcusem lucrul corect de făcut. Dar atunci de ce durea atât de tare?

# Capitolul 34

Zilele treceau îngrozitor de greu şi eu mă simţeam oribil. Nu ştiam cât voi mai putea să maschez ochii mei roşii sau pungile negre de sub ei lăsate în urma nopţilor albe şi umede în faţa lumii, mai ales în faţa lui. Ziua cu numărul unu a durut cel mai tare. Îl văzusem lângă dulapul său, vorbind cu nişte fete şi zâmbindu-le, ca atunci, de mult, când nu ne cunoşteam bine şi mi-a făcut cu ochiul. De data aceasta nici nu m-a privit, dar eram sigură că ştia că treceam pe acolo. În rest a făcut totul ca înainte să îl cunosc. A stat la masă cu prietenii săi şi cu fete, o grămadă de fete. Făcea glume la care toată lumea râdea, inclusiv el, era centrul atenţiei în toată cantina, la ore, iar în pauza de masă nici măcar nu a mai venit în seră, unde m-am ascuns eu când am simţit nevoia să mă descarc.

A doua zi a fost exact la fel, fără alte lucruri în plus, dar am avut mai multe ore comune cu el, mai multe ore în care îmi stătea în spate, arzându-mi pielea. De fiecare dată când mă întorceam, observam că nu se uita la mine, aşa că erau alarme false.

A treia zi a durut puţin mai tare decât a doua, dar nu atât de tare precum prima. L-am văzut discutând serios cu Crystal lângă dulapul ei, verificând să nu îi vadă nimeni. M-a zărit pentru o clipă şi ochii i s-au întunecat, după care au plecat împreună.

Încă o şedinţă de lacrimi în seră.

Nu mai înţelegeam nimic. Nu mai puteam să înţeleg. Făcusem lucrul corect, lucrul bun care trebuia făcut, dar mă distrugea pe dinăuntru. Am văzut în sfârşit că Ace nu ţinea la mine aşa cum speram, aşa cum zicea, am aflat adevărul, şi totuşi, mi-aş fi dorit să trăiesc în continuare într-o minciună.

Poate că aș fi făcut asta, dacă nu m-ar fi înșelat sau dacă nu aș fi aflat.

Aveam parte de prima inimă frântă și durea al naibii de tare. Mama nu a putut să nu observe asta, iar eu nu am putut să ascund restul informațiilor de ea. Știa mare parte din poveste și mi-a spus că totul era foarte încurcat, dar dacă Ace a insistat atât de mult în dimineața aceea ca după să mă ignore, însemna că era ceva necurat la mijloc. Nu m-a prea interesat, scopul meu era să revin la viața mea de dinainte de el, cea grea, robotizată, în care îmi făceam treaba și atât. Sfârșitul lunii noiembrie se apropia și mai trebuia să fac și acel transfer de bani lui John.

Știam eu că odată ce m-aș fi obișnuit cu Ace și stilul său de viață, mi-ar fi fost greu să mă reîntorc la realitate după ce visul s-a sfârșit. Nu mai eram așteptată în fiecare dimineață cu o ciocolată caldă și un drum cu mașina la școală, nu mai eram întâmpinată de zâmbete, sărutări și nu mai eram nici condusă la muncă, nu mai primeam liber de la serviciu când nu mă simțeam bine sau când eram prea obosită, nu mai eram plătită atât de bine pentru niște meditații, chiar dacă am început sa predau altor elevi, tot din liceul nostru. Dintr-odată, fără sprijinul moral al lui Ace și ajutorul său micuț, totul a devenit de zece ori mai greu. Adunat cu starea mea de fiecare zi, era egal cu un mare dezastru.

Mi-am cerut scuze lui Alec din cauză că l-am băgat în povestea asta și din cauză că la școală stătea din nou cu mine în permanență. Doar așa a înghițit Ace gogoașa că ne plăceam sau începeam o relație sau măcar că între noi era ceva. Kendra nu a avut nimic de obiectat, deși ei îi plăcea Alec, și foarte mult, însă știam că în adâncul ei o deranja că umbla prea mult cu mine. Poate de aceea după vreo două săptămâni de ieșiri ei încă nu erau împreună. Din cauza mea. Mă simțeam groaznic.

Miercurea aveam o singură oră comună cu Ace, speram să fie mai bine, dar după cincisprezece zile după ce ne-am despărțit, tot nu eram obișnuită cu ura pe care mi-o arăta în momentul în care mă privea. M-am așezat cu două bănci în fața lui și am încercat să ignor faptul că fosta lui iubită stătea exact în dreptul său.

Eram la cursul de actorie. Ce blestem și ce ironie. Până acum nu făcusem mare lucru, deși se anunțau piese ale școlii la care eram obligați să participăm, măcar cu roluri mici, dar profesorului Leonard îi plăceau foarte mult jocurile cu scop antrenant. De data aceasta ne-a pus să mutăm băncile pe margine și să ne jucăm ceva numit *oglinda* cu un partener. M-am simțit stânjenită din cauză că nu cunoșteam prea bine pe nimeni pentru a putea forma o pereche, dar până să mă simt prea prost din cauza asta, am văzut cum Crystal l-a luat de mână pe Ace. Lumea mea se dărâma.

Cred că am rămas împietrită pentru ceva timp, atât de mult timp încât restul și-au ales deja partenerii. De ce nu era Alec aici? De ce eram eu aici? De ce era Ace aici? De ce era tocmai Crystal partenera sa? Și de ce eram un număr impar în clasă?

— Nu ai pereche, Charity? m-a întrebat domnul Leonard, strecurându-se lângă mine.

Ochii tuturor au picat pe mine, iar eu mi-am intersectat privirea cu a lui Ace pentru o secundă.

— Nu, am rostit umilită.

Ce aveam? Teatrul era, într-un fel foarte dureros, pasiunea mea. Mă pricepeam la asta, probabil era singurul lucru la care mă pricepeam atât de bine. Nu puteam măcar să îmi iau o față demnă cu toată această durere din piept?

— Atunci, a început domnul Leonard să spună, dar a fost întrerupt.

— Poate face echipă cu noi!

Nu voiam să cred cine tocmai a vorbit. Gâtul mi s-a întors automat și am simțit că mi-a pocnit ceva în el înainte să dau cu ochii de chipul nevinovat al lui Crystal. Era aceeași fată pe care o credeam victimă în momentul în care am cunoscut-o în seră? Ace stătea lângă ea, inexpresiv, fără un cuvânt de spus, privind un perete.

— Nu este mai bine să fac echipă cu dumneavoastră? l-am întrebat pe domnul Leonard, fără să bag în seamă oferta lui Crystal.

Acesta păruse că se gândea. Sprâncenele albe și stufoase i s-au unit, iar degetele sale se jucau cu eșarfa de la gât.

— Un joc în trei sună interesant, a mormăit el.

Lumea mi s-a destrămat pentru a doua oară. Ce punea la cale Crystal cu mine?

— Toată lumea! a strigat profesorul și mi-am dat seama că am pierdut jocul. Știți regulile. Față în față. Cineva conduce, celălalt încearcă să imite la perfecție. Când spun să schimbați rolurile, schimbați. Iar voi trei, alegeți unul care să conducă și doi care să imite, în rest regulile sunt la fel.

Domnul Leonard mi-a făcut semn să mă îndepărtez de el și am pornit cu pași mici spre locul în care Crystal și Ace erau. Fiecare pereche de ochi din sală ne privea, știind legăturile dintre noi. Nu trebuia să arăt slăbiciune în niciun moment, așa că am încercat să par hotărâtă.

— Eu conduc! a spus Crystal dintr-odată, foarte veselă.

Ne-am aranjat într-un cerc cam strâmb și am încercat să ignor cât de aproape eram de Ace după săptămâni întregi. Și când mă gândeam că am dormit în același pat, iar acum eram ca doi străini...

Crystal și-a ridicat mâinile depărtate la nivelul feței, iar eu și Ace am făcut la fel. Noi doi ne-am atins din greșeală mâinile, eu m-am îndepărtat prima. Încercam să nu privesc pe niciunul dintre ei, mă uitam doar la corpul lui Crystal, pentru a-i imita mișcările din cauza jocului, atât. Și-a îndepărtat și picioarele, am făcut la fel. Au venit alte mișcări din mâini, în jurul capului și al trupului, iar domnul Leonard făcea comentarii pe fundal fiecărui grup, dădea indicații. Crystal și-a lăsat mâinile încrucișate în jos, iar Ace a făcut la fel, şi-au prins mâinile într-o strângere, iar celelalte două aşteptau strângerea mea. Am ezitat.

— Haide, Char, e doar un joc, m-a îndemnat Crystal.

Mi-am încordat maxilarul şi mi-am lăsat mâinile încrucişate în jos, unindu-le cu cea a lui Crystal şi cea a lui Ace. Mâna ei era puţin cam rece, în timp ce a lui îmi cutremura şi îmi topea tot corpul. Simţeam că dacă ducea asta prea departe, nu mai puteam continua. Acum, însă, am provocat-o cu o sprânceană ridicată. Crystal a rânjit.

— Bun. Nici pe următoarea nu o putem face deodată, dar o poţi face după mine, mi-a spus. Nu e ca şi cum ar fi prima oară.

Înainte să îmi dau seama la ce se referă, s-a desprins de mine, apoi a mers la Ace şi s-a încolăcit de el, lipindu-şi buzele de ale lui. Cuvintele ei abia acum au prins semnificaţie în capul meu şi mi-am dat seama că această fată nu a fost niciodată o victimă, aşa cum am crezut-o.

Ace nu a reacţionat, dar asta este ceea ce m-a deranjat. Nu a făcut nimic ca să o dea înapoi, să o împiedice, să o refuze. Nici nu a sărutat-o înapoi, dar asta nu mai conta pentru mine în acel moment. Până şi când s-au despărţit, imaginea aceea era tot în capul meu.

Crystal rânjea.

— Rândul tău! a anunţat aceasta.

Ace nu comenta, nu se mişca. Nu ştiu exact ceea ce simţea, pentru că nu îl priveam.

Crystal credea că nu aveam tupeu, că urma să fug şi să plâng sau să mă ascund. Ei bine, putea afla că lucrurile nu stăteau aşa, că eu nu fugeam şi sigur eram mai tare decât mă credea, eram mai tare decât ea.

— Ai grijă cu cine te pui data viitoare, am avertizat-o.

M-am întors spre fostul meu iubit, băiatul care era în capul meu zi de zi, dar care nu se afla în patul meu noapte de noapte, şi i-am văzut în sfârşit privirea. Era una confuză, poate puţin mândră, dar şi înfricoşată, totuşi dornică. Oare voia să mă sărute? Știam că eu îmi doream asta, chiar dacă nu era bine, chiar dacă tocmai o făcuse Crystal înaintea mea și chiar dacă se culcase cu ea în urmă cu două săptămâni. Era greșit, știu, dar această dorință mă seca. Aveam ocazia să îl sărut pe Ace pentru ultima dată și să fiu conștientă de asta. Nu voiam să o pierd.

Mi-am dus mâinile după gâtul său, acolo unde stăteau foarte bine, de unde îmi plăcea să mă joc cu părul său scurt, și de unde nu voiam să le mai dau jos vreodată, apoi, fără să îl mai privesc în ochi și fără să prelungesc momentul, pentru că știam că ar fi fost posibil să plâng și să mă înmoi sau să mă retrag, am făcut-o. Mi-am aplecat capul și mi-am lipit buzele de ale sale, exact așa cum a făcut Crystal. Diferența? În secunda următoare m-am simțit strânsă și apropiată de el din zona șoldurilor, iar gura lui Ace s-a deschis. Am fost uimită, pentru o secundă m-am gândit că am fost trasă pe sfoară, dar nu m-a mai interesat nimic când i-am simțit din nou gustul, când l-am sărutat iar.

Dumnezeule, era exact ca înainte. Și se mișca atât de familiar, atât de dornic, de parcă nimic nu s-ar fi întâmplat între noi, de parcă nu am stat despărțiți două săptămâni, de parcă nu m-a înșelat cu Crystal și adineauri nu o săruta pe ea – totuși, ei nu i-a răspuns. Asta a înflorit un strop de mândrie în mine. Și chiar și așa, trebuia să mă opresc, dar mai voiam puțin. Doar puțin.

Mâinile sale au urcat mai sus pe spatele meu, m-a lipit de el până când mi-am simțit sânii striviți de pieptul său. Eu îl trăgeam la rândul meu, pentru a-l săruta mai cu forță, cu posesivitate. Să se știe că și după ce terminam, nu ar mai fi fost niciuna ca mine, nici măcar Crystal. Credeam că am întrecut de mult oglinda pe care ea a făcut-o, dar nu m-a interesat. Încă câteva secunde în paradis și m-aș fi oprit, aș fi revenit la tristețe, sau ar fi fost mai rău.

O tuse falsă s-a auzit lângă noi.

— Domnule Appleby și domnișoară Good.

Am înghețat și m-am oprit, dar Ace continua să facă ce știa mai bine, să nu îi pese. A trebuit să îl forțez să se îndepărteze. Până la urmă s-a desprins de tot de mine, dar mâinile încă îi stăteau lejere pe șoldurile mele. Asta nu era bine, mă simțeam din nou atât de acomodată cu acest gest.

— Cred că nu sunteți familiarizați cu regulile de manifestare ale afecțiunii în public sau vă credeți imuni la asta.

Am dat mâinile lui Ace jos de pe mine, chiar dacă voiam să poposească acolo pentru o eternitate. Nu i-am văzut expresia, mă uitam doar la domnul Leonard și mă rugam să nu spună ceea ce credeam eu că va spune.

— Trebuie să vă împart câte o detenție fiecăruia?

Și a spus-o.

— Nu se va mai întâmpla, domnule, am rostit eu, conștientizând iar că acesta a fost ultimul nostru sărut.

Ochii de un albastru palid s-au mutat de la mine la Ace și înapoi.

— Să nu se mai repete.

Încă o dată, influența numelui său a dat dovadă de ușurare în viață. Totul era nedrept.

Domnul Leonard a plecat de lângă noi, iar eu am simțit nevoia să plec spre un alt grup, dar aș fi fost o lașă dacă aș fi făcut asta. Am vrut să mă mai uit încă o dată în ochii lui Crystal. Și am făcut-o. Privirea ei era una serioasă, enervată, iar eu tocmai mi-am amintit cum mi-a răspuns Ace la sărut. Am rânjit.

— Schimbă! a strigat domnul Leonard, astfel încât să se audă în toată clasa.

— E rândul meu, am anunțat, fericită că nu am fost înfrântă.

Iar ei au făcut întocmai ca mine. Și au avut noroc că nu mi-am dezlănțuit simțul răzbunării asupra lor. Dar nu a fost pentru că nu aș fi vrut, ci pentru că nu m-a lăsat inima. Restul orei am petrecut-o încercând să îl evit pe Ace cât mai mult cu putință, iar la sfârșitul ei aproape că am fugit spre ieșire.

# Capitolul 35

Alte câteva zile trecuseră, dar nimic nu s-a schimbat de când ne-am sărutat ultima dată. Era și normal. Ce mă așteptam? Să vină la mine în genunchi și să îmi jure iubire veșnică? Bine, poate că îmi imaginasem asta, dar fără partea cu venitul în genunchi. Oricum ar fi, Ace numai în genunchi nu a stat, și numai în fața mea nu, numai la mine nu a venit și numai cu mine nu a vorbit. Din contră. Crystal și-a reluat locul lângă el în cantină.

Joi, căpitanul echipei de rugby, Troy, a venit a dulăpiorul meu când Alec nu era lângă mine și a deschis o discuție.

— Bună, Char.

Nu, nu era genul de căpitan plin de el, arogant și cuceritor, deși eram sigură că acum era pus pe cucerit, deoarece și-a folosit zâmbetul fermecător cu mine. Troy arăta bine, senzațional de bine, cu umerii puțin prea lați, șoldurile mai înguste și o înălțime de speriat pentru cineva atât de scund ca mine, dar încă era superb. Totuși, nu era genul meu. Și chiar dacă ar fi fost, un alt băiat care nu era genul meu se afla în mintea și în inima mea frântă.

— Bună, i-am răspuns puțin cam târziu.

Zâmbetul său sincer s-a mărit când i-am vorbit, eu nu eram prea încântată de vederea lui. Ochii mei îl căutau pe Alec prin zonă. Din păcate, tot ceea ce am văzut a fost Ace. Lângă dulapul lui Crystal. Cu ea. Râzând. Ochii săi verzi m-au receptat imediat, de parcă ne-a fost sortit să ne găsim deodată. Mi-am întors capul spre Troy.

— Mă gândeam...

Nu era niciodată de bine ca un sportiv să gândească.

— ... dacă nu cumva ai vrea să vii cu mine la balul pe care îl ținem de Crăciun, înaintea vacanței?

Mi-am ridicat sprâncenele, fiind evident şocată. La fostul meu liceu balurile erau jalnice, iar aici, la Appleby – mă durea până şi să mai spun numele liceului – nu am apucat să văd vreun bal. Trebuia să fie unul de Halloween, dar nu ştiam ce s-a întâmplat de nu s-a mai ţinut. Am înţeles că au făcut alte renovări şi nimeni nu a fost de acord să mute locaţia lui. Habar nu aveam, nu mă interesa, eu nu eram fană a activităţilor extraşcolare.

În fine. Eu eram aici, în faţa lui Troy, încă şocată de ceea ce mi-a spus. Nu ştiam cum să mai deschid gura sau cum să scot cuvintele pe ea. Uitasem cum se vorbeşte. Într-un final am clipit des şi mi-am făcut curaj.

— Mulţumesc foarte mult de invitaţie, dar nu pot să accept. Nu cred că voi participa la balul ăsta.

Zâmbetul lui Troy a rămas pe chip, dar s-a micşorat considerabil.

— Este din cauza lui Ace?

Am tresărit auzindu-i numele, iar ochii mi-au zburat din nou la el, lângă Crystal, care cotrobăia prin dulap. Mă privea fix, încruntat, cu mai multă ură ca niciodată şi cu braţele încrucişate.

— Sau Alec? a continuat el.

— Scuză-mă, nu că ar fi treaba ta, dar nu e din cauza niciunuia. Acum, dacă mă scuzi...

Am încuiat dulapul şi am plecat de acolo cu paşi hotărâţi, departe de Troy, departe de Ace şi departe de vrăjitoarea de Crystal.

Stabilisem cu John să ne vedem pe întâi decembrie, deşi limita era treizeci noiembrie, dar eu m-am bucurat, primisem salariul şi aveam să îi dau o sumă mai mare de bani pentru a scăpa mai devreme de totalul acestui calvar.

De obicei, în această zi nu mă puteam gândi la nimic altceva decât la secunda în care voi intra pe poarta casei care purta numărul 4719. Ei bine, de data aceasta mai era ceva în mintea mea, cineva, şi nu îmi dădea pace nicio secundă. Aproape că era enervant şi nu ştiam la care problemă să mă gândesc, pe care să mă concentrez, pentru ca cealaltă să pară un nimic. Am decis să ma gândesc la Ace, să diminuez frica din inima mea în momentul în care am bătut în uşiţa metalică.

S-a deschis, tipul obişnuit mi-a spus exact aceleaşi lucruri.

— Numele?

Iar eu am repetat aceleaşi lucruri, de asemenea.

— Charity Good. John mă aşteaptă.

A deschis uşa după câteva zgomote şi m-a poftit. Am intrat cu frică, iar el m-a privit cu silă din cauza hainelor cu care eram îmbrăcată. Acoperirea mea mergea de fiecare dată.

— Este afară, în spate, dă o petrecere.

Din nou aceeaşi replică. Aproape că mă întrebam dacă John dădea zilnic petreceri. Dar cum altfel îşi putea împărţi o parte din marfă? Îşi masca deja afacerile ilegale cu una legală, avea o fabrică şi îşi justifica banii, iar la petreceri împărţea pachetele şi colecta alţi bani. Ştia ce să facă ca să scape basma curată.

Muzica nu bubuia în difuzoare, dar era dată destul de tare. Puteai totuşi purta o conversaţie cu ea pe fundal. M-am îndreptat din nou spre grădina din spate şi exact cum mă aşteptam, John era la poker. Mă întrebam dacă nu se plictisea de această rutină. Ce rost avea să ai atâţia bani dacă nu făceai nimic cu ei?

M-am amestecat cu mulţimea şi am văzut cum fata din poala lui John s-a ridicat şi probabil a mers la baie, să îşi pudreze nasul. Am aşteptat din nou să termine partida şi să câştige, pentru a fi fericit atunci când urma să mă vadă pe mine. Ochii lui negri erau atât de reci încât îmi îngheţau sângele din vene cu o singură privire.

A sosit momentul meu. John era cu zâmbetul pe buze când m-am apropiat şi m-a observat. A aşteptat să audă câteva laude referitoare la abilităţile sale de jucător, apoi, când s-a plictisit, mi s-a adresat.

— De data aceasta ai venit tu.

Şi urma să vin numai eu. Când am lăsat-o pe mama să o facă în locul meu, data trecută, a fost o greşeală. M-am simţit uşurată ştiind că nu mai trebuia să îl văd pe John şi acest loc încă o lună, dar nu voiam să o mai pun pe ea să facă asta după atâţia ani în care a suportat totul pentru mine.

— Da, i-am răspuns. Am adus banii.

I-a făcut semn unei matahale şi acesta a venit în faţa mea, luându-mi plicul din mână. Acum venea partea în care îmi spunea să stau şi să mă distrez...

— Ştii, Charity, ai fi într-adevăr frumoasă dacă ai purta alte haine şi te-ai aranja puţin.

Am îngheţat. Ochii săi negri şi reci m-au analizat din cap şi până în picioare. Purtam nişte pantaloni largi şi vechi de trening, un hanorac, iar părul îmi era prins în coadă sub o şapcă. Mereu veneam îmbrăcată la fel. Niciodată nu mi-a spus nimic. De ce tocmai acum?

— Mă voi gândi la asta, i-am răspuns politicos.

Oamenii de la masa lui fumau din trabucuri şi urmăreau interesaţi scena.

— Ai putea scăpa de datorie mai repede aşa. Poate aş da-o uitării de tot.

Nici prin cap nu îmi trecea. Mă chinuiam cu toată puterea mea să nu îi spun ceva, să nu îl jignesc sau să mă arunc la el cu pumni. În acest moment nu era nevoie să îmi dezvălui temperamentul vulcanic.

Am afirmat din cap, strângând din dinţi şi ocolindu-i privirea.

— Ne vedem în penultima zi a anului, a anunţat.

Se plictisise de mine, ceea ce era bine.

— Desigur.

M-am îndepărtat şi am simţit cum tot spatele mă furnica în timp ce părăseam acel loc. Nici măcar atunci când am ieşit pe poartă şi aceasta s-a închis nu m-am simţit mai în siguranţă. Eram pe străzile întunecate şi pustii ale cartierului în care locuia John şi nu m-aş fi simţit în siguranţă nici măcar când aş fi ajuns acasă.

Scăpasem şi de luna asta.

Nişte faruri s-au făcut văzute, iar inima a început să îmi bată din ce în ce mai tare. Mi-am băgat mâinile în buzunare şi capul în pământ, sperând să treacă pe lângă mine şi să mă simt mai în siguranţă. Cu cât se apropia, cu atât mai încordată eram. Mi se părea că încetinise. Motorul torcea puternic şi ajunsese exact lângă mine. Da, încetinise, era clar, nu era în capul meu. Refuzam să privesc ceea ce se afla în stânga mea. Maşina mergea odată cu mine. Era la câţiva paşi o cotitură la dreapta. Aş fi alergat acolo şi aş fi scăpat eu cumva după tomberoane sau pe o scară de incendiu. Nu voiam să mă gândesc la pistoale şi gloanţe. Nu voiam să cred că acest om era rapid. Nu voiam să cred că voi păţi ceva. Nu voiam să cred că mama ar fi trebuit să se descurce fără mine...

— Charity, urcă!

Tot spatele mi-a ars sub un val de fiori. Mi-am îndreptat capul şocată spre stânga mea şi am văzut maşina lui Ace acolo, cu geamul coborât. El mă privea serios, încruntat şi nervos. Nu avea chef de glume. Nici eu. Dar ce căuta aici? Orice ar fi fost între noi, nu eram atât de proastă încât să rămân în acest loc când aveam parte de o salvare.

— Acum! a specificat.

Am clipit des şi mi-am revenit, apoi m-am uitat în jur înainte să deschid portiera şi să urc alături de el. Nici nu am apucat să închid uşa, că Ace a pornit în viteză. Mi-am pus centura şi am rămas în linişte pentru o vreme. Iar în acea vreme mi-am pus o sută de întrebări. Ce căuta un om cu banii lui într-un loc ca acesta? M-a urmărit? Dar parcă nu mai voia nici el nimic cu mine. M-a ignorat atât timp... Acum pur şi simplu s-a pus pe urmele mele? Sau a fost mereu?

Ieşisem din acel cartier groaznic şi ajunsesem în partea luminată a oraşului. M-am mai relaxat puţin, dar nu puteam să fiu complet calmă atunci când vedeam cum Ace strângea volanul în mâini. Venele i se evidenţiau şi nu mă puteam gândi decât la cât de bine arăta.

Mi-am scuturat capul şi m-am concentrat la drum. Asta nu era drumul spre casa mea. Şi orice om normal nu ar fi îndrăznit să îi spună ceva lui Ace, văzând cât de nervos era, dar era bine că nu am fost niciodată normală.

— Unde mergem?

De ce nu m-am mirat că nu am primit un răspuns?

Am continuat drumul într-o totală linişte. Treceam pe lângă diverse clădiri de birouri, restaurante, malluri, hoteluri... Era clar, mă ducea într-o parte bună a oraşului, nu la fel de selectă ca zona de vile *La Jolla*, dar una cu mult mai bună decât cartierul meu, de un miliard mai bună de locul în care locuia John.

Maşina nu s-a oprit până nu am intrat în parcarea subterană a unui complex de apartamente. Nici măcar când Ace a ieşit şi m-a lăsat în voia mea nu a spus nimic. Nu m-a rugat să îl urmez, dar am făcut-o oricum, ştiind că asta aştepta de la mine. Am mers până în capătul parcării, la un lift. Aşteptarea lui a fost scufundată într-o linişte stânjenitoare, dar din momentul în care am intrat şi urcam, fiind închişi în cutia metalică, totul s-a amplificat. Stăteam agăţaţi de pereţi diferiţi ai cabinei şi ne uitam oriunde, numai nu unul la celălalt, ceea ce era destul de greu, având în vedere că ne aflam faţă în faţă.

Am avut alt timp de gândire. Mai mult timp de întrebări. Întrebări fără răspuns. Deocamdată.

În această clădire erau douăzeci de etaje şi Ace a trebuit să apese exact pe ultimul buton după ce a introdus o cartelă, aşa că a durat ceva vreme până ca uşile să se deschidă şi să ne elibereze. În acea vreme îl evitam cu privirea de parcă eram doi poli asemănători care trebuiau să se respingă, dar corpul meu nu a putut să evite toate senzaţiile pe care mi le dădea de fiecare dată când era aproape. Simţeam că mai aveam puţin până să îmi iasă inima din piept. Deja eram ca în saună. Dar îmi aminteam lucrurile rele ca să nu cedez. El mă înșelase cu Crystal.

Ușile se deschiseseră în sfârșit și un val de aer rece ne-a inundat. Ace a ieșit primul, eu l-am urmat.

Am fost surprinsă să văd că acest lift ducea direct într-un apartament. Un apartament cât tot etajul. Un penthouse. Fără holuri, fără ușă de intrare.

Totul arăta minunat. Ne aflam într-o cameră care era de două ori cât toată casa mea, decorată elegant, cu bun gust și culori puține. Avea tot ceea ce îi trebuia unei camere de zi, și anume: un bar imens, un șemineu desprins din filme, un televizor cu ecran plat care avea diagonala mai mare decât înălțimea mea, lipit de perete, canapele și fotolii de piele, niște scări care duceau mai sus de nivelul nostru – și mă întrebam unde mai puteau duce, având în vedere că eram la ultimul etaj –, tablouri decorative și foarte multe bibelouri, vaze cu flori sau coșuri cu fructe de design. Asta era ceea ce eu nu mi-aș fi permis niciodată în viață și m-am înfuriat amintindu-mi din nou.

Ace a mers mai departe și am stat pentru o secundă să mă gândesc dacă să îl mai urmez sau nu. Eram geloasă pentru că știam că acesta era apartamentul său, luat din banii lui, după ce tatăl pe care îl avea l-a dat afară din casă și nu îl mai sprijinea financiar. Cum își putea permite așa ceva când eu nici măcar o garsonieră în chirie nu îmi puteam lua în cel mai dărăpănat cartier? Eram sigură că totul se datora moștenirii. Copil bogat și răsfățat.

Ura mea pentru el din cauza a ceea ce avea fără să muncească nu era de ajuns să mă împiedice să îl urmez și nici măcar nu se compara cu nervii pe care părea că Ace îi avea. Până la urmă l-am urmat, apoi m-am trezit în bucătărie, unde acesta dădea peste cap un pahar plin de apă rece. Am profitat de timp să analizez și camera asta. Era în nuanțe de crem și maro, dar toate aparatele electrocasnice erau albe, nefolosite, noi și strălucitoare. Avea tot ceea ce mi-aș fi dorit într-o bucătărie, iar frigiderul era imens, de trei ori mai mare decât al meu. Mă întrebam cum de putea Ace să se prefacă fericit în garsoniera mea, având în vedere că locuia într-un asemenea palat. Nu voiam să îi văd casa, dacă apartamentul în care a fugit era mai mic decât ea.

M-am speriat şi atenţia mi-a fost distrasă brusc atunci când Ace a terminat de băut apa din pahar şi a aruncat recipientul de sticlă în perete. Acesta s-a spart în sute de cioburi, făcându-se fărâmiţe pe parchetul închis la culoare. Pe perete rămăseseră câteva picături de apă din urma impactului.

Mi-am îndreptat capul spre Ace, iar acesta era deja cu faţa şi cu ochii verzi, întunecaţi, spre mine. Mă ura în momentul prezent. Se vedea clar pe tot chipul său.

A durat vreo câteva secunde să spună ceva. Probabil îşi căuta cuvintele, probabil nu voia să ţipe la mine sau să mă jignească, iar eu nu ştiam de ce. Ce făcusem? Văzuse unde intrasem? Probabil, dacă m-a urmărit. Dar de unde ştia ce era acolo? Toţi cei din cartier cunoşteau locul în care John locuia, dar Ace nu era din cartier, Ace era de departe, de foarte departe, din *La Jolla*.

— De ce? a întrebat în cele din urmă.

De ce, ce? De ce eram îmbrăcată ca o golancă într-un cartier periculos, noaptea? Răspunsul era simplu. Pentru că tatăl meu m-a băgat în asta. Şi îl uram cu fiecare lună mai mult din această cauză.

Îmi era frică să îl privesc pe Ace în ochi, şi totuşi o făceam. Chipul îi era roşu, muşchii feţei erau încordaţi, respira greu, nările i se lărgeau, venele i se evidenţiau şi irisurile lui mă otrăveau. Încercam să nu par speriată, deşi eram puţin, nu îl mai văzusem aşa niciodată.

— Nu ştiu despre ce vorbeşti, am spus în cele din urmă, ridicând un umăr.

Ace s-a întors pe călcâie şi s-a rotit, frecându-şi faţa cu palmele din nou şi din nou, trăgându-se de păr în toate direcţiile şi mormăind lucruri neînţelese de către mine. Probabil se abţinea să nu îmi tragă o palmă. Dar, din nou, nu ştiam ce făcusem atât de grav.

— Munceai atât de mult, am auzit venind din partea lui. Care era legătura?

M-am încruntat, profitând de faptul că nu mă vedea.

— Nici nu știu dacă făceai asta de dinainte sau pur și simplu te-ai săturat să te chinui și ai ales calea ușoară.

Ce făceam? Ce știa el și eu nu știam?

Ace s-a calmat și s-a întors spre mine. S-a apropiat doi pași, iar chipul îi era atât de aproape de al meu încât am reușit să îi văd disperarea.

— Spune-mi doar că nu te-ai apucat să faci afaceri pentru John.

Ochii mi-i s-au mărit instantaneu, iar Ace a luat-o ca pe un răspuns.

— Fir-ar!

Apoi s-a întors și a aruncat cuptorul cu microunde pe jos.

Am fost ca trezită din vis după ce zgomotul puternic mi-a lovit urechile. Am sărit ca arsă și m-am dat un pas înapoi. Mi-am lipit spatele de perete.

Știam ce a înțeles el și nu era adevărat, dar nu puteam scoate un sunet încă. Mi-am dat seama din reacțiile sale că îl cunoștea pe John și cunoștea de asemenea lucrurile pe care le făcea. Dar de unde? Cum de o persoană ca Ace știa pe cineva ca John?

— Nu fac afaceri pentru el. De niciun tip, am spus în cele din urmă, după ce am prins curaj.

Ace părea că a văzut o rază de speranță în mine când s-a întors, dar umerii i s-au lăsat în jos și a trecut la dezamăgire într-o secundă.

— Te-am văzut cum i-ai dat banii, a rostit el.

— E o poveste lungă, am spus aproape imediat.

Ace și-a ridicat mâinile la nivelul șoldurilor, arătând în jurul său. Părul îi era răvășit din cauza micii crize de isterii pe care o avusese mai înainte și niște șuvițe îi veneau în ochi.

— Am timp.

M-am făcut comodă pe peretele bucătăriei în timp ce el s-a agățat de blatul pe care fusese cuptorul cu microunde. Eram față în față, dar la destulă distanță încât să mă pot concentra. Nu îmi venea să cred ce întorsătură a luat relația noastră după atât timp în care nu ne-am vorbit și după acel sărut spontan.

Sărutul ăla...

Trebuia să mă concentrez.

— Tatăl meu era dependent de jocurile de noroc. Și-a făcut o datorie... imensă, în doar câțiva ani. Apoi ne-a părăsit. Iar eu și mama trebuie să îi plătim datoria, asta facem încă de atunci.

Se părea că am putut sa fac povestea scurtă, evitând câteva detalii. Ca de exemplu suma totală sau cât plătisem până acum, de când plăteam și cât mai aveam de plătit, cât dădeam în fiecare lună, cât timp a făcut mama ceea ce făceam eu acum, de când am preluat eu sarcina, când ne-a părăsit tata și în ce circumstanțe, chiar și ce incidente am avut în acel loc. Ace nu trebuia să afle toate astea. Nu trebuia să afle de nimic. Era prima persoană care afla oricum despre datorie.

— Nenorocit, a scuipat el.

Mâinile-i strângeau blatul de lemn atât de tare încât nu m-aș fi mirat ca acesta să se sfărâme sub puterea lui.

— Făceai asta și când... noi eram împreună? a întrebat el.

Un fior mi-a coborât pe șira spinării, iar privirea mea indiferentă i-a prins ochii în vizor.

— Am fost împreună pentru două zile, Ace, i-am reamintit.

— Și șapte ore, până când mi-ai aruncat în față că îți place de Alec.

Mi-am încrucișat mâinile la piept și mi-am dus privirea undeva în pământ, încercând să ignor acel sentiment de fericire din stomac, adus odată ce am descoperit că a calculat și orele.

— El ştie despre asta? a întrebat.

Cum puteam să îi spun că era singurul care ştia, în afară de mama?

— Nu. Şi te rog să nu mai spui nimănui.

— Cine mai ştie?

Nu aveam de gând să îi spun, nu voiam să îl fac să se simtă special sau să îl fac să creadă că avea control.

— Nu contează.

— Ba da, contează, m-a contrazis.

— Ba nu, nu contează. Ceea ce contează este că şi tu îl cunoşti pe John. Şi ai face bine să îmi spui de unde. Eu ţi-am spus secretul meu. Nu suntem chit.

Ace s-a dezlipit de blatul din bucătărie şi a făcut un pas spre mine.

— Te-am luat de acolo, aşa că suntem chit, mi-a spus, arătându-mă cu degetul.

Să nu creadă că nu m-aş fi descurcat singură, am făcut-o de prea multe ori.

— Nu erai nevoit. La cum arătai, ţi-aş spune că eu ţi-am făcut ţie un serviciu urcându-mă în maşina ta.

Pupilele lui Ace s-au mărit şi simţeam cum sângele îi fierbea din nou.

— Te-am adus în siguranţă, a mârâit el.

— Nu sunt sigură că pot fi numită în siguranţă lângă tine, i-am aruncat înapoi.

Ace a pufnit ironic.

— Ai dreptate. Poate că trebuia să te duc la Alec.

— Şi apoi tu puteai să te întorci la Crystal. Perfect. Haide să facem aşa.

— Sau haide să nu.

Ne uitam urât unul în ochii celuilalt şi atmosfera era plină de întrebări nerostite, dar şi de o tensiune ciudată, pentru că tot ceea ce simţeam pe lângă nervii pe care îi aveam era o dorinţă arzătoare de a-l săruta până când m-ar fi usturat buzele.

Şi era complet greşit. El mă înşelase.

Am oftat, apoi mi-am lăsat umerii să se relaxeze.

— Mă poți duce acasă? l-am întrebat. Este târziu.

— Mâine este sâmbătă, mi-a reamintit el.

— Dar îmi încep tura mai devreme la *Charleston*.

Era imposibil să știe el asta când tot ce făcea era să piardă timpul și să primească bani la discreție.

— Nu te duce, mi-a ordonat.

Nervii mă cuprindeau din nou. Corpul mi s-a încordat iar.

— Ție îți este ușor să spui asta.

— Nu îmi este ușor să spun nimic în preajma ta.

Nu, nu mă flata, nu voiam să mă las flatată, nu merita asta.

— Du-mă acasă sau merg pe jos.

— Dormi aici în seara asta.

De data aceasta ceea ce a spus el a sunat mai mult ca o rugăminte decât ca un ordin. Cu toate acestea, nu, era imposibil ce îmi cerea. Mă înșelase, ne-am despărțit, m-a ignorat și acum îmi cerea să dorm la el.

— Ce va spune Crystal despre asta?

— Nu mă interesează ce spune Crystal în sută la sută din timp.

Un mic fior de fericire mi-a pătruns sufletul. Era trist că nu era adevărat.

— Ce vrei de la mine? l-am întrebat, ridicându-mi mâinile pe lângă corp și apoi lăsându-le înapoi, inerte, lovindu-se de coapsele mele.

— Nu vreau nimic de la tine. Te vreau doar pe tine. Dar asta este clar că nu se va întâmpla, din moment ce ai sărit în altă relație.

Am evitat faptul că am simțit o mică acuzație în ceea ce a spus.

— De aceea m-ai ignorat două săptămâni, pentru că mă vrei atât de mult, l-am ironizat.

Ace a făcut alt pas spre mine, eu am rămas lipită de perete. Ochii săi se uitau adânc în ochii mei și am simțit un dor și o tristețe gigantică să îi văd din nou atât de aproape atunci când mă priveau.

— Te-am sărutat și m-ai refuzat, a ridicat el tonul. Te-am rugat și aproape am plâns în fața ta. Singurul lucru pe care nu l-am făcut a fost să îți spun că te iubesc, pentru că ăsta... Ăsta era un lucru pe care, dacă l-ai fi respins, m-ar fi distrus.

Gura mi s-a deschis ușor și buza inferioară a început să îmi tremure. Ochii mi s-au umezit imediat după ce urechile mele au receptat ceea ce Ace mi-a spus. Inima îmi era grea de durere, dar și de fericire. Simțeam că aveam să explodez de emoții.

— Ce voiai să mai fac? Să umblu după tine în fiecare secundă a vieții, ca să fiu refuzat din nou și din nou? a continuat el. Îți place de Alec. Jocul s-a terminat pentru mine. Și se pare că așa mi-a fost sortit, după toate câte am făcut. Sunt pedepsit să iubesc o fată care nu mă va iubi niciodată înapoi, care este cu prietenul meu cel mai bun.

Ace mă iubea. Oricâte lucruri îmi țipa în față, numai la asta mă gândeam. Iar eu îl credeam. Chiar îl credeam. Cu fiecare fărâmă din corpul meu. Tânjisem după aceste cuvinte din partea lui destul de mult timp, iar acum că le spunea, eu începusem să plâng.

Lacrimile îmi curgeau pe față și nu puteam face nimic ca să le opresc. De ce era totul atât de crud și incorect? De ce nu puteau lucrurile să fie mai simple și mai frumoase? De ce nu puteam pur și simplu să fim împreună?

Ace a observat că am început să plâng și s-a apropiat de mine. Am văzut că era reticent și nu știa dacă să mă atingă sau nu, dar în cele din urmă a dat naibii totul și m-a luat în brațe. Eram din nou în brațele lui, înconjurată de ele și de parfumul său, eram îmbrățișată cu forță de singurul băiat pe acre l-am iubit vreodată, de cel care îmi era opus din toate punctele de vedere, dar totuși atât de asemănător, și plângeam. Plângeam din cauză că nu puteam fi împreună. Și nu voiam să mă opresc. Dacă m-aș fi oprit, el s-ar fi îndepărtat și eu nu aș mai fi fost în brațele sale. Aș fi fost în stare să mă supun unei vieți pline de lacrimi, doar cu condiția ca aceasta să fie trăită lângă el.

— Îmi pare rău. Îmi pare rău, continua să îmi şoptească Ace.

Nu avea habar că eu plângeam din cauza altor lucruri, nu din cauză că a ţipat la mine. Dar era plăcut să fiu acolo, cu capul lipit de pieptul său, apărată ca un scut de mâinile sale şi mângâiată pe spate, sărutată uneori pe păr... Asta mă făcea să îl urăsc din ce în ce mai tare. Şi să mă urăsc şi pe mine pentru că îl iubeam.

Am plâns în hohote pentru ceva timp, iar Ace m-a ridicat, ducându-mă înapoi în living în acel timp. Ne-am aşezat pe una din canapelele albe din piele şi m-a strâns la pieptul lui până când i-am făcut tricoul fleaşcă. Destul de târziu mi-am făcut curaj să îi spun adevăratul motiv pentru care plângeam.

— Cum îmi poţi spune că mă iubeşti când... m-ai înşelat?

Ace a încremenit sub mine şi s-a îndepărtat puţin, dorind să mă privească în ochi. Eu nu voiam asta, eram distrusă şi roşie şi umflată după atâtea lacrimi. Acesta nu mi-a respectat decizia şi mi-a îndreptat capul spre el cu două degete pe care le-a dus sub bărbia mea.

— Uită-te la mine şi spune-mi că tu crezi că eu te-am înşelat, mi-a zis serios.

Şi nu puteam. Îi vedeam ochii verzi, acum deschişi la culoare, precum o pădure de conifere, nuanţa pe care o adoram la el, îi vedeam părul închis şi deranjat după nervii pe care i-am făcut, îi vedeam tricoul distrus după ce m-a ţinut în braţe, m-a mângâiat şi sărutat pe păr când plângeam şi ştiam că mă iubea, ştiam că nu mi-ar fi făcut asta. Era din nou Ace al meu.

— Te-am văzut la petrecerea aceea ieşind dintr-o cameră cu hainele... În fine. Crystal a ieşit după tine, la fel de... dezordonată.

Mi-am aplecat privirea, iar Ace şi-a lipit fruntea de a mea. Şi-a dus mâinile la loc în jurul meu şi m-a strâns iar în braţe.

— A fost o minciună, nu-i aşa? Că îţi place de Alec. Ai crezut că te-am înşelat şi mi-ai spus asta ca să mă îndepărtez de tine, mi-a şoptit.

Nu am fost în stare decât să mormăi un răspuns afirmativ şi să rămân aşa, cu ochii închişi, sperând ca acest moment să nu se termine, Ace să nu se transforme din nou, să rămână Ace al meu şi să mă lase să îl iubesc cât mai pot, cu toată puterea mea.

— Crystal a încercat şi a tras de mine la propriu, aproape că părea penibilă, dar îţi jur, iubito, îţi jur... nu am mai avut absolut nicio treabă cu ea de dinainte să te întâlnesc pe tine. Şi nu am mai avut nicio legătură cu nicio altă fată după ce te-am cunoscut.

Chiar îl credeam. Oare era bine? Sau doar inima mea îmi crea halucinaţii pentru că voia să creadă?

— Nu mi-ai demonstrat-o, am spus în cele din urmă.

— Ce anume?

Am oftat greu înainte să îi răspund şi am simţit cum pieptul mă înţepa.

— Că mă iubeşti.

Capul lui Ace s-a cuibărit în zona dintre umărul meu şi cap, atingându-mi gâtul cu nasul său. I-am simţit căldura din plin atunci când a expirat, dar mai ales când m-am strâns şi mai tare în braţele sale. Nu prea îi stăteam comod în poală, dar puţin mă interesa. Aş fi vrut să rămân aşa mereu.

— Ştiu, şi îmi pare rău. Dar de acum încolo o să ţi-o arăt zilnic. Nici nu ai habar cât de uşurat mă simt să ştiu că tot ce mi-ai spus legat de Alec a fost o minciună.

Iar el nici nu avea habar cât de uşurată mă simţeam să ştiu că nu m-a înşelat. Cât de uşurată eram pentru că ştiam că mă iubea. Şi mă întrebam... Oarc chiar meritam iubirea lui? Sau el o merita pe a mea? Ne era sortit să fim împreună? Vom sfârşi tragic? Nu ştiam, nu mă interesa, nu voiam să aflu, voiam doar să trăiesc clipa.

— Cum aş putea să plac pe altcineva când am ochi doar pentru tine? l-am întrebat încet. Cum aş putea să plac pe altcineva când te iubesc cu tot ce am, Ace Appleby? i-am şoptit.

Poate că la un moment dat chiar mi-aş fi dorit ca inima mea să aleagă pe altcineva, pe cineva ca Alec, ca Allen, poate chiar ca şi Troy, dar nu mi-a fost dat. Şi nu regretam că îl iubeam pe omul acesta cu fiecare celulă din mine.

Ace m-a auzit şi a ieşit din ascunzătoarea lui. Era faţă în faţă cu mine şi mă privea ca pe cel mai neprevăzut miracol. Îmi plăcea asta. Mă încălzea pe interior într-un mod atât de plăcut, aşa cum o face o ciocolată caldă lângă şemineu, când afară este iarnă. Lumea era iarna. Ace era ciocolata mea caldă.

— Spune-o din nou, mi-a cerut.

Mi-am dus o mână spre părul care îi venea în ochi, l-am aranjat, apoi i-am mângâiat obrazul pe care creştea din nou o barbă mereu rasă.

— Nu îmi mai aduc aminte cuvânt cu cuvânt, i-am zâmbit eu.

— Am nevoie doar de alea două, s-a grăbit el să îmi spună.

Zâmbetul meu s-a mărit, şi chiar dacă ochii mei erau roşii după atât de mult plâns, acum eram fericită. Poate nu era bine în ce mă băgam, dar ştiam că aş fi regretat să îl resping din nou pe Ace.

— Te iubesc. Ceea ce nu credeam că ar fi posibil, având în vedere cât de arogant, înfumurat, ignorant, nemernic...

— Am spus două cuvinte, m-a întrerupt el, apoi a oftat. Reluăm. Le spui doar pe alea, iar eu te sărut. Acţiune!

Aproape că îmi venea să râd, dar zâmbetul pe care îl mai aveam pe faţă s-a transformat în seriozitate absolută atunci când îi vedeam şi mângâiam chipul, când mă gândeam că sentimentele acestui băiat erau asemenea alor mele, când ştiam că îmi aparţinea sufleteşte şi imediat fizic. Nu mai era loc de amuzament.

— Te. Iubesc, am accentuat eu fiecare cuvânt.

— Şi eu te ador, mi-a răspuns Ace.

Apoi s-a ţinut de cuvânt. M-a sărutat.

# Capitolul 36

Stăteam întinși în patul său de mai multe minute. Eram înghesuiți în mijlocul lui, lipiți unul de celălalt. Deși dispuneam de loc pentru a ne întinde fiecare mușchi în parte, noi preferam să fim aproape unul de altul. Mie îmi plăcea să îi ascult inima și respirația când stăteam cu capul pe pieptul său, iar lui părea să îi placă să mă țină strâns în brațe în timp ce îmi mângâia părul. Picioarele noastre erau încolăcite de ceva timp, începeau să îmi amorțească, dar nu mă mișcam pentru nimic în lume. Trăiam un vis frumos, un vis din care nu doream să mă trezesc niciodată, dar din care trebuia să ies mai devreme sau mai târziu.

Se făcuse o oră de când ajunsesem în dormitorul lui enorm, de când analizasem fiecare detaliu al camerei pentru a trage de timp și de când mă răsfățam cu senzația corpului său aproape de al meu. Trebuia să o fac să înceteze, trebuia să discutăm, dar de fiecare dată când aveam destulă tărie încât să încep subiectul, ceva mă trăgea înapoi. De obicei era plăcerea care îmi inunda sufletul când eram alături de cel iubit.

Cel iubit care mă iubea înapoi.

Ace Appleby mă iubea pe mine, Charity Good.

Sau și asta era o piesă de teatru?

Nu, nu putea fi. Îl credeam din tot sufletul. Pentru prima dată de când îl cunoșteam, eram absolut sigură că nimic din ce îmi spusese nu fusese o minciună. Și am realizat că Ace avea modul lui de a fi sincer, acela de a spune adevărul și făcându-te să crezi că de fapt erau alte minciuni. Trebuia doar să sapi mai adânc. Și părea că eu săpasem destul.

Dar oare chiar era destul? Căci multe secrete rămăseseră neaflate de mine, iar ceea ce se întâmplase cu John... nu putea fi ocolit. Și nu putea fi nici amânat. Când mi-am dat seama de asta, m-am depărtat ușor de Ace și cu voia lui m-am pus în şezut. Acesta a simţit nevoia să se ridice la nivelul meu, iar acum toată situaţia a devenit serioasă. Nu mai eram lipiţi unul de celălalt, eram la depărtare, iar aerul era rece şi crud.

Cuvintele îmi erau amestecate în cap. Nu îmi venea nicio propoziţie coerentă pe care să o pot aduce la viaţă. Aveam dificultăţi legate de cum să încep acest subiect, direct sau cu introduceri, iar până l-aş fi început mi-aş fi pierdut curajul.

— Vrei să îţi spun de unde îl cunosc pe John şi ce legătură am cu el, a spus Ace, curmându-mi suferinţa.

Mi-am ridicat privirea spre ochii săi verzi şi lumina intrată pe fereastră bătea fix în ei, deschizându-le culoarea cu câteva nuanţe. Parcă erau două oaze mult dorite în mijlocul deşertului alcătuit din pielea sa. Dumnezeule, îi adoram ochii! Şi îi voiam. Dar dacă i-aş fi avut, cum m-aş mai fi putut uita la ei încontinuu, admirându-i fără încetare? Totul era perfect aşa. Nu aş fi schimbat nimic.

Minţeam. Aş fi schimbat ceva în acel moment. Secretele pe care Ace le avea faţă de mine.

Am oftat, dorind să scot toate grijile din sufletul meu odată ce am scos tot aerul din plămâni, dar lucrurile nu funcţionau aşa.

— Da. Şi vreau adevărul, i-am răspuns în cele din urmă.

— De acum îţi voi spune tot adevărul şi doar adevărul.

Bun. Pentru că mai aveam o întrebare despre Crystal care nu îmi dădea pace şi voiam să aflu răspunsul cu orice preţ.

I-am făcut semn din cap că aşteptam, iar acum a fost rândul lui Ace să amâne din cauză că nu ştia cum să înceapă. Sau a ştiut cum să înceapă de fapt, căci a venit mai aproape de mine şi mi-a cuprins palmele în ale sale, pregătindu-mă. Nu îmi plăcea cum arăta asta şi dacă cumva Ace avea cea mai mică legătură cu afacerile lui...

— John este fratele tatălui meu.

Am clipit o dată. De două ori. De trei ori. Se poate să fi auzit greşit.

— John este unchiul meu.

Bun, nu am auzit greşit, deşi îmi doream tare mult să fi fost vina mea. Ace chiar a spus acele cuvinte. Dar asta era... imposibil. Cum? John, temutul John, cel care se ocupa cu lucruri ilegale, era fratele celui mai bun afacerist din San Diego?

Poate că uram oamenii bogaţi, dar ştiam şi eu câteva lucruri despre Axton Appleby, ca orice om din acest oraş. Am încercat să uit sau să evit faptul că Ace era fiul lui, fiul unuia dintre cei cu conturi mai mari decât aş fi avut eu în o sută de vieţi, un afacerist înrăit, cu multe firme şi extrem de multe clădiri pe care avea numele scris, dar... să fie nepotul lui John? Asta era prea mult.

Pielea mi s-a făcut de găină din cauza fricii pe care am simţit-o pe moment. Ace chiar era nepotul lui John, bărbatul de care mă temeam cel mai mult în lumea asta, bărbatul care cu o zi în urmă mi-a făcut propuneri... Nici nu voiam să mă gândesc.

— Cum?

Nici nu ştiam ce întrebam exact. Voiam doar povestea integrală, pentru a mă face să cred această informaţie. Nu puteam concepe o lume în care Ace, tatăl său şi John să aibă vreo legătură.

Ace mi-a strâns mai puternic mâinile pentru a rămâne cu el. Eram aici, lângă el, da, însă toţi muşchii îmi erau încordaţi.

— Pur şi simplu. El este unul din familia Appleby, dar este oaia neagră, cum se spune. După moartea bunicului meu, firma cu care totul a început a fost lăsată moştenire tatei, acesta având mai multe procente decât oricine, chiar şi decât John. Între ei este o diferenţă de zece ani, dar lui John nu i-a păsat, mereu a spus că ar fi trebuit să aibă drepturi egale asupra bunurilor de la bunicul. După ce s-au certat mult pe tema asta, John a luat tot ce a fost al lui şi a găsit altă metodă de a face bani, dar şi-a păstrat procentele acţiunilor, de unde primeşte venit, iar asta îi este acoperirea, justificarea pentru averea pe care o are.

Nu îmi venea să cred că afacerea prin care John câştiga bani cinstiţi era însăşi compania familiei iubitului meu. Iar iubitul meu era nepotul omului care mă făcea să fiu terifiată.

— Sunteţi apropiaţi? am simţit nevoia să îl întreb.

Ace s-a încruntat, dar mi-a răspuns.

— Eu eram mic când totul s-a întâmplat, iar tata mi-a interzis să îl mai văd, dar...

— Dar după ce te-a dat afară şi ai rupt relaţia cu el, ai mers la John, am continuat eu, dându-mi seama de restul poveştii.

— Da, dar nu a fost de drag. Aveam nevoie de ceva de la el. Încă am. Aşa că uneori îl mai vizitez şi îi stau aproape până când am să îi obţin ajutorul.

Acum eu eram cea încruntată – încruntată şi confuză. Mi-am scos mâinile din strânsoarea lui şi am simţit nevoia să mă îndepărtez. M-am ridicat de pe pat.

— Ce ai nevoie de la el?

Nu voiam să trăiesc într-o lume în care Ace avea contact cu John. Poate că era nepotul său, dar nu aş fi crezut că nu ar fi încercat să îi facă rău.

— Asta este o poveste cu adevărat lungă care se leagă de foarte multe întâmplări crude din familia mea. Dar, pe scurt, am nevoie de procentele lui la următoarea şedinţă a acţionarilor.

Am clipit mărunt şi des.

— Vrei să iei firma tatălui tău, am spus, iar Ace a afirmat din cap. De ce? am mai întrebat.

Acesta a oftat şi s-a ridicat la rândul său de pe pat. A venit înaintea mea, iar eu m-am simţit vulnerabilă în faţa sentimentelor pe care le purtam pentru el.

— Asta face parte din acea poveste lungă cu întâmplări crude. Şi promit că vei afla, nu le voi ţine secrete faţă de tine, dar... mai am nevoie de timp.

Mi-am pleoştit umerii, acceptându-mi înfrângerea. Ştiam cum era să ai probleme în familie pe care nu puteai să le spui oricui. Nici eu nu i-aş fi povestit lui Ace toate lucrurile acelea despre tatăl meu şi datoria pe care o aveam dacă nu s-ar fi întâmplat totul cum s-a întâmplat şi dacă nu aş fi fost constrânsă.

— Bine, am cedat.

Ace a venit mai aproape, apoi mâinile sale s-au aşezat pe umerii mei, coborând uşor pe spate, până când m-a luat în braţe, iar buzele sale mi-au sărutat fruntea.

— Ştiu că e mult de înghiţit şi îmi pare rău că te pun să suporţi aşa ceva, dar ai venit în cel mai nepotrivit moment, iubito.

Nu ştiam dacă trebuia să mă simt jignită sau flatată din cauza a ceea ce mi-a spus, dar eu una preferam a doua variantă.

Ace a râs uşor şi amar.

— Cine se gândea că fata care îmi va pune capac va veni fix după ce am decis să pun piciorul în prag şi să fac ceva în legătură cu problemele mele?

Nu mai ştiam ce îmi zicea şi din cauza sunetului slab al vocii sale am decis că îşi vorbea de unul singur.

Băiatul ăsta... chiar avea o viaţă. Şi nu o viaţă cum credeam eu că avea, una plină doar de norişori roz, ci o viaţă cu trecut întunecat şi lipsa unui părinte, o viaţă în care unchiul său se ocupa cu afaceri ilegale, o viaţă în care tatăl său l-a alungat din propriul cămin, o viaţă în care toată lumea avea aşteptări de la el, dar în care el avea alte dorinţe. Şi acum voia să preia compania tatălui său. Cum avea de gând să facă asta? Era pregătit? Chiar dacă ar fi fost, Ace era prea tânăr să conducă un aşa imperiu. Adică era deştept şi perspicace, avea alură de lider, se comporta ca un şef, dădea ordine zilnice, dar... era prea tânăr. Şi eram sigură că tatăl său nu avea de gând să renunţe la companie atât de uşor.

— Nu te mai gândi, mi-a spus Ace.

Cum ziceam, dădea ordine mereu. Iar eu le ascultam aproape niciodată, dar de data aceasta am încercat să le iau în seamă. Totuşi...

— Nu pot, i-am răspuns. Sunt prea multe lucruri de asimilat.

Mâinile lui Ace au urcat din nou pe spatele meu şi acestea au ajuns să îmi cuprindă chipul între ele, poposind pe obrajii mei. Eram la o distanţă microscopică unul de celălalt, iar ochii lui păreau de aici doi trifoi. El era norocul meu.

— Vino cu mine la bal!

Am evitat faptul că acesta era un alt ordin de la el şi am clipit des, dându-mi seama că era prima dată când eram invitată la un bal de o persoană cu care chiar voiam să merg.

— Poftim?

Reflexele mi-au luat-o înaintea gândirii şi am simţit nevoia să mai aud asta încă o dată, chiar dacă înţelesesem totul de la început.

Ace a zâmbit. Zâmbetul acela care topea inimi, dar care o sfărâma pe a mea.

— Ţi-am dat altceva la care să te gândeşti. Vino cu mine la balul de Crăciun.

Făcea pe şmecherul, aşa că m-am ţinut tare pe poziţii şi mi-am ridicat o sprânceană în mod sugestiv.

— Nu cumva trebuia să fie un semn de întrebare pe acolo?

Zâmbetul perfect şi cald al lui Ace se transforma uşor într-un rânjet.

— Întrebările sunt pentru oamenii nesiguri. Tu vei veni la bal cu mine.

Mi-am mărit ochii, şocată de convingerea lui, apoi m-am îndepărtat de el, dar acesta nu mi-a dat drumul obrajilor.

— Nu mai spune! am exclamat eu. Să ştii că nu eşti singura mea variantă, Appleby. Aşa că ai face bine să înveţi să ceri o întâlnire unei fete sau voi merge cu altcineva.

Un chicot a ieşit printre buzele sale pline, pe care îmi doream să le sărut din nou. Dar îmi venea să îl şi pălmuiesc...

— Nimeni nu te-ar invita din liceul nostru, a rânjit el, crezându-se atotştiutor.

Dar el nu ştia totul.

— Eşti tu sigur de asta? i-am rânjit înapoi.

Ochii săi verzi s-au micşorat şi s-au ascuns după pleoape cât timp un beculeţ i-a luminat deasupra capului.

— Te-a invitat cumva Alec?

— Nţ.

Îmi plăcea jocul ăsta. Observam cum eu luam avans şi Ace pierdea în faţa mea, chiar şi la ceva stupid cum ar fi o discuţie în contradictoriu despre bal.

— Cine te-a invitat la bal, Charity?

Era sută la sută serios acum. Şi mă privea atât de profund în ochi încât îmi dădeam seama de gelozia care se ascundea în spatele lor.

— Nu îţi spun.

Am ridicat din umeri şi el şi-a lins buzele cu nervozitate.

— Ai refuzat, nu-i aşa?

Hopa. Se vedea ceva nesiguranţă pe chipul domnului Appleby?

I-am zâmbit răutăcios.

— I-am spus că mă mai gândesc, l-am minţit.

— Dar te-ai răzgândit. Pentru că te-ai împăcat cu mine.

Mi-am rostogolit ochii şi de data aceasta m-am desprins din închisoarea mâinilor lui făcând un pas înapoi.

— Într-o zi o să pieri din cauza egocentrismului, l-am dojenit. Dar ca să îl umflu mai mult, deocamdată, îţi spun că l-am refuzat din prima. Şi, da, motivul principal ai fost tu.

Şi cu asta i-am adus din nou rânjetul pe faţă. Dar, din cauze necunoscute mie, acesta a dispărut rapid şi a fost înlocuit de o încruntare adâncă.

— Cum adică *principal*? a întrebat. Ai mai avut şi alte motive pentru care l-ai refuzat?

Am scos un mic mârâit pe gură, apoi m-am întors şi am pornit spre scările care duceau în living. Am simţit brusc nevoia să mă plimb. Ace a venit după mine.

— Iubito, m-a strigat cu o voce amuzată, atât de tare încât să se audă în tot apartamentul său imens.

M-am întors spre el în mijlocul livingului şi, exact cum mă aşteptam, mai avea puţin să râdă. *Bipolar*.

— De ce te-ai supărat aşa? m-a întrebat rânjind.

Era enervant.

— Eşti enervant, am gândit cu voce tare.

Rânjetul său s-a mărit.

— Sunt enervant pentru că sunt gelos. Și sunt gelos pentru că...

Și acel rânjet a dispărut. Zâmbetul sincer pe care îl ador i-a luat locul, iar Ace m-a privit cu o căldură stranie în ochi. Eram ca o înghețată la soare.

— Pentru că te iubesc, și-a terminat propoziția.

Într-adevăr, aveam nevoie de ceva timp ca să mă obiș-nuiesc cu aceste cuvinte din partea lui. Și părea că și el avea nevoie de timp să se obișnuiască cu a o spune.

Am încercat să îmi revin în simțiri și să cobor de pe acel norișor în care eram urcată.

— O să am mult de tras cu tine, am mormăit, încruci-șându-mi brațele la piept.

Rânjetul său enervant a apărut din nou, iar Ace s-a apropiat de mine până când m-a luat în brațe. Aerul din jur luase foc.

— Nici nu ai habar în ce te-ai băgat, mi-a șoptit.

Nu, nu aveam. Dar știam că îmi plăcea. Și cu toate defectele și calitățile sale, eu îl iubeam exact așa cum era. Niciodată nu aș fi ghicit că aș fi ajuns să iubesc o persoană ca Ace Appleby. Și totuși, eram aici.

— Te îmblânzesc eu până la urmă, i-am șoptit la rândul meu.

Mi-am ridicat mâinile dintre noi și le-am dus după ceafa lui, înconjurându-i gâtul.

Ace a chicotit.

— Crezi? a întrebat amuzat.

— Sunt sigură de asta, enervantule.

A mai zâmbit o singură dată înainte să mă sărute. Iar eu i-am răspuns cu fiecare celulă, îmbrățișând senzația plăcută pe care mi-o dădea. Eram în sfârșit iubită. Și nici măcar nu știusem cât de mult tânjisem după asta înainte să îl cunosc pe Ace Appleby, ruda de sânge a celui mai mare coșmar al meu.

# Capitolul 37

— Nu vreau să ieșim în lume, m-am plâns eu, exact ca ultima sălbatică.

Ace a chicotit și s-a întins spre mine, sărutându-mi vârful nasului. Despre asta vorbeam. Cum să îmi fi dorit să ies în lumea crudă de afară când aici, în apartamentul, dormitorul și patul lui, aveam tot ceea ce îmi doream, tot ceea ce necesitam?

— Nici eu, dar trebuie. Ești dispărută de o zi întreagă. Charity pe care o știam eu nu ar fi ratat nici în ruptul capului o zi de școală sau de muncă.

Am zâmbit în brațele sale și l-am strâns și mai tare cu mâinile mele micuțe. Nici mie nu-mi venea să cred ceea ce tocmai făcusem, dar nimic în lumea aceasta nu m-ar fi făcut să părăsesc acest pat, la șase dimineața, când dormeam prea bine pe pieptul lui Ace.

— Charity pe care o știai tu înainte nu era îndrăgostită, i-am reamintit.

Și cu această replică am mai primit un sărut dulce, de data aceasta pe frunte. Nu mai voiam să mă ridic de aici niciodată. Iubeam căldura emanată de Ace, pe care eu i-o răpeam. Iubeam confortul corpului său și senzația de visare pe care mi-o aducea. Mi se părea că aici, în această cameră, eram pur și simplu noi doi, fără nicio problemă, iar Crystal, John și Axton Appleby nu existau.

— Prietenii tăi se întreabă pe unde ești. Poate și mama ta a observat că nu ai adormit acasă, a continuat el.

Am oftat cu gândul la ei. Nu voiam să îmi verific telefonul, dar eram nevoită. Peste încă cinci minute.

— Va trebui să le spunem că ne-am împăcat, am mormăit.

Ace se juca cu degetele de la mâna mea dreaptă.

— Și? a întrebat el, prea concentrat la jocul său.

Părea că nu îi păsa de aproape nimic. Dar eu știam că asta nu era chiar adevărat.

— Prietenii mei te vor urî, mama mea te va castra, l-am informat.

Acesta a râs.

— Iubito, ai uitat că dețin farmecul Ace Appleby? Îi voi recuceri pe toți.

În mod normal aș fi râs de această replică, alături de el, și aș fi continuat să fac glume pe seama lui, dar m-am gândit să continui subiectul și să îl duc într-o zonă serioasă.

— Chiar și pe Alec? l-am întrebat reticentă.

Aici jocul lui cu degetele mele s-a oprit, iar pieptul i s-a umflat cu aer. A dat drumul unui oftat.

— Idiotul ăla încă mă iubește, a glumit el.

Dar ceea ce spunea era foarte serios. Vorbea pe bune, chiar dacă o zicea în glumă. Iar eu îl credeam, pentru că știam că Alec încă ținea la el. După această propoziție eram sigură că sentimentul era reciproc.

— Asta înseamnă că vrei să vă împăcați? l-am întrebat, profitând de starea în care era și răspunsurile pe care părea dispus să mi le ofere.

Jocul său cu degetele mele a început din nou, iar picioarele mele s-au mișcat printre ale lui.

— Chiar dacă eu aș vrea, el nu m-ar ierta fără să îi dau un motiv serios pentru care am făcut-o.

Nu voia să spună mot-a-mot că ceea ce voia Alec era un motiv pentru care Ace s-a culcat cu Crystal, fosta iubită a amândurora, în timp ce ei doi erau încă într-o relație. Mă deranja foarte tare stomacul când mă gândeam la ei doi împreună. Mă făcea să îl strâng mai tare pe Ace în brațe, să mă conving că era al meu și doar al meu.

De unde venea posesivitatea asta?

— Și ai unul? Un motiv serios, adică.

Ace lua pauze între răspunsuri, ceea ce îmi demonstra că îi era greu să vorbească despre asta. Nu mă deranja, nu atât timp cât îmi spunea adevărul și puteam să îi aud inima bătându-i în piept în timp ce vorbea (sau tăcea).

— Da, am. Dar face parte din acele secrete despre care îți voi vorbi mai târziu. Și nu știu când voi avea curajul să i-o spun și lui.

Bun. Nu aflasem de acele secrete de mult timp, dar deja mă călcau pe nervi. Eram o fire dată naibii de curioasă și dând din oră în oră de trecutul lui Ace nu mă ajuta prea tare să mă abțin din a pune întrebări. Însă trebuia să o fac pentru el.

— Poate va aștepta, ca și mine. Doar ați fost prieteni cândva, am încercat eu să îl încurajez.

— Nu va fi așa. Îl cunosc. Iar eu i-am demonstrat des că m-am schimbat de când m-am cuplat cu Crystal. Va avea nevoie de o poveste solidă sau măcar de dovezi. Și cum nu am nicio dovadă...

Ace lăsase propoziția în aer, iar gândul meu rămăsese doar la o parte din ceea ce el a spus. *M-am cuplat cu Crystal.* Sună atât de... Nici nu îmi puteam găsi cuvintele. Mă deranja. Mă mânca pe dinăuntru. Mă ardea și mă irita. Nu știam ce lucru era mai deranjant. Faptul că o făcuse, că se cuplase cu Crystal, sau că o spunea cu o degajare lipsită din comun? Poate că pentru el era normal așa ceva, la ordinea zilei, dar pentru mine... Și totuși. Dacă fusese cu ea atât timp, cum de era obișnuit cu așa ceva? Spuneți-i intuiție feminină, dar a trebuit să întreb ceva.

— Cât timp ați fost tu și Crystal împreună? am îndrăznit să rostesc.

Era total în afara subiectului, dar mă rodea ceva pe interior. Și de data aceasta nu era gelozia.

— Ce-ți veni? mi-a răspuns el cu o altă întrebare.

A încetat din nou să se joace cu degetele mele și și-a ridicat capul pentru a-mi putea vedea chipul. I-am ușurat treaba și mi-am ridicat și eu capul, așezându-mi bărbia pe pieptul său. El și-a reluat poziția inițială și mă privea profund și îngrijorat cu acei ochi ai săi verzi.

— Nimic. Doar răspunde, am spus, încercând să par destinsă.

Ace mi-a urmărit fiecare centimetru din față, fiind atent la detaliile mele. Amândoi știam să jucăm teatru, dar bănuiesc că el găsise ceva ce mă dădea de gol atunci când încercam să mă prefac. Eu găsisem ceva la el. Ochii.

— Doi ani, cred. Cu aproximație.

Era încruntat. Și acum venea întrebarea la care voiam să ajung.

— Ai înșelat-o vreodată cât timp ai fost cu ea?

Nările mărite, spaima de o secundă în privire și buzele încordate aproape insesizabil. Da, aceste semne îl dădeau de gol. Nici măcar nu mai trebuia să îmi mai răspundă la întrebare. M-am ridicat ușor de pe el și am rămas în șezut, la marginea patului, privind un punct fix în podeaua acoperită cu parchet alb.

— Charity...

— Nu. E OK. Nu este nevoie să te scuzi, l-am scutit eu de probleme.

Poate că pur și simplu așa era el. Poate că nu putea trăi alături de o singură persoană. Sau poate că se întâmplase doar o dată, deși nu prea eram sigură de asta. Poate că ce aveam noi urma să fie scurt – frumos, dar scurt. Și oricum ar fi fost, eu tot aș fi sfârșit rănită, așa că ce rost mai avea să mă retrag acum din joc, când toate piesele erau puse la locul lor?

— Nu mă scuz, mi-a spus el hotărât.

S-a ridicat de asemenea pe marginea patului, puțin mai în spate decât mine, apoi și-a pus picioarele de o parte și de alta a mea. M-a luat în brațe, iar capul i se odihnea pe umărul meu.

— Am înșelat-o. Des, a subliniat el cu cruzime. Dar pe Crystal nu o iubeam. Am fost cu ea din obligație. Îți amintești?

Am inspirat scurt, ascuțit, de parcă nu mai aveam aer destul în cameră. Da, îl credeam. Și de data aceasta nu a fost nevoie nici măcar să îi văd chipul. Sau poate că inima mea credea și mă lăsam mințită. Nu îmi păsa atât timp cât eram fericită alături de el. Fie sfârșitul nostru și o zi furtunoasă, eu tot m-aș fi bucurat de călătoria până acolo. Și chiar dacă m-aș fi scufundat după aceea într-o mare amară de lacrimi, mi-aș fi săpat propriul mormânt cu clipe de fericire.

Mi-am abținut tristețea.

— Tare mult aș vrea să aflu de ce... te-ai cuplat cu ea pentru prima dată.

Gustul lăsat în urma acestei propoziții mi-a cauzat greață. Buzele lui Ace au șters amintirea lui prin dulceața lăsată în urma săruturilor sale pe linia maxilarului.

— Aș vrea să îți spun măcar asta deocamdată, dar totul se leagă.

Un beculeț mi se aprinsese în minte. Atunci și asta avea legătură cu un secret de familie? Deveneam mai curioasă pe secundă ce trecea.

Am oftat. Dacă mă gândeam obsesiv la asta și îl forțam, nu ajungeam niciunde.

— Este bine. Îmi vei spune totul când vei dori.

Buzele lui Ace s-au mutat mai jos și mi-au sărutat umărul. Nu voiam să mă mai gândesc la rele, așa că am schimbat subiectul.

— Tot nu vreau să plec de aici, dar... ce ai spune să facem o întâlnire de urgență cu Kendra, Allen și Alec?

Ace și-a lăsat capul greu pe mine și s-a ascuns în scobitura gâtului meu. A mormăit înfundat de acolo:

— Chiar trebuie?

M-am ridicat brusc din pat și l-am lăsat în urmă.

— Dacă te plângi de pe acum, abia aștept seara de mâine, să văd cum te vei descurca cu mama.

Aice și-a schimbat botul de bosumflat într-un rânjet șarmant.

— Mama ta mă adoră, a spus el încrezut.

Am râs.

— Te adora înainte să îi frângi inima singurei ei fiice. Acum o să ai de luptat.

M-am întors pe călcâie și mi-am căutat hainele, dat fiind că aveam pe mine haine de bărbați cu cinci mărimi mai mari, care purtau mirosul lui Ace. Trebuia să mă schimb, să merg acasă, să fac un duș, să îi chem pe ceilalți în oraș și să mă gândesc cu ce puteam să mă îmbrac.

— Vrei să spui că ți-am frânt inima, Good? am auzit vocea îngâmfatului în urma mea.

Colectasem hainele mele din dulapul lui Ace şi m-am întors pentru a merge la baie.

— Nu te umfla în pene, Appleby, i-am tăiat-o din scurt.

* * *

Ne aflam cu toţii la *Charleston*, după ce mă prezentasem în faţa şefului meu în ziua în care nu venisem la muncă, iar el mă iertase văzându-l pe Ace lângă mine. Comandasem băuturi şi pizza, apoi dădusem meniurile. Nimeni nu vorbea. Nici măcar Kendra, ceea ce era ciudat.

Eu şi Ace stăteam unul lângă celălalt, foarte aproape, mâna lui fiind pe spătarul scaunului meu, marcându-şi teritoriul aşa cum numai masculii ştiu să o facă. Kendra şi Alec stăteau cam la fel aproape unul de celălalt, dar se vedea că încă nu ajunseseră la nivelul acelui tip de relaţie, căci păstrau totuşi o distanţă cuvenită. Allen era singura persoană de la masă care era, ei bine, singur. Şi nu se arăta deloc deranjat de asta. Îl privea pe Ace de parcă şi-ar fi dorit să îi sucească gâtul din secundă în secundă.

În afară de un banal salut, nu ne mai spusesem mai nimic de vreo zece minute (dacă era să excludem comanda). Cineva trebuia să înceapă de undeva, dar până să o fac eu, Kendra şi-a revenit şi a luat cuvântul.

— Înţeleg că voi doi sunteţi din nou împreună, a spus ea nonşalantă. Îţi schimbi iubitele ca pe şosele, băiete.

Obrajii mi s-au încălzit şi eram cât pe ce să mă înec cu propria salivă. Un defect al Kendrei era că sinceritatea ei era una brută.

— Kendra, am dojenit-o eu.

— Nu, i-a luat Ace apărarea, privind-o fix. Are dreptate. Sau cel puţin avea. Îmi schimbam iubitele ca pe şosete. Acum, însă, vreau să rămân doar la una.

Ace era ferm, pe poziţii. Puteam vedea cât de în serios lua totul, chiar dacă toată ziua făcuse glume despre această întâlnire şi despre cum toată lumea îl plăcea. Răspundea direct, fără ocolişuri, păstrând contactul vizual şi fiind sincer. Eram sută la sută sigură că nu voia să fie plăcut de Kendra şi Allen, dar o făcea pentru mine. Asta însemna mult. Ca semn de recunoștință mi-am dus mâna pe sub masă și am așezat-o pe coapsa lui. Mi-a acoperit-o imediat cu mâna sa, cea liberă, care nu îmi ocupă spătarul scaunului. Ne-am încolăcit degetele și se simțea în siguranță.

— Ai înșelat-o acum două săptămâni, a continuat Kendra, fiind pe poziții.

Allen parcă își aștepta rândul la măcel, pe când Alec părea că era aici doar să asiste și să fie de acord cu ceilalți doi cu care a venit.

Am vrut să îi iau apărarea iubitului meu, dar acesta mi-a strâns mâna și m-a adus la tăcere.

— Nu am înșelat-o niciodată pe Charity, nici măcar după ce ne-am despărțit. Ce spun aici? Nici măcar înainte să fim împreună. Nu am înșelat-o nici măcar cu gândul încă din ziua în care am văzut-o prima dată, zbierând după mine dintr-o camionetă și jignindu-mă.

Un fior plăcut se instalase în corpul meu și o luase razna, făcându-mi fiecare nerv să cedeze. Nu știam asta. Și Ace, spunând-o tuturor, nu doar mie, a făcut-o nu doar să pară reală, ci de zece ori mai importantă.

Kendra își închisese gura. Ca orice fată, era cumpărată de cuvinte frumoase. Dar Ace nu spusese doar cuvinte frumoase, spusese adevărul împachetat în niște cuvinte frumoase. Alec și Allen, spre deosebire de ea, nu erau așa ușor de cumpărat.

— Te-am văzut, omule. Erai tot șifonat și îți aranjai hainele când ieșiseși din dormitor. Crystal a făcut același lucru după tine. Și zâmbea ca o scorpie. Nu cred că ar fi fost atât de fericită dacă nu i-ar fi mers planul, a argumentat Alec.

Îmi revenisem din fiorul plăcut pe care mi l-a cauzat Ace și încercam să rămân trează, alături de el, în această confruntare cu prietenii mei.

— Dar și-a îndeplinit planul, l-a contrazis Ace. Ea a vrut doar să ne vedeți. Și ați observat cât de nervos eram eu ieșind de acolo.

O liniște plină de gânduri și decizii s-a așternut peste noi. Fiecare dintre cei trei încerca să analizeze totul cu cap și să ia o decizie finală. Ace le-a mai dat ceva, pentru a îngreuna balanța în favoarea lui.

— Alec, a pronunțat puternic numele fostului său prieten. Uită de ce crezi că sunt eu în stare. Tu o cunoști pe Crystal cel mai bine. Oricât ai fi iubit-o, știai de ce era și este ea capabilă. Știi că ar fi făcut-o.

Am putut vedea privirea Kendrei când se vorbise despre iubirea dintre Alec și Crystal. Se simțea în plus, stânjenită și poate chiar rănită. Asta era una dintre dovezile că prietenei mele chiar îi plăcea de Alec.

— Da, știu, a răspuns acesta gânditor.

Câteva secunde de liniște au fost împrăștiate peste toate persoanele de la masa noastră. Se părea că nimeni nu mai avea nimic de spus, asta până când Allen a vorbit pentru prima dată, adresându-se direct lui Ace.

— Ești în regulă cu mine dacă ea te crede, i-a spus acesta, făcând referire la mine. Dar dacă se întâmplă a doua oară, îți rup toate oasele de copil bogat. Te voi trata exact ca pe o *piñata*.

Am mai văzut oameni amenințați de Allen și cu toții arătau măcar puțină frică în privire din cauza tonului rece pe care îl folosea, a hotărârii din ochi sau a corpului său bine făcut, aproape gigantic. Allen era mult mai mare decât Ace, dar iubitului meu părea să nu îi pese, nu se arăta intimidat.

— În regulă, a spus și acesta, apoi a întins mâna peste masă.

Allen i-a cuprins-o scurt. Asta însemna că toți prietenii mei și-au rezolvat problemele cu Ace?

— Acum, dacă mă scuzați, și dacă tu vrei, Alec, aș vrea să facem o plimbare scurtă, a rostit Ace privindu-și ex-prietenul – și viitorul, de asemenea.

Eram șocată, dar și entuziasmată. Știam ce voiau să vorbească deja și mă bucuram că Ace făcea acest pas. Însemna că chiar își dorea să se împace cu Alec. Nu o făcea doar de dragul meu.

Alec, pe cealaltă parte, era nedumerit, dar hotărât.

— Foarte bine.

Ace m-a sărutat pe obraz, apoi s-a ridicat, la fel și Alec de pe cealaltă parte. Au anunțat că se întorc imediat și apoi s-au făcut dispăruți după ușa de sticlă de la *Charleston*, mergând în depărtare. Speram ca această discuție a lor să meargă bine. Îi voiam din nou prieteni, din tot sufletul.

— Are ceva tupeu, recunosc, a spus Allen, revenind la cafeaua lui. Respect asta. Dar ești sigură că împăcarea este bună pentru tine, Chars?

Nici măcar nu a fost nevoie să mă gândesc la un răspuns.

— Mă face fericită. Și asta este ceea ce am nevoie acum.

— Îl iubești? m-a întrebat Kendra precaută.

Mi-am privit apa pe care am comandat-o și am zâmbit.

— Da.

Un cuvânt simplu, dar cu atâta semnificație, a făcut-o pe Kendra să izbucnească.

— O, Doamne! Știam eu! Povestește-mi cum v-ați împăcat!

Inima mi-a tresărit. Ne împăcaserăm în noaptea în care Ace m-a luat din cartierul lui John și m-a dus în apartamentul lui. Prietenii mei nu știau de nimic legat de datoria mea și ar fi fost prea ciudat să le spun că eram în acea zonă a orașului.

— Ieșisem de la muncă, am mințit eu. M-a constrâns să intru în mașina lui, am mers în apartamentul său și...

— Știam eu! Sex sălbatic? În sfârșit?

Mi-am mărit ochii rușinată și am privit în jur. Colegii mei de muncă, clienții care veneau regulat, toți au auzit-o.

— Nu e așa. Și vorbește mai încet, am dojenit-o.

Kendra și-a dat ochii peste cap.

— Plictisitor. Atunci ce ați făcut?

Am cam vorbit despre criminali și droguri și afaceri murdare până ne-am convins că niciunul dintre noi nu avea vreo legătură cu ele. Dar Kendra nu putea afla asta.

— Ne-am certat. Și el mi-a povestit adevărul. A fost foarte convingător, iar eu știu când Ace minte, are unele ticuri. După care mi-a spus că mă iubește.

Kendra a explodat.

— Ce? Și el ți-a spus primul? Iar voi tot nu ați făcut sex?

I-am transmis din priviri să termine, iar ea, bineînțeles, nu m-a ascultat.

— Ce? Spun doar că un tip ca el, a zis, uitându-se în locul în care dispăruse Ace și Alec în oraș, nu ar face niciodată primul pas sentimental într-o relație. Iar Ace a făcut-o. Merită un premiu.

Allen se săturase să audă un asemenea subiect, așa că intervenise și mă salvase fără ca măcar să știe.

— Puteți discuta despre asta când nu sunt și eu prin zonă? a întrebat plictisit.

— Oh, de parcă tu nu ești cel mai experimentat dintre noi, i-a rânjit Kendra înapoi.

Asta era ceva ce nu voiam să îmi amintesc. Kendra și Allen au fost împreună în urmă cu ceva timp, cu foarte mult timp, de parcă trecuseră secole de atunci. În orice caz, All a fost primul băiat din viața prietenei mele. Iar acum ei doi stăteau la masă, râdeau și se comportau ca și cum nimic nu se întâmplase. Eu una nu aș fi putut face asta. Și tocmai de aceea o respectam pe Kendra când nu se implica sentimental în orice lucru, exact inversul a ceea ce făceam eu. Dacă relația mea cu Ace urma să nu meargă și după un timp aveam să devenim prieteni cu iubiți diferiți, eu nu aș fi suportat la fel de bine ca și ea.

— Nu îmi place nici subiectul ăsta, a comentat All, după care și-a întors privirea spre mine. Haide să vorbim despre cum tu nu ai fost astăzi la școală.

Și instinctul de frate urs a revenit.

— Mie subiectul ăsta nu îmi place, am protestat. Kendra, spune-ne cum merge cu Alec.

— Nu îmi place subiectul ăsta, a comentat și ea.

Aveam impresia că nu ne-am fi ales niciun subiect până când cei doi vechi-noi prieteni ar fi apărut din nou. Dar fie că nu ne plăceau nouă, trebuia să le discutăm odată și odată. Exceptându-l pe cel legat de chiulul meu de la școală. Acela putea fi dat uitării.

# Capitolul 38

Mă amuza teribil să văd siguranța de sine a domnului Appleby clătinându-se. Aveam bilete în primul rând la acest spectacol în timp ce făceam parte din el, iar protagonistul se pierdea în propriile încercări de a face ca totul să fie perfect.

Îi spusesem mamei cu o zi înainte de marea noastră întâlnire în trei că mă împăcasem cu Ace, iar aceasta nu a reacționat deloc plăcut. Îi dădusem eu de capăt într-un final, dar iubitului meu nu îi spusesem asta. Și așa a început totul.

Credeam că mi se păruse când m-a întrebat dacă arăta bine cămașa de pe el, dat fiind că mereu a fost un rebel care nu își purta niciodată uniforma, implicit cămășile. Ei bine, după asta au urmat întrebările despre pantofi, ceas și păr, iar când a fost curios despre florile preferate ale mamei mi-am dat seama. Ace Appleby era emoționat de întâlnirea cu ea.

Am profitat de asta, exact ca o iubită groaznică ce eram.

— Ești sigur că nu vrei să iau un ventilator cu mine? mi-am turnat probabil a douăzecea glumă legată de agitația lui Ace.

Acesta a tăcut, exact cum a făcut la restul de nouăsprezece, și m-a lăsat să mă distrez singură. A vrut să îmi demonstreze că mă iubea? Cu asta a reușit. Se implica pentru mine, voia să se înțeleagă bine cu mama mea și nu se supăra din cauză că râdeam de el. Cât despre mine... nu știam cum puteam să mă comport în fața unui gest atât de drăguț. Singura mea soluție era să glumesc.

Eram amândoi îmbrăcați frumos și ne îndreptam spre casa mea. Planul inițial era să luăm cina la un restaurant unde Ace făcuse rezervare. Puteam jura că era ceva simandicos și îmi făcusem griji că trebuia să stau din nou țeapănă la o masă la care mâncau doar oamenii bogați, dar mama a stricat totul când a spus că voia să luăm cina la noi acasă.

Pentru Ace a stricat totul, pentru mine a reparat totul. Şi de atunci iubitul meu a fost mai stresat decât înainte. Voia să o impresioneze cu un local select sau să o constrângă să nu îl facă de râs din cauză că eram în public? Acum nu mai avea niciun as în mânecă. Nu trebuia să fie atât de încordat totuşi. Dar eu nu ştiam cum să îl ajut cu asta.

Parcasem în faţa clădirii în care locuiam şi Ace a oprit motorul. Era acum ori niciodată, nu-i aşa?

Înainte să iasă din maşină, mi-am aşezat mâna pe a lui. I-am atras atenţia şi am zâmbit la vederea ochilor verzi şi tulburători.

— O să fie bine, l-am încurajat.

La urma urmei nu îl duceam spre moarte, în dinţii unui dragon fioros care scotea flăcări pe gură şi avea să îl incinereze.

— Pot fi tipul cu burete din filmele cu medici pentru tine, i-am mai spus.

Ace ridicase o sprânceană. Posibil spusesem o prostie, dar măcar nu se mai gândea la posibilitatea ca mama mea să nu îl mai accepte. I se părea amuzant ce ziceam.

— Tipul cu burete? a întrebat el.

I-am zâmbit. Făcea un pas spre bine. Măcar vorbea.

— Da. Ştii tu. Tipul acela care şterge mereu doctorul pe frunte când face o operaţie riscantă.

Şi uite aşa, cu prostia mea nemăsurată, am scos un chicot de la el. Eram mai relaxată. Mă bucuram că reuşisem să îl calmez şi pe el puţin. Până la urmă nu ştiam de ce se complica atât pentru întâlnirea asta. Mi se părea amuzant şi profitam de situaţie, da, pentru că în majoritatea timpului egoul său nu avea limite, dar văzându-l aşa, păsându-i, m-a înmuiat.

— Cred că se foloseşte o batistă sau un şerveţel, m-a infirmat el.

Am ridicat din umeri.

— Îmi folosesc şi mâneca bluzei pe care nu o am ca să te faci mai bine.

Eram îmbrăcată într-o rochie tip maiou.

Zâmbetul de care mă îndrăgostisem, cel dulce și sincer, se întinsese pe toată fața băiatului pe care îl iubeam. Ace și-a întors mâna și mi-a cuprins palma în ea. Ne-am încârligat degetele.

— Asta este foarte drăguț. Într-un mod incredibil de ciudat, țin să menționez.

Mi-am dat ochii peste cap și mi-am tras mâna din a sa, apoi l-am împins de umăr când el a început să râdă. Eram eu îmbrăcată ca o domnișoară, dar în niciun caz nu mă comportam ca una.

— Ți-ai primit porția de drăgălășenie pe astăzi. Haide! Acum parcă îmi doresc să te văd sfâșiat de caninii mamei.

Mi-am deschis portiera înainte ca el să o facă și am ieșit deodată din mașină.

— Dacă nu m-a omorât când m-a găsit în pat cu fata ei, nu o va face nici acum, a spus el, ajungându-mă din urmă spre intrare.

Și-a așezat mâna grea pe șoldul meu și mergeam acum împreună. Mă atingea doar cu o singură palmă, atât, dar acea atingere crea radiații pe pielea mea.

— Ai fi surprins de ce ar face mama dacă eu sufăr, i-am aruncat când Ace mi-a deschis ușa intrării de jos.

Urcam scările, cu el în spatele meu, și nici nu voiam să mă gândesc la faptul că purtam rochie.

— Nu îmi pari că suferi acum, a spus el, crezându-se șmecher.

Ei bine, da. Mă făcea fericită. Am fost mai fericită în acele câteva zile alături de el decât fusesem în toată existența mea de dinainte. Dar asta nu însemna că nu putea pleca din nou. Și suferința după ce el pleca era mai dureroasă decât existența mea mizerabilă din perioada în care nu îl cunoscusem.

— Dar poate fi preventivă, am mormăit.

Capul mi s-a dus spre gânduri prea profunde, prea dureroase și prea îndepărtate. Nu era bine ce făceam. Trebuia să nu mai merg acolo, chiar dacă acele gânduri erau viitorul în sine.

Ace şi-ar fi dat seama că era ceva cu mine dacă rămâneam aşa.

— Pregătit să dai ochii cu dragonul? am schimbat subiectul, ajungând în faţa uşii garsonierei mele micuţe.

Mă întorsesem spre Ace şi acesta păru că voia să îmi răspundă la întrebare sau să mă ia la rost pentru că văzuse o schimbare pe faţa mea, dar mama m-a salvat deschizând uşa.

Exact la ţanc.

Nu credeam că îmi văzusem propria mamă îmbrăcată mai elegant ca în acel moment. Fiind genul muncitoare modestă, niciodată nu punea preţ pe haine sau machiaj. Acum, ei bine, a pus. Avea genele date cu rimel şi buzele cu ruj, pe corpul micuţ îi stătea o rochie uitată de mult din dulapul ei, lungă şi lejeră, iar pe mână purta o brăţară veche, de aur alb, primită de la tata cu mult timp în urmă.

Eram impresionată. Mama arăta bine oricum, până şi începuturile de riduri o făceau să strălucească, avea ochii căprui şi blânzi, pielea albă, dar sănătoasă, părul lung, şaten şi puţin cărunt pe alocuri, însă era superbă pentru vârsta ei. Totuşi, nu o văzusem de mult să radieze aşa, să se aranjeze aşa.

— Nu sunt chiar atât de înspăimântătoare, a comentat ea cu vocea seacă.

Ah, înţelegeam. Făcea pe mama dură în faţa lui Ace, pentru a-i arăta că nu va mai exista o data viitoare în care să îl ierte dacă mi-ar mai fi făcut ceva. Avea pusă masca de oţel pe chip. Probabil de aceea se şi machiase, făcea parte din teatru.

— Bună seara, doamnă Good, a salutat-o Ace din spatele meu. Nicidecum, sunteţi încântătoare.

Linguşitorul. Aproape că îmi venea să îmi scot ochii din orbite şi să îi rotesc până s-ar fi terminat cina. Aveam impresia că urma un şir lung de complimente exagerate pentru mama.

Dar la cum o ştiam eu, nu se lăsa aşa uşor. Şi nu era cumpărată cu nişte cuvinte, ci cu fapte.

— Dar am o limbă ascuţită când vreau, a intervenit ea peste complimentul primit. Intraţi, vă rog.

Nu ştiam dacă mă bucuram sau nu să o văd pe mama intrându-şi în pielea de scorpie pentru o seară, dar această experienţă putea avea doar două variante de final. O ceartă dezastruoasă sau o comedie bună. Eu preferam varianta din urmă.

Ace m-a lăsat să intru prima, exact ca un gentleman ce era, şi am fost condusă de mâna sa spre bucătărie, cu mama pe urmele noastre. Masa era aşezată în mijloc, cu tacâmurile bune scoase şi paharele cu picior lung care îi plăceau mult mamei. Nu înţelegeam de ce atâta deranj şi chin, dar am preferat să nu comentez. M-am aşezat după ce Ace mi-a tras şi împins scaunul. Mama a adus mâncarea.

— Aţi întârziat, aşa că nu putem sta la vorbă cu un pahar de vin, căci cina este gata. Dar putem face asta după, a spus ea veselă.

Părea normală cu această replică, atât de senină, însă eu ştiam că urmărea ceva. Şi ştiam exact ce urmărea.

Ne-a aşezat o friptură delicioasă în faţă, frumos tăiată şi decorată. Nu degeaba mama era bucătăreasă. Puteam simţi cum glandele salivare mi se activau şi mai aveam puţin până să las bale pe faţa de masă, exact ca un Saint-Bernard.

— Mâncarea arată delicios, doamnă Good, a complimentat-o Ace.

Mi-am rotit ochii iar. Chiar urma să fac asta des pe parcursul acestei cine. Ace avea totuşi dreptate, cina arăta superb, dar nu era nevoie să i-o spună şi mamei. Ea oricum se umfla destul în pene cu ceea ce ştia că îi ieşea bine. Se părea că nu şi de data aceasta.

Mama doar a zâmbit, ne-a aşezat mâncarea în faţă, iar noi am început să ne luăm cina în liniştea perturbată de câteva ciocniri de furculiţe pe farfurii.

Totul decurgea normal până acum, dar nu puteam nega că eram emoţionată. Ştiam despre ce trebuia să vorbim în seara asta. Şi dacă a fost destul de greu cu prietenii, nu voiam să ştiu cum urma să fie cu mama. Ea avea cea mai importantă opinie pentru mine. Şi dacă nu l-ar fi iertat pe Ace... Habar nu am ce putea să se întâmple. Dar iubitul meu ştia că nu ar fi fost bine, de aceea se chinuia atât de tare. Îi păsa.

Friptura era delicioasă, dar mă simţeam plină şi pofta de mâncare mi se tăiase. Mă săturasem să stau ca pe ghimpi din cauza a ceea ce urma şi putea să se întâmple. Ştiam că şi Ace simţea acelaşi lucru, dar era în continuare politicos şi galant, aşa cum doar el ştia să fie. Eu mai aveam puţin şi îmi ieşeam din minţi dacă nu deschideam odată subiectul.

Cred că mi-a luat vreo douăzeci de minute pline până să îmi adun curajul şi să spun acea prostie.

— Mamă, după cum bine ştii, eu şi Ace ne-am împăcat.

De parcă nu era evident. De parcă nu îi spusesem deja.

Ace s-a oprit din mâncat şi s-a şters cu un şerveţel prin tamponare, chiar dacă nu era murdar deloc. Probabil i s-a blocat ceva în gât când m-a auzit, căci a simţit nevoia să tuşească uşor.

Mama a ridicat paharul ei de vin şi a sorbit puţin din el.

— Şi aş vrea să vă înţelegeţi bine, aşa că te rog să uiţi incidentul despre care ţi-am povestit, am continuat eu.

Ea a lăsat paharul pe masă, s-a uitat direct în ochii lui Ace şi privirea i s-a răcit.

— Nu aş numi incident faptul că te-a înşelat.

Şi aici micul meu discurs improvizat se oprise. Mă aşteptam de la ea să pună la îndoială relaţia mea cu Ace şi încrederea în el, dar nu bănuiam că mama mea avea de gând să joace aşa.

— Mamă, asta nu este...

— Mă descurc, Charity, mi-a întrerupt Ace indignarea.

Părea prea calm pentru acuzația care tocmai i-a fost adusă și îmi spusese pe numele întreg, ceea ce se întâmpla cam rar. Se putea să urmeze un întreg război între persoanele dragi mie și eu eram pusă pe tușă și legată la mâini.

— Nu am înșelat-o pe fiica dumneavoastră, doamnă Good. Și nu vă cer să mă credeți, nici eu nu aș face-o dacă aș fi în locul dumneavoastră, dar nu vă puteți opune relației noastre.

Ochii mamei au scânteiat. Asta a sunat ca o provocare pentru ea. Eu eram la mijloc.

— De ce spui asta? a întrebat ea calmă.

— Pentru că, indiferent dacă ați face-o sau nu, noi am putea să ne vedem fără să știți. Nu vă place gândul ca fiica dumneavoastră să vă ascundă ceva, ceva ce nu mai puteți controla odată ce va fi ascuns.

Era nebun. Ce fel de joc juca?

Privirea mea se ducea de la unul la celălalt precum o minge de tenis în mijlocul terenului. Ambii aveau fețe de jucători de poker, iar eu nu puteam citi mai nimic. Mă irita asta.

— Așa este. Dar știu și că am încredere în ea. Nu mă va minți. Îmi va respecta decizia.

Ace se juca cu paharul lui elegant, cu picior lung.

— Tinerii îndrăgostiți fac multe prostii. Așa cum a făcut Crystal când a înscenat faptul că ne-am culcat împreună. Sau așa cum fac eu acum, întâlnindu-mă cu mama fetei pe care o iubesc pentru a-i explica cum stă treaba în viața mea amoroasă. Așa cum a făcut Alec când a renunțat la prietenul său cel mai bun în favoarea iubitei.

Mă încruntasem din cauza ultimului exemplu pentru că nu aveam habar despre ce vorbea. Alec i-a lăsat pe amândoi, pe Ace și pe Crystal, când a aflat că a fost înșelat. Cel puțin așa știam eu.

Mama se lupta în liniște cu gândurile ei. Mai aveam puțin și transpiram din cauza stresului dacă nu avea de gând să spună ceva. Aveam impresia că se lupta să nu îi cedeze lui Ace, dar acesta avea un har de a convinge oamenii şi de a-i atrage de partea lui.

— De unde ştiu eu că nu este încă o cucerire de-a ta şi nu o vei răni din nou? a întrebat ea în cele din urmă.

Începea să se dea pe brazdă.

Ace a ridicat uşor umerii.

— Nu ştiţi. Dar ştiţi sigur că îi veţi frânge inima dacă îi veţi interzice să mă vadă, pentru că şi ea mă iubeşte pe mine.

*Şi premiul acestei dezbateri îi revine domnului Ace Appleby.*

— La fel cum ştiu sigur că dacă îi voi permite să mai stea pe lângă tine, va fi rănită din nou.

Ace învârtea paharul cu ajutorul degetelor de la mâna dreaptă. Ăsta era un tic care îl ajuta să se concentreze sau să se gândească. Discuţia cu mama nu a fost atât de uşoară precum credea el că va fi.

— Ştiu câteva lucruri despre tine, Ace, a continuat mama.

Amândoi ne-am ridicat privirile încurcaţi şi intrigaţi spre ea. Speram să nu ştie ceea ce aflasem eu în primele zile de şcoală.

— Noi suntem nişte oameni modeşti, iar tu eşti peste nivelul nostru social, într-adevăr, dar asta nu îţi permite să te joci cu fiica mea. Vezi tu, eu lucrez în *La Jolla*, la o familie înstărită, nişte vecini de-ai tăi, şi nu am auzit lucruri prea bune despre tine. Relaţii cu nenumărate fete, certuri cu tatăl tău, ai fost dat afară din casă...

— Mamă! i-am atras atenţia.

Se băga unde chiar nu era treaba ei. Acestea erau lucruri personale care aveau explicaţie, dar nu trebuia să i le ofere ei.

— Este în regulă, mi-a spus Ace. Are dreptate legat de tot. Cu o singură excepţie, doamnă Good. Eu am plecat de acasă, nu am fost dat afară.

Pentru o secundă m-am gândit la cum ar fi fost dacă mama ar fi aflat că unchiul lui Ace era însuși John. Cel mai probabil m-ar fi închis pe viață la domiciliu și nu am mai fi avut ce discuta.

— Asta nu schimbă nimic, a spus mama. Mi-a plăcut de tine, erai o prezență încântătoare, dar nu pot trece peste defectele astea, pentru că povestea se va termina cu fiica mea în lacrimi.

— Asta schimbă totul, a contrazis-o Ace. Înseamnă că nu la mine a fost problema, ci la el. Și vă mulțumesc pentru complimente, dar sunt absolut sigur că o voi face pe Charity mai fericită ca niciodată, așa cum ea mă face pe mine.

Inima îmi bătea cu putere și un fior mi s-a împrăștiat prin tot corpul. Urechile îmi erau mângâiate de acea propoziție. Îl făceam fericit.

— Nu am siguranța asta, a continuat mama cu încăpățânare.

Ace mă privise o secundă cu acei ochi verzi ai săi și parcă se mai încălzise puțin, apoi a revenit cu atenția spre mama și devenise din nou încordat. Nu mai suportam ca această conversație să continue pentru mult timp.

— În viață nu există siguranță pentru nimic. V-aș putea da cuvântul meu că o iubesc și că tot ce vreau este binele ei, dar nu m-ați crede. Poate să vă spună și ea același lucru, dar tot nu ați crede. Tot ce pot să fac este să vă arăt în timp că vreau o relație stabilă cu ea.

Timp. Relație stabilă. Aflam lucruri noi, spuse cu voce tare, care mă încântau și mă făceau să plutesc. Uram că avea o asemenea putere asupra mea, dar voiam să mă obișnuiesc cu asta, pentru că aveam de gând să îi ofer totul.

Mama părea că se gândea. Oare se lăsa convinsă în sfârșit? Poate că da, poate că nu, dar voiam să fiu sigură.

L-am luat pe Ace de mână și am început să vorbesc.

— Mă cunoști, mamă. Nu m-am mai îndrăgostit niciodată, nu am mai umblat cu băieți niciodată. Poate că nu am făcut alegerea cea mai ușoară să mă văd cu Ace, poate că voi suferi din nou, dar el mă face fericită. Mi-a spus multe lucruri despre el, mi-a explicat toate neînțelegerile, iar eu îl cred. Tu trebuie doar să ai încredere că voi fi bine. Și dacă nu voi fi, va fi doar vina mea, pentru că a fost alegerea mea.

Ace începuse să îmi mângâie mâna cu un deget, iar această mișcare îmi aducea alinare. Era acolo pentru mine, pentru noi, și s-a dezbătut foarte frumos și politicos cu mama. Eram mândră de el. Și îndrăgostită.

Mama a oftat și s-a sprijinit de spătarul scaunului.

— Nu îmi place asta, dar bănuiesc că nu am cum să mă mai opun. Aveți acordul meu să vă continuați relația, dar tu, băiete, mai ai de lucrat până când îmi vei câștiga încrederea, l-a avertizat ea pe Ace.

Nu era tocmai finalul conversației pe care mi-l doream, dar era și asta ceva. Nu era împotriva relației noastre. Era de bine.

Ace mi-a strâns ușor mâna, probabil un semn de fericire că și-a atins scopul. Pentru el nu era nevoie neapărată să fie plăcut din nou de mama, el dorea doar să nu stea în calea noastră. Scopul lui a fost atins.

— Nu îmi va lua prea mult, a spus el, trecând imediat la aroganță.

Abia a scăpat de greu și voia să intre iar în belele. L-am lovit cu piciorul pe sub masă, dar el nici nu s-a clintit.

— Rămâne de văzut, l-a provocat mama, ridicând paharul ei de vin în aer.

Tensiunea se ridicase de pe umerii mei și credeam că asta fusese tot. În sfârșit aveam permisiunea tuturor persoanelor dragi să mă văd cu băiatul de care eram îndrăgostită. Credeam că aș fi fost mai bucuroasă de atât, dar o frică enervantă nu îmi dădea pace nicicum. Era acea frică de viitor, de necunoscut, de eșec, de suferință. Dar chiar dacă urmau toate acestea, eram pregătită să trec prin ele. Pentru Ace. Pentru băiatul de care eram îndrăgostită.

# Capitolul 39

Totul revenise la normal – sau la normalul de după monotonia vieții mele. Ace și cu mine eram din nou împreună, arătându-ne în fața tuturor, cei din școală continuau să se uite ciudat la noi și să ne vorbească, chiar dacă eram de față, iar mama și iubitul meu se împăcaseră, oarecum. Existau de asemenea și lucruri care nu erau tocmai ca înainte, de exemplu Alec, care stătea acum împreună cu mine și Ace la masa de prânz, plus câțiva prieteni de-ai lor pe care eu nu îi cunoșteam, și faptul că mai dormeam uneori la Ace acasă, fără ca mama să știe. Oh, și mai era și Kendra, care în sfârșit forma un cuplu cu Alec.

Multe intraseră pe făgașul lor normal, dar în același timp multe se schimbaseră. Și după aceste experiențe puteam spune că relația mea cu Ace era mai puternică. Ceea ce nu te omoară te face mai puternic, corect?

Sincer, îmi plăcuse reacția lui Crystal atunci când ne văzuse împreună. A fost neprețuită și nu aș fi dat nimic la schimb pe ea. Am simțit o satisfacție imensă în inimă datorită uimirii și ofticării ei, iar asta se datora sentimentelor mele față de Ace. El a spus că am fost nebună când l-am strâns mai tare în brațe doar ca să vadă fosta lui iubită al cui era acum, dar nu i-a displăcut să mă ajute și să mă sărute lângă ea. Eram amândoi nebuni.

În sfârșit mergeam iar împreună în seră. De obicei nu făceam decât să stăm în liniște acolo, dar ne ajuta enorm în toată această agitație. Și ne ajuta de asemenea și pentru intimitate.

Era mai puțin de două săptămâni până la balul de iarnă. Mi-am amintit asta doar din cauză că văzusem un banner imens atârnat deasupra intrării în cantină. Dar dacă tot îmi amintisem, l-am întrebat pe Ace deloc subtil:

— Tu când ai de gând să mă inviți la bal?

Și mă refeream la o invitație reală de data aceasta, nu la un ordin, așa cum obișnuia el să facă.

Zâmbetul său șmecher se afișase în fața mea și presimțeam ce urma. Credea că îi cedasem și că nu mai era nevoie să mă întrebe așa cum se cuvenea, iar eu am făcut pe indiferenta până când m-a invitat într-un mod decent. Și nu, un mod decent nu era o invitație publică cu fanfară și sute de trandafiri. A trebuit doar să mă întrebe pe o voce mieroasă de dimineață, când m-am trezit în patul său. Nu știam dacă inima mea topită sau oboseala a fost de vină, dar am cedat ușor și am acceptat. Băiatul ăsta făcuse cel mai greu lucru de făcut, mi-a furat inima. Să smulgă un răspuns afirmativ de la mine i-a fost mai ușor decât să își facă micul dejun – pentru că, da, habar nu avea să gătească.

Intrasem în bucătăria apartamentului său, îmbrăcată și pregătită de muncă, atunci când mirosul de ars mi-a invadat căile respiratorii.

Mi-am rotit ochii amuzată.

— Ți-am explicat de trei ori cum se face, i-am atras atenția. Și tu tot ai dat foc mâncării.

Dragul meu iubit a încercat să reproducă unul dintre meniurile mamei, pentru că îi plăcea orice gătea ea. Dacă era să mă iau după fumul din bucătărie, micul lui dejun lui urma să fie scrum.

Ace se chinuia cu un prosop să îndepărteze fumul, a deschis geamul, iar alarmele în caz de incendiu au pornit. Era amuzant să îl văd atât de agitat, umplea orgoliul pe care îl aveam și mă bucura să stau lângă cineva de statutul lui în timp ce făcea puțin din munca de jos.

Reușise să oprească alarmele, fumul se îndepărta ușor, iar el a pus tigaia plină cu mâncare arsă în chiuvetă, turnând apă în ea. Minunat. Și mai mult fum.

Râdeam, dar tusea îmi mai oprea uneori distracția.

— Cum te-ai descurcat până acum de când te-ai mutat aici? l-am întrebat.

Eram curioasă, pentru că nu mai avea menajere și bucătari, ceea ce bănuiam că acasă nu îi lipseau.

Ace se întorsese spre mine și aruncase prosopul pe masă. A oftat nervos.

— Există o chestie drăguță numită *room service*. Și de ceva timp s-a inventat mâncarea cu transport rapid.

Mă forțam și mă forțam ca nu cumva să râd din nou, dar Dumnezeu îmi era martor că nu mă puteam abține văzându-l pe Ace în această ipostază și am izbucnit. Părul îi era ciufulit, ceea ce mie, personal, mi se părea sexy, dar lui îi plăcea să fie mereu aranjat, avea un șorț pe el, care era cireașa de pe tort, iar fața aceea bosumflată... Voiam doar să râd și să îl sărut întruna. Era combinația dintre drăguț și hilar.

— Nu este amuzant, a spus el, desfăcând nodul șorțului de la spate.

— Nu, nu, nu, am spus, mergând repede spre el. Mi-am așezat mâinile peste ale sale și l-am oprit din a-și continua acțiunea. Îmi cam place de tine îmbrăcat așa, prefer să îl ții.

Zâmbetul meu se contura dintr-un capăt al feței până în celălalt. Despre acest gen de fericire vorbeam. Nu era doar despre clipele amuzante sau drăguțe, era despre el, elementul esențial, care făcea parte din ele, iar el făcea ca totul să fie special.

— Dacă mai râzi mult de mine voi fi nevoit să te sechestrez, mi-a spus el serios.

Pe când eu îmi ieșeam din piele de amuzament, el își folosea foarte bine talentul actoricesc și părea neînduplecat. Nu m-am putut abține și m-am ridicat pe vârfuri până când am ajuns la nivelul buzelor sale. L-am sărutat scurt întâi, căci nu puteam rezista să nu zâmbesc din nou, dar când am vrut să mă retrag el a venit după mine. Și-a luat mâinile de sub atingerea mea, de pe nodul șorțului, apoi m-a cuprins în brațe, ținându-mă pe loc când el mi-a capturat din nou buzele. Situația devenea aprinsă, corpurile noastre se lipiseră complet și Ace m-a tras fără introduceri într-o atmosferă fierbinte. Mă manevra cum voia el, exact ca pe o păpușă, iar mie nu îmi mai venea să râd. Doar cu câteva mângâieri a reușit să pornească pofta în interiorul meu și să mă facă să tânjesc după artificiile pe care le cream de fiecare dată când eram aproape. Îmi mușcase buza inferioară, apoi a pătruns cu limba printre buzele mele și de acolo nu a mai fost loc de rețineri sau zâmbete.

I-am strâns tricoul în pumni, dorind să îmi înfrânez câteva gesturi deplasate care îmi veneau în cap. Mă mișcam, dar nu simțeam nimic, nu îl simțeam decât pe el, cum mă atingea și cum mă făcea să mă simt. Stomacul meu era un ghem de emoții, inima-mi juca în piept, respirația mea agitată se întretăia, picioarele abia mai puteau să mă țină, iar mâinile care nu îmi ascultau rațiunea cercetau fiecare muș-chi de pe spatele lui Ace. Mă simțeam ca într-o bulă, bula noastră care avea oxigen doar pentru a hrăni focul dintre noi.

Am simțit cum mâna lui Ace a urcat în scalpul meu și pură plăcere mi s-a revărsat pe buze atunci când m-a tras ușor de păr. Nu voiam să mă mai opresc niciodată din a-l săruta, nu voiam nici să rămânem blocați la acest nivel, dar ceea ce îmi doream sigur era să nu mă trezesc la realitate din acel miraj.

Atinsesem blatul rece de lemn cu spatele și acesta a fost factorul care m-a făcut să realizez pe ce planetă eram și cât era ceasul.

Mi-am așezat mâinile pe pieptul lui Ace și l-am înde-părtat ușor de mine, ceea ce a durat foarte mult timp. Deja tânjeam din nou după explozia aceea de sentimente, dar trebuia să îmi limpezesc mintea.

— Trebuie...

Fusesem întreruptă de alt sărut, dar chiar dacă îl accep-tasem, din când în când aveam tăria să îl îndepărtez din nou și să mai spun câte ceva.

— ... să merg...

În trei minute reușisem să spun o propoziție întreagă, dar concentrarea mea era sub nivelul mării. Cine se putea concentra cu acele mâini peste tot pe...?

— ... la muncă, am încheiat în cele din urmă.

Ace a oftat peste buzele mele şi s-a oprit. Nici eu nu voiam asta, dar trebuia să fac şi ceea ce nu îmi plăcea, toată viaţa am făcut asta. Mi-a cuprins chipul în mâinile sale şi a început să îmi mângâie obrajii cu degetele mari. Respiraţia sa fierbinte mi se spărgea de buze ca valurile de mal.

— Poţi sta acasă, mi-a spus el cu precauţie.

Am evitat faptul că se referea la apartamentul lui ca şi *acasă*. M-am concentrat pe partea negativă, aşa cum făceam mereu când eram copleşită de sentimente.

— Nu poţi pur şi simplu să...

Buzele sale se lipiseră din nou de ale mele şi chiar dacă mă zbătusem la început, nu aveam şanse împotriva sa – şi nici nu îmi doream să am. Eram din nou târâtă în tărâmul făgăduinţei de către el şi nu regretam nimic. Să îl sărut putea deveni un stil de viaţă pentru mine, un hobby, o nouă religie de urmat. Dacă ar fi fost aşa, m-aş fi rugat zilnic, fără încetare.

Dar trebuia să merg la muncă şi plăcerea mea vinovată nu făcea decât să mă încurce acum.

Mă îndepărtasem de Ace un milimetru, destul pentru a-i spune ceva, dar el mi-o luase înainte.

— Demisionează, mi-a ordonat.

Şi până aici a fost cu tărâmul făgăduinţei. Nu mai cedam la nimic. Mi-am întors capul şi l-am împins pe Ace uşor, până când s-a îndepărtat de mine. Încă mă ţinea în braţe, ceea ce avea un mare efect asupra mea, dar măcar puteam vorbi acum.

— Am mai avut discuţia asta, Ace, şi te iubesc, dar uneori eşti un...

— Spune-o din nou, mi-a cerut cu zâmbetul pe buze.

Avea chef de joacă, dar eu vorbeam foarte serios de data aceasta şi nici măcar ochii săi verzi de safir nu mă înmuiau acum.

— Mă enervezi, l-am avertizat.

Zâmbetul său se transformase rapid într-un rânjet. Colțul gurii i s-a ridicat și tot ceea ce îmi doream în acel moment era să îi sărut... Nu. Eram puternică.

— Nu asta. Cealaltă, m-a informat el.

— Mă iriți, am continuat.

Nu era chiar adevărat. Mă enerva faptul că nu puteam fi nervoasă pe el – cel puțin nu mai puteam fi. Unde începuse această relație și unde ajunsesem cu ea? Aceste perioade păreau la ani lumină distanță.

Ace devenise puțin mai serios.

— Vreau doar să îți dai demisia pentru că muncești degeaba și pierzi timp prețios. Nu ne petrecem mult timp împreună, abia ne vedem.

O parte din cuvintele lui îmi topise inima, cealaltă parte îmi activase simțul dreptății și al egalității.

— Nu muncesc degeaba, muncesc ca să trăiesc, l-am corectat, iar reacția primită din partea lui a fost o rotire plictisită a ochilor. Și ne vedem exact ca înainte, ba mai mult decât înainte. Dorm la tine din ce în ce mai des.

Și asta trebuia să înceteze. Nu voiam să mă obișnuiesc cu acest stil de viață. Nu voiam să mă obișnuiesc cu el. Și oricât de târziu era pentru asta, încă mă luptam împotriva curentului, pentru că nu îmi doream să vină sfârșitul acestui vis frumos și să mă trezesc băgată prea adânc în această poveste ca să îmi mai revin.

Crezusem că îmi revenisem după ce îi mărturisisem că îl iubeam, crezusem că am trecut peste această etapă a neîncrederii, dar niciodată nu aveam de gând să trec peste frica de a-l pierde.

— Muncești mult și degeaba pentru că poți foarte ușor să îți iei un job plătit mai bine, dar la care să nu îți pierzi ore întregi. Cât despre noi, ne vedem maxim patru ore pe zi, iar noaptea dormim, așa că nu prea avem timp împreună.

Mi-am rotit ochii plictisită, apoi mi-am ridicat mâna și i-am pus-o pe față, împingându-l la o parte. Mi-a dat drumul, și-a băgat ambele mâini în buzunare și a așteptat plictisit să termin cu joaca de copii, dar nu am terminat-o, mi-am dus doar palma mai jos, până când i-am acoperit gura. Acum nu mă mai putea distrage sărutându-mă și nu mai putea vorbi prostește.

— Muncesc unde vreau eu și cum vreau eu, l-am informat. Iar noi doi ne vedem prea des, dacă mă întrebi pe mine.

Ace a încercat să își pună mâna peste a mea și să mi-o retragă, dar mi-am adus și cealaltă palmă peste a lui, ținând-o acum captivă. Știam că mă putea îndepărta ușor, dar l-am avertizat să nu o facă.

— Încă vorbesc, i-am atras atenția. Am primit o privire plictisită în schimb, dar nu m-a descurajat. Te iubesc, însă am responsabilități. Și nu mă mir că tu habar nu ai ce sunt alea, având în vedere că nu ai avut așa ceva în viața ta, dar...

Ace și-a mișcat capul enervat și a oftat.

— Bine, îmi pare rău, dar este adevărul. Iar acum plec la muncă. Și tu nu mă vei împiedica. Acum pot să îmi iau mâna de la gura ta?

Expresia lui era neclintită, plictisită, dar am luat-o ca pe un răspuns.

— Bun, am spus tot eu, îndepărtându-mi ușor palma de el.

Nu a luat mai mult de o secundă până să își deschidă gura aceea mare.

— Știi că eu te duc cu mașina, nu?

Ei bine, de partea asta uitasem. Dar puteam lua oricând autobuzul până la *Charleston*. Nu era atât de grav.

Am ridicat din umeri nevinovată.

— Haide până nu mă prefac că ne-am încuiat aici și am pierdut cartela, a bolborosit întorcându-se pe călcâie.

A plecat înaintea mea din bucătărie și a luat o geacă de pe cuier. Eu mi-am colectat geanta de pe fotoliul din living și m-am uitat la ceas în drum spre lift. Acesta se deschisese când ajunsesem la el, apoi am intrat și Ace a apăsat pe butonul care ne ducea spre parter. Ușile se închiseseră.

Mi-am aranjat mai bine hainele pe mine și mi-am luat un elastic cu care mi-am prins părul. Înainte îl aveam mereu aranjat într-o coadă, nici nu observasem cum am început să îl las treptat liber. Credeam că totul începuse de când mă prefăceam iubita lui Ace. Că veni vorba de el, era prea liniștit în timp ce coboram etajele, nu se mișca deloc și nu se atingea de mine, așa că am îndrăznit să îi arunc o privire. Deja se holba la mine, stând rezemat de peretele liftului și zâmbind subtil, ușor, aproape inobservabil.

— Ce e? l-am întrebat încruntată.

Și-a ridicat un umăr în semn de necunoaștere.

— Ești frumoasă.

Un fior mi-a vizitat fiecare parte a corpului într-o fracți-une de secundă și pielea mi s-a făcut de găină. Pereții acestui lift erau acoperiți cu oglinzi și îmi puteam vedea reflexia, eram mai roșie decât o căpșună. Mi-am umezit buzele, mi-am deschis gura și nu am mai știut ce să spun. Ace s-a dezlipit de oglindă și a venit spre mine. Mi-a aranjat o șuviță lăsată în afara cozii după ureche, apoi mi-a zâmbit larg.

— Și eu te iubesc.

S-a aplecat, mi-a sărutat fruntea, apoi am auzit un sunet electronic, subtil și ușor. Ușile liftului se deschiseseră, dar eu eram înghețată.

— Spuneai că întârzii la muncă. Haide, mi-a spus Ace, trăgându-mă de mână.

Palma mea în palma lui se potrivea perfect. Buzele sale pe buzele mele se potriveau perfect. Eu în dreapta lui mă potriveam perfect. El în inima mea se simțea ca acasă.

Totul era prea bun ca să existe, prea bun ca să fie real, prea bun pentru mine, dar voiam să mă bucur de fiecare secundă fără să vărs o lacrimă. Urma să plâng destul după ce totul s-ar fi terminat.

# Capitolul 40

Mă bucuram că măcar munca rămăsese ceva stabil în viața mea de când Ace a intrat în ea și a întors-o cu susul în jos. Chiar dacă insista mereu să demisionez sau să mai chiulesc din ture promițându-mi că *rezolva* el totul, l-am refuzat de fiecare dată cu tărie și mi-am continuat programul zilnic. Era adevărat ce spusese, între muncă și orele de la școală nu petreceam foarte mult timp împreună, dar aveam grijă să recuperăm în weekend și mi-am făcut curaj după mult timp să îi cer lui Charles duminicile libere. A reacționat bine, prea bine, și mi-am dat seama că totul a fost din cauza lui Ace. Mă irita faptul că puterea sa și a contului pe care îl avea mă ajutau acum pe mine, dar măcar la acest lucru nu am avut nimic de comentat. Nu era ca și cum Charles a fost mituit să îmi dea zile libere sau să îmi permită să nu mai fac ture bonus.

Era vineri și mă pregăteam de închidere, fiind în lumea mea, la *Charleston*. Serveam ultimii clienți pe ziua de astăzi și curățam mesele. Andy, bucătarul, plecase mai devreme, iar Charles m-a lăsat din nou să închid locul. Urma să ies de aici în douăzeci de minute, Ace venea după mine, apoi aveam de petrecut treizeci și ceva de ore împreună, exceptând câteva pe care le păstrasem pentru cumpărăturile la mall. Alec o invitase pe Kendra la balul de iarnă, și chiar dacă nu era la școala noastră, putea veni, iar Kendra fiind Kendra mi-a spus că trebuia să ne luăm niște rochii pentru această ocazie. Din partea mea puteam îmbrăca rochia primită de la Ace, cea verde care purta amintirea primei noastre întâlniri, dar am primit un răspuns negativ și categoric din partea prietenei mele pricepută în modă, ceea ce însemna că trebuia să îmi sparg pușculița de economii. Nu îmi plăcea acest gând, dar trebuia să o fac.

Rămăsesem singură în tot restaurantul, am schimbat semnul din *intrați, este deschis* în *ne pare rău, este închis*, apoi am mers în debaraua din spate și am luat mătura, mopul și produsele de curățat. După ce le adusesem în față, m-am întors în vestiarul nostru micuț să îmi iau telefonul și căștile. Cine putea face curățenie fără muzică? Eu nu puteam.

Această noapte era noaptea *Pussycats dolls* pentru mine.

Deja începuse melodia *Buttons* când am revenit și mi-am pus telefonul în buzunarul de la spate al blugilor. Căștile îmi erau în urechi, nu mai auzeam nimic în jurul meu, eram deconectată, puteam începe munca.

Puteam...

Ochii mi s-au ridicat spre ușa de la intrare și am tresărit văzând acolo o persoană. Mi-am scos din nou căștile și am avertizat persoana:

— Îmi pare rău, dar am închis.

Era un bărbat înalt și bine făcut, avea peste treizeci de ani, părul îi era tuns periuță și câțiva cercei îi atârnau în urechi. Puteam vedea chiar și un tatuaj pe gâtul său, sub gulerul gecii pe care o purta. Îl cunoșteam pe acest bărbat. Când mi-am dat seama de asta, fiecare mușchi din corpul meu s-a încordat și stomacul îmi devenise un ghem de emoții.

— Am venit din partea lui John, a spus el cu o voce groasă.

Încercam să nu îmi ies din fire, dar asta nu putea însemna decât probleme. John nu își trimitea oamenii decât atunci când nu își primise banii, dar eu îi dădusem datoria mea. Trebuia să ne vedem abia peste o săptămână și ceva pentru următoarea plată. Oare avea legătură cu Ace? Descoperise John că îl cunoșteam, că era iubitul meu? Eram în probleme din cauza asta?

— S-sunt la zi cu datoria pentru John, i-am spus bărbatului, bâlbâindu-mă.

El privea în jurul său, analiza restaurantul. Probabil știa deja că eram singură, dar folosea psihologia și hotărârea să mă intimideze. De când mă intimidam eu atât de ușor?

Mi-am îndreptat spatele şi mi-am rotit căştile după două degete când aşteptam un răspuns. Orice urma să fac sau să zic trebuia să fie cu demnitate.

— Ştiu asta, a rostit el, aşezând un scaun la masa cea mai apropiată lui.

Atunci era ceva mai rău. Altfel de ce s-ar fi chinuit să vină până aici?

— Ai venit să mă ajuţi la curăţenie? am întrebat, făcând aluzie la gestul său de mai devreme.

Poate că aveam multe defecte, dar nu eram o laşă. Şi poate că era prostesc şi nesăbuit să mă arunc aşa în gura lupului, dar când am văzut că bărbatul acela înfiorător a schiţat un zâmbet m-am liniştit. Nu era un zâmbet prietenos, dar era un semn că îi plăcea nesimţirea mea.

— Ai ceva tupeu, a admirat el, arătându-mă cu degetul.

Făcea paşi spre mine acum. Voiam să mă ascund după tejghea, aia era sigur, dar nu m-am clintit nici măcar un milimetru.

— De ce te-a trimis John? am întrebat nerăbdătoare.

Paşii săi erau lenţi, zgomotoşi, foarte grei, lăsau noroi pe podeaua pe care eu trebuia să o curăţ. I-aş fi spus ceva legat de asta dacă nu aş fi fost atât de înspăimântată.

— Voia să vadă dacă ştii, dar este evident că nu ai habar, aşa că îţi voi spune eu.

Mi-am înălţat sprâncenele curioasă. Venise până aici ca să îmi dea o informaţie? Trebuia să fie importantă dacă se sinchisise atât de tare. Mă bucuram enorm că nu era vorba despre alţi bani pe care îi datoram sau despre relaţia mea cu Ace. Speram ca despre subiectul din urmă nici măcar să nu ştie.

Bărbatul înfiorător se oprise în faţa mea, la un metru depărtare, iar ochii îmi zburaseră peste ceasul din restaurant. Încă cinci minute şi Ace era aici. Trebuia să se grăbească, nu voiam să îl prindă şi să afle despre noi, în cazul în care nu ştia deja.

— Spune odată, i-am cerut.

Dacă nu îmi controlam temperamentul urma să fiu ciopârțită.

Un sunet gros și gutural a ieșit printre buzele bărbatului.

— Datoria ta a fost plătită. Nu îi mai datorezi nimic lui John.

M-am încruntat și pentru câteva secunde bune nu am înțeles ceea ce mi-a spus. Mi-am înfrânat reflexul de a-l pune să îmi repete totul și i-am analizat cuvintele. Datoria mea nu mai era? Dispăruse?

— Cum? Toată? am verificat.

Bărbatul sumbru doar a afirmat din cap scurt. Dar, Dumnezeule, mai aveam încă câțiva ani de muncă până să terminăm cu ea. Iar acum era dispărută?

— Cine? am dorit să știu.

Bărbatul a pufnit amuzat.

— Ar trebui să știi asta, mi-a aruncat, întorcându-se apoi pe călcâie.

Acum pleca așa ușor? Mă lăsa în acest fel? Îmi lipseau piese de puzzle și informații. Nu se putea ca piatra aceea pe care o mai aveam de cărat mult timp în spate să fie pur și simplu dispărută. Era prea brusc. Nu îmi mirosea a bine. Ceva nu era în regulă.

Ajunsese deja până la ușă când am strigat după el, riscând astfel să fim descoperiți:

— Ace a făcut-o?

Presimțeam că știau deja despre noi. Toate informațiile erau acolo.

Bărbatul fioros s-a oprit pentru o secundă doar cât să îmi spună:

— Nu ești atât de nătângă până la urmă.

Apoi a plecat, lăsându-mă singură în restaurant, confuză și foarte, dar foarte nervoasă.

∗ ∗ ∗

Am avut nevoie de timp de gândire, așa că i-am spus lui Ace să vină cu jumătate de oră mai târziu după mine, pentru că aveam de gând să stau peste program. Păcat că îl sunasem când deja plecase de acasă și mi-a spus că va aștepta la *Charleston* până mi-aș fi terminat treaba. Când a ajuns, a văzut că nu mai aveam treabă de fapt, așa că nu mai aveam acoperire. Trebuia să începem discuția asta, dar nu știam cum. Am decis să îi spun că vom vorbi când vom ajunge la el în apartament și că nu voiam să aud nimic până acolo. Faptul că nu l-am sărutat sau luat în brațe când ne-am întâlnit i-a ridicat semne de întrebare și s-a abținut cu greu să nu mă ia la interogatoriu până acasă la el.

Drumul cu mașina a fost plin de tensiune și încărcări electrice negative, dar nimic nu s-a comparat cu timpul petrecut în lift care pur și simplu mi-a luat respirația. Eu și Ace stăteam în colțuri diferite și priveam podeaua, iar depărtarea asta mă durea, dar era necesară.

După mult timp în care numai sunetele mecanice s-au auzit și în același timp în care ușile liftului s-au deschis, Ace a spus:

— Am ajuns acasă. Acum îmi poți spune ce ai pățit?

Mi-am ridicat capul și l-am privit direct în ochi după multă vreme în care doar l-am evitat. Stătea rezemat cu spatele de oglinda liftului, cu mâinile agățate de barele ajutătoare și părea că nu avea nicio intenție să se miște. Ochii lui de smarald păreau îngrijorați, iar asta îmi rupea inima.

— Mă minți, am spus dintr-odată.

O cută adâncă i s-a format între sprâncene. Normal. La ce mă puteam aștepta de la actorul înnăscut pe care îl iubeam în afară de o reacție imediată? Părea pregătit pentru orice i-aș fi spus și uneori mă durea sufletul gândindu-mă că el era așa, că trebuia să se prefacă și să mă mintă atât. Voiam să aibă încredere în mine și să își lase deoparte cochilia aceea de minciuni, așa cum am făcut-o și eu pentru el.

— De unde vine asta? a întrebat el calm.

Foarte calm. De ce atâta nepăsare? Eu eram pe cale să explodez și el nici măcar nu își dădea interesul.

— Din atât de multe părți, am ridicat eu tonul, ieșind din lift.

M-am dus până în mijlocul livingului, dorind să mă plimb pentru a mă gândi o secundă, iar când m-am întors, Ace stătea la intrarea în apartament, cu mâinile în buzunare. Probabil că avea prea multe minciuni pe tavă și nu știa pe care o descoperisem.

— De ce, după ce spui că nu te-ai culcat cu Crystal, în primul rând, ai fost imediat în brațele ei când noi doi ne-am despărțit? l-am întrebat nervoasă.

Aceasta nu era prioritatea mea acum, dar am simțit nevoia să aflu răspunsul acestei întrebări întâi, pentru că ea era cea care mă bântuia de mai mult timp. Le luam în ordine cronologică.

Ace a oftat, iar capul său s-a lăsat într-o parte.

— Despre asta este vorba, Char? Mă sperii cu gelozia ta. Ți-am spus că...

— Nu este vorba doar despre asta, dar răspunde la întrebare pur și simplu, i-am cerut, întrerupându-l.

Mâinile îmi tremurau, picioarele îmi tremurau, până și inima îmi tremura. Voiam răspunsuri și le voiam acum.

Acea și-a ridicat mâna dreaptă aproape de chip și cu ajutorul degetului mare și-a scărpinat sprânceana. Din câte văzusem la el până acum, acesta era un gest de iritare.

— Pentru că voiam să te fac geloasă, a rostit prompt. Pentru că îmi spuseseși că îl plăceai pe Alec și tot ceea ce voiam era să te fac să te simți cum m-am simțit și eu.

Ei bine, cu asta reușise să își atingă scopul. Perioada în care el a fost cu Crystal după despărțirea noastră a fost una dintre cele mai negre perioade din viața mea. Mă simțeam oribil, și nu îmi venea să cred că starea sufletească îmi afectase atât de rău și starea fizică. Nu mâncam, nu beam, plângeam încontinuu și dormeam puțin. Eram un zombi umblător. Așa cum urmam să fiu dacă mă despărțeam din nou de Ace. Odată drogată cu prezența lui în viața mea, nimic nu mai avea să fie la fel după ce pleca.

— Iubito, a spus el cu precauție.

Fusesem trasă în gânduri pentru un moment și Ace a profitat de asta pentru a se apropia câțiva pași de mine. Toate trăsăturile de pe chipul său îmi arătau îngrijorarea pe care o purta pentru mine, iar eu îl credeam. Știam că era îngrijorat, dar era vina lui pentru că mă mințea.

— De unde vin toate astea? a întrebat confuz.

Ajungeam și acolo în curând.

— Mi-ai plătit șeful, am spus imediat după, îndepărtându-mă un pas de el.

Săream de la un subiect la altul și eram absolut sigură că în mintea lui era haos, dar în mintea mea totul avea logică. Toate aceste lucruri erau legate, pentru că m-a mințit sau necăjit cu fiecare în parte.

De data aceasta nu s-a văzut nimic pe chipul său. Nu îl deranja că l-am acuzat de asta. Și adevărul era că știam undeva în adâncul meu că nimic altceva nu l-ar fi înmuiat pe Charles în afară de banii cash, dar speram ca asta să nu fie real. Gata cu purtarea vălului de minciuni de bună voie.

— Da, a recunoscut el fără urme de regrete.

Îmi mai spusese asta cândva, la începutul relației noastre, într-un fel sau altul. Însă nu se oprise din a o face.

— De câte ori? am continuat cu întrebările.

Mâinile îi erau din nou în buzunare, iar el nu încerca să facă niciun gest pentru a ne apropia silit. Era bine pentru siguranța lui.

A ridicat nepăsător din umeri.

— De câte ori a fost nevoie.

Nu făcea decât să acumuleze grămada de nervi furioși cu torțe pe care o aveam deja. Tocmai a aprins fitilul.

— Am mai avut discuția asta de atâtea ori, Ace, am răbufnit. Nu poți face tot ceea ce vrei cu oamenii. Există responsabilități și muncă, lucruri pe care nu vrem să le facem, dar pe care le facem. Așa trebuie să fie. Și nu vreau să sar peste ele pentru că mă poți scăpa tu, am gesticulat cu ambele mâini spre el.

Simțeam că voiam să mă plimb din nou, așa că am mers câțiva pași spre ferestrele care ocupau tot peretele și mi-am dus degetele prin păr, trăgând ușor de el. Ace a profitat din nou de neatenția mea și a venit după mine, dar a păstrat o distanță decentă.

— Nu trebuie să fie așa, m-a contrazis el. Dacă am posibilitatea să te scutesc de atâta muncă, o fac. Este simplu. Și tu ai face la fel pentru mine, dar ai principii idioate din cauza modului în care ai fost crescută și ești o încăpățânată și jumătate.

Cumva reușea să mă facă din ce în ce mai nervoasă. Nu știam nici eu cum putea.

— Nu vreau să mă scutești de muncă. Și nici tu nu ai fi vrut dacă ai fi fost în locul meu.

— Nu ai de unde să știi ce aș fi vrut eu, m-a contrazis imediat.

Cearta se aprinsese, așa că am dat drumul următoarelor bombe.

— Ai spus că Alec nu te-ar ierta pentru ce ai făcut, am schimbat din nou subiectul.

Ace se încruntase mai rău ca până acum. Pentru el aceste lucruri dezbătute în aceeași discuție nu aveau vreun sens. Habar nu avea unde voiam să ajung, dar urma să afle imediat.

— Care e...?

— Decât dacă i-ai fi spus adevăratul motiv pentru care ai făcut-o, am continuat, întrerupându-l. Cred că i-ai spus adevărul – știu că i-ai spus adevărul. Și habar nu am care este acest adevăr, căci ești plin de secrete. Dar înțelesesem, am avut răbdare, și aș mai fi avut răbdare dacă nu ai fi fost pregătit să împărtășești care este treaba cu trecutul tău întunecat, însă deja i-ai spus lui Alec. Ce spune asta despre ce s-a întâmplat? Că nu ai încredere în mine. Sau că nu ești sincer.

Eram sigură că Alec știa adevărul din cauză că îl acceptase pe Ace prin preajmă încă de când au avut ei discuția aceea singuri. Eu încă nu știam ce se întâmplase în noaptea în care Ace și Crystal l-au înșelat pe Alec, iar acest lucru mă supăra. Eram iubita lui. Meritam să aflu, nu?

Ace deja își dusese mâinile în cap și se rotise ușor pe călcâie, trăgând de el și ciufulindu-l în timp ce ofta cu toată puterea. Era iritat de comportamentul meu, nu îi plăcea să îl trag la răspundere, dar aveam nevoie să ştiu – şi orice explicaţie mi-ar fi dat, eu as fi crezut-o, aş fi crezut-o, pentru că eram o toantă îndrăgostită şi fără leac, care voia să fie minţită frumos.

Până în momentul în care Ace s-a întors spre mine cu părul deranjat, rebel, şi mâinile inerte pe lângă corp, eu deja aveam lacrimi în ochi şi buza inferioară îmi tremura. Trebuia să continui să ridic tonul la el, poate chiar să ţip, altfel aş fi început să plâng.

— Omul lui John a venit la *Charleston* să mă vadă, i-am mărturisit înainte să se gândească să îmi dea explicaţiile şi minciunile frumoase după care tânjeam.

Expresia lui se schimbase complet. Pupilele i s-au mărit, sprâncenele i s-au arcuit, pleoapele i-au lăsat ochii descoperiţi aproape complet, iar eu am putut vedea un licăr de spaimă în irisurile sale. Restul trăsăturilor lui pur şi simplu îngheţaseră.

Într-o fracţiune de secundă, practic a zburat până la mine. Dacă înainte era la câţiva metri depărtare, ei bine, după o clipită se afla exact în faţa mea. Mi-a cuprins chipul cu ambele mâini şi s-a uitat adânc în ochii mei, de parcă încerca să caute ceva ce numai el ştia. Îmi mângâia obrajii cu degetele sale reci, osoase, dar blânde, şi îi auzeam respiraţia cum devenea agitată. Irisurile sale se plimbau nervoase pe toată faţa mea.

— Ţi-a făcut ceva? a întrebat cu o voce tremurată.

Inima mi se făcuse mică, iar ochii mi se umeziseră mai tare, dar nu din cauza a ceea ce credea Ace. Asta i-a dat un semnal greşit. Ochii verzi, care de obicei se întunecau atunci când era nervos, de data aceasta s-au deschis, iar nuanţa pe care o avea era una palidă, ştearsă, aducea spre nebunie.

— O să-l omor, a spus dintr-odată.

Îmi era frică, oarecum, de cuvintele şi de reacţia lui, însă în acelaşi timp mă făceau să mă îndoiesc de această ceartă, mă făceau să îmi dau seama că Ace chiar ţinea la mine sincer şi că nu trebuia să îmi mai pese de secretele trecutului. Cu toate acestea, nu am cedat.

I-am dat mâinile jos de pe fața mea și m-am tras un pas înapoi.

— Nu mi-a făcut nimic, l-am anunțat.

Umerii lui păreau să se relaxeze, iar acel verde nebun care mă speria începuse să își recapete culoarea. Pupilele îi reveniseră la normal, dar încă era nervos.

— Bine, poate că mi-a făcut ceva, mi-am schimbat eu răspunsul, și înainte să se enerveze din nou, am continuat. Mi-a deschis ochii. Mi-a spus că mi-ai plătit datoria.

Din nu știu ce motiv, Ace părea că se relaxa din ce în ce mai tare. Nici măcar nu păruse afectat că am aflat asta. Nu îl interesa problema mea, mândria mea, de unde a început totul.

— Din cauza asta ai răbufnit așa? m-a întrebat, de parcă era cel mai neobișnuit și zadarnic lucru pe care îl făcusem.

Mă enervase și mai tare această reacție.

— Mi-ai plătit datoria de zeci de mii de dolari, Ace! am ridicat tonul la el. Ți se pare un nimic pentru care să răbufnesc?

Deveneam agitată, gesticulam mult și tot corpul mi se încălzise din cauza tensiunii. Se părea că Ace nu mai făcea pe calmul și era pe cale să mi se alăture imediat, dar măcar culoarea ochilor săi nu se schimbase din nou la acea nuanță de verde care mă speria.

— Doar nu credeai că te voi lăsa să mergi în continuare la John, știind cu ce se ocupă și cât de periculos este, având în vedere că puteam să te ajut, nu? Chiar dacă nu aș fi putut, tot aș fi făcut-o.

Doamne, nu era deloc asta ideea. Nu mă încânta faptul că îmi plătise datoria, eram o persoană mândră, orgolioasă și încăpățânată, dar de data aceasta nu acest lucru mă făcuse să îmi ies din minți.

— Nu mă interesează că mi-ai plătit datoria, Ace, am oftat, lăsându-mi umerii să îmi cadă obosiți.

— Atunci de ce mama naibii mai discutăm despre asta? s-a răstit el.

Era acum ori niciodată, nu? Încă o luptă de dus, încă un lucru de spus alături de celelalte și probabil că mi-aș fi terminat întrebările despre misterele lui Ace. Aveam nevoie de toată forța necesară. Dar cui îi trebuie forță când are nervi?

— Pentru că mă minți, am țipat eu. Pentru că de la început ai fost un actor, iar eu nu am știut niciodată pentru ce regizor joci. Am decis să uit de zvonurile despre tine, să uit despre cum se presupune că ai lăsat invalidă o persoană, să uit despre cum ți-ai înșelat prietenul culcându-te cu iubita lui, să uit că ai avut încredere în Alec, cu care te-ai urât ani de zile, dar în mine nu, să uit că mă minți legat de Crystal, de trecutul tău misterios, plin de secrete, de faptul că îmi plătești toate datoriile și ceva în plus, dar... Totul este prea mult deja.

Ace avea o față nervoasă, înăsprită, și își bâțâia piciorul agitat.

— Ce vrei să spui cu asta? a întrebat impasibil, pe o voce normală, în sfârșit.

Nu, nu încercam să spun că voiam să ne despărțim. Știam deja cum m-aș fi simțit fără Ace și nu era un loc în care îmi doream să fiu, cel puțin nu urma să fie un loc în care aveam să mă arunc singură. Dacă el s-ar fi despărțit de mine, asta era, dar eu nu mi-aș fi făcut rău singură în acest fel. Poate că era dureros să îi fiu alături, dar nimic nu s-ar fi comparat cu a-i duce lipsa.

Am rămas tăcută pentru ceva timp, iar acum, după ce am spus atâtea, păream secată de cuvinte. Nu știam ce să îi mai zic, așa că doar mi-am ridicat umerii neajutorată și neștiutoare. Ace s-a gândit pentru două clipe, cu nervii întinși la maximum, apoi a părut că a făcut o mutare care îi venise greu să o execute. A fost lângă mine cu un pas de-al său, apoi mi-a cuprins una dintre mâini în a sa. M-a tras brusc după el.

— Ce faci? l-am întrebat agitată.

Am mers spre lift.

— E rândul tău să taci un drum întreg, m-a anunțat. Mergem undeva.

# Capitolul 41

Eram o fire îngrozitor de curioasă, încăpățânată și nerăb-dătoare, iar toate aceste defecte mi-au fost puse la încercare atunci când a trebuit să stau nemișcată pentru cincisprezece minute în acea mașină, fără să vorbesc, să pun întrebări sau să mă opun. Unele dintre cele mai grele minute din viața mea, mai ales că nu stăteam prea bine cu nervii în momentul prezent. Mi-am adunat însă toată puterea și controlul de sine, apoi am reușit să mă păstrez calmă.

A durat zece secunde.

L-am asaltat cu întrebări pe Ace, dar acesta nu mi-a răspuns la nimic și s-a prefăcut că nu existam până când am ajuns la destinație. Eu, ca pedeapsă pentru indiferența lui, am vorbit și am ridicat tonul tot drumul, îngreunându-i treaba.

Până la urmă care era treaba lui? Unde voia să mă ducă? Ce îl apucase subit? Și de ce nu voia să îmi spună nimic până nu ajungeam la destinație?

Eram ipocrită. Și eu îi făcusem un lucru asemănător lui în urmă cu doar o oră. Dar spre deosebire de el, eu nu știam unde mergeam și cât mai aveam de gând să rabd după răspunsuri.

Ei bine, când mașina lui a parcat în fața celui mai scump spital din San Diego, pielea mi se făcuse de găină și am reușit în sfârșit să tac, ceea ce își dorise de la început. Am mai avut parte de un efect secundar însă, împietrirea, iar asta nu a fost pe placul lui Ace. A fost nevoit să vină până pe partea mea, să îmi deschidă portiera – ceea ce oricum îi plăcea să facă, dar eu nu îl prea lăsam – și să mă ia de mână, trăgându-mă după el pe ușile clădirii. Nu mi-a dat drumul și nu a lăsat-o mai moale deloc. Nu m-a lăsat să mă acomodez cu împrejurimile albe, cu mirosul puternic de pastile, deter-genți și clor, cu oamenii îmbrăcați în doctori și asistente sau

cu pacienții și familiile lor îndurerate, nu. M-a tras după el
țintă spre lift, trecând pe lângă recepție, de parcă totul îi era
familiar, iar asta m-a înspăimântat și mai tare.

Ce făceam aici? Tocmai la un spital. Oh, Doamne, oh,
Doamne! Acum nu îmi mai venea să spun nimic. Inima
îmi bătea tare și creierul meu era încurcat. Tot ceea ce îmi
doream era ca nicio persoană apropiată lui Ace să nu fie aici.
Dar nu avea cum să fie. Mi-ar fi spus, nu?

Liftul apăruse la parter și ne-am urcat în el alături de
alte câteva persoane. Ace încă mă ținea de mână strâns, iar
aceasta începea să îmi transpire. Mie una îmi era și frică să
îi privesc chipul. Știam că nu era de bine, că avea o hotărâre
de oțel pe el și că era de asemenea și tulburat. Eu îi făcusem
asta și îmi părea rău, dar nu mai puteam sta așa, trăind într-o
minciună. Aveam nevoie să știu adevărul.

Dar ce legătură avea adevărul pe care îl voiam cu spita-
lul de elită din San Diego?

Opt etaje trecuseră încet, dar timpul din lift fusese exact
ca o pauză de la mijlocul punctului culminant, iar când acesta
se încheiase, totul s-a reluat. Am fost din nou trasă de mână
de către Ace, afară, pe hol, printre oameni îmbrăcați în alb
și plante decorative, până în capătul culoarului. Acolo era o
ușa mare, dublă, de lemn deschis la culoare, fără clanță, dar
având mânere lungi de fier. Ace a împins de unul din acele
mânere și ne-am trezit intrând într-o cameră albă, exact la
fel ca restul spitalului. Acesta a fost momentul în care mi-a
dat în sfârșit drumul la mână.

Ace a mers spre geamul din cealaltă parte a camerei și
s-a oprit, privind prin el. Probabil îmi dădea un timp să mă
acomodez cu tot, iar el își dădea timp singur să prindă curaj
pentru a-mi povesti orice trebuia să îmi povestească. Eu am
profitat de această pauză nouă de la adrenalină și m-am uitat
în jurul meu.

Nu eram proastă. Aceasta era o cameră pentru pacienți
privilegiați, se vedea clar. Era o încăpere imensă, mai mare
chiar și decât dormitorul meu. Avea patul alb, modern, cu
butoane și cu lenjerii curate, un TV cu o diagonală uimitoare

care atârna de perete, o masă cu două scaune, chiar și o mică canapea într-un colț, iar acea ușă din dreapta puneam pariu că ducea spre o baie proprie. Nu era niciun pacient însă. Ce căutam eu aici?

Voiam să îl întreb asta pe Ace, dar ceva mă reținea. Îmi dorisem atât de mult să aflu răspunsuri, iar acum îmi era frică de ele.

I-am oferit cât timp a dorit. Nu am scos niciun sunet. Poate că îi era greu și încercam să nu îl forțez și mai tare decât am făcut-o deja. Stătusem alte câteva minute, iar mie mi s-a părut că a trecut o eternitate până când a spus ceva. În cele din urmă a murmurat:

— Asta a fost camera mamei mele.

Păruse ca o șoaptă pe care și-o spusese singur sau ca o adiere de vânt care îmi jucase feste. Poate că era doar creierul meu care își imaginase ce a spus. Dar nu. Era real. Și ce legătură avea mama lui cu toate acestea? Era ultima persoană care putea fi implicată în problemele noastre.

— De ce m-ai adus aici? am prins curaj să întreb.

— A stat aproape doi ani aici, a vorbit el, nebăgând în seamă întrebarea mea. Doi ani am venit să o vizitez, chiar dacă ea nu știa. A fost în comă.

Dintr-odată am și uitat de unde începuseră toate. Nu mai voiam nimic. Nu voiam răspunsuri, nu voiam adevăr. Voiam doar să nu mai aud vocea aceea tristă care provenea de la băiatul pe care îl iubeam.

Mintea mea își imagina un Ace rănit, venind zilnic să își viziteze mama inconștientă și plângând lângă patul ei. Uram această imagine.

— A avut un accident de mașină. Ea era pieton, a fost lovită. Totul a început ușor, a avut o comă vigilă, de gradul doi. Toți spuneau că se va face bine, dar după ceva timp au apărut complicațiile și a intrat în comă profundă, de unde puțini mai scapă.

S-a întors de la fereastră cu fața spre mine și am putut vedea cum ochii îi luceau din cauza stratului subțire de lacrimi de deasupra lor. Ace se abținea să nu plângă? Bucățile inimii mele frânte se frângeau și ele.

— Asta s-a întâmplat în ziua în care m-am culcat cu Crystal, a mărturisit el.

Mintea mea încerca să pună piesele la locul lor şi în sfârşit ceva începea să prindă sens.

— M-am îmbătat atât de rău, a spus el cu regret.

A privit un colţ al camerei şi mâinile i s-au pus în buzunare.

— Sufeream, aşa că am băut mult în seara aia. Era o petrecere, mă invitase Alec, dar nu voiam să vin. Am ajuns până la urmă acolo, iar restul nopţii nu ştiu ce s-a întâmplat. M-am trezit pur şi simplu în pat cu ea.

Inima încă mă strângea din cauza geloziei când îmi imaginam aşa ceva, însă rămâneam pe poziţii pentru a-i auzi povestea. Nu era timp de prostiile mele acum.

— Din nu ştiu ce motiv, tata a anunţat moartea ei, chiar dacă ea era încă vie, în spital. Nu i-am spus adevărul nici măcar lui Alec, nu ştia ce se întâmplase în ziua aceea, el văzuse doar că mă culcasem cu iubita lui.

A făcut o scurtă pauză pentru a-şi trage sufletul.

— Tata a aflat ce făcusem cu Crystal. Ştii povestea asta. El şi tatăl ei erau parteneri de afaceri, aşa că m-a obligat să o ţin pe ea fericită pentru ca lui să îi meargă lucrurile. Tot ce voiam eu era să îi spun adevărul lui Alec, să îmi cer scuze şi să nu mai am nicio legătură cu ea, dar nu am scăpat aşa de uşor.

Mi-am încrucişat mâinile la piept pentru că dintr-odată mi se făcuse frig.

— Tata nu mai avea oricum nicio speranţă pentru mama, trecuseră deja câteva luni de când era în acea stare, tocmai aflase că se înrăutăţise, aşa că m-a ameninţat. Ori făceam cum spunea el, ori o deconecta pe mama de la aparate.

Inima mi se oprise pentru o secundă şi nu îmi venea să cred că tatăl lui făcuse aşa ceva. Era în stare să îşi omoare propria soţie?

— Având în vedere că erau căsătoriţi, semnătura lui făcea totul, aşa că l-am ascultat. Nu i-am mărturisit nimic lui Alec, am început o relaţie cu Crystal şi am ţinut-o fericită, exact aşa cum a vrut tata.

Nu mă puteam gândi decât la ce monstru putea fi acel om. Propriul lui tată... Iar unchiul său era alt monstru. Mama lui murise. Oh, iubitul meu... Mă durea inima să știu că nu avusese pe nimeni care să îl iubească necondiționat.

— Dar te-ai certat cu tatăl tău, te-ai despărțit de Crystal și ai plecat de acasă, am spus eu, dorind să aflu cum de își luase inima în dinți pentru a face așa ceva.

Ace a afirmat din cap.

— Trecuse alt an, iar mama nu se trezise. Speranța mea murise, dar îmi era bine să o știu aici, chiar dacă nu era tocmai aici. Nu voiam să renunț la ea, nu voiam să îi dau drumul, dar... A ajuns în coma de gradul patru, coma depășită. Numai aparatele o mai țineau în viață.

Simțeam nevoia să mă apropii de el, să îl iau în brațe și să plâng acolo, dar nu l-aș fi ajutat cu nimic, iar povestea nu se terminase încă.

— Mi-a mai luat ceva timp până să mă obișnuiesc cu gândul, dar până la urmă am făcut-o. Am renunțat la ea, am renunțat la a mai fi cobaiul tatei, m-am despărțit de Crystal, am plecat de acasă și după câteva zile am fost contactat de avocatul meu.

Povestea asta devenea din ce în ce mai complicată.

— Acum că mama era oficial decedată, avocatul mi-a arătat testamentul ei. Îmi lăsase moștenire tot ceea ce avusese, o sumă uriașă de bani și chiar câteva lucruri și terenuri care erau trecute pe numele ei. Îmi făcusem griji până atunci că trebuia să renunț la liceu, să mă angajez, mă gândeam că nu mai aveam din ce trăi, apoi a apărut asta.

Ace s-a oprit pentru un moment și a privit tavanul, clipind des. Se abținea să nu verse o lacrimă în fața mea, iar asta mă durea. Eu eram deja cu lacrimi grele în ochi și una mi se scurse pe obraz chiar în acel moment.

— Mereu se gândea la toate, a spus el melancolic. Știa că eu și tata nu ne înțelegeam și certurile noastre puteau merge mult prea departe.

Altă lacrimă îmi picase. Apoi încă una. Aveam impresia că nu urma să mă opresc curând din plâns. Tot ceea simțeam era durere pentru Ace. Sufeream pentru el, căci trecuse prin atâtea, prin ceea ce nu merita. Sufeream de asemenea şi din cauză că nu fusesem lângă el atunci, că nu îl cunoşteam încă. Voiam să îi schimb trecutul, dar eram neputincioasă.

Ace a inspirat adânc şi părea că îşi revenise.

— I-am spus adevărul lui Alec înaintea ta pentru că merita să afle. A aşteptat explicaţia asta mult timp, a spus, oferindu-mi în sfârşit răspunsul uneia dintre întrebările mele de mai devreme.

Am afirmat din cap, simţindu-mă stupid. Avea dreptate. Alec meritase să afle înaintea mea totul, doar era implicat în această poveste.

— Nu cred că mai este nevoie să îţi spun cât de silă îmi este de Crystal, având în vedere că de la început a fost o persoană cu care am fost nevoit să îmi petrec timpul, nimic mai mult.

Am afirmat din cap din nou. Şi uite cum am primit cel de-al doilea răspuns.

— Simt nevoia să arunc cu bani pentru tine în stânga şi în dreapta pentru că te iubesc şi îţi vreau binele. O să te protejez cu orice preţ, mai ales de unchiul meu.

Continuam să afirm din cap, iar lacrimile îmi tot curgeau din ochi, prelingându-se pe chipul meu şi ajungând pe bluza pe care o purtam.

— E adevărat că am avut nişte probleme şi un trecut destul de negru, dar niciodată nu am făcut un rău fizic major cuiva. Dar acel băiat despre care se spune că este invalid, aşa este.

Mi-am mărit ochii şi l-am privit ţintă, înspăimântată. Ace a venit până la mine, iar mâinile sale mi-au cuprins chipul. Degetele sale îmi ştergeau lacrimile şi buzele lui mi-au sărutat uşor fruntea.

— Te-am adus aici din două motive – povestea mamei a fost unul dintre ele. Acum voi vrea să îl cunoşti pe Logan. Nu trebuie să ai încredere oarbă în mine, îţi va spune el cum au stat lucrurile, dar mai întâi trebuie să îţi ştergi lacrimile astea. Nu îmi place să te văd plângând. Tu eşti o persoană puternică.

Am zâmbit slab printre lacrimi. Chiar eram? Poate, când venea vorba despre mine, dar nu când venea vorba despre cei dragi. Doar auzind povestea lui Ace eram terminată spiritual. Cum era dacă aş fi fost acolo? Cum aş fi făcut față să îi văd zilnic atât de trist, fără să îl fi putut ajuta cu ceva? Nu aş fi suportat gândul că eram inutilă într-un asemenea caz.

Încercam să mă opresc, dar lacrimile tot veneau şi veneau. Gândul mi se ducea doar la ce a spus Ace şi criza mea de plâns devenea şi mai mare.

Ace a oftat, apoi a venit mai aproape de mine, luându-mă în brațe şi ascunzându-mă la pieptul său. Acela a fost momentul în care nu m-am mai reținut.

Nu mai plânsesem niciodată în fața lui. Nu cred că mai plânsesem de mult în fața cuiva, dar nu mă interesa. Aveam un sentiment apăsător de regret în piept şi mă simțeam atât de inutilă. Îmi era ciudă că nu putusem să îl ajut în cea mai grea perioadă a vieții lui, măcar să fiu acolo lângă el. Ceva, orice.

Ace m-a condus către pat şi m-a aşezat acolo, venind după mine. Aşa am ajuns să stăm îmbrățişați pe patul pe care mama lui stătuse atât timp inconştientă, iar asta m-a făcut să plâng şi mai mult. El doar mă strângea la pieptul său, mă mângâia pe spate şi mă mai săruta pe păr.

— Bănuiesc că Logan mai poate aştepta puțin, mi-a spus el.

Probabil că trebuia să aştepte mai mult.

Mi-am dus brațele după trunchiul lui Ace şi l-am strâns cât de tare am putut eu, bucurându-mă că acum era bine, că era lângă mine, că trecuse prin toate aceste experiențe oribile cu o putere mare şi că nu mai suferea atât de tare. Aveam lângă mine o persoană excepțională.

— Mulțumesc... că mi-ai spus totul, am zis printre gurile de aer care nu îmi păreau de ajuns.

Ace şi-a dus mâinile în părul meu.

— Încă mai am de povestit, iubito.

# Capitolul 42

Încă mai avea de povestit? Încă mai avea de povestit?! Ce putea să mai fie? Îmi răspunsese aproape la toate întrebările. Și cine naiba mai era și Logan? De ce trebuia să mă întâlnesc cu el? Care îi era legătura?

Nu îmi aminteam ca Ace să îmi fi spus de cineva pe nume Logan de când îl cunoșteam. Adică nu îi cunoșteam prietenii, dar majoritatea dintre ei erau cu noi la școală și stăteam împreună cu ei la masa de prânz. Și chiar dacă nu le știam fiecăruia numele în parte, de un Logan nu am auzit niciodată.

Am rămas încă jumătate de oră în acea cameră, timp în care am plâns, apoi am încercat să mă liniștesc, pentru că nu voiam să îl sperii pe presupusul Logan. Ace nu m-a grăbit deloc, a stat lângă mine și m-a ținut strâns în brațe, mângâindu-mi părul, spatele, coapsele, mâinile, desenând modele complicate pe pielea mea, sărutându-mi creștetul capului, fruntea, obrajii, nasul, ochii, dar nu s-a atins deloc de gură. Nu am mai vorbit deloc o perioadă, probabil aștepta să îi spun când eram pregătită, iar mie mi-a plăcut enorm că nu m-a grăbit.

După vreo treizeci de minute care trecuseră precum fulgerul, Ace a decis să mergem acasă, căci erau prea multe pentru o zi. Voiam să îl contrazic, dar eram obosită și nu credeam că mai puteam rezista unui alt set de vești. Ace a vorbit cu Logan, iar noi am decis să ne întoarcem a doua zi, când mă simțeam eu pregătită.

Următoarea dimineață mi-am continuat în mod normal rutina, până când m-am decis și i-am spus:

— Sunt gata.

— Atunci să mergem, mi-a spus el după ce mi-a sărutat fruntea.

Ace m-a luat de mână și am revenit la spital. Uimirea mă lovea din nou. Tot în spital trebuia să ne întâlnim cu Logan? Oare era vreun doctor? Din tot sufletul speram să nu fie vreun pacient.

Am mers umăr la umăr pe holurile albe, apoi am urcat șase etaje cu liftul.

Ușile erau mai rare decât cele de ieri, ceea ce făcea camerele lor mai mari, dar asta însemna că aici nu erau camere normale de pacienți, pentru că sus erau cele mai mari dintre ele, a celor privilegiați. Mă întrebam ce se ascundea în spatele lor.

Totul arăta la fel, și nu știam în fața cărei uși ne-am oprit sau cât a trecut până să ne oprim, dar Ace a ezitat înainte să intrăm. M-a privit profund cu ochii lui, apoi mi-a cerut cu îngrijorare:

— Să nu interpretezi nimic până nu îl întâlnești pe Logan și îți spune totul.

Am afirmat din cap la comandă, dar abia după ce am făcut-o am realizat ceea ce mi-a cerut, iar când am realizat el deja deschisese ușa și eu fusesem prinsă pe nepregătite.

Era... Nu știam ce era. Semăna cu o sală de sport. Câțiva oameni se aflau aici și munceau la niște aparate, dar nu la unele obișnuite. Nici măcar ei nu erau obișnuiți. Păreau că se chinuiau din răsputeri să facă lucruri obișnuite, pe care orice om le-ar fi făcut, cum era să se ridice din scaun sau să ridice niște greutăți mici sau să meargă. Apoi mi-am dat seama ce era de fapt acest loc. Recuperare pentru oamenii invalizi.

Ace a mers în fața mea, ținându-mă încă de mână și ferindu-mă de ochii curioșilor. Am trecut pe lângă vreo trei oameni și el i-a salutat pe toți, ceea ce mi-a demonstrat că venea aici des.

— Nu pot să cred așa ceva! a exclamat o voce masculină. Mira, asta merită o pauză, a continuat tot el.

Nu știam cine vorbea, așa că am privit după umărul lui Ace și l-am văzut. Un băiat blond, cu părul ras, cam de vârsta noastră, şi ochii de un ciocolatiu intens, se uita exact în ochii mei şi zâmbea cald, dar cumva şmecher. Se afla între două bare înalte şi lungi, ieşite din podea, iar mâinile lui erau pe fiecare, sprijinindu-se de ele în timp ce mergea foarte încet.

Fiecare dintre aceşti oameni aveau câte o asistentă lângă ei, iar o femeie de culoare era în dreapta băiatului blond şi ras, pe care bănuiam că o chema Mira. Aceasta a zâmbit când a spus:

— Haide să te punem înapoi în scaun.

S-a concentrat pe el, până când noi am ajuns chiar lângă cei doi, iar eu mi-am dat seama că el trebuia să fie Logan. Informaţiile despre cel pe care Ace îl lăsase invalid îmi explodau în minte şi acum pur şi simplu nu mai înţelegeam nimic.

Tipul – Logan – s-a chinuit să ajungă cât de repede a putut la sfârşitul acelor bare, iar de acolo a primit puţin ajutor din partea Mirei până să se aşeze pe scaunul lui cu rotile. Odată ce a fost acolo, eu şi Ace ne-am apropiat, iar Mira s-a dat la o parte.

— Mă descurc de aici, dulceaţă, a spus Logan, făcându-i cu ochiul negresei care era cu cel puţin zece ani mai mare decât el.

Ei bine, dacă Ace şi el erau prieteni, acest gest era justificat cu totul. Aveau acelaşi şarm, siguranţă de sine şi aroganţă, din câte se vedea.

Mira şi-a dat ochii peste cap, ceea ce mi-a demonstrat că ea semăna cu mine, apoi şi-a înclinat capul în faţa noastră, plecând.

—Aş putea face cunoştinţă cu tine, dar ştiu deja cine eşti, mi-a atras atenţia vocea băiatului fermecător din scaunul cu rotile.

Ace a dat mâna cu el.

— Nu o lua prea tare, i-a zis acesta.

Logan a rânjit, apoi şi-a îndreptat ochii ciocolatii spre mine.

— Încerc.

Habar nu aveam ce se întâmpla aici.

— Dar, hei, în sfârşit o cunosc pe legendara Charity, a ridicat el tonul, atrăgând privirile asupra noastră.

Ace a râs uşor, apoi m-a tras lângă o băncuţă din apropierea lui Logan, unde ne-am aşezat. Acesta şi-a întors scaunul cu rotile în faţa noastră, apoi mi-a întins mâna.

— Eu sunt Logan, s-a prezentat el.

Mi-am întins mâna politicoasă, dar circumspectă.

— Ştiu, am spus, neavând rost să îmi zic la rândul meu numele, având în vedere că îl ştia deja.

După ce ne-am prins mâinile, acesta şi-a ridicat sprâncenele uimit.

— Tot nu cred că ai aflat mai multe despre mine decât am aflat eu despre tine.

Discuţia aceasta devenea ciudată şi uşor inconfortabilă, dar era interesant să aflu că Ace îi vorbise despre mine – şi încă mult.

— Tare uşor o iei, a comentat Ace din stânga mea.

— Tu nu ai treabă? Parcă l-am auzit pe doctorul Dimitrov căutându-te, i-a răspuns Logan acestuia.

Ace doar a rânjit în timp ce şi-a scuturat capul. S-a întors spre mine, apoi mi-a explicat:

— Doctorul Dimitrov este de la secţia psihiatrică.

Mi-am ridicat sprâncenele puţin uimită şi nu am putut să nu fiu intrigată de felul în care îi vorbea Logan lui Ace. Nimeni nu îi vorbea lui aşa, cel puţin nimeni pe care îl cunoscusem până atunci.

— La câte descrieri fizice am primit cu tine, cred că eşti deja exact cum mi te imaginam, a comentat iar Logan, privindu-mă din cap până în picioare.

Îmi venea să roşesc, iar eu nu roşeam uşor. Ace se pregătea să îi comenteze iar, dar eu nu mai puteam să tac, nu era genul meu să fiu o pisică speriată.

— Sper că ai auzit doar de bine, i-am spus eu.

Acesta mi-a zâmbit cuceritor.

— Te poţi îndoi de asta?

Da, și foarte ușor. Asta dacă Ace îi povestise de mine încă de când mă comportam ca o pacoste cu el.

I-am zâmbit și mi-am ridicat un umăr în schimb. Nu era nevoie să intrăm în asemenea detalii. Până la urmă eram aici cu un motiv. Trebuia să aflu o poveste – altă poveste – , iar Logan era povestitorul.

Acesta a oftat, încă holbându-se la mine.

— Drace! Încă nu îmi vine să cred că te cunosc. De ce nu ai anunțat că o aduci astăzi, deșteptule? Mă aranjam și eu.

Zâmbetul mi s-a lărgit și m-am abținut să nu râd. Deja îmi plăcea de el. Și cel mai mult îmi plăcea de cum îl punea la punct pe Ace.

Băiatul posesiv de lângă mine și-a dus mâna după umerii mei și m-a strâns de ei, până când m-a lipit de pieptul lui.

— Nu că ar conta cum arăți. E luată, a vorbit el cu vocea lui de dur.

Dacă tot eram într-un cerc de prieteni apropiați, mi-am permis să continui un circ și să fiu de partea lui Logan.

— Și nu că ar conta dacă te-ai aranja, pentru că oricum arăți trăsnet.

Gura lui Logan s-a deschis larg și rânjea până și așa. Era șocat, dar satisfăcut complet de ceea ce tocmai am zis.

— Drace! Îmi place de ea.

Îl cunoșteam de câteva minute și deja știam că îi plăcea să folosească des cuvântul *drace* și să se ciondănească cu Ace. Puteam deveni cei mai buni prieteni.

Ace, despre care și uitasem pentru o secundă, m-a îndepărtat de el și m-a privit cu ochii mijiți. I-am oferit cel mai bun zâmbet al meu, care trebuia să îi arate cât de mult îl iubeam.

— Nu mai trăsnet decât tine, i-am aruncat, ciufulindu-i părul care arăta din nou bine.

Cum făcea asta? Înapoi, la apartament, arăta distrus pentru că nu se trezise de mult timp înainte să venim aici. Acum arăta din nou genial, ceea ce eu nu aș fi reușit să fac nici pieptănându-mă de trei ori şi băgându-mi în cap trei produse diferite.

— Cred că ne vom înţelege foarte bine, mi-a spus Logan, punând accent pe cuvântul *foarte*.

I-am zâmbit, apoi m-am lipit din nou de Ace, care nu a stat prea mult pe gânduri până când să mă strângă din nou la pieptul său.

— Voiam să spun că, de fapt, ea nu ştie nimic despre tine, a mărturisit Ace.

Logan nu păruse afectat de această veste. Parcă se aşteptase.

— Atât de mult mă iubeşti tu, a comentat el ironic.

Acest tip mă făcea să nu îmi mai pierd zâmbetul de pe buze.

— Că veni vorba despre iubire, a continuat acesta. Nu mergi până la fast-food-ul non-stop de peste drum să îmi iei cel mai mare hamburger posibil? Mi-e foame.

Acum mă abţineam să nu râd. Asta chiar era amuzant, să îl văd pe Ace pus la punct şi să îl văd făcând servicii pentru altcineva, mai ales pentru cineva care i le cerea atât de lejer, fără ca măcar să adauge o rugăminte.

— În mod normal ţi-aş spune să îţi mişti fundul...

— Dar eu nu pot merge pentru încă câteva luni, l-a întrerupt Logan pe Ace. Da, ştiu. Dar promit că după ce voi fi pe picioare îţi voi reîntoarce toate drumurile până la fast-food.

Mă uimea cum Logan putea să glumească aşa despre starea lui, dar îmi dădea şi un sentiment de bine, pentru că părea împăcat cu sine.

Ace a oftat, apoi s-a ridicat, lăsându-mă rece fără îmbrăţişarea lui. Urma să rămân singură cu Logan pentru ceva timp, iar asta îmi făcea pielea de găină.

— Ia-o uşor, l-a avertizat Ace încă o dată pe Logan, referindu-se la mine.

Logan l-a privit plictisit.

— Pleacă odată. Nu te pot lăuda cât ești de față. După îți va crește egoul și mai mult, iar noi, muritorii, nu vom mai avea loc să respirăm de el.

— Tu vorbești? i-a întors-o Ace.

Iubitul meu s-a rotit spre mine, apoi s-a aplecat și mi-a sărutat buzele scurt.

— Vin imediat.

Am afirmat din cap, zâmbindu-i. M-am uitat după el cât timp s-a îndepărtat, apoi până când a ieșit din încăpere, după care mi-am îndreptat ochii spre Logan. El deja se holba la mine.

— Tot nu îmi vine să cred că te cunosc în sfârșit. Ai habar câte povești am auzit despre tine? m-a întrebat.

Mă făcea să mă simt din ce în ce mai incomod cu ceea ce spunea, dar era într-un sens bun. Mă simțeam flatată din cauză că Ace chiar îi spusese atâtea lucruri despre mine.

— Nu prea multe, sper, i-am spus sinceră.

Poate că nu a fost un răspuns tocmai prietenos, dar Logan m-a înțeles și a rânjit.

— Stai liniștită, nu am aflat lucruri picante. Idiotul ăsta știe să păstreze pentru el ce este mai bun.

Obrajii mi se încălziseră și știam că Ace oricum nu avea ce chestii picante să îi povestească, pentru că noi doi nu am avut parte de nimic de acel gen.

— Dar eu, totuși, nu știu nimic despre tine, i-am mărturisit. Știu doar că ești băiatul despre care se spune că Ace l-a rănit și...

— Lăsat invalid? a continuat el.

Mă simțeam prost să continui știind că el era așa. Am afirmat din cap. Lui nu părea să îi pese. Acest handicap trecător nu îi afectase viața, se vedea clar că avea ambiție și curaj să treacă peste.

— Nu Ace mi-a făcut asta, a mărturisit el, ceea ce mi-a ridicat o piatră de pe inimă. Eu mi-am făcut-o singur.

Am clipit des și mi-am înălțat sprâncenele.

Acum eram din ce în ce mai curioasă. De unde îl scose-seră cei de la școală pe Ace vinovat atunci? Părea că dădeau vina indirect pe el pentru orice se întâmpla rău, ceea ce mă enerva la culme.

— Ace te-a adus aici ca să îți spun eu toată povestea, nu numai să mă cunoști, pentru că el nu ar spune-o corect, el s-ar învinovăți prea mult. L-a adus și pe Alec, i-am spus și lui totul, dar cred că îi este mai greu știind că urmează să afli tu.

Un fior se juca pe pielea mea și stomacul îmi era încă-tușat de emoții.

— Povestește-mi, i-am cerut.

Logan a afirmat din cap, apoi s-a gândit pentru câteva secunde la cum să înceapă povestea. Ochii ciocolatii i-au zburat pe geamul spitalului, în parcul pustiu de vizavi care era înghițit de întuneric.

— Eu și Ace nu ne suportam deloc înainte, a început el. Eram ca apa și uleiul, mereu săreau scântei când ne vedeam. Ne uram reciproc. Era o concurență mare între noi și mereu i-a fost frică din cauză că îl puteam detrona. Aveam aceleași caractere și hobby-uri – petrecerile, băutura, fetele.

Ultimul lucru nu mi-a picat bine la stomac, dar mă con-centram pe ceea ce era important și îmi imaginam doi băieți adolescenți într-un război aievea.

— Ne certam zilnic. Și într-o zi oarecare ne-am luat din nou la ceartă, doar că de data asta a fost aprins. Eram în sera de la ultimul etaj al liceului, iar subiectul pentru care ne ciondăneam era idiot, nici nu mai țin minte bine despre ce era vorba. Gelozie și putere, cred.

Mă gândeam dacă de aceea era sera atât de importantă pentru Ace. Se întâmplase acolo? Și se pedepsea stând închis singur și gândindu-se la locul faptei?

— La un moment dat, când voiam să ies, Ace mi-a spus ceva, ceva ce m-a enervat tare, iar eu l-am împins cu toată puterea. Dar în loc să îl împing pe el, m-am cam împins singur. M-am lovit cu măduva spinării exact în colțul balus-

trăzii şi apoi m-am dezechilibrat, picând pe scările în formă
de spirală până jos.

Mi-am înconjurat mijlocul cu mâinile şi am înghiţit
nodul pe care îl aveam în gât. Nici măcar nu îmi puteam
imagina cum se simţise, cât îl duruse, prin ceea ce a trecut...

— M-am trezit invalid de la mijloc în jos, a spus sec. Nu
ştiam dacă aveam şanse să mai lupt, iar dacă aveam, nu erau
mari. Nu voiam să mai fac nimic, eram nervos din cale afară
pe Ace pentru ceva timp, până când mi-am dat seama că eu
am fost de vină pentru tot. Iar el, idiotul cu care mă certam
mereu, a venit în vizită.

Un zâmbet amuzat îi juca pe buze lui Logan.

— Mi-a tăbăcit fundul, a spus el. Mi-a zis cât de bun de
nimic eram pentru că nu luptam şi că ştia că el, dacă ar fi fost
în locul meu, ar fi făcut-o, că tocmai de aceea era mai bun
decât mine şi va fi mereu.

Da, asta sunase tocmai ca şi Ace, deşi nu era un stil
potrivit prin care să convingi pe cineva să lupte. Poate că
Logan era tipul competitiv şi l-a ajutat. A ştiut tocmai ce să
spună pentru a-l face să lupte.

— Părinţii mei au fost şocaţi când m-au văzut că am
început recuperarea după operaţie şi că mă descurcam chiar
bine. Începusem să simt mici înţepături cu acul în picioare şi
aveam o şansă, chiar o aveam, dar trebuia să muncesc mult
pentru ea. Ace m-a vizitat zilnic, dar nu vorbeam deloc. Îmi
ducea mâncare, se simţea vinovat pentru mine, dar nu a zis
nimic până într-o zi. În acea zi îşi ceruse scuze pentru tot, de
la cearta din seră şi până la discursul dur pe care mi-l oferise.

Ochii lui Logan au zburat peste mine şi zâmbetul lui
radiant era din nou acolo.

— I-am spus că nu avea de ce să îşi ceară scuze. I-am
mulţumit, pentru că fără el nu aş fi fost în stare să mă pun
din nou pe picioare – la propriu. De atunci am început un
fel de prietenie ciudată, în care ne întărâtăm şi jignim destul
de des. Obiceiurile vechi nu mor repede, a râs el. Şi aşa am
ajuns unde suntem astăzi. Eu fac progrese, el vine să mă

vadă și să îmi mai dea câte un șut în fund, îmi spune ce mai e nou la școală și... mi-a spus și despre tine, încă din prima zi.

Am tresărit. Un zâmbet mic mi-a apărut pe chip, chiar dacă tot ceea ce simțeam era tristețe pentru Logan.

— Mi-a spus despre camioneta de marfă și cum ai strigat după el, a zis râzând. Să îl fi văzut ce extaziat era o săptămână mai târziu, când ai apărut la liceul nostru.

Zâmbetul meu se mărise și încercarea lui Logan de a ne trage din amintiri triste a funcționat.

— Mi-a zis de plan, cum să te pună să te prefaci iubita lui, iar eu i-am spus că e complet idiot, dar nu m-a ascultat. Văd că planul a mers în cele din urmă, a rânjit la mine.

Putea să meargă mai repede dacă nu era așa o durere în fund la început, dar da, funcționase.

— Nu îmi vine să cred că ți-a povestit toate astea, i-am spus.

Logan a ridicat din umeri.

— Mă cam plictisesc aici. Am văzut toate filmele și serialele interesante, am citit câte cărți am avut, iar romanța voastră comică îmi mai hrănește și mie amuzamentul.

Am chicotit. De afară poate că romanța noastră chiar era comică.

Trăsăturile lui Logan se neteziseră și el revenise la seriozitate.

— Mă bucur că și-a găsit pe cineva ca tine, care să aibă grijă de el și care să îl pună la punct.

Îmi dispăruse zâmbetul de pe față și am afirmat la fel de serioasă. Eram foarte recunoscătoare că eu eram acea persoană și nu aveam nevoie de nimic mai mult.

— Ai grijă de idiot, mi-a cerut el. Nu arată asta, dar are tendința să se arunce prea devreme cu capul înainte în sentimente și în probleme, însă te iubește.

Să aud asta din gura cuiva care îl cunoștea pe Ace era de nedescris. Îmi încălzise sufletul.

Ușa se deschisese și cel mai sus numit intrase reticent, având o pungă de hârtie în mână. Mă găsise cu privirea lui îngrijorată şi ştiam că se gândea la cum primisem eu toate aceste informaţii. I-am zâmbit cu drag, încercând să îl liniştesc. Iubitul meu era un erou.

— Mulţumesc, i-am spus lui Logan. Aveam nevoie să ştiu povestea asta.

— Ştiu totul despre Ace. Un duşman care îţi devine prieten este cea mai bună enciclopedie a ta.

I-am zâmbit larg, iar Ace ajunsese la noi şi îi aruncase punga de hârtie în braţe. Venise lângă mine şi se aşezase pe băncuţă. Mi-am încolăcit braţele în jurul său, mi-am lipit capul de pieptul lui şi l-am ţinut strâns. Nu i-a luat prea mult timp să reacţioneze.

— Ce se compară cu o pungă de Rai lângă un înger? a întrebat Logan.

— Nu ştiam că aşa mă vezi, a comentat Ace imediat.

Eu şi Logan am râs, dar el a trebuit să îi întoarcă replica.

— Când te-ai uitat ultima oară în oglindă, Appleby?

— Acum mai puţin timp decât tine, Price, i-a replicat acesta.

Şi aşa ziua asta devenise una normală, plină de concurenţă între replicile celor doi masculi alfa. Parcă nici nu se întâmplaseră toate acele incidente şi certuri de ieri. Totul revenise la normal, doar că era mai bine. Ştiam tot ceea ce voiam să ştiu despre Ace, toate acele secrete care mi se păreau o barieră între noi, iar acum dispăruse. Am învăţat nişte lecţii importante astăzi, care ne-au apropiat, care ne-au făcut mai puternici împreună, iar eu eram mai sigură ca niciodată că îl iubeam la nebunie pe acest om – acest erou imoral care acceptase să se arunce cu roşii în el fără să fie de vină cu nimic.

# Capitolul 43

Duminică dimineața, când m-am trezit din nou în brațele lui Ace, totul părea ireal. Știam totul. Știam absolut totul. Eram cu băiatul pe care îl iubeam, strâns lipită de corpul său, și nu ne mai despărțea nimic, nicio persoană, niciun secret, nicio amintire, nicio problemă. Zâmbetul îmi era pe buze încă din prima secundă în care mi-am început ziua.

*De acum toate vor fi mai ușoare*, mi-am spus eu cu bucurie.

Nu înțelegeam de ce Ace spusese că avea niște secrete întunecate pe care încă nu era pregătit să mi le spună. Cum a povestit și Logan, el nu era vinovat deloc pentru acel accident. Cât despre mama lui... Da, acela era un secret întunecat și trist, dar nu îi aparținea lui, el nu era de vină cu nimic, însă tatăl său... Nu îmi venea să cred că așa se dovedea a fi marele Axton Appleby. Dacă presa ar fi aflat... Și pentru o secundă m-am gândit: de ce nu a aflat? De ce nu a spus Ace nimic nimănui? Nu putea? Era amenințat? Încă își iubea tatăl, după toate astea, și nu voia să îl facă să sufere?

Mi-am alungat gândurile acestea din cap. Era prea dimineață să complic eu lucrurile din nou, după ce abia le descâlcisem.

Mi-am cuibărit capul mai bine la gâtul lui Ace și i-am inspirat parfumul, bucurându-mă peste măsură că era aici, lângă mine, și că era al meu. Mi-am ridicat mâna de pe șoldul său și am așezat-o pe unul din pectoralii lui, mai aproape de mine, apoi mi-am scos piciorul dintre picioarele lui, punându-l mai sus, peste el. După această mișcare, mâna dreaptă a lui Ace mi-a strâns mijlocul, iar cealaltă mi s-a așezat pe genunchi, împingându-l ușor mai jos.

— Mă atâți destul în somn, a spus el cu o voce răgușită.

Pleoapele mi s-au depărtat, pupilele mi s-au dilatat, apoi, din reflex, am vrut să mă îndepărtez. Nu am putut. Se pare că Ace a fost pregătit de asta, iar mâinile care erau strânse pe mijlocul și genunchiul meu nu mi-au permis să mă mișc.

— Nu am spus să pleci, a mormăit din nou.

Eu am înghițit în sec și m-am încordat, neștiind cum să mă mai mișc sau dacă să mă mai mișc. Urma să rămân o statuie în brațele sale până ne-am fi ridicat din pat și eu aș fi mers la cumpărături, lucruri după care mai aveam mult de așteptat.

După vreo cinci minute respirația lui Ace a devenit regulată, a adormit la loc, iar eu mi-am permis să mă mișc. Mi-am lăsat ușor piciorul în jos, el mi-a dat drumul la genunchi, apoi eu m-am ridicat încet din brațele lui, sprijinindu-mă în cot. M-am extras cât de lent am putut, fără să îl trezesc, iar când m-am văzut pe marginea patului am putut respira ușurată.

Ușurarea mea a durat exact o fracțiune de secundă, până să aud salteaua mișcându-se și să mă trezesc din nou întinsă, de data aceasta pe spate, cu Ace deasupra mea, având picioarele pe de-o parte și alta a mijlocului meu și mâinile pe încheieturile mele.

Avea un ochi închis, cel peste care îi picau niște șuvițe de păr lungi și deranjate, iar chipul îi arăta obosit, abia trezit din somn. Părea vulnerabil. Îmi plăcea să îl văd așa. Dar nu îmi plăcea să îl văd așa de jos, încătușată.

— Ți-am spus deja să nu pleci, a comentat el.

Imediat după cele spuse, Ace a căscat ușor. Chiar era obosit. Și adorabil. Era foarte adorabil.

— Am crezut că...

Vorbele mi se pierduseră. Aveam niște cuvinte care îmi umblau nestingherite prin cap, dar nu prea voiam să le folosesc, îmi era frică de urmări.

— Ai crezut că...?

Îl cunoșteam pe Ace prea bine deja ca să îmi mai ascund gândurile.

— Am crezut că te deranjez, pentru că...

Am înghiţit în sec şi m-am pierdut din nou.

— Pentru că...? a întrebat el iar, deschizându-şi ambii ochi şi mişcându-şi capul în aşa fel încât să îşi arunce şuviţele de păr de pe ei.

— Doar atât. Am crezut că te deranjez, am spus în cele din urmă.

Un colţ al buzelor i s-a ridicat şi acesta era faimosul rânjet de dimineaţă al lui Ace Appleby. Topea inimi, într-adevăr, dar nu îmi doream asta, voiam să topească doar inima mea de acum încolo.

— Pentru că sunt...?

Sângele mi s-a urcat în obraji.

— Da, am spus cu respiraţia tăiată, atât de rapid încât i-am întrerupt ideea.

Aveam parte de acţiune dis de dimineaţă. Simţeam adrenalina cum mi-a lovit inima şi toate organele îmi lucrau mai repede, dar respiraţia era în urmă, respiraţia îmi era greoaie şi insuportabilă.

Un hohot scurt de râs a ieşit pe buzele lui pline, iar mintea mea a simulat o fantezie.

— Mă descurc cu asta, mi-a spus, coborându-şi capul spre mine şi sărutându-mi scurt nasul.

Simţeam ceva în jurul meu, o căldură insuportabilă în care trebuia şi voiam să mă arunc. Aveam impresia că eram înconjuraţi de gaz şi îmi trebuia doar o flamă ca să dau foc tuturor lucrurilor din jur. Am folosit acea flamă. Mi-am ridicat capul spre el înainte să se retragă la loc, şi i-am cuprins buzele cu buzele mele. Nu a fost nimic uşor sau lent în acest sărut. Se simţea ca şi cum nu ne mai hrăniserăm de zile întregi, iar noi eram delicii culinare unul pentru celălalt. Îi devoram gustul.

Încheieturile mi-au fost eliberate şi nu am aşteptat nicio secundă până să le pun în acţiune. Acestea au mers şi au cercetat tot ceea ce au dorit, de la chipul lui Ace, forţându-l să vină mai aproape de mine, până la umerii săi încordaţi, de la spatele lui musculos până la șoldurile sale înguste și până sub tricoul pe care îl purta, simțindu-i pielea fierbinte. Cu atâtea acțiuni făcute nu m-am concentrat pe ceea ce primeam, dar eram conștientă de mâinile sale care au coborât pe corpul meu, care mi-au mângâiat fiecare curbură și care m-au apropiat de el. Eram conștientă și de corpul său care se lăsase mai jos și care se lipise cu totul de mine. Eram conștientă de fiecare parte a lui și cum se potrivea perfect cu a mea.

Eram conștientă de cât de mult îl doream.

Tensiunea din aer putea fi tăiată cu cea mai ascuțită lamă. Înainte să îmi dau seama, totul a fost cuprins în flăcări. Aerul pe care abia îl respiram era fierbinte, iar senzațiile ciudate din corpul meu, nemaiîntâlnit de intense, mă tulburau, nu mă lăsau să văd sau să simt nimic din ce era în jurul meu. Îl simțeam doar pe el.

Șoldurile i se mișcau pe mine, ceea ce a pornit un nou val de senzații mistuitoare în corpul meu. Sărutul nostru se adâncea, iar eu nu voiam să îi dau drumul pentru nimic în lume – îmi era frică să îl las să plece. Degetele i s-au răsfirat în părul meu la un moment dat și mă întrebam câte atingeri simple mai putea să le facă atât de intense. I-am simțit palma fierbinte sub maioul meu, atingându-mi pielea și ridicându-mi bucata de material până sub sâni. Degetele i s-au înfipt în șoldurile mele.

M-am cutremurat. Aveam parte de explozii și explozii de plăcere. Nici nu mi-am dat seama cum ajunsesem până aici, dar totul părea atât de corect și comod, de parcă făcusem asta de o veșnicie.

Apoi o găleată de apă rece mi s-a aruncat în cap.

Ace a sărit de pe mine, la propriu, lăsând aerul răcoros să îmi cuprindă corpul fierbinte, apoi s-a îndepărtat de pat, rămânând acolo în picioare și respirând greu. Așa amețită cum eram, m-am ridicat și eu în șezut, încercând să înțeleg. Privirea lui era tulbure, iar ochii verzi erau aprinși ca două safire în lumina soarelui.

Am clipit de vreo două ori, încercând să îmi revin, dar înainte să o fac Ace a pornit spre baie, trântind ușa după el. Am tresărit, apoi m-am simțit groaznic.

Dumnezeule...

Am auzit dușul, așa că m-am gândit că va sta o perioadă în baie, iar eu m-am hotărât să fac ceva în acel timp pentru a mă răcori. Am ieșit pe terasă, în aerul proaspăt al lunii decembrie, apoi am gândit la rece tot ceea ce s-a întâmplat, stând în frig doar într-un maiou și o pereche de pantaloni scurți.

Nu am mai experimentat ceva asemănător în viața mea, iar eu am dat drumul acestui spectacol. Îmi era frică. Poate făcusem ceva greșit. Poate că Ace se supărase pe mine. Știam deja că voia să mă ia ușor, m-a informat cum va proceda, dar eu am întins coarda și l-am făcut să cedeze. După ce că făcea totul pentru mine...

Două minute mai târziu m-am întors în apartament, apoi am mers până în bucătărie și am dat drumul la apă rece. M-am spălat pe față și m-am șters cu un prosop încă plină de griji. Nu știam ce urma să îi spun lui Ace când va ieși din baie, dar îmi era frică să nu îl fi dezamăgit, să nu îl fi înfuriat sau supărat.

Nu îi mai văzusem niciodată ochii atât de aprinși, erau cuprinși de pasiune și dorință, dar chinuiți. Se lupta împotriva morilor de vânt, iar eu nu fusesem de partea lui. Dar de ce trebuia să se lupte? Mai era nevoie? Mai aveam eu nevoie să fiu luată ușor? Nu credeam că mai aveam. Sau poate că da, dar nu îmi mai doream asta. Voiam să experimentez totul, absolut totul, și doar cu el. Nu exista un moment perfect, un loc perfect, dar exista persoana potrivită care făcea ca totul să pară perfect. Ace era acea persoană. De ce insistam să prelungesc așteptarea? Îmi doream asta la fel de mult ca și el. Doar că el nu știa asta... Voia să îmi respecte mie decizia. Trebuia să îl pun la curent cu noua mea decizie, căci începea să mă termine psihic această așteptare.

Mă așezasem pe canapeaua din living și am folosit minutele pe care Ace le-a petrecut sub duș să mă liniștesc. Credeam că revenisem la temperatura mea normală, că uitasem de toate acele senzații și că rămăseseră în trecut, credeam că mă calmasem, dar imediat cum i-am auzit pașii pe scări, m-am agitat din nou. Înainte să realizez, era deja în fața mea, iar eu împietrisem.

Mi-a fost foarte greu să îl privesc în ochi, dar ce fel de impresie aș fi dat dacă nu aș fi făcut-o? În plus, eu nu eram o lașă, dar privirea lui rănită și grijulie m-a făcut să fiu una.

Ace a venit ușor spre mine, cu precauție, observându-mi reacția. Când a văzut că nu mă deranja apropierea noastră, s-a așezat pe măsuța din fața mea. Acum purta o pereche de pantaloni de trening și avea tricoul schimbat. Din firele de păr îi curgeau picături de apă direct pe materialul hainelor, dar el nu observa asta. Era proaspăt ieșit de sub duș, iar eu nu mă puteam gândi decât la ceea ce se întâmplase mai devreme în pat.

Îi venea greu să înceapă conversația asta, la fel și mie, dar trebuia să o facem până la urmă.

— Îmi pare foarte rău că...

— Să nu-ți pară! l-am întrerupt eu.

Acesta era momentul în care trebuia să îmi arunc rușinea și stânjeneala la gunoi. M-am mutat mai aproape de el pe canapea, apoi i-am cuprins mâinile cu ale mele. Am zâmbit involuntar. Aveam masculul perfect în fața mea, de la aspect până la comportament, și era cu totul al meu. Oricât suferisem înainte, nimic nu se compara cu fericirea pe care o aveam știind că îmi aparținea acum. Mă simțeam nemerituoasă, dar eram egoistă și voiam să profit de el, chiar dacă nu cra dc nasul mcu.

— Doamne, cât te iubesc, am șoptit pentru mine.

Speram să nu mă fi auzit, dar atunci când am văzut cum un zâmbet a înflorit pe fața sa, mi-am dat seama că a făcut-o.

Am scuturat din cap. Trebuia să mă concentrez. Nu avea nevoie de o explicație de trei pagini, mă puteam rezuma la doar două cuvinte și m-ar fi înțeles. Era tocmai ceea ce simțeam eu.

— Te doresc, mi-am găsit în cele din urmă curajul și am spus-o.

Zâmbetul de pe chipul său a dispărut, dar acesta a fost înlocuit de un foc care mocnea în irisurile sale. Inima îmi bătea puternic în piept și mâinile începeau să îmi transpire în ale sale. Ace încă nu spunea nimic, așa că am fost nevoită să scot ceva explicații din acel eseu de trei pagini.

— Nu vreau pe nimeni altcineva în afară de tine, l-am informat. Nu am vrut niciodată pe altcineva așa cum te vreau pe tine. Și nu mai este nevoie să așteptăm. Sunt pregătită să se întâmple oricând, pentru că va fi cu tine. Așa că nu îți cere scuze pentru că faci ceva ce ne dorim amândoi.

Colțul gurii lui Ace s-a ridicat și părea puțin amuzat. El râdea de ceea ce eu tocmai îi mărturiseam? Dacă era așa, muream de rușine.

— Dacă mai spui un singur lucru, dușul rece a fost irosit degeaba.

Ah, de asta era amuzat. Speram să nu mă fi înroșit.

Ace s-a aplecat spre mine și mi-a sărutat scurt buzele.

— Cred că trebuie să mergi la cumpărături, nu? a întrebat, schimbând subiectul.

Am clipit des, încercând să mă obișnuiesc cu schimbarea asta. Ace s-a ridicat, apoi a mers spre bucătărie, iar eu l-am urmat.

— Da, i-am răspuns. Vreo preferință pentru culoarea rochiei?

Ace mersese până undeva lângă blatul bucătăriei. Căuta ceva când vorbeam cu el. Eu nu eram genul care să ceară opinia cuiva legat de îmbrăcăminte – în afară de cea a Kendrei –, dar era primul meu bal la Appleby și voiam să văd dacă nu cumva trebuia să mă asortez cu el sau orice altceva asemănător.

— Îmi place verdele, a spus el.

Observasem asta după rochia pe care mi-o luase la prima întâlnire.

Se pare că Ace găsise ceea ce căuta și s-a întors la mine cu portofelul lui în mână. Nici nu voiam să îmi imaginez ceea ce urma când l-a desfăcut.

— Dacă nu cumva vrei să ne certăm, te oprești în momentul ăsta, i-am spus amenințătoare.

Ace m-a privit plictisit în timp ce își continua acțiunile. Dumnezeule, dacă urma să fim mereu așa...

M-am apropiat de el, apoi mi-am pus mâinile peste ale sale, oprindu-le.

— Ace, i-am atras atenția. Am să îți dau o datorie imensă, de zeci de mii de dolari. Nu te voi lăsa să mai plătești nimic pentru mine.

Sprânceana lui dreaptă s-a ridicat.

— Nu știu cum era la fosta ta școală, dar la noi băieții cumpără rochiile fetelor.

Nu știam de ce, dar nu înghițeam gălușca asta. Deja îl cunoșteam prea bine și vedeam când mințea.

— Și nu îmi datorezi nimic, a continuat el.

Am inspirat adânc, apoi m-am îndepărtat un pas.

— Îți datorez, l-am contrazis. Eu voi pleca acum, să nu ne certăm, iar tu vei reflecta cât voi lipsi la câtă dreptate am. Nu vreau să mai aud niciun cuvânt de la tine.

M-am întors pe călcâie și am plecat din bucătărie, dar Ace a venit după mine și a făcut tocmai ce i-am spus să nu facă.

— Charity, asta nu...

— Lalala!

Am început să strig și să cânt, punându-mi mâinile la urechi în timp ce urcam în dormitor. De acolo mi-am luat niște haine și am fugit în baie, bucurându-mă că Ace renunțase.

Bun. Mai aveam de evitat vreo două sute de discuții asemănătoare și așa ne-am fi scos relația la capăt – asta, bineînțeles, după ce mi-aș fi învins frica de a parcurge pasul următor cu el.

# Capitolul 44

Probabil că am luat la rând toate rochiile verzi cu care criticul meu de modă personal a fost de acord până să ajung la una care să îi placă. Nu am mai probat atâtea haine în toată viața mea, dar când am ajuns la rezultatul final, am știut că totul a meritat.

Era o rochie frumoasă – mai degrabă drăguță decât atrăgătoare, dar era stilul meu. Pornea de sus cu un corset strâns, simplu, cu plasă deasupra, care îmi venea peste umeri, în talie aveam o curelușă care îmi evidenția mijlocul, iar de la acel accesoriu rochia pica exact ca o cascadă, până în pământ, în valuri de plasă verde. Părea potrivită pentru un bal. Era perfectă pentru mine. Până și Kendra a fost mulțumită, așa că nu am rezistat să o iau.

Din păcate, la această rochie am avut nevoie de niște sandale cu toc asortate și de lenjerie nouă care să se potrivească culorii. Și mai multe economii duse pe apa sâmbetei.

Kendra m-a târât într-un magazin select pentru dame cu prețuri colosale din care voiam să ies cât mai repede cu putință. Existau câteva lucruri frumoase pe aici, unele care m-au făcut să roșesc gândindu-mă cum ar arăta pe mine și altele despre care aș fi vrut să aflu părerea lui Ace, dar pur și simplu îmi era prea jenă să probez ceva – plus că nu îmi mai permiteam.

— Char, vino, mi-a spus Kendra când eu păream să mă fi pierdut printre rafturile cu lenjerie.

Am ajuns-o din urmă, când ea pipăia un sutien verde, având aceeași nuanță ca și rochia mea. Doar din curiozitate, m-am uitat peste etichetă.

— Doamne, Dumnezeule, Kendra. Sunt absolut sigură că nu am nevoie de...

— Este cadoul meu pentru tine, m-a întrerupt ea.

exy gândindu-mă că cineva mă va vedea îmbrăcată . Totuși, Kendra avea dreptate, iar eu și Ace am vorbit espre asta. Trebuia să se întâmple, urma să se întâmple, voiam să se întâmple. Aveam nevoie doar de puțin curaj, genul meu de curaj, cel pe care îl dețineam în nouăzeci la sută din timp. Unde era acum?

— Asta! A exclamat Kendra. Este superb!

Ea se uita la ceva negru acum, format doar din dantelă.

Nu mai purtasem așa ceva niciodată.

Acum înțelegeam de ce Kendra mi-a permis o rochie *cuminte* la bal. Plănuia să mă facă obraznică pe dedesubt.

Erau multe modele din care puteam alege, dar ceea ce mă fascina pe mine era un sutien dantelat care avea culoarea ochilor lui Ace și era plin de bretele. Mă puteam doar imagina în el, iar tipa aceea nu eram eu. Era imposibil să fiu eu. Chipul din acest miraj îmi aparținea, dar acel corp pus în evidență de articolele femeiești... era paralel cu ceea ce cunoșteam de atâția ani. Nu făceam sport – decât la orele obligatorii din liceu –, dar munca, stresul și lipsa de timp pentru a mânca mi-a întreținut corpul. Nu eram toată numai fibră, bineînțeles, mai aveam ceva celulită prin unele părți și nu aveam un abdomen tare, tonifiat, nici măcar nu eram bronzată, nu aveam acea piele frumoasă, sărutată de soare, dar, cumva, îmi plăcea ceea ce îmi imaginam. Ușor, începeam să prind încredere în mine. Nu mă consideram frumoasă, dar știam că nu puteam arăta niciodată mai femeie ca în acel sutien. Îmi plăcea cum mă simțeam.

Câtă încredere îți oferă o simplă lenjerie.

Văzându-mă cum căutam printre umerașe, Kendra îmi zâmbise mândră.

— Așa, scumpo. Obișnuiește-te! În timp nu te vei mai sătura să colecționezi haine din astea.

Mi-a luat umerașul cu lenjeria verde care îmi plăcea și m-a întrebat dacă m-am hotărât.

— Nu pot accepta, i-am spus.

— Să nu aud vreun comentariu, m-a avertizat.

A venit lângă mine şi mi-a cuprins umerii din spate. În faţa noastră era o oglindă. Capul i-a răsărit deasupra umărului meu şi Kendra mă ajungea, chiar dacă eu aveam tocuri mai înalte decât ea. Ambele ne uitam la reflexia noastră.

— Vreau să îţi fac un cadou din inimă. Nu mai considera banii atât de mare lucru. Ei vin şi pleacă, Char. Amintirile rămân. Şi asta va fi o amintire din partea mea. Am onoarea să îţi cumpăr ţinuta din prima ta noapte de dragoste, a cântat ea ultimele cuvinte în timp ce s-a fâţâit.

Începuse un dans ciudat, iar eu m-am întors spre ea, ridicându-mi o sprânceană. Speram să nu ne fi văzut cineva din magazin.

— Cine a spus că voi avea prima noapte de dragoste în noaptea balului? am întrebat-o, încrucişându-mi mâinile la piept.

Kendra rânjea cu gura până la urechi şi a început să se uite după alte lenjerii, de data aceasta roşii, care aveau să se asorteze cu rochia ei.

— Statisticile o spun. Şi eu o spun, fiind prietena ta cea mai bună care ştie totul.

Mi-a făcut cu ochiul înainte să găsească ceva ce îi plăcea.

— Nu crezi că este puţin cam clişeic? am întrebat râzând.

M-am îndepărtat de ea şi am găsit nişte jartiere într-o parte care îmi făceau cu ochiul.

— Ce să fie clişeic? a întrebat Kendra la rândul ei.

Pentru o secundă m-am gândit cum ar fi fost dacă le-aş fi cumpărat. Bineînţeles, erau pe toate culorile, aşa că nu îmi făceam griji de asortare.

— Să se întâmple în noaptea balului, am răspuns eu.

Mi-am aşezat mâna peste jartiere şi le-am adăugat la ţinuta din mintea mea.

Kendra a râs.

— Poţi să îi spui pe nume, Char. Ştiu că poţi. Dezvirginare.

Obrajii mi s-au înroșit și m-am uitat peste tot prin magazin pentru a fi sigură că nimeni nu ne auzise.

— Nu schimbă rezultatul. Nu te axezi pe ce trebuie, i-am reproșat.

— Nu cred că te va interesa de clișee în momentul în care el va fi...

— Kendra! i-am strigat din nou numele șoptit.

Aceasta a râs iar de mine, apoi și-a rotit ochii amuzată de reacția mea. Nu era tocmai bine să vorbim așa într-un loc public, chiar dacă nu se vedea nimeni în apropiere de cinci metri de noi.

— În fine. Ideea este că nu te va mai interesa de clișee atunci când vei experimenta totul. Vei fi prinsă în moment. Și, crede-mă, având în vedere că îl iubești, orice loc și timp va fi potrivit. Cum aș arăta în ăsta?

Mintea îmi era la ceea ce spusese, dar tot am îngânat un *genial* când am văzut bikinii și sutienul roșu, cu bretele în formă de *x*.

După ce am hotărât ceea ce voiam să luăm, Kendra a cumpărat o lenjerie pentru ea și mie mi-a luat-o pe cea verde cu bretele multe, iar eu – după multe insistențe –, am putut să îmi iau singură jartierele, plus o pereche pentru ea. Nu voiam să nu îi ofer nimic.

Tocmai plăteam noile accesorii și așteptam să ne fie împachetate atunci când o tuse ușoară s-a făcut remarcată din spatele meu.

M-am răsucit puțin surprinsă, iar stomacul mi s-a întors pe dos la vederea lui Crystal. Simțeam cum măruntaiele îmi erau răscolite și voiam să vărs. Evident că se afla într-un loc ca acesta, probabil că își lua zilnic îmbrăcăminte de aici, pe când eu îmi permiteam așa ceva o dată pe an.

Privirea ei verde, asemănătoare cu a lui Ace, dar mult mai goală, pustie, mă urmărea cu silă, curiozitate, dar și cu o tentă de veselie, ceea ce era de speriat. Își duse mâna prin părul ei roșcat și îl împinse pe spate.

— Surprinzător să te găsesc aici, a comentat ea, zâmbindu-mi prietenește, dar acid.

Prefăcută. Şi când mă gândeam că o crezusem victima lui Ace... În realitate totul era invers.

I-a atras şi Kendrei atenţia, iar aceasta a venit mai aproape de mine, stând acum faţă în faţă cu Crystal. S-au uitat una la cealaltă cu atenţia unor feline.

— Şi tu eşti? a întrebat Crystal cu vocea ei subţire.

— Ar trebui să întreb acelaşi lucru, a contraatacat Kendra.

Ştiam că ea bănuia deja cine era Crystal, dar nu a spus nimic. Se menţinea tare, îşi luase faţa de scorpie, iar mie îmi plăcea. Trebuia să fac la fel.

Crystal şi-a lăţit zâmbetul fals.

— Crystal Wood, a spus ea cu mândrie, de parcă numele ei întreg trebuia să însemne ceva pentru noi.

Parcă se prezentase ca fiind regina Angliei.

— Kendra, s-a prezentat ea, simţind că nu mai era nevoie de altceva.

Sprânceana perfect pensată a lui Crystal s-a ridicat scurt, apoi şi-a redirecţionat atenţia spre mine. Mă simţeam momeală pentru piranha.

— Aţi luat ceva drăguţ pentru iubiţii voştri? ne-a întrebat ea, dar privirea ei era doar pe mine.

Geloasă?

Kendra a tuşit uşor şi am ştiut că acesta a fost un semnal. Îmi spunea să atac. Sau măcar să nu mă las călcată în picioare.

— Nu doar *ceva*, i-am spus eu, schiţând un rânjet pe faţă.

Nu părea afectată de ceea ce i-am spus.

— Şi eu, a rostit ea, ridicând un umeraş pe care nu îl văzusem înainte, în faţa mea.

Nu îmi dădeam seama decât că era negru şi foarte transparent. Un nod mi se pusese în gât.

— Doar că nu este iubitul meu, a rânjit ea, atacându-mă cu toată gheaţa pe care o avea. Cel puţin, nu încă, a chicotit.

Sângele fierbea în mine pentru că ştiam la cine se referea.

Mi-am deschis gura şi nişte cuvinte nu prea frumoase erau cât pe-aci să îmi iasă printre buze, dar angajata magazinului m-a întrerupt la timp.

— Uitaţi-vă produsele! Să vă bucuraţi de ele, ne-a urat.

A pus două sacoşe mici pe tejgheaua albă, iar Kendra s-a întors să îşi ia noua achiziţie. Am făcut la fel, încercând să mă calmez. Crystal a înaintat şi a oferit lenjeria intimă aleasă vânzătoarei.

— Ei bine, succes cu *non-iubitul* tău, i-am urat. Presimt că o să ai nevoie.

I-am zâmbit, bătând în retragere, dar aceasta nu a vrut să mă lase să plec până nu mi-a oferit un *uppercut* cu care să mă facă *K.O.*

— Este ca şi al meu, să fii sigură, a rânjit ea.

Am chicotit ironic, demonstrându-i că asta nu urma să se întâmple niciodată, dar în interior mă rodea fiecare organ din cauza geloziei.

M-am întors, apoi am ieşit din magazin, simţind cum aerul de acolo era mult mai curat şi mai plăcut. Respiram guri mari de oxigen, dar chipul îmi era fierbinte şi ochii mei vedeau roşu în faţa lor. Eram ca un taur turbat care voia să îşi înfigă coarnele în primul lucru pe care îl găsea.

— Char, nu te lăsa afectată de ea, nu merită, m-a sfătuit Kendra.

Mi-am lăsat umerii să se pleoştească, însă nervii persistau în interiorul meu. Poate că Ace mă iubea, poate că eu îl iubeam pe el, poate că relaţia noastră mergea ca pe roate şi totul era bine între noi, dar nu o subestimam pe Crystal. Chiar şi aşa, presimţeam că avea un plan care era menit să ne despartă. Ceva nu era bine. Şi poate era doar un efect advers al geloziei, dar pieptul mă rodea, de parcă eram un măr şi un vierme îşi făcea culcuş în inima mea. Îmi era frică de ceea ce urma să se întâmple. Alte probleme. Tocmai când totul mergea atât de bine.

— Încerc, i-am spus Kendrei.

*Dar este foarte greu, ştiind de ce este ea în stare.*

# Capitolul 45

După cumpărături m-am despărțit de Kendra și fiecare dintre noi a mers acasă. Luasem autobuzul după mult timp și mă simțeam din nou normală, dar aveam niște sacoșe cu haine foarte scumpe, deci nu eram tocmai eu cea de dinainte.

M-am întâlnit cu mama acasă și i-am arătat rochia și pantofii, evitând să fac parada modei și cu lenjeria intimă. A fost foarte încântată de tot, dar nu a înțeles de unde am avut bani, iar asta mi-a amintit că trebuia să îi spun și ei despre faptul că Ace ne-a plătit datoria. Ei bine, eu oricum aveam de gând să îi dau banii, iar hainele erau luate din economiile mele, așa că i-am spus de unde aveam veniturile și am lăsat restul poveștii pentru mai târziu.

Am petrecut ceva timp cu ea, iar spre seară, după ce a plecat la muncă să pregătească cina celor pentru care lucra, am dispărut și eu. Dormeam din nou la Ace, căci nu voiam să mai petrec nicio noapte singură.

Ajunsesem pe la ora șapte la el acasă, tocmai când acesta încheia un apel telefonic. Stătea pe canapeaua din living, uitându-se la televizorul lui ridicol de mare, dar în momentul în care m-a auzit, s-a ridicat și a venit spre mine.

— Ai stat cam mult, mi-a spus încruntat.

Mi-a lăsat un sărut scurt pe buze, apoi mi-a cuprins talia și m-a apropiat de el. Ochii săi verzi de smarald mă priveau fericiți și în acel moment știam că mă iubea, iar gândurile mele despre Crystal erau prostii. Nu era nevoie să îi impui și lui capul cu ele.

— Am fost și acasă după, am stat puțin cu mama, i-am explicat, înconjurându-i gâtul cu mâinile.

Eram obosită după ședința asta de cumpărături și tot ceea ce voiam era să fac un duș fierbinte, apoi să stau în pat, în brațele lui Ace.

— Şi rochia unde e? a întrebat el, ridicându-şi o sprânceană.

I-am zâmbit obosită.

— Am lăsat-o acasă doar în cazul în care îţi venea să tragi cu ochiul de dinainte.

Buza inferioară i-a ieşit în evidenţă şi Ace s-a bosumflat. Eu am ieşit din braţele sale, apoi l-am prins de mână, trăgându-l după mine până înapoi pe canapea, unde era înainte. Eu m-am aşezat în faţa lui, pe măsuţă, iar acum ne aflam exact pe dos faţă de azi dimineaţă.

Amintiri din această zi m-au invadat, iar respiraţia mi s-a îngreunat, dar mi-am alungat gândurile şi m-am concentrat pe ceea ce trebuia.

— Vreau să vorbim, i-am spus lui Ace.

Privirea pe care mi-a aruncat-o mi-a dat de înţeles că îl interesa ceea ce spuneam, dar eu nu a zis decât:

— Mi-am dat seama de când m-ai pus să stau jos.

Mi-am rotit ochii. Nu era nevoie să facă pe deşteptul, nu tocmai acum, când voiam să vorbim serios. Ştiam oricum că urma o ceartă după ce i-aş fi povestit ceea ce voiam să fac, comentariile lui doar agravau situaţia.

— Spune, m-a îndemnat el, cuprinzându-mi palmele în ale sale.

Le-a ridicat pe ambele spre gura sa şi le-a sărutat. Am înghiţit în sec. Stomacul meu se învârtea exact ca interiorul unei maşini de spălat, iar eu mă întrebam dacă aveam vreodată să mă obişnuiesc cu reacţiile mele la atingerile lui.

Am oftat uşor.

Uitasem despre ce trebuia să vorbesc.

Mi-am scuturat uşor capul şi mi-am revenit.

— Este vorba despre datoria mea, am deschis subiectul.

Ca un reflex, atitudinea lui Ace s-a schimbat instantaneu şi mi-a lăsat mâinile jos, în poala lui. Privirea lui a părut ameninţătoare şi enervată.

— Nu mai avem ce vorbi despre asta.

— Ba da, l-am contrazis imediat.

Ne-am întrecut într-un concurs de clipit pentru câteva secunde, și deși privirile noastre arătau că ne enervam reciproc, mâinile încă ne erau îmbrățișate în poala lui, arătând exact contrariul.

— Am să îți plătesc aceeași sumă lunar, cea pe care ar fi trebuit să i-o dau lui John, l-am anunțat. Nu pot face mai mult de atât.

Ace și-a mijit ochii.

— Nici nu îți cer mai mult. Nu îți cer nimic. Nu vreau banii ăia înapoi.

Vocea lui era hotărâtă, neclintită, dar la fel voiam să fiu și eu. Înainte, însă, trebuia să scap de atingerile lui care mă tulburau. Mi-am scos mâinile ușor de sub ale sale, apoi le-am așezat în propria-mi poală.

— Dar eu vreau să ți-i dau înapoi. Și ți-i voi da.

Ace a oftat, apoi și-a dus mâinile spre față, distorsionând-o cu ajutorul palmelor. Am profitat de această pauză a lui și am continuat să îi spun ceea ce doream.

— Nu știu dacă să îi spun mamei că ne-ai plătit datoria, i-am mărturisit. Dar oricum ar fi, îți voi da înapoi toți banii, până la ultimul, orice s-ar întâmpla. Și dacă încerci doar să mă contrazici, Ace Appleby, îți jur că mă despart de tine.

Acesta a fost momentul în care i-am captat toată atenția și în care i-am aprins nervii. Ace și-a îndepărtat mâinile de pe față și m-a privit serios.

— Chiar ai de gând să ajungi la asta dintr-o prostie?

Credeam că niciodată nu aveam să terminăm acest subiect de discuție, tocmai din cauza mediilor diferite în care am crescut.

— Nu este o prostie, l-am contrazis.

M-am ridicat în picioare și m-am plimbat prin fața lui, dorind să mă îndepărtez puțin.

— Nu vreau să dau impresia nimănui, nici măcar ție, că suntem împreună pentru că beneficiez de pe urma banilor tăi. Nu sunt genul de om care să accepte lucruri atât de mari pentru nimic.

Am putut observa cum maxilarul lui Ace s-a încordat. Mușchiul de pe obraz i se zbătea în timp ce el mă ardea din priviri.

— Nu dau doi bani pe impresii, așa ar trebui să faci și tu, m-a sfătuit. Și încă nu înțelegi, a ridicat tonul. Am avut parte de bani toată viața, nu mai reprezintă nimic pentru mine, dar dacă pot să te ajut pe tine, dacă te pot ține în siguranță cu ei și dacă te pot face fericită, de ce să nu te ajut? Gunoiul unuia este comoara altuia, nu?

Nu îmi venea să cred că tocmai s-a referit la bani ca fiind gunoi. Toată viața mea se învârtea doar în jurul lor până când să apară Ace în peisaj. Însemna că centrul universului meu era gunoiul?

Am oftat enervată.

— Tu nu înțelegi, m-am răstit la el. Banii înseamnă muncă, înseamnă timp, înseamnă lux, înseamnă bunuri, înseamnă mâncare, înseamnă sănătate, înseamnă totul pe lumea asta. Cei care au trebuit să muncească înțeleg. Tu nu... Tu ai fost învățat cu ei de mic, nu ai dus lipsa lor niciodată. Nu înțelegi cum ar fi fără ei, de aceea îi arunci peste tot. Dar sunt valoroși, și trebuie să ți-i înapoiez. Nu mai insista să nu, te rog. Altfel ne vom certa mai rău.

Ace și-a luat avânt de pe canapea și s-a ridicat în picioare. Era în fața mea, iritat, dar măcar măsuța din living ne despărțea.

— În timp va trebui să te obișnuiești cu asta, Charity, căci ce este al meu este și al tău. Și nu îmi spune că banii înseamnă totul, pentru că nu este așa, cel puțin nu în lumea mea. Tu însemni totul.

Îmi mâncam buzele de frustrare și mă enerva la culme că nu mă înțelegea.

— Nu mă lua cu drăgălășenii, i-am cerut. Am să îți plătesc datoria. Punct.

Privirea lui îmi arăta că m-ar fi omorât în acea secundă dacă nu m-ar fi iubit. Apoi s-a schimbat brusc la față, de parcă i-ar fi venit o idee.

— Accept cu o singură condiție.

Asta numai de bine nu putea fi. Mi-am înălțat sprâncenele, demonstrându-i că îl ascultam.

— Dacă demisionezi de la *Charleston* și mă meditezi.

Fața îmi picase pe undeva pe jos. Dar asta însemna... Doamne, nu.

— Cum te poți gândi că măcar voi lua în considerare varianta asta? l-am întrebat nervoasă.

Ace a ridicat simplu din umeri. Părea mult mai calm acum că mă avea la mână.

— Ușor. Nu toate lucrurile pot fi așa cum dorești tu să fie, iubito. Dacă vrei să fac un compromis și să îți accept banii, atunci și tu vei face unul, acceptând să demisionezi și să îmi predai.

— Dar te-aș plăti din banii tăi! am încercat să scot în evidență ceea ce știa deja.

— Detalii, a spus el plictisit.

Tensiunea mi se ridica și aveam impresia că nu urmam să o duc la capăt cu acest încăpățânat. Am încercat să mă calmez, dar nu a funcționat.

— Ace, i-am rostit numele ușor. Te rog, te rog mult să mă înțelegi. Altfel...

Am oftat, lăsându-mi umerii să mi se relaxeze. Nu știam cum să mai duc această discuție cu el la capăt.

— Altfel ce? m-a întrebat el, ridicând o sprânceană.

Se gândea dacă chiar voiam să mă despart de el din această cauză, dar știam că nici măcar pe mine nu m-ar fi ținut inima să fac asta.

— Altfel nici măcar nu voi mai sta cu tine, am oftat iar. Deja îți sunt datoare cu prea multe, iar eu nu sunt datoare...

...*nimănui*, voiam să închei, dar Ace a făcut un pas peste măsuța care era între noi și a ajuns în fața mea, întrerupându-mă, aproape lipindu-se de mine. Mi-a cuprins chipul în mâinile sale mari și calde, iar respirația grea i se lovea de pielea mea în momentul în care și-a aplecat capul să îmi vorbească.

— Te iubesc. Mă înțelegi? Insiști să fiu siropos și să îți spun că nu am mai iubit niciodată o fată cum te iubesc pe tine? Bine, ăsta este adevărul. Și insiști să îmi servesc sentimentele pe tavă? Ei bine, uite-le. Mă doare în partea dorsală de tot ceea ce ți-am dat, îți dau și îți voi da, pentru că nu înseamnă nimic în comparație cu ce mă faci tu să simt. Vreau doar să fii fericită, Char, pentru că tu mă faci al dracului de fericit. Lângă tine sunt ca un copil pentru care Crăciunul are loc de trei sute șaizeci și cinci de zile pe an, ca un hoț care găsește o bijuterie abandonată la picioare, ca focul care are nevoie de oxigen ca să ardă. Pot locui pe stradă, pot să nu mai am nimic, dar încă îți voi da tot ceea ce voi avea, pentru că este ceea ce meriți.

Mâinile sale puse pe chipul meu nu mă lăsau să vorbesc, dar chiar dacă mi-ar fi permis, nu cred că aș fi putut scoate un cuvânt. Ochii lui arătau ca un gazon sănătos și proaspăt, scânteia din ei îmi tăia respirația, iar replicile sale mi-au atins inima. Ochii mi s-au umezit.

— Să nu mă mai pui niciodată să spun lucruri din astea. E a naibii de greu să exprim ceea ce simt în cuvinte. Acum pot să te sărut și să lași porcăriile?

Inima și mintea mi se zbăteau undeva între da și nu, iar eu habar nu aveam ce să fac. Lucrurile nu puteau rămâne așa, dar Doamne, cât îl iubeam pe băiatul ăsta! Cine s-ar fi gândit încă de la început că aș fi putut ajunge aici, oferindu-i inima mea cu totul tipului pe care îl uram? Eram atât de recunoscătoare că l-am găsit, că era al meu, încât uneori aveam impresia că visam privindu-l.

— Cred că aș vrea să te sărut, i-am șoptit cu greu. Dar vorbim despre asta mai târziu, l-am avertizat.

Ace a făcut ceea ce obișnuiam eu să fac, și-a dat ochii peste cap, apoi nu a mai pierdut timpul și s-a aplecat, prinzându-mi buzele într-un sărut.

Am cedat. Dar presimțeam că acesta era doar începutul unui lung șir de sacrificii care ne-ar fi construit relația.

# Capitolul 46

Tot ceea ce am făcut până să vină balul de Crăciun a fost să ies cu prietenii mei, să stau cu Ace toată aproape mereu, să muncesc până am primit zilele mele libere de sărbători și să îl mai vizitez pe Logan – de care începea să îmi placă din ce în ce mai mult.

Nu m-am mai gândit la Crystal, nu am mai avut nicio ceartă legată de bani și am trăit fiecare clipă ca o adolescentă îndrăgostită.

În seara aceasta se întâmpla magia. Am plecat de la Ace de acasă încă de dimineață, când i-am oferit un sărut de la revedere în timp ce el dormea și un bilețel, apoi m-am ocupat de treburile mele. M-am întâlnit cu mama acasă, care își dăduse seama pe unde îmi pierdeam eu nopțile, am gătit, am discutat și am făcut curățenie. După ce ea a fost nevoită să plece, eu am mers să îmi fac cumpărăturile. Ace se trezise abia pe la prânz, m-a sunat și mi-a ținut companie telefonică până când am ajuns înapoi acasă de la supermarket. Câteva ore le-am folosit să îmi pun în ordine teme și lecții, chiar dacă era vacanță, iar pe la ora patru Kendra venise la mine cu ținuta ei pentru bal și trusa de machiaje. Eu făcusem baie, îmi uscasem părul, amândouă ne-am îmbrăcat în halate și am început să ne aranjăm.

Machiajul nu a fost ceva greu de ales, ambele ne-am machiat strident, de seară, eu una folosind mult verde, iar ea mult auriu. Coafurile au fost mai complicate, căci mie mi-a luat cam două ore să îmi transform părul în onduleuri elegante, iar Kendra și l-a prins pe al ei sus, într-un coc modern, lăsându-și doar bretonul mai scurt liber, pe o parte. Ne-am pierdut mult timp pentru pregătire, iar băieții trebuiau să vină pe la șapte cu mașina lui Ace după noi, dar eu și Kendra abia la șapte fără zece am început să ne îmbrăcăm.

Purtam în sfârșit toate hainele pe care le-am luat cu zile în urmă și mă simțeam exact ca o prințesă – o prințesă obraznică pe dedesubt. Am împrumutat un sacou verde de la Kendra, pentru a-mi ține de cald pe drum, iar ținuta mea era perfectă. La șapte și cinci minute Ace m-a sunat, spunând că aștepta de un sfert de oră cu Alec în mașină. Eu și Kendra, ca două domnișoare ce eram, i-am mai lăsat să aștepte încă zece minute până să coborâm.

Ei bine, băieții puteau spune că a meritat așteptarea. Cel puțin asta arătau fețele lor în momentul în care am scos piciorul pe ușă. Habar nu aveam cum arăta Alec, nu prea îmi păsa de prietenul meu în momentul de față, ochii mei erau doar pe Ace – un Ace îmbrăcat la patru ace, așa cum nu obișnuia să se îmbrace decât dacă era obligat. Costumul negru arăta divin pe el, îi scotea în evidență umerii lați și șoldurile înguste, iar cravata pe care o purta la gât – verde, exact ca și rochia mea – îl transforma într-un adevărat bărbat. Aproape că îmi venea să nu mai plec nicăieri și să îl duc acasă, așa, împachetat frumos cum era.

— Aș putea spune că nu te-ai grăbit, mi-a zis Ace când am ajuns lângă el, dar acum nu simt nevoia să mă mai plâng.

Ochii lui au mers până în vârful picioarelor mele, apoi mi-a cuprins talia cu o mână și buzele sale s-au lipit de tâmpla mea.

— Ești frumoasă, mi-a șoptit el. Mereu ești frumoasă.

Am inspirat adânc și m-am abținut să nu chițăi de fericire. Era real? Trebuia să fie. Totul părea atât de real, era imposibil să visez. Dar Ace era visul meu pe două picioare.

Alec i-a deschis ușa Kendrei și ambii s-au strecurat în mașină, pe locurile din spate.

— Mi-aș fi dorit ca ăștia doi să nu fie cu noi, a oftat Ace. Sau măcar să nu fii machiată, spectatorii nu mă deranjează prea tare.

Am chicotit, iar el mi-a deschis ușa din dreapta a automobilului său. Înainte să intru, mâna mea l-a apucat de gât, mângâindu-l cu unghiile proaspăt făcute, iar eu m-am ridicat până la urechea sa.

— Când ne întoarcem, i-am șoptit.

Imediat după aceea m-am retras, intrând la locul meu. Mi-am ridicat privirea spre Ace când acesta închisese ușa în urma mea și i-am putut vedea rânjetul fericit pe față – cred că și eu aveam unul exact la fel. A înțeles la ce mă refeream, iar stomacul meu era un ghem de nervi. Cum aș fi supraviețuit toată noaptea? Mintea îmi era doar la ceea ce trebuia să se petreacă la sfârșitul ei.

Într-un mod prostesc, eram emoționată și din cauză că participam la primul meu bal organizat de liceul Appleby – numele lui îmi suna din ce în ce mai ciudat cu cât stăteam mai mult în preajma lui Ace. Speram să mă distrez, să fie o noapte pe care să mi-o amintesc mereu cu drag și pe care să o păstrez în suflet. Nimeni și nimic nu îmi putea distruge seara. Urma să dansez, să râd, să mă distrez și să mă simt bine cu prietenii mei, era stabilit.

Drumul până la liceu nu a fost deloc unul liniștit cu Alec și Kendra care ne țineau de vorbă. Mașina lui Ace nu a mai fost niciodată cutremurată atât de tare de basul muzicii și de râsete. Distracția deja începuse pentru noi.

Parcarea liceului a fost mai plină ca de obicei, dar nu vedeai decât mașini ultimul răcnet sau chiar limuzine. Mi-am rotit ochii plictisită când am văzut asta, iar Ace m-a prins în flagrant, zâmbind din cauza reacției mele. Știa deja că nu suportam *fițele*, dar era ironic, pentru că eu însămi eram în momentul de față îmbrăcată ca o fițoasă, stând pe locul din dreapta al unei mașini la fel de scumpă ca toate celelalte de aici. Poate că eram o ipocrită, dar nu dădeam doi bani pe asta.

Muzica se oprise, Ace parcase OZN-ul, iar ușile din spate se deschiseră zgomotos.

— Nu te mișca! mi-a ordonat el.

Mi-am rotit ochii din nou. Nu prea îi dădeam ocazia lui Ace să îmi deschidă portiera mașinii, exact așa cum își dorea el să facă mereu, dar în seara aceasta era balul, puteam să îi îndeplinesc dorința. Kendra, ei bine, nu îi făcuse hatârul lui Alec. Se părea că eram mai îmblânzită decât ea.

Uşa mi s-a deschis, Ace mi-a întins mâna şi mi-a zâmbit fermecător, având o lumină de-a dreptul molipsitoare în ochi.

Sau poate că doar eram mai îndrăgostită decât ea.

I-am zâmbit lui Ace la rândul meu, apoi i-am oferit mâna, ieşind din maşină. Kendra era de braţ cu Alec, aşteptându-ne câţiva paşi mai încolo. Până să blocheze Ace maşina, privirea mea s-a îndreptat prin împrejurimi pentru câteva secunde. Toată curtea era plină de lumini albe, până şi fântâna era decorată, iar pe mijlocul drumului se afla un covor roşu, exact ca cel pentru starurile de la Hollywood. Locuind în San Diego, vremea era una bună şi caldă, chiar şi în luna decembrie, iar mie nu îmi era frig deloc.

L-am cuprins şi eu pe Ace de mână, mergând după Alec şi Kendra.

Mă miram de-a dreptul că balul nu era organizat într-un restaurant select, ci în sala de sport a liceului, dar având în vedere ce sală de sport avea acest liceu... se putea numi restaurant select.

Lumini în diferite nuanţe de albastru şi alb ieşeau din încăpere, muzica se auzea bubuind încă de afară, iar lumea părea să se distreze copios. Aranjamentele de dinăuntru chiar arătau divin, ofereau cu adevărat atmosfera de iarnă. Fiecare masă avea ornamente de gheaţă, din tavan curgeau fulgi deşi de carton, pictaţi foarte frumos, la intrare se afla sania lui Moş Crăciun şi multe cadouri unde lumea făcea poze, iar în mijlocul sălii era un brad mare, luminos, decorat cu obiecte de şcoală, creioane, pixuri, gume de şters, rigle, desene de la ora de arte, mingi de toate felurile, măşti, instrumente muzicale, ochelari, tricouri ale echipelor sportive şi chiar bileţele.

Niciun bal la care am fost vreodată nu arătase aşa. Dumnezeule, era superb!

Înaintam, holbându-mă în jur şi ţinându-l pe Ace de braţ, pentru a nu mă împiedica din cauză că nu mă uitam pe unde mergeam. Primul loc în care ne-am oprit a fost sania lui Moş Crăciun, unde am făcut câteva poze de cuplu şi alte câteva în grup, cu prietenii noştri, distrându-ne în momentul în care am primit căciuli roșii, iar băieții bărbi false, albe și lungi. După o ședință foto ca la carte, ne-am îndreptat spre o masă goală și ne-am așezat acolo, lăsându-ne lucrurile. Mi-am dat sacoul jos, mi-am aruncat geanta pe scaun, iar primul lucru pe care l-am făcut a fost să îl târăsc pe Ace în mijlocul ringului de dans. Speram să îl fac de râs, dar nemernicul știa într-adevăr să danseze, pe orice ritm.

Momentul meu preferat a fost atunci când am auzit în boxe melodia *all I want for Christmas is you*. A fost rândul meu să îi cânt lui Ace pe buze versurile, iar el mi-a zâmbit, amintindu-și probabil prima noastră întâlnire.

Nu mă mai distrasem așa de mult timp, cu adevărat mult timp, și îmi părea extrem de rău că Allen nu a putut veni, la fel și Logan. Grupul persoanelor pe care l-aș fi vrut alături de mine în seara aceea nu era complet, dar m-am bucurat de ce aveam. Măcar Kendra era lângă mine. Nu știam ce m-aș fi făcut singură între Ace și Alec.

Nu la mult timp după ce ajunsesem, am zărit-o și pe Crystal. Era împreună cu Troy, căpitanul echipei de rugby, cel care mă invitase pe mine la acest bal cu câteva săptămâni în urmă. *Coincidență? Nu prea cred.*

Am ignorat-o, am continuat să mă distrez, iar noaptea a decurs fără evenimente. Ei bine, poate că nu am ignorat-o de tot. Când a venit o melodie lentă pe care am dansat cu Ace, nu am putut să nu îi rânjesc în față când m-a privit în ochi. Speram că așa își dăduse seama al cui era iubitul *meu de* fapt.

Pe la mijlocul serii m-am dus singură la baie și, surprinzător, Crystal nu a apărut de sub chiuvetă să mă sfâșie, exact așa cum mă așteptam. Renunțase să se lege de mine, sau poate că planul pe care îl avea în cap nu se lega de seara asta, iar eu nu puteam decât să mă bucur.

Imediat cum am ieșit din baie, Kendra a sărit pe mine.

— Aici erai! a strigat ea. Trebuie să anunțe regele și regina balului, m-a anunțat.

M-am lăsat trasă de mână de către ea spre ringul de dans, printre persoane, până când am dat de partenerii noștri, dar nu am fost încântată deloc. Acest moment era cel care îmi displăcea cel mai mult într-o seară de bal. Nu era din cauză că eu nu ajunsesem niciodată regina unuia, nu mă interesa asta, ci din cauză că sprijinea alegerea unui conducător, sprijinea competiția și aspectul fizic, ceea ce mi se părea o prostie totală.

Când am ajuns lângă Ace, el mi-a cuprins talia și m-a apropiat de el, iar Kendra a plecat la Alec. Palma lui mare mi-a cuprins chipul și eu m-am sprijinit de ea, capturându-i căldura. Buzele sale au coborât peste ale mele, apoi m-a sărutat ușor.

— Tu ești deja regina mea, mi-a șoptit.

O parte din mine se topea de drag, dar alta exploda de nerăbdare să rupă rochia pe care o aveam pe mine, căci, da, eram mai mult ca sigură că Ace era alesul, nu aș mai fi dat peste nicio persoană care să se fi potrivit cu mine mai bine decât el. Mă făcea fericită. Asta însemna totul.

— Iar regele balului de anul acesta este...

Organizatoarea șefă a balului prezenta câștigătorii, dar, să fim sinceri, știam deja cine era. Putea să îi dea premiul din prima, fără prezentări sau alte cele.

— ... Ace Appleby!

Aproape că mi-am dat ochii peste cap. Și dacă nu aș fi fost iubita lui, acum l-aș fi huiduit cu siguranță, doar din cauză că toată lumea îl aplauda puternic, îl aclama și îl felicita.

Ace s-a despărțit de mine zâmbindu-mi și făcându-mi cu ochiul. A trecut prin marea de oameni, despărțind-o precum Moise. Se mișca atât de sigur pe sine, cu mișcări fluente, sexy, era în elementul său, chiar dacă atenția tuturor era pe el.

Iubitul meu arogant s-a urcat pe scenă, primind coroana pe cap sub aplauzele tuturor. Ei, na! Până aici a fost. Rânjetul pe care îl afișa a făcut tot. Mi-am pus mâinile la gură și l-am huiduit cât de tare am putut, încercând să acopăr marea de aclamații. Privirea lui a căzut pe mine și un zâmbet real i-a apărut pe buze, unul amuzat, deloc îngâmfat.

*Așa da, mai merge!*

Eram privită de oameni cu reproș, dar nu mă interesa. Egoul lui Ace mai avea puțin și exploda. Acum era sub control, lumea se afla în siguranță.

*Nu trebuie să îmi mulțumiți pentru asta!*

După două minute de gălăgie a venit rândul organizatoarei să spună alte câteva cuvinte, apoi să prezinte și regina balului. Mult mai vorbeau oamenii din vârful societății...

— Iar regina balului din acest an este...

Uite, bine, recunosc. Uram balurile, într-adevăr, dar doar din cauză că Ace era acolo, o fărâmă din mine – o fărâmă mai mare – își dorea să fiu pe scenă cu el, lângă el, să fim împreună. Dar destinul pur și simplu nu a vrut asta.

Crystal devenise regină. Din nou, *ce surpriză!* Sincer, mă așteptam la asta, am încercat să mă pregătesc pentru această clipă, dar în momentul în care am văzut-o urcând pe scenă alături de Ace, sângele mi-a clocotit. Privirea lui era pe mine, iar eu am încercat să îl calmez cu un zâmbet, însă nu știam cât de convingătoare am fost. Ace deja învățase să vadă prin măștile mele.

Inima m-a înțepat când organizatoarea a menționat ceva despre un dans al regelui și al reginei. În momentul acela am putut vedea cum Ace s-a opus, dar aclamațiile lumii erau puternice și i-am făcut un semn din cap, sperând să mă vadă. A acceptat, și așa au început patru minute de infern pentru mine, în care am încercat să nu omor pe nimeni.

Crystal și-a așezat ghearele pe Ace, la propriu, luându-l de braț și coborând de pe scenă când melodia lor a început. Până și gândul la *melodia lor* mă făcea să vărs. Ace o atingea de la depărtare, de talie, iar ea încerca să se apropie cât mai mult de el, încrucișându-și mâinile după gâtul său. Toate aceste mișcări lente dintre ei păreau să nu se mai termine, iar nevoia de a lovi ceva creștea în mine. Nu am mai simțit niciodată o gelozie atât de puternică, și cine mă cunoștea știa că am fost o persoană geloasă toată viața. Voiam să fug într-un colț și să plâng, dar voiam să rămân puternică în același timp, aici, să îi arăt lui Crystal că nu câștigase, voiam să apăr ce era al meu, voiam să mă lupt pentru Ace, dar nu puteam face nimic. Trebuie doar să aștept.

Ochii mei erau lipiți de cei doi, iar vrăjitoarea de Crystal rânjea în fața mea de fiecare dată când avea ocazia. Îmi doream ceva cu alcool în acest moment.

— Știi, am auzit o voce subțire aproape de mine, toți îi vor vedea ca pe un cuplu, mereu, indiferent de cât vei mai rezista lângă Ace.

Rebecca, șefa clonelor care m-a atacat în a doua zi de școală cu întrebări despre mine, privea înspre cei doi.

Și eu care credeam că ne împrietenisem când am jucat bere-pong la petrecere împreună.

— Și asta te va urmări, a continuat ea.

Era incredibil, dar cred că Rebecca, bârfitoarea de plastic, mă compătimea. Probabil că băuse ceva pe ascuns și era prea amețită ca să nu mă placă.

Roșcata a ridicat paharul de punci în cinstea mea, apoi a adăugat:

— Totuși, îți urez succes! Sunteți drăguți împreună.

A plecat prin mulțime exact așa cum a apărut, iar eu nu i-am rostit niciun cuvânt. Kendra și Alec au venit lângă mine, sprijinindu-mă moral, dar eu nu aveam nevoie de niciun sprijin. Eram puternică. Mă puteam descurca.

După o eternitate, melodia se terminase, iar Ace a venit lângă mine, luându-mă în brațe. Deja mă simțeam mai bine, împăcată, iar golul din pieptul meu se umplea iar.

M-a sărutat scurt.

— Mai știi ce ți-am spus ultima dată? m-a întrebat îngrijorat.

Crystal nu putea să ne despartă, nu atât timp cât Ace mă iubea. Gelozia pe care i-o purtam era aievea.

— Că eu sunt regina ta, i-am șoptit.

— Răspuns corect.

Și-a ridicat coroana de pe cap și a așezat-o pe al meu. În acest moment mă bucuram că nu îmi făcusem un coc, stătea perfect pe părul meu desprins, aranjat în bucle.

Pieptul mi s-a umflat de emoție când i-am văzut zâmbetul sincer, fericit, atât de aproape de mine.

— Și tu ești regele meu, i-am spus, prinzându-l de marginile sacoului.

Ace s-a aplecat și m-a sărutat, de data aceasta prelung, dăruindu-mi totul odată cu el. Nici măcar nu îmi păsa că îmi stricase machiajul sau că lumea a început să ne aplaude. Existam doar eu și cu el. Mereu a fost așa. *Mereu va fi așa.*

# Capitolul 47

Noaptea a continuat la fel de perfect cum a început. Imediat după ce Ace mi-a oferit coroana lui, a rugat dj-ul să pună melodia lui Frank Sinatra, pe care am dansat la prima noastră întâlnire, și m-a chinuit, punându-mă să îmi exersez din nou mișcările stângace în fața tuturor. Mi-a fredonat iar versurile, dar de data aceasta nu a omis cuvintele *te iubesc*. Inima mea se topise.

Cu toții se holbau la noi, iar la un moment dat ringul de dans se golise, lăsându-ne doar pe noi acolo, restul întinzându-se pe margine și privind. Era exact ca dansul de mai devreme, cel al lui și al lui Crystal, doar că de data aceasta eu eram aici, ea se afla pe margine, iar Ace zâmbea, nu era încruntat.

Chiar eram regina lui. Nu mai era loc de minciuni și piese de teatru. Simțeam complet că eram a lui, iar el era al meu. Ace era regele meu.

Am stat mai mereu lipiți în acea noapte. Multă lume a vorbit cu noi, mai ales după acel dans și după câștigarea titlului de rege al balului de către Ace. Persoane cunoscute doar din vedere îmi felicitau iubitul și fete ale căror nume nici măcar nu le știam mă luau în brațe sau mă pupau bucuroase, de parcă eram prietene. Kendra a rămas cu mine, ceea ce mă făcea să scap rapid de fiecare persoană.

Pentru prima dată m-am uitat și i-am analizat intens pe Kendra și pe Alec ca și cuplu. Pe lângă faptul că arătau uimitor, exact ca o pereche de la Hollywood, iubeam expresia amândurora. Ochii lui albaștri o priveau cu drag, cu afecțiune, chiar și după tot ceea ce a pățit cu Crystal, iar ochii Kendrei, ochii căprui ai prietenei mele, care schimba bărbații ca pe șosete, nu voiau să recunoască, dar eu știam că era mai mult decât atrasă de Alec și că această relație avea să fie una lungă, frumoasă și strălucită. Mă bucuram enorm pentru ei. Pentru amândoi. Lucrurile se aranjau frumos pentru noi toți.

Dansasem melodii peste melodii. Puteam spune că primul meu bal la acest liceu a fost un succes, dar se părea că încă nu se terminase.

Mersesem pentru a cincea oară la baie în acea seară – singură, pentru că nu eram un fan al tradiției fetelor care merg în grup la toaletă – și eram sigură că totul funcționa bine în Univers. Nici nu mă mai așteptam ca ceva să meargă rău, eram complet relaxată, dar asta a fost cu siguranță o mișcare greșită din partea mea.

Mă spălam pe mâini când ușa băii s-a deschis și Crystal a intrat. Stomacul mi s-a strâns la vederea părului ei roșcat și frumos aranjat, dar mai ales a ochilor inexpresivi care m-au privit din prima secundă în care a intrat în toaletă. Aceasta s-a mișcat elegant pe tocuri până la mine, s-a așezat în fața oglinzii din stânga mea și a trântit gentuța tip plic pe chiuveta de dinaintea ei. A început să își desfacă trusa de machiaje, iar eu am inspirat ușor. Poate că până la urmă nu avea treabă cu mine. Venise doar să își facă un retuș la machiaj.

— Îl iubești? vocea ei bruscă a umplut liniștea dintre noi.

Nu m-am așteptat la asta.

Singura fată care mai era în baie abia ieșise, iar de după ușă puteam auzi muzica înfundată de pereți.

Crystal nu mă privea. Se privea singură în oglindă. Își scosese un ruj roșu cu care acum își picta buzele exagerat de mari, dar naturale. Îmbrăcată cu acea rochie semăna cu Cenușăreasa – după transformare –, iar eu, în rochia mea verde, păream personajul negativ din poveste. Singurul lucru care trebuia să se mai întâmple era să înceapă Crystal să plângă.

— Da, am răspuns eu evident, oprind apa de la robinet.

Nici eu nu o mai priveam. Nu îmi plăcea să o privesc. Dimpotrivă! Uram să o privesc. Era frumoasă, iar asta mă călca pe nervi.

Mi-am dus mâinile sub uscător și am profitat de următorul minut gălăgios în care nu am mai spus niciuna nimic. Plănuiam să plec imediat după asta, dar când să îmi iau geanta, Crystal mi-a vorbit din nou.

— Se va întoarce la mine, să știi, m-a avertizat ea.

Buzele i se mulau una peste cealaltă, întinzându-și bine vâscozitatea roșie pe buze. A băgat rujul înapoi în geantă imediat după aceea.

— Mereu se va întoarce la mine, a șoptit ea. Nu că ar vrea neapărat, dar și pentru că nu are de ales. Poate că te iubește acum, dar îi va trece.

Am clipit des, încercând să înțeleg orice mama naibii îndruga pe acolo. Doar prostii. Înainte să apuc să îi rostesc un cuvânt, ea a continuat.

— Tatăl meu este CEO al *Golden palace*, mă informează ea. Este a doua cea mai mare companie hotelieră din stat după cea a lui Axton Appleby, mi-a explicat, de parcă eu nu aș fi știut. Suntem meniți să fim împreună. Va trebui să unim companiile noastre într-o zi, să creăm ceva mai bun, mai mare decât orice a existat și va exista. Avem un scop. Viața este o afacere. Și o iubire trecătoare nu ne va sta în cale.

Oglinzile din fața noastră îmi arătau ce chip umplut de silă aveam în acel moment. Fata îndruga doar prostii de adolescentă rănită, care nu a mai fost în centrul atenției pentru câteva clipe, unde i-a fost locul mereu. Îi era ciudă că a pierdut ceva în fața mea. Dacă mi-ar fi cunoscut și statutul financiar... probabil că s-ar fi zgâriat pe ochi.

M-am sprijinit cu șoldul de chiuvetă, hotărându-mă să mai rămân aici o vreme scurtă. Mi-am încrucișat mâinile la piept și, privind-o pe Crystal, am contrazis-o.

— Nu mă interesează cine este tatăl tău, nu mă interesează cine este tatăl lui Ace și nu mă interesezi nici măcar tu. Viața este o afacere? Fato, uită-te bine la tine în oglindă! Nu te crezi nici măcar tu. Îl vrei pe Ace pentru că ești îndrăgostită de el, nu pentru că vrei să îți fie conducător al unui regat din plastic și nefericire. Dar cum ai spus și tu, iubirea trece, chiar mai repede atunci când este neîmpărtășită. Așa că vei fi bine. Și încearcă ca data viitoare să nu te mai încurci cu prieteni. Nici cu frați. Observi cât de rău se termină această situație.

Mi-am luat geanta și atitudinea, apoi m-am îndepărtat de ea victorioasă, bucurându-mă că nu mai spunea nimic. Acest incident nu mi-a stricat seara. De fapt, mi-a făcut-o mai bună. Nu aș fi lăsat nimic să îmi strice seara. Absolut nimic.

— Nu cred că se termină atât de rău, având în vedere că mâine voi fi la brațul lui, se auzi vocea ei din spatele meu.

Eram pregătită să ies pe ușă când aceste cuvinte mi-au intrat pe urechi, iar creierul meu a început să analizeze informația. Poate că arătam ca o idioată, dar a trebuit să întreb.

— Despre ce vorbești?

Mă întorsesem din nou la ea, iar aceasta mă privea fix în sfârșit, purtând un rânjet pe buzele ei roșii. Fata aceasta putea să ia locul diavolului în orice secundă în care el ar fi dorit să își ia o vacanță.

— Sunt sigură că tu crezi că te păcălesc, dar întreabă-ți prețiosul iubit ce are de gând să facă mâine seară.

Era Ajunul Crăciunului. Nu trebuia să facă nimic altceva în afară să stea cu mine și să deschidă cadouri. Știam că suna foarte posesiv, dar familia lui era destrămată, din păcate, iar prietenii nu îi erau atât de apropiați, așa că mai rămâneam doar eu. Eu și Alec. Plus Kendra și Allen. Trebuia să petrecem cu toții împreună Crăciunul. De obicei asta se întâmpla la All acasă, dar anul acesta nu știam unde urma să se desfășoare totul, încă nu îi spusesem lui Ace de planuri. Ei bine, oricum era, trebuia să fie cu mine.

— Sau vino în *La Jolla*, numărul trei sute patruzeci și șapte, a continuat ea, apoi s-a întors spre mine și m-a privit din cap până în picioare. Asta dacă mai ai economii pentru altă rochie scumpă.

Fiind luată prin surprindere, am clipit des. Nu mi-a trebuit nicio secundă în plus ca să înțeleg. Ea știa.

— De unde ai aflat? am întrebat-o, ignorând adresa aceea și subiectul inconfortabil.

Preferam subiectul acesta tensionat mai degrabă.

Crystal își strânsese toate lucrurile care acum se aflau înapoi în poșeta ei.

— Fii serioasă, Charity. Oricine ar vrea să afle, află. Nu trebuie să te chinui prea mult să descoperi asta.

Și-a pus geanta pe umăr și s-a întors spre mine, aranjându-și părul. Era pregătită de plecare.

— Voiam să o folosesc împotriva ta, să le spun tuturor, dar Ace ar fi pocnit din degete și ar fi rezolvat problema. Ai protecția lui. Deocamdată. Când nu o vei mai avea... să te ajute Dumnezeul Tău!

Mi-am ridicat o sprânceană și am strâmbat din nas, arătând că nu îmi era frică, dar în interiorul meu se răscolea ceva. Totuși, eu și Ace puteam trece peste asta, iar atât timp cât eram cu el totul urma să fie bine – referindu-mă nu doar la amenințarea lui Crystal. O scoteam noi la capăt. Pentru că ne iubeam.

— Ține minte, a rostit ea din nou, trecând pe lângă mine. Trei sute patruzeci și șapte.

Apoi a dispărut pe ușa care dădea spre holul sălii de sport. Muzica se auzise din nou prea tare până când ușa s-a închis în urma ei, iar eu mi-am luat câteva secunde să mă calmez.

Chiar mi-am lăsat garda jos de data aceasta.

Trebuia să prevăd că ea nu ar fi lăsat lucrurile așa. Dar dacă asta nu era o minciună? Părea foarte hotărâtă și chiar mi-a propus să îl întreb pe Ace. Era posibil să mă mintă în legătură cu ceva? După toate prin câte am trecut? Și cum adică va fi la brațul lui? Ce mama naibii se întâmpla aici?

Am luat o gură mare de aer, apoi am încercat să gândesc logic, alungând norii de confuzie din mintea mea.

Lăsând la o parte ideea că ăsta era un alt plan de-al lui Crystal... aveam două variante. Ori îi spuneam lui Ace despre asta, având încredere oarbă în el, ori încercam să investighez subtil, și dacă ceva mi se părea în neregulă aveam să apar la acea adresă mâine seară.

Ei bine, le puteam combina. Investigam subtil și, depinzând de comportamentul lui Ace, aflam ce făceam în continuare.

Da, cred că am luat o decizie finală. Și mă uram pentru asta. Mă uram pentru că mi s-a demonstrat că până și câteva cuvinte mă îndoiau de iubitul meu.

Mi s-a demonstrat că încă nu aveam încredere completă în Ace.

# Capitolul 48

Haide să spunem că prima mea lenjerie sexy a fost un cadou frumos irosit. Cu toate că am încercat să îmi simulez starea de bine până când balul a fost pe sfârșite și ne-am retras acasă, pe drumul spre întoarcere m-am plâns de o durere de cap inexistentă și i-am cerut lui Ace să mă lase la mine, pentru că știam că el nu avea pastile în apartamentul său. A insistat o perioadă doar să le iau și să mergem la el sau să rămână, dar i-am spus că voiam să dorm în propriul pat și l-am mințit că mama era acasă. Eram absolut sigură că l-am făcut să bănuiască ceva, dar eram sigură și că ceea ce bănuia el avea legătură cu *frica mea vizavi de prima mea noapte*. L-am lăsat să creadă asta și l-am sărutat înainte să plece pentru a-l îndulci. Doar pentru că bănuiam că îmi ascundea ceva nu însemna că nu îl mai iubeam sau că până aflam adevărul merita să mă comport rece cu el.

Fiind singură, în sfârșit am avut timp să mă gândesc limpede la toată situația. Ei bine, am apucat să mă gândesc la tot vreo zece minute, înainte să leșin de oboseală. Nu am dormit bine. A fost prima noapte pe care mi-am petrecut-o singură după multe în care am dormit în brațele lui Ace și nu știam dacă acesta era motivul disconfortului meu sau vocea lui Crystal din cap care mă irita constant. Poate ambele.

M-am trezit prost dispusă, iar Ajunul Crăciunului nu era tocmai vesel în preajma mea. Mama, din păcate, lucra și astăzi, tocmai pentru a plăti datoria lui John, cea despre care ea nu știa că nu mai exista. Trebuia să îi spun curând despre asta, venea ziua în care eram nevoită să plătesc următoarea parte, iar ea nici măcar nu avea habar. Dar nu știam cum să îi explic. Și-ar fi ieșit din minți. Mai aveam câteva zile să mă gândesc la asta. Până atunci profitam de liniște.

Era Ajunul. Era ziua în care aveam o altă problemă de rezolvat, și anume, să verific dacă Ace chiar mă mințea sau nu.

Am vorbit cu el de dimineață, vreo două mesaje, apoi a venit la mine. M-am trezit cu el în fața ușii, pe la ora unu la amiază, după care s-a pus în pat cu mine, pentru că niciunul dintre noi nu era prea odihnit. Am moțăit îmbrățișați câteva ore.

Pe la patru m-a sunat Allen, apoi Kendra. Plănuiam cine trebuia să aducă ce la mini-petrecerea noastră și abia atunci i-am spus lui Ace despre planurile din acea seară.

— De câțiva ani ne petrecem Crăciunul împreună, i-am explicat. Și ești invitat și tu, normal. Nici nu se pune problema. Vom fi doar noi cinci.

Ace stătea întins pe spate, cu o mână după talia mea, având ochii închiși. Eu eram agățată de el, cu mâna dreaptă și cu bărbia peste pieptul său, privindu-l, iar picioarele ne erau încolăcite. L-am văzut încruntându-se cu pleoapele lipite.

— Pe la ce oră? m-a întrebat.

Am inspirat ușor și am sperat din tot sufletul ca asta să nu aibă legătură cu ceea ce credeam eu că avea.

— Habar nu am. De ce? Ai alte planuri?

Bine, poate că am mințit. Puteam să ne întâlnim oricând, dar chiar voiam să îi aflu răspunsul și mai subtilă de atât nu puteam fi. Răbdarea mea se consumase cu o seară în urmă.

— Nu, a răspuns el imediat, calm, netulburat.

Nu mă puteam lua după asta. Ace, oricât îl iubeam eu, avea un talent de actor înnăscut și șlefuit. Iar acum, fără să fiu capabilă să îi privesc ochii, putea să mintă ușor.

— Voiam doar să mă întâlnesc cu tata. Nu voi sta mult, maxim două ore, apoi vin la voi.

Am scos un sunet de aprobare, apoi pieptul meu a continuat să se strângă de emoții. Credeam că odată ce i-aș fi pus acea întrebare aș fi fost lipsită de griji, dar nu a fost așa. Filmele și geloziile mele erau încă în picioare, iar părți ale

corpului meu erau torturate de sentimentele negre pe care mi
le crea imaginea lui Ace cu Crystal la braț.

M-am mai gândit o perioadă la asta, apoi am decis că
nu aveam de ales. Trebuia să merg la adresa dată de Crystal,
să văd ce se întâmpla acolo. Îmi datoram mie asta. Doar că
aveam nevoie din nou de o rochie de ocazie, cum a mai spus
și ea. *Oamenii bogați și codul lor vestimentar...*

Pe la cinci am gătit ceva, am mai pierdut vremea, eu am
făcut un duș, iar timpul a trecut repede până la șapte, când
Ace s-a hotărât să plece. Înainte să iasă pe ușă, m-a mai
privit încă o dată și m-a întrebat:

— Tu ești sigură că nu ai nimic? Pentru că te văd supă-
rată.

Ei, uite, eu nu aveam același talent ca și el. Se părea că
mai aveam scăpări atunci când ceva mă deranja cu adevărat.

I-am zâmbit, calmându-l.

— Migrena de aseară s-a întors din nou. Va trece ea,
l-am liniștit.

Nu părea să creadă nicio iotă. Asta nu m-a oprit să con-
tinui cu teatrul, iar pe el nu l-a oprit să plece. Totuși, înainte
de a mă părăsi, mi-a cuprins chipul în mâini și m-a sărutat
scurt pe buze.

— Mai ții minte ce mi-ai spus legat de cadouri? m-a
întrebat șoptit, foarte aproape.

Da, știam. Zilele trecute i-am cerut ca nu cumva să îmi
facă vreun cadou de Crăciun, pentru că nu ar fi fost corect.
Voiam să fim unul dintre acele cupluri, dar știam că el ar fi
întrecut cu mult un buget modest, iar eu nu îmi permiteam
să îi iau ceva extravagant, chiar și acum, fără să îi mai fiu
datoare lui John. Asta nu însemna că nu i-am luat un cadou.
I-am luat unul, dar el nu știa asta.

— Da, am spus cu suspiciune.

Bănuiam ce urma să îmi spună.

— Ține minte că te iubesc.

Aveam niște cuvinte nu prea frumoase care trebuiau
să îmi iasă pe gură în secunda următoare, dar nu au ieșit,

căci aceasta a fost acoperită. Buzele lui Ace s-au lipit de ale mele, iar el ne-a avântat într-un sărut plin şi adânc, pentru care eu nu am fost pregătită. Am avut voinţă şi i-am rezistat. Exact o secundă. Apoi m-am lăsat moale în braţele lui şi i-am înconjurat gâtul cu mâinile, încercând să îl aduc din ce în ce mai aproape de mine.

Zău că uneori încă aveam îndoieli legate de realitatea mea. Ace Appleby, un băiat râvnit de atâtea fete, era iubitul meu? Acel Ace pe care l-am urât la începutul relaţiei noastre. Acel Ace care arăta ca un zeu grecesc şi care era cu mult peste nivelul meu, din toate punctele de vedere.

Da, chiar era. Şi îmi demonstra asta de fiecare dată când mă săruta, atingea sau privea în felul acela specific lui, care îmi topea inima parcă înghiţită de lavă.

Buzele lui pline, în formă de inimă, erau ale mele. Părul lui răvăşit, des şi moale, îl puteam ciufuli oricând. Ochii lui care semănau cu gazonul verde, proaspăt, îi puteam privi oricât. Vocea lui răguşită, râsul lui simfonic, le puteam auzi mereu. Zâmbetul care îmi crea fantezii şi vise, îl puteam crea cu atât de puţin. Orice parte a corpului său putea fi atinsă sau privită de mine, admirată, iar acest lucru mă făcea să ştiu că îmi aparţinea.

Iar eu îi aparţineam lui. Totul era real.

După prea mult timp irosit pe un sărut de la revedere pentru câteva ore, m-am desprins uşor de el, şoptindu-i:

— Tatăl tău.

— Poate să mai aştepte.

Apoi am fost luată total prin surprindere şi tot ceea ce se întâmpla între noi a luat foc.

Cu o singură mişcare, Ace m-a săltat în braţele lui, iar eu mi-am încrucişat automat picioarele în jurul mijlocului său, pentru a nu pica. Îl ţineam de umeri cu mâinile, când am fost rotită şi spatele mi-a fost lipit de ceva rece – uşa. Am fost împinsă în ea, dar fără brutalitate, iar într-o secundă nu a mai fost loc de surprindere, când Ace a revenit asupra gurii mele.

Nu știam ce se întâmplase adineauri, dar totul a devenit doar foc și gheață și atingeri și săruturi, iar simțurile mele au explodat.

Mâinile lui Ace umblau peste tot, pe talia mea, mai ales în zona unde mi se ridicase tricoul, pe șolduri, pe coapsele mele și pe fese. Tot corpul lui se împingea în mine, într-un mod plăcut, unul care parcă ne contopea, făcându-mă să îmi pierd mințile.

Nici măcar nu știam ce s-a întâmplat de totul a fost atât de brusc, dar știam că îmi era ciudă din cauză că nu folosisem cu cap lenjeria aceea verde. Îmi pierdeam mințile, era clar.

Buzele lui Ace au coborât pe maxilarul meu, apoi pe gât, mergând până la lobul urechii, unde respirația lui fierbinte era ca prima rază de soare a primăverii. Mi-a prins cartilajul între dinți, iar eu am icnit surprinsă. Mâinile mele acționau fără mine, urcând spre gâtul și părul lui Ace, încercând să îmi vărs frustrarea pe ele. Dintr-odată, toate aceste haine dintre noi mă incomodau, iar eu nu îmi doream decât să scap de ele.

Ce se întâmpla cu mine? Pofta mea se simțea de parcă mai experimentasem lucruri de genul, iar eu nu făcusem asta. Știam doar că voiam să o fac – să experimentez –, cât mai curând. Acum. M-am săturat doar să mă amăgesc.

După ce am fost mușcată ușor de gât, m-am trezit stând pe propriile picioare. A fost ca o găleată de apă cu gheață primită dis de dimineață în cap. Ace a fost nevoit să îmi țină echilibrul, căci eu nu puteam să o fac singură, și chiar dacă se îndepărtase puțin de mine, mă susținea perfect. Aerul era prea rece, prea brusc, iar eu eram proaspăt aterizată pe planeta Terra. Am clipit de două ori, înfierbântată, privindu-l pe Ace. Un rânjet i se întindea dintr-un colț al buzelor la celălalt, dar se vedea clar că și el era chinuit.

— Asta a fost ca să fim chit.

M-am încruntat neștiutoare, dar mi-am dat seama imediat despre ce vorbea. Seara trecută îi promisesem ceva pentru întoarcerea acasă, iar eu îl lăsasem cu ochii în soare –

sau mai bine spus în lună – cu durerea mea de cap prefăcută. Acum şi-a luat răsplata, iar eu eram... nu bine.

Mi-am înghiţit un suspin şi mi-am luat două secunde ca să îmi revin. Voiam doar să îl iau la palme, dar înainte de asta buzele sale m-au sărutat din nou, scurt, aproape insesizabil.

— Nu te preface că nu ţi-a plăcut, mi-a spus rânjind. Îţi va plăcea mai mult când voi termina ce am început.

Voiam să îi reproşez că era un arogant, doar din orgoliu, dar m-am abţinut şi mi-am dat ochii peste cap, pentru că, să fim sinceri, aş fi ocolit un adevăr.

— Ne vedem mai târziu, mi-a spus, atingându-mi nasul cu indexul său.

Am luat asta ca pe o invitaţie să mă dau din calea lui, aşa că m-am îndepărtat, iar el a deschis uşa, ieşind fără să se uite înapoi măcar o secundă. Făcea pe şmecherul.

Mi-am rotit iar ochii, apoi am închis uşa în urma sa. Şi, într-un final, eram singură.

Aveam îndoieli. Oare era bine să fi mers la acea adresă? Mă simţeam vinovată că nu aveam încredere completă în Ace, dar acesta era defectul meu, nu aveam încredere în nimeni, nici măcar în propria persoană. Dacă aveam să dau de nimic, el nu merita asta. Dar dacă aveam să aflu ceva important? Sau dacă era doar o cursă pusă la cale de Crystal? Creierul meu nu ştia ce să aleagă.

Dar un semn mi-a venit din ceruri. Telefonul mi-a sunat din cameră, semn că am primit un mesaj. Nu cunoşteam numărul, dar ştiam cine era după ce am citit conţinutul.

*347, La Jolla. Îmbracă-te frumos sau nu vei fi primită şi nu vei afla ce îţi ascunde Ace. Te trec eu pe lista invitaţilor.*

Gelozia se aprinsese iar, dar... se pare că mergeam la o petrecere. Nu mai puteam da înapoi. Nu puteam să nu mă duc.

# Capitolul 49

Nu credeam că voi refolosi rochia primită de la Ace – cel puțin nu mă gândeam că se va întâmpla atât de rapid și în asemenea împrejurimi –, dar datorită lui Crystal venise momentul în care o îmbrăcam iar. Eram din nou îmbrățișată de rochia verde, stil sirenă, cu decolteu pătrat, lungă până în pământ, iar eu nu mă puteam simți bine din cauza asta – nu gândindu-mă unde trebuia să merg și ce treabă aveam cu ea.

Nu am vrut să le spun prietenilor mei ce făceam și unde mă duceam înainte să ne întâlnim la Allen, dar am fost presată și aveam nevoie de cineva să mă conducă, așa că i-am spus fratelui urs totul, iar el a acceptat să vină cu mine, să mă ducă cu mașina și în cazul în care se punea problema, să snopească în bătaie pe cineva pentru mine. Speram să nu fie cazul.

Îl iubeam pe All.

La vreo patruzeci de minute după ce Ace a plecat de la mine, el a venit pregătit în smoching și m-a luat cu mașina lui. M-am mirat foarte tare că se găseau costume pe mărimea lui All; era, practic, un munte de om. Dar existau. Și arăta demențial. Plus că își aranjase și el în sfârșit părul șaten, iar acum putea trece ușor drept un bogătaș nemernic. La fel și eu.

Prietenul meu mi-a repetat de nenumărate rânduri pe drum că asta nu era o idee bună. Cu toate că mă ajuta, o făcea de dragul meu, nicidecum din cauză că era de acord cu mine. Când intrasem în *La Jolla* și găsise un loc de parcare, m-a întrebat din nou:

— Ești sigură de asta?

Nu eram sigură de nimic, dar știam că voi regreta dacă nu aș fi mers acolo și nu aș fi aflat ce naiba se întâmpla pe la spatele meu.

— Da, i-am răspuns pentru a nu știu câta oară.

Cu toate că arătam hotărâtă, nu eram. Iar Allen s-a mai ținut de capul meu până am ajuns să ieșim din mașină și să ne îndreptăm spre adresa dată de Crystal.

Casa aceea era... imensă. Dumnezeule Mare! Puteai adăposti aici peste cincizeci de oameni și cu siguranță fiecare ar fi avut dormitorul său. Până și gardul care îl înconjura era lung, iar pe mine au început să mă doară picioarele străbătându-l până la poartă. Îl țineam de braț pe All când ne îndreptam spre mica coadă făcută în fața a doi agenți de securitate și eu aproape că îmi dădusem ochii peste cap din cauza acestor lucruri extravagante.

— Hei, mi-a atras All atenția.

Mi-am ridicat privirea spre ochii lui căprui și calzi care m-au calmat puțin.

— Dacă se întâmplă ceva, mă descurc și cu gărzile lui cu tot. Orice vrei tu. Să îi spui numele și va fi bătut.

Un zâmbet amuzat mi-a înflorit pe chip. Evident că nu îmi doream ca nimeni să iasă rănit din această casă, dar dăruirea lui îmi aducea o căldură în suflet. Mă bucuram că aveam persoane ca el, Kendra, chiar ca și Alec, pe care să contez mereu la greu. Însă ceva mă întrista. Mă deranja faptul că nu aveam aceeași încredere absolută în Ace.

Ne venise rândul, iar eu mi-am îndreptat privirea spre omul în costum din fața mea, care cu siguranță participa la concursuri de wrestling sau ceva de genul acesta.

Mi-a urat o seară bună cu vocea lui groasă. I-am răspuns de asemenea și mi-a cerut numele.

— Charity Good, l-am informat.

Acum era acum. Se putea ca totul să fi fost o farsă. Se putea ca Ace să nu fie aici. Se putea ca Crystal să mă fi păcălit, să nu mă fi trecut pe nicio listă și doar să îmi testeze încrederea în Ace. Puteam fi alungată, mergeam acasă și îmi continuam Crăciunul exact așa cum am plănuit să o fac. Puteam. Dar nu am făcut-o.

— V-am găsit. Puteți intra.

Acum devenisem și mai agitată. Totul era real. Crystal nu se ținea de glume. Ea chiar ne-a trecut pe lista invitaților și acum eram pe care să intrăm într-un conac imens.

Allen m-a strâns de mână, simțindu-mi parcă nervozitatea.

Am încercat să mă axez pe împrejurimi și să nu mă mai gândesc atât de mult la ce urma să se întâmple în doar câteva minute. Locul ăsta avea un gazon imens, vreo cinci fântâni arteziene, aleea pavată cu piatră cubică și câte un agent de pază la fiecare douăzeci de metri. Casa era bej, scările din față de marmură, iar la primul etaj, exact în față, se afla un balcon enorm, aproape cât restaurantul la care lucram eu, cu coloane disproporționate.

Niște lumini erau implantate pe aici pe undeva, picând exact pe conac și făcându-l strălucitor. Oameni erau afară sau pe acel balcon, vorbind, râzând și degustând ce aveau ei prin pahare. Cu toții erau îmbrăcați la patru ace, iar femeile aveau ceva ce eu nu aveam: bijuterii scumpe. Eu uitasem să îmi iau până și ceva imitații. Tot ce purtam erau cerceii.

— Poartă-te natural, mi-a șoptit Allen în timp ce urcam scările.

Mi-am întors privirea spre el. Zâmbea. Se prefăcea. I-am făcut jocul, dar am simțit nevoia să îi spun:

— Dacă m-aș comporta natural, mi-aș scoate pantofii ăștia din picioare, m-aș întinde pe o canapea și aș cere o pungă de popcorn cuiva, apoi aș fi dată afară. Asta vrei?

Allen a râs. Iar de data asta a fost real.

— Poate nu chiar atât de natural, a comentat el.

Așa ziceam și eu.

Ușile din față erau larg deschise, primindu-ne într-un hol spațios, cu scări pe ambele părți și drum liber în față, spre o altă încăpere. Deja era plin de oameni aici, iar eu nu puteam fi atentă la detaliile arhitecturale ale locului. Vedeam câte-o vază scumpă din când în când, sau o masă lăcuită cu detalii sculptate, sau îmi sărea în ochi chiar și podeaua lustruită, ori candelabrele de cristal. Înaintam în sala din care muzica se auzea exact atât cât trebuia – destul încât să vrei să dansezi, îndeajuns încât să poți comunica cu alte persoane fără să țipi –, iar ochii mi se plimbau fără voie pe chipurile oamenilor.

— Nu mai fi atât de evidentă! mi-a atras All atenția.

Era cât pe ce să îmi dau ochii peste cap, dar nu aveam voie să fac asta aici. Eram într-un spațiu cu tot felul de oameni importanți și bogați în care nu puteam da de gândit că eram altfel decât ei.

— Mi-e imposibil, i-am recunoscut.

Mi-aș fi răsucit capul și la trei sute șaizeci de grade în căutarea lui. Ei bine, asta dacă nu ar fi presupus o moarte evidentă sau dacă nu am fi luat în calcul imposibilitatea desfășurării acestei acțiuni din cauza naturii omenești. Mă puteam transforma într-o bufniță.

— Încearcă. Arăți ciudat. Îți lungești gâtul peste tot.

Mi-am închis ochii pentru o secundă și i-am dat peste cap pe dedesubtul pleoapelor. *Uite! Nu m-am putut abține! Sunt o needucată.*

Când am încheiat acest subiect, am început să analizez atent fiecare om pe lângă care treceam. Unii mi se păreau cunoscuți și puteam jura că îi știam de pe coperta vreunei reviste sau a vreunui ziar, alții îmi erau complet străini, dar nu găseam pe nimeni familiar. Nimeni nu era Ace sau Crystal.

Pentru o secundă reținerile și părerea de rău m-au invadat. Dacă totul era doar o farsă? Dacă voia să își demonstreze ei, mie, poate chiar și lui Ace, că eu nu am încredere în el? De ce nu i-am spus lui pur și simplu când ea m-a abordat în toaleta fetelor? Dacă aș fi făcut asta de la început, acum poate că nu eram îmbrăcată în rochia aceasta superbă, la o petrecere extravagantă cu prietenul meu cel mai bun la braț, ci într-o încăpere unde toți amicii mei ar fi fost, în haine comode și cu Ace care m-ar fi ținut în brațe, desfăcând și oferind cadouri.

Doar că era prea târziu pentru acel gând.

All mi-a strâns mâna tocmai când eram pe care să spun că era mai bine să ne retragem. Mi-a atras atenția către el, apoi mi-a făcut semn din cap în fața noastră. Îmi era frică să mă uit, dar nu am ezitat nicio clipă. Din privirea lui știam că nu urma să se întâmple ceva plăcut.

Era aici.

Nu aveam cum să nu simt asta. Parcă aerul a devenit greu, irespirabil, iar atmosfera s-a încărcat cu o electricitate cunoscută.

Apoi l-am văzut.

Îmbrăcat cu un costum bleumarin, asortat cu o cravată de aceeași culoare și cămașă albă, Ace arăta mai distins ca niciodată – el, care refuza mereu să poarte uniforma de la școală. Se mișca ușor printre oameni, dând mâna, salutând și zâmbindu-le familiar. Îmi puteam da seama până și de aici că nu era atât de fericit pe cât se arăta, dar asta nu îmi alunga din cap gândul că m-a mințit. A spus că mergea să stea cu tatăl său, nu că va participa la o petrecere organizată de el – știam că Axton Appleby a făcut asta, ceea ce însemna și că locul în care ne aflam era casa lui Ace.

Pielea mi se făcuse de găină.

— Vrei să rămânem? m-a întrebat All.

Nu i-am răspuns. Eram prea atentă la defilarea lui Ace prin mulțime – defilare care avea și o destinație. Ultimul om căruia îi strânsese mâna era un domn bine făcut, cu păr șaten închis, aranjat până la ultimul fir, ochi de un verde crud, riduri în colțurile ochilor și ale gurii, îmbrăcat la fel de bine ca restul de aici. Chiar dacă nu l-aș fi recunoscut din reviste, era imposibil să nu vezi asemănările dintre ei. Și nu era vorba doar despre culoarea ochilor sau a părului, ci despre cum zâmbeau amândoi, despre cum se mișcau, despre cum nasurile lor erau trase la indigo sau despre cum aveau ticul să își ridice des sprâncenele. Parcă erau aceeași persoană, variante din timpuri diferite.

— La naiba, a înjurat All.

Și uite piesa care lipsea. Nu vedeam foarte bine de la distanța asta, într-o sală plină de oameni, dar realizam că fata care și-a strecurat mâna după brațul lui Ace era Crystal. Îi vedeam doar părul roșcat aranjat într-un coc și puțin din rochia turcoaz pe care o purta. Aceasta începuse o discuție cu domnul Appleby, iar el zâmbea cu toată puterea. Axton Appleby și-a pus mâinile pe umerii celor doi din fața lui și le-a spus ceva. Habar nu aveam ce, dar parcă se simțea mândru să îi vadă împreună.

Respirația mi s-a îngreunat. Oare Crystal avea dreptate? Ace mă juca pe degete? Sau îi era rușine să mă prezinte tatălui său? Mă înșela? Ce însemna asta?

Pieptul mi se ridica rapid, lacrimile îmi înțepau ochii și simțeam cum inima mă strângea.

Nu își putea bate joc de mine în halul ăsta. Mi-a spus că mă iubea. Eu i-am spus la fel. Iar acum se prezenta cu Crystal în fața tatălui său, după ce pe mine m-a mințit?

Eram eu îndrăgostită, dar niciodată nu am fost genul care să stea deoparte atunci când i se făcea o nedreptate.

Am înghițit în sec și am clipit des pentru a-mi reprima lacrimile. Am făcut un pas, dar imediat după aceea All m-a oprit și m-a întors cu fața spre el.

— Ce crezi că faci?

— Ce ți se pare că fac? l-am întrebat în șoaptă. Merg acolo să clarific lucrurile.

All a pufnit.

— Mie mi se pare doar că le vei complica. Cel mai bine este să aștepți și să vorbești singură cu Ace. Îți va spune adevărul.

Adevărul. Sigur. Adevărul era ultimul lucru pe care l-am aflat de la Ace încă de când îl cunoscusem.

— Mă va minți din nou. Iar eu nu mai pot fi dusă cu zăhărelul. Dă-mi drumul, All, sau îți jur că voi face o scenă aici!

Mâna lui era încă strânsă în jurul brațului meu.

— Măcar lasă-mă să vin cu tine. Și calmează-te.

Îmi cerea prea mult în acest moment. Eram rănită. Eram nervoasă. Voiam răspunsuri. Nu mă puteam calmă și urmări de pe margine cum Crystal se urca pe iubitul meu și cum presupusul meu tată socru credea că altcineva îi era noră. Nu că am fi adus în discuție căsătoria până acum sau m-aș fi gândit la ea.

— Nu o să fac scandal, i-am promis. Doar lasă-mă acum sau mă voi enerva și mai tare.

I-a luat aproximativ cinci secunde lui All să se gândească să îmi dea drumul, dar când a făcut-o am zburat ca o rachetă din brațele lui. Am ocolit oamenii cu cel mai ușor efort și cu fiecare pas îi vedeam mai bine pe Ace, Crystal și Axton. Nu mă interesa dacă prietenul meu mă urmărea, dacă oamenii mă vedeau ca pe o nebună sau dacă m-au observat cei trei. Tot ceea ce auzeam în timpane era pulsul. O bătaie puternică și constantă mă asurzea, înfundând orice alt zgomot din jur – cuvintele oamenilor, muzica, paharele ciocnite. Primul zgomot pe care l-am auzit din prejur a fost râsul subțire al lui Crystal și cel gros al lui Axton Appleby. Auzul îmi revenea încet înapoi, dar simțeam cum adrenalina încă îmi întuneca judecata. Poate de aceea am făcut ceea ce am făcut.

Un chelner a trecut pe lângă mine cu o tavă plină de pahare cu șampanie. Am luat în pahar, apoi m-am apropiat mai tare de ținta mea, până când m-am făcut observată.

Am zâmbit. Cu toate câte simțeam atunci, am zâmbit. *Lăudată fie prefăcătoria.*

Privirile tuturor au trecut peste mine pe rând. Întâi cea a lui Ace, apoi cea a lui Axton și la sfârșit cea a lui Crystal. Fiecare avea câte o expresie diferită pe față. De satisfacție, de panică și de confuzie. Cred că se dădea seama cine simțea ce.

— O plăcere să vă întâlnesc, domnule Appleby, i-am spus acestuia, întinzându-i mâna în care nu era paharul de șampanie.

Acesta m-a privit circumspect, dar și-a întins în cele din urmă mâna, la rândul său. Ace a fost mai rapid. S-a despărțit de Crystal și a făcut un pas între noi, îndepărtându-mă de tatăl său. Nu știam dacă asta mă durea la fel de tare ca ceea ce a făcut până acum, dar eram prea adânc băgată în răzbunare pentru a da importanță acestui gest.

— Ce cauți aici? m-a întrebat șoptit.

Era nervos. Încă nu știa cum mă simțeam eu.

Mâinile lui erau pe talia mea, ceea ce făcea ca totul să doară și mai tare.

— Am venit să fac cunoștință cu tatăl iubitului meu. De asemenea, am fost invitată. Și, bineînțeles, voiam să văd ce este atât de important pentru tine încât să minți.

Am vorbit destul de tare ca să mă audă și tatăl lui Ace, poate chiar alți oameni care stăteau aproape de noi. Axton

Appleby nu mai părea confuz, ci amuzat. Un rânjet îi juca în colțul gurii.

Privirea mi se îndreptă din nou spre Ace. Încă era nervos. Nu eram nevoită să îl ascult. M-am smucit din brațele lui și am revenit la domnul Appleby. Am întins brațul.

— Eu sunt Charity Good, m-am prezentat.

Am dat mâna în sfârșit.

— Iubita fiului dumneavoastră până în urmă cu câteva ore.

Nu știam ce m-a făcut să spun asta. Nervozitatea, adrenalina, emoțiile, sentimentele copleșitoare, dar am spus-o. Eu și Ace nu ne despărțiserăm, cel puțin nu încă, însă nu puteam să par atât de penibilă și să lupt pentru iubitul meu când nici măcar nu eram sigură că merita să mai lupt pentru el. La naiba! Și eu mă simțeam vinovată că nu aveam încredere în Ace. Merita asta!

Am fost trasă în spate de cot, iar șampania mea aproape s-a vărsat. Mi-am desprins mâna din cea a domnului Appleby, iar Ace a spus:

— Vă rog să ne scuzați.

De când era el atât de politicos?

— Stai...

Nu am putut spune nimic. Mi-a prins mâna în a sa și m-a târât de acolo imediat, fără să mă lase să mă împotrivesc. Ei bine, puteam să mă împotrivesc, dar deja eram obosită. Plus că nu era dorința mea să isc un scandal. Cel mai bine era să păstrăm de acum problema asta între noi. Mi-am atins scopul. I-am arătat tatălui său că și eu existam, i-am încurcat planurile lui Ace. Acum așteptam să văd ce alte minciuni îmi mai putea turna.

Speram să fie ceva de calitate. Îmi doream din tot sufletul să îl cred pentru că încă mai aveam partea aceea proastă și îndrăgostită din mine care nu voia să mă despart de el.

Urma o discuție aprinsă. Altă discuție aprinsă. Se părea că aveam multe dintr-astea.

# Capitolul 50

M-am lăsat trasă cu putere de către Ace printre invitații petrecerii tatălui său până pe niște scări, apoi pe un hol din care gălăgia de jos părea departe, într-un colț întunecat, în fața a două uși din lemn negru și până după ele. Dacă asta s-ar fi întâmplat la începutul relației noastre probabil că aș fi fugit, nu l-aș fi ascultat, nici măcar nu m-aș fi lăsat condusă de el până aici, dar acum lucrurile nu mai stăteau așa. Am evoluat amândoi, împreună, iar eu speram din tot sufletul să aibă un motiv bun pentru orice naiba se întâmplase jos. Eram aici pentru el, eram aici pentru că îl iubeam, speram ca de asta să fie și el în fața mea.

A închis ușile în spatele nostru, mi-a dat drumul la mână în sfârșit și mi-a oferit un răgaz de trei secunde în care să procesez totul înainte să izbucnească. Iar în acele trei secunde am observat că eram în dormitorul lui – adevăratul său dormitor, cel din copilărie. Petrecerea nu se mai auzea deloc aici.

— Ce naiba, Charity? a înjurat el.

Am clipit des, încercând să îmi dau seama ceea ce se întâmpla. Tot eu eram de vină? Tot el era nervos?

— Ce naiba? l-am întrebat retoric, încercând să fiu calmă pentru un moment. Ce naiba?! am ridicat tonul.

Cam atât cu calmitatea.

— Tocmai ai fost jos la braț cu afurisita de Crystal, fosta ta iubită, când cine este de fapt iubita ta? Ah, da, eu eram! Așa că *ce naiba*, Ace?! Ce naiba este cu tine? De ce m-ai mințit și de ce ești aici, prefăcându-te că ești împreună cu ea? Ai exact cinci secunde să îmi răspunzi până nu te pălmuiesc.

Speram ca această cameră să fie izolată fonic, altfel urletele mele ar fi ajuns până la parter și aș fi stricat atmosfera de acolo. Lui Ace nu părea să îi pese de asta. Pe mine nu m-ar fi oprit. Voiam o explicație. Și o voiam acum.

L-am văzut inspirând adânc și inspirând când își lingea buzele.

— Știu că ești nervoasă, a început el.

— Nu, zău!

— Dar și eu sunt la fel.

Am pufnit.

— Pentru ce naiba ai fi tu nervos? Nu eu eram cea de braț cu altul.

Sprânceana i s-a ridicat, semn că l-a văzut pe All jos, ceea ce demonstra total opusul a ceea ce i-am spus.

— Nu este același lucru, l-am contrazis, știind deja la ce se gândea. Și ți-a expirat timpul, i-am amintit.

Am făcut doi pași, încercând să îl ocolesc, iar el mi-a blocat calea. Mâinile sale m-au tras spre corpul lui cald, îmbrăcat în smoching, iar eu am încercat să mă îndepărtez cu ajutorul brațelor așezate între noi doi.

— Dă-mi drumul, Ace! i-am comandat.

Împingeam de pieptul său cu putere, dar parcă nici nu simțea asta. El mă ținea nemișcată și lipită de el, îngropându-și nasul în părul meu aranjat.

— Nu ai habar ce prostie mare ai făcut, iubito. Și habar nu am cum să ieșim din asta. Dar m-ai ajuta foarte mult dacă ai tăcea și nu te-ai mai mișca pentru un minut.

M-am oprit din zvârcolit, dar mâinile mele erau încă acolo. Aveam fruntea lipită de umărul său și oricât de tare voiam să lupt, nu puteam. Eram atrasă de el ca un magnet. Simțeam absolut fiecare parte a lui care mă atingea. Ardeam de emoție și de plăcere, chiar dacă eram nervoasă. Îl iubeam și îl doream.

Am inspirat adânc, iar parfumul cunoscut care încă mă fermeca mi-a umplut plămânii. Nu mai suportam mult timp. Voiam să îl iau în brațe și să plâng. Și să o ucid pe Crystal pentru că l-a atins. Și să pun un semn pe el cum că era proprietatea mea. A mea și doar a mea.

Ce naiba se întâmpla cu mine? De ce eram atât de posesivă și geloasă? De ce mă simțeam atât de rău știind că s-au atins până și numai de mână?

— Explică-mi, i-am cerut. Şi vreau o explicaţie bună.

Mi-am înghiţit lacrimile, amintindu-mi imaginile cu ei doi împreună. Nu ştiam de ce îmi venea să plâng. Din cauza geloziei sau din cauză că îmi dădeam seama cât de uşor mă putea distruge Ace?

I-am simţit sărutul pe scalp.

— Ţii minte că ţi-am spus că tatăl meu m-a obligat să mă întâlnesc cu Crystal, nu?

Cum aş fi putut uita? L-a ameninţat cu moartea propriei sale mame pentru o afacere.

Mi-am mişcat capul în semn de afirmaţie pe umărul său. Ace s-a îndepărtat puţin de mine, iar până să îmi deschid ochii el deja şi-a trecut o mână după genunchii mei, ridicându-mă în braţe. Voiam să mă opun, voiam atât de tare să mă opun, dar îl iubeam. Şi iubeam să fiu aproape de el. Iubeam să îl simt. Iubeam să îl respir. Iubeam să îl trăiesc.

M-a dus până la patul său, apoi s-a aşezat acolo cu mine în poala sa. Mă mângâia pe spate şi a revenit cu nasul în părul meu. Mi-am dat seama că şi lui îi plăcea să îmi simtă mirosul, aşa cum îmi plăcea mie să simt mirosul lui. Era ciudat, dar iubeam şi asta.

— Voiam să îl fac să creadă că încă suntem împreună, mi-a explicat. Pe el şi pe restul. Iar Crystal a fost de acord să mă ajute, dar abia acum îmi dau seama de ce. Ţi-a spus şi a făcut ca totul să pară că te înşel.

O piatră mi se ridicase de pe inimă şi simţeam că acum puteam sta mai liniştită în îmbrăţişarea lui.

Mi-am ridicat totuşi capul de pe umărul său şi l-am privit în ochi.

— De ce ai vrut să faci asta? l-am întrebat.

Ace şi-a mutat o mână de pe genunchiul pe obrazul meu. Mă abţineam să nu mă agăţ de ea şi să îmi închid ochii, savurând senzaţia.

— Pentru că am nevoie să creadă că sunt de partea lui.

M-am încruntat, arătându-i că încă eram nedumerită. Voiam mai mult. Un răspuns complet. Ace mi l-a oferit.

— Vreau să îi iau compania.

Am clipit des de uimire, iar imaginea unui Ace care ar fi condus ceva atât de mare nu îmi venea în minte. De când îl interesau pe el afacerile? De ce de la vârsta asta? Mai avea mult până să o primească moștenire, asta dacă tatăl lui i-ar fi lăsat-o.

Aveam intenția de a mă ridica, de a pune spațiu între noi pentru a gândi, căci prezența lui Ace mă tulbura, dar acesta m-a strâns rapid, intuindu-mi mișcarea, iar eu eram lipită la pieptul său.

— Am treizeci la sută din acțiunile companiei, mi-a explicat el. Am început să am acces la ele din momentul în care am împlinit optsprezece ani. Tata are patruzeci. Restul sunt împărțite mărunt, la alți doisprezece acționari, pe lângă John, care are zece la sută.

Începeam să fac calcule matematice, pentru a înțelege totul.

— M-am apropiat de unchiul meu pentru a-l convinge să voteze cu mine la întrunirea acționarilor. Le fac tuturor pe plac pentru a câștiga încrederea lor și le intru pe sub piele fiecărui acționar în parte, convingându-i că sunt destul de matur pentru a prelua conducerea companiei. Din păcate, nu pot face asta decât atunci când voi împlini douăzeci și unu, dar eu am răbdare. Oricum totul va dura timp. Trebuie să prindă toți încredere în mine.

Mi-am mijit ochii și l-am privit vorbind despre planul său gândit atât de atent, dar din care m-a exclus total.

— De ce nu mi-ai spus?

Nu vedea că așa prindeau cu toții încredere în el, dar eu o pierdeam?

Ace a oftat.

— Dacă ți-aș fi spus, ai fi stat deoparte? m-a întrebat. Ai fi rămas cuminte acasă știind că eram la braț, la petrecerea asta cu Crystal?

Răspunsul era nu, așa că nu i-am mai răspuns.

— Tot ceea ce voiam era să te țin departe de asta, departe de tatăl meu. Nu voiam să te cunoască niciodată. Voiam să fii în siguranță. Iar acum ai stricat totul.

Exista reproş în glasul lui, iar eu nu m-am putut abţine să nu comentez înapoi.

— Ei bine, poate dacă mi-ai fi explicat...

— Ai fi făcut exact la fel. Nu mă minţi. Am ajuns să te cunosc mai bine decât ai crede.

Mi-am deschis gura puţin şocată, iar colţul buzelor lui Ace a tremurat într-un rânjet.

— Mă bucur să te văd iar în rochia asta, apropo, a apreciat, privindu-mă cu totul.

Ochii săi s-au ridicat brusc spre mine, ţintuindu-mă, iar în ei am putut vedea ceva ce m-a încălzit. Pielea îmi ardea deja şi simţeam cum transpiram. Până acum două secunde era mai răcoare în camera asta.

Am înghiţit în sec, iar privirea mi-a umblat prin jur cu greu. Analizam camera lui Ace pentru că eram prea emoţionată ca să dau ochii din nou cu el. Încercam să mă concentrez pe uşa din lemn solid, vopsită în negru, sau pe patul său dublu, cu lenjerii albe, curate, pe mobila simplă, închisă la culoare, pe pereţii coloraţi într-un verde pastel, pe pozele pe care le avea într-o ramă pe noptieră, dar era în zadar. Mă fascina să văd dormitorul în care şi-a petrecut o mare parte din viaţă, dar el mă fascina şi mai mult.

— Nu faci decât mai rău când te ruşinezi, mi-a atras Ace atenţia.

Mi-am reîndreptat privirea spre el şi acesta rânjea cu adevărat acum. Am încercat să par confuză, dar deja ştiam la ce se referea. Era în zadar.

Ce se întâmplase cu discuţiile serioase despre companii şi afaceri? Când am ajuns aici?

— Şi mai înainte, când erai nervoasă? A fost sexy. Iubesc să te văd geloasă.

O mână i-a coborât pe gâtul meu, mângâindu-mi clavicula şi coborând pe sâni, apoi pe talie.

În urmă cu câteva minute voiam să plâng şi să îl părăsesc, iar acum îl doream. Ce se întâmpla cu mine?

— M-ai cam pornit.

Am suspinat.

Ace era un mare cuceritor, toată lumea știa asta. Și mi-a dat de înțeles multe lucruri până acum, dar niciodată nu mi-a spus așa ceva. Îmi cam plăcea. Eram într-un impas și mă luptam între a sta locului și a sări pe el, nepăsându-mi câți oameni erau la parter.

— Doamne. Respiră, iubito. Este doar un cuvânt, a râs el.

Mi-am dat ochii peste cap enervată. Evident că trebuia să strice totul. Și dacă era doar un cuvânt, de ce trebuia să continue să îmi mângâie coapsele?

— Dar n-am glumit, a adăugat el.

Jongla foarte bine cu glumele și tensiunea din cameră. Aveam impresia că nu puteam ține pasul. Eram din nou cu gura căscată. Dar a naibii să fiu de nu m-am săturat de emoția și frica asta. Îmi era frică să nu se termine totul prost.

— Nu știu ce voi face cu tatăl meu, a schimbat el subiectul.

Încercam să îmi adun curajul să i-o spun, dar a stricat totul. Până și urechile îmi ardeau de emoții. El părea neafectat. Parcă suferea de personalitate multiplă.

— Acum că te-a văzut, îmi este frică să nu bănuiască ceea ce am făcut. Sau mai rău: să te caute pe tine.

Mă uitam doar la buzele sale când vorbea. Le lingea ușor când făcea pauze și privea în gol colțul camerei. Cu toate acestea, mâna i se tot plimba pe piciorul meu și voiam să rup hainele pe care le aveam pe mine.

— Dar dacă are de gând să te atingă până și cu un...

— Taci odată și sărută-mă, i-am ordonat, întrerupându-l.

Puteam discuta mai târziu despre lucruri serioase. Acum aveam nevoie de el.

Ace s-a oprit până și din respirat, iar mâna i-a intrat ușor în mușchii coapsei mele, strângându-mă. Și-a întors privirea uimită spre mine, iar eu m-am abținut să nu îmi dau din nou ochii peste cap. Mi-am așezat ambele palme pe chipul său și am iubit din nou să îl ating.

Mă pregăteam să îi spun ceva ce doream să afle de mult. Și toate acestea aveau să fie rezultatul geloziei mele de a-l vedea împreună cu alta.

Pe bune. Ce mai așteptam? Îl iubeam. Mă iubea. Momentul următor putea la fel de bine să nu existe. Nu îmi păsa. Îl voiam. Și îl voiam acum. Nu mai puteam amâna ceva ce știam că oricum avea să iasă perfect până la urmă.

Mi-am dezlipit buzele și i-am silabisit:

— Te vreau.

Mi se făcuse pielea de găină numai gândindu-mă la acest lucru. Mi se întorcea stomacul pe dos numai gândindu-mă la faptul că i-am spus-o atât de direct. Și aveam emoții legate de următoarea lui mișcare. Părea împietrit. Mă gândeam dacă supusesem ceva rău.

— Acasă. Acum, a rostit el categoric.

Dar mi-am coborât mâinile pe pieptul lui și l-am oprit.

— Aici și acum, l-am informat.

Rămăsese din nou cu gura căscată.

— Dar...

— Nu îmi pasă de nimeni altcineva de jos, i-am spus, știind că se gândea la asta. Îmi pasă doar de tine. Suntem departe de ei, în lumea noastră. Și ăsta este dormitorul tău. Nu cred că poate exista loc mai perfect.

Ambele lui mâini mi-au prins talia și l-am văzut înghițind în sec.

— Charity, mi-a rostit el numele ferm. Nu sunt de oțel, iubito. Și dacă nu te îndepărtezi în următoarele cinci secunde, s-ar putea să iau în considerare ceea ce ai spus.

Un zâmbet mic și încordat mi-a înflorit pe buze. Chiar nu există perfecțiune, dar Ace o imita mult prea bine. Și nu putea exista nicio primă dată perfectă, dar simțeam că cea mai bună variantă existentă ar fi fost cu el. Asta m-a făcut să nu ezit.

M-am apropiat de el și i-am capturat buza inferioară între dinți, trăgând ușor de ea și eliberând-o. I-am demonstrat că voiam asta și că eram pregătită. A fost răspunsul meu mut pentru ceea ce îmi doream. Iar el l-a recepționat destul de bine. A mai ezitat exact o fracțiune de secundă până să se arunce spre gura mea cu poftă, iar eu, chiar și luată prin surprindere, i-am răspuns. L-am sărutat la fel de flămândă precum a făcut-o el, pentru că nu îmi mai era frică de ce putea urma și îmi doream asta cu totul.

Eu am fost cea care a continuat, coborându-mi mâna spre cămașa lui și lărgindu-i nodul de la cravata pe care o purta. Doar gândindu-mă cât de elegant era și cât de bine arăta în costum mă încălzea și mai tare. Dar în acest moment îl voiam fără el. Continuam să îl sărut când îi deschideam primii nasturi de la cămașă, iar el s-a ridicat, punându-mă pe propriile picioare și amețindu-mă. Era cât pe ce să pic, dar mâinile lui m-au ținut acolo, aproape de el, după care au mers către fermoarul rochiei, trăgându-l cu o viteză constantă până la bază. Am simțit cum corsetul s-a lărgit, cum puteam respira mai bine, dar eram prea ocupată să îi sărut gura băiatului pe care îl iubeam, iar asta mă lăsa cu greu să mă gândesc la altele.

Rochia a alunecat pe trupul meu, până când am simțit-o pe jos, la nivelul gambelor. Ace s-a îndepărtat de mine, apoi mi-a luat mâinile, ajutându-mă să ies din cercul deformat de material. Acum eram doar în lenjerie intimă și pantofi, iar el era complet îmbrăcat – șifonat, dar complet îmbrăcat. Acesta era momentul în care îmi părea rău pentru că nu mi-am luat lenjeria verde, specială, cumpărată cu Kendra.

Mă bucuram că lui Ace nu părea să îi pese ce purtam – sau că îi plăcea absolut orice era pe mine. Mă făcea să mă simt iubită, dar mai presus de asta, mă făcea să mă simt dorită, râvnită, mă făcea să mă simt frumoasă. Mă privea din cap până în picioare și aș fi vrut să cred că rămăsese fără cuvinte din motive bune. În acest moment, oricât de mult îmi doream ca totul să se întâmple, eram emoționată și puțin stânjenită. Aveam momente în care mă uitam dezbrăcată în oglindă, cine nu are? Dar să mă vadă altcineva era complet diferit. Mă abțineam să nu mă acopăr.

— Ce-am făcut să te merit? mi-a șoptit Ace, parcă vorbind de unul singur.

Am zâmbit, apoi m-am apropiat de el şi mi-am aşezat mâinile pe umerii săi. I-am dat jos sacoul, împingându-l pe braţe, până când acesta a picat peste rochia mea. Imediat după aceea i-am scos cravata şi am continuat să îi desfac nasturii de la cămaşă. El şi-a aplecat chipul spre al meu şi mi-a prins din nou buzele într-un sărut. Nu mă mai atingea, lăsându-mă astfel să îi dau şi cămaşa jos. Imediat cum am putut, i-am simţit pielea sub degete şi m-am bucurat de această senzaţie. Iubeam să îl mângâi, să îl ating, să îl văd. Mă făcea să realizez că el chiar era al meu şi nu visam. Îmi plăcea mult structura corpului său şi adoram faptul că nu erau doar muşchii de el. Avea, bineînţeles, nişte pătrăţele, dar puţin definite, nu în exces, exact aşa cum îmi plăcea mie, iar braţele i se vedeau musculoase, dar atât cât să îi vezi câteva vene sexy, nu cât să crezi că stătea mereu încordat. Pielea îi era aurie, nu albă, nu bronzată, ci doar aurie, de la natură. Şi adoram cum era fără pată, dar cum nişte aluniţe pe care începeam să le memorez i se întindeau pe tot corpul.

Eram îndrăgostită atât de corpul său, cât şi de esenţa lui.

În stomacul meu o întreagă grădină zoologică evadase şi îşi făcea de cap, mintea mea era un haos frumos dezordonat, iar inima beată de sentimente nu mai ştia să îmi controleze niciun organ. Toate se mişcau cum doreau.

Ace m-a ajutat să îmi dau pantofii jos, apoi s-a ridicat uşor, sărutându-mi pielea la fiecare nivel pe care îl parcurgea. Mi-a sărutat genunchiul, coapsele, şoldurile, abdomenul, clavicula, gâtul, maxilarul, colţul gurii. Între timp, pe spate, mâinile lui urcau de asemenea, mângâindu-mă.

Gura lui şi-a făcut drum până la urechea mea, şoptindu-mi apoi:

— Ai idee de cât timp mi-am imaginat asta?

Pieptul mi s-a umplut cu un aer dăunător. Chipul său s-a îndepărtat până când am fost faţă în faţă.

— Nu cred că ştii. De când te-am văzut murdară de cafea, aplecată peste geamul acelei camionete când eu treceam strada, mi-a dat el răspunsul.

De ce asta mă emoționa și mai tare? Eu de când îl dori-
sem pe el? Habar nu aveam. La început nu îl suportam, ba
chiar îl uram. Eram geloasă pe el, iar el se comporta ca un
idiot. Dar credeam că până și în acele momente simțeam o
atracție ciudată între noi, chiar dacă nu realizasem până mai
târziu.

Ace a înghițit în sec, apoi și-a strâns ochii cu putere
pentru o secundă. Când m-a privit iar, m-a întrebat:

— Ultima ta șansă, iubito. Ești sigură că vrei asta acum?

Cum puteam să îi explic fără cuvinte că îl voiam pe el?
Pe el și doar pe el. Acum și cel puțin pentru o lungă perioadă.

Mi-am întins gâtul și l-am sărutat.

— Mai clară de atât nu puteai fi.

Eram într-o bulă. O bulă care reprezenta universul meu,
lumea mea, locul meu special, de tihnă, în care doar fericirea
mai exista. Emoțiile îmi mâncau stomacul, dar totul era de
bine. Pe lângă rușinea pe care o simțeam din cauza faptului
că nu mai ajunsesem cu nimeni în acest stadiu, simțeam și
dorință. Era o dorință atât de mare, atât de puternică, pentru
care aruncam toate celelalte sentimente la gunoi. Îl voiam.
Și nu mă mai interesa nimic. Durerea, lumea de afară, locul,
timpul, problemele erau doar minorități, lucruri inexistente
pentru mine. Acum eram în bula mea de iubire și dorință.

Înainte să facă orice altceva, Ace m-a privit pentru un
minut întreg cu drag. La fel am făcut și eu. La finalul acelui
minut mi-a sărutat fruntea. Fiind cu el așa, mă simțeam
protejată. Era ca un scut care mă ascundea de restul lumii
și am realizat... Poate că el era bula mea. El era lumea mea.

Mi-a mângâiat buza inferioară cu degetul mare.

— Ești cel mai bun lucru care mi s-a întâmplat vreodată.
Să nu te îndoiești niciodată de asta, mi-a spus.

Ochii mei erau deja umezi. Încă nu credeam că aceasta
era realitatea mea. Și el era cel mai bun lucru care mi se
întâmplase vreodată și nu știam unde aș fi fost atunci fără el.

— Te iubesc, i-am șoptit, neștiind cum altfel să exprim
ceea ce simțeam.

Ace mi-a zâmbit, apoi s-a aplecat și m-a sărutat mai tandru ca niciodată.

— Ești totul pentru mine, Charity. În acest moment... ești totul.

Un fulger mi-a trecut prin piept. El nu mai avea mamă. Își ura tatăl. Unchiul său nu era chiar perfect. Își pierduse cel mai bun prieten în urmă cu ani. Nu avea o familie. Era normal ceea ce îmi spunea, pentru că nu mai avea pe nimeni lângă el la fel de apropiat ca și mine, dar... tot însemna mult.

I-am cuprins chipul în mâini și l-am sărutat.

— Îți promit că nu te voi părăsi niciodată, i-am șoptit.

Credeam că acesta era cel mai bun lucru de spus, deoarece de asta avea nevoie acum. Avea nevoie să afle că măcar eu voi fi ceva stabil în viața lui. Și chiar dacă asta fusese o promisiune prea mare, simțeam că o puteam îndeplini. Doar îl iubeam. Îl iubeam cu toată ființa mea și nu credeam că puteam vreodată să iubesc pe cineva mai mult după el.

Privirea lui se întunecase, dar nu din cauza urii, ci a pasiunii.

Capul i s-a mișcat ușor, imperceptibil, apoi din ce în ce mai vizibil, până a afirmat sigur din cap. I-am zâmbit, apoi l-am sărutat din nou. Eram sigură că fericirea avea gustul său.

Când se despărțise de mine era din nou Ace pe care îl cunoșteam eu, arogant, cu un rânjet întipărit pe chip. Asta m-a ușurat.

— Și eu îți promit că voi fi gentil.

Am înghițit în sec, după care i-am privit buzele. Tensiunea creștea în aer știind că urma momentul. L-am sărutat, l-am mângâiat, l-am iubit, iar el s-a ținut de promisiune. A fost gentil. Am făcut dragoste împreună. Și era ceva ce mi-aș fi dorit să se repete la infinit alături de el.

Cine și-ar fi imaginat asta? Faptul că nu mai puteam vedea un viitor care să nu îl conțină pe Ace Appleby.

Acum el era viitorul meu.

# Capitolul 51

Credeam că actele intime nu contează atât de mult într-o relație, dar mi-am dat seama că atunci vorbea doar lipsa de experiență. Adevărul era că de când eu și Ace am început să întreținem relații intime, întreaga noastră viață împreună s-a schimbat. În bine. S-a schimbat în bine.

Trecuseră câteva săptămâni de la prima noastră dată, iar lumea părea să fie mai frumoasă zilnic. Am trecut prin Crăciun și noaptea dintre ani împreună, iar acum ne aflam în luna ianuarie, suferind după căldura primăverii ce trebuia să apară.

Multe s-au schimbat și altele au rămas la fel.

Noi doi eram mai uniți. Relația dintre Alec și Ace devenea din ce în ce mai strânsă. All, împreună cu restul prietenilor mei, l-au acceptat complet pe Ace, după ce le-am explicat că tot ce s-a întâmplat la petrecerea de Ajun a fost o neînțelegere. Mama și iubitul meu se înțelegeau din ce în ce mai bine, dar ea încă nu avea habar că el ne plătise întreaga datorie pentru John sau că acesta era unchiul său, nu găsisem momentul potrivit să i-o spun. Crystal, ei bine, s-a retras pentru o perioadă și tot ceea ce a făcut a fost să ne privească cu ură de la distanță, fără niciun alt plan malefic pentru a ne despărți. Nu l-am mai văzut pe tatăl lui Ace din acea seară și speram chiar să nu mă mai întâlnesc niciodată cu el după ce mi-a povestit iubitul meu. Avea dreptate, chiar făcusem o prostie când apărusem așa la acea petrecere, dar dacă până acum nu primisem semne de la Axton Appleby eram mai calmă.

Încă lucram. Și după multe certuri și eforturi, Ace m-a convins să nu îi plătesc datoria pe care mi-a achitat-o. Eu am decis că nu voi mai primi niciodată vreun cadou de la el și că îi voi face în schimb cât mai multe cu putință. Și dacă voia să stau la el în apartament, trebuia să plătesc chiria și utilitățile. În final, scăzând toate acestea, rămâneam cu bani în mână din salariu. Și în sfârșit îmi strângeam economii.

Eram încântată. Nu apucasem să strâng bani niciodată din salariu – nu destui, cel puțin. Nu puteam visa la ceva pentru care aveam nevoie de un buget mai mare. Acum, chiar dacă nu erau mulți, aveam o parte din salariu în mână, iar asta însemna enorm pentru mine. Mă simțeam fericită pentru că profitam de ceva pentru care munceam. Și totul se datora lui Ace.

Aveam o viață prea fericită ca să fie adevărată.

Mi-am ridicat ochii din caietul de matematică și l-am surprins pe Ace. Stăteam amândoi în pat, eu întinsă pe o parte, studiind la școală, el într-o poziție turcească, cu acte vechi ale firmei tatălui său, analizând statistici. Cu toate că privirea lui era în acele hârtii, mâna sa îmi mângâia piciorul în zona gleznei. Părea tare concentrat la ce făcea, însă mie îmi lua concentrarea cu totul.

Mi-am înfrânat un zâmbet și mi-am aruncat ochii din nou în caiet. Orice exerciții sau formule citeam, ajungeam până la jumătatea lor și mă pierdeam din nou. Nu înțelegeam nimic.

Am oftat adânc, mi-am strâns ochii și am închis caietul.

— Nu pot să mă concentrez, i-am adus la cunoștință.

Cu ochii încă în hârtii, un rânjet a apărut pe buzele lui Ace.

— Nici eu, mi-a spus, ridicându-și privirea spre mine.

Îmi venea să râd, dar m-am abținut.

— Mâine avem un test important, i-am amintit.

Nu trebuia să îi mai spun că eu aveam nevoie de note mari ca să îmi păstrez bursa. Știa asta deja. El putea la fel de bine să ia punctajul minim, deși nu l-aș fi lăsat să facă asta.

— Așa că ori o facem odată, ori te duci în cealaltă cameră și mă lași să învăț, am terminat eu ideea.

Rânjetul său s-a mărit și am văzut cum amuzamentul i-a ajuns până în privire. Apoi s-a ridicat brusc în genunchi, m-a tras mai în jos de glezne și s-a urcat peste șoldurile mele.

— Ce să facem? a întrebat pe un ton care îmi sugera că știa exact răspunsul, dar voia să mă audă pe mine spunându-l.

Îi plăcea să mă tachineze mai mult ca oricând.

— Știi tu, i-am spus, dându-mi ochii peste cap, dar încă zâmbind.

Ace s-a aplecat peste mine si s-a apropiat până când doar zece centimetri ne mai despărțeau.

— Va trebui să îmi reîmprospătezi puțin memoria.

Mi-am umezit buzele și mi-am ridicat sprâncenele. Dacă așa voia să joace, așa jucam. Mi-am coborât mâinile între noi și l-am prins de marginea tricoului, dorind să scap de el. Orice urmă de zâmbet i-a dispărut, iar o încruntătură i-a luat locul.

— Devii din ce în ce mai directă, a scâncit el. Îmi place.

Am râs, apoi el mi-a acoperit el buzele cu ale sale. Am suspinat când s-a lipit de mine și știam că deja îl doream cu toată ființa mea. Mi-am dus mâinile sub tricoul său și l-am ridicat ușor, pierzând orice gând legat de învățătură. Gura sa, care o acoperea pe a mea, se mișca dominant, iar eu nu mai tânjeam după aer de mult. Tânjeam după el.

Se ridicase de pe mine și mă aduse în poala lui rapid, scăpând apoi de tricoul meu pe brațe și începând să îmi sărute gâtul.

Îl doream. Din nou și din nou și din nou, ca și cum mereu era prima dată. Pentru că mereu mă aștepta ceva nou.

Aparent, nu și de data asta.

Telefonul meu a început să sune, creând brusc o senzație de iritare din partea mea.

Am vrut să cobor de pe Ace și să răspund, dar acesta mi-a prins șoldurile bine și m-a ținut acolo. Apoi m-a atacat cu săruturi, ceea ce m-a făcut să îmi pierd capul.

Telefonul s-a oprit. Apoi a început din nou să sune.

— Nu răspunde, mi-a spus Ace.

Cu cel mai mare efort posibil, mi-am pus mâna pe gura lui și l-am îndepărtat.

— Poate e ceva important. Stai cuminte.

Și-a dat ochii peste cap, obicei împrumutat de la mine, apoi a oftat puternic pe nări. Mi-a dat mâna la o parte.

— Mai important decât mine? s-a plâns el când am coborât din poala sa.

Am luat telefonul râzând în mână. Era mama.

— Mai important decât *problema* ta, l-am corectat.

Ace s-a trântit iritat în pat şi a aşteptat ca un copil cuminte cât timp eu am răspuns la telefon.

— Alo?

— Alo? Char? Char, scumpo, eşti bine?

Vocea speriată a mamei m-a trezit la realitate şi m-a speriat.

— Da, mamă, sunt bine. Sunt la Ace. Tu? Ce s-a întâmplat?

Am auzit-o suspinând. Mama plângea? Ce se întâmpla aici? De la super încântată am sărit la super speriată.

— Plicul. Nu erai acasă. Mă gândeam că ţi-a făcut ceva. Doamne, Dumnezeule, îţi mulţumesc!

Creierul meu era în ceaţă. Poate câteva fire se legau şi ştiam ce însemna asta, dar în acelaşi timp voiam un răspuns categoric.

— Mamă, rămâi acasă! Vin imediat.

— Nu! a sărit ea rapid. Rămâi la Ace. Eşti mai în siguranţă acolo.

Am negat din cap, deşi ea nu mă vedea. Am simţit o prezenţă în spatele meu, iar Ace mi-a cuprins umerii, încercând să mă detensioneze şi să fie lângă mine, chiar dacă nu avea habar despre ce era vorba.

— Voi fi bine, mamă. Doar rămâi acolo şi nu face nimic. Ajung repede.

— Nu, nu, Char. Ai uitat să îi dai plicul. Dacă va veni după tine?

Mă durea pieptul. Devenisem atât de relaxată pe tema acestui subiect că aveam impresia că secretul nici nu mai exista. Dar ea l-a aflat din greşeală. Şi chiar dacă voiam să îi spun asta faţă în faţă, trebuia să o calmez cumva rapid.

— Mamă, John nu va veni după nimeni. Datoria noastră este plătită integral.

Mâinile lui Ace mi-au strâns umerii, iar eu am înghiţit în sec din cauza acelor câteva secunde de linişte.

— Ce? Cum? De cine? Când?

Mi-am clătinat capul, fiind dezamăgită de propria persoană, din cauză că am mințit-o atât de mult timp. Era mai greu să îi spun adevărul acum.

— Îți voi povesti totul. Ajung imediat. Rămâi acasă, bine?

Nimic nu se auzea de partea cealaltă a firului.

— Bine, mamă? am repetat.

— Da, da. Te aștept.

Imediat după ce a spus acestea, a închis.

Am oftat și am trântit telefonul pe pat.

— Cum a aflat? întreabă Ace, care a auzit tot ce i-am spus mamei.

Ridic din umeri.

— Nu m-am atins de plicul pe care mi l-a lăsat pentru ultima datorie. Și nu l-am ascuns prea bine. L-a găsit. Credea că am uitat să îl duc, probabil. Mi s-a mai întâmplat o dată. Și îi era frică să nu fi pățit ceva din cauza asta.

Ace m-a răsucit pe picioare cu ajutorul mâinilor care erau pe umerii mei. Acum priveam cei mai frumoși ochi verzi de care eram îndrăgostită și care știam că mă iubeau la rândul lor.

— Data trecută ai pățit ceva din cauza asta?

Privirea îmi cobora pierdută, realizând că Ace voia să afle dacă unchiul său îmi făcuse vreun rău. Adevărul era că nu a fost nimic grav, doar vreo două lovituri, dar asta nu trebuia să îi afecteze alianța cu el pentru a pierde compania în favoarea tatălui său, omul care i-a ucis mama. Asta nu era important. Acesta era trecutul.

— Nu. Prima dată a fost doar un avertisment. Mi-a spus că a doua oară avea să fie grav. Și de aceea era mama atât de speriată.

Ace a afirmat din cap, apoi mi-a sărutat fruntea și s-a despărțit de mine.

— Merg să fac un duș și mergem, m-a anunțat.

L-am prins de mână înainte să plece și am negat din cap.

— Nu este nevoie să vii și tu. Pot merge singură.

Ace și-a așezat mâna pe a mea și a dat-o jos cu grijă, după care a dus-o spre buzele sale. A sărutat-o.

— Am spus că vin cu tine, m-a mai anunțat o dată.

Nu era vreme de pierdut sau de contraziceri, așa că în cele din urmă am acceptat și fiecare a mers să se pregătească. Uite cum am ajuns de la săruturi la tensiunea de a da fața cu mama după ce am mințit-o legat de problema care ne-a încurcat existența în ultimii ani.

În douăzeci de minute eram pe drum, iar în patruzeci deja urcam scările grăbită, cu Ace pe urmele mele, sperând ca mama să nu fie prea speriată sau nervoasă. Când am deschis ușa, ea nu s-a ivit de nicăieri. Pentru o fracțiune de secundă m-am speriat.

— Mamă?

Nu mi-a răspuns.

L-am lăsat pe Ace în urmă și am început să o caut prin casă. Curând am găsit-o în bucătărie, stând la masă, cu plicul plin de bani în fața ei. Am expirat ușurată și am mers spre ea.

— Mamă.

M-am așezat pe scaunul de alături, apoi i-am cuprins mâinile cu ale mele. Când și-a îndreptat capul spre mine mi-a arătat cât de abătută era.

Și-a îndreptat spatele și mâinile i s-au strecurat printre ale mele, căzând în poala ei.

— Explică-mi, Charity, mi-a cerut ea. Cum ai avut tu bani să ne acoperi toată taxa pentru care mai aveam ani de zile de muncă?

Tonul ei era aspru. Asta m-a făcut și pe mine să îmi îndrept spatele și să înghit în sec. Trebuia să îi spun că Ace mi-a plătit datoria, iar eu am acceptat în cele din urmă, ceea ce ea nu ar fi înțeles. Mereu m-a învățat să fiu independentă, și așa am fost până la el. Acum eram total dependentă de tot ce însemna Ace. Și uram să știu că scopul fericirii mele zilnice putea fi propria mea distrugere.

Vorbind de el, Ace a apărut în spatele meu și mi-a cuprins umerii cu palmele sale. Am putut vedea ochii mamei cum au urcat spre el și am realizat că și-a dat seama. Dar chiar și așa, Ace i-a spus:

— Eu am făcut-o, doamnă, și-a asumat el responsabilitatea.

Și suna de parcă făcuse ceva rău, nu un gest eroic, venit complet din inimă.

Stomacul meu se rotea precum o mașină de spălat. Ochii mamei au strălucit pentru o secundă și apoi m-a privit din nou pe mine. Se vedea că a plâns și că era obosită.

— Eu... doar mă bucur că ești bine, mi-a spus ea.

Pentru o secundă corpul meu s-a detensionat.

— Dar nu trebuia să faci asta.

Apoi și-a revenit.

— Oricât mă bucur că am scăpat de oamenii aceia, Ace, asta nu este responsabilitatea ta. Deloc. Și nici nu vreau ca Charity să simtă vreo obligație față de tine din cauză că...

— Doamnă Good, a întrerupt-o Ace politicos. Vă jur că nu am făcut-o cu niciun fel de intenție. Am făcut-o pentru că aveam posibilitatea și pentru că o iubesc pe Charity. Doar gândul că era în preajma acelor oameni mă înnebunea.

Un nod mi se formase în gât și alte emoții mi-au învelit stomacul. Iubeam să îl aud pe insensibilul și *atotarogantul* Ace oferind sentimente prin cuvinte.

— Ceea ce vreau să spun este că nu am nicio remușcare, nu voi regreta niciodată această decizie și nici măcar nu îi voi reaminti că am făcut asta. Pentru mine este ca și uitată.

Mama se zbătea între orgoliu și recunoștință.

— Îți mulțumim din tot sufletul, Ace, spuse ea în cele din urmă.

Ceva era în neregulă. Oricât de bună la suflet era mama, când venea vorba de a accepta lucruri...

— Dar trebuie să îți plătim totul înapoi.

Exact! Asta era mama pe care o cunoșteam eu. Orgoliul câștiga mereu. Măcar semănam din acest punct de vedere.

Ace a oftat din spatele meu, iar mâinile sale au început să îmi facă un masaj lent. Eram recunoscătoare, căci mă simțeam încordată.

— Asta a insistat și fiica dumneavoastră pentru săptămâni, dar vă asigur că nici dumneavoastră nu mă veți convinge.

O încruntătură imensă și-a făcut loc pe fruntea mamei. Oh, la naiba!

— Săptămâni? a repetat ea. Când s-a întâmplat asta?

Am oftat şi mi-am strâns ochii pentru o secundă.

— Charity? a insistat ea.

Mi-am muşcat buza înainte să îi răspund.

— Decembrie.

— Decembrie? a repetat, şocată. Şi mi-ai ascuns asta atât timp?

Rămăsesem fără cuvinte. Nu ştiam cum să mă mai scuz. M-am bâlbâit puţin, dar în final nu am rămas decât cu:

— Nu ştiam cum să o fac. Ştiam că nu vei fi de acord şi...

— Ăsta nu a fost un motiv să mă minţi. Tu nu mă minţeai de obicei. În niciun caz cu lucruri atât de importante.

Mi-am plecat capul, simţindu-mă vinovată.

— Ştiu. Îmi pare rău. Dar...

— Nu îţi mai căuta scuze. Nu mi-ai spus nici că te-ai mutat definitiv cu Ace. Sunt două minciuni într-o lună, Char.

Oh, rahat!

Mama se ridicase de pe scaun şi începuse să se plimbe prin bucătărie. Eu şi Ace ne-am întors capetele după ea.

— Ce? Credeai că nu o să observ că lipsesc mai mult de jumătate din lucrurile tale? Sau că facturile sunt reduse la jumătate de luna trecută? Sau că nu prea mănânci nimic şi frigiderul este gol dacă eu nu fac cumpărături?

O dădusem în bară.

Ăsta nu era momentul potrivit să vorbim despre toate. Trebuia să le luăm pe rând, altfel şi-ar fi ieşit din minţi.

— Iniţial credeam că petreci câteva nopţi la el, ceea ce mă deranja puţin, dar încercam să înţeleg, pentru că ştiam că eşti în siguranţă acolo. Dar te-ai mutat complet, iar tu nici măcar nu mi-ai spus.

Nu scoteam niciun sunet şi mă bucuram că Ace îmi lua exemplul şi că nu comenta, cum făcea de obicei. Nu aveam scuză aici. Trebuia să îi fi spus.

— Îmi pare rău, a zis ea, dar nu ştiu cât mai sunt de acord cu relaţia voastră.

*Ce?*

— Poftim? am tresărit eu.

Mama m-a privit direct în ochi. Era de neclintit.

— De când sunteți împreună văd că ești mai fericită și mă bucur, Char, dar... Te-ai schimbat. Mă minți. Te ascunzi. Accepți lucruri de la el pe care nu le-ai fi acceptat niciodată și te-ai mutat de acasă fără ca măcar să îmi spui.

Rămăsesem din nou fără cuvinte. Nu scoteam niciun sunet. De data aceasta, din păcate, Ace nu a mai tăcut.

— Îmi cer scuze dacă vă arăt lipsă de respect acum, doamnă Good, dar țin să vă contrazic. Charity este aceeași dintotdeauna, știu foarte bine asta pentru că nu a trecut o zi în care să nu îmi povestească despre cât de tare o macină lucrurile astea și despre cum ar trebui să vă spună adevărul. Singurul motiv pentru care nu a făcut-o a fost pentru că îi era frică de reacția dumneavoastră. Și acum demonstrați că avea dreptate, pentru că reacția dumneavoastră chiar este puțin deplasată.

*Oh, rahat. De o mie de ori rahat.*

Mi-am așezat mâna peste cea a lui Ace, de pe umărul meu stâng, și l-am strâns cu putere, ca semn să tacă din gură

Mama era șocată, fără cuvinte, exact așa cum am fost eu de minute bune încoace. Cu greu și-a găsit următoarele propoziții.

— Mă voi duce să mă odihnesc acum. Vin dintr-un schimb de doisprezece ore și mai am cinci ore pentru somn.

Asta era mama care ceda într-o discuție în contradictoriu când credea că avea dreptate. Nu mai văzusem așa ceva vreodată. Cu toate acestea, am afirmat din cap și am lăsat-o să meargă să doarmă. Mă durea că era supărată pe mine și că lucrurile rămăseseră așa, dar mai tare mă durea că nu a putut sau nu a vrut să mă înțeleagă. Și m-a făcut din nou să mă îndoiesc de faptul că l-am lăsat pe Ace să îmi plătească datoria și să mă convingă să locuiesc cu el.

Când a dispărut în dormitor, eu nu știam unde aveam de gând să dorm, dar Ace m-a convins să mă întorc cu el acasă. Cu toate că eram supărată și nu voiam să accept, era adevărat. Ace mă făcea să accept lucruri pe care nu le-aș fi acceptat niciodată înainte. Dar nu vedeam ceva rău în asta. Vedeam doar acte de dragoste – dragostea imensă pe care i-o purtam.

# Capitolul 52

Relația mea cu mama era mai rece ca niciodată. Încă vorbeam, dar tot ce discutam era rutina, iar asta se întâmpla rar, căci ne vedeam o dată la două sau trei zile. Eu m-am mutat înapoi acasă pentru a da mai des peste ea, însă aceasta nu se obosea uneori să vină de la muncă și rămânea în casa în care lucra, afișând scuze prin mesaje când întrebam de ea. Era supărată, se vedea clar, iar eu trebuia să o împac cumva, dar despărțirea mea de Ace ieșea complet din discuție.

Cu tot cu această problemă a mea, duceam în sfârșit o viață normală de adolescentă. Cel mai grav lucru care mi se întâmpla era că mama mea nu era de acord cu relația pe care o aveam – sau nu *mai* era de acord cu ea. În rest, puteam spune că viața mea era una roz.

Allen și Ace m-au scos la o ciocolată caldă în weekend, pentru a mă înveseli, iar Alec și Kendra lipseau din cauză că petreceau ceva *timp de calitate* în cuplu.

Discutam cu Allen despre amintirile din vechiul nostru liceu când Ace a intervenit să mă întrebe:

— Îți este foame, iubito?

Se uita prin meniu și mi-am dat seama că micul monstru înfometat din stomacul lui s-a activat în secunda în care a simțit mirosul de pizza din restaurant.

— Mhm, cred că voi gusta puțin de la tine, orice ai lua.

Ace a afirmat din cap, având ochii în meniu, iar eu m-am întors spre Allen să ne continuăm discuția. Doar că acesta a dat uitării subiectul și a deschis unul nou.

— Mă întreb cât voi mai rezista să fiu a cincea roată la căruță.

M-am încruntat.

— Nu ești a cincea roată, All.

Ace părea încă foarte atent în meniu şi mi-am dat seama că trebuia să mă descurc singură cu această discuţie.

— Uită-te la voi, mi-a ordonat All, făcând semn cu mâna spre mine şi Ace.

Mi-am plimbat ochii nedumeriţi de la unul la celălalt fără să înţeleg la ce se referea. All a oftat frustrat, apoi m-a ajutat.

— Mâna lui din poala ta, mâna ta peste a lui, picioarele încolăcite pe sub masă, întrebările grijulii, împărţitul mâncării... Sunteţi dezgustători de dulci!

Dacă credeam că Ace nu era atent, m-am înşelat, căci acesta a început să râdă. I-am dat un picior pe sub masă pentru a se linişti.

— Putem împărţi mâncarea şi cu tine, i-am spus, mai în glumă, mai în serios. Şi te putem striga *iubitule*, dacă insişti.

A doua era categoric o glumă.

— Aş prefera să nu facă Ace asta, a strâmbat Allen din nas.

— Iar eu aş prefera ca tu să nu faci asta, mi-a atras Ace atenţia, în timp ce a ridicat mâna pentru a chema un chelner.

Imediat după ce a dat comanda, am reluat discuţia.

— Vorbind serios acum, All, nu eşti a cincea roată.

Ace nu m-a susţinut, aşa că am profitat de atenţia lui şi dispariţia acelui meniu la care era atât de atent, strângându-i mâna pentru a-l face să spună ceva.

— Eu cred că eşti a cincea roată, a spus acesta.

Mi-am mărit ochii furioşi, apoi i-am îndreptat spre Ace. Cineva nu primea sărut de noapte bună în seara asta. Nu, scăpa prea uşor. Pedeapsa: abstinenţă de trei zile. Nu, asta era pedeapsă şi pentru mine. Trebuia să mă mai gândesc.

— E OK, Char, a râs All. Este adevărul. Voi sunteţi un cuplu, Kendra şi Alec sunt un cuplu, iar eu sunt singurul din grup care este, ei bine, singur. M-am obişnuit.

Bine, poate că era adevărat. Dar asta nu trebuia să însemne neapărat un lucru rău. All ţinea acest grup împreună. El avea grijă de noi. Era ca un fel de tată singur, care se descurca cu patru puşlamale. Şi fiind cel mai mare dintre noi, chiar i se potrivea rolul ăsta.

— Dacă nu mai vrei să fii singurul singur, caută pe cineva. A trecut ceva timp de când nu te-am mai văzut într-o relaţie.

Iar ultima lui iubită a fost oribilă. În afară de Kendra, pe care o iubeam, toate prietenele lui All au fost groaznice. Nu avea gusturi bune la fete.

All şi-a aplecat privirea şi a început să se joace cu paiul în ciocolata lui caldă. Asta putea însemna două lucruri. Primul, încă se gândea la fosta lui iubită oribilă şi nu voia să treacă peste. Sau al doilea, se întâlnea cu cineva, îmi ascundea ceva. Nu arăta deloc trist, aşa că...

— Nu-mi spune că ai pe cineva şi nouă nu ne-ai spus! m-am răstit la el.

Gura mi-a picat pe podea, iar vestea asta chiar era interesantă dacă până şi pe Ace l-a făcut să se aşeze mai comod şi să asculte. All nu comenta, aşa că mi-am dat seama imediat.

— Nu pot să cred! Chiar ai pe cineva şi nu ne-ai spus!

— Char, nu este chiar aşa. Nu suntem împreună, şi-a luat el apărarea.

Acum era oficial. Recunoscuse.

— Dar cum este? l-am întrebat, ridicându-mi o sprânceană.

All a oftat din toate puterile.

— Nu o cunosc de mult timp şi sunt multe la mijloc. Oricum nu cred că mă place. Iar eu doar o simpatizez.

Făcea ca asta să nu fie mare lucru când, de fapt, era un lucru imens. All nu *simpatiza* pe nimeni, niciodată, în acel sens. Bine, am exagerat. O făcea, dar foarte, foarte rar. Lui nu îi plăceau oamenii noi, avea standarde prea ridicate şi găsea prea multe defecte celorlalţi, celor de care nu îi păsa. All lăsa puţine persoane în jurul lui. Şi mă simţeam mândră să fiu prietena lui, tocmai din cauză că era foarte selectiv.

— All, este o veste imensă, i-am spus eu, accentuând fiecare cuvânt.

El şi-a dat ochii peste cap, iar Ace urmarea totul atent când şi-a mutat mâna pe care o ţinea pe a mea şi a dus-o după umărul meu, pe spătarul scaunului.

— Este doar o fază. Va trece.

— Nu va trece, l-am contrazis eu. Sau va trece, dar peste ani buni, căci tu nu simpatizezi fete şi atât. Tu...

— Iubito, m-a întrerupt Ace, intervenind în sfârşit în discuţie. Ar trebui să îi respectăm intimitatea şi să îl lăsăm să ne povestească singur, când va vrea. Vei regreta dacă îl vei trage de limbă.

Umerii mi s-au înmuiat şi am oftat, relaxându-mi muşchii. Îmi pierdusem tot avântul. Dar poate că Ace avea dreptate. Trebuia să aştept până când All ar fi vrut să îmi povestească totul despre acea fată, nu să îi scot informaţiile cu cleştele, chiar dacă era al naibii de iritant şi eu eram o nerăbdătoare.

— OK, am căzut de acord. Dar dacă Kendra va afla şi îi vei spune mai multe, prietenia noastră se termină.

L-am ameninţat cu un deget ridicat, dorind să fac foarte clar acest lucru. Allen şi-a înălţat mâinile sub formă de apărare şi am luat asta ca pe un răspuns.

— Asta înseamnă că nu poţi veni la petrecere? mi-a întrebat Ace prietenul.

M-am încruntat, întorcându-mă spre ochii verzi pe care îi iubeam.

— Ce petrecere? am întrebat nedumerită.

Habar nu aveam despre una. Şi vorbea despre ea de parcă era *Petrecerea*, ceva despre care toţi trebuia să ştim.

Ace a ridicat din umeri.

— Noel Parker îşi ţine ziua de naştere şi dă anual o super petrecere. Toţi sunt invitaţi. Va fi pe plajă, la una din casele lui de vacanţă.

*Una din casele lui de vacanţă. Pff!*

Mi-am rotit ochii.

— Ce e? a întrebat Ace, rânjind.

Am ridicat un umăr.

— Sună atât de... *extra*.

Ace a râs.

— Da. Asta pentru că este. Se dă peste cap pentru petrecerea asta de fiecare dată. Şi încearcă să schimbe tema, jocurile, băuturile, decorul, totul.

Iar eu, de ziua mea, nu voiam decât să treacă programul de muncă mai repede şi să primesc o baie fierbinte cu un mic dejun inclus la cină. Bănuiesc că fiecare primeşte ce îşi doreşte. Ar fi trebuit să îmi ridic standardele cadourilor.

— Şi de ce nu aş putea veni la petrecere? a revenit Allen la subiectul inițial.

Ace şi-a mărit şi mai mult rânjetul.

— Pentru că eşti luat, i-a răspuns acesta.

All a râs scurt şi ironic.

— Ah, şi tu nu?

Mi-am ridicat sprânceana dreaptă şi am aşteptat răbdătoare răspunsul lui Ace în timp ce îl priveam. Acesta mi-a strâns umerii cu palma care se afla deja acolo.

— Extrem de luat, a răspuns el. Dar diferența dintre noi este că ea va fi cu mine, iar Charity la brațul meu este un semn imens care urlă *este luat*. Tu nu vei avea un semn.

Mi-am rotit ochii.

— Nu că este ca şi cum pe toate le interesează semnul de pericol, am comentat eu.

Cum era Crystal. Numele acesta mi-a venit automat în minte, fără ca măcar să stau pe gânduri, chiar dacă nu am mai avut probleme cu ea de câteva săptămâni.

— Unele trec peste el mai mult decât bucuroase, am continuat eu.

Ace şi-a întors privirea spre mine, zâmbind cu un colț al gurii şi privindu-mă cu ochii lui verzi, sclipitori.

— Nu trec, iubito, dar ar vrea.

— Tu şi egoul tău, am pufnit eu.

— Este realitatea.

M-am abținut de la alte comentarii, altfel ar fi ieşit rău.

— Şi când este petrecerea asta? a întrebat All.

— În două zile.

Mi-am întors capul spre prietenul meu, fiind nedumerită de interesul său brusc față de această petrecere.

— Și fata care îți place? l-am luat eu la rost.

All mi-a aruncat privirea de *eu sunt fratele mai mare, nu tu, deci pot avea grijă de mine.*

— Nu este ca și cum merg acolo să mă culc cu cineva, a comentat el. Dar dacă se întâmplă, bravo mie!

Și-a ridicat umerii nepăsător, iar Ace a râs în timp ce eu mi-am mărit ochii șocată. All nu era așa. Ei bine, da, avea cuceriri, aventuri, dar era genul tăcut, niciodată nu se lăuda cu asta și noi niciodată nu am aflat de toate fetele cu care a fost. Acum dădea de înțeles că voia să își găsească o partidă după ce ne-a mărturisit că îi plăcea de cineva. Asta însemna un singur lucru. Voia să fugă de ceea ce începea să simtă pentru persoana respectivă. Iar la cum îl cunoșteam eu pe All, el fugise toată viața lui de sentimente. Trebuia să își rezolve problema asta și să nu mai încerce să blocheze destinul. Până la urmă tot la el ar fi ajuns.

— Mda, am mormăit eu într-un final.

Poate că acum nu era momentul să îl iau la rost. Urma să mă iau de el mai târziu.

— Care este tema petrecerii? am schimbat eu subiectul.

În ochii lui Ace a strălucit o scânteie jucăușă pe care am ajuns să o cunosc prea bine.

— Hawaii, a răspuns el. Iar eu vreau să te văd într-o fustiță din paie neapărat. Este în top zece fantezii cu tine.

M-am înroșit instantaneu.

— Ce spuneam, a mormăit All. Grețos de dulci. Și grețos de darnici când vine vorba despre împrăștiat imagini de coșmar.

Am râs, dar adevărul era că în interior eram un pachet de nervi și o plăcere ciudată s-a aprins în mine, fix în acel restaurant. L-am privit pe Ace, iar el avea focul acela flămând în privire. Mă întrebam dacă îl împărtășeam și eu, căci mă simțeam la fel de flămândă, și în niciun caz nu voiam pizza.

Am înghițit în sec și mi-am strâns coapsele picior peste picior, încercând să opresc senzația aceea care mă mânca pe interior. Între timp a venit chelnerul și ne-a așezat tacâmurile la masă, iar Ace, profitând de neatenția lui All, a venit mai aproape de urechea mea, șoptindu-mi:

— Pe locul trei se află un loc public. Baia e a noastră când vrei.

Tocmai ce pusese benzină pe foc.

Am înghițit din nou în sec și am negat din cap, iar Ace s-a retras rânjind. El se putea preface complet neafectat, dar eu mai aveam puțin și transpiram. Baia aia suna totuși a idee bună. Dar poate altă dată, când nu aveam să ne întoarcem la masă cu un prieten, care ar fi știut ce am făcut noi doi.

Chelnerul dispăruse, iar mâna dreaptă a lui Ace, cea de pe genunchiul meu, se plimba în sus și în jos, în timp ce All mai spunea câte ceva despre petrecerea la care urmam să mergem. Pizza a venit la scurt timp, iar mie mi-a pierit toată pofta de mâncare.

Abia așteptam ca Ace să termine cina, dar evident că nu se grăbea, chinuindu-mă mai mult decât trebuia.

Nu puteam explica modul în care mă făcea să mă simt. Mă făcea să îmi pierd rațiunea și să îmi imaginez sau să vreau lucruri pe care nici nu aș fi îndrăznit să le gândesc în mod obișnuit. Cu el interzisul devenea tentant și... posibil.

Iar acum îmi doream tot ce era interzis cu el.

Nu mai suportam. Băieții ajunseseră la discuții despre fotbal, iar Ace mâncase jumătate din pizza lui când am explodat fără ca măcar să mă gândesc.

— Trebuie să plecăm, am sărit eu, întrerupându-le discuția.

All s-a uitat la mine cu îngrijorare, cât timp Ace mă privea cu suspiciune. Nu știa dacă să mă creadă sau nu.

— De ce? a întrebat All.

M-am ridicat în picioare, luându-mi rolul. *Să înceapă spectacolul!*

— Mama mi-a trimis mesaj. Are nevoie să îi duc ceva de acasă la muncă. Urgent.

Mi-am luat deja geaca şi m-am îmbrăcat cu ea când All a întrebat:

— Vrei să te duc eu?

*Nu!*

Ace deja rânjea când mi-a văzut privirea impacientată. S-a prins.

— Ăăă, nu. Este...

— O duc eu, a intervenit Ace, luându-şi rolul. Dar îmi eşti datoare cu o pizza, a glumit el.

Mi-am dat ochii peste cap, mi-am pus geanta pe umăr şi l-am sărutat pe obraz pe Allen cât timp Ace a scos nişte bani din portofel şi a terminat felia de pizza din mână dintr-o singură îmbucătură.

— Îmi pare rău, All. Mă revanşez, i-am spus.

Prietenul meu a zâmbit înţelegător.

— Nu e nevoie, nu e vina ta.

Oh, nu! Era total şi complet vina mea. Iar pe Ace îl amuza teribil asta.

Mi-am ţinut iubitul de mână şi am ieşit împreună din restaurant, iar în următoarea secundă acesta a început să râdă cu putere.

— Termină! l-am ameninţat. Este vina ta şi a fanteziilor tale publice.

Ne îndreptam spre maşină, iar partea amuzantă era că eu aproape alergam, iar Ace era târât de către mine.

— Pur şi simplu te ador când .

— Iar eu ador când faci ceva în privinţa asta, aşa că mişcă-te! i-am ordonat.

Cu tot cu glumele sale, ştiam că se simţea exact ca şi mine, tocmai de aceea nu a mai comentat. Iar felul în care urma să conducă trebuia să fie chiar rapid dacă nu voia să facem ceva aproape public în maşina lui extraterestră.

Ce îmi făcuse băiatul ăsta? Nu mai eram eu.

# Capitolul 53

Stăteam întinsă în pat, acoperită cu cearşafuri subţiri şi cu perna în braţe. Aveam ochii închişi, mă simţeam relaxată şi eram la câteva minute depărtare de un somn bun. Ace stătea lângă mine, pe o parte, sprijinit pe un cot, mângâindu-mi cu cealaltă mână spatele gol. Dacă mai continua aşa puţin timp, adormeam. Aveam pleoapele grele, dar trebuia să mă ridic de aici şi să merg acasă. Mama ar fi putut ajunge în noaptea asta şi nu puteam să o ratez, mai ales că ea nu mai era de acord să stau cu Ace şi pentru o perioadă trebuia să fiu ascultătoare şi să îi reintru în graţii.

Lenea mea era mai mare ca oricând. Preferam să primesc o lovitură decât să mă ridic din pat în acel moment, iar mişcările uşoare ale degetelor lui Ace pe pielea mea era o senzaţie ruptă din Rai. Cu cele mai mari eforturi mi-am ridicat pleoapele. Îl prinsesem nepregătit, concentrat asupra spatelui meu, dar privind în gol, gândindu-se departe. După ce a observat că eram trează şi nu adormită, şi-a întors ochii de un verde proaspăt spre mine şi mi-a zâmbit slab, dar plin de viaţă.

— Unde eşti? l-am întrebat cu vocea răguşită.

— Lângă tine, mi-a răspuns aproape instantaneu, de parcă avusese replica pregătită.

Mi-am clătinat capul pe pernă, ciufulindu-mi mai mult părul.

— Nu, l-am contrazis. Eşti departe. La ce te gândeai?

De data aceasta lui Ace i-a luat ceva să îmi răspundă, dar în tot timpul în care a tăcut a continuat să îmi mângâie spatele.

— La cât de fericit sunt, a spus în cele din urmă.

Mă îndoiam amarnic că asta făcea, dar l-am lăsat în pace. Am învăţat mai mult ca niciodată să am încredere în el, mai ales după ultima experienţă cu tatăl său.

— Şi eu sunt, i-am mărturisit ceea ce probabil ştia deja.

Mi-am îndreptat privirea spre ceasul pe care îl avea pe perete şi am observat că era puţin trecut de ora unsprezece. Am oftat.

— Dar trebuie să merg acasă, am spus, ridicându-mă cu cearşaful în jurul meu şi uitându-mă pe unde mi-am aruncat hainele.

Ace a scos un fel de scâncet-mârâit.

— Chiar trebuie? Dormi la tine acasă, singură, de exact o săptămână.

La cât de confortabil mă simţeam acolo, cât de somn îmi era şi cât iubeam să adorm mângâiată de Ace, evident că voiam să nu mai merg niciunde altundeva, dar trebuia. Mama era deja supărată pe mine, nu voiam să agravez situaţia, dimpotrivă. Tocmai de aceea aveam nevoie să merg acasă.

— Da, trebuie, i-am răspuns.

Mi-am găsit blugii, bluza şi ciorapii, apoi am mers cu ele în baie, târând cearşaful după mine.

— Trebuie să te învăţ odată şi-odată să umbli goală şi să nu te mai ascunzi.

Mi-am rotit ochii şi mi-am lăsat hainele în baie, apoi m-am întors doar ca să îi arunc cearşaful lui Ace în cap. L-a prins în mână, evident, dar nu m-a interesat. Voiam doar să îi distrag atenţia cât timp m-aş fi strecurat înapoi şi aş fi închis uşa, ca nu cumva să vină peste mine şi să mă perturbe.

Când am dat drumul duşului, auzeam deja bătăi în uşă, dar le-am ignorat. Exact aşa cum am ignorat şi înjurăturile şi rugăminţile lui Ace de a-l lăsa înăuntru. Cincisprezece minute mai târziu am ieşit îmbrăcată şi pregătită de plecare, dar Ace era la fel.

— Nu este nevoie să mă duci, i-am spus.

A ridicat din umeri, impasibil.

— Ştiu. Dar vreau.

Mi-a făcut semn din cap să mă mişc şi aşa am ieşit amândoi din apartamentul său, îndreptându-ne spre maşina sa extraterestră.

Drumul s-a scufundat într-o liniște confortabilă, binevenită, care ne-a lăsat să ne gândim liber și profund la unele lucruri. Eu, de exemplu, m-am gândit la mama și la cum trebuia să o fac să înțeleagă că relația mea cu Ace nu m-a schimbat deloc – cel puțin nu m-a schimbat în rău. El, cred, s-a gândit la situația cu tatăl său și la companie. Fiecare avea problemele lui, dar rezistam împreună, iar acest lucru mă făcea să iubesc viața și tot ce era legat de ea. Aproape că nici nu mă mai interesau acele probleme, știind că Ace era lângă mine.

Am ajuns rapid la apartament, dar am mai stat vreo douăzeci de minute în mașină, vorbind cu iubitul meu și luându-mi la revedere. Nu am fost lăsată să plec până nu am promis că următoarea noapte voi dormi la el. Și poate chiar era timpul pentru asta, căci eu încercam de o săptămână să reintru în relații bune cu mama, iar ea abia venea pe acasă, așa că am acceptat.

Ajunsesem în garsonieră, mă descălțasem și am observat cu stupoare că lumina din bucătărie era aprinsă. Nu numai că mama era acasă, dar era și trează la ora asta, după ce a venit de la muncă. Inima mi-a urcat în gât când m-am îndreptat spre ea, iar momentul în care am apărut în pragul ușii, în fața ei, mi-am luat soarta în mâini.

— Hei, am salutat-o.

Era schimbată în pijamale, cu părul șaten lăsat pe spate, cum îl ținea doar când dormea, și cu cana de ceai în mâini. Probabil avea probleme cu somnul. Speram să nu fie din cauza mea.

— Bună, mi-a răspuns.

Și de aici a trebuit să preia ea discuția, căci eu habar nu aveam ce puteam să îi spun.

— Am văzut mașina lui Ace.

Mai bine îmi spunea noapte bună.

Nu înțelegeam ce voia mama de la mine. Să o mint că nu mă mai vedeam cu Ace? Sau chiar să încetez să o fac? În niciun caz! El era, după atât de mult timp, sprijinul și sentimentul care mi-au lipsit toată viața, fără ca măcar să știu. Nu aveam de gând să renunț la el din cauză că mama avea impresia că mă schimba în rău.

— M-a condus acasă, am anunțat-o.

Mama a oftat, apoi și-a ridicat privirea la mine. Ochii obosiți, încărcați de cearcăne, se holbau cu tristețe, fără vlagă, la mine. Îmi părea rău să o văd extenuată, mai ales acum, când nu mai avea motive să fie așa, când datoria noastră era plătită, dar și mai mult îmi părea rău să știu că era supărată pe mine.

— Îmi pare rău dacă te-am făcut să crezi că nu mai sunt de acord cu el. Nu te-aș pune să vă despărțiți doar din acest motiv.

Uau. Discuția asta evolua spre bine. Eram surprinsă, dar și fericită. Poate asta era seara în care mă împăcam în sfârșit cu mama, iar eu îmi puteam continua relația liniștită.

— Îmi place Ace, mi-a confirmat ea.

Era evident. Cui putea să nu îi placă de Ace? Avea acel șarm cu care te cucerea pe loc, indiferent ce sex ai avea. Te juca pe degete.

— Cred că este cel mai bun iubit pe care ai fi putut să îl capeți, a mai adăugat. Dar faptul că ne-a plătit datoria, apoi te-a luat să stai cu el... Este, nu știu... Mă simt de parcă ai plăti datoria noastră doar tu, dar altfel.

Mi-am mărit ochii și mi-am înălțat sprâncenele. Ce. Naiba?

Mama credea că... Doamne! Oh, Doamne!

— Poftim? am întrebat retoric. Tu crezi că eu stau cu el din cauză că ne-a plătit datoria? mi-am ridicat tonul. Mamă! Credeam că mă cunoști mai bine de atât. Stau cu el pentru că îl iubesc. Doamne, îl iubesc atât de mult că îmi este frică să mă gândesc la cum ar arăta o singură zi fără el. Și tu crezi că fac asta pentru bani? Că mă prostituez?

Mama s-a ridicat de pe scaun, a făcut un pas spre mine și a continuat să nege din cap speriată ceea ce am afirmat eu.

— Nu, nu, draga mea. Nu spun că faci asta. Spun doar că nu vreau să te simți constrânsă de acest lucru la un moment dat, în cazul în care veți avea certuri sau altele. Nu aș vrea ca asta să te rețină din a fi tu însăți în fața lui.

S-a mai apropiat de mine un pas și a ridicat mâna pentru a mă mângâia, dar eu m-am tras înapoi.

— Cum poți să crezi asta despre mine? Nu ai habar cât m-am străduit să îl conving să îi returnez banii. Am avut zile și săptămâni pline de certuri și discuții pe această temă. Și da, poate că m-am mutat la el, dar nu de tot, și nu pe gratis. Am insistat să îi plătesc chiria și utilitățile. Uneori eu plătesc cina sau consumul mașinii lui, căci mă duce peste tot. Mamă, dacă am un iubit care strălucește din punct de vedere financiar, nu înseamnă că eu nu mai sunt independentă, nu înseamnă că nu mai sunt eu și în niciun caz nu înseamnă că sunt damă de companie. Îl iubesc pe Ace, nu banii lui.

Mamei mele îi străluceau ochii inundați de lacrimi.

— Dar nu asta încercam să îți spun. Vreau doar să te protejez, să nu las alți oameni să te folosească pentru că ți-au făcut un favor.

— Uite, asta nu înțelegi, i-am spus. Ace nu este așa. Dacă voia să profite de mine, o putea face de mult. Mă iubește așa cum îl iubesc și eu. Și știu că încă mă crezi o fetiță prostuță, copilul tău, dar Ace este ultima persoană pentru care trebuie să îți faci griji că mă va răni. Jucați în aceeași echipă, nu vezi?

Mama a oftat greu, de parcă pieptul o durea, apoi a afirmat din cap, lăsându-și în jos privirea rușinată.

— Îmi pare rău. Da, ești copilul meu și vreau să te protejez. Poate că am exagerat. Poate că am fost geloasă.

— Geloasă? am întrebat eu, surprinsă.

A afirmat din nou din cap. Nu mă mai privea deloc. Îi era rușine.

— Da. Geloasă pentru că te-ai mutat cu el, de lângă mine. Geloasă pentru că acum ești mai mult cu el decât cu mine. Geloasă pentru că trăiești mult mai bine decât o făceai când eram doar noi două. Geloasă pentru că el poate să îți ofere un trai cu adevărat bun, nu cum am făcut eu.

O ascultam și nu îmi puteam crede urechilor, ceea ce auzeam. Ea era geloasă pe Ace? Cea mai mare porcărie pe care am putut-o auzi.

— Mamă, i-am spus, apropiindu-mă de ea.

I-am cuprins mâinile cu ale mele, iar ea și-a ridicat în sfârșit privirea la mine. Două lacrimi îi erau curse pe obraji.

— Ace este iubitul meu, tu ești mama mea. Vă iubesc pe amândoi la fel de mult, dar în moduri diferite. El nu ți-ar putea lua locul în niciun fel. Și nici nu m-ar putea îndepărta de tine, nici atât să mă mituiască cu o viață de vis.

Lacrimile îi curgeau și mai multe, mai rapid, așa că i-am dat drumul mâinilor și mi-am dus propriile mâini spre chipul ei, ștergându-le.

— Să nu ne mai certăm acum din cauza asta. Va fi bine. Eu și Ace suntem bine. Și tu ești bine. Și nu văd de ce să nu vă acceptați unul pe celălalt.

Un suspin i s-a strecurat printre buzele tremurânde.

— Nu îmi place să fim certate. Ești tot ce am, Charity.

Mintea mi s-a dus în trecut, după prima dată când am făcut dragoste cu Ace. Și el mi-a spus ceva de genul. Că eram totul pentru el. Eram totul și pentru mama. Iar ei doi însemnau lumea pentru mine. Aveam exact cinci persoane care mă iubeau și pe care le iubeam înapoi, dar nu puteam cere nimic mai mult și mai bun de atât.

— Nici mie nu îmi place să fim certate, i-am spus, lăsând niște lacrimi să îmi scape din închisoarea pleoapelor.

Mama și-a dus și ea mâinile spre chipul meu și mi le-a șters. Ne ștergeam reciproc de lacrimi, apoi am început să zâmbind de cât de toante arătam.

Ne-am îmbrățișat, iar când ne-am revenit am mai discutat puțin despre una și alta, apoi am adormit împreună, în același pat, iar eu știam că de asta aveam nevoie. Lumea mea era în sfârșit într-un echilibru perfect, o balanță care promitea multe – fericire, iubire, speranță, prieteni, familie, dragoste și tot ceea ce era mai bun în lumea asta.

Totul era așa cum trebuia să fie.

# Capitolul 54

Petrecerea asta nu m-a încântat de la început, dar a fost un lucru bun de făcut ca să ne mai relaxăm, însă și ca să îi găsim lui All pe cineva – sau așa cum credeam eu, să vedem dacă era atât de îndrăgostit de fata misterioasă încât nu putea să se uite la niciuna alta.

Tema hawaiiană m-a încântat și mai puțin. Am refuzat cu desăvârșire să port o fustă din paie, însă am încercat să compensez cu o ghirlandă tradițională în jurul gâtului și o coroniță de flori. Cu toate acestea, efortul meu a fost în zadar, căci Noel avea pregătite la intrare costumații pentru toată lumea, așa că în cele din urmă Ace a câștigat. Purtam o fustă de paie, peste pantalonii mei scurți, negri, iar dacă era să scădem bronzul, arătam exact ca o hawaiiană adevărată. Și nu, nici măcar eu nu înțelegeam cum de eram albă, pentru că locuiam într-un loc cu soare puternic tot anul. Probabil de vină erau turele de muncă pe parcursul zilei și faptul că eram un șoarece de bibliotecă, nu o broască țestoasă de plajă.

În afară de cele menționate mai sus, totul arăta bine. Mă simțeam de parcă toată plaja era a noastră, căci doar noi ne aflam acolo, cei de la școală și alți prieteni de-ai sărbătoritu-lui. Casa de vacanță a lui Noel era imensă, albă, cu o verandă lungă și două balcoane imense. Toate ușile erau culisante, din sticlă, după care puteai vedea foarte bine interiorul ele-gant. Doar nuanțe de alb, gri și negru o colorau. Era de vis. Tot ceea ce ți-ai putea dori vreodată. Era paradisul. Și cu toate că avea oceanul la maxim douăzeci de metri de casă, asta nu i-a împiedicat părinții lui să construiască o piscină la ieșire și – cel mai nebunesc lucru –, una chiar în living.

Voiam să mă mut acolo.

Gelozia mă lovea din nou. Cât de mult am muncit eu, de atâția ani, și urma să mai muncesc de zece ori mai mult, dar nu aş fi avut niciodată ce toţi aceşti copii au primit din naştere, fără niciun efort. Şi cât de obişnuiţi erau ei cu aceste lucruri imposibil de obţinut pentru mine. Eram geloasă până şi pe Ace, dar nu i-aş fi spus niciodată. Nu ar fi înţeles.

Muzica electronică răsuna în boxele imense aşezate pe verandă. Lumea dansa pe plajă sau în casă, înotau în piscine sau în mare, stăteau pe nisip sau pe scaune şi consumau alcool sau sucuri. Totul era perfect la vedere. Mă simţeam de parcă eram la un festival. Spre ciuda părţii geloase din mine, îmi plăcea atmosfera, deşi mă simţeam ca o intrusă.

Mă blocasem pentru câteva secunde la intrare, uitându-mă la fiecare detaliu în parte şi analizând. Eram sigură că All şi Kendra au făcut la fel ca mine, dar nu şi Ace cu Alec. Ei erau obişnuiţi cu aşa ceva. Am fost întreruptă din holbat când mâna iubitului meu mi-a împins uşor spatele, îndemnându-mă să înaintez.

Intrasem în casa de lux, unde se afla o masă gigantică, cu cadouri puse pe ea. Ace şi Alec i-au luat cadouri, dar au insistat că noi, restul, nu trebuia să aducem nimic. Chiar şi aşa, tot mă simţeam prost că intrasem la o petrecere aniversară fără să am ce căuta aici, cu mâna goală.

Noel era la platane, băgându-se peste DJ şi stricând muzica bună, dar se distra, iar nimeni nu avea nimic de comentat, căci el era sărbătoritul. După ce ne-a văzut, a zâmbit, a luat o pauză şi a venit la noi. De fapt, a venit la Ace. Nu credeam că noi, restul, îl interesam. Şi nici nu credeam că venea la fiecare invitat în parte să îi facă o primire, având în vedere câţi oameni erau aici.

— Omul meu! a strigat Noel peste muzică, ridicând mâinile larg deasupra capului. Ai ajuns!

Ace s-a desprins pentru o secundă de mine pentru a da mâna cu Noel şi pentru a se lovi unul de celălalt, pocnindu-se peste spate de două ori. Saluturile bărbăteşti mi se păreau atât de neanderthaliene. Mi-am rotit ochii plictisită înainte să fiu văzută.

Când cei doi s-au desprins, Ace a revenit la mine, aşezându-şi mâna dreaptă peste umerii mei.

— Nu cred că am avut şansa să facem cunoştinţă oficial, a rostit peste muzica puternică. Eu sunt Noel Parker.

Mi-a întins mâna, iar eu i-am cuprins-o îndoielnică. Uau. Tipul ăsta avea mâini mai fine decât mine. Se vedea că nu a făcut nimic toată viaţa lui.

— Charity Good.

— Ştiu, mi-a zâmbit el.

Imediat după ce a rostit asta, privirea i s-a dus spre Ace.

— Stai calm, frate. Nu mă dau la ea.

Ace nu a spus nimic, iar mâna mea cu cea a lui Noel erau încă împreunate, aşa că am simţit nevoia să intervin.

— La mulţi ani! i-am urat.

— Mulţumesc, mi-a răspuns, revenind din nou la mine cu un zâmbet.

— Pe Alec îl ştii, a spus Ace. Iar ei sunt Kendra şi Allen, a indicat înspre ei.

Habar nu aveam ce a fost asta, dar bănuiam că Ace i-a făcut cunoştinţă cu prietenii mei pentru a-l face pe Noel să ia mâna de pe mine. Planul a funcţionat. Atenţia lui s-a îndreptat spre All, apoi spre Kendra, din păcate pentru Alec. Ace a aruncat problema asta pe capul lui.

După ce Noel a terminat cu privirile şi atingerile cuceritoare, ne-a urat distracţie plăcută, i-a spus lui Ace că se bucură că a venit, apoi a dispărut din nou lângă DJ.

Noi am făcut ceea ce orice persoană face întâi la o petrecere. Am mers să luăm ceva de băut. Ace şi Allen s-au mulţumit cu sucuri, deoarece erau şoferi, eu şi Kendra ne-am luat două cocktailuri, iar Alec şi-a luat o bere. Apoi fiecare a dispărut în treaba lui, iar eu şi Ace am rămas singuri.

— Ce spui de un dans? m-a întrebat, şoptindu-mi la ureche.

Eu stăteam pe unul dintre scaunele de la bar, cu cocktailul în mână, sorbind din pai, iar Ace era exact lângă mine, în picioare, cu un cot pe bar şi o mână peste coapsele mele. Când şi-a făcut loc până la urechea mea să îmi spună acestea, m-au cuprins fiorii.

— Credeam că eşti unul dintre cei cărora nu le place să danseze, i-am spus-o şi eu la ureche, îndepărtându-mă apoi ca să mă vadă zâmbind.

Dar şi el îmi zâmbea. Şi o făcea într-un fel diavolesc.

— Nu îţi aduci aminte dansul de ziua ta?

Şi aici mi-a cam închis gura. Cum să nu îmi aduc aminte? Primul nostru sărut. De fapt, aş fi putut să nu îmi aduc aminte, căci atunci aveam cam doisprezece shoturi la bord, iar el se luase de mine că îl călcasem pe picioare. Totuşi, acel sărut m-a trezit. De aceea am simţit nevoia să torn alte şase shoturi pe gât, de parcă ar fi fost limonadă. Ace mă îmbăta şi mă trezea la realitate după bunul său plac.

— Ba da, i-am răspuns într-un final.

Aşa cum îmi aminteam şi de prima noastră întâlnire, de dansul pe melodia lui Frank Sinatra şi de cât de bine se mişca pe ea. Aşa cum îmi aminteam că a menţionat faptul că a făcut trei ani de dansuri. Doar că a fost obligat de mama lui, nu credeam că îi şi plăcuse asta.

Mi-am lăsat paharul gol pe bar, i-am oferit lui Ace mâna mea, iar el m-a condus până la ringul de dans. Afară era încă prea cald, dar soarele mai avea puţin şi apunea, iar pe plajă câţiva tipi adunau lemne mari într-o grămadă frumos aranjată pentru un foc de tabără.

Melodia *Beatiful girls* de Sean Kingston se auzea în boxe, iar ochii mi-au zburat spre locul în care DJ-ul şi Noel erau până de curând, acum fiind gol. Probabil că au luat o pauză şi au lăsat *YouTube*-ul să îşi facă treaba, cu mici ajustări de la petrecăreţi. Se făcea coadă pentru a pune fiecare câte o melodie care îi plăcea.

Acum eram chiar curioasă. Nu îl văzusem pe Ace dansând decât pe ritmuri lente, iar această melodie era puţin mai veselă. Mă aşteptam să mă lase pe mine să dansez în jurul lui sau ceva de genul, aşa cum făceau majoritatea celor de aici, dar am fost luată prin surprindere când mi-a dat drumul s-a răsucit cu faţa spre mine şi a mers cu spatele şi în stilul *moonwalk*. A făcut o piruetă şi apoi şi-a mişcat mâinile, picioarele şi şoldurile atât de lejer, de parcă erau valurile unei mări şi ştia perfect ce făcea. Am rămas hipnotizată, aşa că am reacţionat greu când mi-a întins mâna.

Lumea deja se uita la noi şi eu ştiam că eram o dansatoare mai proastă decât el, aşa că am ezitat, dar Ace făcea pe oricine şi orice să arate bine, inclusiv pe mine. I-am oferit mâna, apoi m-am trezit învârtită şi îndepărtată şi lovită de pieptul lui. M-a strâns de mijloc şi m-a lăsat cu capul în jos, ca mai apoi să mă readucă la el în braţe. Coroniţa de flori mi-a picat, iar părul îmi era deranjat, ciufulit, venindu-mi peste faţă.

— Cum de reuşeşti mereu să arăţi bine? l-am întrebat ofticată, dar râzând.

Ace mi-a zâmbit când mi-a dat părul la o parte de pe ochi.

— Este un dar şi un blestem.

Mi-am rotit ochii.

— Bine, e mai mult un dar.

Arogant până în măduva oaselor.

Am vrut să râd, dar m-am trezit din nou rotită şi nu am mai apucat să o fac. Trebuia să mă concentrez să ţin pasul cu el, dar era greu. Câteva melodii tot greu mi-a fost să îl ajung din urmă, până când una din melodiile mele preferate s-a auzit în difuzoare. Am deschis gura, şocată şi fericită în acelaşi timp, iar Ace şi-a dat seama că asta era ceva din domeniul meu.

Melodia *Company* de la Tinashe îmi umplea inima de fericire, iar corpul mi-a început să se mişte instantaneu, de parcă am fost în transă. A fost rândul lui Ace să deschidă gura impresionat.

Am zărit-o pe Kendra undeva în mulţime şi i-am făcut semn cu capul să vină lângă mine, căci ştia ce însemna melodia asta.

Noi două, când ne prosteam și nu aveam ce face, am învățat dansul din videoclip pe de rost, uneori înlocuind mișcări în care se presupunea că aveam nevoie de partener. Dansul ăsta ne-a bântuit luni de zile, căci am iubit cum arăta videoclipul, și nu ne-am oprit până nu am învățat să îl reproducem. Știam că nu aveam tăria să o fac singură, deși Kendra ar fi avut-o, dar am făcut-o împreună.

Prietena mea cea mai bună a venit lângă mine, de mână cu Alec, pe care l-a pus lângă Ace, iar All, știindu-ne pasiunea pentru melodia asta, a apărut și el în primul rând, pentru a ne privi. Lumea dansa pe ritm, dar cei care se aflau în apropierea noastră se opriseră să ne observe. Nu a fost niciodată genul meu să mă aflu în centrul atenției, dar încercam să ignor, căci știam că o aveam pe Kendra lângă mine, și mai aveam și ochii verzi fermecați în care mă pierdeam când executam fiecare mișcare.

Era un dans cam... provocator. Nu, nu era genul meu, dar melodia asta avea ceva special care îmi plăcea. Tocmai de aceea îmi mișcam corpul cu pasiune la fiecare notă pe care o cânta Tinashe. Era cam multă mișcare din mijloc și fund, iar pe la jumătatea dansului deja îmi era cald, așa că mi-am ridicat puțin maioul, descoperindu-mi abdomenul. Nici nu era nevoie să o privesc pe Kendra, deși o făceam uneori. Știam că se mișca exact ca mine și că nu a uitat nimic din dans, căci anul trecut era exact ca și rugăciunea noastră, îl știam la perfecție.

Bine, știam sigur că nu ne mișcam la fel de bine ca acea trupă de dans profesionistă, nu eram la fel de seducătoare, dar nici că mă interesa. Mă distram cu Kendra. Și fețele iubiților noștri asemănătoare cu a unor copii durdulii într-o fabrică de ciocolată era cireașa de pe tort.

M-am debarasat și de rochița de paie la un moment dat, căci mă încurca, și am rămas în pantalonii mei scurți. Ultimul lucru pe care îl mai aveam din tema hawaiiană era ghirlanda de flori, dar pe aceea am lăsat-o, căci părea deja că scăpam de prea multe lucruri de pe mine și nu voiam să se înțeleagă altceva. Prea târziu, căci și Kendra făcea la fel, iar în jurul nostru se făcuse un cerc, lucru care m-a intimidat. L-am observat abia spre sfârșitul melodiei, deoarece până atunci avusesem ochii doar la Ace, dar când am făcut-o, m-am oprit din dansat. Norocul meu că era aproape de final oricum, iar Kendra s-a oprit și ea după încă o mișcare, altfel lumea și-ar fi dat seama cât de fricoasă eram și că m-am oprit din cauză că mă simțeam intimidată.

Un ropot de aplauze m-a făcut să mă uit mai bine prin jur, cu respirația grea, și am zâmbit, căci nu mă așteptam să le placă. Da, era un dans provocator, dar nu mă așteptam să îl fi făcut bine. Sau poate că o aplaudau pe Kendra, ea chiar era talentată, știa să se miște.

Și că tot vorbeam despre ea, am văzut-o cum s-a dus și a sărit direct în brațele lui Alec, înconjurându-l cu mâinile și cu picioarele, sărutându-l apoi. Lumea a scos sunete intrigate. Ăștia doi furau petrecerea lui Noel.

Am râs, îndreptându-mă și eu spre Ace, care nu părea atât de fericit precum Alec.

— Nu ți-a plăcut? l-am întrebat în pauza dintre melodii.

Pieptul lui s-a ridicat greu.

— Prea mult. La fel ca celorlalți două sute de oameni de aici.

Mi-am strâns buzele într-o linie fină și mi-am plecat privirea. Avea dreptate. Nu știam ce mă apucase. Doar că iubeam melodia asta, iar el se pricepea la dans, mă făcea pe mine să arăt rău, iar eu voiam să îi demonstrez că știam să mă mișc, dar nu am luat în calcul faptul că nu eram singuri. Atât timp cât am avut-o pe Kendra lângă mine, nu m-au deranjat restul.

Voiam să îmi cer scuze, dar pentru ce îmi cereau scuze mai exact? Pentru că dansasem? Nu era ilegal. Nu o făcusem cu vreun tip și în niciun caz nu m-am uitat la vreunul dintre ei în timp ce dansam, m-am uitat doar la el.

Mi-am revenit la tupeul de dinainte, apoi m-am apropiat de el și l-am cuprins de talie, lipindu-l de mine. O altă melodie a început, iar oamenii își vedeau de dansul lor, observând că nu mai era niciun spectacol de privit. Eu mi-am ridicat buzele până la urechea lui Ace, apoi i-am șoptit:

— Lasă-i să vadă ce nu pot avea.

M-am îndepărtat ca să îl văd înghițind în sec, cu privirea pierdută pe podeaua ringului de dans. Ochii săi de un verde aprins m-au ațintit imediat și a vorbit foarte hotărât.

— Eu, tu, un dormitor, acum.

Și uite cum din privirea aia și cinci cuvinte mi-a dat foc din nou. Simțeam flăcările mistuitoare cum mă ardeau pe dinăuntru și eram tentată să culeg rochia aia nenorocită de paie în drum spre dormitorul despre care vorbea pentru a-i îndeplini o fantezie.

Voiam doar să sfâșii hainele pe care le aveam pe noi, așa că i-am mulțumit lui Ace că el era cel cu controlul și că m-a tras de mână de acolo, altfel am fi dat un spectacol mai bun decât cel de mai devreme. Eram conștientă că toți cei care ne vedeau plecând de mână știau ce aveam să facem, dar nu mă interesa. Doamne, mintea mea era tulbure. Îl voiam atât de tare. Îmi auzeam bătăile inimii în urechi și simțeam că imediat tremuram. Abia aveam control asupra picioarelor mele. Voiam ca totul să se întâmple acum.

Dar, aparent, cineva de sus mă ura.

Sau cineva de jos, de pe pământ.

Muzica s-a oprit cu un sunet iritant, iar o voce și mai iritantă și-a făcut loc printre bătăile inimii mele în timpan.

— Mă bucur că vă place cum dansează. Cred că a învățat să se miște așa în ghetou.

Eram la baza scărilor când am recunoscut vocea și am realizat că despre mine vorbea. M-am întors, dând drumul mâinii lui Ace, care deja uscase o scară, și am privit-o pe Crystal, la zece pași de mine, având ochii îmbibați de venin.

Lumea deja șușotea, întrebându-se la ce se referea scorpia, iar mie una mi se dusese tot cheful de viață, am picat în altă extremă, imediat cum am zărit-o. Se putea să nu tacă ea din gură? Sau se putea să nu acționeze într-un loc în care nu erau toate cunoștințele noastre?

Ace era în spatele meu. Nu îl vedeam. Dar nu voiam să mă bazez pe el. Știam ce urma. Și eram pregătită. Voiam să o înfrunt singură. Asta era ultima dată când scorpia asta îmi va mai face vreo problemă.

— Pentru că Charity este bursieră în anul ăsta, o sărăntoacă care lucrează la o cafenea pentru a trăi, care locuiește în partea rău famată a orașului. Și, da, ne-a mințit pe toți, pentru că nu a fost în stare să ne țină piept. Și s-a dus după Ace, pentru că știa că el era capul tuturor. Știa că dacă l-ar fi cucerit pe el, ar fi scăpat basma curată de noi, restul.

Uau. A dat toate cărțile pe față. Impresionant. Și o făcuse rapid, direct, fără o introducere sau vreun avertisment.

Cu toții priveau prin mine. Mă așteptam să se uite în ochii mei cu silă, ură sau confuzie, dar nu o făceau. Ei îl priveau pe Ace, așteptând o reacție. Voiau să știe dacă el avea habar despre mine și de ceea ce eram. Dacă demonstra că nu, atunci îmi săreau în cap. Dar nu era cazul, căci Ace nu ar fi făcut asta niciodată.

Voiam să deschid gura și să îmi iau apărarea, să mă cert cu ea, să îmi vărs frustrarea pe care mi-a creat-o, dar Ace a coborât scara pe care a urcat-o și mi-a strâns mâna în a sa, apoi mi-a luat-o înainte cu o voce plictisită.

— Asta e tot, Crystal? Pentru că sunt excitat aici și știu că tu nu ai habar cât de nerăbdător sunt în aceste circumstanțe, căci nu m-ai făcut niciodată să mă simt așa, dar am treabă.

A fost atât de scurt, la obiect și atât de liniștit, că nu îmi venea să cred. Ăsta era modul lui Ace de a rezolva probleme. Pe când eu eram nervoasă și îmi făceam griji, el trata totul ca o nimica toată și voia să ne continuăm rutina.

Crystal se înroșise la față de furie.

— Poți să te prefaci că nu este nimic important, Ace. Dar dacă tu ai trecut peste asta, nu înseamnă că trebuie să o facem și noi. Avem o tradiție, iar tu ai niște explicații de...

— Nu datorez nicio explicație nimănui, a întrerupt-o Ace pe o voce gravă.

*Oh. S-a enervat. A ridicat tonul.*

— Dacă cineva se leagă de ea, se leagă de mine. Și dacă tu, Crystal, doar o vei privi de acum, vei regreta. Am fost drăguț cu tine, dar asta s-a terminat.

Am putut să o văd pe micuța prințesă și regatul ei de hârtie cum se cutremurau și se prăbușeau. M-am simțit puțin prost pentru ea. Ace era foarte serios și dacă ar fi vorbit cu mine așa, probabil aș fi plâns în fața tuturor. Crystal era tare.

— Nu poți să schimbi regulile cum vrei tu, Ace, a mai ripostat ea, cu foarte mult curaj.

Am putut simți rânjetul din vocea lui când a spus:

— Pot, dacă eu le-am inventat. Și pot inventa altele. Și te pot face pe tine ținta. Sau te pot distruge singur. Și tu știi mai bine decât oricine cum sunt la mânie.

Pieptul m-a strâns când am auzit ultima propoziție. Ea știa mai bine decât mine cum era Ace la mânie. Ea știa cel mai bine. Îl cunoștea mai bine.

Crystal a tăcut de data aceasta, dar a rămas pe poziții. Nimeni nu a mai avut nimic de obiectat, așa că am luat tăcerea lor ca un fel de supunere pentru Ace.

— Bun, a spus el.

S-a întors cu fața spre Noel, care se afla din nou la masa DJ-ului.

— Scuze, frate, i-a zis. Continuați petrecerea!

Parcă le comanda tuturor și nu puteam înțelege cum de aceștia ascultau orice zicea și cum de îl venerau atât. De ce o făceau?

Muzica a pornit din nou, iar Ace m-a tras de mână și de data aceasta a urcat scările cu mine, căutând o cameră goală.

Eram șocată. Nu înțelegeam ceea ce tocmai s-a petrecut. Și presimțeam că ceea ce urma ca eu și Ace să facem era să vorbim. Aveam nevoie de o discuție.

# Capitolul 55

Nu am fost lăsată să vorbesc prea mult. Am avut parte cam de șaizeci de secunde de seriozitate până când Ace a decis să mă sărute. Am apucat să îl întreb de ce cu toții îl ascultau fără să aibă un cuvânt de spus, iar el mi-a dat trei motive: frică, respect și tatăl său. Imediat cum am ajuns să îl iau la rost pentru ce i-a spus lui Crystal, nu a mai avut răbdare. Și-a rotit ochii, de parcă îl plictisisem, apoi mi-a cuprins chipul în ambele mâini și m-a tras spre el.

A fost a doua oară când am făcut așa ceva într-o casă străină, cu o petrecere în desfășurare la parter. Dacă era să vorbesc cu vechea Charity despre asta, cea din urmă cu câteva luni, ar fi fost oripilată. Eu, cea de acum? Găseam totul incitant.

Crystal în sfârșit a renunțat, odată pentru totdeauna, să se mai lege de mine. Presimțeam că urma să nu mai aud de ea pentru o bună bucată de vreme. Eu și Ace eram mai uniți și fericiți ca niciodată. Aveam niște prieteni minunați. Totul mergea ca pe roate la școală și la muncă. Deja strânsesem destui bani și îi țineam deoparte pentru ceva măreț. Mama și eu ne împăcaserăm, iar în această seară aveam parte de o cină, doar noi două și iubitul meu. Trebuiau să își reconsolideze relația. Totul era perfect.

Eram din nou în mașina lui Ace, lângă clădirea în care locuiam, iar el părea chiar mai emoționat decât prima dată când am luat cina împreună cu mama. Eu mă amuzam din nou pe tema asta.

— Nu te înțeleg, i-am spus râzând. Ea te-a chemat aici pentru a-ți cere scuze. Nu este ca și cum ai făcut tu ceva greșit, așa că de ce te impacientezi atât?

Ace și-a lăsat capul pe tetieră și a oftat, închizându-ș i ochii. Arăta serios, așa că am încetat să mai fiu amuzată pe tema aceasta. Nu pricepeam de ce i se părea o problemă atât de mare cina cu mama. Îl făcea să fie tensionat, încordat și emoționat. Nu îl văzusem niciodată mai implicat în ceva care să aibă legătură cu altă persoană în afară de mine.

— Hei, i-am spus, de data aceasta ceva mai înțelegătoare.

Mi-am așezat mâna pe umărul său, iar el și-a deschis ochii, apoi și-a întors capul spre mine. I-am zâmbit.

— Încă pot fi tipul cu burete din filme pentru tine, am glumit eu, exact ca la prima cină pe care am avut-o noi trei.

Colțurile gurii lui Ace s-au ridicat puțin în sus.

— Asta rămâne o glumă groaznică, m-a criticat el.

Mi-am rotit ochii amuzată.

— Nu ai cunoaște o glumă bună nici dacă te-ar lovi peste nas, i-am spus, apoi chiar mi-am dus mâna și l-am atins cu arătătorul peste vârful nasului.

Înainte să mă retrag, Ace mi-a cuprins palma în a sa și a dus-o la gură, sărutând-o. I-am simțit buzele calde și pline peste pielea mea chiar mai mult decât trebuia, dar mi-a plăcut. Iubeam momentele lui sensibile, romantice.

Imediat după ce s-a îndepărtat, mi-a mângâiat dosul palmei cu degetul mare și ochii i s-au pierdut într-un punct fix în acea zonă. Era ca hipnotizat.

M-am încruntat, schimbându-mi total starea de spirit.

— Hei, i-am spus din nou.

Mi-am eliberat mâna din a sa și mi-am dus ambele palme spre chipul lui, cuprinzându-l între ele. Și-a lăsat capul sprijinit de una din mâinile mele, iar asta m-a înduioșat. Părea supărat, obosit, trist. Nu știam dacă asta era din cauza problemei pe care o avea cu tatăl lui, stresul pe care i-l dădea compania și planurile pentru a o obține, dar știam că nu îmi plăcea să îl văd așa.

— Care-i problema? l-am întrebat, mângâindu-i obrajii.

Ochii verzi pe care îi iubeam erau palizi. Simțeam un început de barbă pe sub buricele degetelor, iar asta m-a făcut să mă întreb pentru o secundă cât de sexy ar fi arătat Ace dacă nu s-ar fi ras.

Nu era momentul pentru asemenea gânduri.

Mâinile lui au venit peste ale mele, ținându-le lipite de chipul său. Și-a închis ochii pentru puțin, apoi și-a despărțit pleoapele și privirea i s-a blocat asupra mea. Era melancolică.

— Ți-am spus ceva acum o lună, mi-a reamintit el. Am vorbit serios.

Inițial nu știam la ce se referea, apoi mi-am dat seama. Prima noastră dată. Mi-a spus că eu eram totul pentru el. Discuția asta atingea cote înalte de seriozitate.

— Ce se întâmplă, Ace? l-am mai întrebat o dată, ceva mai serios de data asta.

Deja mă îngrijora. El nu își spunea sentimentele în fiecare secundă a vieții, nici măcar în fiecare zi sau săptămână. Era genul care arăta prin gesturi. Așa că de ce l-a apucat exact acum să îmi repete asta? Prima dată când a zis-o era evident, avea un motiv. Dar acum care era motivul?

Ace a clătinat din cap, apoi mi-a dat ușor mâinile jos de pe chipul său.

— Haide să mergem. Mama ta probabil ne așteaptă.

— Dar...

— Se răcește mâncarea, iubito, mi-a întrerupt el protestațiile.

S-a aplecat peste schimbătorul de viteze și mi-a cuprins buzele într-un sărut dulce, liniștitor, care îmi trimitea o doză de fericire spre creier. Îi simțeam gura peste a mea și știam că nu mai aveam nevoie de nicio altă mâncare în afară de el. Era felul meu principal și special.

Dar aveam o mamă nervoasă sus în cazul în care aș fi abandonat cina. Aveam timp de asta mai târziu. La fel cum aveam timp să vorbim mai târziu.

Am ieșit din mașină, grăbindu-mă să o fac deodată cu Ace, pentru a nu-i da ocazia să îmi deschidă portiera, iar el și-a dat ochii peste cap amuzat când a realizat de ce am făcut asta. Mi-a cuprins mâna și am urcat pe scări împreună, până am ajuns la ușa mea. Mama pregătise totul și, ca de obicei, mâncarea a fost pe listă înaintea discuțiilor importante. Abia după câteva complimente gastronomice, trei stomacuri pline și desert în farfurie, am putut ajunge unde trebuia, motivul pentru care ne-am întâlnit de fapt.

— Ace, i-a spus mama numele, atrăgându-i atenția. Voiam să îmi cer scuze pentru tot ceea ce am spus ultima dată când ne-am văzut.

Nu l-a lăsat să îi accepte scuzele, căci aceasta a continuat cu discursul. Puneam pariu că și-l scrisese pe foaie și îl învățase până la această întâlnire.

— În loc să îți mulțumesc pentru incredibilul gest din dragoste pe care l-ai făcut pentru fiica mea, eu am decis că nu mai sunt de acord cu relația voastră. Am greșit enorm, recunosc, și îmi pare foarte rău. Sper că mă vei putea ierta.

Ace i-a zâmbit și i-a oferit mamei un gest de empatie când și-a pus mâna deasupra mâinii ei, liniștind-o.

— Este în regulă, doamnă Good.

Aceasta a scos un oftat enervant.

— Ți-am mai spus să îmi zici Linda, l-a luat ea la răspundere.

Bine, poate că nu era nevoie să fie chiar atât de apropiați.

— Linda, a repetat el.

Ace și-a retras mâna și am început să mâncăm desertul, o plăcintă cu mere delicioasă. Dar armonia tăcerii nu a durat mult, căci iubitul meu vorbăreț a simțit nevoia să deschidă alt subiect.

— Și, Linda, voiam să mai vorbesc cu tine legat de ceva. Pardon?

Ceva? Ce anume? Eu nu știam nimic despre asta. Ce plănuia?

Mama era la fel de surprinsă ca și mine, dar a reacționat într-un mod normal, răspunzându-i calmă.

— Spune.

Ace a inspirat adânc, apoi a rostit:

— Voiam ca de data aceasta să procedez corect și să îți cer ție permisiunea întâi ca Charity să se mute la mine.

Aproape că mă înecasem.

Nemernicul! Am discutat deja despre asta și am spus că trebuia să mai rămân puțin acasă, dar el pur și simplu nu a fost de acord cu mine. Spunea că aici stăteam mai mult singură, iar el era la fel, așa că de ce nu puteam fi împreună?

Mama a amuțit.

— Nu va fi o mutare permanentă, continuă el. Mă refer doar dacă o vei lăsa să doarmă mai multe nopți pe săptămână la mine, iar câteva aici, de fiecare dată când vei fi acasă. Nu ți-aș cere asta dacă aș ști că ar fi cu cineva, dar știu că ești ocupată cu munca și îți este greu să vii în fiecare seară acasă, când dimineața pleci din nou, iar...

— Da, a spus mama.

— Nu trebuie să îmi răspunzi acum. Te poți gândi la asta, a continuat Ace.

Mama a râs.

— Sunt de acord, Ace, a repetat ea.

M-am uitat la chipul lui și am observat ceva ce nu am apucat să văd foarte des la el – o uimire reală, nereținută, dar și fericire.

— Uau, a spus el impresionat. Dar...

Nu își găsea cuvintele, însă mama a înțeles ceea ce dorea să știe. Cum de s-a răzgândit și cum de mă lăsa să mă mut la el?

— Am încredere că în afară de mine, tu ești persoana care va avea cea mai mare grijă de Char a mea, ești persoana care îi vrea binele permanent. Am încredere în tine.

Ace se simțea măgulit de aceste cuvinte. Știam că eu una eram cu adevărat șocată, dar și impresionată. Părerea mamei despre el îmi încălzea sufletul și mă bucuram că era de acord cu relația noastră din toate punctele de vedere.

— Și vreau să știu dacă pot avea încredere că vă veți proteja, a adăugat.

M-am înecat.

Totul ar fi fost prea frumos ca să fie adevărat. A trebuit
să adauge așa ceva.

Mi-am lăsat capul în pământ și mi-am acoperit chipul
cu o palmă, sperând să mă pot teleporta de aici. Primul meu
instinct era să neg orice relație sexuală pe care se presupune
că aș fi avut-o cu Ace din cauza rușinii, dar mi-am zis că aș fi
fost ipocrită dacă aș fi făcut asta. Totuși, nu am avut curajul
nici să îi confirm bănuielile mamei. Dar Ace a avut. Și a
ținut piept bine.

— De fiecare dată, a răspuns acesta.

Mă rugam ca pământul să mă înghită.

— Foarte bine, ne-a felicitat mama.

*Doamne, ia-mă!*

Am tăcut pentru alte câteva minute, uitându-mă doar la
farfurie, până când aceștia au deschis un alt subiect. Mă sim-
țeam ca un spectator într-un film în care eu eram subiectul
principal.

Sau în care am fost.

— Niciodată nu ne vorbești despre familia ta, Ace. Știu
că poate este prea devreme să ne întâlnim, dar ai putea să ne
povestești despre ei, să te mai cunosc.

Mi-am încordat maxilarul și privirea mea s-a blocat
asupra lui Ace pentru a-l verifica. Și el s-a uitat instantaneu
la mine pentru a mă asigura că era bine și că nu îl deranja.
Mama a observat acest gest dintre noi.

— Îmi pare rău. Am spus ceva greșit?

— Nicidecum, Linda, a sărit Ace să îi răspundă. Mama
mea a murit anul trecut, iar tatăl meu este genul model de
urmat în public, dar adevărul este că nu mai locuiesc cu el de
când am rămas doar noi doi. Nu prea ne vorbim.

Mama și-a lipit o mână de piept, de parcă ar fi durut-o
inima, iar pe cealaltă a așezat-o pe brațul lui Ace, oferindu-i
compasiune.

— Oh, îmi pare atât de rău, Ace. Nu știam.

— Este în regulă, Linda. Nu este vina ta, i-a zâmbit acesta. Și legat de întâlnirea dintre familii... Mai bine să nu îl cunoști pe tata, crede-mă pe cuvânt.

Mama și-a retras mâna de pe el și a părut că se gândea pentru o clipă, apoi a zâmbit crispat.

— Te cred, a spus ea, uitându-se în farfuriile noastre. Ei bine, mai vrea cineva plăcintă? a întrebat pe un ton mai înviorat.

— Cred că vreau o porție dublă, a zis Ace. Este incredibilă.

Eu am refuzat, căci mă simțeam plină, și am urmărit-o pe mama ridicându-se și mergând spre frigider să taie alte felii de plăcintă. Mi-am simțit mâna acoperită de palma caldă a lui Ace și mi-am îndreptat atenția spre el. M-a întrebat dacă eram bine, iar eu i-am răspuns cu un zâmbet imens pe chip că da.

Mama nu zicea un lucru, dar puteam vorbi oricând despre asta. Deocamdată eram cu cei doi oameni preferați ai mei, care se înțelegeau din nou, iar în lume totul mergea bine. Eram mai fericită pe zi ce trecea și mă întrebam dacă puteau să mi se mai întâmple multe lucruri bune.

Nu aveam nevoie. Aveam tot ceea ce mi-am dorit vreodată și chiar mai mult. Eram un om bogat. Și nimeni nu putea să strice asta.

# Capitolul 56

Clipeam rar, încercând să trec de bariera dintre somn şi realitate. Mă simţeam obosită şi nu voiam să mă mai ridic din acel pat, dar trebuia să o fac odată şi odată. Când mi-am căpătat puţin din conştiinţă, am privit în jur şi mi-am dat seama că nu eram în dormitorul meu – eram în dormitorul lui Ace. Mama mi-a dat permisiunea să dorm la el mai multe nopţi pe săptămână şi deja profitam la maxim de acest lucru – de fapt, cred că Ace profita mai mult. Şi că tot vorbeam despre el, simţeam cum mâna sa îmi masa scalpul, cum se juca cu degetele prin părul meu, relaxându-mă. Era treaz.

Am mormăit şi i-am simţit pieptul scuturându-se sub mine.

De aceea perna mea era atât de tare?

*Cred că mi-am sucit gâtul.*

— Bună dimineaţa, rază de soare! mi-a urat el.

Am mormăit din nou drept răspuns şi m-am rostogolit de pe el, aşezându-mă pe patul moale, cuprinzând perna mea pufoasă în braţe.

— Mă simt folosit, a spus Ace pe o voce amuzată.

Iar eu mă simţeam de parcă adormisem pe podea şi aveam nevoie de un somn pe ceva moale. Nu era ca şi cum el voia să mă lase să îl obţin. Mi-am simţit părul dat la o parte de pe spate şi cearşaful coborând de pe mine. Îmi era răcoare. Am încercat să îl ridic, dar mâna lui Ace mi-a cuprins încheietura şi mi-a imobilizat-o. Am simţit salteaua cum s-a mişcat sub mine şi ştiam deja că el era pe jumătate deasupra mea. Ca o confirmare, buzele sale au început să îmi sărute gâtul, ceafa, umerii şi întregul spate.

Eu voiam să dorm.

— Ace, am mormăit eu, atenţionându-l.

Nu m-a ascultat. Buzele sale umede au continuat să mă sărute, iar dinții să îmi muște ușor pielea, totul ca la urmă limba sa fierbinte să amelioreze mica durere pe care mi-o crea. Înghițisem în sec. Somnul deja mă părăsea.

Un genunchi de-al său s-a strecurat printre picioarele, îndepărtându-le. Tot ceea ce voiam era să îmi strâng coapsele la loc acum. Era ca și cum a deschis cușca tuturor sentimentelor mele față de el. Nu a fost nevoie decât de câteva săruturi și deja îl voiam. Eram trezită de senzația lui.

— Ești sigură că vrei să dormi? m-a întrebat și am putut simți rânjetul din glasul său.

Am oftat înfrântă.

— Nu ai habar cât se urăsc, i-am spus, ceea ce nu ar fi crezut în secole.

L-am auzit râzând, apoi am fost luată prin surprindere din nou. Am scos un scâncet de uimire când Ace mi-a cuprins coapsele cu ambele mâini și m-a ridicat în genunchi, având încă fața în pernă. Dumnezeule Mare!

— Am auzit că sexul din ură este un deliciu.

Deși mă irita comportamentul său, îmi făcea poftă de el. Multă. Gravă. Nestăpânită. Ca de fiecare dată.

Cum făcea asta?

— Urăște-mă odată, i-am ordonat iritată.

M-a ascultat.

* * *

Iubeam weekendurile. Tot ceea ce făceam era să stăm în pat, să dormim, să mâncăm, să ne îmbrățișăm, să vedem filme vechi la TV și să facem dragoste. De ar fi fost toate zilele așa!

Dar nu erau. Luni ne întorceam la școală, iar eu trebuia să dau ochii din nou cu toți cei care îmi cunoșteau starea financiară – deși până acum nu întâmpinasem nicio problemă datorită lui Ace –, trebuia să revenim la a lua notițe, la a da teste, a învăța și a dormi pe bănci la orele de biologie. Voiam o vacanță. Deși presimțeam că nicio vacanță, oricât de lungă ar fi fost ea, nu mi-ar fi ajuns dacă aş fi petrecut-o cu Ace. Dar încercam să profităm de fiecare clipă.

— Nu mă pricep eu la mâncare ca şi mama, dar îmi vei iubi omleta, i-am promis când am început să îi scot tigăile din dulap.

De ce nu mă miram că toate lucrurile de aici erau aproape neatinse? Chiar înainte să mă apuc de treabă a fost nevoie să mergem la cumpărături, căci Ace nu a mâncat decât mâncare comandată de când m-am mutat eu înapoi acasă.

— Amândoi ştim că ţi-aş iubi omleta şi dacă ar veni la pachet cu jumătate de apartament în flăcări.

Am râs. Da, nu eram atât de sigură de asta. Deja îl vedeam ieşindu-şi din fire dacă acest lucru s-ar fi întâmplat.

— Da... Nu se va întâmpla, am gândit cu voce de tare.

Tocam ardei când Ace a venit pe la spatele meu şi m-a cuprins într-o îmbrăţişare, înconjurându-mi talia. Capul său a coborât în scobitura gâtului meu şi s-a cuibărit acolo, gâdilându-mi pielea cu podoaba sa capilară.

— De ce nu vrei tu să mergem în pat? a mormăit el.

Mi-am rotit ochii, apoi m-am întors, ridicându-mi cuţitul. Ace mi-a dat drumul din îmbrăţişare şi a bătut în retragere.

— Pentru că ştiu ce s-ar întâmpla, din nou, iar noi nu am mai mâncat nimic de douăzeci şi patru de ore.

Ace a pufnit.

— Cine are nevoie de mâncare?

— Orice organism viu, i-am răspuns, întorcându-mă la treabă.

Din păcate, el a revenit în poziţia iniţială şi m-a luat iar în braţe.

— Ace, am mârâit. Trebuie să mâncăm. Durează maxim treizeci de minute tot procesul. Crezi că poţi suporta să fii abstinent atât timp?

I-am simţit trupul cum se scutura de râs.

— Doar dacă nu ai fi îmbrăcată în tricoul meu în bucătărie. Realizezi că nu am inaugurat blatul? a întrebat, sărutându-mi o zonă a gatului.

Am inspirat adânc și am lăsat cuțitul jos. Mi-am sprijinit mâinile de insula despre care vorbea.

— Dacă nu pleci pentru zece minute, voi fi nevoită să merg acasă, să fac cina acolo, apoi să mă întorc cu ea gata pregătită, l-am amenințat.

Ace a oftat și s-a lăsat moale pe mine. Era greu, chiar dacă nu țineam nici jumătate din greutatea lui.

— Încerc doar să petrec cât mai mult timp cu tine, mi-a zis.

Folosise un ton îngrijorător, așa că m-am încruntat și m-am întors cu fața spre el, obligându-l să se țină singur pe picioare. I-am cuprins mâinile în ale mele, chiar dacă eu eram murdară din cauza ardeiului. Nu mă interesa, iar pe el nici atât.

L-am privit în ochi, încercând să deslușesc ceva de acolo, și oricât de bine putea Ace să joace teatru, în fața mea nu mai era în stare să se prefacă atât de bine. Am văzut cum ceva îl deranja, cum avea o grijă pe umeri, așa că am lăsat deocamdată omleta deoparte și am decis să vorbim.

Mi-am amintit chiar și de ceea ce se întâmplase cu o zi în urmă, în mașină. Pe el chiar îl apăsa ceva.

— Ce se întâmplă de fapt, Ace? l-am întrebat, urmărindu-i atentă mărgelele verzi ale ochilor.

Nu mi-a răspuns. În schimb, și-a aplecat privirea. L-am tras până la chiuvetă și acolo ne-am spălat pe mâini, după care am luat prosopul și ni le-am șters pe rând. Imediat după ce am terminat cu el, l-am condus spre canapeaua din living, unde ne-am așezat unul lângă celălalt. Încă îi țineam o palmă în a mea, demonstrându-i printr-un gest mic că eram acolo pentru el.

— Ieri te-ai comportat ciudat, și astăzi la fel. Ești trist și... ai privirea aceea. Vorbești cu mine în felul ăsta. Nu pot explica, dar știu că îmi ascunzi ceva.

Ace a oftat, apoi şi-a retras mâna din a mea, deschizându-si braţele. Mi-a făcut semn din degete să mă cuibăresc în el şi asta am făcut. Mi-am ridicat picioarele pe canapea şi mi-am lăsat capul pe spate, pe umărul său, lăsându-mă îmbrăţişată cu putere. Ace mi-a sărutat creştetul capului.

— Îmi este foarte greu să îmi exprim sentimentele, Charity, mi-a mărturisit.

Şi mi-a spus pe nume. Asta chiar era o discuţie serioasă. Un alt semn era faptul că nu mă putea privi în ochi, de aceea m-a luat aşa în braţe.

— Îmi este frică, a continuat să mărturisească. Ba nu. Îmi este groază că dacă ai şti cât de puternic este ceea ce simt pentru tine, te-ai speria. Îmi este groază că te voi pierde. Îmi este groază că nu pot avea grijă de tine. Îmi este groază pentru că ai apărut în cea mai grea perioadă din viaţa mea, cea în care am ales să lupt, şi pentru că asta te poate pune în pericol.

Mi-am aşezat mâinile peste braţul său şi l-am strâns, încercând să îl îmbrăţişez la fel cum mă îmbrăţişa el.

— Nu ai habar cât m-ai schimbat, Charity Good. Practic m-ai făcut să fiu un jeleu în mâinile tale.

Melancolia mi-a înflorit în piept. Eram tristă, într-un mod ciudat. Tristă pentru că ştiam că niciodată nu aveam să fiu mai fericită decât lângă el şi că acest lucru s-ar fi terminat cândva. Acum credeam că înţelegeam ceea ce spunea.

M-am ridicat din braţele lui şi m-am răsucit pentru a-i vedea chipul. Aveam nevoie să îl privesc.

Dacă ar fi avut el habar cât îl iubeam înapoi... Era atât de ciudat – ciudat, dar incredibil. Nu puteam exprima în cuvinte cât m-a schimbat acest îngâmfat cu ai lui ochi verzi de care m-am îndrăgostit. Nu credeam că aş fi putut ajunge vreodată să simt aşa ceva. Nu credeam că aş fi putut fi atât de fericită vreodată. Uneori aveam impresia că visam şi îmi doream ca relaţia noastră să nu se termine, dar dimineţile mă trezeam în braţele lui şi eram mai recunoscătoare ca niciodată. El era miracolul meu, deşi nu aş fi ghicit-o înainte să îl cunosc cu adevărat.

Îl iubeam mai presus de cuvinte, mai presus de realitate, mai presus de imaginaţie.

Toată viaţa mi-am pus întrebarea: *în jurul cui se învârte lumea? Care este cel mai important lucru pentru oameni?* Banii, iubirea, sănătatea? Mereu am crezut că bogăţia materială era cel mai bun lucru pe care l-ai putea avea, de aceea am fost geloasă pe cei înstăriţi, pe cei ca şi Ace, dar tocmai unul dintre ei, dintre cei pe care îi uram, mi-a arătat contrariul. Şi mi-a dat răspunsul la întrebare. Acum ştiam care era cel mai important lucru, dar nu pentru oameni, ci pentru mine.

Exact ca şi Ace, aveam probleme în ceea ce însemna exprimarea sentimentelor în cuvinte, aşa că nu am făcut decât să îi cuprind chipul în palme şi să îl întreb:

— Eşti absolut sigur că nu s-a întâmplat nimic?

Ace şi-a întors capul spre mâna mea stânga şi mi-a sărutat-o. A zâmbit apoi, exact aşa cum iubeam să o facă, cu ochii strălucind şi pielea încreţindu-i-se în colţurile gurii.

— S-a întâmplat să te iubesc.

Şi uite cum m-a topit din nou. Se presupunea că el era jeleul, nu eu.

Am zâmbit şi apoi l-am sărutat, ştiind că lucru mai bun de atât nu puteam face.

* * *

Îmi era din ce în ce mai greu să merg la muncă, ştiind că asta mă va ţine atâtea ore departe de Ace, dar programele noastre se îmbinau perfect. În acel timp el putea lucra cu actele de la companie şi vorbi cu avocaţi şi acţionari, plănuind tot ceea ce avea de plănuit. Ne făceam fiecare treaba, după care ne întoarcem unul la celălalt.

Munca la *Charleston* nu trecuse niciodată mai greu decât atunci când ştiam ce zeu al frumuseţii mă aştepta acasă, cu braţele deschise. Visam atât de des la el că uneori uitam de comenzi sau le încurcam. Nu aveam leac. Dar Charles era foarte iertător de când făcuse cunoştinţă cu Ace, aşa că nu îmi comentase deloc, atât timp cât rezolvam singură problema.

Fiecare minut trecea mai greu cu cât mă apropiam de sfârşitul programului. Credeam că voi rămâne singură să închid restaurantul, cum făceam de obicei, dar Charles a rămas, când tot personalul a plecat, ceea ce era ciudat. Când restaurantul se golise şi vorbisem la telefon cu Ace să plece de acasă, deoarece imediat terminam şi trebuia să mă ia, Charles a venit la mine, având cea mai serioasă faţă pe care am văzut-o la el.

Mi-a făcut semn să mă apropii, iar eu am făcut întocmai, deşi nu înţelegeam care era problema. El nu vorbea cu mine şi nici nu rămânea până la închidere decât dacă exista vreo problemă. Avea un plic alb în mâini. Probabil că nu ştia cum să înceapă conversaţia, căci în loc să spună ceva, mi-a dat plicul. Ochii săi negri priveau în jur, dar nu la mine. M-am decis să văd ce era în plic, aşa că l-am desfăcut, căci curiozitatea mă omora. Erau bani.

M-am încruntat, apoi l-am privit din nou. Nu era ziua salariului şi, oricum, acela îmi era depus pe card, deci ce era cu banii ăştia?

— Pentru ce sunt, Charles?

Mă gândeam că trebuia să cumpăr ceva pentru restaurant sau pentru el, la birotică, dar nu era vorba despre asta.

— Ştiu că nu am fost şeful anului şi că nu te-am apreciat destul ca angajată, deşi ai fost cea mai bună angajată pe care am avut-o, dar...

Obrajii dolofani i se înroşeau, iar ochii încă mă priveau cu greu.

— Nu este vina mea, Charity. Îmi pare rău, dar a trebuit să o fac.

Nu mai înţelegeam nimic. Speram să se vadă confuzia mea pe chip. Şi probabil că mi-a văzut-o, căci mi-a dat imediat o explicaţie.

— Eşti concediată.

Mi-am mărit ochii de uimire şi am amuţit pentru câteva secunde. Am lăsat şocul să îmi pătrundă mintea. M-am întrebat ce am făcut greşit, dacă liberele primite datorită lui Ace erau de vină sau greşelile pe care le-am făcut în ultimul timp, de când eram cu capul în nori, dar mi-am amintit ce a spus.

— Cum adică a trebuit să o faci? am întrebat. Cine te-a pus să faci asta, Charles?

Nu a vrut să îmi răspundă. A clătinat din cap, apoi s-a întors, mergând spre biroul său şi lăsându-mă cu prea multe întrebări nerostite.

S-a răsucit pentru ultima dată să îmi spună:

— Asta a fost ultima ta zi aici. Voi aranja eu actele şi îţi voi da o recomandare după care poţi veni mâine. Lasă cheile şi şorţul pe bar înainte să pleci.

Apoi a intrat în birou, închizând uşa după el.

Asta nu era real.

Ce naiba tocmai s-a întâmplat?

Lucrez de atât timp aici şi niciodată nu am avut probleme reale care să mă ducă la concediere. Niciodată nu am fost concediată de niciunde. Mereu am fost un angajat model. Dar nu asta era problema. Cineva voia să fiu concediată. Cineva care avea putere. Cineva care putea să îl manipuleze pe Charles. Cine?

Ace?

Nu. Nu se putea. Nu mi-ar fi făcut asta.

Dar atunci cine?

Mintea mea era în ceaţă. Eram tulburată. Nu ştiu cum am făcut, dar mi-am dat jos şorţul, am lăsat cheile şi m-am pregătit de plecare ca prin vis. Mă mişcam automat, nici nu îmi gândeam paşii sau acţiunile. Am ieşit din restaurant şi am înfruntat aerul rece, iar în acel moment am simţit că m-am trezit. Am inspirat puternic, apoi am realizat că am rămas fără slujbă.

Cum se putea? Tocmai când începusem să am totul sub control, să mă bucur în sfârşit de un salariu, să îmi strâng bani...

Puteam să mă angajez altundeva, evident, dar mă obişnuisem aici, îmi plăcuse aici, era rutina mea. Să fi luat-o de la capăt era pur şi simplu... deprimant.

Nu îmi dădusem seama, dar aveam lacrimi în ochi, aşa că am încercat să le şterg până nu ar fi venit Ace să mă ia şi m-ar fi văzut aşa. Mi-am ridicat capul din pământ şi m-am uitat după el în parcare, iar atunci l-am văzut. Nu, nu pe Ace. Pe tatăl lui Ace.

Am clipit des, încercând să verific dacă vedeam bine, dată fiind distanţa dintre noi, dar asta era realitatea. Îmbrăcat într-un costum gri cu cravată, având o mână în buzunar şi una dreaptă pe lângă corp, domnul Axton Appleby mă privea fix, aşa că mi-am dat seama uşor că el nu era aici din pură coincidenţă. Se afla în dreapta unei maşini negre superbe, din familia OZN-urilor, iar un domn trecut de vârsta mijlocie, îmbrăcat tot elegant, într-un costum negru, îi ţinea uşa deschisă lui Axton, privind doar înainte, în gol.

Fiorii mi-au gâdilat pielea. În stomac au început să mă apese frica şi spaima. Mi-am dat seama că orice urma să se întâmple nu urma să fie de bine. Mă simţeam exact cum mă simţisem în preajma lui John şi a oamenilor lui pentru atât timp. Oricât ar fi încercat Ace, nu a putut să mă scape de acest sentiment.

Ar fi fost culmea să îl ignor când ne-am stabilit contactul vizual, aşa că am mers spre el încet, până când mai existau doar câţiva metri între noi.

— Bună seara, Charity, m-a salutat el politicos.

În acest moment nu puteam îndura teatrul, dar cine ştia ce mă aştepta dacă m-aş fi înscris pe lista neagră a lui Axton Appleby? Asta dacă nu eram deja acolo.

— Bună seara, am salutat înapoi.

Înghiţisem în sec.

El mi-a făcut semn spre interiorul maşinii.

— Te pot duce acasă pentru a discuta ceva cu tine?

Mi-am strâns cureaua genții pe care o aveam pe umăr și am încercat să păstrez contactul vizual cu o pereche nouă de ochi verzi care mi se păreau intimidanți.

— Ace vine să mă ia, am anunțat. Trebuie să ajungă în câteva minute.

Domnul Axton și-a ridicat sprâncenele și a mișcat capul în mod afirmativ.

— Înțeleg, a mormăit el. Atunci va trebui să fiu scurt.

Vocea lui era calmă, chiar blândă, însă mă speria de moarte. Bănuiam deja că el avea legătură cu concedierea mea, dar ce mai avea de gând?

Îi făcuse un semn din mână șoferului, iar acesta se duse până la portbagaj, revenind cu o servietă. A ridicat-o la nivelul privirii mele și a deschis-o. Ceea ce văzusem acolo crescuse spaima din stomacul meu. Sute de bancnote cu Ben Franklin aranjate în teancuri simetrice mă priveau acuzator.

Uite cum a intervenit și panica.

M-am uitat întrebător la domnul Axton și el a zâmbit, îndesindu-și ridurile din colțurile ochilor și ale gurii.

— Ai fost concediată, a început el. La ora aceasta probabil și mama ta trece prin același lucru.

*Poftim? Mama? Oh, Doamne. Va înnebuni.*

Își iubea slujba și... Cum putuse el să facă asta? Ea lucra acolo de ani de zile. Stăpânii casei o cunoșteau prea bine și se înțelegeau cu ea.

— Pot face ca voi două să nu mai lucrați niciodată în acest oraș, niciunde. Îți ofer o posibilitate. Ia banii și pleacă din San Diego.

Mi-am mărit ochii din cauza surprinderii și m-am înconjurat cu brațele, dovedind că mâinile mele rămâneau unde erau și că nu aveau de gând să atingă banii aceia, oricât m-ar fi șantajat. El nu îmi distrugea viața. Trebuia să îi spun lui Ace și am fi găsit o cale.

— De ce faceți asta? l-am întrebat, dorind să aud motivul din propria lui gură.

Vocea sa calmă îmi dădea şi mai mulţi fiori.

— Nu mă deranjează că fiul meu este împreună cu o ţărăncuţă, dacă la asta te gândeşti. Bine, poate că m-a deranjat iniţial, mai ales când mi-a dat planurile peste cap pentru tine. Dar când s-a hotărât să îmi ia compania, m-am gândit că poate dacă este îndrăgostit, îl vei distrage. Nu ştiu cum se face, dar băiatul meu este mai pus pe muncă ca niciodată de când te-a întâlnit. Nu ştiu dacă îmi place asta.

Am înghiţit din nou în sec.

Adevărul era că nu mă puteam gândi decât la căi de scăpare din asta, dar niciuna nu era destul de bună. Speram doar ca Ace să ajungă înaintea ca Axton să plece şi să nu fiu nevoită să îi spun eu că tatăl său a încercat să mă şantajeze. Da, a încercat, pentru că eu nu aveam de gând să accept banii ăia pentru nimic în lume.

Zâmbetul lui Axton a devenit mai rece şi distant, aproape malefic.

— Şi m-am gândit că o inimă frântă sigur l-ar încetini.

Am inspirat adânc pe nări.

— Asta nu îl va opri pe Ace să lupte, l-am avertizat.

Axton părea de neclintit, exact ca o statuie.

— Dar merită încercat.

Îmi era frică, recunosc, însă acesta era unul dintre momentele în care trebuia să dau naibii totul şi să o scot pe rebela Charity din mine, cea care nu se închina în faţa nimănui, căci nu aveam de gând să accept această înţelegere.

— Îmi pare rău că v-aţi irosit timpul, dar...

— Ar trebui să te gândeşti încă o dată la asta, m-a întrerupt el. Vezi tu, am multe planuri de rezervă. Şi nu ai vrea ca acestea să le includă pe mama ta, Kendra, Allen, Alec sau Ace. Nu-i aşa?

Inima îngheţase în mine şi am realizat cum acest şantaj se transforma încet într-o ameninţare. Cum de îi cunoştea pe toţi? Mi-am blocat privirea asupra lui, iar cu pulsul ridicat am încercat să nu îmi cutremur următoarele cuvinte.

— I-ai face rău propriului fiu? l-am întrebat.

Probabil că știam răspunsul la asta. Nu el i-a făcut rău și propriei soții?

Axton și-a ridicat zâmbetul într-un colț, exact așa cum făcea fiul său. Dar acest zâmbet avea o tentă malefică în el, care îmi zbârlea părul pe ceafă.

— Dacă nu se potolește, va trebui învățat o lecție. Asta dacă nu îl scapi tu de lecția învățată.

Mi-am strâns brațele în palme și mi-am băgat unghiile în piele până când era să îmi curgă lacrimi de durere – dar această durere mă ajuta să rămân în picioare și să gândesc logic. Nu mă puteam lăsa pradă sentimentelor confuze acum.

— Ace trebuie să ajungă, a continuat Axton, apoi a făcut un semn șoferului, care a închis servieta și a dus-o înapoi în portbagaj. Am să îți livrez banii acasă, iar tu ai douăzeci și patru de ore la dispoziție să iei o decizie. Sper ca la sfârșitul lor să faci tot ceea ce îți voi spune.

Părea că bătea în retragere, că voia să plece, iar eu nu aveam de gând să îl las să plece până când nu mi-ar fi spus tot ceea ce voia să fac.

— Și anume? am întrebat, sperând ca măcar să nu îmi îngreuneze mai mult situația.

Șoferul revenise la ușa mașinii, ținând-o deschisă larg pentru domnul Axton.

— Să te desparți de el fără un cuvânt despre înțelegerea noastră și să dispari din oraș fără să îl anunți. Mă voi ocupa eu de restul.

Mi-am încordat maxilarul. Nu voiam să fac asta. Nu aveam de gând să fac asta. *Sub nicio formă nu se va întâmpla!*

Axton mi-a observat reacția.

— Sau preferi ca cei dragi să sufere în locul tău?

Nu am răspuns. Nu era nevoie. Știa răspunsul meu deja.

— Mă gândeam eu.

Am expirat ascuțit, în guri mici de aer, atunci când Axton s-a întors cu spatele la mine. Era momentul să plece, iar asta îmi elibera umerii de o greutate imensă, dar exact înainte să mă simt prea relaxată, acesta s-a răsucit din nou spre mine.

— Ştiu că ai mai avut conflicte cu fratele meu, John, a spus acesta, mijindu-şi ochii.

Şi încă ce conflicte! Iar acum cu el. Toată familia lui Ace urma să îmi facă probleme?

— Nu uita că el este fratele mai mic, a continuat.

Inima îmi bătea din ce în ce mai tare în piept, iar momentul în care a mai schiţat un rânjet malefic am ştiut că mă sfărâmam. Ceea ce voia să îmi spună era că John era răul mai mic. Şi presimţeam că avea dreptate. Marii răufăcători nu purtau geci de piele şi tatuaje, ci costume şi cravate.

— Mâine la ora opt seara îţi voi pregăti un transport ţie şi mamei tale. Să ai o viaţă bună, Charity! Şi, oh, mulţumesc.

*Să te duci naibii*, voiam să îi spun, dar nu am putut. Era ca şi cum aveam un nod în gât, ca şi cum cineva mă sugruma, mă simţeam sufocată. Am stat acolo pur şi simplu, uitându-mă la el cum a intrat în maşină, cum şoferul i-a închis uşa şi a mers la locul său. Am stat şi am privit pierdută până când s-a îndepărtat, a ieşit din parcare şi s-a pierdut în traficul din San Diego. Am stat şi nu am rostit un cuvânt, nu mi-am luat apărarea, nu l-am contrazis, nu am făcut nimic din ceea ce aş fi făcut de obicei. Nu aş fi putut oricum să fac ceva.

Telefonul mi-a vibrat în geantă şi am observat că mama era cea care mă suna. Ştiam deja ce voia să îmi spună. Şi ea fusese concediată. Axton Appleby mi-a dat o demonstraţie a puterii sale, o mică doză pentru a nu mă îndoi de spusele lui. Chiar avea de gând să facă ceea ce a promis dacă nu îl ascultam.

Inima îmi bătea frenetic, iar pieptul mi se ridica şi lăsa în jos rapid. Ochii mi se umplură de lacrimi.

Trebuia să... mă despart de Ace. Şi trebuia să fug din oraş. Cum aveam să fac una ca asta?

# Capitolul 57

Acesta putea fi numit cel mai greu lucru de făcut în toată viața mea. Am trecut prin toate fazele de negare, furie, încăpățânare și acceptare până când am adormit în noaptea aceea – sau trebuia să spun în dimineața aceea. Mi-am răscolit gândurile și sentimentele, am întors problema mea pe toate părțile și abia am închis un ochi. Dormisem patru ore în total și mă blestemam în gând. Dacă acestea chiar aveau să fie ultimele mele douăzeci și patru de ore împreună cu Ace voiam să profit de ele la maxim, eu în schimb adormisem. Fusesem furată de somn pe la șase dimineața, iar la zece Ace se trezise, așa că asta am făcut și eu.

Decisesem să nu mergem la școală astăzi. Seara precedentă nu mi-am putut ascunde tristețea și dezamăgirea, iar eu i-am mărturisit lui Ace că mama fusese concediată, așa că ne-am îndreptat spre casa mea imediat după ce m-a luat de la *Charleston*. Tot drumul m-a încurajat și a încercat să îmi ridice moralul. A spus că mai erau slujbe în acel oraș, dar el nu avea habar... Orice slujbă ar fi putut lua, aceasta ar fi fost imediat aruncată pe geam, ca și precedenta.

Îl rugasem pe Ace să stea în mașină, iar eu am mers sus și am vorbit cu mama. Am încercat să îi explic cât mai rapid și cât mai clar ceea ce s-a întâmplat, și oricât mi-aș fi dorit să rămân cu ea în noaptea aceea tulbure, gândindu-se că va fi ultima din orașul în care am locuit optsprezece ani, nu am putut, iar ea m-a înțeles. Fiecare clipă era prețioasă, fiecare clipă era ultima, iar eu trebuia să le petrec pe toate cu Ace.

El îmi spusese că m-ar fi înțeles dacă voiam să dorm cu ea în seara aceea, dar am încercat să par cât mai naturală când i-am spus că nu era nevoie. Și așa ne-am întors la apartamentul său.

Toată noaptea și toată ziua următoare au fost un test de actorie suprem. Chinul de a-mi reține plânsul în timp ce îl priveam, în timp ce îi vorbeam, în timp ce îl sărutam sau în timp ce probabil făceam dragoste pentru ultima oară, era îngrozitor. Doar când a adormit mi-am lăsat câteva lacrimi să îmi alunece pe obraz, iar când nu am mai suportat, m-am închis în baie și mi-am înfundat hohotele în halatul lui.

Îmi făcusem deja un bagaj ascuns, în care am luat doar cadourile de la el și lucruri care îi aparțineau lui, care să îmi amintească de el, care să miroasă a el, absolut nimic care era al meu. Mă plimbasem toată noaptea dintr-o cameră în alta și îmi mutam locul în dormitorul nostru depinzând de cum se întorcea Ace în somn, pentru a-l vedea mai bine. Iubeam să îl văd dormind. Era atât de liniștit și împăcat cu sine, relaxat, lipsit de griji. La un moment dat am simțit nevoia din nou să mă așez lângă el, l-am luat în brațe și mi-am afundat nasul în spatele său, inspirându-i aroma. Nici nu mi-am dat seama când am adormit, dar patru ore au trecut ca fulgerul și eram din nou în picioare, ca un zombi.

Ace îmi adusese micul dejun la pat, care știam că fusese comandat, căci abilitățile sale în ale gătitului erau aproape nule. La fel era și apetitul meu, chiar dacă totul arăta senzațional. Mai aveam câteva ore la dispoziție și eu încă nu știam ce puteam face să rămân.

— Nu îți este foame? m-a întrebat Ace, postându-se în șezut pe marginea patului.

Aveam pe tava din fața mea ouă cu bacon, suc de portocale și niște pâine prăjită, plus un trandafir. Totul arăta bine, iar mie probabil îmi era foame, dar nu asta era important. Mai aveam câteva ore în care aș fi văzut acei ochi verzi pentru care trăiam, în care aș fi putut săruta buzele după care îmi era cu adevărat foame și în care aș fi putut să fiu aceeași cu dragostea vieții mele. Mâncarea nu era importantă acum.

Am negat din cap, iar Ace s-a încruntat.

— Arăți obosită. Nu ai dormit bine? Îți este rău?

Se întinsese peste tava cu mâncare pentru a-și așeza mâna pe fruntea mea. Mă verifica de febră cu atât de multă atenție încât aveai impresia că era iscusit. Mi-am dat ochii peste cap, i-am luat mâna și i-am dus-o la buze, sărutând-o.

— Sunt bine, i-am spus. Doar puțin obosită.

M-am ridicat în genunchi pe pat și am luat tava, apoi am mutat-o pe noptieră. Nu voiam ca nimic să stea între noi pentru câteva ore.

— Vrei să mai dormi puțin? Ai timp până să mergi la muncă. Sau îl pot suna pe Charles să...

— Mi-am luat deja liber pentru astăzi, l-am mințit.

Ar fi fost prea ciudat să îi spun că eu și mama am fost concediate în aceeași zi, el sigur ar fi bănuit ceva, așa că i-am ascuns adevărul.

— O zi întreagă numai noi doi, a rânjit el. Îmi place.

I-am rânjit înapoi, deși nu înțelegeam de unde am avut puterea să o fac. Nu i-am mai spus că nu aveam toată ziua, ci probabil încă vreo zece ore. În schimb m-am dus spre el și m-am așezat în poala sa, cuprinzându-l cu mâinile de după gât. El nu a ezitat să îmi înconjoare mijlocul.

— Mie îmi place mai mult, i-am zis, sărutându-l mai apoi.

Mi-am înfipt degetele în scalpul său, aducându-l mai aproape de mine, până când nu mai exista spațiu între noi. I-am strâns coapsele între picioarele mele și m-am apăsat cât mai mult cu putință peste el. Luam în sfârșit atitudine în relația noastră pe partea intimă, dar o făceam doar pentru că știam că era posibil să nu o mai fac vreodată. Mintea mea nu reușea nicicum să perceapă un plan pentru a ieși din problema asta.

Îl sărutam cu mai multă lejeritate și dorință ca niciodată, îl sărutam de parcă asta voiam să fac pentru tot restul vieții și de parcă doar asta făcusem până acum. Sărutul cu el era ceva cu care m-am familiarizat foarte bine și de care mi-ar fi fost al naibii de dor.

Ochii mă usturau, așa că mi-am alungat gândurile din minte și am trecut la fapte. Mâinile mele au coborât spre tricoul său, dorind să îl ridice, iar în acel moment m-am întrebat de ce era îmbrăcat. Șirul gândurilor mi s-a oprit în momentul în care Ace și-a așezat mâinile pe ale mele și s-a îndepărtat de mine, sărutându-mă din ce în ce mai uşor, până când şi-a dezlipit buzele complet de ale mele.

Respira precipitat.

— Aş fi putut jura că mie îmi place mai mult, dar eşti o concurență bună, a zis fără gram de umor în voce. S-a întâmplat ceva?

Sprâncenele îi erau încruntate.

Înghițisem în sec. Şi nu din cauză că bănuise ceva în neregulă la mine, ci din cauză că mă oprise în momentul în care deja îl doream prea mult. Eram frustrată.

— Nimic, i-am spus, apropiindu-mă din nou de el.

Aveam intenția de a-l săruta, dar acesta şi-a tras capul în spate. Mă panicasem. Nu voiam să citească ceva pe chipul meu şi să grăbesc despărțirea.

— Trebuie să vorbim, a zis el.

— Trebuie să fie chiar acum? am întrebat, vizibil iritată.

Un început de zâmbet a jucat pe buzele lui Ace, iar eu m-am liniştit. Credeam că era vorba despre altceva.

— Da, trebuie să fie acum.

Eram din nou conştientă de cum mă simțeam şi de cum îmi era aproape imposibil să mă mişc de pe el.

M-am mutat mai departe, pe genunchii lui. Ace era vizibil dornic, dar spre deosebire de mine, el rezista eroic. Sau cel puțin asta voia să arate pentru încă maxim un minut. Descoperisem într-un final că iubitul meu nu era atât de răbdător pe cât voia să mă facă pe mine să cred că era.

Îi făcusem semn că aşteptam să îmi spună vestea. Dacă nu avea de gând să îi dea drumul, aveam să îi dau eu drumul... la acțiuni.

— Am vorbit cu avocații, m-am interesat şi pot prelua conducerea companiei de acum, dacă am voturile acționarilor majoritari. Nu trebuie să aştept până la douăzeci şi unu de ani.

Mi-am căscat gura uşor, iar creierul meu a încercat să proceseze totul. De aceea Axton a acționat acum? Ştia că Ace a aflat că putea să îl detroneze şi trebuia să facă ceva imediat. Nu mai avea trei ani de siguranță. Iar...

*Oh, Doamne!*

— Nu ai aflat asta azi, i-am spus categoric.

Proastă. Dar ideile se legau.

Ace nu a negat ceea ce am spus. Eu gândeam cu voce tare.

— Mi-ai spus că...

Și într-o clipită toate s-au legat. Dar nu știam cum să le dau glas. M-am ridicat de Ace și m-am îndepărtat speriată. Atmosfera încinsă a devenit una rece, apăsătoare și tensionată. Nici nu îmi dădusem seama cât de repede ajunsesem aici sau cum ajunsesem aici. Inima îmi bătea frenetic, dar dintr-o cauză diferită.

— Mi-ai spus că vrei să petreci cât mai mult timp cu mine ieri, am șoptit. Că îți este frică să mă pierzi. De asta ai spus așa ceva. Pentru că știai că acum ai șanse reale să îi iei compania tatălui tău. Și știai că el știa că tu știi. Și știai și că urma să te atace prin mine.

Mi-am ridicat privirea speriată spre el, refuzând să cred ceea ce spuneam.

— La fel cum știi că deja a făcut-o.

— Voiam să îți spun...

— Și de ce nu ai făcut-o?

Eu mă consumam cu faptul că trebuia să îmi petrec o ultimă zi cu persoana pe care o iubeam, iar el știa că eu treceam prin asta? Știa că tatăl lui avea să mă abordeze? Nu mi-a spus nimic? Și cel mai important: nu a făcut nimic să mă protejeze?

— Nu știam dacă tata a acționat sau nu. Nu știam dacă ați vorbit sau ce ți-a spus, ce te-a pus să faci. Mă gândeam că te-ar fi pus să îi torni informații despre mine și că mai bine nu te împovăram cu alte lucruri, de aceea nu am vorbit.

Nu era de ajuns pentru mine.

— Tatăl tău să aibă nevoie de informații de la mine? Te rog! El știe totul. Absolut fiecare nenorocit de lucru.

Mi-am așezat mâinile pe față, apăsându-mi pe ochi și întinzându-mi pielea. Mă simțeam ca o adevărată proastă. Eram o jucărie între bărbații familiei Appleby. Ambii mă manevrasera fără să aibă habar ce simțeam eu. În timp ce pentru ei fuseseră doar o mutare de piesă, pentru mine fusese gândul că îmi voi schimba toată viața, că voi suferi.

— Aveam încredere că îmi vei spune în momentul în care el ar fi venit la tine.

Vocea lui se auzea de mai aproape. I-am simțit degetele calde pe încheieturile mele și mi-a depărtat ușor mâinile de pe față.

— A venit la tine? Ce ți-a spus?

Era clar că Ace încă nu cunoștea limitele tatălui său după ceea ce a făcut dacă el credea că Axton Appleby a venit doar să vorbească cu mine.

Mi-am tras mâinile din ale sale și m-am îndepărtat.

— Ce mi-a spus? am întrebat ironică. Mai degrabă cu ce m-a amenințat. Și tu – tu crezi că el mi-a cerut informații despre tine? Asta este o prostie colosală.

Lacrimi de furie și frustrare mi se adunaseră în ochi. Unde era atmosfera din urmă cu cinci minute? Se dusese naibii.

— Mi-a cerut să mă mut din oraș, Ace. Și să mă despart de tine. Iar ca să se asigure că voi face asta, nu doar că m-a scăpat pe mine și pe mama de orice slujbă, dar m-a și amenințat că le va face rău oamenilor la care țin, inclusiv tu, fiul lui.

Ace nu părea șocat. Poate că totuși cunoștea limitele tatălui său. Sau avea un informator care i-a spus totul și știa și asta? Dacă era așa, nu mai așteptam mult până să îl iau la bătaie.

— Iubito, mi-a șoptit, apropiindu-se iar de mine. Îmi pare rău. Știam că probabil m-ar fi atacat prin tine și am pus pe cineva să te urmărească, dar acea persoană nu ar fi acționat decât dacă ai fi fost în pericol. Știam ce ți-a spus, știam că a venit să te vadă, dar m-am prefăcut că nu știu. Voiam doar să îmi spui tu, voiam să văd dacă ai încredere în mine. Dar tu aveai de gând să mă părăsești.

Vocea i se frânse la ultima propoziție. Și, dintr-odată, totul era vina mea? Cum îndrăznea?

— Ești un idiot, i-am spus cu venin. Ce te așteptai să fac? Să pun relația noastră mai presus de sănătatea ta și cea a oamenilor la care țin? Și nu te preface tu dezamăgit, căci eu sunt cea supărată aici. Ba nu, sunt nervoasă, extrem de nervoasă.

M-am răsucit pe călcâie și am mers spre dulap, luându-mi de acolo niște haine. Simțeam cum pereții se apropiau și nu mai aveam aer. Voiam să ies de aici și să mă îndepărtez de situație pentru a gândi. Când se schimbase totul într-un moment banal? Când trecusem de la a vrea să stau cât mai lipită de Ace la a pleca departe de el?

Am apucat doar să îmi trag pantalonii pe mine până când l-am auzit din spatele meu.

— Char, îmi pare rău. Am fost un fraier. Voiam doar să văd ce ai fi făcut. Nu credeam că...

— Că ce? l-am întrerupt. Că voi trece prin infern timp de douăzeci și patru de ore, gândindu-mă că va trebui să îmi părăsesc idiotul iubit pentru sănătatea celor dragi? Că nu voi dormi toată noaptea, încercând să găsesc o cale pentru noi? Că voi descoperi că știai totul? Ei bine, trebuia să te gândești mai mult la planul tău.

După ce scăpasem de tricoul lui Ace de pe mine și după ce luasem sutienul, pescuisem și un maiou din dulap pe care l-am luat peste cap, fără să mă mai chinui să îl aranjez pe mine. Ace nu m-a atins și nu m-a împiedicat încă să plec sau să mă îmbrac prin contact fizic. Știa că eram prea nervoasă pentru a suporta asta.

— Unde pleci? m-a întrebat calm, ignorând ceea ce tocmai îi spusesem.

Am pufnit, apoi am mers spre șifonier și mi-am luat o pereche de papuci. Ace a venit după mine.

— Nu poți pleca acum, Charity. Trebuie să discutăm.

Am pufnit a doua oară, legându-mi șireturile la teniși. *Acum* trebuia să vorbim. Până acum nu a vrut să îmi spună nimic. A trebuit să pun eu fiecare fărâmă de indiciu cap la cap pentru a descoperi ceea ce se întâmpla chiar sub nasul meu, altfel el nu mi-ar fi mărturisit.

M-am ridicat de pe scaun și am pornit spre ieșire, dar Ace m-a cuprins de braț. Privirea mi s-a ridicat spre ochii lui verzi și speram ca prin ea să transmit cuțite otrăvitoare.

— Știu că ești nervoasă și îți jur că am de gând să îmi cer scuze de un milion de ori pentru asta, dar acum am nevoie ca tu să rămâi și să discuți cu mine pentru că suntem în criză de timp.

Am înghițit în sec și am rămas blocată cu privirea asupra lui pentru mai mult de douăzeci de secunde fără să scot niciun sunet. Nu eram capabilă să gândesc limpede acum. Eram rănită. Eram nervoasă. Voiam să îl bat pe Ace pentru că el chiar mă rănise cu lipsa lui de încredere și cu secretul pe care nu era nevoie neapărată să îl țină. A fost egoist. A gândit egoist. A acționat egoist. Și oricât mă ruga, nu puteam să mă gândesc decât la asta. Nu îmi venea decât să plâng.

— M-ai rănit, am șoptit. M-ai rănit grav și ai făcut-o intenționat. Asta doare cel mai tare.

Strânsoarea lui s-a lărgit. Mâna îi aluneca ușor pe brațul meu până când mi-a cuprins încheietura, apoi palma.

— Și tu nu ai avut încredere în mine. Nu ai încredere în mine în continuare. Pe mine asta m-a rănit al naibii de tare.

O lacrimă mi-a curs pe obraz, fiind prea grea pentru a putea fi ținută captivă în continuare de ochii mei. Mi-am ridicat privirea spre tavan și am clipit des pentru a reprima restul lacrimilor.

— Nu te poți pune cu tatăl tău, Ace, i-am spus, revenind cu atenția asupra lui.

Am putut vedea cum maxilarul i s-a încordat, iar el mi-a dat drumul la mână. Acum nimic nu ne mai lega, nicio atingere.

— Ba da, pot. Și îl voi învinge, a spus hotărât, aproape nervos.

Starea lui se schimbase. Trecuse de la a fi dezamăgit și rănit la a fi dur și rece. Apoi și-a revenit iar, după ce a oftat.

— Trebuie doar...

Și-a întrerupt cuvintele și pleoapele i s-au strâns puternic, îndreptându-și capul spre perete. Revenise din nou cu ochii verzi asupra mea, iar pentru o fracțiune de secundă scufundată în tăcere am putut vedea hotărârea care îi străbătea.

— Trebuie să pleci.

*Poftim?*

*Dublu poftim?*

Inima îmi picase din piept. Odată cu acele trei cuvinte mă simțeam de parcă am fost golită. Trecusem de la tristețea plecării mele forțate la nervii că totul fusese doar o farsă, iar acum se întâmpla să revin la problema inițială înmulțită cu zece. Ace îmi spunea să plec?

Își ridicase mâinile și înaintase spre mine, intenționând să îmi cuprindă chipul între ele. Încă șocată, am făcut un pas înapoi, iar mâinile sale au picat inerte pe lângă corp. Am putut vedea cum asta l-a rănit, dar nu m-a interesat. Eu eram de o mie de ori mai rănită acum.

— Te iubesc enorm, Charity. Ești cea mai importantă persoană existentă în lumea asta pentru mine. Nici nu știi de ce aș fi capabil ca să te știu în siguranță.

Nu știam de ce, dar ceea ce spunea el acum nu mă calma, ci mă agita mai tare. De ce totul suna ca o despărțire? Aveam un presentiment terifiant.

Ochii lui continuau să mă fixeze, iar ceea ce vedeam în ei mă afecta și mai tare. Durere.

— Dar ești și punctul meu slab, singurul. Iar cu tine aici nu aș putea câștiga bătălia asta. Așa că te rog să mă ajuți prefăcându-te în fața tatălui meu că ai făcut ceea ce a spus.

Gura mi se căscase ușor. Cumva el îmi cerea...

— Te rog să te muți și să mă aștepți până când voi face San Diego un loc liniștit și sigur pentru tine.

Alte lacrimi îmi picau pe obraji fără să le pot controla.

Evident. Așa ar fi avut un avantaj. Tatăl lui ar fi crezut că suferea, când, de fapt, Ace ar fi avut totul sub control. Suna logic. Era un plan bun pentru început. Dar de ce mă durea atât de tare? Mă durea că mă mințise, că făcuse acest plan fără să mă fi întrebat, că m-a inclus de parcă aș fi fost un pion pe tabla lui de șah și că se aștepta să fac tot ceea ce spunea.

Nu puteam să asimilez totul. Nu voiam să cred că asta era adevărat. Aveam nevoie de aer. Aveam nevoie de spațiu.

Am trecut pe lângă Ace şi mi-am luat telefonul şi geanta. Coboram scările spre liftul din living plângând când Ace m-a strigat.

— Charity, aşteaptă!

M-a urmărit. Eu am apăsat pe butonul liftului şi am aşteptat să ajungă. Telefonul mi-a vibrat în mână între timp, iar ecranul s-a pornit singur. Era un mesaj cu un ataşament. Nu ştiam ce m-a făcut să îl deschid atunci, poate că subconştientul care ştia despre ce era vorba şi că avea legătură cu ceea ce mi se întâmpla. Nu conta. Am făcut-o. Iar în faţa mea se afişase o poză cu Ace şi Crystal, sărutându-se. Iar ea era îmbrăcată în stil hawaiian, exact ca la petrecerea lui Noel.

Mi-am încordat maxilarul, mi-am şters lacrimile furioasă, apoi m-am întors pe călcâie fix în momentul în care Ace ajunsese lângă mine.

I-am ridicat ecranul telefonului în faţă exact când am auzit uşile liftului deschizându-se.

— Este tatăl tău, l-am anunţat. Probabil voia să îmi dea un motiv solid pentru care să îţi dau papucii.

Ace a căscat gura uşor, concentrându-se pe poză, apoi revenind asupra mea. Era şocat. Credea că nu voi afla nici asta. Eu chiar eram un pion mic şi prost în jocul lor de tată-fiu.

— Păcat că nu ştie că nu mai am nevoie de un motiv, i-am spus.

Mi-am băgat telefonul în buzunar şi am intrat în lift, sperând că nu voi ceda în lacrimi până când uşile acestuia se vor închide. Degeaba am apăsat pe butonul care mă ducea la parter. Ace şi-a pus ambele mâini pe uşile liftului, oprindu-le să se închidă.

— Ce vrea să însemne asta? a întrebat, înghiţind în sec.

Îmi era prea greu să o spun cu voce tare. Îmi era prea greu să o gândesc. Îmi era imposibil să o fac. Nu aveam de gând să o fac. Nu m-aş fi despărţit de el până nu aş fi fost aruncată la gunoi. De aceea nu am iubit până acum. Pentru că iubirea distruge. Şi aşa am rămas fără mândrie, orgoliu şi hotărâre în faţa lui.

— Vom lua o pauză destul de lungă, având în vedere că mă voi muta în alt oraş. Ai timp să te gândeşti.

Nu ştiam ce voiam. Eram atât de supărată. Aveam inima frântă. Îl uram pe Ace pentru ceea ce mi-a făcut şi voiam să pot să îl urăsc cu adevărat, dar îl iubeam din tot sufletul, iar asta uram eu de fapt. Uram că nu puteam să îl urăsc, căci m-a rănit al naibii de tare, iar eu încă voiam să nu plec din viaţa lui. Dar trebuia. Chiar el mi-a spus să o fac.

— Nu te las să pleci aşa. Iubito, te rog să mă asculţi puţin.

Nu mai puteam face asta. Din inima mea rămăseseră doar bucăţele. Nu aveam de gând să le transform şi pe acestea în praf.

— Te-am ascultat destul. Dacă vrei să îţi meargă planul, mă laşi să plec acum, sau nu voi mai părăsi oraşul.

Umerii i s-au înmuiat, iar privirea tulbure a coborât în podea. Evident. Spunea că eram cea mai importantă persoană pentru el, dar cel mai important lucru, mai presus de mine, era să pună mâna pe compania tatălui său şi să îşi răzbune mama. De ce mă deranja asta atât de tare?

Mâinile lui Ace au alunecat pe uşile liftului, iar eu am apăsat din nou pe butonul care mă ducea spre parter cu prima ocazie.

— Te las să pleci, a murmurat.

Aproape că nici nu auzisem ceea ce a spus. Am potrivit cuvintele abia câteva secunde mai târziu.

Uşile liftului se apropiau în sfârşit. Încă puţin şi puteam să dau drumul cascadei de lacrimi şi amărăciune care stătea să izbucnească din interiorul meu. Imaginea lui Ace dispărea uşor după două dreptunghiuri de metal, iar eu abia realizam că aveam să nu îl mai văd multă vreme de acum încolo.

Despărţirea noastră era pur şi simplu sfâşietoare.

— Dar voi veni după tine, a rostit, exact înainte ca uşile să se unească şi ca o lacrimă mare să îmi alunece pe obraz.

Timpul nostru s-a scurs mai repede decât trebuia.

# Capitolul 58

Cel mai greu lucru de făcut în viața mea s-a transformat în a putea să mă deplasez de la Ace până la mine acasă, iar asta nu avea nicio legătură cu transportul, ci cu faptul că nu puteam nici să stau pe picioare. Se simțea de parcă spiritul îmi fusese absorbit. Fiecare pas sau secundă care trecea încercând să fac ceva mă chinuia îngrozitor. Esența vieții mele se golise.

Eu tocmai mă despărțisem de el? El tocmai se despărțise de mine?

Habar nu aveam ceea ce s-a întâmplat. Știam doar că durea al naibii de tare și că deja îmi era dor de Ace, iar ăsta era doar începutul unei vremi interminabile fără el.

Nu m-am mai putut gândi nici măcar la Crystal și la faptul că ei doi s-au sărutat. Dumnezeule, aș fi fost în stare să îl iert pentru asta, chiar dacă mi-ar fi spus că a făcut-o intenționat. Ceea ce mă durea și mă făcea pe mine să plec era faptul că el mi-a spus să o fac. Totul pentru nenorocita aceea de companie.

Când ajunsesem în afara clădirii, un șofer deja m-a în-tâmpinat și s-a oferit să mă ducă acasă într-o mașină luxoasă, neagră. Era mâna lui, a lui Ace. Nici nu apucasem să cobor și deja îmi oferea o cursă cât mai departe de el.

Am refuzat, chiar dacă mi-a fost îngrozitor de greu să mă descurc în a ajunge în cealaltă parte a orașului.

M-am abținut să plâng cât am putut eu de tare, dar la-crimi seci curgeau din ochii mei umflați una după alta, fără să îmi ceară permisiunea să le eliberez.

În cele din urmă am luat un taxi, iar șoferul a încercat să se comporte drăguț cu mine, spunându-mi că ceea ce pățisem sigur avea o rezolvare, dar nu am vrut să ascult. Lipsa lui se simțea deja ca o gaură neagră în piept. Îmi lua toate sentimentele, gândurile și chiar și ființa.

Când ajunsesem acasă, am sfârşit în braţele mamei, străpunsă de plânsetul greu care îmi apăsa inima. Scânceam, hohoteam, sughiţam şi scoteam toate sunetele posibile, transformându-mă într-o maşinărie de lacrimi. Mama crezuse că totul se datora faptului că dusesem planul la bun sfârşit, dar a înţeles într-un final din cuvintele mele rupte de hohote că nu fusese totul cum stabilisem.

— Poate că ar trebui să îţi anunţi prietenii acum, mi-a spus ea.

Prietenii mei. Aproape că uitasem de ei. Nu aveam de gând să le spun nimic până când nu aş fi fost deja plecată, căci eram sigură că m-ar fi pus să lupt împotriva lui Axton, nepăsându-le de ceea ce li s-ar fi întâmplat lor, dar acum că Ace decisese să... Nu mai aveam motive să îi ţin departe. Totuşi, eram epuizată. Nu credeam că aş fi făcut faţă altei despărţiri, despărţirii de ei.

Mama nu a văzut în asta un motiv plauzibil. În timp ce dispăruse să termine ultimele bagaje pe care le mai aveam de făcut, a sunat-o pe Kendra, iar ea a anunţat tot restul grupului. În mai puţin de jumătate de oră aceştia deja erau la mine, iar prietena mea, într-un mod surprinzător, nu se machiase.

— Nu poţi face asta! Cum poţi pleca pe nepusă masă? Nu e corect. Dă-l naibii pe Ace şi pe Axton şi pe oricine îţi spune ţie că ar trebui să te muţi de lângă noi. Nu mă interesează! Nu vreau să aud un cuvânt în plus! Tu stai aici şi punct!

Nu aveam starea necesară să scot un sunet după ce le-am povestit într-o frază – care a durat zece minute din cauza plânsului – tot ceea ce s-a întâmplat.

Capul mă durea. Ochii mă usturau. Nu puteam să respir pe nas. Mă simţeam fierbinte. Parcă răcisem. Şi eram sigură că transpirasem. Nu aveam niciun strop de energie.

— Char, chiar nu ai de ce să pleci. Dacă îi spui lui Axton că v-aţi despărţit şi că nu mai ai nicio intenţie de a te apropia de Ace, poate că...

— Nu, am mormăit.

Nu puteam face asta din diverse motive. Primul ar fi că nu aş fi rezistat să îl văd pe Ace de la depărtare, ştiind că nu mai era al meu, trecând pe lângă el de parcă am fi fost doi străini. Locurile în care obişnuiam să îl caut ar fi devenit locurile în care mi-ar fi fost frică să îl revăd. Amintirile dulci ar fi căpătat gust amar. Dragostea mea pentru el s-ar fi transformat în durere continuă. Nu voiam să mă chinui singură.

Şi poate, într-o parte penibilă a minţii mele, voiam să îl ajut cu planul lui. Voiam să plec pentru ca el să aranjeze toate piesele aşa cum i-ar fi fost în folos. M-aş fi sacrificat pentru el.

— Voi pleca, am spus. În câteva ore.

Bănuiam că Axton Appleby m-ar fi căutat când ar fi sosit vremea. Eu nu mai aveam nimic de făcut decât să aştept.

— Nu înainte să mai vorbeşti cu cineva, a comentat Alec.

Pentru o clipă crezusem că aceştia erau toţi prietenii mei apropiaţi, dar capul îmi plesnea prea tare ca să mai gândesc. O vreme nu am făcut decât să stăm în linişte. Kendra venise în pat, lângă mine, luându-mi capul în braţele ei şi mângâindu-mi părul. All era la celălalt capăt al patului, având mâna mare pe pulpa mea, probabil arătând printr-o atingere că şi el era lângă mine. Alec stătea în picioare, sprijinit de perete, cu privirea fixă la noi, parcă aşteptând ceva. Sau pe cineva.

Mi-am dat seama şi pe cine aştepta în momentul în care am auzit că mai aveam un vizitator. Pe lângă paşi se resimţeau sunete metalice lovind podeaua.

Nu puteam crede că era şi el aici.

— Unde e îngerul meu rănit? a întrebat vocea groasă şi atrăgătoare înainte ca posesorul acesteia să apară pe uşă.

Logan arăta mai bine ca înainte, dacă asta era posibil măcar. Cu un zâmbet strălucitor pe buze, îmbrăcat în haine la modă, nimic lejer ca până acum, ochii ciocolatii îi străluceau, iar părul blond ras era puţintel mai lung. Se sprijinea pe două cârje, iar asta mă bucura. Mă bucura să văd că mergea în sfârşit, chiar şi aşa. Cu toate că bucuria era mică, iar asta mă făcea să mă simt şi mai îngrozitor.

Când ochii lui m-au găsit, Logan s-a încruntat. S-a oprit în fața patului meu și l-a lovit puțin cu cârja.

— Ți-a tăiat cineva aripile? a întrebat el, mai în glumă, mai în serios.

Încă nu găseam puterea să răspund, dar am reușit să mă ridic în șezut.

— Dacă da, nu-i problemă. Și eu mi-am pierdut picioarele, dar am învățat să merg iar. Și tu o să înveți să zbori din nou, îngeraș.

Oricât de fermecător îl găseam pe Logan, umorul său nu mă ajuta acum. Nimic nu mă ajuta acum, știind ce urma să se întâmple. Sau știind ceea ce tocmai s-a întâmplat deja.

Logan a oftat, apoi s-a mai mișcat pe cârje până când a înconjurat patul. S-a așezat lângă mine, între Kendra și Allen. Am aruncat și o privire furișă spre Alec, iar acesta avea o expresie de învingător. Acesta era planul lui? Logan?

— Mi s-a adus la cunoștință ceea ce ți s-a întâmplat. Idiotul ți-a spus să pleci, hă?

Eram obosită și mă dureau toate. Nu am făcut decât să îl afirm din cap. Oricum, orice ar fi avut de gând să îmi spună nu m-ar fi făcut să mă simt mai bine.

— Ți-am spus că fraierul nu știe să îți exprime sentimentele. Puneam pariu că va veni ziua în care va greși, iar eu va trebui să repar totul.

Voiam să spun atâtea acum. Voiam să îi iau apărarea lui Ace, ceea ce ar fi fost prostesc. Voiam să îi spun lui Logan că nu este nicio greșeală și că nu va avea ce să repare, dar tot ceea ce am spus a fost:

— A ales compania.

Și răzbunarea. Dar asta nu trebuia să spun cu voce tare. Nu toți cei din cameră știau totul despre Ace, iar eu voiam să respect asta.

— Prostii, a fluturat Logan dintr-o mână.

Nu erau prostii. Să mă gândesc că va alege dragostea, pe mine, a fost o prostie. Să alegi așa ceva, ceva insignifiant, ar fost nebunie totală. Înțelegeam asta acum.

— Fără supărare, fraților, dar în ultimele luni povestea îngerașului și a idiotului a fost show-ul meu preferat, așa că știu mai multe decât oricine de aici despre ei. Poate chiar mai multe decât știi și tu, dulceață. Altfel nu te-ai fi îndoit de iubirea lui pentru tine.

Apreciam că încerca, dar tot ceea ce voiam eu era liniștea. Îmi părea rău că nu puteam fi alături de ei în ultimele ore împreună pentru o perioadă nedeterminată de timp, dar eram sfâșiată. Nu eram în stare de discuția asta. Decisesem să o termin.

— Logan, i-am atras atenția. El mi-a spus să plec, căci asta îl va ajuta în planul cu tatăl lui. Va avea un avantaj. A insistat să rămân după ce am descoperit totul doar ca să mă convingă să părăsesc orașul. În plus, mai e și poza... În fine. Ideea e că nu mă puteți face să mă răzgândesc, așa că încetați.

— Prostii, a zis el iar, imediat, fără să irosească nicio secundă.

Deja asta mă călca pe nervi și nu mai aveam energie de irosit pe altceva. M-am sprijinit de speteaza patului, simțind cum capul îmi plesnea de durere.

Logan arăta de parcă urma să spună un discurs.

— Nu ai habar cât de fericit l-ai făcut pe Ace încă din ziua în care v-ați întâlnit. Dumnezeu știe de câte ori am auzit povestea cu cât de nervoasă ai fost în timp ce te-ai ridicat să urli din camionetă la el sau ce drăguț arătai în tricoul alb și murdar de cafea sau cum ai fost prima fată pe care a auzit-o înjurându-l cu atâta pasiune.

Inima mă durea mai tare. Asta voiam să evit. Să îmi amintesc de noi. Logan răsucea cuțitul în rană.

— Ții minte că ți-am spus cât de fericit a fost atunci când ai apărut în seră, la școala noastră? Este adevărat. Și din ziua aia tu ai devenit centrul atenției sale. M-a cicălit la cap cu orele când ai acceptat să ieși cu el, dar totul a fost doar o înțelegere. A spus că te va face să te răzgândești în legătură cu el și că vei vedea că te merită, dar nu a mers bine. La sfârșitul întâlnirii încă nu mai voiai să auzi de el, așa că s-a panicat și s-a folosit de faptul că știa că ești o bursieră doar ca să te mai vadă. El știa cine erai încă de dinainte să țină la tine, dar tot a vrut să te cunoască mai mult.

— Logan...

Să îmi aduc aminte cum a început totul nu era modul meu preferat de a uita de Ace pentru o perioadă. Trebuia să nu mă gândesc la el, nu să reiau istoria noastră de la capăt.

— Nu, Char. Ascultă. Doar ascultă.

Dar eu nu voiam. Durea prea tare deja. Nu mai puteam rezista la mai mult.

— Nu a avut nevoie niciodată de o iubită falsă. Putea să îi facă vânt lui Crystal în orice alt fel. Doar că a dorit să se apropie mai mult de tine și nu știa cum, habar nu are cum să se descurce cu sentimentele. Știi ce plictisitor este să auzi zece minute cum o fată l-a hrănit cu un cartof prăjit? Sau să te sune în miezul nopții pentru că nu știe ce cadou să îi facă iubitei sale false? Sau să vină peste tine la prima oră a dimineții, pentru că nu a dormit din cauză că a avut un prim sărut cu fata care i-a luat mințile?

Totul era mult mai rău. Pentru că Logan povestea despre un Ace îndrăgostit de mine de pe vremea în care eu încă nu îl suportam. Și mă întrebam de când începuse totul. Nu era bine să merg cu mintea acolo.

— M-a căutat să mă întrebe până și ce pastile sunt bune împotriva răcelii când nu te-ai simțit bine. Sau ce rochie să îți ia la prima întâlnire adevărată. Ai habar câte săptămâni s-a luptat cu vinovăția și cu sine însuși ca să îți spună adevărul despre el și familia lui? La fiecare mișcare greșită s-a temut ca îl vei părăsi. A gândit de zece ori un lucru pe care l-a făcut cu tine, și să fim serioși, vorbim despre Ace. El nu gândește de fel.

Am suspinat, surprinzându-mă și pe mine că în sfârșit aveam o reacție fizică la ceea ce spunea Logan. Reușea. Reușea să mă rănească și mai mult.

— Ți-am spus că mi te-a adus mie să îți spun povestea noastră pentru că el nu ar fi spus-o corect. Ei bine, a fost doar pe jumătate adevărat. M-a rugat să o fac eu pentru că el nu a fost în stare. I-a fost frică din cauză că l-ai fi putut vedea ca un personaj negativ din nou. Iar asta l-ar fi rănit.

— Logan, nu mai vreau să mai aud, i-am spus.

Nu știam de unde găsisem puterea să o fac. Eram făcută knockout de mult.

— Ceea ce încerc să spun, Charity, a zis el, fără să mă bage în seamă, este că eu știu chiar tot ceea ce s-a întâmplat între voi la nivel sentimental. L-am văzut pe Ace transformându-se. Și nu a fost pentru că ai vrut tu, ci pentru că a vrut el. A făcut totul ca să fie persoana pe care tu să o meriți. Am stat lângă el când a parcurs acest drum și îți jur că niciodată, dar niciodată nu am văzut o iubire mai mare ca cea pe care o are el pentru tine. A dat totul și ar fi dat totul pentru tine în continuare.

— Atunci de ce a ales asta în locul meu? am răbufnit, simțind alte lacrimi calde picând pe obraji. De ce mi-a spus să plec? Nu pentru că ține la planul lui mai mult decât la mine?

Logan a pufnit, de parcă ceea ce spusesem fusese o minciună.

— Tu de ce ai fi ales să pleci în loc să lupți pentru el, așa cum ți-a spus Axton? m-a întrebat.

— Asta este o prostie. Nu are legătură, l-am contrazis.

— Oh, ba da. Una mare. Ai fi vrut să pleci pentru binele celor dragi, nu? Ei bine, tu ești cea mai de preț persoană pentru el. M-ar fi aruncat până și pe mine la gunoi pentru binele tău. De aceea vrea să te trimită departe. Să lupte. Și de ce luptă? Pentru tine. Pentru voi. Pentru a putea sta liniștiți și în siguranță, împreună.

Inima mea se hrănea cu speranță. Era de rău.

— Poate, am murmurat. Dar de ce mi-a ascuns lucruri, m-a făcut să sufăr și mi-a spus totul în felul ăsta?

Răspunsul lui Logan nu a fost decât să râdă.

— Scumpo, îl cunoști pe Ace. Și tocmai ți-am spus că este prost. Plus că este praf și la exprimarea sentimentelor, ceea ce tocmai ți-am dovedit.

Eram surprinsă într-un mod plăcut, nu aveam de ce să mint. Să știu că Ace simțea și făcuse toate acele lucruri de care spusese Logan mă... măgulea. Mă făcea să îmi lipesc inima la loc temporar.

— Dar Crystal? am întrebat, neputând să las asta deoparte.

— Ace e prost, a repetat. Ea l-a sărutat forțat la petrecere, dar nu a știut cum să îți spună. Nu o înghite pe Crystal. Probabil Axton vă urmărea încă de atunci, a așteptat momentul potrivit și a găsit oportunitatea.

Încă mă durea totul. Dar eram, într-un mod surprinzător, împăcată. Faptul că Logan mă asigura cât mă iubea Ace era... liniștitor. Aveam nevoie să știu asta.

Am rămas câteva secunde într-o liniște mortuară. Kendra plânsese și ea în spatele meu, iar Alec și All stătuseră încruntați, analizând totul din spate. În cele din urmă, Logan mi-a dat ultimatumul.

— Deci ce-ai de gând să faci? Ai de gând să îți plângi aripile sau vei lupta pentru el?

Inspirasem adânc. În realitate, nu aveam de gând să renunț la Ace, orice ar fi fost. Nu de tot. Nu în acel fel. Dar acum speranța mea se mărise. Puterea mi se mărise. Dorința de luptă mi se mărise. Și aveam de gând să pun la cale propriul meu plan.

— Voi lupta, am spus în cele din urmă.

Logan păruse satisfăcut de răspunsul meu. La fel și ceilalți. Credeau că era lucrul bun de făcut.

— Dar o voi face în felul meu, am continuat.

# Capitolul 59

Nimeni nu mi-a înțeles modul în care voiam eu să lupt pentru Ace. Nici nu mă așteptam să o facă. Credeau că voiam doar să scap de ei spunând că nu voi renunța și că în final voi fugi cu coada între picioare, dar nu era așa. Plecând însemna că luptam. Luptam cu Ace pentru viitorul nostru. Luptam să îl învingem pe tatăl său. Și luptam pentru o viață împreună. Dar nimic bun nu venea fără să muncești pentru el. Și acesta era sacrificiul meu. Trebuia să stau departe de persoana iubită, de oamenii dragi și de orașul meu natal. Pentru cât timp? Nici eu nu știam. Dar știam că în sfârșit aveam încredere în el, încredere totală. Și l-aș fi așteptat oricât. Săptămâni, luni, ani? Nu contau. Nu în comparație cu restul vieții petrecute împreună cu el. Poate că exageram aici, căci nu mă gândisem niciodată la căsătoria cu cineva și la eternitatea alături de el, dar... ceea ce aveam noi era special. Și mă făcea să visez la acel *pentru totdeauna*.

În jur de ora zece, tatăl lui Ace a apărut cu două mașini în fața clădirii în care locuiam. Prietenii mei plecaseră până atunci, iar eu și mama coborâserăm cu primele bagaje – de restul se ocupase șoferul cât timp noi vorbeam. Axton și mama se cunoscură într-un final, dar nu făcuseră cunoștință. Mama spusese doar ceva de genul *deci tu ești ipocritul cu bani și fără bărbăție care...*, apoi am întrerupt-o eu, știind că ne va face mai multe probleme decât aveam deja.

Axton nici măcar nu m-a întrebat dacă dusesem planul la capăt atunci când mi-a văzut expresia dărâmată și ochii roșii, dar a ținut să mă atenționeze să nu iau legătura cu Ace sub nicio formă.

Întâlnirea noastră a durat maxim zece minute, iar după aceea am fost conduse la aeroport, de unde, spre mirarea mea, am fost îndreptate către un avion privat. Probabil acesta era singurul lucru bun în toată această poveste. Ieșeam în sfârşit din San Diego, pentru prima dată în viaţa mea, şi o făceam într-un avion privat.

Nu ştiusem unde mergeam până nu ajunsesem acolo. Axton mi-a spus că va fi o surpriză, şi chiar a fost. Cu o escală, ajunsesem într-un final în celălalt capăt al continentului, la aproape trei mii de mile depărtare, exact în New York.

La cât mă consumasem, nu simţisem nimic la decolare sau la părăsirea statului în care am locuit o viaţă întreagă, dar acum, văzându-mă atât de departe, ieşind în agitaţia din aeroport, simţeam totul. Eram departe de casă, şi nu era doar o vacanţă. Trebuia să mă obişnuiesc cu asta.

O maşină ne aşteptase, iar aceasta a fost o surpriză. Sincer, nu voiam să fac mai multe din câte îşi dorea Axton, dar doar aşa l-aş fi convins pe deplin că îl ascultasem, deci nu am avut de ales. Ne-am urcat în acea maşină după ore de zbor şi am fost conduse către... o casă. O casă foarte frumoasă în toată regula, modernă, aranjată din colţ în colţ, având tot ceea ce trebuia să aibă, inclusiv un frigider plin. Credeam că asta era o glumă.

Înainte să plece, şoferul ne-a dat cheia şi ne-a spus:

— Cadou din partea domnului Appleby. Să aveţi o seară frumoasă!

Mi-am înălţat sprâncenele şi, sincer, primul gând care mi-a venit a fost cum puteam noi să întreţinem o asemenea casă. Probabil facturile erau imense.

Nu am spus nimic, totuşi. Doar am mulţumit. Dacă lui Axton Appleby îi plăcea să arunce cu cadouri pe geam, eu acceptam. Şi o făceam doar pentru că pe lângă cât rău mi-a făcut, mergea şi puţin bine.

Închisesem uşa în spatele meu. Toate bagajele noastre erau aici, iar când m-am trezit singură în hol, lipită cu spatele de lemnul rece şi cu mâna pe clanţă, mi-am dat seama că o făcusem. Mă mutasem. Eram la trei mii de mile de casă. Trei mii de mile de prietenii mei. Trei mii de mile de Ace.

— Char, scumpo! a strigat mama, vocea ei venind probabil din bucătărie.

Mă trezise la realitate, iar după ce am oftat, știind că nu puteam rămâne într-un loc toată viața, mi-am târât picioarele spre ea. Nu a fost nevoie să spună nimic atunci când am ajuns în bucătărie. Ridicase o bucată de hârtie la nivelul ochilor mei, iar eu am luat-o, analizând-o.

Era un cec. De cinci sute de mii de dolari.

Ochii mei se măriseră.

Și nu era de la Axton. Era de la Ace.

Asta însemna...

— De la el este casa? am șoptit.

Nu se gândea că poate așa ar fi aflat tatăl lui că mă ajuta? Nu se gândea că ar fi putut să îi încurce planurile? Nu se gândea că poate aș fi fost deranjată de faptul că îmi dăduse atâtea?

Dumnezeule. Oricât aș fi vorbit cu Ace despre subiectul bani, pentru el aceștia tot nu ar fi însemnat nimic. Dar bănuiam că legat de plan era grijuliu. Aveam încredere că știa ce făcea și nu se dădea de gol.

— Am să îi trag o bătaie când o să îl văd, am mormăit. Nu ne atingem de cec. Am eu destui bani salvați, i-am adus la cunoștință mamei.

— Și eu am, a adăugat ea.

Am afirmat din cap.

— Vom folosi doar casa, pe care oricum i-o vom da înapoi. Și poate că la sfârșit îi vom plăti și chirie, depinzând de cât timp am stat aici.

Mama părea că era de acord cu mine. Perfect. Nu eram în stare să port discuții în contradictoriu acum.

— Haide să explorăm restul casei, i-am spus. Eu îmi aleg prima dormitorul.

Mama a râs pentru prima dată în ziua aceea — ba nu, în săptămâna aceea —, apoi m-a urmat. Cum spuneam, casa aceasta era foarte frumoasă, mare și modernă. Avea patru dormitoare și trei băi, un living, bucătăria, trei terase, o verandă superbă, o piscină în spate și o mică curte cu un copac în care mama putea chiar să își plănteze flori. Sincer, era casa perfectă. Mai mult decât mi-aș fi putut dori vreodată.

Dar nu era a mea. Nu o meritam. Eram un intrus aici. Doar un musafir. Am încercat să nu mă bucur prea mult de ea.

Evident că am ales al doilea cel mai mare dormitor, lăsând-o pe mama să îl ia pe cel mai frumos, cu terasa spre răsărit, căci merita ce era mai bun. Dar nici camera mea nu era mai prejos. Aveam baie personală, pereți de un crem lucios, parchet strălucitor, un dulap cu uși de oglindă, un pat imens și chiar și un birou cu un laptop pe el.

Încă o dată îmi venea să îl iau la bătaie pe Ace. Profitase maxim de oportunitatea de a-mi cumpăra lucruri acum, știind starea în care ne aflam.

Casa era dotată cu tot ceea ce trebuia. Aveam lenjerii de pat, perdele, draperii, vase, covoare, mâncare proaspătă, oale, tacâmuri, șampoane, creme, geluri de duș, ba chiar și absorbante. Cum putuse să meargă atât de departe? Dumnezeule!

Aproape că regretasem scrisoarea pe care i-am dat-o lui Alec să i-o înmâneze înainte să plec din San Diego. Acum voiam doar să îi spun cuvinte nu prea frumoase.

Oftasem.

Cât mi-aș fi dorit să îl am în fața ochilor. Dar nu doar ca să îi dau o mamă de bătaie, ci și să îl îmbrățișez și să îl sărut după aceea. Voiam să îmi cer scuze pentru că plecasem atunci de la apartamentul lui, căci eram sigură că îi frânsesem și lui inima. Voiam să îi spun că aveam de gând să îi rămân alături până la capăt și să îl ajut cu planul său. Voiam să îi spun că îl iubeam și să nu se îndoiască de asta. Dar trebuia să rezist suferinței și să rămân tăcută până când îmi dădea vești.

— Char, scumpo!

Am tresărit, speriată de vocea mamei care venea din hol, apoi m-am ridicat din pat și am mers după ea. Intrase pe ușă exact înainte ca eu să ies, iar în mâini avea o cutie cadou, roz, cu fundiță.

M-am încruntat.

— Era pe noptieră, în dormitorul celălalt.

Adică în noul ei dormitor. Probabil că şi ei urma să îi ia ceva timp până când s-ar fi obişnuit. Amândurora ne-ar fi luat mult timp. Şi asta nu doar din cauză că eram la trei mii de mile de casă, ci şi pentru că această casă era cam de zece ori mai mare pe lângă vechea noastră garsonieră.

Mama mi-a întins cadoul, iar eu l-am luat şi l-am desfăcut cu gesturi rapide. Nu mai aveam răbdare şi zilele acestea chiar nu mai îmi doream surprize. Avusesem destule cât pentru un an.

Un telefon.

De ce un telefon?

— Cred că Ace ţi l-a lăsat acolo, arătând că acela ar trebui să fie dormitorul tău, a spus ea. Mai bine facem schimb şi...

— În niciun caz, am contrazis-o. Deja mi-am mutat toate lucrurile aici. Nu mai schimbăm nimic.

Am lăsat cutia pe pat, iar eu am luat telefonul în mână, deschizându-l.

Cum se putea să controleze totul la trei mii de mile de mine? Băiatul ăsta era incredibil.

Telefonul avea o cartelă, iar în momentul în care l-am deschis am văzut că primisem un mesaj. Era de la el. Oh, Doamne, era de la el! Şi brusc, tot ceea ce îmi oferise, tot ceea ce aveam aici, o casă uimitoare, un cec cu sute de mii de dolari, un laptop şi un telefon nu valorau nimic pe lângă faptul că luase legătura cu mine. Găsise o cale.

Când deschisesem mesajul, inima îmi bătea frenetic. Mama a plecat pentru un minut, dându-mi intimitatea de care aveam nevoie.

Aproape că plângeam.

*Iubito,*

*Când îţi scriu asta, probabil că tu eşti deja pe drum spre New York. Ţi-am citit scrisoarea şi mi-a luat ceva să mă adun pentru a-ţi răspunde. Mă simt vinovat şi ştiu că sunt un idiot, dar îţi mulţumesc că mă susţii. Şi vreau să spun că asta mă doare la fel de tare ca pe tine.*

*Te rog doar să nu te îndoiești niciodată de cât de mult te iubesc. Și acceptă-mă așa cum sunt, cu toate lucrurile care vin la pachet cu mine.*

*Cu telefonul ăsta vom putea vorbi uneori. Acesta este alt număr al meu, luat doar pentru tine. Oricând ai o problemă, mă cauți.*

*Mor de dorul tău deja.*

Credeam că îmi consumasem toate lacrimile, *dar iată-le din nou.* Însă acestea nu erau lacrimi amare, erau lacrimi care mă ușurau. Cumva, mă făceau fericită. Chiar dacă eram atât de departe unul de celălalt și dragostea noastră trebuia să aștepte, măcar eram uniți și mai siguri ca niciodată de ceea ce simțeam unul pentru celălalt.

Zece minute mai târziu m-am adunat și mi-am șters lacrimile, apoi m-am pus pe treabă. Mi-am modelat dormitorul și i-am dat viață cu lucruri și poze de-ale mele, prietenilor mei și iubitului meu. Nu știam cât mai aveam de gând să stau aici, dar știam că pe ei voiam să îi văd zilnic, așa că stăteau bine pe noptieră și pe pereți.

Aveam speranță. Chiar dacă inima îmi era frântă, aveam speranță.

*Și eu de al tău,* îi scrisesem în cele din urmă lui Ace.

Nu voiam să mă iau de el încă, legat de casă și toate celelalte. Deocamdată voiam doar să știe că îl adoram. Pentru că asta făceam. Ace era zeul pentru care trăiam. Iar împreună aveam să trecem peste orice obstacol. Căci chiar dacă ne aflam în colțuri diferite ale continentului, noi eram uniți.

# Capitolul 60

### Ace

Să te muţi în ultimul sfert din ultimul an de liceu într-un alt oraş era naşpa. Era aiurea rău de tot. Ştiam asta. Ştiam şi cât de greu era să te obişnuieşti unei asemenea schimbări. Cât de greu era să ieşi pentru prima dată din oraşul în care ai trăit atâţia ani, să îţi laşi prietenii şi tot ceea ce cunoşteai... pentru ce? Pentru că te încurcaseşi cu tipul greşit.

Mă uram pentru asta. Mă uram pentru că uneori îmi aminteam cât de bine i-ar fi fost lui Charity fără mine şi ce viaţă liniştită ar fi avut dacă nu m-ar fi cunoscut. Acum probabil că încă s-ar fi ascuns bine mersi de noi legat de faptul că era bursieră, ar fi mers la acelaşi liceu cu mine şi nu ne-am fi vorbit niciodată. Ea ar fi avut prieteni buni, un job şi stabilitate. Acum nu avea asta. Renunţase la tot pentru mine. Iar eu ştiam că nu meritam asta. Şi aici venea cea mai urâtă parte. Eram egoist pentru că mă bucurasem că totuşi lucrurile s-au întâmplat aşa. Mă bucuram că nu m-a părăsit când mi-a dat de înţeles asta şi pentru că mi-a scris acea scrisoare blestemată, care a fost cel mai frumos lucru pe care l-am primit vreodată, dar în acelaşi timp şi cel mai sfâşietor.

De multe ori mă opream din lucru în momentul în care eram epuizat pentru a citi scrisoarea pe care o ţineam pe noptieră. Chiar şi în momentul prezent o aveam în mâini, observând cutele pronunţate care se creaseră în urma împachetării şi despachetării dese. În timp avea să se îngălbenească, să se păteze sau chiar să se rupă, dar nu aveam de gând să o arunc vreodată. Cuvintele acelea aveau să îmi amintească mereu cât a suferit Charity pentru mine şi cât de mult merita să o fac fericită pentru restul zilelor mele.

*Am stat şi am plâns toată ziua. Am plâns încă de când uşile liftului s-au închis şi până în momentul acesta, în care îţi scriu. Probabil vor mai urma multe alte lacrimi de dor şi amărăciune, dar mi-am luat decizia. Te iubesc prea mult ca să nu te ajut cu planul tău. Dacă asta este ceea ce îţi doreşti şi dacă te va face fericit, voi pleca. Plec în seara asta. Îţi voi alături de la distanţă cât timp te vei lupta cu tatăl tău. Şi ştiu că vei învinge. Am toată încrederea în tine. Îmi pun destinul în mâinile tale. Îmi pare rău dacă am exagerat. Crystal nici nu mai contează, ştiu că a fost o confuzie. Te cred orbeşte de acum. Ştiu că vei face ceea ce va fi mai bine pentru noi.*

*Te aştept cu braţele deschise mereu, iubitule.*

Cuvintele *dacă asta este ceea ce îţi doreşti şi dacă te va face fericit, voi pleca*, îmi frângeau inima la propriu. Nu credeam că avea habar cât mi-aş fi dorit să fie lângă mine în momentul luptei, dar mai ales în cel în care urma să triumfez. Însă asta era mai sigur pentru ea. Nu aş fi făcut nimic care să o pună în pericol pe Charity, şi planul acesta era cel mai bun ca ea să fie în siguranţă, nu să am un avantaj în faţa tatei. Aveam prea multe avantaje în faţa lui. Îl aveam pe John de partea mea, plus alţi mulţi acţionari şi oameni ai companiei care m-au văzut evoluând, dar care s-ar şi aştepta să eşuez, şi tocmai de aceea mă susţineau.

Lumea afacerilor era una crudă, luată personal, fără milă, şi în niciun caz nu aveam de gând să o las pe Charity prinsă la mijloc. Deja îmi era un dor nebun de ea, dar după ce toate acestea s-ar fi terminat cu bine... Dumnezeule! Aveam de gând să o cer de soţie şi nu alta!

Împachetasem din nou scrisoarea şi o pusesem la locul ei de onoare, pe noptieră. Dacă nu îmi puteam avea iubita în propriul pat, măcar să am cuvintele ei aproape când visam.

*Şi eu de al tău*, îmi scrisese când îmi răspunsese la mesaj. Descoperise telefonul. Era bine. Şi mă bucura că nu refuzase nimic din ceea ce îi dădusem. Sau că nu mă certase pentru ele. Poate că în sfârşit Charity mă accepta cu tot ceea ce venea la pachet cu mine.

Nu i-am mai răspuns, deşi aş fi vrut să vorbesc cu ea. Trebuia să menţinem totuşi o legătură mai slabă, iar asta, oricât ar fi fost de greu, era absolut necesar.

Trecuseră câteva zile de la plecarea ei când Logan mi-a intrat pe uşă, făcând vânt cu cârjele lui în timp ce mă certa şi fiind foarte aproape să spargă cel puţin o masă de sticlă şi vreo trei vaze.

— Eu ţi-am mai spus că eşti prost, Appleby, dar tu nu asculţi. Şi de data asta ai întrecut măsura!

Mi-am clătinat capul zâmbind în timp ce îmi aranjam cravata la gât. Urma să plec în câteva minute. Aveam o întâlnire cu un avocat. Totuşi, nu puteam să îl las pe fraier aşa, fără să ştie că eu şi Char a mea ne-am rezolvat treburile. Cel puţin pe jumătate. Cu toate acestea, era amuzant să îl văd ambalându-se pentru relaţia mea, aşa că l-am mai lăsat să se plângă pentru un minut sau două.

— Cum ai putut să o goneşti pe biata fată? Ai trimis-o în alt oraş de parcă a fost un pachet. Şi ştiu că eşti un idiot şi jumătate care nu ştie să folosească cuvintele pentru a spune ceea ce simte, dar nu credeam că îmi vei face îngerul să sufere.

Şi acesta a fost momentul în care m-am oprit din orice mişcare, întorcându-mă spre Logan.

— Îngerul tău? am repetat, dorind să fiu sigur că am auzit bine.

Chipul lui de soldat a rămas neschimbat.

— Da, aşa am zis.

Am pufnit ironic.

— Logan, eşti prietenul meu, i-am spus, mergând până la el şi aşezându-mi mâna pe umărul său. Dar dacă mai spui asta vreodată, o să te bat de-ţi va suna apa în cap, l-am avertizat cu un deget întins spre el.

M-am mai uitat încă câteva secunde în oglindă, apoi mi-am verificat ceasul. Trebuia să plec.

— Amândoi știm că nu mă voi opri, așa că mai bine mi-ai spune ce s-a întâmplat.

L-am ocolit și am mers spre lift, apăsând butonul pentru a-l chema.

— Am trimis-o departe pentru a fi în siguranță cât timp eu mă voi război cu tata.

Mi-am întors capul spre Logan ca să îl văd complet debusolat, începând să înțeleagă în sfârșit cum stătea treaba. Expresia lui surprinsă aproape că mi-a rănit orgoliul.

— Ești nebun, mi-a spus.

Am zâmbit.

— Da. Nebun din dragoste.

## Charity

Trecuseră deja șapte zile de când eram în New York. O săptămână întreagă. O săptămână în care am început să merg la noua mea școală, care nu era nici pe departe atât de bună ca fostul liceu pe care îl frecventam în San Diego, o săptămână în care eu și mama ne-am găsit slujbe, o săptămână în care ne-am aranjat casa, am încercat să ne acomodăm, și o săptămână în care am întâlnit prea multe fețe noi, dar cu care nu am făcut cunoștință.

Eram deprimată. Refuzam să îmi fac noi prieteni. Simțeam că nimeni nu le-ar fi putut lua locul prietenilor mei nici măcar pentru o scurtă perioadă de timp, până când aceștia s-ar fi întors. Mai bine spus până când eu m-aș fi întors. Nici măcar colegii de muncă nu erau la fel ca cei de la *Charleston*. Nu vorbeam cu nimeni despre viața mea personală și nici nu îmi petreceam timpul liber cu altcineva în afară de mama. Aveam noroc cu slujba și școala, altfel aș fi rămas în casă și aș fi ajuns să înnebunesc.

Eram obosită mai mereu. Dar mă bucuram. Revenisem la viața mea de dinainte, în care nu aveam timp de alte persoane, iar asta mă făcea fericită, căci nu aveam alte persoane cu care să stau. În plus, mă ajuta să mă gândesc mai puțin la cum erau lucrurile pentru mine. Îmi mențineam mintea ocupată.

Credeam că având telefonul acela, eu și Ace am fi vorbit non-stop, dar nu a fost așa. Într-o săptămână am vorbit de două ori, în total șapte mesaje, conversații pe care eu le-am început. Știam că eu aveam treaba mea, el avea treaba lui, iar noi trebuia să comunicăm mai puțin pentru a face totul credibil, dar inima mea rănită se gândea doar la ce era mai rău. În doar șapte zile îndoielile au început să mă macine și de fiecare dată când se întâmpla asta, citeam primul mesaj de la el sau îmi aminteam cuvintele lui. Ace mă iubea. Suferea ca și mine. Nu trebuia să uit asta.

Uneori mai vorbeam prin video cu Kendra pentru a mă verifica cum mă îmbrac sau la telefon cu All și Alec. Până și Logan a făcut rost de numărul meu și m-a sunat o dată. Mă simțeam iubită când vedeam că mă căutau și mă întrebau de viață, dar în același timp îmi sporeau dorul de ei și Dumnezeu știa cât timp mai aveam de petrecut aici.

Într-o seară, când ajunsesem de la muncă, m-am apucat să fac o cină decentă, căci mama venea peste două ore și ar fi fost drăguț să aibă ceva cald pe masă. Știam cât de greu era să îți mai și gătești după atâtea ore de muncă.

Ideea este că nu apucasem nici măcar să mă hotărăsc ce urma să fac când soneria de la ușă a făcut zgomot în toată casa.

Sincer, deja știam cine va fi. Nu chiar, nu exact, dar știam sigur că era un vecin. În ultimele zile ne-au vizitat o grămadă din aceștia pentru a ne invita la ceai, oferi prăjituri sau a ne ura bun venit în cartier. Locuitorii New York-ului nu erau chiar atât de nepoliticoși. Cel puțin cei de la periferia orașului.

Exact cum mă așteptam când deschisesem ușa, un necunoscut care avea o tavă acoperită în staniol în mâini. Nu credeam că îl mai văzusem până atunci, dar sigur era fiul cuiva de prin zonă.

Îmi zâmbise, iar asta m-a făcut să fiu mai atentă la detaliile lui. Avea părul scurt, brunet, dar creț, ochii căprui și un zâmbet cam larg. Era foarte înalt, mai înalt decât Ace, dar mai slăbănog, și aproape că dădea cu capul de tocul ușii. În câteva secunde, până să vorbească, am putut număra vreo cinci alunițe pe fața lui, dar arătau bine.

— N-am să te mint, a spus el.

Cel mai surprinzător început de conversație cu un vecin necunoscut pe care îl avusesem până acum, asta era clar. M-am încruntat.

— Mama a făcut asta pentru voi și m-a trimis pe mine să v-o aduc pentru că a spus că fata care locuiește aici este frumoasă. Văzând-o în realitate, observ că a avut dreptate.

Am zâmbit. Probabil din cauza stânjenelii. Apoi am chicotit ușor, văzându-l și pe el amuzat de situația asta.

— Mulțumesc ție și mamei tale, dar eu am un iubit.

Zâmbetul său larg nu s-a restrâns pentru o clipă.

— Da, și eu am avut de curând. Nu sunt tocmai în perioada în care pot trece peste. Dar mamele au vise. Și poți mânca din lasagna noastră și dacă ai iubit.

Mi-a întins tava, iar eu am luat-o în mâini, având grijă să nu îl ating.

— Oh, păi mulțumesc. Iar.

Tipul brunet nu avea de gând să plece, așa că am lăsat lasagna pe dulăpiorul de la ușă până când el ar fi plecat. Apoi mi-am dat seama cât de nepoliticoasă eram.

— Ăm, vrei să intri? l-am întrebat, dorind din tot sufletul să spună nu.

Vecinul meu drăguț s-a strâmbat și a făcut un semn din mână.

— Ne, a negat el. Înțeleg cum e cu relațiile. Nu vreau să îți fac probleme. Vreau doar să facem cunoștință. Te-am văzut și la școală, deci sigur ne vom mai întâlni.

Am afirmat din cap, apoi i-am întins mâna.

— Eu sunt Charity.

Vecinul mi-a cuprins mâna în a sa și a scuturat-o ușor.

— Un nume neobișnuit pentru o fată așa drăguță, m-a complimentat. Eu sunt Jason.

— Încântată de cunoștință, i-am spus când mi-am retras mâna.

A zâmbit din nou.

— Și eu.

Apoi, pentru câteva secunde, am rămas într-o liniște jenantă. Asta până când Jason a făcut semn cu mâinile în spatele său.

— Eu trebuie să plec acum. Dar a fost o plăcere, Charity. Ne mai vedem. Noapte bună.

I-am zâmbit forțat pentru ultima dată înainte ca acesta să se întoarcă pe călcâie și să plece.

— Noapte bună, i-am urat la rândul meu.

Înainte să îl văd măcar coborând pe verandă, am închis ușa.

Am inspirat adânc și mi-am lăsat capul pe spate, realizând că probabil îmi făcusem prima cunoștință apropiată vârstei mele în New York. Nu voiam asta. Voiam acasă. Voiam în San Diego. Dar măcar a ieșit un lucru bun din ceea ce s-a întâmplat. Nu mai trebuia să gătesc cina.

# Capitolul 61

**Ace**

Fiecare zi mă aducea mai aproape de nebunie. Timpul trecea atât de greu, dar la fel de rapid. Un paradox. Se simțea de parcă Charity nu ar fi fost niciodată în apartamentul meu, de parcă nu ar fi locuit niciodată aici. Parfumul ei se risipea cu fiecare zi. Îmi era dor de vocea și de râsul ei. Îmi era dor să o văd. Mi-ar fi ajuns să o țin în brațe și să nu ne spunem nimic, doar să fie lângă mine.

O lună și o afurisită de săptămână. Atât trecuse de când plecase. Și ai spune că cu cât trecea mai mult timpul, cu atât devenea mai ușor, dar nu era deloc așa. La naiba de era așa! Cu fiecare zi realizam cât de mizerabilă ar fi viața mea fără ea, dacă aș fi pierdut-o, iar asta mă înspăimânta. Cu toate acestea, era și motivul care mă făcea să muncesc mai mult și să lupt. Deja organizasem o întâlnire a acționarilor, dar nu aveam data oficială stabilită. Până atunci puteam veni doar cu idei de dezvoltare a firmei, planuri și promisiuni, exact ca și cum aș fi candidat la președinție. În rest, mâinile îmi erau legate. Dar, indiferent de situație, nu puteam sta locului o clipă.

— Stai locului o clipă! mi-a ordonat John iritat. Te miști din colo-ncoace ca un titrez de vreo zece minute. E obositor de privit.

Mi-am abținut comentariile, întorcându-mă calm spre el, apoi m-am așezat pe fotoliul alăturat canapelei pe care stătea.

— De ce ai venit să mă vezi? am schimbat subiectul.

Era periculos să ne întâlnim, pentru că știam că tata era cu ochii pe mine din orice direcție și planul nostru ar fi putut fi afectat. John nu părea îngrijorat de asta şi ştiam că avea ceva în mânecă. Nu era genul nechibzuit.

— Fratele meu drag mi-a făcut o vizită. Credeam că vrei să afli. Plus că el ştie probabil că sunt aici acum.

Pentru câteva minute Charity a dispărut complet din capul meu, ceea ce se întâmpla rar. Indiferent, mă bucuram când se întâmpla asta, căci uitam puţin de suferinţa prin care ne puneam să trecem pentru încă cine ştie cât timp.

— Ce a vrut? am întrebat, deşi puteam să îmi pariez mâna dreaptă că ştiam scopul vizitei lui.

John zâmbi mârşav, iar începutul de barbă, albă pe alocuri, i se ridică pe obraji.

— Să votez cu el la următoarea şedinţă a acţionarilor.

Am pufnit, deloc uimit să aflu asta.

— Mi-a promis lucruri pe care nu credeam că le voi auzi din gura fratelui meu mai mare.

Mi-am ridicat sprâncenele interesat şi am aşteptat continuarea. Eram curios de răspunsul lui John la asta.

— Ştii că ceea ce îmi doream era să îl văd pe tatăl tău în genunchi în faţa mea, iar asta tocmai s-a întâmplat. Ceea ce pot spune este că îmi place.

Mi-am aşezat glezna piciorului drept peste piciorul stâng şi m-am făcut confortabil în fotoliu.

— Totuşi, mai vreau. Aşa că încă sunt de partea ta. Cu toate acestea, el crede că sunt de partea lui. Deci, camarade, tocmai ţi-am făcut rost de un avantaj.

Am rânjit. În sfârşit, o veste bună.

— Merg să torn nişte vin. Avem de vorbit.

## Charity

Mi-am aruncat câteva floricele de popcorn în gură, dar majoritatea dintre ele nu au nimerit ţinta şi au picat pe mine sau pe canapea. Eram prea sleită de viaţă să le adun sau să mă ridic, totuşi. Iar filmul acesta prost nu mă captivase deloc. Nu înțelegeam de ce lui Jason îi plăceau filmele cu războaie, căci să văd atâția oameni uciși îmi provoca greață. Probabil de aceea nici floricelele de porumb nu voiau să îmi nimerească gura.

Mi-am lăsat capul pe spate și am oftat. Era una dintre acele seri. Serile în care îmi era un dor nebun de Ace și în care mai aveam puțin și cedam în lacrimi din cauza asta. Serile în care îi trimisesem mesaj cu ore în urmă și tot nu îmi răspunsese. Serile în care plângeam pe umărul lui Jason, de parcă el nu trecuse prin propria despărțire, definitivă, spre deosebire de a mea, și nu își căra propria suferință în spate.

Uram serile astea. Tot ceea ce îmi doream să fac era să strâng un urs mare în brațe și să plâng pe el. Sau să strâng un cadou de la Ace în brațe. Păcat că îmi lăsasem valiza cu lucruri de la el în apartamentul său când ne-am certat și am plecat de acolo val-vârtej. Regretam zilnic că nu o luasem. Până și un tricou de-al lui reprezenta Raiul pentru mine acum. Păcat că nu îl aveam. Nici măcar nu îmi mai aminteam bine parfumul său. Nu îmi mai aminteam detaliile. De parcă tot ce trăisem frumos împreună fusese un vis. Aveam totuși mesajele. Puținele mesaje care îmi aminteau că totul era realitate. Mesajele după care tânjeam în fiecare minut al vieții. Mesajele care nu mai veneau odată.

— Nu ți-a răspuns încă, hă?

Am oftat ca răspuns. Jason s-a prins.

— Poate are treabă. Ai spus-o și tu, e un om foarte ocupat acum.

Am afirmat din cap cu privirea spre tavan. Jason știa o mare parte din povestea mea cu Ace. Fusese *prietena mea* cu care bârfeam, dar în același timp opinia masculină care mă lămurea când aveam dubii. Încă îmi mai aveam prietenii de la distanță, da, dar... nu mai era același lucru cu ele. Așa cum nu mai era același lucru cu Ace. Deci Jason a fost o persoană minunată care a apărut la țanc în viața mea.

— Ce i-ai scris? m-a întrebat.

Am oftat din nou, căci mă uram pentru ceea ce i-am spus. I-am spus că îmi era dor de el. Avusesem un moment de slăbiciune. Și știam că și lui îi era dor de mine și că făcusem doar rău cu acel mesaj, dar... avusesem pur și simplu nevoie să o văd venind de la el, dacă nu puteam să o aud. Aveam nevoie să mi se reamintească că și el mă iubea. Prostii. Știu.

Jason nu a mai așteptat un răspuns și mi-a luat telefonul, căutând în el ultimul mesaj.

— Pff! Siropoaso!

Am râs ușor. Nu vorbea serios. Glumea. Jason probabil era mai romantic decât mine de vreo zece ori. Cel puțin Jason din povestea de dragoste cu Elle era.

— Auci, a mai zis. De acum zece ore.

Și... îmi reamintise. Eu înțelegeam că era foarte ocupat, că avea o firmă de câștigat, întâlniri, hârțogărie, etcetera, etcetera. Dar trecuseră zece ore. Putea să îmi fi răspuns la un amărât de mesaj. Cât i-ar fi luat? Maxim cincisprezece secunde. Putea face asta în pauza de masă sau... eu știu?

Dumnezeule. Poate că exageram, dar fiecare lucru mărunt mă făcea să înnebunesc.

— Da, sigur și-a găsit pe altcineva și te-a uitat, a comentat Jason.

Mi-am ridicat capul și m-am uitat urât la el, abținându-mă să îmi imaginez acel scenariu. Nu voiam să ajung atât de departe. Știam deja că multe fete îl doreau, iar eu nu mai eram acolo. Nu puteam să îl alin cu nimic, iar el avea nevoie de suport pe toate planurile. Nu îmi doream să îmi imaginez ziua în care s-ar fi săturat să lupte cu complicații pentru mine și ar fi mers mai departe.

— Glumesc, Char. Doamne, cât de tare te poți îndoi de bărbatul tău! E posibil măcar așa ceva? a întrebat râzând.

Mă simțeam oribil pentru că îmi era frică să nu îl pierd pe Ace, apoi mă simțeam oribil pentru că mă îndoiam de el. Dar nu aveam cum să nu îmi fie frică să îl pierd, așa că mă simțeam oribil pentru amândouă și nu puteam scăpa de niciuna.

— Eu...

Vocea mi se frânse. Nu știam ce anume puteam spune. Eu doar îl voiam din nou în brațe. Și ceea ce părea odată atât de normal, acum era atât de greu de obținut!

— Hei, mi-a șoptit Jason, devenind serios. Este OK. Este normal să fii așa.

S-a mutat mai aproape de mine pe canapea, și-a așezat brațul după gâtul meu și m-a tras spre pieptul său, luându-mă în brațe. Era plăcut, dar era departe de ceea ce îmi doream eu cu adevărat.

— Eu am fost deplorabil după Elle o perioadă bună. Tu ești luptătoare pe lângă mine.

Am oftat din nou, simțindu-mi pieptul greu și lacrimile în ochi. Eram o plângăcioasă, dar îl voiam pe Ace al meu. Nu prea mai conta nimic pe lângă. Și tot ceea ce îmi doream nu puteam obține încă. Nu mi-a mai spus nimic despre lucrurile de acolo, cum mergeau sau cât mai aveam de gând să stau în New York, dar presimțeam că urma să termin anul școlar aici. Ceea ce nu îmi doream era să continui cu facultatea tot aici. Aia ar fi fost un coșmar.

— Sunt bine, am șoptit. Am doar unul din momentele alea.

— Înțeleg. Și e normal. Poți plânge cât vrei. Sunt aici pentru tine.

Așa cum am fost și eu aici pentru el. Căci noi doi am fost niște prieteni apropiați de poveștile tragice de dragoste care ne-au urmărit. Dar măcar Ace al meu mă iubea. Ace al meu a luptat pentru mine. Ace al meu a fost mereu bun cu mine. Aproape mereu. Elle a lui Jason nu a fost niciodată Elle a lui Jason. Nu cu adevărat. Sigur nu, având în vedere că l-a înșelat tocmai cu verișorul său și că l-a folosit doi ani de zile, jucându-l pe degete.

— Mulțumesc, i-am spus.

— Oricând.

Şi exact în acel moment telefonul de pe masă a vibrat. Am sărit din braţele lui Jason, ştergându-mi ochii pentru a vedea clar în acelaşi timp în care îmi deblocam telefonul. Arătam caraghios şi penibil.

*Mie îmi este şi mai dor de tine.*

Probabil că citisem mesajul ăsta de vreo zece ori.

— Ei bine? Ce zice? a întrebat Jason.

Mi-am apropiat telefonul de piept şi l-am luat în braţe ca ultima lunatică. Am oftat din nou.

— Şi lui îi este dor de mine.

Jason a râs.

— Nimic surprinzător.

Poate. Dar se simţea bine să o citesc, venind de la el. Orice venea de la el era mai bun. Cine ar fi crezut că voi ajunge aici? Eu, care înainte nu îl puteam suporta pe Ace ştiindu-l în aceeaşi cameră cu mine... Acum aş fi dat orice pentru asta.

Dar urma să se întâmple iar. Curând, aveam să fim din nou împreună. Tot ceea ce trebuia să fac era să aştept.

# Capitolul 62

### Ace

Lucrasem cam cinci ore, privind sute de hârtii şi analizând statistici. Creierul meu era varză atunci când mă sunase Jordan, bodyguardul plătit pentru a o supraveghea pe Char a mea. Nu mâncasem de o zi, nu dormisem prea bine şi eram îngrozitor de obosit atunci când primisem vestea.

Jordan îmi dădea informaţii despre Char de fiecare dată când voiam eu să aflu ce mai făcea sau mă suna el când era vorba despre ceva important. Uneori îmi trimitea şi poze cu ea. Ei bine, de această dată el m-a sunat, spunându-mi că Char a fost concediată de la locul de muncă din New York, cel la care lucrase aproape două luni de zile. Îmi scăpase o propoziţie asemănătoare cu *nici măcar nu are pe cineva care să o aline*, iar atunci Jordan m-a informat. Cam târziu. Cam *foarte* târziu. Al naibii de târziu.

Iubita mea îşi făcuse un prieten băiat de peste o lună de zile care o vizita des la ea acasă?

De ce naiba aflam doar acum? Eram la un pas să îl concediez pe nenorocitul ăla.

Mi-am luat însă timp să mă calmez. Adică cinci minute. Şi am sunat-o.

Mi-a răspuns după al patrulea beep, iar inima mi s-a topit când i-am auzit vocea după atât timp. Aproape că nici măcar nu mai eram supărat.

— Ace?

Suna surprinsă, ceea ce mi-a trezit multe resentimente. Nu o judecam, totuşi. O sunam pentru prima dată de când a plecat. Era normal să fie surprinsă.

Mi-am reglat vocea.

— Iubito, am şoptit.

Era clar. Mă topisem. Cu toate acestea, mi-am amintit că Char, care era a mea, își petrecea destul de mult timp cu un străin, numit și pericol iminent.

— Îmi poți explica cine anume este Jason? am întrebat cu o voce dură, înainte să mă pierd din cauza emoțiilor și al dorului de ea.

Char nu mi-a răspuns imediat și parcă am văzut-o dându-și ochii peste cap.

— Pe bune? m-a întrebat vocea ei angelică. Nu m-ai sunat de când am plecat pentru că ar pune în pericol planul tău și o faci acum pentru că ești gelos?

Nu. Ei bine, da. Poate. Puțin. Mai mult. Absolut. Cum naiba să nu fi fost gelos când ea era în cealaltă parte a continentului, cu un străin, în aceeași casă?

— Mi-ai cere imposibilul să nu fiu.

— Și crezi că eu nu sunt?

Ce? Pusese și ea detectivi pe urmele mele? Ei bine, dacă ar fi fost așa, atunci ar fi știut că nu avea motive de îngrijorare, căci abia mai văzusem specimene din rasa feminină de când a plecat ea – sau de când am întâlnit-o pentru prima dată pe ea.

Mi-am dus mâna la cravată și am lărgit-o, simțind că mă strângea de gât.

— Tu nu ai motive să fii, îi explic.

A pufnit. Mă lua în derâdere.

— Sigur. Nu este ca și cum tot liceul sau tot San Diego suferă după un tip singur, frumos și bogat.

Incredibil, dar acum era rândul meu să îmi dau ochii peste cap, chiar dacă mi-a gâdilat puțin egoul.

— Ei bine, eu nu am nicio femeie în casă, nici măcar la zece metri de mine.

I-am putut simți zâmbetul în voce când mi-a spus:

— Asta este bine.

Am scos un hohot scurt.

— Dar pentru mine nu e bine știind că tu ești...

— Jason este singurul meu prieten de aici, care este de asemenea îndrăgostit de o tipă care nu îl merită. Nu se va uita la mine cu alți ochi. Și nu mă interesează nimeni în afară de tine.

Am oftat, simțindu-mi și inima gâdilată acum. Era bine să o aud spunând asta, îmi oferea încredere.

— Dacă vrei, ți-l dau la telefon. Puteți vorbi, se oferă ea.

*Ia stai puțin!*

— E cu tine și acum?

Turbam.

— În această secundă, nu. Este în bucătărie. I-am făcut vânt când m-ai sunat.

Totuși, încă era în casa ei. Casa mea. Casa noastră.

— Unde e mama ta? o întreb.

— La muncă.

Pufnisem iar. Știam deja că amândouă s-au angajat din încăpățânarea de a nu fi întreținute de mine și știam și că nu au încasat cecul pe care i l-am lăsat, dar nu trecusem încă peste asta.

— Evident, am mormăit.

— Iubitule, mi-a spus ea pe o voce mieroasă, care mi-a dărâmat zidurile instant. Îmi este dor de tine.

Am simțit o înțepătură în piept. La naiba!

— Îmi este dor de tine, i-am spus la rândul meu.

Dar cuvintele astea nu acopereau nici măcar un procent din suferința găurii pe care o simțeam în piept. Eram incomplet. Fără vlagă. Fără viață. Fără inimă.

— Atunci de ce irosim restul timpului pe care îl mai avem la telefon discutând lucruri neimportante?

Am oftat. Pentru mine era important, căci știam deja orice altceva ce făcea ea.

— Spune-mi despre ce se mai întâmplă acasă.

*Acasă.* Până și cerându-mi asta îmi mărea gaura din piept. Mă durea totul din cauza ei. Nu, nu din cauza ei, ci pentru ea.

Am inspirat adânc și am început să îi povestesc câteva lucruri, chiar dacă nu voiam. Ceea ce voiam de fapt era să îmi spună ea ce făcea, chiar dacă știam deja. Voiam să aud vocea ei, nu pe a mea. Dar mă mulțumeam și să o aud îngânând sau râzând de ceea ce spuneam eu. Cu cât ne afundam mai mult în convorbirea telefonică, cu atât mai greu îmi era să îi închid. Știam că nu i-aș mai fi auzit vocea o altă perioadă interminabilă de timp după ce am fi încheiat apelul, iar asta m-a făcut să rămân cu ea până noaptea târziu. Trecuse jumătate de oră, apoi o oră, apoi două, apoi trei. Era deja miezul nopții și mă simțeam al naibii de obosit. Ne puseserăm în pat împreună.

— Jordan a plecat? am întrebat la un moment dat.

Nu îmi surâdea să fie cu ea în pat la celălalt capăt al firului.

— La zece minute după ce m-ai sunat, când și-a dat seama că o să dureze.

*Foarte bine. Băiat deștept.*

— Și îl cheamă Jason, m-a corectat ea.

Am rânjit. Știam asta. Dar voiam să îl fac să pară neimportant.

— Este târziu, mi-a spus tot ea.

Zâmbetul îmi pierise. Încă o voiam. Încă îmi era dor de ea. Iar apelul ăsta nu a făcut decât să îmi sporească dorul.

— Ar trebui să dormim, am continuat eu.

De dimineață trebuia să mergem amândoi la liceu, iar eu, după, la muncă. Nu voiam să fie obosită. Pe mine nu mă deranja asta. Dar, în același timp, nu voiam să îi închid, știind că urma să nu îi mai aud vocea o perioadă.

— Nu mă vei mai suna, nu? a întrebat pe un ton trist.

Fata mea era perspicace. Dar cum naiba puteam să îi spun nu? Se simțea singură acolo, printre străini, doar cu mama ei, iar asta îmi rupea inima. Măcar dacă...

Un beculeț mi se aprinsese în minte.

— Este OK, a spus tot ea. Înțeleg.

Mi-am abținut entuziasmul și am păstrat secretul ideii mele.

— Urăsc faptul că nu îți pot promite nimic, i-am mărturisit.

Am auzit-o oftând cu atâta durere, că parcă mi se îngreunase și mai tare pieptul.

— O să te aștept, Ace. O să te aștept atât timp cât plănu-iești să te întorci la mine.

M-am încruntat, simțindu-mă confuz și rănit. Jignit.

— Iubito, am accentuat, mereu o să mă întorc la tine. Nici nu se pune problema de asta.

Îndoiala i se strecurase în vorbe, îndoiala față de mine și de iubirea mea pentru ea, iar asta era ceea ce m-a rănit de fapt. Cu toate astea, înțelegeam. Înțelegeam cât de greu era pentru ea, căci și-a schimbat toată viața pentru mine și, sincer, puține ar fi făcut la fel pentru cel pe care îl iubeau.

— Te iubesc, îi reamintesc.

Și până și aceste cuvinte erau insignifiante față de reali-tate, față de ceea ce simțeam cu adevărat pentru ea.

— Te iubesc, mi-a răspuns la rândul ei.

Dar vocea i-a sunat îndurerată.

## Charity

De când vorbisem cu Ace nu mai eram în apele mele. Evident că mă bucurasem mult pe moment și că am profitat de fiecare secundă în care i-am auzit vocea, dar convorbirea pe care am avut-o nu a făcut decât să îmi fie mai dor de el, de casă, de prietenii mei, de tot ceea ce am avut și am pus pe pauză. Jason s-a întâlnit cu mine a doua zi, la liceu, în fața dulapului meu, și am discutat despre asta. Și cu toate că el era groaznic la dat sfaturi, a încercat să mă ajute cât de bine a putut. Ba chiar mi-a dat și o îmbrățișare.

Zilele treceau din nou greu, dar în același timp ca fulge-rul. Trebuia să îmi găsesc o nouă slujbă, ceea ce nu era greu, dar eu una mă simțeam extenuată, deprimată, și nu aveam chef să mai fac nimic. Totuși, trebuia.

Ce fel de om concediază un alt om pentru că a uitat să își prindă părul în coadă? Era politica lor, înțelegeam, dar totuși. Nu îmi aminteam să fi scăpat vreun fir de păr în băutură sau pe gâtul clienților. În fine. Oricum, era foarte ciudat. Înainte nu îmi țineam părul altfel decât prins. Iar acum am uitat să îmi iau un elastic la mine. Eu, care aveam vreo cinci mereu în geantă. Ce se întâmplase cu mine? Mă schimbasem. Şi mă schimbasem enorm de mult de când m-am apropiat de Ace.

Abia în weekendul care a urmat mi-am depus CV-ul online la câteva localuri şi cafenele din zonă. M-am bucurat de o pauză bine meritată în care m-am uitat la filme şi seriale în timpul liber.

Vineri seara, după ce mi-am închis laptopul, am coborât la parter. Mama avea zi scurtă, şi fiind încăpăţânată de la natură, a decis să gătească ea cina – mai bine spus că aproape m-a făcut knockout pentru a găti ea în locul meu. Toată casa mirosea a friptură şi cartofi dulci pregătiţi la cuptor. Chiar mă îndreptam spre bucătărie atunci când soneria a făcut ecou în hol. Am mers să deschid, iar Jason s-a strecurat înăuntru.

— Ce spui? Terminăm sezonul şase din *The walking dead*?

Eram total de acord cu asta. Acum trăiam pentru acel serial.

— Bună seara, doamnă G, a strigat Jason din camera de zi, astfel încât să se facă auzit.

Mama şi Jason se înţelegeau chiar bine. Mă bucura asta. Iar ea se bucura că aveam un prieten aici, motivul pentru care chiar îi plăcea de el.

— Bună, Jason. Sper că nu ai mâncat cina, a ţipat ea înapoi.

Oamenii ăştia chiar nu puteau comunica normal, faţă în faţă?

M-am trântit pe canapea şi am dat drumul TV-ului, apoi am căutat serialul. Jason s-a pus lângă mine când i-a răspuns mamei pe acelaşi ton ridicat.

— Nici vorbă!

Mi-am rotit ochii. Lui Jason îi plăcea mâncarea mamei. Tocmai de aceea mânca mai mult la noi decât acasă. Lucrurile nu prea stăteau bine oricum la el. De aceea nici nu l-am vizitat vreodată. Făcusem cunoştinţă cu familia lui, însă nu păreau a fi din acelaşi film. Jason era cel normal, care se bucura de viaţă şi care trăia cum îşi dorea, deşi avea o inimă frântă în piept. Nu știam care era treaba cu ceilalți membri ai familiei lui, dar păreau reci. Spusese că nu era pregătit să îmi povestească și că erau rahaturi vechi de familie. Am abandonat subiectul.

— Te miști ca melcul, Good, mi-a reproșat Jason. Du-te fă niște popcorn până pun eu serialul, a continuat, luându-mi telecomanda din mână.

Mama a apărut dintr-odată în camera de zi, ștergându-se pe mâini se un prosop. S-a uitat la prietenul meu ca un balaur, apoi l-a amenințat cu degetul.

— Nu mâncați nimic înainte de cină sau vă veți pierde pofta de mâncare, ne-a avertizat ea.

Oh, și nu voiai să te pui cu mama când era vorba despre mâncare.

Jason și-a ridicat mâinile în semn de predare, și înainte să mai spună cineva ceva, soneria s-a auzit din nou. M-am încruntat.

— Aștepți pe cineva? am întrebat-o.

Eu știam că nu aveam alt prieten aici în afară de Jason. Mi-a zâmbit încântată.

— Este Tina, de la muncă, m-a anunțat.

Apoi a dispărut pe hol, lăsându-ne pe mine și Jason să ne uităm la zombi. Chiar aș fi vrut niște popcorn, însă dacă șefa spunea ceva, era lege.

Mă așezasem mai bine pe canapea, cu picioarele sub mine, având telefonul aproape, în cazul în care Ace se hotăra ca prin minune să mă sune din nou, după o săptămână. Până acum nu o mai făcuse și schimbaserăm doar câteva mesaje. Dezamăgitor.

Cu ochii la TV, mintea îmi era în altă parte. Indiferent de asta, urechile mi s-au trezit când am auzit sunete venind de pe hol și m-au scos din transă. Nu suna a pași de două persoane. Suna a mai multe persoane. Ba chiar auzeam o bătaie pe parchet pe lângă acei pași. Mi-am ridicat privirea spre intrarea în camera de zi și ochii mi s-au umplut de lacrimi instantaneu.

— Taci. Din. Gură! am spus, șocată.

Următorul lucru pe care mi-l amintesc este că am sărit de pe canapea, peste Jason, spre prietenii mei. Kendra, Allen, Alec și Logan erau aici. Inima îmi sălta fericită, iar mintea avea impresia că mi se jucau feste. Pe Kendra am luat-o prima în brațe, iar parfumul ei dulce m-a înconjurat. Allen s-a alăturat nouă, într-o îmbrățișare de grup, apoi pe Alec și pe Logan – care acum mergea cu ajutorul doar a unei cârje – i-am lăsat la urmă, separați.

— Ți-am spus eu că va înjura când ne va vedea, a spus Allen râzând.

— Iar eu v-am spus că va plânge, a adăugat Kendra.

— Sincer, și eu am menționat că se va împiedica, a adăugat Logan, în timp ce mă ținea în brațe.

Vorbeau despre mine ca și cum nu eram aici, dar puțin mă interesa. Dumnezeule. Prietenii mei. Prietenii mei erau aici, lângă mine, în New York, la mii de mile de casă.

— Cum? am spus, șocată.

Nu mai puteam rosti un cuvânt în plus. Nu știam cum să reacționez. Doar îi luam din nou și din nou pe fiecare în brațe, pentru a verifica dacă erau reali.

— Ace, a spus Kendra simplu.

Și după două minute în care nu am putut gândi de emoții, am realizat. Ei erau aici, dar fără el.

— Da. Nebunul era mort de gelozie, a spus că un tip îți dă târcoale, apoi a realizat că te simți singură și a vrut să...

Kendra i-a dat un cot în coaste lui Alec, iar acesta s-a oprit din vorbit. Cu toții se uitau la canapeaua pe care l-am uitat pe Jason. El zâmbea.

— Oh, hei. Se pare că tu ești tipul, a continuat Alec, făcându-i cu mâna.

Jason a râs și i-a făcut cu mâna la rândul său, apoi s-a ridicat și a venit spre noi. Mama era și ea acolo, în spate, privind totul cu fericire în ochi. Se bucura pentru mine. Și adevărul era că, da, mă simțeam ca în ceruri, dar nu eram încă în al nouălea cer, pentru că el nu venise. Totuși, am încercat să nu mă gândesc la asta acum.

— Jason, ei sunt Alec, Allen, Logan și Kendra, le-am făcut cunoștință.

— Salut, a zâmbit el.

Dar făcuse greșeala să îi zâmbească Kendrei. Alec a făcut un pas în față și a cuprins-o de umeri, lipind-o de el. Am râs.

— Am înțeles ideea, a comentat Jason, încă zâmbind.

— Iar eu am înțeles ce simte Ace, a adăugat Alec.

Am înghițit în sec, iar zâmbetul mi s-a micit. Să îi aud numele era... extenuant.

Tuse false s-au auzit printre noi, iar mama ne-a întrerupt.

— Puteți vorbi mai târziu. Cina este gata. Haideți la masă. Despachetați după.

Despachetat?

— Cât rămâneți? am întrebat, cu ochi mari și speranță în suflet.

— Tot weekendul, dacă ne primești, a spus Allen.

Dumnezeule. Venise deja Crăciunul?

M-am aruncat în brațele fratelui urs, apoi, după ce ne-am mai calmat, am mers la masă. Abia acum înțelesesem de ce insistase mama să facă ea cina, pentru că aveam nevoie de mâncare pentru șapte persoane, nu pentru trei. Fusese implicată în plan. Planul lui Ace.

Mâncasem alături de ei, având doar veselie și iubire în jur, dar o ciudată melancolie în suflet. El nu era prezent. Și nu pentru că nu voia, ci pentru că nu putuse. Cu toate acestea, mi-a făcut cel mai frumos cadou din lume, chiar dacă o făcuse într-o anumită măsură din gelozie. Pentru asta i-am trimis un mesaj în care i-am mulțumit.

*Orice pentru tine*, mi-a răspuns.

# Capitolul 63

## Ace

Să știu că era fericită mă încânta. Să știu că era fericită chiar și fără mine acolo era un infern. Cel puțin asta mi-a transmis Alec, că era fericită. Iar eu eram încă în San Diego.

— Cred că ai făcut cel mai bine că ne-ai trimis aici, mi-a spus prietenul meu.

Cine ar fi crezut asta acum câteva luni? Că eu l-aș fi rugat pe Alec să meargă la iubita mea în vizită pentru a-i ridica moralul. Nici mort nu aș fi acceptat așa ceva. Mi-ar fi fost prea frică. Acum eram sigur că nu urma să se întâmple nimic între ei, iar ceilalți de acolo erau o garanție în plus.

— Da. Mulțumesc că ați acceptat, omule.

— Știi că nu am făcut-o pentru tine, ci pentru ea. Și noi ar trebui să îți mulțumim pentru că ai acoperit tot costul.

De parcă mă interesa pe mine un drum cu avionul. A fost un preț mic pentru fericirea lui Charity, dar știam că pentru ea fusese ceva neprețuit. Sincer, acesta era cel mai bun lucru la banii mei pe care l-am întâlnit vreodată, să îi împart cu ea, să îi ofer ei, să o ajut pe ea cu ei. Până să o fi întâlnit, nu însemnau nimic mai mult pentru mine decât niște hârtii, fiind obișnuit să am totul atunci când voiam. Mai nou însemnau o parte din fericirea ei, iar fericirea ei însemna fericirea mea. De aceea încercasem în nenumărate rânduri să o fac să mă lase să îi ofer, să o ajut cu datoria pentru unchiul meu, să o scap de slujbă, să îi iau cadouri, să se mute cu mine – aici era un motiv în plus, mai important –, pentru că îi ușurau viața, o scăpau de griji, de stres, o făceau mai fericită. Însă nici în ziua de azi nu accepta tot ceea ce venea din partea mea, simțindu-se copleșită. Ei bine, într-o zi avea să mă accepte cu fiecare dolar, la pachet. Şi într-o zi avea să realizeze că tot ceea ce era al meu era şi al ei.

— Pentru nimic, am răspuns în cele din urmă. Îmi poţi spune acum despre Jason?

Un râset amuzat s-a auzit de pe celălalt capăt al firului.

— Rahat, Alec! Nu-i amuzant, l-am avertizat.

— Oh, ba da. Este al naibii de amuzant.

— Nu ar fi dacă te-ai afla în locul meu!

— Asta este şi ideea. Este amuzant că tu eşti pus în situaţia asta. Tocmai tu.

Înţelegeam ce spunea. Şi încă încercam să mă adaptez cu situaţia, cu toate aceste sentimente bune, dar în acelaşi timp şi cu cele rele. Gelozia era unul dintre cele rele. Mă simţeam neputincios ştiind că ea era acolo, singură, cu atâţia tipi care i-ar fi putut da târcoale. Să nu mai spun că acel Jason trecuse de toate limitele pe care le voiam eu puse asupra lui Char a mea.

Cine se aştepta la asta de la mine vreodată? Ace Appleby, gelos? Ha! Ace Appleby, îndrăgostit până peste cap? De două ori ha! Ace Appleby, sub papucul unei singure tipe? Aici nu era chiar atât de amuzant, căci nu puteam spune că am avut chiar atât de multe cuceriri cu care am trecut prin pat. Dar sigur nu am fost fidel niciuneia, şi nu am rămas al niciuneia pentru îndeajuns de mult timp, pentru mai mult de o săptămână. Aşa că puteam spune de trei ori ha.

— Am râs. Acum îmi poţi spune din interior care este treaba cu el?

Poate că îl aveam pe Jordan acolo, dar asta nu însemna că îmi putea spune şi ceea ce discuta sau făcea Charity într-un loc privat, închis, ferit de ochii lumii. Aveam toată încrederea în ea, bineînţeles, dar nu şi în el, în acel Jason.

— Este de gaşcă tipul. Atât doar că i-a zâmbit Kendrei. Dacă nu mai face o mişcare de genul, are undă verde din partea mea.

Aproape că mi-am dat singur o palmă peste faţă.

— În primul rând, dobitocule, nu asta este ceea ce te-am întrebat sau ceea ce vreau să aflu. Și în al doilea, te iei de mine, dar ești la fel de gelos.

— Niciodată nu poți fi precaut după ce fata pe care o credeai iubirea vieții tale te-a înșelat cu cel mai bun prieten al tău.

Tonul lui era amuzant, știam că glumea. Știam și că trecuse peste. Știam că mă iertase. Totuși, eram supărat. Eram nervos pe mine. Încă mă învinovățeam pentru toate prostiile pe care le făcusem.

O întrebare îmi stătea pe vârful limbii, de data aceasta pentru Alec. *Oare vom mai fi vreodată ceea ce am fost înainte?* Dar nu eram genul sentimentalist. Cu nimeni în afară de Charity, până și cu ea destul de puțin. Lucrurile cu Alec aveau de gând să reintre în normal cu timpul și nu mă deranja deloc asta.

— Ai dreptate. Uită-te la mine, i-am spus. Nu mi s-a întâmplat niciodată asta și tot turbez știind un tip la un metru de iubita mea.

Am râs împreună, deși eu încă eram încordat și curios legat de Jason. Alec și-a dat seama de asta și a lăsat imediat rahaturile, spunându-mi adevăratul verdict.

— Char nu are nicio treabă cu el. Nici el nu pare să încerce absolut nimic cu ea. Când veniserăm, stăteau în capete aproape opuse ale canapelei.

Am oftat ușurat la propriu.

— Te iubește, frate. Până și când ne-a văzut pe noi la ușă, sunt absolut sigur că te-a căutat cu privirea. Se uita în spatele nostru, așteptându-te și pe tine, dar nu a spus nimic legat de asta. I-am văzut dezamăgirea totuși.

Inima mea era și mai însângerată. Nu știam dacă aș fi vrut sau nu să aflu asta cu adevărat de la Alec. Mă bucura să știu că eram în capul și inima ei, dar mă termina faptul că nu puteam fi în brațele ei, iar asta ne afecta pe amândoi.

— Mă urăsc, i-am mărturisit lui Alec.

— Știu, mi-a răspuns.

Și nu mai era nevoie de nimic în plus, pentru că știa. Știa că mă uram pentru cine eram, pentru numele meu, pentru tatăl meu, pentru originea mea, pentru averea mea, pentru compania care urma să fie a mea și pentru toate problemele pe care le-au adus acestea vieții mele, dar și pentru cum i-a afectat pe prietenii și iubita mea.

## Charity

— V-ați mai văzut cu Ace de când am plecat eu? am întrebat-o pe Kendra la cinci minute de când aceasta s-a pus cu mine în pat, la o bârfă privată.

De când plecasem nu vorbisem chiar atât de mult cu ei, cam câteva telefoane pe săptămână, și în niciun caz nu vorbeam despre Ace, ci despre mine și despre viețile lor, despre casă. Eram la curent deja cu tot ceea ce li s-a întâmplat. Acum voiam să aflu ceva din interior despre Ace.

— Ăm, sincer, nu. De fapt, ba da, o dată. Nu am mai ieșit niciodată ca și grup de când ai plecat. O vreme l-am învinuit pentru plecarea ta, dar mi-a trecut. Alec tot spunea că era ocupat și că nu voia sau nu avea chef să iasă, dar într-o zi m-a cărat cu el până la apartamentul lui Ace să îi ducă ceva. Habar nu am ce. Atunci l-am văzut îngropat de hârtii și arătând mai responsabil și tocilar decât credeam vreodată că aș putea să îl văd. Nu am prea vorbit. Eu am mers în bucătărie să îmi iau un suc de portocale. Până când să îl beau, Alec s-a întors și am plecat.

A ridicat din umeri ca și cum asta era o nimica toată, însă nu avea habar cât mă liniștise. El chiar muncea atât de mult încât nu avea timp să iasă și încât, implicit, nu prea putea să îmi răspundă la mesaje. Mă simțeam groaznic de fiecare dată când aveam îndoieli față de el. Dar, dacă erau acolo, erau pentru că îl iubeam și îmi era frică să îl pierd. Odată cu iubirea vin și sentimentele urâte.

— Voi... știi tu... vorbiți?

M-am încruntat la întrebarea asta venită din partea ei. Nu pentru că nu înțelegeam, ci pentru că numai la *vorbit* nu se referise cu acea expresie a ei de om vinovat.

Mi-am rotit ochii.

— Kendra, noi abia vorbim, darămite să *vorbim*, am spus, ridicând ghilimele în aer cu mâinile.

A fost rândul ei să se încrunte.

— Atunci cum naiba vă mențineți relația? Reziști? Nu ai pofte? De aia ești așa arțăgoasă?

M-am trântit pe spate în pat și am oftat. OK, poate că mă gândeam și la asta și mă irita, pentru că îl voiam pe Ace atât de tare și nu era posibil, mai ales când abia mă sunase o dată de când mă mutasem.

Îi spusesem toate astea Kendrei.

— O dată? Pe bune?

Am afirmat din cap. Kendra păruse că se gândea la ceva, apoi a rânjit dintr-odată.

— La ce te gândești, diavol mic? am întrebat-o.

Și-a ridicat și lăsat sprâncenele rapid, în mișcări repetate, într-un mod sugestiv.

— Simplu. Dacă te-a sunat din cauză că era gelos, atunci fă-l gelos în continuare. Și cine știe? Poate că te-ai trezi cu el la ușă.

Am negat din cap. Nu îi puteam face asta. Chiar dacă îmi era dor de el, i-am promis că îl voi susține, iar asta ar însemna să îi încurc planul.

— Dar stai! a spus tot ea, părând luminată. De unde știa de Jason de la început? I-ai spus tu?

Am râs. Ei, da, asta era o poveste amuzantă.

— Nu l-am întrebat și nu am vorbit despre asta, dar sunt mai mult decât sigură că a pus pe cineva să mă verifice sau să mă urmărească pentru a ști tot ce fac.

Kendrei i se căscase gura șocată.

— Doamne! Și tu ești de acord cu asta?

Am ridicat din umeri. Nu îmi păsa. Nu mă interesa. Nu voiam să fac ceva ce nu ar fi trebuit Ace să știe, iar el nu putea vorbi mult cu mine ca să afle ce mai făceam, așa că afla de la oricine mă spiona. Chiar dacă părea că eram controlată, nu eram, ci doar îmi plăcea faptul că Ace era atât de gelos și grijuliu încât punea pe cineva să mă verifice.

— Ce s-a întâmplat cu tine? Charity pe care o știam eu și-ar fi ieșit din minți dacă ar fi pățit asta.

Mi-am dat ochii peste cap. Da, mă schimbasem. Și încă mult. Iubirea m-a schimbat. M-a făcut să mai las de la mine, să plec uneori capul, să fac compromisuri. Dar și Ace făcea la fel. Eram egali în această relație și o făceam să meargă împreună, oricât de greu ne era și oricât de diferiți eram. Relația noastră disfuncțională era cel mai bun lucru de care puteam avea parte.

— Este ciudat, dar nu mă deranjează deloc. Sincer, dacă aș fi avut banii necesari, și eu aș fi pus pe cineva pe urmele lui. Și aș fi vrut neapărat poze de la geamul dormitorului. Când se pune în pat.

Kendra rânjea.

— Mă ofer eu să fac asta pentru tine.

La cum știam eu că dormea Ace, să îl vadă prietena mea cea mai bună era ultimul lucru pe care mi-l doream.

— Nu, mersi. Am să îi fac eu când ne vedem. O mie de poze. În cazul în care trecem printr-o altă perioadă a relației la distanță.

— Dezamăgitor, a comentat ea.

— Nu și pentru Alec, dacă ar afla.

Rânjetul i se transformase ușor într-un zâmbet care topea inimi, inclusiv pe a mea.

— Cum merge relația voastră? am întrebat.

A scos un oftat pe care nu știam cum să îl iau. Visător? Fericit? Gânditor?

— Este o relație... bună.

Și a spus-o cu toată inima.

Pentru unii ar părea că ceea ce a spus nu era mare lucru, că ceea ce avea cu Alec nu o bucura într-un mod special, dar eu știam mai multe. Kendra avusese parte doar de relații toxice sau ratate, ba chiar aventuri. Alec era un băiat bun, era ceva bun pentru Kendra, îi schimba viața și o făcea fericită.

— Ah, și e al naibii de formidabil în pat. Ceea ce nu m-aș fi așteptat, sincer. Își lasă atitudinea de băiat cuminte când dă de așternuturi.

Am râs împreună, apoi am continuat mai mult pe tema relațiilor intime pe care le aveam – iar eu pe care le avusesem – cu iubiții noștri. Până când Allen ne-a întrerupt, intrând peste noi și plângându-se că nu fusese integrat. Restul sâmbetei ne-am plimbat prin New York, am vizitat tot ceea ce am putut și am făcut câteva zeci de poze care să îmi rămână mie, căci de acum încolo mă hotărâsem că niciodată nu aș fi avut destule. Fusese o zi minunată.

Și îmi doream mai multe așa.

Dar a doua zi ei aveau să plece.

Iar eu rămâneam din nou singură.

# Capitolul 64

**Ace**

Nu negam. Am fost surprins când Archer – șoferul conacului Appleby – a apărut în apartamentul meu cu o invitație la cină, acasă. Numai în familia mea se putea întâmpla așa ceva. Să fiu invitat prin șofer la mine acasă la cină. Erau prea multe lucruri greșite în ecuația asta. În primul rând, nenorocitul meu de tată mă putea suna pur și simplu. În al doilea rând, eu puteam merge acasă când îmi doream căci, din câte știam, o parte din ea îmi aparținea mie. În al treilea rând, era pur și simplu greșit.

Trecând peste toate non-sensurile... Știam de ce mă chemase. Era evident. După trei luni de chin, muncă și trudă, în care am făcut nenumărate alianțe, proiecte, și am încercat să conving cât mai mulți oameni de beneficiile votului în favoarea mea, se stabilise data – data întâlnirii oficiale a acționarilor companiei Appleby. În sfârșit se alegea un nou director executiv, iar acela urmam să fiu eu. Ei bine, asta dacă nu avea tatăl meu un plan care să mă tragă pe sfoară. De aici venind probabil invitația la cină.

Neștiind dacă avea sau nu un plan, am acceptat oricum. Nu aveam de gând să fug sau să mă ascund de el. Eram mai puternic de atât. Puteam să îi fac față. Puteam face față la orice. Iar victoria mea era aproape.

Mă îmbrăcasem special în costum pentru seara asta – eu, cel care nu accepta nici măcar uniforma școlii, acum umbla doar la cravată și cămașă –, dar cu cât mă uitam mai mult în oglindă, cu atât realizam că semănam mai mult cu el. Nu îmi păsa. Noul meu *look* îmi oglindea maturizarea.

La exact șapte și cinci minute am intrat în casa mea – sau trebuia să îi spun fosta mea casă. Locul ăsta nu se mai simțea ca acasă de când plecase mama. Niciun loc nu s-a mai simțit ca acasă până când Charity s-a mutat cu mine în apartament. Apoi nici apartamentul acela nu a mai fost acasă.

Tata mă aștepta în salon, ceea ce știam deja. Îi plăcea să fumeze trabucuri acolo și să se gândească la nemurirea sufletului, la cum să îmi distrugă mie viața sau la cum să facă rost de mai mulți bani. Și chiar acolo era. Stătea liniștit pe fotoliul său mare, de piele naturală, singurul element special și nelalocul lui din toată încăperea de nuanțe bej, privind spre peretele din fața lui format din geamuri. Își susținea piciorul peste celălalt picior și exact ca și mine, era îmbrăcat în costum. Asta nu urma să fie o cină în familie, ci o cină de afaceri. Ochii lui verzi erau palizi și pierduți în gol când m-am așezat eu pe canapeaua din stânga lui.

— Nu mă așteptam să vii, a spus vocea lui groasă.

Și-a lăsat trabucul de-o parte și încă era tăcut, pregătindu-și un discurs sau așteptând ca eu să îi răspund.

— Nu mă așteptam să fiu invitat sau primit aici, am comentat eu.

— Spui prostii. Este casa ta. Mereu vei fi bine primit aici.

M-am abținut să nu râd.

— Nu părea că era așa când m-ai dat afară pentru că m-am despărțit de Crystal.

S-a lăsat liniștea peste noi pentru o vreme și mi-am dat seama că nu mai avea de gând să răspundă replicii mele. De asemenea, nu avea de gând să mă privească curând. Probabil nici nu am fi ajuns să luăm cina în cele din urmă. Oricum nu mai luasem o cină în familie de când intrase mama în spital. Nu mai eram deloc o familie fără ea.

— Au stabilit data acționarilor, m-a anunțat el.

Știam asta deja. Și știam că de asta m-a chemat să vorbim. Nu ar fi avut vreun alt motiv.

— Douăzeci și cinci iulie, am mormăit eu.

Ceea ce însemna că Char trebuia să stea încă o lună și ceva în plus în New York. Mă uram pentru că nu eram în stare să grăbesc tot acest proces.

— Nu poți avea încredere în John, fiule, m-a avertizat el în cele din urmă.

Știam eu că plănuia ceva. Totuși, nu putea aștepta până după cină? Nu atunci se discuta despre afaceri? Glumeam. Cel mai probabil nici eu nu aș fi putut aștepta acest moment.

— Nu am. Așa cum nu am nici în tine, i-am comentat.

— Și atunci cine îți va conduce compania cât timp tu vei fi la facultate?

Nu plănuiam să merg la nicio facultate dacă primeam conducerea companiei, deși aplicasem la câteva universități.

— Eu o voi face, i-am spus.

Tata și-a clătinat capul într-un mod descurajator, zâmbind. Mă trata ca pe un copil prostuț și neexperimentat. Și poate că asta eram.

— O vei duce la faliment sau vei fi înjunghiat pe la spate cu prima ocazie. Ești tânăr, ești necopt, nu știi toate șmecheriile unei conduceri, nu ai oameni de încredere, nu știi de cine să te ferești. Practic te bagi singur într-un cuib de vipere.

Acesta era doar modul lui de a mă intimida și de a mă face să renunț. Juca murdar. Apela la psihicul meu distrus.

— Prefer asta decât să te mai las pe tine să îmi controlezi viața, i-am aruncat.

Pentru prima dată de când am venit s-a întors spre mine și mi-a captat ochii cu privirea lui. Părea mai îmbătrânit decât ultima dată când l-am văzut, acum ceva luni. Și începuseră să îi iasă fire de păr albe în cap, el care întotdeauna se lăuda cu șatenul natural pe care îl avea.

— Mereu am făcut ceea ce am crezut că era mai bine pentru tine, fiule. Chiar dacă am făcut-o într-un mod dur.

Am râs. Dar râsul meu era chinuit, ironic, aproape dureros. Și mi-am amintit toate lucrurile *bune* pe care le făcuse el pentru mine.

— Căci să mă ameninți cu moartea mamei și în cele din urmă să o omori cu mâna ta a fost un lucru atât de bun! am exclamat într-un mod ironic. La fel de bun ca a mă obliga să fiu cu o fată cu care nu aveam nimic împreună doar pentru afacerile tale. Sau la fel de bun ca mituirea și amenințarea singurei fete de care m-am îndrăgostit pentru a-mi distruge moralul și a mă lăsa singur. Am menționat că m-ai dat afară din casă? Pentru că ai făcut-o.

Expresia lui era neutră, de neclintit. Nu părea surprins sau îndurerat de ceea ce îi spuneam. Se aștepta la izbucnirea asta. Și își recunoștea greșelile. Dacă măcar vedea că acelea erau greșeli.

— Știi că am iubit-o pe mama ta mai mult decât pe oricine, dar aceea nu mai era o viață pentru noi. Nu mai puteam trăi la căpătâiul unui corp fără viață, pretinzând că ea avea de gând să revină printre noi. Ea nu ar mai fi venit niciodată.

Tristețea se făcea remarcată în vocea lui. La naiba, nu mă păcălea pe mine cu acest teatru ieftin.

— De aceea m-ai amenințat pe mine cu moartea ei? l-am întrebat.

Pentru că lucrurile nu se legau. Poate că prima lui explicație avea sens, căci viața mea era pierdută cât timp mama fusese în spital. Jumătate din zile eram în salonul ei, stăteam pe loc și așteptam să se trezească. Dar nu trebuia să mă aibă pe mine la mână cu asta.

— Nu mai ascultai de mine, Ace. Nici acum nu o faci. Niciodată nu ai făcut-o. Ascultai doar de mama ta. Și dintr-odată am rămas doar noi doi. Iar eu nu eram pregătit să te cresc singur. Un adolescent rebel era singurul lucru pe care nu puteam să îl controlez. Am încercat prin orice metodă, dar nu mai aveam arme.

Şi de aceea a folosit-o pe mama. Ce să spun! Ştiam că eram un idiot care făcea doar ceea ce voia, dar nu avea niciun drept să o folosească aşa pe mama. Niciunul.

— Să te cuplez cu Crystal o făcusem pentru tine mai mult decât o făcusem pentru mine. Compania noastră o să reziste şi fără aliaţi, dar ea semăna mult cu mama ta. Şi mă gândeam că aveai nevoie de altcineva aşa în viaţa ta ca să îţi revii.

M-am încruntat. Pe asta nu o ştiusem. Nu o observasem. Crystal să semene cu mama? În niciun caz! La trăsăturile fizice era complet opusă. La caracter era mai mult decât opusă. Dar am realizat că tata nu a cunoscut-o niciodată cum am cunoscut-o eu. El doar văzuse partea ei bună, prefăcută, docilă, ascultătoare. Ea nu era aşa.

— Să presupunem că asta voiai, să găsesc pe cineva ca mama, care să mă aducă pe drumul cel bun, am spus eu, jucându-i jocul. Am cunoscut. O cheamă Charity Good. Şi mi-a făcut viaţa mai frumoasă decât a reuşit orice alt om de pe planeta asta. Iar tu ai alungat-o.

Axton Appleby a pufnit.

— Să fim serioşi, Ace. Voi doi ţineţi legătura, chiar dacă nu am verificat asta. Ştii unde este cu exactitate. Ştii ce face. Şi cel mai probabil aştepţi să preiei compania ca după să revină în San Diego. Nu te-a afectat aproape deloc că ea a plecat.

Ba da, mă afectase. Îmi afectase inima. Îmi era dor de ea, la naiba!

— Ce vrei de la mine? l-am întrebat direct.

Pentru că era evident că voia ceva de la mine. Doar mă chemase cu un scop.

— Uite cum stă treaba, a început el. Am destui bani cât să trăiesc pentru restul vieţii şi nu îmi prea pasă dacă numele Appleby va scădea în ochii oamenilor şi va fi târât în nămol. Ceea ce vreau însă este să strălucești după mine. Să fiu mândru de tine. Să ajungi acel CEO de care se vor teme și pe care îl vor respecta toți.

Ce. Naiba. Îndruga. Acolo?

Tata a oftat.

— Nu există nicio cale prin care să îți spun asta și mă chinui de câteva luni să o fac...

Își pierduse vocea. Iar când a reluat discuția, pierduse esența. Se învârtea în jurul unui subiect pe care nu voia să îl abordeze.

— Voi vota pentru tine la întâlnirea acționarilor. Vei deveni CEO. Tot ceea ce îți cer este să mă lași pe mine la cârmă să te învăț ceea ce este de învățat. Iar tu vei avea garanția că mă vei putea da jos oricând, dat fiind că tu vei fi directorul general executiv în acte.

Falca mea era undeva pe podea. El chiar vorbea serios?

— Ce șmecherie mai este și asta? am întrebat.

Tata a negat din cap, apoi și-a îndreptat privirea din nou spre geam. Afară ploua. Era o imagine tristă, aproape deprimantă. Nu credeam că îl mai văzusem vreodată pe Axton Appleby într-o asemenea stare – în afară de momentele în care mama nu se simțise bine.

— Am leucemie, a aruncat el bomba.

Sprâncenele mi s-au înălțat. Nu m-aș fi mirat să fie și aceasta o minciună.

— Este o formă mai rară. Va trebui să fac un transplant de măduvă, iar dacă operația va reuși, voi mai fi prin jur. Dar nu mai mult de zece ani.

Acolo era un cuvânt important. *Dacă. Dacă operația va reuși.*

— Știu că este posibil să nu mă crezi. Știu că de când mama ta a plecat, noi am fost pierduți și nu am mai știut cum să comunicăm unul cu celălalt. Știu că am făcut o grămadă de porcării să te țin sub control și în loc de asta nu am făcut decât să te pierd. Dar încerc să te fac să prinzi încredere în mine și încerc să ne schimbăm relația. Înțeleg că nu te poți arunca cu capul înainte în asta, de aceea voi vota pentru tine la întâlnirea acționarilor. Totul va fi în mâinile tale, eu doar te voi ghida. Îți dau cât timp vrei să te gândești la asta, deși timpul meu trece. Nu te grăbi. Vreau doar să ne împăcăm și să petrecem cât mi-a mai rămas împreună.

Eram șocat. Nu aveam cuvinte. Nu puteam reacționa. Nu știam cum să mă simt. Îmi părea rău de el? Nu știam. Mi-am petrecut prea mult timp încercând din răsputeri să îl urăsc. Acum era pentru prima dată când îl văzusem neajutorat, dezarmat în fața mea. Apoi mi-am amintit toate lucrurile pe care mi le făcuse și nervii m-au acaparat.

— Nu te poți comporta ca o jigodie ani de zile ca după ce afli că ești bolnav să te schimbi la o sută optzeci de grade și să spui că îți pare rău, i-am aruncat în față. Ceea ce ai făcut tu nu mi-ar fi făcut nimeni, oricât de mult m-ar fi urât.

M-am ridicat în picioare și mi-am închis nasturele de la sacou. Îmi pierdusem pofta de mâncare.

— Așa că mă voi descurca singur, am decis, chiar dacă asta însemna că aș pierde acțiunile lui la întâlnire.

Mă descurcam fără el.

M-am îndepărtat fără să îmi iau la revedere și aveam de gând să ies de acolo ca o rachetă, dar a apucat să îmi mai spună atât:

— Îți las cât timp vrei să te gândești.

Nu aveam nevoie. Îmi luasem decizia. Urmam calea mea, cea grea, cea dureroasă, în care trebuia să muncesc și să lupt, dar măcar era a mea. Individul acela a încetat să fie tatăl meu din ziua în care doar s-a gândit să îmi ucidă mama.

# Capitolul 65

**Charity**

Prietenii mei se întorceau aproape în fiecare weekend. În următorul fusese doar All, în altul Kendra şi All, în altul Alec cu Kendra, în altul Logan şi Alec, iar în cel prezent trebuia să vină All cu Logan. Se împărţeau cum puteau ca să nu mă lase singură nici măcar o săptămână, iar transportul îl aveau mereu asigurat de către Ace. Adevărul era că avându-i lângă mine atât de des îmi făcea să piară o parte din dorul de casă. O parte. Cealaltă era încă acolo, făcându-şi simţită prezenţa zilnic.

Era luna iunie deja. Mai aveam puţin şi terminam liceul, intram în iulie şi venea vacanţa de vară. Deja aplicasem la câteva facultăţi, fără să primesc veşti legate de mutarea mea înapoi acasă de la Ace. Şi, chiar dacă primisem confirmări de la unele universităţi foarte bune din New York, primisem confirmarea şi la SDSU, universitatea din San Diego. Încă nu aveam habar ce urma să fac cu viaţa mea, aşa că decisesem să aştept cât de mult puteam. Ei bine, timpul acela se terminase.

Trebuia să îmi confirm locul la universitatea pe care îmi doream să o urmez, iar eu habar nu aveam dacă mă puteam întoarce în San Diego sau nu. Ace nu mai vorbise cu mine mai deloc. Era chiar mai distant decât înainte. Ne scrisesem vreo trei mesaje în ultima săptămână. Şi ca orice femeie puternică, după mai mult de trei luni în care m-am sacrificat pentru el, mi-am pierdut firea.

L-am sunat.

Nu mi-a răspuns. Aşa că l-am sunat din nou. Încă niciun răspuns.

Mi-am aruncat telefonul în pat, mi-am luat perna în brațe și am urlat în ea cât am putut de tare.

Știu că îi spusesem că îl voi ajuta și că îl voi susține în ceea ce avea de gând să facă, dar înțelegerea noastră se rezuma la perioada liceului. Acum trebuia să mă hotărăsc la ce facultate mergeam, iar el nu era de găsit să îmi dea un verdict.

Apoi am realizat. Ce naiba? Dacă îmi spunea că toată treaba mai avea de gând să dureze vreo șase luni, de exemplu, aveam de gând să rămân în New York și să îmi termin facultatea aici? În niciun caz! Nu voiam asta. Nu îmi doream asta. Nu aveam de gând să fac asta!

Mama a bătut la ușa dormitorului meu și a intrat fără să aștepte un răspuns. Imediat am pus perna la o parte. Se vedea probabil că eram roșie la față, ciufulită și extrem de nervoasă. Nu i-a luat mai mult de două secunde să se așeze lângă mine în pat și să îmi cuprindă mâna în mâinile ei.

Nu m-a întrebat ce aveam. Îmi știa cam toate problemele. În schimb, a încercat să ghicească.

— Ace, din nou? a întrebat. Nu te mai caută?

Ei bine, da, era și asta. Relația noastră se răcise. Mă durea. Și mă făcea să mă îndoiesc de prea multe lucruri doar pentru că idiotul nu își făcea timp să mă sune măcar o dată pe săptămână sau să îmi trimită câte un mesaj zilnic. Nu credeam că ceream prea mult, având în vedere ce făcusem pentru el.

Nu, Char! Nu aveai de gând să fii genul acela de om care să scoată ochii celorlalți pentru ceea ce făcea pentru ei. O făcusem din drag și din toată inima. Nu aș fi folosit-o drept armă.

— De ar fi doar asta, am oftat eu.

M-am făcut confortabilă în pat, iar mama a rămas în șezut lângă mine. Arătam ca o pereche perfectă de psiholog și pacient.

— Facultatea? a încercat ea.

Bingo.

Îmi plângeam singură de milă.

— Nu știu ce să fac, i-am recunoscut. Ace nu îmi dă niciun semn, nu am habar cât vom mai sta aici și nu știu dacă pot confirma locul pentru SDSU sau nu. Dar dacă nu o voi face, îl voi pierde.

Mama oftase și ea. Niciodată nu îmi cerusem scuze și nu îi mulțumisem cu adevărat pentru că fusese și ea trasă în problema mea amoroasă și a trebuit să suporte consecințele împreună cu mine. S-a mutat împreună cu mine. Am suportat totul împreună. Și nici măcar o dată nu mi-a ținut morală pentru asta.

— Char, scumpo, sunt mama ta. Știi că singurul sfat care îmi vine este să îți spun să îl dai naibii pe Ace, oricât mi-ar fi de drag, și să mergi la facultatea pe care ți-o dorești.

Și uite cum aveam un vot pentru SDSU. Și eu voiam să merg acolo. Voiam să mă întorc acasă. Voiam să fiu aproape de prietenii mei și să nu îi mai pun să călătorească mii de kilometri în weekenduri ca să ne vedem. Voiam să fiu cu Ace. Dar nenorocitul nu îmi dădea nicio veste. Și deja mă întrebam: oare era încă atât de periculos să mă întorc? Tatăl lui ar fi plănuit ceva cu mine? Mi-ar fi făcut rău mie sau mamei? Sau propriului său fiu? Prietenilor mei?

Nu știam. Dar nu puteam risca.

— Nu este neapărat vorba despre el, mamă. Este vorba despre Axton. Ții minte amenințarea lui? Nu pot să apar acolo trei luni mai târziu, dând totul uitării, când el încă mai are putere.

Mama părea din ce în ce mai încurcată. Îmi părea rău. Nu voiam să îi dau mai multe probleme pe cap.

— Chiar nu știu ce să zic, scumpo. Poate că...

Nu știam ce urma să spună sau ce voia să spună, căci soneria telefonului a întrerupt-o. Și nu era telefonul meu obișnuit, cel de toate zilele, ci telefonul care avea doar numărul lui Ace în agendă. Știam deja că era el. Nici nu era nevoie să verific. Mama știa asta de asemenea, așa că a schimbat orice avea de spus.

— Eu trebuie să merg la muncă. Te las să vorbești liniștită.

Aveam noroc că eu eram liberă astăzi de la noul meu job, un *Starbucks* din apropiere. Nu aveam chef nici să respir.

Mama m-a sărutat pe frunte, apoi a plecat din camera mea. Fără tragere de inimă – ceea ce era ciudat, pentru că era vorba despre el –, am răspuns.

— Char? Iubito? S-a întâmplat ceva? Ești bine?

Vocea lui nici măcar nu m-a înfiorat sau încântat.

Mi-am rotit ochii nervoasă. Evident că avea impresia că era o urgență de l-am sunat, pentru că eu nu îl sunasem niciodată în trei luni și ceva de zile. Dar o făcusem pentru el. Pentru că spusese că trebuia să fim discreți. Dacă era după mine, l-aș fi sunat de cel puțin trei ori pe zi. Poate dacă aș fi făcut-o, nu aș mai fi fost atât de nervoasă și disperată acum.

— Ce se întâmplă acolo, Ace? l-am întrebat direct.

— Poftim? Ce se întâmplă aici?

Părea agitat. De parcă îl prinsesem cu nu știu ce secret în plasă. Apoi am realizat că era agitat din cauză că fusese îngrijorat pentru mine.

— Pur și simplu. Ce se întâmplă? Nu mă ții la curent cu nimic. Vreau să aflu cât mai stau aici. Ai stabilit o dată a acționarilor? V-ați întâlnit? Ai rezolvat ceva? Cam cât mai durează? Trebuie să mă înscriu la facultate și nici măcar nu știu unde o să o fac din cauză că habar nu am dacă îmi permit să pun piciorul în San Diego încă sau nu. Iar tu nu îmi spui nimic. Și știu că am spus că te voi susține. Încă o fac, dar chiar este obositor și dureros să stau pur și simplu, fără să am habar de nimic. Îți cer doar să mă ții la curent. Nimic mai mult.

L-am auzit oftând pe partea cealaltă a firului. Când a vorbit, vocea îi suna obosită, de parcă depunea efort sau se mișca. Era afară, în orice caz. Ce naiba căuta afară când nu își făcea nici cinci minute pe zi timp să mă sune?

— Îmi pare rău, iubito, mi-a spus.

Dar nici măcar nu simțeam părere de rău în timbrul său. Oh, la naiba. Eram nervoasă.

— M-am săturat de scuze, Ace. Dovedește că îți pare rău. Fă ceva în legătură cu asta. Spune-mi ce s-a mai întâmplat, i-am comandat.

Pauză. Nu spunea nimic. Dar îl auzeam respirând precipitat. Poate că nu putea vorbi tocmai atunci, căci era în public. Dar la naiba cu asta! Trebuia să se gândească de mult timp că aveam nevoie de informații. Am stat trei luni fără să aflu nimic.

— Putem vorbi mai târziu despre asta? a întrebat el.

Am înghițit în sec și am încercat să număr. Eram calmă. Eram calmă. Nu, nu eram deloc calmă.

— Mai târziu nu ai decât să vorbești cu pereții, căci eu nu îți mai răspund la telefon, i-am spus, după care i-am închis în nas.

Și apoi am țipat. Am țipat, profitând că eram singură acasă și eliberându-mă de nervi. Dar nu făcusem bine, pentru că acum rămânea doar tristețea în pieptul meu. Cât mai aveam de gând să depind de o amenințare? De un om. De capriciile unui om, de fapt. Asta nu era stilul meu. Și nu aș fi făcut nimic din toate acestea dacă nu erau prietenii mei și mama mea. Și Ace. Nenorocitul de Ace, pe care îl iubeam și care nu putea nici măcar să mă sune o dată pe săptămână pentru a-mi spune că mă iubea înapoi și că totul urma să merite.

Nu mă liniștisem încă atunci când soneria casei a făcut ecou. Jason. Chiar aveam nevoie de cineva căruia să mă plâng și a picat la fix. La cât de nervoasă eram îmi venea să îl sărut. Sau poate că... Poate că avea dreptate Kendra. Poate că dacă mi-aș fi făcut idiotul să fie gelos până la refuz, ar fi venit aici. Şi mă durea undeva dacă îi afecta planul, chiar dacă nervii vorbeau.

Asta aveam de gând să fac. Să sar pe Jason la uşă, astfel să ne vadă oricine din apropiere, inclusiv cine era pe urmele mele la comanda lui Ace. Puneam pariu că în mai puţin de o zi m-aş fi trezit cu el la uşă şi am fi putut vorbi ca oamenii normali.

Eram absolut sigură că aş fi regretat a doua zi, dar nu îmi păsa. Voiam să fac această decizie luată la nervi.

Am alergat pe scări ca o descreierată, simţind cum nervii reveneau să mă tortureze. Mi-aş fi cerut scuze lui Jason de o mie de ori după, dar aveam nevoie să fac asta. Aşa că am deschis uşa cât de rapid am putut şi m-am năpustit pe...

M-am tras înapoi, făcând un pas în spate. Sărisem ca arsă, de parcă făcusem gimnastică ani de zile şi aveam într-adevăr reflexe bune. Nu era Jason. Era ceva mai bun decât Jason. Era cel pe care mi-l doream de fapt în faţă. Iar eu eram încremenită.

Am clipit des, apoi am încercat să mă calmez, dorind să văd dacă era doar o plăsmuire a imaginaţiei mele sau era real. Dar chiar dacă era real şi chiar dacă îmi fusese un dor turbat de el, eram nervoasă. Voiam să îi dau o palmă. Cu toate astea, nu am făcut decât să stau ca o proastă şi să mă uit cu gura căscată la el.

Eram şocată. Luasem poziţia unei statui. Eram sigură că nici măcar un cutremur nu mă putea mişca în acel moment. Despre inima mea nici nu mai ştiam ce să spun. Nu o simţeam. Cred că leşinase, căci nu puteam lua legătura cu ea. Nu reuşisem să iau legătura cu niciun muşchi pe care îl deţineam pentru vreo treizeci de secunde. Apoi mi-am găsit corzile vocale şi am întrebat şoptit:

— Ce cauţi aici?

Iar aceasta nu avea de gând să fie revederea la care m-am aşteptat atât timp, eram sigură.

# Capitolul 66

**Ace**

Îmi luasem o săptămână de pauză după ce vorbisem cu tata. Am simțit nevoia să mă îndepărtez de tot și să gândesc la rece ceea ce mi-a propus, chiar dacă îi spusesem că mi-am luat deja decizia. Nu vorbisem cu nimeni, nu făcusem nimic, nu ieșisem din casă, ba chiar abia mâncasem. Apoi, după acele șapte zile, am realizat. Nu asta îmi doream eu, să stau departe de lume și să mă gândesc singur la problema mea. Ceea ce îmi doream era să fiu cu Charity, într-un pat, rezolvând totul împreună. Și uite așa am zburat cu prima ocazie în New York fără să îi spun nimic.

Oricum tata spusese că deja știa de noi, că țineam legătura. El părea să știe totul. Era mai experimentat decât mine, exact așa cum a și spus. Eu încă mai aveam de învățat. Și părea că se răzgândise cu privire la Charity, asta dacă vorbise serios cu tot acel discurs al său, din urmă cu o săptămână.

Nu știam. Nu îmi păsa. Voiam doar să o văd pe Char a mea și am fi discutat asta împreună.

De parcă ar fi presimțit, mă sunase când ieșisem din aeroport și intrasem în mașina care avea să mă ducă la ea acasă. Credeam că bănuia ceva, dar era doar sătulă și nervoasă pe mine. Când îmi închisese în nas eram sigur că revederea noastră nu urma să fie una dulce neapărat. Dar nici nu mă așteptam să mă întrebe ce căutam acolo de parcă noi doi ne despărțiserăm și nu mai aveam nicio legătură unul cu celălalt.

Am inspirat și am expirat adânc înainte să îi dau un răspuns, încercând să mă abțin să nu o lipesc de primul perete care îmi venea în cale și să o...

Ah, la naiba cu asta!

Nu m-am abținut. Ce rost avea?

M-am năpustit asupra ei de parcă eram un leu care nu mâncase de o săptămână. De fapt, nu o mâncasem pe ea de trei luni, deci aveam tot dreptul ăsta.

I-am cuprins chipul în mâini și am intrat cu ea înăuntru, ținându-mi promisiunea și lipind-o de perete în timp înfulecam de-a dreptul sărutul pe care îl visasem nopțile. Deși părea nervoasă și hotărâtă să ne certăm, mi-a cedat destul de ușor, iar acum își revărsa furia asupra sărutului nostru pătimaș. Inima mi-o luase la galop. Mâinile mele îi mângâiau în grabă tot corpul, iar când am ajuns la posteriorul ei, am ridicat-o, îndemnând-o să îmi înconjoare talia cu picioarele ei. Cât de dor mi-a fost de picioarele astea!

Nu îmi venea să cred că eram aici. Că ea era aici. Că o aveam în brațe din nou. Că puteam face tot ce îmi doream împreună. Parcă visam. Și aveam de gând să profit la maxim de acest vis.

Simțeam cum mă trăgea de păr și cum îmi controla mișcările gâtului cu mâinile ei micuțe, iar asta, Dumnezeule, mi-a plăcut! Totul îmi plăcea. Mă simțeam de parcă murisem și ajunsesem în Rai în urma unei greșeli de calcul. Închisesem ușa cu ea în brațe, hotărând că vecinii au văzut destul prin crăpătura lăsată în urmă, apoi mă decisesem să o duc în dormitor. Aveam timp să vorbim după aceea. Nu o simțisem de luni de zile. Aveam nevoie de asta.

Dar Charity, așa cum o știam întotdeauna, știa să îmi strice distracția.

— Nu, a mormăit ea.

Degeaba. Protestele ei nu ajutau la nimic. I-am acoperit imediat gura cu a mea și a încetat orice obiecție.

— Care-i camera ta? am întrebat într-o secundă în care reușisem să iau aer.

Dar nu mi-a răspuns. Și nici nu aveam nevoie să îmi răspundă. La naiba, și balustrada era bună în acel moment. Și mi-ar fi plăcut chiar mai mult decât patul.

Cu toate acestea, din respect pentru confortul ei și cu ajutorul singurului meu neuron funcțional, am mers spre canapeaua din living. M-am așezat acolo, cu ea în poala mea, având picioarele pe de-o parte și alta ale coapselor mele. Deși o voiam și o trăgeam spre mine cu toate puterile, îmi doream să fie ea în control. Și, din păcate, dacă chiar nu voia asta, putea să mă oprească mult mai ușor. Dacă nu, aveam un bonus, îmi plăcea să o văd deasupra.

Aparent, voia asta la fel de mult ca și mine. O simțeam în mișcările șoldurilor ei. Iar eu nu am mai avut nevoie de o altă confirmare.

\* \* \*

Stăteam așa, îmbrățișați, respirând greu, iar ea se juca în părul meu. Și se jucase așa minute bune, până când ne-am liniștit.

— Trebuie să vorbim, mi-a reamintit în cele din urmă.

Stăteam cu ochii închiși, savurând masajul capilar pe care mi-l oferea. Îmi era somn. Aproape că adormeam. Dar nu voiam asta. Nu voiam să dorm și să descopăr că totul a fost un vis. Am strâns-o în brațe, sperând că nu va pleca.

— Doare, a mormăit Char.

Am lărgit strânsoarea doar puțin, atât cât să se simtă confortabil. Apoi mi-am ridicat capul pe pieptul ei și m-am întins să îi sărut ușor buzele.

A zâmbit trist.

— Tot trebuie să vorbim.

Dar eu nu voiam să vorbim. Voiam doar să stau așa, cu ea, o veșnicie.

Am oftat, apoi m-am ridicat, împotriva voinței mele. Cu toate astea, am luat-o pe Char și am așezat-o în poala mea, stând cu picioarele întinse pe restul canapelei și cu capul pe umărul meu. Am strâns-o în brațe, lăsându-mi și eu capul să se odihnească pe speteaza canapelei.

Voiam să îi spun cât o iubeam și cât de dor mi-a fost de ea, dar avea sens? Ce rost aveau cuvintele? Oricum nu ar fi exprimat în veci ceea ce simțeam eu în acel moment. Mi-aș fi jignit propriile senzații și sentimente.

— Cum de ai venit? a întrebat Char, deschizând unul dintre subiectele pe care voia să le discutăm.

Am oftat din nou, iar mâna mea stângă a început să îi mângâie ușor spatele. Speram să nu îi fie frig.

— Tata are cancer, i-am spus direct.

Altă cale nu găseam să îi spun totul, decât dacă aș fi mers direct la țintă. Și așa am făcut.

Char a tresărit și s-a ridicat de pe umărul meu, căutând confirmarea în privirea mea. Era șocată. Arăta că îi părea rău. Cum putea să îi pară rău de bărbatul care i-a făcut atâtea?

— Nu se poate face nimic? a întrebat.

Am afirmat din cap.

— Transplant de măduvă. Trebuie să își găsească donator, dar la banii lui nu mă mir să îl găsească mâine. Ideea e că sunt șanse să nu supraviețuiască operației. Dar dacă o face, mai câștigă zece ani, maxim.

Nu prea eram atât de interesat de discuția asta. Mai mult mă gândeam că mi-am îndeplinit scopul. Eram gol, cu Charity aproape de mine, discutând și urmând să ne rezolvăm problemele împreună.

— Oh, Doamne, a suspinat ea.

Nu îmi venea să cred că îi părea mai rău decât îmi părea mie de tata. Asta mă făcea să mă simt ca un monstru. Sau să o văd pe ea ca pe un înger. Sau ambele.

— M-a chemat la el la cină săptămâna trecută să îmi spună asta. Și să îmi mai zică și că va vota pentru mine la întâlnirea acționarilor. Mă va lăsa să devin CEO, dar speră să îl las să mă ghideze. M-a sfătuit să nu am încredere în John sau altcineva.

— Și tu ce ai spus?

— Că nu sunt interesat.

Char mi-a dat un pumn ușor în pectoral și s-a uitat urât la mine.

— Ar putea să moară! mi-a zis ea.

Știam asta deja. Dar era de asemenea un mare idiot egoist care nu a făcut decât rahaturi toată viața.

— Să moară, am spus fără tragere de inimă.

Ei bine, undeva, adânc în sufletul meu, adică foarte adânc, mă durea gândindu-mă că aș fi rămas fără niciun părinte. Dar era atât de adânc că nu mă interesa.

— Cum poți spune asta, Ace? E tatăl tău.

— Tatăl anului, am ironizat eu.

Char a pufnit nervoasă. Nu voiam să fie supărată pe mine. Acum aveam nevoie de ea, nu să mă cert cu ea.

— Ei bine, să nu uităm că și tatăl meu m-a târât pe mine și pe mama în rahat, unul de zile mari, dar dacă ar apărea zilele astea și și-ar cere scuze, nu cred că aș putea spune că poate să moară liniștit, că nu mă interesează.

Char se ridicase de pe mine și începuse să se îmbrace.

— Putem să nu mai vorbim despre asta și mai ales să nu ne certăm? Nu am venit aici pentru tata. Am venit pentru tine.

Își luase blugii pe ea când mi-a aruncat:

— Ciudat. Pentru că atunci când te-am întrebat cum de ai venit aici, ai spus că tatăl tău are cancer. Deci te interesează. Dar ești prea încăpățânat ca să recunoști.

M-am ridicat imediat după ce și-a luat sutienul pe ea și am oprit-o să găsească și tricoul de pe jos. Am cuprins-o de mână și am făcut-o să fie atentă la mine.

— Mi-a omorât mama, Char. Nu pot trece cu vederea asta.

Char a pufnit.

— Tehnic vorbind, Ace, ea nu mai avea nicio scăpare.

Lovitură directă la țintă. I-am dat drumul mâinii și am încercat să mă abțin. Era mama contra lui Charity. Dar Charity nu a vrut să spună asta. Nu trebuia să îmi vărs frustrarea pe ea. M-am calmat.

— Nu trebuia să mă amenințe cu asta, i-am reamintit.

— Nici tu nu ești cel mai ascultător om din lume.

Am scăpat o figură șocată. Ce se întâmpla aici? De când se întorsese Char împotriva mea și mersese de partea tatei?

— Cu cine ții? am întrebat-o nervos.

M-am întors și mi-am luat și eu boxerii pe mine. Deși nu îmi făcea plăcere și nimic din ceea ce voiam să se întâmple între noi nu a decurs cum a trebuit, nu puteam să forțez nota și să o fac pe Char să termine cu prostiile, să se dezbrace și să mergem în pat. Așa că am decis să fac eu ca și ea, apoi am fi văzut cum decurgeau lucrurile.

— Cu tine, evident, a răspuns când mi-am cules blugii de pe podea. Dar nu vreau să te gândești pentru tot restul vieții tale că ai fi putut avea mai mult timp alături de tatăl tău dacă nu ai fi fost atât de încăpățânat, cum ești mereu. Familia poate fi oricât de sucită, dar e familie.

M-am îmbrăcat și cu pantalonii, apoi am oftat, gândindu-mă serios la ce îmi spusese Char.

— Dar mi-a făcut atâtea rahaturi, am spus în cele din urmă.

Ea a venit la mine, apoi și-a așezat mâinile pe obrajii mei, făcându-mă să o privesc. Era atât de frumoasă! Și era a mea. Și o iubeam.

Nu m-am putut abține și într-o secundă deja o cuprinsesem în brațe, lipindu-i șoldurile de ale mele.

— Știu, a șoptit ea. Dar poate a fost pedepsit la fel de tare pentru ele. Și poate că vrea să se schimbe. Poate că este șansa ta să faceți pace și să vă împăcați.

Fata asta era prea bună pentru mine. Și la cât de egoist eram, nu regretam nimic, ci mă mândream cu asta.

Am afirmat din cap, arătându-i că mă voi gândi la ceea ce a spus. Mai aveam nevoie de puțin timp. Doar puțin.

Am schimbat subiectul.

— Știa că țin legătura cu tine. Nu știu dacă doar a ghicit sau m-a verificat, dar știa.

Privirea ei s-a schimbat din una îngrijorată în alta îngrozită. Cum putea să simtă milă față de omul care îi trezea frică? Bunătatea ei nu avea limite. Iubeam asta la ea.

— E de rău? a întrebat, strângându-și mâinile în pumni la pieptul meu.

Am zâmbit, apoi am sărutat-o pe frunte.

— E de bine. Cel mai bun lucru din întâlnirea noastră a fost că mi-a demonstrat că a renunțat să îmi facă viața un iad. Iar dacă se va ține de cuvânt și eu voi deveni CEO, poți veni acasă imediat.

Ochii ei s-au mărit brusc, apoi s-au umplut de lacrimi.

— Oh, Doamne! a șoptit ea. Oh, Doamne, oh, Doamne!

Mi-am dus mâinile pe umerii ei, apoi i-am oprit avântul.

— Totuși, aș vrea să fiu sigur de ceea ce a spus tata. Ședința acționarilor s-a stabilit în data de douăzeci și cinci iulie. Deși urăsc să îți cer asta, mai poți rămâne aici până atunci?

O puteam vedea dezumflându-se ca un balon. Ah, cât mă uram!

— Este în regulă, atât timp cât după mă pot muta înapoi. Măcar știu o dată.

Am afirmat din cap ca un imbecil, apoi am încercat să o înveselesc.

— Da, clar. După aceea te poți întoarce. Și nu va mai trebui să treci vreodată prin ceva asemănător. Tata și John vor fi la degetul meu mic și nimeni nu va mai îndrăzni să te atingă iar.

Mi-a zâmbit, apoi mi-a înconjurat gâtul cu brațele și s-a ridicat pe vârfuri pentru a mă lua în brațe. Mi-am aplecat capul, odihnidu-l pe umărul său, iar o mână mi-am încâlcit-o adânc în părul ei des, lung, de un blond-căpşună, pe care mereu l-am adorat. Aş fi ţinut-o acolo o eternitate.

— Cât vei mai sta? a întrebat apoi.

La asta nu mă gândisem. Deloc. Absolut deloc.

— Habar n-am, am răspuns sincer. Dar când voi pleca, te voi suna zilnic. Şi vom sta la telefon cu orele, ca orice cuplu la distanţă. Putem face şi *sexting* uneori, deşi ar fi mai mult pentru mine decât pentru tine.

A râs în îmbrăţişarea mea, scuturându-şi spatele. Ah, iubeam sunetul ăla dulce!

— Poate că ar fi şi pentru mine, a recunoscut ea.

Am rânjit şi am îndepărtat-o puţin pentru a-i vedea chipul când ar fi auzit ceea ce urmam să îi spun.

— Ah. Vrei poze nud cu mine?

A râs, iar eu am savurat fiecare lucru la ea. Ochii căprui care străluceau, zâmbetul larg şi luminos, părul ciufulit care îi stătea mortal şi buzele pe care voiam să le sărut din nou.

— Sincer, chiar m-am gândit mult la asta în ultimul timp.

Am rânjit şi mai larg în timp ce mi-am mijit ochii. Vorbea serios? Nu conta. Căci gândul că ea voia asta de la mine mă încânta.

— Ce spui de varianta live deocamdată? Şi mai târziu vedem ce putem face legat de o şedinţă foto.

Poate că fusese nervoasă pe mine înainte să apar aici, dar după o discuţie sănătoasă relaţia noastră mergea la fel de bine ca înainte.

— Mi-ar plăcea, a spus ea.

Dar mie mi-a plăcut mai mult răspunsul ei.

# Capitolul 67

**Charity**

Ace rămăsese doar două zile. Şi, cu toate că a fost puţin, am profitat de acel timp la maximum.

Când mama îl găsise acasă, aproape că sărise în sus de entuziasm. Dar nu o făcuse. În schimb, a sărit pe bune atunci când i-am spus că într-o lună ne puteam întoarce acasă. Se arătase chiar mai fericită decât mine, care aproape că plânsesem.

În seara aceea, Jason a venit la mine. A făcut cunoştinţă cu Ace şi a fost destul de amuzant, dar nimic din ceea ce mă aşteptam. Credeam că va primi câteva remarci subtile din partea iubitului meu, şi că acesta îşi va marca teritoriul într-un mod destul de copilăros. Ei bine, nu a fost aşa. I-a vorbit direct după ce au dat mâna şi l-a avertizat că dacă va dori vreodată mai mult de la mine şi dacă se va băga peste relaţia noastră în orice fel, va avea de suferit. Nu spun că ceea ce a făcut a fost matur, dar a fost mai bine decât să joace jocuri cu el.

Într-un final, s-au agreat şi am luat cina împreună. A doua zi am petrecut-o doar cu Ace, de dimineaţă, de când ne-am trezit în acelaşi pat, şi până seara, când am adormit din nou împreună, îmbrăţişaţi. Însă următoarea zi după asta a plecat, iar eu, trezindu-mă singură, m-am simţit ca şi cum nu ar fi fost niciodată aici. Dar fusese. Şi profitasem de asta. Îi furasem parfumul şi făcuserăm câteva poze împreună pentru tot restul lunii care urma. Însă nu mi-au trebuit. El îmi potolise dorul ţinându-se de cuvânt. Mă sunase zilnic şi vorbiserăm cel puţin o oră pe zi.

Școala se încheiase într-o săptămână. Eu îmi confirma-sem locul la SDSU și trebuia să fiu acolo în toamnă. Jason și cu mine petreceam din ce în ce mai mult timp împreună, dat fiind că nu mai rămâneam decât o lună în New York, iar aceea trecea din ce în ce mai rapid.

Nu se comparase cu cele trei luni de dinainte. Deși se apropia de final și se presupunea că trebuia să îmi fie mai greu din cauza nerăbdării, îmi fusese mult mai ușor. Și asta pentru că prietenii încă mă vizitau, chiar mai des decât înainte, iar Ace vorbea cu mine zilnic, chiar și pe conferință video.

Se apropiase deja ultima mea săptămână aici, iar eu eram împărțită în două, din cauza lui Jason. Mi-a fost alături când nimeni nu putuse, iar asta a însemnat mult pentru mine. Mă durea că trebuia să mă despart de el. Îmi venea să îl împachetez într-o valiză și să îl iau cu mine.

— E nasol să aștepți un sezon nou la un serial când nu mai ai nimic bun de văzut, a mormăit Jason din dreapta mea.

Butona telecomanda, căutând ceva pentru noi. Eram pe canapeaua din living, iar asta se simțea ciudat de fiecare dată. După ce făcusem dragoste acolo cu Ace, nu mai privisem acea canapea niciodată la fel. Niciun loc din casa asta în care făcusem asta nu mai era privit cu aceeași ochi de către mine.

— Putem să ne uităm la filme, am propus eu.

— *Mean girls*, din nou? Nu, mersi.

Am ridicat din umeri nevinovată.

— Atunci alege tu. Merg să fac popcorn.

— Cea mai bună prietenă din lume! a strigat în urma mea, chiar dacă nici nu apucasem să ies din living.

Ajunsă în bucătărie, am scos punga de popcorn din ambalajul de plastic și am băgat-o la microunde pentru trei minute. La nicio secundă după aceea telefonul special mi-a sunat.

Am răspuns instant.

— Alo?

— Spune-mi ceva care a meritat toată ziua asta obosi-
toare, mi-a cerut Ace.

Am zâmbit. Iubeam să îi aud vocea, chiar şi pe cea
obosită, fără vlagă. Suna de parcă acum se trântise în pat.

— Faptul că vei avea o companie nu ajunge?

A mormăit.

— Nu aş spune nu unei partide sănătoase de sex la
telefon.

Am râs, deşi obrajii îmi ardeau şi stomacul mă strângea.

— Jason e la mine, l-am anunţat.

A oftat iritat fără să se abţină.

— Iar? De ce nu se mută acolo? Oricum îşi petrece mai
mult timp la tine decât la el acasă.

M-am sprijinit de insula din bucătărie şi am rânjit. Îmi
plăcea când era gelos, într-o anumită măsură. Era amuzant.

— Eu ce să mai spun de Crystal? Aţi fost atâtea luni
împreună la şcoală, câte şapte ore pe zi.

Adevărul era că nu mă mai îngrijora Crystal de mult,
dar voiam să îi răspund cu aceeaşi monedă. Totuşi, eu m-am
luptat mai mult cu ea decât a făcut-o Ace cu orice băiat.

— Nu am mai vorbit cu ea de când ai plecat. Dar mă
salută, ceea ce e ciudat. Şi zâmbeşte destul de des, ceea ce
este iar ciudat. Cred că şi-a găsit pe cineva şi m-a uitat.

Nu ştiu de ce, dar vestea asta m-a bucurat mult. Şi mi-am
amintit ceea ce i-am spus în baie, pe vremea balului, că
dragostea trecea mai repede atunci când era neîmpărtăşită.
Am avut dreptate.

— În sfârşit? am ironizat eu.

— Să fim serioşi, iubito. Aşa ceva este greu de uitat.

Mi-am rostogolit ochii, apoi am decis să duc subiectul
într-un loc serios.

— Ai vorbit cu tatăl tău? l-am întrebat.

Linişte totală.

— O să o iau ca pe un nu. Ace, am oftat. Trebuie să
discuţi cu el.

Vorbeam despre subiectul ăsta de când plecase. În urmă cu o săptămână se decisese să îi dea o șansă, dar nu făcuse nicio mișcare de atunci.

— Da, dar m-am gândit mai bine și o voi face după ce voi ajunge director. Să văd dacă se ține de cuvânt.

Mi-am rostogolit ochii.

— Nu este acel vot anonim? am întrebat.

— Ba da. Dar dacă îl voi conduce detașat, atunci este clar că a votat pentru mine, căci are cele mai multe acțiuni din companie.

— Nu putea pur și simplu să renunțe la a candida? am întrebat.

Chiar nu aveam habar cum stăteau treburile pe acolo. Dar bănuiesc că putea face asta. Să nu mai vrea să fie CEO și să îl lase doar pe Ace să candideze.

— Atunci ar fi văzut mulți oportunitatea să ne detroneze și aș fi avut altă competiție, una despre care nu știam nimic și de la care habar nu aveam ce să aștept. Plus că tata este mândru, nu vrea să arate că renunță pur și simplu.

Oh. Am înțeles.

— Promiți că discuți cu el după ce afli rezultatul?

— Dacă este în favoarea mea, poate.

— Poate?

— Da, poate.

—Ace!

— Ce? Îmi este greu. Încearcă să mă înțelegi.

— Te înțeleg. Și lui îi este. Și deja ți-ai luat aproape o lună timp să te gândești. El nu își permite luxul ăsta.

L-am auzit oftând, după care a lăsat o liniște mortuară să se așterne peste noi. Popcornul era gata și exact atunci mi-a venit o idee.

— Ce ar fi să mergem împreună la el? l-am întrebat.

— Împreună? a repetat el.

Am afirmat din cap, deși nu mă putea vedea.

— Oricum va afla mai devreme sau mai târziu că mă întorc. Ar trebui să afle de la noi asta. Și s-ar cădea să discutăm în sfârșit normal. Plus că aș putea fi acolo pentru tine și m-aș asigura că nu vei fugi.

Scosesem popcornul din cuptor, după care am închis ușița. Luasem un castron și începusem să torn conținutul în el. Abia după ce am terminat mi-am dat seama că Ace nu spusese nimic, ci tăcuse în tot acest timp. Nu îi plăcea ideea mea?

— Hei, am spus tot eu. Dacă nu vrei...

— E o idee brilliantă. Cred că m-am îndrăgostit mai tare de tine.

Am zâmbit ușurată. Știam eu că trebuia să îi surâdă ideea. Doar l-aș fi ajutat și aș fi încercat să fac acea întâlnire mai plăcută.

— Și eu care credeam că mă iubești deja în totalitate, am ironizat.

— Mereu există loc de mai mult cu tine.

Zâmbeam din nou. Cu toată inima. Știa ce să spună întotdeauna.

— Bun, deci am stabilit. Când mă întorc, programăm o întâlnire cu tatăl tău. Deja am emoții.

— O să ne ținem unul pe celălalt. Probabil tu mai mult pe mine.

Am râs iar, apoi mi-am ridicat privirea să văd capul lui Jason pândind în bucătărie. Îmi făcuse semn la ceasul de pe mână, arătând că îmi luase o veșnicie să fac o pungă de popcorn.

— Ăăă... Eu o să merg să mă uit la un film cu Jason acum. Te sun după?

Îi simțeam iritarea de pe celălalt capăt al firului fără să îl aud sau să îl văd. Liniștea de câteva secunde a spus totul.

— Cred că o să trebuiască să am o nouă discuție cu el. Abia aștept să te întorci acasă, a adăugat.

Zâmbetul mi s-a şters, fiind înlocuit de linia subţire a buzelor mele. Şi eu aşteptam asta.

— Te iubesc, i-am reamintit.

— Şi eu. Stai în cealaltă parte a canapelei! m-a avertizat.

Am râs.

— Da, să trăiţi!

— Sau ai putea să îi menţionezi ce s-a întâmplat pe canapeaua aia şi ar sta pe podea. Ah, stai! Şi podeaua e mânjită. Preşul e bun pentru el.

Mi-am rotit ochii, deşi îmi venea să râd.

— Pa, Ace.

— Pa, iubire.

Abia ce îi închisesem, iar Jason intrase complet în bucătărie.

— Eşti greţos de îndrăgostită.

A venit până la mine şi a luat câteva floricele de porumb pe care le-a aruncat în gură.

— Nu regret nimic, am spus, luând castronul şi mergând cu paşi mari spre living. Ai ales un film? am strigat, deşi era pe urmele mele.

— Ne putem uita la *Mean girls*, a cedat el.

Oricum, cred că văzusem toate filmele şi serialele care erau genul nostru deja. Cinefili adevăraţi.

# Capitolul 68

**Ace**

Apelul din dimineața asta cu Charity nu m-a calmat, oricât de mult a încercat ea. M-am îmbrăcat aproape robotic în cel mai scump costum al meu și restul zilei am trăit cu emoții în stomac.

Astăzi, la ora unsprezece, aflam cine era noul CEO al companiei Appleby.

Nu îmi puteam reprima emoțiile nici dacă aș fi avut un antrenament de ani de zile de yoga în spate. Moliile își făceau loc în stomacul meu, iar în mintea mea se dereglau tot felul de variante ale viitorului nostru. Cea mai rea era cea în care aș fi fugit în lume cu Charity după ce aș fi pierdut, doar ca să scăpăm de tatăl meu malefic.

Soarta noastră era decisă astăzi. Întregul meu viitor putea avea parte de o răsturnare la o sută optzeci de grade. Iar eu nu mai puteam face nimic. De acum aveam mâinile legate.

La zece și un sfert am plecat de acasă, cu propria mea mașină. Drumul nu a durat mai puțin de cincisprezece minute, iar în fața clădirii centrale Appleby erau adunați reporteri, știind că urmam să alegem un nou director și sperând ca acela să fiu eu. Ce știre mai bună decât aceea că fiul risipitor preia controlul asupra moștenirii?

Mi-am făcut rolul, exact așa cum trebuia. Am trecut prin ei ca printr-o furtună de gălăgie și de blițuri, fără să răspund la vreo întrebare și ținându-mi capul sus. Abia așteptam ca totul să se termine și să nu mi se mai acorde atenție – din nou. Dar dacă aș fi ajuns CEO, eram sigur că din când în când tot aş fi dat de ei, exact aşa cum dăduse tata până acum. Iar dacă aş fi eşuat, mi-ar fi suflat în ceafă constant.

Când în sfârşit am ajuns în clădirea de birouri, am putut respira uşurat. Am privit în jur, aşteptându-mă deja ca toţi cei prezenţi să se holbeze la mine, dar printre ei se afla şi un chip familiar. John mă aşteptase.

— Pregătit pentru prima zi din restul vieţii tale? m-a întrebat.

Era îmbrăcat de asemenea într-un costum scump, dorind să păstreze aparenţele şi ascunzându-se după imaginea perfectă. Nimeni nu ar fi bănuit cu ce se ocupa el de fapt.

Tata, oricât mă durea să o spun, avea dreptate. Nu mă puteam încrede în John, şi nu o făceam. El a vrut mereu să fie în locul tatălui meu şi să deţină compania, dar nu ar fi avut niciodată vreo şansă. Acum, ştiind că eu mă îndreptasem împotriva lui, văzuse o speranţă, şi crezuse că ajutându-mă să câştig ar fi fost o revanşă destul de bună. Plus că, după aceea, ar fi plănuit să tragă sforile din spatele meu. Asta nu urma să se întâmple.

— M-am născut pregătit, i-am spus.

Nici măcar lui, complicelui meu numărul unu, pe care aveam de gând să îl trag pe sfoară, nu îi puteam arăta slăbiciunea mea. Nimănui nu puteam să i-o arăt, doar lui Charity.

John mi-a pus palma pe umăr şi m-a bătut uşor.

— Atunci haide să mergem!

Ne-am îndreptat amândoi spre lift, comportându-ne ca o familie perfect funcţională. Reporterii încă ne făceau poze din spatele pereţilor de sticlă şi puteam jura că ăsta a fost singurul motiv pentru care John s-a apropiat atât de mine. Am fost recunoscător atunci când uşile liftului s-au închis şi ne-am pus în mişcare.

Aveam câteva momente de linişte să îmi trag sufletul.

— Tatăl tău a ajuns deja. Majoritatea au ajuns. Te-ai lăsat aşteptat, prinţişorule.

Iar el m-a așteptat jos pentru a ne face intrarea împreună, pentru a-l face pe tata să se simtă trădat și înșelat. Degeaba. Probabil că John nu avea habar că renunțase să lupte și voia să voteze pentru mine – dacă avea de gând să facă asta.

— Va trebui să se obișnuiască să mă aștepte de acum, am spus arogant.

Trebuia să păstrez aparențele cu John. Și funcționa, căci a râs.

— O să conducem lumea, puștiule.

Am zâmbit și am aprobat din cap.

*S-o crezi tu!*

Ușile se deschiseseră un minut mai târziu, la ultimul etaj. Chiar și aici, înăuntru, erau câțiva fotografi, dar erau îngrădiți de niște bodyguarzi.

O grămadă de oameni îmbrăcați la costume și femei elegante cu tocuri, proprietarii acțiunilor firmei Appleby, vorbeau și își dădeau mâinile. Ei bine, cu toții s-au oprit și s-au concentrat pe noi când am intrat, la fel și aparatele de fotografiat. Parcă înnebunise lumea.

Totul îmi era aproape străin aici. Niciodată nu m-au interesat afacerile tatei cu adevărat, cel puțin nu când trăia mama, nu după ce a murit mama, nu când mă refăceam, nu când m-am îndrăgostit și iubita mea era tot ceea ce aveam în cap. Abia după ce am realizat că stilul de viață și persoana pe care o iubeam cel mai mult în momentul prezent erau amenințate, am început să vizitez clădirea asta, să studiez actele companiei și să mă interesez de tot trecutul ei. Știam că mulți nu mă credeau în stare de nimic și mai aveam multe de învățat, dar în ultimele luni mi-am dat silința să înțeleg compania asta și credeam că mă descurcasem destul de bine.

John mă prinsese din nou de umăr și mă făcuse să înaintez. Mă irita că mă atingea, dar nu puteam face nimic legat de asta.

Îl zărisem pe tata. Spre el ne îndreptam. Și arăta mai bine decât data trecută când ne-am văzut. Cu toate acestea, nu arăta destul de bine. Se vedea că era trist și obosit, și poate chiar bolnav. Părul îi revenise la normal, probabil că îl vopsise în sfârșit, pentru aparențe. Și când m-am apropiat, am observat că era machiat, pentru a nu i se observa cearcănele. Nici cel mai bun machiaj din lume nu l-a ajutat prea mult.

Ne-am oprit în fața lui, iar John și-a luat mâna de pe umărul meu pentru a se saluta cu tata. După aceea a fost rândul meu, iar alt val de blițuri ne-a acaparat. Deja vedeam titlurile. *Bătălia finală: tată contra fiu. Cine va ieși învingător?*

— Cum te simți? m-a întrebat tata.

Am fost puțin surprins, nu neg. Habar nu aveam când fusese ultima dată când tata mă întrebase de sănătate.

*M-aș fi simțit mai bine să o am pe Charity la brațul meu acum. Dar asta nu este posibil din cauza ta, tată.*

— Minunat, am murmurat. Tu?

A clătinat din cap.

— Supraviețuiesc.

Aproape că îmi venea să pufnesc. Nu ar fi putut supraviețui. Era bolnav, pentru numele lui Dumnezeu! Trebuia să înceteze să se arate puternic și să stea în pat. Probabil totul era prea mult și prea greu pentru el.

De când mă gândeam eu la bunăstarea tatei?

— Succes, campionule! mi-a mai spus, înainte să îmi dea drumul la mână. Acum vă invit înăuntru, vă rog, s-a adresat tuturor.

Și uite așa începuse jocul.

## Charity

Aveam emoții. Și ce era cel mai grav era că nu puteam face nimic. Trebuia doar să aștept o veste importantă. Și uram asta.

Prietenii mei veniseră la mine pentru a mă ajuta să mă calmez și a mă susține moral – în afară de Alec și Logan. Ei erau în San Diego, așteptându-l pe Ace să iasă și fiindu-i lui alături. Nimeni nu știa nimic deocamdată, nu prea puteam glumi și discuta, iar tensiunea din aer se putea tăia cu un cuțit.

Jason și Allen erau cei care destindeau atmosfera. Mai discutau despre jocuri video sau filme. În mod normal aș fi râs de compatibilitatea lor, dar acum eram prea ocupată să îmi fac griji.

Kendra s-a împins în umărul meu să îmi atragă atenția.

— Haide să vorbim chestii importante acum, mi-a propus ea, rânjind subtil.

Aveam impresia că numai lucruri importante nu erau acelea, dar m-am încruntat, așteptând să continue.

— Ați făcut până la urmă *ceva* la telefon, nu?

Mi-am mărit ochii, întorcându-mă spre băieți, dar ei erau profund interesați de discuția lor legată de mașini, iar pe noi nu ne auzeau.

— Da, am recunoscut, întorcându-mă spre Kendra.

Părea tristă și nu înțelegeam de ce.

— Of. Nu mai e amuzant dacă nu te rușinezi. Când ai ajuns să îți iei viața sexuală ca atare în discuții?

Am râs. Încă eram rușinată de multe, care îmi depășeau limita de confort, dar eram dispusă să explorez. Totuși, acum nu îmi stătea mintea la asta, și aceasta era problema.

— Nu știu nici eu. Cred că merg la bucătărie să văd dacă o pot ajuta pe mama la ceva.

Atât eu cât și Kendra știam că mama nu ar fi acceptat ajutor la nimic când venea vorba despre gătit, dar aveam nevoie să mă mișc. Eram agitată. Iar Kendra mă înțelesese, de aceea nu spusese nimic.

M-am ridicat de pe canapeaua cu amintiri, pe care prietenii mei stăteau, și puteam jura că cel puțin doi dintre ei știau ce făcusem eu acolo. M-am îndreptat spre bucătărie, unde mama se împărțea între două cuptoare. Făcea nu știu ce fel de friptură în vin și o plăcintă cu mere pentru desert. Aveam încredere în gusturile și în talentul ei gastronomic.

Tocmai ce terminase de spălat vasele când ajunsesem eu, lăsând bucătăria curată. Acum mai avea doar de așteptat.

Se ștergea pe mâini când m-a observat, iar chipul i s-a întristat instant.

— Îngrijorată? m-a întrebat ea.

Am afirmat din cap, făcând câțiva pași. Ea a lăsat prosopul și a venit spre mine, întâlnindu-ne la mijlocul drumului. Mi-a conturat chipul cu două degete, dându-mi bretonul lung după ureche, pentru a mă vedea mai bine – sau pentru a vedea eu mai bine.

— Nu ai de ce, scumpo. Orice s-ar întâmpla, va fi bine.

Am oftat. Cum putea spune așa ceva?

— Nu chiar, am murmurat eu.

Mama m-a tras de mâini și ne-am așezat împreună pe scaunele înalte ale insulei din bucătărie. Nu mi-a dat drumul nici atunci, ci m-a strâns tare de ele, apoi mi-a zâmbit.

— Spune-mi variantele, mi-a cerut ea.

M-am încruntat.

— Ei bine... Dacă va câștiga, atunci ne vom întoarce în San Diego. Voi merge la facultate, voi fi cu prietenii mei și cu el.

Mama a afirmat din cap, păstrându-și calmul.

— Și dacă nu va câștiga, posibil să se întâmple orice, dar vom rămâne aici. Voi pierde primul an de facultate, voi rămâne un an pe dinafară, îmi voi pierde prietenii și iubitul în timp...

— Scumpa mea, m-a întrerupt mama. Știu că nu vrei să auzi asta, dar persoanele din viața noastră sunt trecătoare. Nu te mai gândi la ele atunci când iei o decizie și gândește-te la tine, pentru că tu ești singura care va rămâne mereu pe loc.

— Nu pot face ceva care să îi rănească pe ceilalți, mamă.

— Dar poți face ceva care să te rănească pe tine? m-a întrebat ea.

Ei bine, da. Evident.

Nu a fost nevoie să îi răspund, mi-a citit răspunsul pe față și a oftat.

— Mereu te-ai aruncat cu capul înainte, să te sacrifici. Ceea ce spun eu este că poți găsi variante de mijloc. Mereu există o rezolvare. Și dacă chiar ai rămâne aici, dacă chiar ți-ai pierde locul la SDSU, dacă chiar ți-ai pierde prietenii și iubitul, tot ar fi bine în cele din urmă. Asta este viața. Și trebuie pusă în mișcare.

Deși era un sfat bun, nu era un sfat pe care eu voiam să îl aud atunci. Nu îmi vedeam altfel viitorul, un viitor fără oamenii la care țineam. Poate că în timp sentimentele aveau să se deterioreze, relațiile aveau să se rupă, dar deocamdată fiecare dintre acești oameni dețineau bucățele din inima mea, iar eu nu puteam să îi las să plece cu ele.

— Nu vreau să mai pierd oamenii, am spus.

Căci pe tata l-am pierdut. Și chiar dacă nu vorbeam des despre asta, mă durea. Și îmi era dor de el. Și l-aș fi vrut înapoi. Dar unele lucruri nu erau menite să se întâmple.

Nu știu când îmi schimbasem părerea despre el, căci nu de mult timp îl uram pentru ceea ce ne făcuse, dar mă transformasem și eu, și modul în care gândeam.

— Nimeni nu vrea, scumpo. Dar pe toți îi pierdem la un moment dat, chiar dacă suntem pregătiți sau nu.

Am oftat și am afirmat din cap, apoi m-am ridicat și m-am întors la prietenii mei. Discuția aceasta cu mama nu m-a ajutat deloc, ci mai degrabă m-a deprimat. Dar ea nu a făcut decât să îmi spună realitatea în cel mai frumos mod.

Într-o zi aveam de gând să pierd o persoană dragă. În altă zi va urma alta. Și apoi alta. Dar în același timp vor intra oameni în viața mea care mă vor face să țin la ei la fel de mult, cum a fost cu Alec, Logan, Jason și Ace. Oamenii și iubirea vor veni și vor trece, adevărat, dar eu aveam de gând să profit de fiecare moment cu fiecare dintre ei în parte. Căci doar așa vor rămâne amintiri frumoase, și nu regrete.

Mă așezasem pe canapea, lângă Kendra, iar ea îmi observase starea spiritului, care se înrăutățise. Voia să mă întrebe ce pățisem, dar telefonul care a sunat i-a oprit orice mișcare. Pe toți ne-a oprit. Parcă timpul se oprise.

Inima îmi bătea cu putere când soneria făcea ecou în living, iar mâna mi s-a mișcat greu până la masă, unde era el. Când l-am luat și am văzut numele lui Ace, nu m-am simțit niciodată mai speriată. Trebuia să mă calmez.

— Răspunde odată! mi-a ordonat Kendra.

Am strâns marginea canapelei cu cealaltă mână și am glisat butonul verde spre dreapta, după care am dus telefonul la ureche încet.

Vocea mi-a tremurat când am spus:

— Alo?

Trei secunde ca trei zile trecuseră printre noi. Trei secunde în care nu puteam auzi nici măcar propria-mi respirație. Apoi am auzit:

— Ace Appleby aici, cel mai tânăr CEO din San Diego.

# Capitolul 69

**Ace**

Fusesem în extaz total când aflasem că am câștigat, dar am avut de asemenea o perioadă în care nu îmi puteam crede urechilor.

Câștigasem cu 73% din acțiuni, iar asta îmi dovedise că tata se ținuse de cuvânt. Cu toate astea, nu am putut sta la taclale cu el. Primul lucru pe care l-am făcut când am aflat a fost să o sun pe Charity și să o anunț că a doua zi aveam de gând să o aduc acasă, așa că ar face bine să își împacheteze toate lucrurile. Abia mai târziu, după ce i-am închis, l-am anunțat pe tata că voi veni acasă în două zile, la cină, cu Charity. Vestea nu l-a mirat, și căzuse de acord cu mine.

Rahat, asta chiar se întâmpla!

Eram CEO.

Dar nu complet. Nu în totalitate.

Sincer să fiu, știam că nu eram pregătit. Probabil toată lumea știa că nu eram pregătit. Și știam că asta a fost doar mâna tatei, căci acționarii minoritari mă trăseseră pe sfoară. Iar situația nu putea sta mai bine de atât. Aveam nevoie să fiu în control ca să pot avea din nou încredere în el, și era conștient de asta. După ce mi-aș fi recâștigat acea încredere, putea să își reocupe locul liniștit până mi-aș fi terminat facultatea sau chiar mai mult.

Tata îmi făcuse mult rău. Crease în mine o ură mare pentru el. Dar poate că Char avea dreptate. Poate că plătise destul în viața asta și voia să se schimbe. Plus că nu voiam să știu că va pleca din lumea noastră fără să afle că îl iubeam — nu pe omul care devenise după moartea mamei, ci pe cel de dinainte, și, posibil, pe cel de acum încolo.

A doua zi, așa cum promisesem, aterizasem în New York la ora unsprezece la amiază, după care am luat mașina şi am mers acasă la Charity. Îmi fusese un dor nebun de ea, din nou, dar nu avusesem cine ştie ce reîntâlnire cu mama ei, Kendra, Allen şi Jason acolo.

În jumătate de oră îmbarcasem toate bagajele şi am mai rămas la o ultimă cafea în casa lor din New York. Char îşi luase la revedere cam mult de la Jason, ceea ce mă făcuse să o îndepărtez de el, iar două ore mai târziu decolam din nou spre San Diego.

Două zboruri într-o zi erau obositoare. Zece ore în aer per total. Pe la jumătatea celui de-al doilea am adormit, iar timpul a trecut mult mai repede. La ora şapte seara aterizasem, iar entuziasmul lui Charity îmi hrănea sufletul. Pentru câteva secunde o luase înainte, moment în care am profitat să discut cu doamna Good.

— Dacă vă ajută şoferul meu cu toate bagajele, o lăsaţi pe  Charity să doarmă la mine în seara asta?

Revenisem la stadiul de grădiniţă.

Şi-a clătinat capul şi a rânjit, probabil judecându-mă în tăcere. După aceea sigur a realizat cât timp am stat despărţiţi şi a afirmat.

— Mulţumesc. Şi un mic sfat: nu despachetaţi prea multe.

Doamna Good rămăsese şocată pentru o secundă, ba chiar speriată.

Am râs.

— Nu vă faceţi griji. Nu plecaţi din nou din San Diego.

Doar atât i-am spus înainte să grăbesc pasul, pentru a o ajunge din urmă pe Charity. Îi dădusem şi ei veştile, şi chiar dacă voia să îşi vadă casă, îi fusese mai dor de mine, aşa că cedase.

Avusesem o noapte perfectă după multe de coşmar. Ea adormise în sfârşit în braţele mele, în patul meu, lipită de corpul meu, şi se trezise exact la fel. Mă încânta doar gândul că era una din multele zile în care vom face din asta o rutină.

Apartamentul meu redevenise acasă. Parfumul ei umpluse aerul. Lucrurile ei erau din nou în locurile goale.

Aveam iar mâncare gătită când mă trezeam și toate camerele erau mai curate decât înainte. Totul într-o singură dimineață.

Din păcate, nu putusem să ne bucurăm prea mult de compania celuilalt. Trecuseră abia douăzeci și patru de ore de când rămăseserăm singuri, iar mie nu îmi ajunseseră. Cu toate acestea, aveam planuri de cină, și nu puteam să le anulăm sub nicio formă.

La ora șapte seara eram pregătiți de plecare. Eu mi-am aruncat pe mine un costum simplu, bleumarin, iar Charity se chinuise să se aranjeze și să își ia o rochiță albă, pe corp, din dantelă. Din prima secundă în care am văzut-o am calculat statisticile și cât de rău ar fi fost să rămânem acasă. Probabil și ea se gândise la același lucru, căci nu mă prea prinsese îmbrăcat la patru ace. Din câte observasem, îi plăcea.

Se apropiase elegant de mine, pe niște tocuri care arătau incomod, și mi-a aranjat cravata până când ajunsese liftul la etajul nostru.

— Nu sunt o fire neobrăzată de fel, dar chiar mă gândesc la câteva lucruri pe care le-aș face cu cravata asta, mi-a spus ea.

Mai aveam o singură picătură de autocontrol care mă făcea să nu o leg cu cravata mea de primul lucru pe care îl prindeam în cale.

— Taci dacă nu vrei să inaugurăm liftul, i-am ordonat.

Apoi am prins-o de încheietură și am plecat, căci Dumnezeu știe că nu aș mai fi rezistat o secundă în plus acolo.

Înainte să mergem la conacul Appleby, am trecut pe la garsoniera lui Charity pentru a o lua pe doamna Good. Stabilisem seara precedentă că ar fi frumos să participe și ea, ca o întâlnire oficială în familie, în care să ne cunoaștem. Credeam de asemenea că asta îl va mai ține ocupat pe tata cât timp eu îi prezentam din nou fosta mea cameră iubitei mele – locul în care făcusem prima dată dragoste.

Fiind foarte încântat de faptul că Char era din nou lângă mine, la brațul meu, în apartamentul și patul meu, nici nu mă gândisem la emoțiile pe care le avusesem legate de reîntâlnirea cu tata. Ei bine, toate emoțiile au revenit în forță în momentul în care am intrat în holul fostei mele locuințe și mi s-a adus la cunoștință de Martha, menajera, că tata ne aștepta în sala de mese.

— Va fi bine, mi-a șoptit Char.

Speram să fie.

## Charity

Intrasem într-o încăpere mare, cu o masă lungă pe centru, de vreo douăzeci de persoane, acoperită de o țesătură aurie, cu tacâmuri pentru patru oameni. Lemnul podelei era gros și lăcuit, pereții de un crem deschis aveau tablouri abstracte pe ei, iar vitrina mobilei din spate avea o veselă impresionantă. Cu toții aveam vedere spre un perete de sticlă, care afișa grădina spectaculoasă din fața casei și fântâna artificială.

Axton Appleby ne aștepta în capătul mesei, ridicându-se atunci când ne-a observat. Deși nu părea la fel de înfiorător ca înainte, nu puteam spune că devenise cel mai drăguț om din lume. Cu toate acestea, a fost politicos cu noi.

— Bună seara, ne-a salutat el.

Dintr-odată mă îndoiam că Ace îi spusese faptul că urmam să venim și noi două.

Dar erau patru tacâmuri.

— Dumneavoastră trebuie să fiți mama lui Charity, doamna Good. Am dreptate?

Se mai văzuseră o dată înainte, atunci când ne-a evacuat din San Diego,

Mama nu păruse impresionată de el, costumul lui scump sau casa lui maiestoasă pentru nici măcar o secundă. La urma urmei, el era omul care mă amenințase pe mine, puiul ei. Aveau de lucrat la viitoarea lor relație.

— Da, a confirmat ea.

Dacă nu zisese *spune-mi Linda*, așa cum făcea mereu, totul era clar. Nu îl plăcea.

Au dat mâna scurt, apoi ochii verzi, ştersi, al domnului Appleby, s-au mutat spre mine.

— Mă bucur să te întâlnesc din nou, Charity. Cum eşti?

Nu îmi dădeam seama dacă glumea sau vorbea serios, dar mi-am amintit că era bolnav şi i-am zâmbit politicos.

— Bine, mulţumesc de întrebare. Dumneavoastră?

— Se putea şi mai bine.

Dăduse mâna cu fiul său, după care ne-a invitat la masă, iar unei femei, care stătuse aproape de noi, îi spusese să aducă cina. Minute bune nimeni nu spusese nimic, ceea ce fusese stânjenitor, dar când mâncarea ne-a fost pusă în faţă, am avut motive să fim tăcuţi.

Axton deschisese primul un subiect, iar acel subiect erau afacerile.

— Mâine la prima oră trebuie să vii la birou, fiule. Şi atunci vom începe să lucrăm împreună. Am multe să îţi arăt.

Ace se aşezase în faţa mea, de partea cealaltă a mesei, în dreapta lui Axton. Chiar şi de aici, putusem să îl văd încordat. Probabil că ei doi încă nu vorbiseră despre afacerile lor sau despre legătura lor sau despre cum voiau să îşi reconstruiască relaţia atunci când s-au întâlnit cu acţionarii.

— Trebuie întâi să discutăm despre asta, la tine în birou, după cină, a decis Ace.

I-am zâmbit încurajator de pe cealaltă parte a mesei. Bărbăţelul meu lua atitudine. Şi făcea bine.

— Sigur, a căzut Axton de acord.

Restul cinei decursese bine. Pe final ne ridicasem şi mersesem să ne plimbăm în grădina din spate, iar Ace şi tatăl său merseseră împreună în birou, aşa cum stabiliseră. Eram emoţionată pentru el, căci ştiam că ceea ce discutau aveau să le definească relaţia, dar acel lucru trebuia să îl facă singur.

— Nu îmi place de omul acesta, a spus mama după vreo zece minute de tăcere.

Ne aşezaserăm pe nişte şezlonguri, lângă piscină, profitând de vremea frumoasă şi caldă, chiar şi la orele târzii.

— Ştiam deja asta, am râs eu.

Mama părea încă nemulţumită.

— Este un înfumurat cu bani care crede că ne poate controla doar din cauza grosimii portofelului său.

Mi-am abţinut amuzamentul. Eram totuşi în casa lui, iar omul era bolnav. Ceea ce făceam acum era lipsă de respect.

— Plus că îmi aminteşte foarte mult de John. Iar asta mă înfioară.

Orice urmă de amuzament dispăruse, căci mama era foarte aproape de adevăr acum. Îmi reamintise că ea habar nu avea.

Nu ştiam cât îi mai puteam ascunde asta, aşa că nu mai aveam de gând să o fac. Trebuia să îi spun adevărul. Totuşi, nu puteam să o fac aici. Şi nici nu ştiam cum să o fac când va veni momentul. Nu cred că aveam vreo modalitate corectă de a-i spune că omul care ne torturase ani de zile era unchiul iubitului meu.

— Îmi cunoşti fratele? s-a auzit o voce din spatele nostru.

Rahat.

Dublu rahat.

Se părea că nu mai era nevoie să găsesc nicio modalitate de a-i spune asta. Axton Appleby rezolvase treaba pentru mine.

Mama se ridicase şi se întorsese ca arsă, dar nu credeam că dăduse importanţă mare veştii aflate, ci îi era mai degrabă ruşine din cauză că Axton o putuse auzi, iar ea nu îl caracterizase cu nişte cuvinte tocmai frumoase.

Ace era în dreapta lui şi ambii păreau în toane bune. Poate că rezolvaseră o problemă. Dar acum eu aveam alta.

— Fratele dumitale? a întrebat mama.

M-am uitat panicată la Ace, iar el a înţeles totul. Cu toate astea, nu a dorit să mascheze povestea, ci să întoarcă pe faţă cărţile.

— Poate că ar trebui să staţi jos, doamnă Good.

— Ți-am mai spus de cinci ori, Ace, îmi poți spune Linda. Și pot afla ce ai să îmi spui din picioare.

Aveam impresia că partea cu numele mic fusese un atac subtil la adresa lui Axton și la faptul că ei doi nu se tutuiau.

— Spuseseși că semăn cu un domn pe nume John, iar eu am un frate pe care îl cheamă așa. Cu toate acestea, nu mi-aș dori să îl cunoașteți, nu este tocmai o persoană cu care ai vrea să ai de-a face. Și sper ca după seara asta să nu mai ai nici tu de-a face cu el, Ace.

Nu mai era nevoie de nicio explicație. Axton o oferise pentru noi. Iar mamei părea că i se aprinseseră beculețele.

— Este același John pe care îl cunoaștem și noi? m-a întrebat ea pe mine. Și tu știai? Este unchiul lui Ace și fratele lui?

Vinovăția nu m-a lăsat să fac mai mult decât să afirm din cap. Mama părea extenuată și a luat în considerare sfatul lui Ace de a sta jos. Se așezase din nou pe șezlongul de lângă mine.

Axton părea să fie complet pe dinafară, iar asta îi displăcea. A simțit nevoia să fie lămurit.

— L-ați cunoscut deja pe fratele meu?

Ace îi pusese o mână pe umăr, demonstrându-i că era mai bine să tacă pentru un moment. Apoi mama a avut nevoie de explicații.

— De ce nu mi-ai spus? a întrebat ea.

Oh, nu din nou. Am mai avut discuția asta o dată și nu se sfârșise bine.

— Nu știam cum să o fac. Credeam că nu vei mai fi de acord din nou cu relația mea cu Ace. Și nici nu aveam impresia că era ceva atât de rău, având în vedere că ei nu prea țin legătura și nu sunt apropiați.

Mama părea dezamăgită.

— M-ai mințit pentru a treia oară legat de ceva important de când ești cu Ace. Asta mă interesează cel mai mult. Nu cine este înrudit cu cine. Neamurile nu ni le alegem.

Mă simțeam din ce în ce mai vinovată. Reveneam la discuția de la începutul anului, de acum câteva luni, când mama îmi spusese că mă schimbasem și că eu nu o mințisem înainte să apară Ace în viața mea. Se sfârșise urât, când a decis că nu mai era de acord cu relația noastră. Nu voiam să trecem prin asta din nou.

— Îmi pare rău, mamă, dar chiar nu știam cum să îți spun. Apoi s-au întâmplat atâtea una după alta. Ne-am pierdut slujbele, a trebuit să ne mutăm, ni s-au schimbat viețile radical și am uitat complet de asta.

Mama nu îmi mai spunea nimic. Era vizibil rănită.

— Linda, i-a spus Axton numele mamei.

Cu toții ne-am uitat la el. Îi folosise numele mic fără să îi zică ea să o facă.

— Îmi asum eu toată vina. Din cauza mea v-ați mutat și ați avut multe pe cap. Cu mine, care eram o durere continuă în partea dorsală, nici nu mă mir că Charity a fost copleșită de probleme. În plus, faptul că John îmi este frate nu contează atât de mult. Cum a spus și fiica ta, nu ținem legătura.

Axton Appleby tocmai îmi luase apărarea? Așa părea.

Mama își îndreptase atenția spre mine.

— Sunt din nou foarte dezamăgită de tine că te-ai gândit să îmi ascunzi ceva, domnișoară.

Iar eu mă simțeam oribil.

Axton intervenise din nou.

— Aș dori să vorbim noi doi între patru ochi, dacă se poate, Linda.

Privirea confuză îmi mersese spre Ace, iar el îmi făcuse cu ochiul. Aparent, totul era sub control.

Mama se ridicase și oftase.

— Trebuie să o facem până la urmă, a spus ea. Vorbim acasă, mi-a mai adresat.

Apoi l-a urmat pe domnul Appleby înăuntru, lăsându-ne pe mine și pe Ace singuri.

Eram demoralizată.

— Cum a fost discuția voastră? am întrebat.

Ace se aşezase pe şezlong cu mine şi îşi pusese o mână pe coapsa mea goală.

— Surprinzător de... normală. Suntem pe drumul cel bun.

Am pufnit.

— N-aş putea spune acelaşi lucru despre mine şi mama.

Ace mi-a strâns coapsa, atrăgându-mi atenţia. Mi-am luat privirea pierdută de pe piscina din faţă şi mi-am îndreptat-o spre el. Să îl văd în costum încă mă topea.

— Treceţi voi peste. Nu e decât o ceartă micuţă. Până mâine va uita. Dacă nu o face tata să uite în zece minute.

M-am încruntat, neînţelegând la ce se referea.

— Ştiu că tata se pricepe să se facă urât atunci când nu îi place de o persoană. Dar de acum va încerca să vă intre pe sub piele. Şi crede-mă pe cuvânt când îţi spun, este la fel de fermecător ca şi mine.

Asta îmi scosese un râset slab. Niciodată nu îşi pierdea aroganţa.

— Acum, ce spui? Vrei să îţi fac un tur al dormitorului meu? îmi şoptise la ureche.

Valul de aer cald pe care îl suflase pe pielea mea mă înfiorase, iar gândul la ultima amintire din dormitorul lui îmi strânsese stomacul. Nu eram în cele mai bune toane, dar Ace cu siguranţă ştia să mă facă să îmi schimb părerea în două secunde.

Nu apucasem să accept, căci m-a tras de mână şi m-a dus în casă. Trecusem pe lângă sala de mese, unde am putut-o vedea pe mama zâmbind cu domnul Appleby, iar asta mi-a demonstrat că Ace avea dreptate, chiar era fermecător. Cât despre ea, îşi revenise destul de repede. Aşa că de ce să nu îmi revin şi eu?

— Este etic să facem asta cu părinţii noştri jos? am întrebat.

Ace a râs.

— A fost etic cu sute de oameni la parter?

Touché.

# Capitolul 70

### Ace

Să stau cu ea în pat, fără să fac nimic, doar să o mângâi și să o țin în brațe, era cel mai bun și vicios lucru pe care îl știam. Iubeam să îi mângâi pielea fină, să mă joc cu părul ei mătăsos și să îi știu mâinile pe mine. Adoram să îi simt respirația caldă pe gâtul meu și să îmi încolăcesc picioarele cu ale ei. Trăiam pentru momentele în care spunea o glumă bună și mă făcea să râd până la lacrimi sau cele în care o făceam eu pe ea să râdă, gâdilând-o. Nu simțisem niciodată că puteam trăi același moment la infinit, nu până nu am cunoscut-o. Și niciodată nu îmi fusese mai ciudă că nu puteam face asta cu ea.

— Trebuie să merg neapărat astăzi la acea petrecere, a mormăit ea, jucându-se cu un deget pe abdomenul meu.

Prietenii lui Char îi organizaseră o petrecere de bun venit acasă, la locuința lui Logan – amicul meu trădător. Nu erau invitați decât apropiații cu propriii lor invitați, dar mereu preferam să stau doar cu ea decât să ies în lume.

— Nu am chef, am spus, strângând-o și mai tare în brațe.

Tata îmi omora spatele. Toată vara avea de gând să mă trezească la șase dimineața și să mă pună să fiu la muncă de la șapte până la patru la amiază. Avea să mă învețe multe, iar vara asta era necesară, căci începând din toamnă, aveam de gând să merg la facultate ca toți ceilalți, la management, exact ca și iubita mea. Așa că nu aveam chef de petreceri și ore puține de somn.

— Pot merge doar eu, mi-a oferit Charity o idee.

— Nici gând, am contrazis-o imediat.

Știam că era între prieteni. Nu aveam de ce să îmi fac griji. Dar nu voiam să o las singură. Aveam de gând să o sufoc pentru cel puțin o lună, după ce am fost singur atât amar de vreme.

— Atunci ar fi vremea să te îmbraci, căci în jumătate de oră ar trebui să ajungem, mi-a spus ea.

S-a întins să mă sărute scurt pe buze, apoi s-a ridicat din pat și a mers la dulap. Iubeam să o văd așa, degajată. Se simțea bine în propria ei piele lângă mine, și mi se părea normal, căci pielea ei era senzațională.

Își luase câteva haine, apoi pornise spre baie. Nu s-a putut abține să nu îmi arunce o glumă.

— Sper că mai ai ceva blugi pe aici, căci asta nu este o petrecere de cocktail la costum.

Am rânjit.

— Meriți să te leg cu fiecare cravată în parte pentru asta. Și am câteva zeci.

Char a chicotit, apoi a mers în baie. Deși voiam, nu am urmat-o. Știam că ne-ar fi luat mai mult decât ar fi trebuit să fim gata, așa că am așteptat-o ca un băiat cuminte, iar după ce a ieșit, m-am pregătit și eu. Mi-a luat mult mai puțin, evident. Abia am aruncat un tricou negru și niște blugi uzați pe mine. Ea se chinuise să se machieze și să își prindă părul.

Purta o rochiță înflorată, lejeră și foarte drăguță. Acel drăguț al ei îmi plăcea. Și nu m-am putut abține să nu o sărut în lift, după ce s-au închis ușile. Fusese ceva cu adevărat sălbatic, dar o dezlipisem de oglindă și îi aranjasem părul înainte să ajungem la parter și să fim văzuți.

Eram deja în întârziere când am intrat în mașină, însă nu ne deranja. Am condus lin până la casa lui Logan, care se afla în același cartier ca și conacul Appleby, *La Jolla*. Deși spuseseră că va fi doar o adunare între prieteni, aici erau mai mulți oameni. Ceea ce se întâmpla acasă la Logan aducea mai mult a petrecere.

Tipic.

Când intrasem în vila lui Price, pereții tremurau din cauza muzicii. De asemenea, atunci când lumea ne-a văzut, a strigat în cor *bun venit înapoi, Charity*. Nu mai înțelegeam nimic, dar nici că îmi păsa. Char părea fericită. Asta conta.

În living, prietenii noștri jucau ceva, stând în cerc, pe jos. Acela a fost momentul în care Logan ne-a văzut, s-a ridicat în picioare și ne-a întâmpinat.

— Salut, vedetelor, a spus el, făcând aluzie la întârzierea noastră.

Nu avea cârja la el, așa că șchiopătase până la noi.

Nici nu puteam exprima în cuvinte cât de recunoscător eram pentru recuperarea dușmanului meu, care îmi devenise prieten. Deși nu fusesem niciodată implicat în incidentul său, mă simțisem vinovat multă vreme pentru asta.

— Hei, am salutat înapoi.

Mi-am învârtit privirea printre ei. Erau Kendra și Alec aici, Andrew Lang și Joey Parker – doi fotbaliști cu care nu am avut un trecut prea prietenos –, Samantha Wilson și Grace Jackson – două tipe cu un alt trecut neprietenos în spate –, și Allen, care stătea lângă... Crystal.

M-am încruntat, privind-o fix pe fosta mea iubită malefică. Logan și-a dat seama ce urmăream, iar Charity și-a îndreptat atenția în același loc ca și noi. De acolo, cu toți ne-au observat și ne-au așteptat reacția. Dar eu, sincer să fiu, nu știam cum să reacționez.

Allen își așezase mâna pe umărul ei, apoi beculețul mi s-a aprins. Mama mă-sii! Allen, atotprotectorul? Allen, tăcutul? Allen, aproape inocentul cu suflet bun? Cu vrăjitoarea?

Charity mi-a strâns mâna. Din acel semn mi-am dat seama ce dorea de la mine. Să nu fac o scenă, căci avea încredere în prietenul ei și alegerile lui. Dacă asta se întâmpla, însemna că avea un scop. Iar noi nu mai aveam motive să ne certăm cu Crystal.

Tot o scorpie rămânea.

— Zi-mi că ai ceva fără alcool, i-am cerut lui Logan.

Și de acolo toată lumea și-a reluat activitățile, realizând că nu urma niciun scandal.

Eu și Char ne-am luat câte un suc, după care ne-am așezat în cercul în care, aparent, nu se juca nimic, ci se povesteau amintiri din liceul abia terminat. Surprinzător, mi-a plăcut. Mi s-au reamintit toate porcăriile făcute, toate farsele, toate bătăile şi toate bârfele. Retrăiam tot ceea ce simţisem în patru ani de zile şi mă simţeam bătrân, deşi eram abia la începutul vieţii.

La un moment dat, fiecare îşi spunea amintirea preferată din liceu, dar eu şi Char am refuzat să participăm. Sincer, nu ştiam de ea, dar eu nu am dorit să spun nimic pentru că nu voiam să mint, dar nici să fiu siropos. Amintirea mea preferată din liceu era, evident, cea în care o revăzusem pe Charity în seră. Fusese cea mai mare coincidenţă din viaţa mea, de asemenea cel mai mare semn al destinului. Mă gândisem la ea cu câteva minute înainte să intre, apoi apăruse acolo, exact ca un înger, în lumina soarelui, admirând tot ceea ce era frumos în jurul său, mai puţin pe ea însăşi. Dar eu eram acolo să o admir. De atunci ştiusem că fata asta trebuia să fie a mea. Şi acum aşa era.

Am strâns-o mai tare în braţe gândindu-mă la asta, care stătea comodă între picioarele mele, sprijinindu-şi spatele de pieptul meu.

Ieşind din melancolie, pe la ora zece, au început cu vechile jocuri de liceu care implicau alcool. Am rămas pe margine şi am admirat, ceea ce nu îmi stătea în fire înainte. Ei bine, nu îmi stătea în fire nici să rămân lipit se o fată pe parcursul unei petreceri. De obicei fetele erau lipite de mine.

Vorbise modestul.

Alec şi cu mine discutam despre noua mea poziţie în firmă şi despre toate responsabilităţile pe care le aveam, tot ceea ce învăţasem într-o zi şi ceea ce urma să învăţ, când mulţi alţii m-au felicitat, iar Charity a plecat cu Kendra să danseze pe câteva melodii. Sincer, oricât de concentrat eram la ceea ce spuneam, un ochi mereu îmi fugea spre ea la câteva secunde, pentru că nu mă puteam abţine.

Ceasul se făcuse rapid unsprezece şi jumătate, iar în casă atmosfera se încinsese. Când Char era pe ringul de dans, am lăsat-o puţin singură şi am mers în curtea din spate a lui Logan, tânjind după aer rece. Mă aşezasem pe o canapea de paie, dar iubita mea nu a întârziat să mă urmeze. Se părea că era cu ochii pe mine la fel cum eram şi eu cu ochii pe ea.

— Ce faci? m-a întrebat, așezându-se lângă mine.

Mi-am trecut mâna după umerii ei și am sărutat-o pe frunte.

— Îmi era cald.

Char a mormăit meditativ.

Sincer, mă și gândeam. Mă gândeam la cât eram de fericit și la cum viața mea se îndrepta, iar asta mă făcuse melancolic, dar totuși recunoscător. Singura persoană care lipsea să facă totul perfect era mama.

Ce n-aș fi dat ca mama și Char să se fi întâlnit!

Știam deja că ar fi considerat-o partida perfectă pentru mine și fata pe care ar trebui să o țin cu toate puterile aproape. Era genul romantică incurabilă.

Ei bine, asta aveam de gând să fac. Voiam să îmi trăiesc viața, să nu îmi fac planuri de viitor și să merg unde mă ducea curentul, dar de fiecare dată când ar fi fost nevoie, aș fi luptat pentru Char fără doar sau poate. Voiam să mă bucur de ea și de fiecare moment împreună, căci știam că într-o zi ar putea să se sature de toate rahaturile mele. Dar până atunci aveam de gând să o fac fericită.

Și speram ca noul apartament pe care i-l luasem ei și mamei ei să o facă fericită. La fel cum speram ca vestea că îi recuperasem vechiul loc de muncă ar fi adus-o în extaz.

Surprizele astea două le-ar fi aflat mâine.

— Astăzi va trebui să dorm acasă, m-a anunțat ea.

Am afirmat din cap.

Deși mi-aș fi dorit-o pe Char douăzeci și patru din douăzeci și patru, nu mai aveam de gând să forțez fiecare secundă împreună cu ea. M-aș fi mutat cu ea, la naiba, dar încă eram tineri. Și voiam să o luăm ușor. Iar în acest fel, fiecare clipă împreună ar fi fost mai valoroasă.

— Lucrurile cu mama ta sunt mai bune? am întrebat-o.

Nu mai păruse supărată seara trecută, când plecasem de la cina cu tata.

Char a zâmbit și eram sigur că niciun zâmbet din lume nu mi-ar fi plăcut mai mult decât acela.

— Ne-am împăcat. Nu știu ce i-a spus tatăl tău, dar a funcționat.

Am râs.

Tata se pricepea la a fi fermecător. Și era, de asemenea, convingător.

Mi-am închis ochii și mi-am sprijinit capul de capul lui Charity.

Am inspirat adânc.

Nu știam ce urma să se aleagă de viața mea. Nu știam dacă operația tatei avea să reușească. Nu știam dacă eram în stare să conduc un imperiu contemporan. Nu știam dacă John avea de gând să se răzbune pe mine după ce ar fi aflat că nu aveam de gând să fiu partenerul sau păpușa lui. Nu știam cât mai avea relația mea cu Charity să dureze. Dar eram sigur că după ultimele luni din viața mea eram mai puternic. Și aveam să fac față oricărei piedici.

Căci totul – absolut totul – era trecător.

— Îți este somn? m-a întrebat iubirea vieții mele.

Nu și ea. Ea era permanentă.

— Da, am răspuns.

— Mergem acasă?

— Mergem acasă.

*~ Sfârșit ~*

## Mulțumiri

Sunt multe persoane cărora aș vrea să le mulțumesc pentru tot ceea ce au făcut pentru mine și sper să nu uit pe nimeni după această călătorie lungă de cinci ani, care nu am crezut că va ajunge până aici.

Vreau să le mulțumesc, în primul rând, lui Steph, Andu și Marei, pentru că, indiferent dacă sunt un caz pierdut privind satisfacția de sine, vorbele voastre mereu m-au încurajat.

Le mulțumesc Andreei, Andreei și Adei, care au fost cititoarele mele fidele atâta vreme și care mi-au devenit și prietene.

Îi mulțumesc Alexandrei, care a fost prima și singura mea prietenă care mi-a citit cărțile. A însemnat mult pentru mine, fiind la început de drum.

Mulțumesc familiei, care m-a susținut orbește, fără să știe exact ce fac eu aici.

Îi mulțumesc editurii Stylished pentru ocazia pe care mi-a oferit-o.

Le mulțumesc tuturor cititorilor mei online, care m-au făcut să continui.

Le mulțumesc tuturor prietenilor mei, care așteaptă să public de ceva vreme pentru a-mi citi cărțile. Acum nu mai aveți scăpare.

În final, dar nu în cele din urmă, îi mulțumesc Elei, care îmi este stâlp de sprijin de mai mult de un an de zile, care vede doar ce e mai bun în mine, care este încântată de tot ceea ce scriu și cu care îmi dezbat orice idee, fie ea oricât de mică.

*Karina L. Alexandra*

Printed in Great Britain
by Amazon